KB131614

재겸 장편소설

여왕
쎄시아의
반바지

II

Queen Cecia's Shorts

재겸 장편소설

여왕
쎄시아의
반바지

II

위즈덤하우스

Contents

1장 사랑의 흐름 ◈ 6

2장 아스완으로 ◈ 107

3장 예쁘면 인생이 피곤하다 ◈ 155

4장 사랑과 우정 사이 ◈ 211

5장 단두대와 미남과 휴가 ◈ 288

6장 각자의 애정전선 ◈ 354

7장 이 남자의 연애 방식 ◈ 428

8장 유리 클로드가 돌아왔다 ◈ 496

9장 혹시 애인 있습니까 ◈ 563

1
사랑의 흐름

춤을 먼저 권한 것은 아르시노에였다. 아르시노에는 에넌에게 작게 속삭였다.

"각하, 혹시 괜찮으시면 저에게 각하의 시간을 할애해 주시겠어요?"

에넌은 잠시 발개진 왕녀의 얼굴을 쳐다봤다. 이 여인으로서는 엄청난 용기를 낸 것이 분명했다.

"……그러지요."

자꾸 앉아 있으니 잡생각만 들던 차였다. 에넌은 아르시노에를 에스코트해 풀밭 가운데로 나갔다. 딱히 정해놓지도 않았으나, 넓은 잔디밭은 빙 둘러앉은 귀족들에 의해 가운데가 텅 비어 있었다. 몇몇 귀족들이 그곳에서 춤을 추었다. 풀밭이기에 성에서 추는 것에 비해 스텝이 그리 유려하지는 않으나 퍽 볼만은 했다.

에넌은 조심스럽게 아르시노에의 허리에 손을 가져다 댔다. 아르시노에가 제 품 속에서 환하게 웃었다. 보통 때라면 에넌도 마주 웃어주었을 것이나, 에넌은 정말 그럴 기분이 아니었다. 그래서 남자는 무표정하게 춤을 시작했고, 왕녀는 조금 당황했으나 곧 능숙하게 에넌의 스텝을 따라왔다.

"……유리 님을 구해주셔서 고맙습니다."

한참 만에 왕녀는 조그맣게 속삭였다.

"유리 님이 다치기라도 했다면 저는 죄책감에 몸 둘 바를 몰랐을 거예요."

에넌은 이미 그녀에게서 자초지종을 들은 후였다. 유리가 먼저 아르시노에에게 모델이 되어 달라고 했고, 아르시노에는 흔쾌히 승낙했다. 그 대신 부탁한 건 꽃 한 다발. 보통 때라면 미담이었다. 그러나 에넌은 마음이 답답했다. 그깟 꽃 때문에.

"……딱히 아르시노에를 위해 한 일은 아닙니다."

"그렇지만, 저를 위한 일이 되었는걸요……."

왕녀의 말투는 자신이 부탁한 일 때문에 청년이 다쳤으면 곤란했을 거라는 뜻은 아니었다. 에넌은 이어 물었다.

"당신을 위한 일이요?"

"그야, 유리 님은 곧 아스완에 오시기로 하셨거든요."

"그가 아스완에요?"

저도 모르게 에넌의 목소리가 커졌다. 아르시노에는 눈을 동그랗게 떴다가, 미소 지으며 말했다.

"예. 폐하께서 인정을 베풀어 주셨답니다. 아스완 사람들은 직물을 잘 짜니까요. 면실크 사업을 아스완에 주시기로 하셨어요. 아, 물론 독점은 아니에요."

"……그런데 유리가 왜……."

"유리 님이 폐하를 위해 직접 내려가겠다고 자원하셨어요. 정기적으로 감독하고 보고할 사람이 필요하니까요. 듣자 하니 유리 님께서 직접 개발하신 직물이라고 하더군요."

에넌도 아르시노에가 하는 말이 무엇인지는 알았다. 자신이 쎄시아에게 부려 먹힌 세월이 오래되었기 때문이다. 기본적으로 쎄시아는 꼼꼼했고, 국정에 있어서는 더욱 그랬다. 덕분에 제 수족과 같은 에넌을 여러 해 부렸다. 유리만 해도 자신이 직접 찾아 데려왔으니 알 만하다.

"……얼마나 가 있게 됩니까?"

아르시노에가 에넌의 품 안에서 고개를 기울였다.

"글쎄요, 저도 잘은 모르지만……. 통상적으로 최소한 6개월 정도는 걸리지 않을까요? 아스완까지 빠르게 가도 40일은 걸리니까요."

6개월이라니. 에넌의 마음이 답답해졌다. 봄을 지나 여름, 가을까지 아우르는 시간이다. 그 시간 동안 청년은 아스완에 가 있을 것이다. 덥고 메마르고, 멀디먼 아스완에.

에넌은 어제를 떠올렸다.

도무지 그 청년을 왜 끌어안았는지 스스로도 이해를 할 수 없었다. 에넌은 셔츠 핑계를 대고 빠르게 성으로 돌아갔다. 이번 기회에 어여쁜 귀족 처녀를 만나 연애하고 싶었던 밴딧이 울상이 돼서 에넌을 따랐다. 그 우울한 표정에 에넌은 고개를 젓고 홀로 복귀했다.

복귀한 후에, 피범벅이 된 옷을 내다 버렸다. 시종이 사색이 되어 그 옷을 끌어안고 물러났다. 에넌은 발렌시아 황성의 큰 방 한가운데에 누워, 새벽까지 제게 일어났던 일을 생각했다.

놀라 커진 눈과 작은 어깨. 덜덜 떨리고 있던 몸과 눈물이 넘치던 눈. 제가 끌어안자마자 다시 터진 눈물은 에넌의 어깨를 적셨다. 성에 돌아왔을 때까지도 제대로 마르지 않아 그 축축함이 아직도 남아 있는 것 같았다. 에넌은 어깨를 어루만졌다. 생각이 많았다.

어린 시절, 피아를 겨우 구분하기 시작할 시절부터 에넌의 등 뒤에 따라오는 단어가 있었다. 사생아다.

에넌은 이름도 없는 핏덩이 시절에 발렌시아에 볼모로 넘겨졌다. 볼모라고 하기도 힘들었다. 그저 발렌시아에 땅을 반환하기 싫었던 제 아비가, 명분 대신 넘겨버린 버리는 패였다.

아빗사에게 올랭피아를 돌려달라고 탄원한 발렌시아 영주는 아빗사의 하녀가 낳은 사생아를 맡게 됐다. 당시 영주가 아이를 데리고 온 사신에게 아이의 이름을 묻자, 사신은 황망히 눈을 굴리다가 '에넌'이라고 답했다. 그것이 사신이 즉석에서 붙인 이름이라는 건 조금 나중에 밝혀졌다. 분에 찬 발렌시아 영주는 어린 외동딸 쎼시아 발렌시아만 남기고 세상을 떴다.

쎼시아의 삼촌뻘 되는 단딜리온 재상은 쎼시아와 함께 이름도 없는 사생아를 맡아야 했다. 항의를 할 수 없었음은 물론이다. 그럴 여유도 없었다.

사생아의 아비가 누군지 온 발렌시아에서 모르는 사람이 없었다. 아빗사는 주색을 탐하기로 유명했고, 아빗사에게 겁탈당한 처녀가 줄잡아 기백 명이었다. 에넌은 어릴 적 제 이름이 사생아인 줄로만 알았다. 그 이름을 부르는 이가 성에는 없었기 때문이다.

어린 쎄시아 발렌시아가 아무도 없는 성의 내실에서 울고 있던 갓난애를 발견한 것은 필연이었을 것이다. 여왕을 만나고, 정벌에 나서면서도 에넌은 단 한 번도 여인을 마음에 담아본 적이 없었다. 제 아비의 악명이 하도 드높아, 반사적으로 몸을 사렸기 때문이다.

사생아라는 호칭도 거추장스럽거늘, 그 아비에 그 아들이라는 말은 하물며.

쎄시아는 언제나 다정하게 '너와 네 아비는 다른 사람이니 그런 것은 신경 쓰지 말아'라고 일러왔지만, 그것은 쎄시아이기 때문에 할 수 있는 말이다. 에넌은 도저히 그런 평가에 신경 쓰지 않을 수 없었다. 발렌시아 영지를 일부러 허름한 차림으로 누빌 때도, 제 친구를 자처하는 모든 소년들이 자신이 그 사생아인지 몰랐어도, 에넌은 뭇 여인에게 실수로라도 손 한 번 대본 적 없었다.

통치의 잔의 힘은 오로지 그 주인의 혈육에게만 통하지 않았다. 덕분에 에넌은 마음껏 제 아비에 대한 살의를 불태우며 자랐다. 마침내 자신이 아비의 목을 베었을 때, 에넌은 어떤 종류의 해방감까지 느꼈다. 그러나 그 이후로도 여전히 에넌은 여인을 마음에 담아본 적 없었다. 관성적인 방어기제 때문만은 아니다. 바빴기 때문이다. 십 년을 전장에서 보냈다. 군인들만 드글드글한 전쟁터에서 에넌이 누군가를 사랑하기는 어려웠다.

아르시노에가 아무리 제게 연정을 고백해도, 에넌이 그녀에게 손을 뻗을 수 없는 이유도 비슷하다. 어쨌든 그녀는 쎄시아가 정복한 망국의 공주였다. 자신이 아르시노에에게 손을 댄다면, 에넌은 무자비한 정벌자가 될 것이다. 비록 모든 사람들이 아르시노에의 마음을 알고 있다 해도 에넌 스스로는 그 상황을 용납하기 힘들었다. 그녀가 눈에 확 띄는 미인이라는 것도 알지만, 끌리지 않았다.

그러나 어젯밤, 에넌은 또 다른 가설을 세웠다.

어쩌면 자신은 유리를 좋아하는 것이 아닐까?

요 근래 제 마음을 흔드는 것은 영 생소한 감정이었다. 처음에는 그저 귀여운 사람이구나 하고 생각했다. 그 천재성에 감탄했고, 제 누이에게 그를 추천한 것은 순수한 마음이었다. 그러나 제 앞에서 으스대는 모습, 자기애가 넘치는 모습을 보며 에넌은 저도 모르게 웃고 있는 자신을 깨달았다. 스스로를 그렇게나 사랑하는 유리의 모습에 부러운 마음을 품은 것도 사실이다. 어떻게 저렇게 매사 확신을 가지고 살아갈 수 있을까.

귀엽고, 귀애하고 싶었다. 이전에는 그것이 그저 좋은 친구를 사귄 사람의 만족감이라고 생각했다. 그러나 맹수 앞에 주저앉은 청년을 보는 순간, 그리고 제 화에 놀라 토끼눈을 뜬 그를 보는 순간 에넌은 어느 정도는 깨달았다.

저는 이제 도저히 이 청년을 걱정하지 않고는 못 견디겠다는 것.

걱정이라는 것은 양가적인 감정이다. 걱정하기 때문에 화가 나고, 걱정하기 때문에 알뜰히 돌보며 감싸고 싶다. 에넌은 그날 그 두 감정을 동시에 느꼈다. 넘어진 그가 다쳤을까 무서웠고, 곰이 제게 가하는 위협보다 제가 곰에게 죽게 되면 뒤이어 다칠 그가 걱정됐다. 필사적으로 곰을 잡은 것은 그래서였다. 사냥대회에서 1등한 것 따위는 대수롭지도 않다. 버럭 소리를 지른 이유는 그 청년이 원망스러운 동시에 걱정돼서였다.

어디 다쳤을까, 까지기라도 했을까. 끌어안은 후에도 뜨거워진 머리를 식히는 데에는 한참이 걸렸다.

혹시 나는 남자를 좋아하는 종류의 사람인 걸까? 에넌은 자신의 침대 위에서 잠을 이루지 못했다. 밤새도록 뒤척이며 생각해봤지만, 답은 나오지 않았다. 누구에게 물어볼 수 있는 질문도 아니다.

그러나 다시금 다음 날의 연회에 돌아와 유리를 본 순간 에넌은 깨달았다. 남자를 좋아하느니 어쩌느니 이런 고민들이 하얗게 머리에서 휘발되는 것을 느꼈기 때문이다. 그저 그가 무사해서 가슴을 쓸어내렸고, 그 후에는 아르시노에와 이야기하는 것을 보고 어떻게든 끼어들고 싶은 마음을 느꼈다.

적어도 이 감정이 어떤 종류인지는 분명해진 셈이다.

에넌은 춤곡이 거의 끝나갈 때쯤 입을 열었다.

"……아스완을 정말 사업 후보지로 폐하가 선정하신다면……. 저도 함께 따라가 볼까 합니다."

"……네?"

아르시노에의 눈이 휘둥그레졌다. 생각지도 못한 말일 것이다. 실제로 에넌은 자신이 정말로 아스완에 내려간다고 하면 비명을 지를 만한 가신들을 열 명은 댈 수 있었다. 모두 자신이 받은 방대한 영지를 관리하느라 눈코 뜰 새 없는 이들이다. 이게 남의 일이었다면 그렇게 하세요, 하고 전송했을 테지만.

……어제 곰 앞에서 겁에 질린 그 얼굴을 보고 나서는 그럴 수 있을 리가 없다.

에넌은 한숨 쉬듯 말했다.

"누이가 하시는 첫 사업입니다. 어찌 유리 한 사람에게만 맡길 수 있겠습니까."

핑계 하나는 확실했다. 어찌 됐든 쎄시아의 이름을 댄다면 대부분의 사람들은 납득할 것이다. 누군가는 에넌의 행동을 과잉 충성이다, 혹은 전시적 행동이다, 라고 말하기도 했지만.

아르시노에는 잠시 생각하다가, 옅게 미소 지었다.

"각하께서 함께 해주신다면 더할 나위 없이 감사드릴 일입니다. 아르시노에는 복이 많군요."

"크게 신경 쓰지 마십시오."

그럴 수 있을 리가 없다. 아르시노에는 미미하게 고개를 젓고 말을 이었다.

"폐하가 부럽습니다."

"어째서 그런 말씀을 하시는 겁니까."

"각하께서는 언제나 폐하 위주로 사시는 것처럼 보이거든요.

······솔직히 말씀드리자면, 발렌시아에는 정말 잘된 일이지만 저는 참으로······."

망국의 아름다운 왕녀는 말을 흐렸다. 에넌의 기분도 흐려졌다. 그녀가 그런 말을 할 때마다 예전에는 민망한 정도였지만, 이제는 가슴에 돌이 턱턱 얹히는 기분이었다.

아르시노에는 한참 말을 고르다가, 이내 에넌을 향해 미소 지어 보였다.

"아르시노에가 배부른 소리를 하였군요. 아닙니다."

"······미안합니다."

에넌은 마음속 깊이, 진심으로 사과했다. 그것은 연모받는 자의 감정이라기보다는, 누군가를 연모하게 된 사람의 마음을 담은 말이었다.

─❋─

만찬과 사냥대회, 그리고 대연회. 일주일의 봄의 축제 중 가장 큰 행사는 역시 대연회다. 가장 한미한 지위의 귀족부터 대영주까지 모두가 모일 수 있는 자리이기 때문이다.

젊은 남녀는 혼처를 찾기 위해서, 나이 든 대영주들은 교류를 위해 모인다. 여왕은 티타임을 가지거나 살롱을 개방하는 타입이 아니었기 때문에, 모두들 이번 연회에서 이후 왕국의 사교 흐름이 만들어지리라 믿었다.

"나는 그런 흐름 같은 거 안 만들 거지만."

여왕이 한가롭게 과일 썬 것을 입에 넣었다. 다섯 번째 날, 대연회가 열리기 몇 시간 전이었다. 가장 커다란 대연회에서 빛나야 할 여왕이지만, 여왕은 몇 시간째 투왈렛 룸의 통창을 활짝 열고 햇살을 만끽하고 있었다. 문을 열면 정원으로 바로 이어지는 구조이기에, 간단한 피크닉을 즐기기 아주 좋은 구조였다. 그 정원과 투왈렛 룸 사이에는 두 사람이 걸어 지나다닐 만한 대리석 회랑이 있었는데, 여왕은 그 회랑 위에 테이블과 의자를 놓고 앉아 망중한을 즐기고 있었다.

"아빗사 놈의 영주로 있을 때부터 그놈의 사교계 진출, 사교계 진출 소리 지겹게 들었다고. 사교계 같은 거 만들어 줄까 보냐."

발렌시아는 본디 아빗사의 왕국과 연방 협약을 맺은 영지였기에 어린 쎄시아 발렌시아 또한 나이가 찼을 때부터 중앙의 사교계에 진출해 좋은 남편을 만나야 한다는 소리를 지겹도록 듣고 자랐다. 어린 쎄시아는 압도적인 미모를 가진 것으로 유명했기에, 그 아빗사가 쎄시아 발렌시아의 데뷔를 손꼽아 기다렸다는 것은 알고 보면 꽤 역겨운 이야기다. 막상 아빗사와 쎄시아가 대면한 것은 그녀가 꽤 다른 형태의 중앙 진출을 도모했을 때 이뤄졌지만.

어쨌든 그녀가 사교계 어쩌고 하는 소리에는 치를 떠는 것도 당연한 일이다. 에넌은 빙그레 웃었다.

"아마 폐하가 개입하지 않으셔도 자연스럽게 이뤄지지 싶습니다만은."

"대영주들을 아주 다 갈기갈기 찢어놓고 동네방네 영지에다가 온갖 일을 밀어줘야 쓸데없이 부채 들고 호호호 이집 따님이 예쁘니 시집을 보내네 저집 청년이 잘생겼으니 장가를 보내네 소리를 안 하지. 다들 결혼 못 해 죽은 귀신이 붙었나."

"그렇게 생각하는 것은 폐하뿐입니다."

여왕의 옆에 꼿꼿이 서 있던 단딜리온 재상이 말했다.

"결혼을 하지 않으면 가문도 번성하지 않죠. 아이를 낳고 지참금으로 재산을 불리고, 가문 간의 결속을 다져서 함께 번영하는 것이야말로 귀족들의 삶의 목표입니다."

"그렇지만 너무 슬픈 인생이지 않소, 재상? 소 떼도 아니고 번식이 목표라니."

단딜리온 재상은 이번에야말로 뻔뻔한 제 조카딸의 코를 비틀어 주고 싶다고 생각했다. 쎄시아는 혀를 쏙 내밀더니 다시 테이블에 손을 뻗었다. 그 손목을 잡아 저지한 것은 에넌이었다.

"그만 드시지요."

"잔치할 때 많이 마셔 봐야지."

"잔치할 때 아니라도 많이 드시지 않습니까."

쎄시아는 칫, 하고 손을 내려놨다. 눈앞에 놓인 술이 쎄시아를 약 올리듯 뽀얀 금빛 거품을 내뿜었다.

"이미 두 잔 드셨습니다."

"딱 한 잔만, 응?"

"이따 대연회장에서 어차피 한 잔 더 드셔야 합니다. 그때 드시지요."

급기야 여왕은 으아아! 하고 팔과 다리를 거세게 사방으로 뻗었다. 근처에 서 있던 시녀들은 여왕의 기행에 익숙해 있어 놀라지도 않았다.

"내가 왕인데! 왜 술 한 잔 내 맘대로 못 마시는 거야!"

"왕이라는 게 생각보다 해보니까 거추장스럽지요?"

그때를 틈타 재상이 쎄시아의 말을 받았다. 쎄시아가 눈을 부라렸다.

"뭐요, 재상. 그 말투는."

"글쎄요. 저는 '것 봐, 내가 그럴 줄 알았다'라는 말을 별로 좋아하지 않습니다만……."

"그 말이 하고 싶으신 거 같은데."

백발의 노인이 사뭇 음흉하게 웃었다.

"시집가라는 소리가 듣기 싫어 세계를 정복하고 돌아오겠다는 열여덟의 처조카딸에게 제가 해줄 말은 한 가지뿐이었죠."

쎄시아는 그때 자신의 이모부뻘 되는 재상이 했던 말을 정확히 기억하고 싶은 표정이 됐다. 에넌이 웃으며 말을 받았다.

"'시집가는 것보다 왕 되는 게 훨씬 개 같을 텐데'였죠."

여러모로 재상의 말은 들어맞았다. 쎄시아가 으르렁거렸다.

"정말이지 장원 두엄더미를 맨발로 밟으며 감 농사나 짓게 해 드리고 싶을 때가 하루 이틀이 아니라니까."

"저는 언제나 바라는 바입니다, 폐하."

재상이 과장된 몸짓으로 쎄시아에게 몸을 굽혀 인사했다. 에넌이 피식피식 웃었다. 한가로웠다. 에넌은 여왕의 투왈렛 룸 쪽을 들여다봤다. 대연회까지 남은 시간은 많지 않았다. 여왕은 지금쯤 벌써 머리를 고불고불 말고 있어야 할 텐데, 어째 너무나 한가로웠다. 활짝 열린 투왈렛 룸에도 개미 새끼 하나 없다.

"폐하, 대연회 준비를 하셔야 할 때 아닙니까?"

"일렉사 백작부인이 잘 하고 있는데 내가 뭐하러."

"그거 말고."

에넌은 투왈렛 룸 쪽을 팔짱 낀 채 턱짓했다. 쎄시아가 픽 웃었다.

"괜찮아. 한가해. 술 한두 잔쯤 더 마실 시간 정도는 남았지."

그런 이야기를 하며 자연스럽게 눈앞의 술잔에 손을 뻗기에, 에넌은 잽싸게 그 손에서 술잔을 빼앗았다. 쎄시아가 또다시 눈을 찡그렸다. 그러나 에넌은 봐주지 않았다. 제 누이는 술을 지나치게 많이 마시곤 했다.

쏴아아, 정원의 작은 분수가 시원하게 물을 뿜어냈다. 시녀장의 비서 마틸다가 잰걸음으로 재상에게 와 서류를 건넸고, 재상이 빠르게 물러갔다.

둘만 남았다. 쎄시아는 턱을 괴고 평화로운 풍경을 마음껏 감상했다. 여왕의 투왈렛 룸과 연결된 정원은 작았지만, 다른 정원들과 공간이 연결돼 있어서 밖에서도 안에서도 양쪽이 잘 보였다. 쎄시아가 보고 있는 곳은 온실이 있는 쪽 정원이었다. 연회를 위해 모여든 귀족들이 삼삼오오 모여 산책하거나 했다. 개중에는 남녀 짝을 지은 이들도 제법 있었다.

실로 볼만한 풍경이었다.

"내가 그렇게 싫다 싫다 하면서 할 말은 아닌데, 내 동생."

"예."

"너는 연애 안 하냐."

에넌은 입을 다물었다. 아스완의 대영주가 수도에 와 있는 상황에서, 제 누이가 할 말은 뻔했다. 쎄시아는 턱을 괴고 픽 웃었다.

"네가 나 때문에 아무것도 하지 않고 있음을 알지."

"……."

"에넌."

"생각 없습니다. 앞으로도 계속."

붉은 눈이 장난기를 가득 담고 이쪽을 향했다.

"아름다운 아르시노에를 그대로 내버려 둘 셈이야? 그 애는 네가 아니면 평생 홀로 늙어죽을 거라고."

"타인의 불행한 독신 생활이 제 결혼의 이유가 될 수는 없습니다."

"에넌."

이제 쎄시아의 목소리는 타이르는 투였다.

"설교하고 싶은 건 아냐. 나는 네가 다정한 아이라는 걸 알지. 나는 인간들을 그다지 좋아하지 않지만, 그런 내 옆에 네가 있다는 게 놀라울 정도로 너는 사람을 좋아하잖니."

"저를 너무 대단한 사람으로 봐주시는 거 아닙니까."

"너는 대단한 애니까."

쎄시아는 일종의 확신을 담아 말했다.

"혹시라도 그런 네가 나 때문에, 좋아하는 사람을 포기하는 일이 생기지 않았으면 좋겠어."

"……."

"그러다 나중에 늙어 죽기 전에 그 사람이 생각나면 얼마나 억울한 일이겠니?"

쎄시아는 제 동생이 그 말에 곧장 반박할 줄 알았으나, 그러지 않고 생각에 잠기는 것을 놀라운 눈으로 쳐다봤다. 에넌은 눈을 두어 번 깜박이다가, 잠시 테이블 아래를 쳐다보며 무언가를 곱씹는 것처럼 보였던 것이다.

설마 얘가 진짜로 좋아하는 사람이 있나.

그러나 쎄시아는 굳이 말을 더 걸지 않았다. 이제 스물여섯이 된 제 동생은, 채 나이가 차기도 전에 자신을 따라 전장에 나섰다. 단한 번도 이 애에게 엄청난 것을 기대하지 않았지만, 그럼에도 불구하고 넘치도록 제 몫을 해내는 애였다. 이 애가 뭔가를 찾아내려 한다면, 제 참견은 별 도움이 되지 않을 것이다. 자신이 참견하기 이전에 제 것을 찾아낼 사람이므로.

그래서 쎄시아는 제 동생을 놀리는 데 집중하기로 했다.

"사람 일은 모르는 거거든, 나의 동생."

"……."

"그러다 만약에 장가가게 되면 그때 가서 얼마나 창피하려고 그러니."

에넌이 제 말에 피식 웃었다. 쎄시아가 말을 붙였다. "얼레리꼴레리." 두 사람 사이에 온기가 번졌다. 이러니저러니 해도 숱한 세월을 거쳐 온 남매는 서로가 서로를 지극히 위하고 있다는 것을 언제나 잘 알고 있었다.

에넌이 입을 열었다.

"아스완에는 저도 가겠습니다."

"엑."

"표정이 왜 그러십니까."

"글쎄, 그 이야기가 벌써 너에게 들어갈 줄은 몰랐으니까……?"

쎄시아가 술잔을 빙글빙글 흔들었다. 에넌이 미소 지었다.

"아르시노에에게 들었습니다."

"이런, 사랑스러운 아르시노에가 소 뒷발에 쥐를 잡았구나!"

짝, 하고 쎄시아가 손뼉을 쳤다. 다른 사람이 에넌에게 아스완의 사업 이야기를 했다면 그의 충성심을 이용해 에넌을 불러들이려는 수작이라고 쎄시아는 단박에 생각할 것이다. 그러나 아르시노에는 아스완에 에넌이 오길 바란다면 그에게 직접 방문을 권할 사람이지, 사업이 어떻고 하는 말을 돌려서 할 만한 위인이 아니다.

"왜 그렇게 생각하십니까."

"……아나? 그 애가 그렇게 연애에 능숙해졌어? 네 충성심을 이용해서 자기 영지에 너를 부를 정도로?"

"아닙니다."

여왕이 눈을 동그랗게 뜨다 웃었다.

"그럼 네가 드디어 아르시노에와 잘해볼 마음이 일말이라도 생긴 것이니?"

"……그런 것도 아닙니다."

에넌은 한숨을 쉬었다.

"그럼 그 멀고 먼 아스완까지 대체 왜 간단 말이야? 유리 클로드가 자원했다지만, 그는 자기가 손해 볼 짓은 하지 않는 사람이지. 아마 생각이 따로 있어서 그렇겠거니 했지만 너는 거기 왜 가는 거야?"

"……그 사람을 그렇게 생각하십니까. 꽤 어여삐 여기시는 것 같더니."

쎄시아가 입가를 끌어올렸다.

"물론 어여쁘지. 나는 유리 클로드가 좋아. 귀엽고, 솔직하고, 제 가진 재주를 내보이는 데 거리낌이 없어. 그런 자들을 나는 좋아해. 그렇지만 마냥 선하기만 한 자는 아냐. 정확히는 머리회전이 빠르고 보통 사람들보다 계산단위가 커서 잘 눈에 띄지 않을 뿐이지."

"……그 또한 아스완에서 얻는 게 있단 말씀입니까."

여왕의 긴 손톱이 허공을 맴돌았다. 에넌은 곧 여왕이 그리고 있는 것이 긴 해도라는 것을 알아차렸다.

"그가 속한 상단의 이름이 칼레라지. 칼레의 대주주인 그 미남이 아르시노에와 만나 영원의 강 수로 정박 사용권을 사기로 했다더군."

에넌이 입을 벌렸다. 쎄시아는 어깨를 으쓱했다.

"똑똑하지. 그들이 대체 아스완에서 뭘 하려는지는 모르겠지만, 적어도 투자라면 아르시노에와 친분을 쌓는 것이 좋겠지. 실제로 호수변에서도 둘이 함께 있는 것을 본 사람이 있고."

"……그렇군요."

"내가 듣기로는 유리 클로드는 아르시노에를 모델로 쓰고 싶어 한다고 들었다. 아스완 사람들은 외국인들을 싫어하지만, 글쎄. 자국의 왕녀 얼굴이 걸려 있는 상점의 주인이 상선을 정박하고, 아스완에 투자한다면 어떨까."

에넌은 유리가 꽃다발을 만들려고 했던 이유를 되새겼다. 거기까지 생각하고 있었단 말인가. 유리 클로드가 가진 상인의 감각은 거기까지 뻗어 있는 걸까. 물론 둘의 대화를 유리가 알았다면 꽤 당황했을 것이다. 레스타의 교섭은 유리와 따로 상의하지 않은 독단적인 일이었고, 거기까지 계산한 일은 아니었기 때문이다.

그러나 모든 일은 유기적이다. 그리고 발렌시아를 다스리는 쎄시아 입장에서 보기에는, 유리는 꽤 머리를 잘 굴리는 상인이었다.

"호랑이도 제 말 하면 온다더니. 유리 클로드로군."

쎄시아가 가리킨 쪽을 보고 에넌은 눈썹을 꿈틀했다. 정원 한쪽에서 마틸다와 함께 유리가 걸어오고 있었다. 갈색 머리카락은 봄바람에 휘날려 이마를 다 드러낸 채다. 이쪽의 여왕과 눈이 마주치자, 그 자리에서 멋들어지게 인사까지 해 보인다. 에넌은 어쩐지 목구멍에서 뭔가 차오르는 것 같아, 말을 토해버렸다.

"……글쎄요. 저 사람은 영 불안합니다."

"무슨 소리야?"

"하는 일마다 마무리가 영 야무지지 못하니 하는 말입니다. 누이의 첫 기간사업인데, 저 사람이 과연 첫 삽을 제대로 뜰 수 있을까요."

제 속내와는 전혀 다른 말이었다. 핑계에 가까웠다. 에넌은 그렇게 말하면서도 불안하게 제 누이를 쳐다봤다. 제 누이는 자신의 거짓말 따위는 단번에 꿰뚫어 보는 사람이다.

쎄시아가 싱긋 웃었다.

"글쎄, 나는 저자가 퍽 믿음직한데. 막상 저자를 데려온 네가 그런 말을 하는 건 뜻밖인걸."

"그렇습니까."

"정 그렇다면 둘이 함께 다녀와 보는 것도 좋겠지. 저자에게 잘 보여. 네 형님이 될 수도 있다."

"……예?!"

에넌은 저도 모르게 크게 소리를 냈다.

이게 무슨 소리야? 형님? 설마 쎄시아 발렌시아가 유리 클로드를 제 의형제로 만들겠다는 것도 아닐 것이다. 게다가 그 경우에도 형님은 성립하지 않는다. 그렇다면, 혹시. 에넌의 식겁한 표정을 보고 쎄시아가 깔깔 웃었다.

"생각해본 것뿐이야."

"누님."

"꼭 결혼이라는 걸 할 필요는 없잖아."

그 말에 에넌이 멈칫했다. 쎄시아는 턱을 괴고 이쪽으로 천천히 걸어오는 유리 쪽을 보며 나직하게 말했다. 그 음성은 아주 작아서, 주변에 서 있던 시녀들도 채 듣지 못할 만큼 작았다.

"너도 알겠지만, 너와 나는 내가 원했던 것을 얻는 대신에 아주 힘들고 짜증나는 것들도 같이 얻게 됐지. 나는 그래서 항상 네게 미안하단다."

그러실 필요 없다고 말하려고 했으나, 쎄시아는 제 대답을 바라는 것 같지는 않았다. 그래서 에넌은 가만히 제 누이의 말에 귀를 기울였다.

"발렌시아는 내가 원했던 것일 뿐 네가 원한 것은 아니잖니. 물론 착한 너는 내가 원하는 것이 곧 네가 원하는 것이라고 말하겠지만, 그것 또한 내가 원한 대답은 아니고 말이야."

재상의 앞에서 출사표를 던질 때, 여인은 결혼하라는 소리가 듣기 싫으니 대륙을 정복하겠다고 말했다. 대륙의 왕이 된다면 아무도 자신에게 잔소리를 하지 않을 거라는, 어쩌면 어린애 같은 말. 그러나 그 말 뒤에 어떤 것들이 숨어 있었는지 에넌은 안다.

쎄시아는 멍청한 자들을 싫어했고, 멍청한 이들이 왕관을 쓰고 멍청한 짓을 하는 것은 더 싫어했다. 발렌시아는 가난했고, 멍청한 왕 때문에 허덕였다. 쎄시아의 친구, 이웃, 동료. 영지민이라는 이름 하에 그들은 아빗사에게 수탈당했다. 내가 더 잘 할 수 있어, 라는 미명 하에 그녀는 일어났다.

물론 에넌이 없었다면 지금의 발렌시아는 존재할 수 없었을 것이다. 통치의 잔을 가진 아빗사의 목을 벨 수 있는 것은 그의 직계혈육뿐이었고, 에넌은 망설임 없이 얼굴 한 번 보지 못한 제 아비를 베리라 맹세했다.

물론 아빗사의 목을 베었다고 해서 다 끝난 것은 아니었다.

십 년의 전쟁을 넘었다. 그동안 에넌은 단 한 번도 제 누이가 아닌 것을 위한 적이 없었다. 제 누이가 원하는 것을 위해 움직였고, 누이의 명령을 따랐다. 확신에 찬 붉은 눈동자가 향하는 곳을 함께 바라보는 것만큼 에넌에게 즐거운 것은 없었다.

그러나 쎄시아는 그 십 년의 세월 동안 에넌이 그녀를 위해 일부러 욕망을 거세한 것은 아닌가 걱정하는 것이다. 그 마음을 에넌은 십분 이해했다.

"나는 네가 어떤 장애물도 없이, 오로지 네가 원하는 것을 위해 움직이는 것을 한 번이라도 볼 수 있다면 그것으로 족하단다."

"……."

"너는 어릴 적 아주 말 잘 듣는 아이였지만, 이제 스물여섯 살짜리면 내게서 졸업할 때도 됐지, 에넌."

제 누이의 마음은 지극한 애정을 담고 있었다.

"저자가 나에게, '대관절 폐하에게 에스코트가 왜 필요한 것입니까?'하고 물었을 때 나는 망치로 머리를 맞은 것 같았단다. 모두들 나에게 결혼해서 아이를 낳으라고 하지. 역설적으로 말하면 아이만 있으면 어떻게든 된다는 것이다. 꼭 남편이 있어야 아이를 가질 수 있는 건 아니지 않니?"

그렇다고 해서 이렇게까지 극단적으로 사고를 바꿀 필요는 없는데. 에넌은 머리를 긁었다.

"……남자가 있어야 애를 가질 수 있지 않습니까."

"그 남자가 꼭 남편일 필요 없지. 나에게 에스코트가 필요하지 않듯, 부군은 거추장스러울 뿐이다. 내 옆에 남자를 세워 봐야, 나를 짓누르고 깔아뭉개고, 내 목을 베고 제가 왕관을 쓸 생각이나 하지 않으면 다행이겠지. 나는 그런 것을 늘릴 생각이 없어."

한숨이 절로 나왔다. 쎄시아의 말은 전부 맞는 말이다. 그러나.

"그는 한미한 출신이지. 내 옆에 부군으로 세우기도 애매해 중신들은 내가 그를 귀애한다 해도 눈치를 볼 뿐 그를 추종하려 들지는 않을 것이다. 아이는 여자가 낳으니, 남의 배에서 낳아왔다는 이상한 추측을 들을 필요도 없다."

제 누이는 붉은 눈을 번득였다. 합리적이라고 한다면 그렇게 말할 수도 있을 것이다. 그러나 여왕의 아이가 아버지 없이 자라는 것을 모두가 납득할 수 있는가. 그리고 그 전에 심각한 문제가 하나 있다. 여왕이 눈독 들이는 남자는……. 에넌은 그대로 대리석 바닥에 머리를 박고 싶은 심정이 됐다.

"단지 그 이유뿐이라면……. 다른 사람도 많지 않습니까?"

어머, 하는 얼굴로 여왕은 웃었다.

"그럴 리가. 귀엽잖아."

"……."

"귀엽고 사랑스럽고, 재능도 넘치고 제 분수를 아니 과히 나대지도 않지. 이문에 밝아 손해 보는 짓을 하지도 않을 것이다. 어디 가서 유흥을 즐기는 것도 아니고, 놀랍게도 여자 문제도 깨끗하더구나. 매독 같은 것을 걱정할 필요도 없지."

에넌은 유리 클로드 쪽을 바라봤다. 유리는 이쪽을 향해 꾸벅 고개를 숙이더니 바로 여왕의 투왈렛 룸으로 걸어 들어갔다. 여왕의 대연회 준비를 하기 위해서다. 오늘 유리가 입은 옷은 귀여운 연두색 푸르푸앵과 날렵한 퀼로트다. 봄의 꼬마 요정 같아 보였다.

"나는 저런 애가 좋아. 구김살 없고, 자기 일을 열심히 하지. 비누 거품 같아. 나같이 심술 맞은 사람이 찌그러뜨리려도 금세 좌절하지 않고 도로 뽈록, 하고 올라오는 거야. 그리고 곧 뽀그르르, 몸을 키워서 날아오르지."

그 귀여운 어감에 에넌은 그만 쎄시아의 말을 납득해버렸다. 그렇지만……. 반감이 목구멍에서 올라오는 것은 어쩔 수 없었다. 그러니까, 저 사람에게……. 나도 그런 종류의 관심이 있다고 어찌 말하겠는가.

그래서 에넌은 간신히 다른 말로 시비를 걸었다.

"……나이가 열 살 넘게 차이 나지 않습니까."

"그게 무슨 상관이야, 나는 예쁜데."

하지만 여왕님은 에넌의 시비를 무참하게도 받아넘겼다.

"그리고 쟤는 예쁜 거 되게 좋아해. 우리 내기할까? 저자가 나한테 두 달 안에 넘어온다에 얼마 전에 진상 받은 다이아몬드를……."

"됐습니다."

보기 드물게 단호한 제 동생에게 놀라 쎄시아는 눈을 두어 번 깜박거리다 웃었다.

"아무튼, 저는 아스완에 다녀오겠습니다."

"알겠어."

쎄시아가 미소 지었다.

"하지만 나는 네가 좀 일찍 돌아오면 좋겠구나. 본래는 1년 정도를 생각하고 있었는데, 네가 간다면 6개월에서 8개월 정도 사이에 돌아오면 좋겠어."

"아스완에 갔다가 바로 돌아오면 그 정도 시간이 되겠군요."

에넌이 농담했다. 아스완까지는 단출하게 말을 달려가면 한 달 반에서 두 달 정도가 걸린다. 그러나 여왕의 파견직인 만큼, 갖춰야 하는 것도 많을 것이다.

"올랭피아도 그만 주인을 만나봐야 하지 않겠니."

"음……. 저는 아직도 제가 그 광활한 평야의 주인이라고는 생각하기 어려운데요."

난처한 표정의 청년에게 쎄시아가 씩 웃어 보였다.

"뭐, 꼭 주인 행세를 해야 한다고 생각하지는 마. 난 사실 네가 올랭피아의 당당한 주인 행세를 했다면 더 놀랐을 거란다."

"달링 경이 열심히 하고 있긴 합니다만……. 역시 도로 가져가시면 안 되겠습니까."

발렌시아에서 최고의 수확량을 올리고 있는 광활한 곡창지대, 올랭피아. 그 부유한 곳은 전쟁 후 고스란히 에넌 라이언하트의 영지로 귀속됐다. 그러나 에넌은 그 올랭피아가 도무지 제 것이라고는 생각되지 않았다. 정확히는 공작위조차도 가끔, 사람들이 자신을 놀리는 것 같다고 생각하곤 했다. 본래대로라면 그 가치 때문에라도 왕 직속령이 되어야 할 곳이다.

그렇기 때문에 아마 제게 준 거라고 생각하지만. 한숨 쉬는 에넌 앞에서 쎄시아는 손을 내저으며 웃었다.

"정 그렇게 버거우면 도박 빚에라도 담보로 넘기든가."

"……제가 절대로 그렇게 안 할 거 알고 그런 말 하시는 거 아닙니까."

"알면 잘해."

대책이 없는 건지, 저를 너무 믿는 것인지. 에넌은 머리가 지끈거리는 것을 느꼈다.

"……아스완에서 올라오며 들러보겠습니다. 생각보다 좀 길어질 수도 있겠군요."

"영지민들에게 잘생긴 새 영주를 보여주는 건 중요한 일이지. 그래도 1년 안에는 다녀와."

그때 투왈렛 룸 안에서 마틸다가 짝짝, 하고 손뼉을 쳐 이쪽의 주의를 환기시켰다. 두 사람 다 그쪽을 쳐다봤다. 여왕의 단장을 책임지는 시녀들이 주르륵 도열해 있었고, 투왈렛 룸 안에는 따뜻한 물이 가득 찬 욕조까지 대령해 있었다. 이제는 정말 쎄시아가 단장할 시간인 것이다.

"공작 각하는 이제 슬슬 자리를 비켜주시면 좋겠고, 폐하께서는 들어와 주시지요.”

“나 술 마셨는데, 물에 안 들어가면 안 돼? 이런 상태로 따뜻한 물에 들어가면 취할 것 같은걸.”

제 누이는 참으로 단장을 귀찮아했다. 이럴 때는 꼭 게으른 고양이 같았다. 마틸다가 빙그레 웃었다.

“걱정 마시지요. 폐하께서 취할 것을 대비해 얼음물도 준비했답니다.”

과연 그 일렉사 백작부인의 수석 비서다웠다. 물론 정말로 지고하신 여왕 폐하께 얼음물을 끼얹지야 못하겠지만, 말만 들어도 무시무시했다. 으. 쎄시아가 어깨를 움츠렸다. 타이밍 좋게 마틸다의 뒤에서 유리가 튀어나왔다. 쎄시아가 입을 흰 옷을 든 채였다.

“저는 그럼 의상 손질을 다 했으니 잠시 물러가겠습니다.”

“그러세요.”

여왕 폐하의 목욕 장면이다. 남자인 유리가 그 자리에 있을 수는 없다. 잘 됐다 싶어 유리를 기다려 함께 물러가려던 에넌이 이마를 찌푸렸다. 유리에게서 마틸다가 받아 든 옷이 이상하도록 단출해서다.

광택이 나고 도톰한 천은 엄청난 고급이었다. 천만 본다면 그렇다. 그러나…… 마틸다가 접어 받아든 그 옷은, 쎄시아가 걸친다기엔 너무나 간결했다. 그러니까 드레스라는 건, 저렇게 휙휙 손으로 접어 들어서 간단하게 건넬 수 있는 게 아닌데? 속옷인가?

그러나 에넌은 맹세코 그런 속옷 같은 것은 본 적도 없었다. 때아닌 맹렬한 시선에 마틸다가 눈을 찌푸렸다.

"각하?"

"어, 그, 예."

"자리를 좀 비켜달라고 말씀드렸을 텐데요……?"

그러나 에넌 라이언하트는 궁금함을 참을 수 없었다.

"……그게 뭡니까?"

마틸다 대신 답한 것은 유리였다. 유리는 마치 에넌의 질문을 기다렸다는 듯 타이밍 좋게 나서서 "아, 이거요?"하고 대꾸했다.

"예. 드레스……같지는 않고."

에넌이 눈에 힘을 주었다가 입을 조심스럽게 열었다.

"……설마."

설마가 사람 잡는다. 유리는 마틸다의 팔에 걸쳐진 옷을 보고 씩웃어 보였다.

"오늘의 하이라이트랍니다."

─✳─

대연회는 동쪽 성에서도 가장 큰 홀에서 열린다. 발렌시아의 귀족이란 자들은 다 모이는 자리이기에 그 규모는 엄청나게 컸고, 홀에서 시작해 정원까지 온통 터놓은 채로 진행됐다. 발렌시아의 건국 후 첫 대규모 연회라 더욱 사람들이 많았다. 게다가 여왕의 생일까지 함께 겹쳐 있으니 발렌시아 성은 사람들로 인산인해를 이루었다.

동쪽 성의 보물창고지기가 즐거운 비명을 지른다는 이야기도 있었다. 여왕에게 진상된 선물들이 너무 많아 창고가 가득 차 버렸기 때문이라나. 부유한 여왕은 그 선물을 아낌없이 제후들에게 나누어 주었다.

그리고 열린 대연회였다. 대연회에서는 대영주들의 충성 맹세가 거행될 참이었다. 아흔아홉 개의 왕국을 정복한 여왕 아래 대영주가 된 제후들은 이날 일제히 여왕에게 충성을 맹세하기로 했다. 어마어마한 볼거리가 될 것이다. 3일 동안 열린 사냥 대회의 시상을 위해 준비된 금화가 홀 한켠에 전시돼 있었다. 어지간한 기사의 방패만 한 금화는 그거 하나만으로도 작은 소도시를 살 수 있을 만큼의 값어치를 했다.

그러나 사람들은 금화에는 큰 흥미가 없었다. 그야 사냥 대회 첫날, 곰을 잡아버린 이가 있었기 때문이다. 그것도 여왕의 의동생, 라이언하트 공작이다. 누군가는 '일부러 짜고 친 것 아니냐'는 소리를 하기도 했다. 그러나 사냥 대회에 참가한 수많은 이들이 실제로 죽은 곰을 보았으니, 뭐라고 항의를 할 수도 없었다.

연회장은 늦은 오후부터 입장객을 받았다. 미혼의 귀족 아가씨들은 아리땁게 꾸미고 정원을 드나들었다. 그녀들 곁에는 한결같이 멋진 미혼의 귀족 남성들이 따랐다. 다른 왕국의 귀족이어서 교류가 없었던 이들이 발렌시아라는 이름 아래 본래 한 갈래였던 듯 천연덕스럽게 통성명했다. 첫 대연회였기에 모두가 어느 정도는 흥분해 있었다.

이미 진행된 만찬과 호수변의 연회들에서 여왕이 보여준 드레스 때문이었을까. 유리 또한 아주 바빴다. 유리는 성에 들어서자마자 수많은 귀족들에게 명함을 돌려야 했다. 본래 유리는 명함을 만들면서 대연회에서 어떻게 자연스럽게 제 명함을 제후들에게 건넬지 고민했으나, 지금은 그럴 필요도 없었다. 아타락시아의 아름다운 명함에는 금장식이 박혀 있다는 소문이 파다하게 퍼져 있었던 것이다. 수많은 귀족들이 유리를 보자마자 "명함을 좀 주시오!"라고 말했고, 명함은 순식간에 동났다.

물론 금장식뿐만은 아니었다. 모두들 유리를 궁금해했다. 벨름에서 온 재단사의 파격적인 드레스. 황금 깃털로 드레스를 만들어낸 기술은 보통 사람의 그것이 절대로 아니었다. 게다가 그 여왕에게 꼭 맞춘 듯한 아름다운 옷자락.

꼭 그 옷을 입고 싶은 것이 아니다. 유리가 만들어낸 옷들은 쎄시아에게 더없이 잘 어울렸다. 정확히는 쎄시아만 입을 수 있는 옷, 그리고 그녀가 입어야만 빛이 나는 옷이었다.

대부분의 사람들은 그 옷을 보고, 유리야말로 자신이 찾던 그 재단사라는 생각을 하게 됐다. 고객에게 더없이 잘 어울리는 맞춤옷을 만들어주는 자. 그리고 유리는 오후의 연회 홀에서, 제게 주문을 넣겠다는 귀족들 수십 명에게 시달려야 했다. 아타락시아 발렌시아 분점이 아직 준공 전이니 망정이지, 벌써 지어졌다면 내일부터 왕성에 올 수도 없을 뻔했다. 이만 폐하의 단장을 체크하러 투왈렛 룸에 가야 한다는 핑계가 아니었더라면 중간에 빠져나오기도 어려웠을 것이다. 여왕의 시녀들에게 준비된 옷을 건네고, 쎄시아의 목욕을 피해 나온 유리는 투왈렛 룸의 문 앞에서 긴 한숨을 내쉬었다.

"죽겠다."

"벌써 죽으면 어떻게 합니까."

같이 투왈렛 룸을 나온 남자, 에넌이 여상하게 말했다.

"아직 대연회는 시작도 안 했습니다."

"그러게 말이죠…… 공작님은 옷 안 갈아입으세요?"

"저야 뭐."

에넌이 어깨를 으쓱했다.

"사실 누님이나 저렇게 목욕부터 시작하시는 거지, 저는 그냥 준비된 옷이나 입으면 끝입니다."

"……모든 남자 귀족들이 공작님처럼 꾸미지 않은, 그대로의 모습으로 오나요?"

유리의 말에는 가시가 있었으나 에넌은 언제나 그렇듯 알아채지 못했다. 그래서 웃으며 답했다.

"아닐 겁니다. 저야 뭐, 워낙 그런 것들을 갑갑해하니 그렇고요. 대부분의 남자분들은 그래도 저보다는 퍽 성의 있는 모습으로 오시지요."

"……하아. 저는 정말 이럴 땐 공작님이 싫어요."

에넌으로서는 청천벽력 같은 말이었다. 눈앞의 재단사는 이마까지 짚으며 정말로 한심하다는 듯, 저를 보고 고개를 흔들었던 것이다.

"……제가 뭔가 잘못했습니까?"

"그렇다기보단."

유리는 팔짱을 끼었다. 그 도전적인 포즈에 에넌은 조금 긴장했다.

"본인이 잘생겼으니 꾸밀 필요가 없다고 생각하는 그 안이하고 게으른 태도 말입니다. 저 같은 사람은 그럴 수도 없다고요."

"……아하?"

그제야 에넌의 얼굴이 약간 풀어졌다. 유리가 말을 이었다.

"이래서 본판이 잘난 사람들이란. 거적때기 같은 옷을 입어도 잘 생겼으니 자기를 꾸미려고도 안 하죠. 저 같은 사람은 아침부터 일 어나서 목욕재계를 하고 머리를 넘기고 새 옷을 챙겨입고 난리 법 석을 떠는데."

"아, 그러고 보니 유리……."

유리의 말에 에넌이 유리를 새삼스럽게 내려다봤다. 그러고 보니 오늘따라 유리가 뭔가 좀 다른 것 같았다. 신은 구두도 반짝반짝 빛 이 나는 짙은 초록색이고, 퀼로트 또한 종아리 통이 좁아지면서 단 추가 쫑쫑 일자로 달린 색다른 것을 입었다. 단추는 진주였다. 꽤 고 급품임이 분명했다. 게다가 입은 푸르푸앵은 분명 에넌의 것과 비 슷한 깔끔한 허리선을 가지고 있었으나, 어깨 소매는 약간 부풀려 져 사뭇 사랑스러웠다. 얼굴은 분홍빛으로 반들거렸고, 머리카락은 뒤로 온통 넘겨 동그란 이마가 드러났다. 보통 젊은 청년들이 나이를 먹어 보이고 싶어 할 때 머리를 넘기지만, 유리의 경우에는 발그스레한 뺨이 돋보여 한층 얼굴이 더 동그래 보였다.

그러니까……. 한마디로.

"오늘따라 굉장히 귀엽……군요."

에넌은 제 말을 끝내지 못 할 뻔했다. 유리가 귀엽, 까지 듣고 볼을 잔뜩 부풀렸기 때문이다. 이게 아닌가?

"그러니까, 오늘따라 참으로……. 동그……아니. 그러니까……."

"……됐어요. 잘생겼다는 말은 바라지도 않았습니다."

……정답이 '잘생겼다'였구나……. 에넌은 속으로만 한숨을 내쉬었다. 그러거나 말거나, 유리는 여전히 팔짱을 낀 채 말했다.

"그래서, 오늘도 그렇게 제가 드린 옷만 입으시려고요?"

"……안 됩니까? 부츠도 새 건데……."

그렇게 말해놓고 에넌은 스스로가 약간 한심해졌다. 어쩐지 자신이 변명하는 모양새가 돼서다. 그래서 에넌은 조금 더 덧붙여 봤다.

"……오늘 입궁하기 전에 누님보다 더 열심히 씻고 왔습니다?"

"……물론 청결은 더할 나위 없는 미덕이며 제가 발렌시아에서 최고로 치는 미덕이긴 합니다만, 공작님."

유리가 뱁새눈을 한 채 말을 이었다.

"청결만 갖춘다고 다가 아니지 말입니다."

"……그렇지만 유리, 저는 저를 꾸미는 데 큰 재능이 없습니다."

아무래도 이 재단사는, 자신조차 쎄시아처럼 화려하게 꾸몄으면 하는 것 같았다. 에넌은 땀을 뻘뻘 흘리며 손을 내저었다.

"게다가 시간도 없고요."

"아뇨, 시간은 있긴 해요."

그렇지만 유리 클로드는 에넌의 말을 툭 잘랐다.

"여왕님이 입으실 옷은 그렇게 크게 손이 안 가요. 지금부터 바쁘게 서두르면 폐하께서 씻고 머리를 만지는 사이에 공작님의 머리 정도는 제가 손 볼 수 있겠는걸요. 집무실이 가까우시죠?"

"……유리."

"각하, 제가 이왕 멋지게 옷 만든 거, 더 멋지게 입어주셨으면 해서 그래요."

에넌은 한숨을 쉬었다. 그러나 유리는 이미 에넌의 팔을 붙든 채였다. "가요, 각하. 예?" 느닷없는 접촉에 에넌은 화들짝 놀랐으나, 유리 쪽이 두 배쯤 막무가내였기에 소용없었다. 어느새 에넌은 유리에게 떠밀려 회랑 복도를 질러 제 집무실 쪽으로 걸어가고 있었다.

그야 진심으로 에넌이 버티고 서 버리면 유리도 어쩔 수 없겠지만…… 어쨌든 에넌은 얼마 전 자신이 이 사람에게 영 힘을 쓰기 어려운 입장이 돼 버렸다는 것을 깨달은 참이다.

유리는 이럴 때는 정말로 잽싸서, 금세 집무실 문을 열어버렸다. 대연회날이라 부관인 밴딧 또한 바빠서 집무실에 없었다. 조금 후의 대연회에서 에넌 라이언하트를 수행해야 하는지라 나름의 준비를 하러 갔을 것이다.

집무실 한쪽에는 에넌이 입으려던 옷이 멋지게 준비돼 있었다.

본래라면 하인 한두 명 정도가 준비를 도와줘야 했겠지만, 유리가 만들어준 옷은 그럴 필요가 없었기에 에넌은 제 하인을 시켜 집무실에 옷을 걸어놓는 데 그쳤다. 유리 덕분이었다. 유리는 언제나 혼자서 입을 수 있는 옷을 만들었다. 여왕의 옷이건, 귀족 부인의 옷이건, 에넌의 옷이건 상관하지 않고 슥슥 당겨서 꿰어 입을 수 있는 옷. 그게 유리의 옷이었다.

거기까지 생각하고 에넌은 새삼스럽게 놀랐다. 여태까지 유리가 하던 말에 관해 크게 깊게 생각해본 적이 없었으나, 그 말의 무게가 급작스레 다가와서다.

저는 많은 사람들이 널리 입을 수 있는 옷을 만들 거예요.

그것은, 하인도 고급 드레스를 입게 할 것이다 정도의 뜻은 절대 아니었다. 고급 드레스를 입으려면 신분 고하보다는 다른 것이 더 우선적으로 고려됐다. 코르셋을 조여줄 하인, 끈을 묶어줄 하인, 뒤에서 판을 꿰매줄 하인과 머리를 늘어뜨려줄 하인. 그들을 고용할 만한 부와 시간, 그리고 여유와 경험이 모두 뒷받침돼야 했다.

그러나 유리가 만든 옷은 그런 것들이 필요 없었다. 정말로 옷만 있으면 되는 것이다. 그저 구입한 후, 손을 뻗어 입으면 됐다.

제 눈앞에서 "헤헤, 안 구겨졌다. 역시 이 소재로 만들길 잘 했네요."하며 셔츠를 팔랑팔랑 흔들어 보이는 사람의 미소는 퍽 평온했으나, 그 뒤에 얼마나 치열한 고민이 있을까.

그렇게 생각하니 에넌은 갑자기 마음이 이상해졌다. 먹먹한 듯도, 혹은 속이 쓰린 것 같기도 했다. 유리의 손에서 셔츠를 받아 입는 데는 얼마 걸리지 않았다. 목깃의 크라바트를 보기 좋게 조여주는 것은 유리의 손길이었다. 에넌은 자신이 하겠다고 했으나, "제가 하는 쪽이 더 예쁘거든요!"하는 유리를 피할 수는 없었다.

불현듯 에넌은 심술궂게 굴고 싶어졌다.

"그렇지만 꼭 예뻐야 하는 건 아니지 않습니까?"

"예?"

"보기 좋은 것이라고 해서 그 속에 든 것도 보기 좋은 것이라는 법은 없지 않습니까."

"엥……. 갑자기 이런 시점에 원론적인 이야기를 다 하시구 그러세요, 각하."

바빠 죽겠는데 꾸며주려고 했더니 왜 갑자기 헛소리를 하세요, 라는 말을 유리 나름대로 돌려서 한 말이었다. 이제 에넌은 그 정도는 알았다.

그렇지만 유리의 이쪽이 더 예쁘거든요, 하는 말에 에넌이 떠올린 것은 쎄시아의 말이었다. '쟤는 예쁜 거 되게 좋아해. 우리 내기할까? 저자가 나한테 두 달 안에 넘어온다에 얼마 전에 진상 받은 다이아몬드를……'까지 되새기며 에넌은 괜히 부루퉁하게 말했다.

"크라바트를 예쁘게 매든, 못나게 매든 제가 에넌 라이언하트라는 사실에는 변함이 없는데 그런 것까지 일일이 신경 쓰는 건……. 너무 지엽적인 일 아닐까요."

"지엽적이라면……."

"그러니까, 뭐랄까. 굳이 꾸미지 않아도 본질이 괜찮다면……."

에넌의 목 끝, 리본을 예쁘게 매어주던 유리가 눈을 가늘게 떴다.

"그러니까, 공작님 말씀은 어차피 알맹이는 똑같은데 꾸며 봐야 헛일이라는 이야기를 하시는 건가요……?"

"그렇다기보단……."

에넌이 큼, 하고 목소리를 가다듬었다.

"너무 외적인 것에 충실한 나머지 본질을 놓치는 것을 경계하자……는 이야기죠."

"본질이라는 게 뭔가요?"

"그야, 내실이 형편없는데 꾸며봐약ㅡ."

에넌의 말이 이상한 발음으로 끝 맺힌 것은, 크라바트를 매던 유리의 손길이 급격하게 에넌의 목을 졸라왔기 때문이다. 에넌이 컥, 하는 소리를 냈지만, 유리가 더 빨랐다. 유리는 그대로 크라바트 끝을 잡고 에넌의 목을 제 앞으로 확 끌어당겼던 것이다.

"각하, 제가 어떤 일을 하는 사람인지는 알고 말씀하시는 것이죠?"

"……."

유리의 힘은 그리 세지 않았다. 에넌이 진심으로 몸에 힘을 주었다면 유리에게 끌려가지도 않았을 것이다. 그러나 유리는 갑작스럽게 에넌을 기습했고, 에넌은 그대로 어정쩡하게 몸을 숙이고 말았다.

남들이 보면 준남작 나부랭이가 공작 멱살을 잡고 허리를 숙이게 한 희한한 그림이었다. 그리고 그 나부랭이는 에넌의 멱살을 잡은 채, 진지하게 물었다.

"저는 지엽적인 일을 하고 있습니까? 각하 보시기에."

그제야 에넌은 자신이 실수했다는 것을 깨달았다. 쎄시아의 말에 심술이 나서 한 말이지만, 유리에게는 사뭇 다르게 들렸을 것이다.

"그런 뜻은······."

"각하."

유리는 무표정하게 말을 이었다. 에넌의 얼굴을 여전히 제 눈 바로 앞에 가져다 댄 채였다. 에넌은 이 청년이 제 얼굴을 퍽 좋아한다는 것을 감으로 알고 있었으나, 지금 청년은 에넌의 얼굴 따위는 전혀 상관이 없다는 표정이었다. 한마디로,

'화나게 했다······.'

······인 것이다.

"저는 단 한 번도 제가 지엽적이고, 형편없는 내실을 포장하는 일을 하고 있다고 생각한 적 없습니다."

"······."

"옷이라는 건, 모두의 생각보다 아주 중요합니다. 각하만 해도 평소에는 거적때기를 입고 다니시면서, 오늘 같은 날은 갑갑한 크라바트까지 매고 계시는 것을 보면 알 수 있죠. 그렇지 않습니까."

유리가 크라바트를 한번 가볍게 당겼다. 에넌은 어쩐지 목줄 매인 개가 된 기분이었다. 뿌리친다면 얼마든지 뿌리칠 수 있는데- 그럴 수 없었다. 그래서 에넌은 몸을 세우는 대신 엉거주춤, 유리의 손길에 몸을 구부정하게 구부렸다.

"각하의 말도 맞습니다. 외적인 것에 홀려 그 안의 본질을 보지 못한다면 의미가 없죠. 그렇지만 각하는 높은 분 아닙니까?"

"……예."

"첫날 만찬에서 폐하는 어째서 제가 만든 드레스를 입으셨을까요. 무엇을 입어도 폐하께서는 아름다우신데."

"……미안합니다."

"사과를 듣고 싶은 것이 아닙니다, 각하."

유리가 빙그레 웃었다. 그리고 에넌은 확실하게 깨달았다. 제 눈이 틀리지 않았다는 것을.

제 누이와 닮았다고 생각했는데, 그런 것보다…….

'닮은 것도 아니고, 그냥 이런 인간이 세상에 하나가 더 있구나…….'

"사람을 꾸미는 것은 아주 중요해요, 각하. 예를 들면 폐하께서는 아름답지만, 그 아름다움을 조금 다른 방향으로 꾸미는 것만으로도 뭇 사람들에게 영향을 줄 수 있죠. 연회 기간의 폐하를 곁에서 보셔서 아실 겁니다. 호수변에서의 폐하는 사랑스럽고, 어려 보이셨죠. 덕분에 미혼의 귀족 처녀들이 앞다퉈 폐하와 함께 연회를 즐기고, 친근감을 쌓았습니다."

"예에."

"만찬의 폐하는 어땠죠? 친근하던가요?"

"……아니오."

에넌은 침도 삼키지 못했다. 눈앞의 초록색 눈동자 안에는 엄청난 짜증이 배어 있었기 때문이다.

"저는 비록 그 만찬에는 참석하지 못했으나, 폐하의 단장을 도왔으니 알고 있죠. 또한 제가 의도한 모습이기도 했으니 정확히 알고 있습니다. 폐하는 그날 아름다운 여왕이 아니라 지배자로 분하셨습니다. 그게 제가 한 일이며, 제가 하는 일입니다."

유리가 살짝 에넌의 크라바트를 놓았다. 에넌은 그제야 몸을 조금 펼 수 있었다. 그렇지만 유리는 제 말을 끝내기 위해 에넌을 놓은 것이 아니었다. 청년이 팔짱을 끼었다.

"감히 실례를 무릅쓰고 말씀드리자면, 저는 제가 하는 일과 각하가 하시는 일, 그리고 나아가 폐하가 하시는 일이 다르다 느끼지 않습니다. 이 사람이 이런 사람이다, 선전하고 꾸미죠. 그리고 모두를 조금이라도 더 기쁘게 하려고 애씁니다. 거시적인 차원에서는 옷을 만들고 사람을 꾸미는 일도 정치와 다를 바가 없습니다."

아주 무례하고, 때에 따라서는 유리를 무엄하다며 당장 매질하고 감옥에 가둘 수도 있는 말이었다. 그러나 에넌은 그러고 싶지 않았다. 어떤 의미에서는 유리의 말이 틀리지 않았다는 것을 알았기 때문이다.

옷은 그렇게 중요한 것이다. 별생각 없이 말했다 해도, 그것을 업으로 삼는 사람 앞에서 에넌의 말은 퍽 비하적으로 들렸을 것이다.

"……그리고, 각하."

"예에."

"형편없는 내실을 가리기 위해 꾸미는 것이 나쁩니까?"

"……."

평소의 에넌이라면 반박했을 것이다. 그러나 유리는 에넌이 반박하게 놔두지 않았다.

"모든 사람들이 각하처럼 잘생기지 않았습니다. 폐하처럼 아름답지도 않지요. 저만 해도 오늘 머리를 넘기고 예쁜 옷을 차려입었습니다. 그럼 저는 나쁜 사람입니까?"

"유리를 두고 한 말이……."

"……아니라고 해도 저 또한 거기 포함되는 사람입니다. 남들에게 좋은 사람으로, 혹은 좋은 느낌으로 기억되기 위해 꾸미는 것이 나쁜가요?"

"……나쁘다는 말을 하려던 건 아닙니다."

에넌은 크흠, 하고 목소리를 가다듬었다. 여기서 말실수하면 끝이라는 느낌이 강하게 왔다.

"……아름답다는, 혹은 예쁘다는 말에 얽매여서 남들이 보는 시선에 자신을 맞추는 일이 어찌 보면 구슬픈 일이라는 생각을 평소에 했습니다. 그래서 보기 좋은 것만 좋아하는 것을 경계하려고도 해왔죠. 그렇지만 당신의 일을 비하하려던 것은 맹세코 아닙니다."

"……."

유리는 잠자코 에넌의 말을 듣고 있었다. 더 해 보라는 뜻이 담긴 눈동자를 보고, 에넌은 말을 이었다.

"그렇지만 제가 너무 순진한 생각을 한 것이겠죠. 사람으로서 남들에게 좋아 보이고자 하는 욕망은 분명 누구나 있는 것이고, 남들에게 좋은 사람으로 기억되기를 원하는 것은 저도 마찬가지니까요."

에넌은 뒷목을 긁었다.

"……제가 건방졌습니다."

어쩌면 에넌이 영원히 이해하지 못하는 부분들이 분명 있다. 유리는 그것을 지적했다. 모든 사람들이 각하처럼 타고나지는 않았습니다-라고.

에넌은 좋은 부분들을 타고났다. 그리고 자의든, 타의든 간에 그것들을 누리며 살아왔다. 꾸미지 않아도 모두가 자신을 좋게 바라봐줬다. 그래서 어쩌면 그런 것들이 필요 없다고 생각했다. 성 안에서도 죽어라고 셔츠 한 장만 입고 돌아다닌 것도 비슷한 맥락이었다.

그러나 누군가에게는 그런 것들이 필요하다. 형편없는 것을 가리기 위해 거짓말을 하는 것은 나쁘지만, 좋아 보이고자 하는 욕망을 가지는 것은 인간으로서 당연한 것이다. 유리가 하는 일은 더 나아지고자 하는 욕망을 충족시켜주는 것이다. 나아가, 서로와 서로를 더 가깝게, 혹은 좋게 만들어주는 것.

유리는 그런 에넌을 잠시 바라보다가 코로 한숨을 쉬고는, 에넌의 어깨를 붙잡아 끌어당겼다. 조금 떨어져 있던 에넌이 엉겁결에 한 걸음 다가섰다.

"저야말로 과도하게 화를 냈네요. 죄송해요."

"아닙니다. 제가 제 생각만 해서."

"······각하 생각이요?"

유리가 꽉 졸라맸던 탓에 에넌의 크라바트는 너무 조여져 버렸고, 유리는 다가서서 에넌의 목을 다시 풀어내고 있었다. 그래서 유리가 고개를 들어 에넌을 바라봤을 때, 에넌은 조금 당황하고 말았다.

'······너무 가까운데,'

······이런 이유로.

"그게······. 뭐랄까."

에넌은 다른 곳으로 눈을 돌리려 애썼다. 그러나 하필 에넌의 눈이 닿은 곳은 제 가슴팍에 닿은 유리의 가느다란 손가락이었다. 평소에는 별로 신경 쓰이지도 않던 그 손가락이 어찌나 섬세하게 꼼물거리고 있는지 그만 에넌은 거기 과도하게 눈을 빼앗겨 버렸다.

"······각하?"

"어, 예!"

그래서 크라바트가 보기 좋게 주름 잡혀 물결칠 때까지 에넌은 그 손가락만 보며 눈을 껌벅거리게 됐다. 그리고 유리는 당연한 것을 지적했다.

"턱 접혔어요."

제 가슴팍을 그렇게 열심히 쳐다보면 누구라도 이중턱이 된다······. 유리는 이미 에넌이 하려던 말에서 관심을 돌린 지 오래였다. 에넌은 한심한 기분이 되어 어깨를 늘어뜨렸다.

"······예······."

그새 에넌에게서 한 발짝 물러난 유리가 그 모습을 보고, 다시 오른손을 뻗어 에넌의 가슴을 팡팡 두들겼다.

"멋진 옷 입으시고 이게 뭡니까. 어깨 펴세요."

"예."

남자는 유리의 말에 바짝 어깨를 폈다. 유리는 픽 웃고는 남자를 곧 의자에 앉혔다. 재킷을 집어 들려던 남자가 어리둥절해 했다.

"뭡니까?"

"말씀드렸잖아요. 머리도 해드린다고."

"……."

짜잔. 유리는 냉큼 주머니에서 머릿기름을 꺼내 들며 빙그레 웃었다. 저런 게 있는 줄도 몰랐던 에넌은 얼떨떨한 기분이었다.

"평소에 머리를 새집처럼 하고 다니시는 꼴이 참으로 볼만했거든요."

"……욕입니까 칭찬입니까."

"칭찬입니다! 맹세코!"

유리가 머릿기름 뚜껑을 열며 당당하게 외쳤다.

"말이야 바른 말이지, 솔직히 오늘도 이럴 줄 알고 챙겨왔다고요. 아까워 죽겠어요. 게다가 오늘은 대연회잖아요. 만찬 때도 부스스한 머리로 나타나셨다면서요? 그야 내실이 형편없지 않은 각하야 그런 머리로 다니셔도 잘생겼단 소리를 얼마든지 들으시겠지만!"

말에 뼈가 있다. 아니, 뼈라기보단, 내 머리를 깨부수는 도끼가 있다……고, 에넌은 생각했다. 아까 에넌이 했던 말을 그대로 비아냥

48

거리며 유리는 계속 조잘거렸다.

"기껏 멋진 옷 만들어드린 입장에서는 그거 되게 아까운 일이거든요! 제가 오늘은 무슨 일이 있어도 각하를 세상에서 제일 잘생긴 남자로 만들어드릴 거예요!"

그러니 눈 감으시죠! 유리가 의기양양하게 에넌의 어깨를 눌렀다. 그러나 에넌은 눈에 힘을 주었다.

"……평소에는 세상에서 제일 안 잘생겼습니까?"

유리도 눈에 힘을 주었다.

"각하. 왜 갑자기 엉뚱한 곳에서 자의식이 충만해지시죠? 꾸미기 싫어서 말을 돌리시는 거라면 시도는 좋았으나 헛발질이었다고 평하고 싶습니다."

……이길 수 없다.

에넌은 헛웃음을 지으며 눈을 감았다. 유리는 흥얼흥얼하며 뭔가를 더 꺼냈다. 에넌은 이윽고 제 눈가에 닿는 서늘한 감촉에 흠칫했다.

"앗, 가만히 계세요. 다쳐요."

"뭡니까, 이게."

"눈썹을 다듬는 거예요."

"눈썹이요……?"

"예. 아가씨들은 누구나 하시는 거지요. 잠깐만요, 지금 그거 여자들이나 하는 거라고 말하려고 하셨죠? 허튼수작하지 마세요. 남자도 합니다."

에넌이 흠칫하자마자 유리는 에넌의 입을 가로막으며 말했다. 그렇지만 에넌이 흠칫한 이유는 여자들이나 하는 눈썹 다듬기라고 항의하려던 것 때문이 아니었다. 제 것이 아닌 숨결이 턱을 간지럽혔기 때문이다.

그러니까, 유리 클로드의 날숨 말이다.

에넌은 입을 닫았다. 닫을 수밖에 없었다. 대신 눈을 살그머니 떴다. 그가 어떤 거리에서 자신의 얼굴을 들여다보고 있는지 눈을 감은 상태에서는 도저히 알 수가 없어서다.

"어어어, 눈 뜨지 마세요. 저 실수할 거 같단 말이에요."

에넌이 실눈을 뜨자마자 유리가 황급히 말했다. 결국 에넌은 눈을 감았다. 솔직히 말하면 다시 뜰 수도 없었다.

조금 뜬 눈 사이로 봄 햇살을 담은 것 같은 초록색 눈동자가 가득 들어찬 것을 보고 그만 겁먹어버렸기 때문이라고 하면 그는 어떤 반응을 보일까.

손가락이 제 눈썹 끝을 더듬었다. "아, 이렇게 하는 게 훨씬 남자답고 단호해 보이겠네요. 공작님은 너무 좋은 사람이라, 좀 세 보이는 게 좋아요." 가까워서 그럴까. 평소보다 더 가느다란 목소리가 제 귓가에 울렸다. 말할 때마다 내쉬어지는 숨결이 제 얼굴을 간지럽혔다. 에넌은 가슴 한켠이 꽉 막혀오는 것을 느꼈다.

이게 어떤 감정인지 이제는 정확히 알 것 같았다. 이윽고 유리가 제게서 떨어지자마자 에넌은 길게 한숨을 토했다.

"눈 뜨세요."

그 말과 함께 뜬 눈동자 속에 가득 찬 동그란 얼굴. 에넌은 제 누이가 어릴 적 툭하면 내뱉던 말을, 저도 모르게 내뱉었다.

"……망했다."

"……예?! 어디가요?! 완전 잘생겼는데!! 마음에 안 드세요?!"

그 뒤로 에넌 라이언하트는, 그런 뜻이 아니라고 설명하면서도 어떤 뜻이었는지는 끝끝내 함구해야 하는 딜레마 때문에 한참이나 유리 클로드의 앞에서 빌빌대야 했다.

─※─

해가 저물었다. 대연회장의 곳곳에 시종들이 초를 켰다. 까마득하게 높은 천장에는 11단 샹들리에가 다섯 개나 매달려 있었고, 연회장에 참석한 이들은 감탄하며 샹들리에를 올려다봤다.

연회장은 아름다웠다. 정원까지 쭉 켜진 아름다운 불빛들이 발렌시아의 밤을 수놓았다. 그 사이를 색색의 드레스를 입은 귀족들이 누비니, 더없이 보기 좋았다.

플럼은 오늘 정말로 귀여웠다. 쎄시아의 배려로 유리와 함께 연회에 참석할 수 있었던 플럼은, 본디 호수변의 연회에서 엠파이어 드레스 이전에 여왕님이 입으려던 드레스를 수선해 입었다. 어깨가 드러난 사랑스러운 드레스는 플럼의 소녀 같은 매력을 강조했다.

덕분에 몇몇 귀족 청년들이 플럼에게 접근하려 했으나, 그 앞을 가로막는 미남에게 모두 압도되어 말도 걸어보지 못하고 물러섰다.

레스타였다. 플럼이 투덜거렸다.

"거 참. 멀쩡한 아가씨 앞길 막으시기는."

"……쓰레기 같은 귀족 청년들한테 꼬여서 앞길 막히는 거보단 낫지."

"어떻게 알아요? 제가 쓰레기를 만날지 아닐지."

"그건 모르지만, 하나는 알지."

"뭔데요?"

"네가 어설픈 놈팽이를 만나게 내버려 뒀다간, 내가 유리에게 사정없이 깨질 거라는 거."

레스타의 말은 옳았고, 플럼은 한숨을 쉬었다. 레스타 또한 플럼과 함께 연회에 초대받았다. 어찌 보면 아타락시아의 또 다른 주인으로서 당연한 일이었다. 레스타는 당초 연회에서 유리 대신 자기 소개를 하고, 아타락시아보다는 칼레를 소개할 생각이었으나 유리는 레스타도 초대받았다는 말을 듣자마자 레스타에게 플럼을 맡겨 버렸다.

'못된 놈을 만났다간 평민 여자애 하나 농락당하는 건 일도 아냐!'

……라는 이유에서다. 완전히 납득 불가능한 이유도 아니기에 레스타는 어깨를 한번 으쓱하고 플럼을 도맡았다. 덕분에 플럼은 모처럼 예쁘게 단장해놓고는 불만이 가득한 표정이었다.

"이왕 이렇게 된 거, 레스타. 저기 있는 딸기 절임 술 좀 가져다 줘요."

"……너희 남매는 나를 너희 전용 시종 정도로 착각하고 있는 거 아니야?"

투덜대면서도 레스타는 근처에 있는 바에서 빨간 딸기술 한 잔을 플럼에게 가져다주었다. 도수가 약하고 달아 어린 아가씨들이 좋아할 만한 술이었다.

"딱 한 잔만이다."

"치."

그렇다고는 해도 플럼은 아직 열일곱 살이었다. 물론 대륙 대부분의 지역에서는 열여덟 살을 성인으로 쳤으나, 레스타는 쓸데없는 일을 만들 생각이 없었다. 분명 피는 섞이지 않았건만, 쓸데없이 명랑한 제 언니를 꼭 닮은 이 아가씨가 술 먹고 신나서 사고라도 치면 수습이 불가능하다. 오늘의 대연회는 엄청난 규모로 열렸고, 이 아가씨가 아니라도 쓸데없이 흥분해 있는 이들은 워낙 많았다.

"언……. 오빠는 언제 온대요?"

"넌 제발 말버릇을 어떻게 좀 하는 게 좋지 않을까. 곧 올 거야."

레스타가 플럼을 작게 타박하던 때였다. 뒤에서 익숙한 목소리가 들렸다.

"나도 동감."

"오빠!"

"유리."

머리를 뒤로 빗어넘긴 유리였다. 조금 흐트러진 차림새를 정돈하며 등장한 유리가 물었다.

"두 사람 다 왜 이렇게 구석에 서 있는 거야? 찾느라 힘들었네."

"그야, 레스타가 나를 벽으로 몰았는걸. 춤추지 말라고."

플럼이 볼멘소리를 해댔다. 레스타와 플럼이 서 있는 곳은 대연회장에서도 거의 정원에 가까운 끄트머리였다. 유리는 플럼의 말을 듣자마자 레스타에게 엄지를 들어 보였다.

"장하다. 잘했어요."

"별말씀을."

레스타도 과장된 몸짓으로 인사해 보였다. 플럼만 볼을 부풀렸지만, 그것도 곧 유리가 가져다준 디저트 덕분에 풀렸다. 연회장으로 들어오면서 유리는 핑거푸드들 중 맛있는 것만 골라 들고 왔던 것이다. 평소 시녀들과 친분을 쌓아온 덕이었다. '오늘의 최고는 오렌지 껍질을 말려 절이고, 그 위에 설탕 시럽을 끼얹은 디저트랍니다.'라는 당번 시녀의 귀띔에 한 움큼 집어온 오렌지 껍질 스틱은 상큼하고 달았다.

"여왕님 최고."

"동의한다."

오렌지 껍질을 문 플럼의 찬사에 함께 맛본 레스타도 고개를 끄덕였다. 유리도 오렌지 껍질을 질겅질겅 씹으며 고개를 끄덕였다. 이런 식으로 공을 들인 디저트를 맛보는 것은 발렌시아에서나 가능한 일이었다.

"저어……."

"예?"

"혹시, 벨름의 레스타 님이신가요?"

물론 인기를 누리고 있는 것은 플럼뿐만은 아니었다. 세 사람에게 다가온 것은 두어 명의 시녀였다. 유리도 익히 얼굴을 알고 있는, 꽤 높은 집안의 아가씨들. 대연회라 그런지 한껏 차려입은 모습이었다.

"맞습니다만⋯⋯."

"와아, 한 번쯤 이야기를 나눠 보고 싶어서 여쭈었어요."

새처럼 지저귀는 사랑스러운 아가씨들은 거리낌 없이 레스타에게 근황을 물었다. 달변가인 레스타 또한 부드럽게 응대했다. 빠르게 레스타에게서 요즘 아타락시아 분점 오픈과 여왕님의 사업을 돕고 있다는 이야기를 끌어낸 아가씨들은 자신들이 각각 남작가와 자작가의 아가씨라고 소개했다.

지금의 발렌시아에서 이렇듯 자랑스레 남작가와 자작가의 아가씨라고 스스로를 소개할 수 있다는 건, 아마 쎄시아 발렌시아 휘하에서 오랫동안 공을 세운 공신가의 아가씨들일 것이다. 대영주 휘하의 귀족가였다면 아마 조금 달랐겠지.

아가씨들은 발그레한 뺨을 하고는 거침없이 레스타가 몇 살인지 묻고, 기혼 여부를 캐낸 후 심지어 자신들이 레스타의 향후 거취에 꽤 큰 관심이 있다는 것까지 피력했다. 물론 레스타 또한 아가씨들에게 자신의 나이를 답하며 동시에 그 나이에 이루기 어려운 엄청난 자신의 상단 규모를 어필했고, 덧붙여 아타락시아 분점의 오픈 날짜와 그 규모에 대한 좋은 인상까지 심어주는 데 성공했다.

그 모든 대화는 너무나 자연스러워서, 일련의 대화가 끝나고 돌아선 레스타를 향해 유리와 플럼은 오렌지 껍질을 문 채 짝짝짝, 손뼉까지 쳤다.

"뭐야, 그 박수는."

"뭐랄까⋯⋯. 괜히 상단주가 된 건 아니구나 하는 감탄이랄까."

"레스타 생활력 장난 아니네요⋯⋯. 본받아야 되겠다는 생각이 막 드는데 저건 절대로 봐서 본받을 수 있는 종류가 아니라는 생각도 같이 들고⋯⋯."

레스타는 훗, 하고 웃었다. 유리가 "어우, 뭐야. 재수 없어."하고 어깨를 툭 칠 정도였다.

"그래도 마음에 들었나 봐요. 그렇게 친절한 걸 보니."

시종일관 부드럽게 웃으며 그녀들을 응대했던 레스타다. 그러나 유리의 말에 레스타는 말도 안 된다는 표정으로 고개를 기울였다.

"뭐, 마음에 안 들었다는 건 아니지만, 그런 종류는 아닌데. 새삼스럽게 순진한 소리를 하는걸, 유리."

"엑. 아니에요?"

"그녀들이 스스로 왕성의 시녀라고 말했잖아. 심지어 공신가의 아가씨들이라고. 좋게 대해서 나쁠 건 없지."

"그치만. 그녀들은 그런 종류의 관심 때문에 댁에게 말을 건 건 아니잖아요."

유리가 심술 맞게 레스타의 옆구리를 찌르자 레스타가 이를 드러내고 웃었다.

"그러니 더욱 성의 넘치게 접대해야겠지. 그런 종류의 관심이 아니라도 그녀들의 재력에는 내가 큰 관심이 있는걸."

"우와……. 못됐다."

"못돼야 돈을 벌 수 있는 거예요, 플럼 양."

벨름에서 온 부자 상인은 평민이라지만 여왕의 사랑을 받고 있는 상단 주인이다. 아마 그가 결혼하지 않는 한 계속해서 주목받을 것이고, 그건 유리도 마찬가지다. 쎄시아가 이미 일러준 바다. 레스타는 그 관심이 언제까지 계속될지는 모르지만, 얼마든지 이용해 먹으려고 하는 것이리라. 물론 그것이 그녀들을 농락하는 종류는 절대 아닐 것이다. 평민이 귀족에게 그리 했다가는 경을 치기 딱 좋다. 방금 레스타가 그러했듯이, 부드럽지만 예 있게. 선을 절대 넘지 않으며.

유리는 플럼이 든 술잔을 슬쩍 빼앗아 한 모금 마셨다. 맛있군.

그렇다면, 나머지 한 사람은 어떨까? 유리는 조금 전까지 제가 만나고 왔던 또 다른 미남을 생각했다. 에넌 라이언하트. 쎄시아가 일러줬던 발렌시아 왕성의 촉망받는 사윗감 셋 중 하나다. 말이 셋 중하나지, 사실 유리나 레스타는 에넌에 비하면 그리 엄청나게 인기 있는 이도 아니다.

유리는 제 앞에서 눈을 감은 그 남자를 보고 방에 걸려 있는 피 묻은 셔츠를 생각했다.

단정하게도 눈을 감고 있던 잘생긴 얼굴은 그날 제게 화를 낸 얼굴과 겹쳐졌다. 유리는 괜스레 뛰는 가슴을 진정시키려고 애쓰며 남자의 얼굴을 더듬었다. 두툼하지만 제멋대로 나 있는 눈썹을 가지런하게 다듬을 땐, 솔직히 콧김이 너무 세져서 당황스러울 지경이었다. 이렇게까지 설렐 일인가.

살면서 미남을 별로 본 적이 없어서 그래. 전생에서도 미남이라고 할 만한 생물을 구경한 건, 협찬제품 고르러 잠깐 본사에 온 남자 배우를 먼발치에서 본 게 다잖아. 이건 그냥 희귀 생물을 접하는 사람의 놀란 마음 아닐까?

……물론 그게 개소리라는 건 유리 스스로가 가장 잘 알고 있다. 남자가 눈을 뜨려고 움찔거릴 때, 그래서 유리는 저도 모르게 실수할 것 같다며 남자에게 눈뜨지 말라고 말해버렸다. 눈 뜨지 마세요, 그 파란 눈을 보면…….

눈을 보면,

글쎄. 나는 어떻게 했을까?

"라이언하트 공작과, 아스완의 대영주 아르시노에 후입니다!"

호랑이도 제 말 하면 온다더니. 슬슬 대귀족들이 들어서고 있던 차에 들려온 이름이었다. 유리는 저도 모르게 그쪽으로 시선을 돌렸다. 마침 유리를 포함한 세 사람이 연회장의 입구에 가깝게 서 있었기에, 들어선 두 사람은 아주 잘 보였다.

두 사람이 들어선 순간 연회장 전체가 술렁거렸다. 엄청난 미남미녀이기도 했지만, 정확히는 에넌 라이언하트 때문이었다. 그가 입은 것은 검은색 재킷이었다. 유리가 만든 그 문제의 옷.

"장례식에서나 입는 색 아니에요……?"

"그렇지만…… 저런 색 배치라니. 엄청나네요……."

사람들은 놀라 수군거렸다. 검은 벨벳 위를 황금색의 장식이 가로질렀다. 전체적으로 차분한 라인이었으나 에넌 라이언하트의 장대한 키와 덩치 덕에 초라해 보이기는커녕 위압감이 하늘을 찌를 수준이었다. 뒤로 넘긴 머리카락과 단정히 정돈된 눈썹 덕에 평소의 열 배는 잘생겨 보였다. 뭐랄까.

'……나한테 나라가 있으면 저 남자랑 바꾸고 싶을 만큼 미남이구만…….'

하하 거참. 경국지색이네요. 유리는 그렇게 본인에게 닿지도 않을 칭찬을 머릿속으로 날리며 그쪽을 지켜봤다. 그렇게 생각하는 것은 유리뿐만은 아닌지, 낯선 색에도 불구하고 많은 여인들이 뺨을 붉히고 그쪽을 바라보고 있었다.

물론 두 사람이 주목받은 이유는 그 외에도 있었다. 윤기가 흐르는 길고 검은 머리카락을 아름답게 늘어트린 아르시노에와 에넌은 정말 잘 어울렸기 때문이다. 에넌이 유리에게 검은 옷을 받고 가장 걱정한 부분도, 자신이 에스코트해야 하는 아르시노에와의 조화였다. 그러나 유리는 아르시노에의 검은 머리카락이야말로 자신이 검은색을 선택한 이유 중 하나라며 자신했었다.

그리고 유리의 생각대로다. 아르시노에는 흰 아스완 전통 의상을 입고, 그 위에 금으로 된 장신구들을 아낌없이 걸쳤다. 물결처럼 흔들리는 검은 머리카락은 검은 옷을 입은 에넌과 아주 잘 어울렸다. 에넌의 바지가 흰색인 것도 한몫했다. 젊은 공작과 아름다운 대영주를 모두 감탄만 하며 바라봤다.

'보람차군요, 보람차요.'

그렇게 생각하며 질겅거리는 오렌지 껍질이 약간 썼다. 누가 절였는지는 모르겠지만 절이는 과정에 실수라도 한 걸까. 두 사람은 걷는 모습마저 기품 넘쳤다. 입을 벌리고 그쪽을 쳐다보고 있는 플럼에게, 유리는 괜히 옆구리를 찌르며 자랑스럽게 이죽거렸다.

"야, 쩔지. 내 작품이다."

"오빠, 쩐다. 저 두 사람 오늘 결혼한대도 믿겠다."

"……그러게. 저것 또한 내 천사의 작품이라고 잔뜩 선전해야겠군."

마지막 맞장구를 친 것은 레스타였다. 레스타는 마치 유리의 마음을 들여다보려는 듯이, 초록 눈동자를 비스듬히 내려다봤다. 그래서 유리는 씩 웃었다.

"아냐, 하이라이트가 아직 남아 있다구."

하이라이트. 두말할 것도 없이 여왕의 드레스다.

"그러고 보니까 오빠 엄청 멋진 거 만들었다며? 베로니카 언니에게 들었어."

침방의 침모, 베로니카는 어느새 플럼의 절친한 친구가 된 모양이었다. 베로니카가 아니더라도 유리가 만든 황금의 드레스와, 엠파이어 드레스는 이미 크게 소문난 뒤였다. 특히 바람같이 가볍게 풀밭을 걸어 다니는 여왕의 모습을 보고 귀족 아가씨들이 너나없이 그 드레스를 입겠다고 아타락시아의 오픈 날짜를 앞다투어 문의

했다.

발렌시아 시내에도 의상실은 많지만, 본디 이런 종류의 사치품일 수록 다들 오리지널을 가려 구입하는 법이다. 간혹 시내의 의상실에도 문의가 들어왔으나, 아타락시아의 오픈을 기다리는 여인들이 압도적으로 많았다.

지금도 몇몇 여인들이 유리 쪽을 보고 키득거리거나 눈짓을 보냈다. 몇몇 여인은 다가와 아타락시아의 오픈일을 묻고, 명함을 받아 가거나 했다.

"이 오빠의 인기를 보려무나. 아타락시아 발렌시아 분점 대박 날 거야."

"오빠 나 그럼 발렌시아 분점 매니저 시켜 줘!"

"아서요, 아가씨."

레스타가 픽 웃으며 플럼의 코를 한 번 눌렀다. "화장 지워져욧!" 플럼이 파르륵 떨었다. 유리도 픽 웃곤 소곤댔다.

"너도 남장하게?"

"웬 남장."

플럼은 팔짱을 끼고 짐짓 으스대듯 코를 높게 들었다.

"여왕님이 지배하는 나라에서 그럴 필요 없잖아?"

그건 그래. 유리는 오렌지 껍질을 하나 더 입에 넣고 고개를 끄덕였다. 자신이 아타락시아에 취직할 때만 해도 여자들이 어느 규모 이상의 가게에서, 혹은 상회에서 자리를 차지하기는 어려웠다. 점원 정도로 일할 수 있다면 감지덕지다. 실제로 플럼이 일하던 빵집도 점원 몇 명을 빼고는 모두 남자였다. 요리사도, 사장도, 매니저도, 도어 보이도.

아타락시아도 마찬가지다. 침모들은 안쪽의 침방에서 바느질만 했다. 손님들을 응대하는 것도 남자, 매출을 정리하는 것도 남자. 남자, 남자, 남자. 유리가 남장을 하게 된 것도 결국 그런 이유 때문이었다.

그렇지만 몇 년 사이 분위기가 바뀌었다. 쎄시아 발렌시아는 대륙 전체를 통틀어 여자 관리들을 모집했다. 비록 말단뿐이었지만 그도 당연하다. 당장 고위 관리가 될 만큼의 고등교육을 받은 여인들이 별로 없어서다.

앞으로는 판도가 바뀔 것이다. 실제로 나라에서 여자 관리를 뽑는 분위기가 되니 점점 상점들에도 여자들이 늘었다. 발렌시아 의상실들은 이제 아예 디자이너들 중 여자들이 손님 응대에 나서는 분위기다. 예전에는 여자 디자이너들이 따로 손님 응대를 도맡는 남자 점원을 뽑거나, 남편과 함께 경영하는 것이 전부였다.

그런 걸 생각하면, 이 사람도 그런 종류의 안목은 별로 없었구나……. 하고 유리는 슬쩍 레스타를 올려다봤다. 남장이 아니었다면 유리가 지금 이런 불편을 겪을 일도 없었을까?

그때, 레스타의 보라색 눈동자와 눈이 마주쳤다.

"……왜?"

"으음, 아냐."

"무슨……."

레스타는 유리의 애매한 웃음에 의문이 생긴 듯 했으나, 더 캐묻지는 못했다. 팡파르가 울려 퍼졌기 때문이다.

"영원한 광영이 발렌시아와 함께!"

연회장의 모두가 일제히 무릎을 살짝 굽히며 여왕의 등장을 마주했다. 천 명은 족히 넘을 듯한 사람들이 같은 동작으로 몸을 숙이니 그 또한 장관이었다. 여왕은 모든 귀족들과 반대로, 연회장 가장 안쪽의 높은 단에서 등장했다. 그랬기에 모든 사람들이 여왕을 동시에 바라볼 수 있었다. 몸을 숙였던 이들이 인사를 마친 후 그쪽을 바라봤다. 기대감과 기쁨이 충만한 얼굴이었다.

그리고 그 얼굴들은 모두 삽시간에 굳어버렸다. 숨소리 하나 들리지 않았다.

"그대들의 충성이 나의 별에 깃들리. 쎄시아 발렌시아다."

여전히 수식어 가득한 인사를 수더분하게 내던지는 여왕의 차림새는 지나치게 놀라웠기 때문이다. 맹세코 그곳에서 미소 짓고 있는 것은 두 사람뿐이었다. 쎄시아 발렌시아 본인과, 유리 클로드다. 그 외에는 모두 제 눈을 의심하고 있었다. 에넌 라이언하트조차 난처한 표정을 짓고 있었으며, 단딜리온 재상은 자기 수염을 뜯어버릴 것 같은 표정이 됐다. 여왕의 뒤에 서 있는 일렉사 백작부인의 딱딱한 표정 속에서는 '이것은 내 책임이 아니다'라는 굳은 의지가 돋보였다.

그도 그럴 것이, 발렌시아 대국의 첫 봄 대연회, 그중에서도 가장 큰 대연회에 참석한 여왕이 입은 옷은 바지였기 때문이다.

"언……오빠. 저거, 저거……. 저게 뭐야. 오빠가 만든 거야?"

플럼이 속삭였다.

"내가 지금 착각을 하고 있는 게 아니라면, 여왕이 바지를 입고 있는 것 같은데."

레스타도 식은땀이 주륵 흐른다는 표정으로 중얼거렸다. 유리는 씩 웃었다.

"맞아요."

"그, 언, 오빠. 혹시라도, 저게 바지 같이 보이는 드레스……인 건 아니지??"

"아니야."

"……그럼 뭐야!"

플럼이 비명처럼 속삭였다. 유리는 느릿느릿하게 답했다.

"이름하야 와—이드 팬츠 수트 되시겠다."

"뭐야! 그게 뭔데!"

뭐긴 뭐야. 바지 정장이다, 임마. 유리가 혼자 이를 드러내고 웃었다. 동시에, 충격에 휩싸인 천여 명의 귀족들을 향해 단상 위의 쎄시아 발렌시아도 빙그레 미소 지었다.

"참으로 복된 날, 이 쎄시아 발렌시아를 찾아준 그대들을 환영하오. 또한 그대들을 만나게 된 것을 진심으로 영광되게 생각하오. 발렌시아의 푸른 봄이 그대들에게 행복한 추억으로 남기를 바라며……."

가장 큰 연회인 만큼 여왕의 축사는 길었다. 그 길고 화려한 문구를 막힘없이 읊는 여왕을 보며 유리는 여왕에게 저 바지를 입히기 위해 제가 보냈던 치열한 일주일을 상기했다.

─╳─

모든 것이 극비리에 진행됐다. 여왕이 에스코트 없이 대연회장에 들어오기로 한 순간부터, 유리는 깊게 고민했다.

대연회용으로 유리가 애초에 만든 드레스는 발렌시아식의 아름다운 옷이었다. 쎄시아의 섬세한 금관과 아주 잘 어울렸으며, 눈알이 튀어나올 정도로 비쌌다. 목에 두른 칼라는 전부 금사와 은사로 섬세하게 수놓은 레이스에 풀을 먹여 빳빳하게 만든 물건이며, 그 위에 수백 개의 보석을 붙여 작은 빛만 받아도 번쩍거렸다. 가슴 부분에는 진주줄을 여러 겹 둘렀다. 몸통에도 금장식이 붙어 있음은 물론이다.

등에는 하얀 담비털로 만든 망토가 붙어 있었다. 안감은 금빛 실크로 대어 쎄시아의 금발과 아주 잘 어울렸다. 망토를 고정하는 고정쇠는 커다란 자갈만 한 루비로 만들어져 있었다.

대연회 일주일 전이었다. 쎄시아는 그 옷을 입고 아주 만족스러워했다. 여왕의 부를 한껏 과시할 수 있음은 물론이고, 그냥 보기에도 아주 아름다운 옷이었기 때문이다. 심지어 유리가 만들어낸 지퍼 덕분에 한 번에 입고 벗을 수 있어 정말 편했다. 물론 안에 그 저주스러운 파팅게일을 받쳐 입어야 함은 어쩔 수 없었다.

그리고 유리는 그 점이 가장 마음에 안 들었다.

"……폐하. 마음에 드십니까?"

"마음에 드는데?"

유리는 끙, 하고 신음했다. 자신이 쓸데없는 욕심을 부리는 것일
수도 있었다. 실제로 엠파이어 드레스만 해도, 이곳에서는 획기적인
디자인인 데다가 쎄시아 또한 크게 만족했다. 이 정도면 큰 성공이
었다. 문제는 아무것도 없었다. 첫 만찬의 드레스도 바꾸었고, 엠파
이어 드레스도 바꾸었다. 마지막 날 정도는 타협하는 게 좋을지도
모른다.

그러나 타협하고 싶지 않았다. 정확히는, 여왕이 에스코트를 받
지 않겠다는 것이 어떤 정치적인 의미가 있는지 알게 된 이후부터
였다.

에넌은 유리에게 감탄하는 한편, 유리가 어떤 말을 한 것인지 간
략하게나마 설명했다. 그리고 유리는, 누구의 에스코트도 받을 필
요가 없는 여왕이 대관절 왜 저 코르셋을 입고, 뒤뚱거리는 파팅게
일을 걸치고 남들 앞에 나서야 하는지 고민하기 시작했다.

분명 드레스는 아름답다. 비싸고, 대단하다. 그러나 그것이 가진
의미는 무엇인가?

유리의 판단은 빨랐다. 선택권을 여왕에게 넘기기로 한 것이다.
자신이 아무리 고민해봐야, 옷을 입는 고객이 필요 없다 판단한다
면 의미가 없다. 그래서 유리는 슬그머니 물었다.

"저기, 폐하."

"응."

"옷 한 벌, 입어보실래요?"

"흐음?"

드레스를 입은 채 새 부채를 접었다 펴 보던 쎄시아가 붉은 입술을 말아 올렸다.

"그대가 이제 와서 새삼 내게 그런 말을 하는 이유는 무엇일까. 이토록 아름다운 드레스를 입혀놓고 갑자기 옷 한 벌 입어보겠느냐는 말을 하는 것은 꽤 의미심장하게 들리는걸?"

"그게, 음……."

유리는 눈알을 굴렸다.

"……바지 입어보신 적 있습니까?"

그곳에 있던 것은 여왕뿐만은 아니었다. 뒤에 서 있던 일렉사 백작부인이 눈썹을 찡그렸다. 시녀 두어 명은 서로 시선을 교환했고, 쎄시아의 미소는 한층 더 짙어졌다.

"지금도 입고 있지. 늘, 드로워즈 같은 것은 입고 있지만……. 그런 것을 말하는 것은 아닐 테고. 설마 남자들의 그것을 말하는 것인가."

"예."

일렉사 백작부인이 헛기침을 했다.

"유리 클로드, 슬슬 폐하가 어전 회의에 가실 시간입니다."

여왕한테 헛바람 그만 불어넣고 꺼지라는 소리다. 그러나 유리는 꿋꿋하게 말했다.

"폐하, 주무실 때는 가운을 입고 주무십니까?"

"그래. 그대가 준 가운과 긴 드로워즈를 입고 잠에 들지."

"그러면 드로워즈만 입고 방을 걸어보신 적이 있으십니까?"

쎄시아의 눈이 가늘게 접혔다. 유리가 하는 말뜻을 알아챈 것이다.

"……열 살의 나는 항상, 남자아이들이 부러웠지."

"……."

"낮이나 밤이나 남자아이가 되고 싶어 입술을 짓씹은 적도 있다. 그건 남자애들이 하는 병정놀이가 부러워서도, 시집이나 가라는 이야기가 싫어서도 아니었다. 그 애들이 입고 뛰어다니는 바지 한 벌이 입고 싶었지. 정확히는……. 열 살 때부터 내 허리를 조이는 코르셋이 너무 싫어서 밤마다 침대 위에서 울었다. 숨이 막혀서 잠도 못 잘 것 같았거든."

이곳의 여자아이들은 아홉 살, 혹은 열 살이 되면 코르셋을 입었다. 쎄시아 발렌시아도 마찬가지였을 것이다. 코르셋에 익숙하게 한다는 명목으로 잠도 코르셋을 입힌 채 재웠다. 딱딱한 뼈 코르셋을 입고 잘 잘 수 있을 리 없다.

그런 쎄시아가 유일하게 자유로웠던 것은, 코르셋에 몸이 길든 다음 제 방 안에서뿐이었다. 잠옷만 입고 돌아다닐 수 있는 곳은 문이 꾹꾹 닫힌 내실 안뿐이다. 심지어 전쟁에 나갔을 때도, 쎄시아 발렌시아는 계속해서 드레스를 입고 있었다. 물론 직접 싸울 필요가 없었던 덕분이었지만, 글쎄. 지금 생각하면 기가 막힐 노릇이다.

"그래. 네가 무슨 이야기를 하는지 내가 알겠다. 에스코트를 받을 필요뿐만 아니다. 굳이 드레스를 입어서 남들의 눈에 들려 할 필요도 없겠군, 나는."

"예."

"……왕이니까."

쎄시아가 미소 지었다.

"그렇지만, 유리."

"예."

"네가 하는 말은 잘 알았다. 그렇지만, 그렇다고 해서 그들과 같은 것을 입고 싶지 않다. 우스꽝스럽게 부풀린 바지를 입고 뒤뚱뒤뚱 걷는 이들과 어깨를 나란히 하는 것은 내 취향은 아니야."

아름다운 것을 만들어야 했다. 단순히 여왕이 바지를 입었다! 같은 것은 안 된다. 그저 바지를 입었을 뿐이라면, 그것은 그저 기행이 되고 만다. 남자들과 같은 바지를 입고 나타난 여왕.

물론 그녀에게는 남자들과 같은 것을 누릴 권리가 있다. 그러나 어설픈 차림으로 자칫 그들이 여왕을 저열한 수준으로 끌어내릴 핑 곗거리를 만들어서는 안 된다고, 쎄시아는 말하고 있었다.

"만들어와 보려무나. 말을 꺼낸 이상, 각오는 되어 있겠지."

"예, 전하."

"정신없는 일주일이 되겠구나, 너에게도 나에게도."

말 그대로였다. 유리는 쎄시아의 마지막 옷을 만드느라 제 작업실에서 거의 나오지 않았다. 전생에 졸업작품을 할 때, 내내 술 먹고 놀다가 이틀 만에 코트 한 벌을 만든 경험이 있다. 그 코트는 무려 49장의 마스터 패턴이 들어가는 옷이었고, 유리는 이틀 동안 밤을 새우고 두 번의 가봉 끝에 완봉까지 해냈다. 그때 졸업심사를 통과하고, 다시는 그런 짓을 하지 않겠다고 맹세했는데.

……그런데 환생해서까지 이 짓을 하고 있었다. 유리는 정확히 사흘 만에 위아래 정장 한 벌을 만들어냈다. 와, 여기까지 와서 야근을 하다니 정말 기술직 사람 할 거 못 된다.

옷은 역시 사 입어야 해. 만드는 거 아냐……. 하고 중얼거린 기억을 떠올리며 유리는 눈앞의 쎄시아 발렌시아를 바라봤다. 여전히 사람들은 쎄시아를 바라보며 수군거리고 있었으나, 여왕은 당당한 자태로 축사를 이어가고 있었다.

쎄시아 발렌시아가 입은 와이드 팬츠 정장은, 발렌시아 성의 침모들이 아니었으면 절대로 시간 내에 만들어내지 못했을 것이다.

곱슬곱슬한 백금발은 인두로 지져 아름답게 물결쳤다. 그 위에 흰 진주로 된 티아라를 씌웠다. 거기까지는, 누가 봐도 발렌시아풍. 그러나 그 아래가 결정적으로 달랐다. 쎄시아는 위와 아래가 분리된 재킷과 바지를 입고 있었다. 흰 재킷은 더블 브레스드 버튼. 일부러 옆트임을 잔뜩 주어 허리 안쪽에는 잠자리 날개 같은 투명한 흰 실크를 덧댔다. 덕분에 쎄시아가 움직일 때마다 슬쩍슬쩍 안이 드러났다. 재킷 안에 아무것도 입고 있지 않아 인상은 더욱 강렬했다. 목에는 주먹만 한 루비를 걸었다. 흰 피부 위의 피처럼 붉은 루비는 분명 최상등품이었고, 여왕의 붉은 눈과도 아주 잘 어울렸다.

어깨는 한껏 직선으로 재단했다. 쎄시아는 강렬한 눈빛과는 달리 꽤 어깨가 작은 축이었는데, 유리는 재킷의 날씬한 어깨 라인 안쪽에 패드를 덧대어 힘을 주었다. 어깨부터 가슴, 허리까지 떨어지는 직선적인 실루엣은 쎄시아의 카리스마 넘치는 인상을 한층 더 강조했다.

대신 소매는 드레시했다. 팔꿈치부터 벌어지는 소매 끝에 트임을 주어서, 그 안에는 허리에 댄 것과 같은 실크를 덧댔다. 쎄시아가 손짓할 때마다 리드미컬하게 흔들리는 실크는 저절로 뭇 사람들의 탄성을 자아냈다. 허리 아래부터 떨어지는 흰 바지 또한 소매와 비슷했다. 늘씬한 여왕의 다리를 보고 모두 당황하며 고개를 돌리려 했지만, 잘 되지 않았다.

넓은 통으로 된 바지는 깔끔하게 떨어졌다. 두툼한 흰 실크로 만들어진 그 정장은 아주 현대적인 동시에, 모두에게 당황을 안겨주었다. 언뜻 보면 긴 치마처럼 보이는 바지는 키가 큰 여왕이 좌중을 둘러보며 걸음을 옮길 때, 엄청나게 멋진 모양으로 펄럭거렸다. 그 소재가 정말 고급품이라는 건 모두가 알 수 있었다. 광택부터 질감까지 완벽했다. 유리의 야심작이었다.

분명히 호수변에서 머리를 늘어트리고 웃을 때는 소녀 같았는데, 지금은 승리의 여신 같았다.

이상했다. 그때도 흰 옷을 입고 머리를 늘어트리고 티아라를 썼다. 지금도 같았다. 다른 것은 그때는 치마였고, 지금은 바지라는 것뿐이다. 그렇지만 그 자리의 모두가 여왕에게 압도감을 느꼈다.

"그러면, 모두 발렌시아를 위해 건배합시다."

여왕이 금빛 술잔을 들어 올리자, 소매 사이로 가느다란 팔목이 그대로 들여다보였다. 몇몇 청년들은 어쩐지 들여다보면 안 될 것을 본 듯 얼굴이 붉어졌다. 그 자리의 모두가 얼떨떨하게 술잔을 들어 올렸고, 발렌시아의 영원을 빌었다. 술을 한 모금 마신 여왕이 붉은 입술을 한껏 끌어올려 미소 지었다. 에스코트도 없이 나타난 여왕은 바지를 입었고, 그건 그 자리의 누구와도 어울리지 않는 옷이었다. 그러나 오히려 그것이 여왕을 돋보이게 했다.

"모두 즐기길 바랍니다."

귀족들과 마찬가지로 얼이 빠져 있던 지휘자가 그 말에 서둘러 팔을 휘둘렀다. 악사들이 신호에 맞춰 악기를 연주했다. 누구든 나와 춤을 추는 자리였다. 여왕은 빙그레 웃고 단상 위의 옥좌에 앉았다.

그리고 모두 두 번째로 충격을 받았다. 여왕은 바지를 입은 채, 다리를 꼬고 앉았던 것이다!

바야흐로, 천여 명의 귀족들이 여왕의 사타구니-물론 바지를 입었지만-를 두 눈 부릅뜨고 목격하게 된 순간이었다.

여왕은 아주 방만하게, 한쪽 다리를 무릎 위로 올리고 몸은 옥좌에 깊게 기대어 앉았다. 춤을 추는 사람이라고는 찾아볼 수도 없었다. 그 자리에서 태연한 사람은 유리와 쎄시아뿐이었다. 음악이 연주되고 있었으나, 아무도 홀로 나서지 않았다.

결국 여왕이 다시 입을 뗐다.

"모두들 그렇게 서 있을 건가? 첫 연회인데, 춤이라도 추시게."

……그제야 사람들은 허둥지둥, 못 볼 것을 보았다는 듯 움직이기 시작했다. 경악과 정적, 충격과 환희, 공포마저 섞인 연회의 시작이었다.

-×-

대영주들은 여왕 앞에 나서서 충성을 맹세했다. ……다리를 꼬고 앉은 여왕 앞에서, 대영주들은 꼴사납도록 당황했다. 대부분은 여왕을 차마 쳐다보지도 못했고, 개중에 젊은 축들은 가련하도록 여왕의 얼굴만 쳐다봤다.

대영주들 중 여든이 넘은 콜 한은 영 못마땅한 표정으로 여왕을 노려봤다. 남자들의 영역이 어쩌고, 하는 따분한 말을 늘어놓으려고 그가 입을 떼자, 쎄시아는 노골적으로 귀를 후볐다. 단딜리온 재상이 옆에서 눈치를 주었으나 쎄시아는 콜 한에게 "부디 발렌시아 성을 집처럼 여기고 편히 쉬시다 가시오."라며 노골적으로 물러가라 말했다.

대영주들의 충성 맹세가 끝나자, 연회는 2부에 접어들어 아까보다는 한결 편한 분위기가 됐다. 쌍쌍을 이룬 남녀들이 춤을 추었고, 술잔을 들고 한담을 나누는 이들도 있었다. 여왕 주변에 몰려든 이들도 있었다. 그리고 유리도 여왕의 부름을 받아, 그 단상 옆에

섰다.

여왕의 바로 옆에 서 있던 단딜리온 재상은 충혈된 눈으로, 유리를 음울하게 바라봤다.

"폐하의 장난질에 짓궂은 동무가 생겼으니 이 늙은이가 어찌할 도리가 없군요."

……손뼉도 마주쳐야 소리가 나는데, 여왕이 신났다고 네놈 같은 준귀족이 설치니 내가 돌아버릴 것 같다, 는 이야기다. 그러나 정작 쎄시아는 기분이 무척 좋은 모양이었다.

"이리 가까이 오도록 해, 유리 클로드. 술은 좀 마셨나?"

"……아니오. 아직."

"이런. 비싼 발포주를 이렇게나 가득 깔았는데 한 잔도 안 마셨단 말야?"

쎄시아가 근처에 손짓하자, 눈치 빠른 시녀 하나가 술잔을 들고 왔다. 유리와 단딜리온 재상, 쎄시아와 몇몇 귀족들이 그 술잔을 받아들었다. 그중에는 에넌 라이언하트와 아르시노에도 있었다. 그야말로 쎄시아가 아끼는 측근들만 모아놓은 자리였다.

"일렉사 백작부인. 유리에게 발포주 두 병을 나중에 챙겨주시오. 기쁜 날 마시기 아주 좋은 술이야. 맛있어."

"예. 그러니 폐하의 잔은 제게 주시지요."

"엑."

일렉사 백작부인은 능숙하게 쎄시아의 잔을 빼앗고, 대신 과즙이 담긴 잔을 건넸다. 쎄시아가 투덜거렸다.

"내가 다섯 살짜리 애야?"

"적어도 제 앞에서는 항상 어린아이나 다름없으십니다."

"오늘 기쁜 날인데!"

"기쁜 날 과음해 그날 제삿날이 돼버린 주정뱅이의 이야기를 아십니까?"

살벌해라. 쎄시아가 어깨를 움츠렸다.

쎄시아의 과음은 측근들에게는 골칫거리였다. 그래도 퍽 말 잘 듣는 왕이긴 했다. 투덜거리면서도 과즙을 마시는 걸 보면. 유리는 그런 쎄시아를 보고 저도 모르게 웃어버렸다.

"재상, 내 옷 어떻습니까?"

"제가 정말 소감을 말씀해드리길 바랍니까, 전하?"

재상이 가시가 잔뜩 돋쳐 있는 대답을 했다. 쎄시아는 맹렬하게 고개를 끄덕였고, 그 광경에 노인은 한숨을 쉬었다.

"……나쁘지 않은 퍼포먼스였지만, 제발 이런 옷을 입으실 거면 사전에 말은 해 주시기 바랍니다."

"에이, 말하면 깜짝 놀래켜줄 수가 없잖아."

"……너무 놀래켜주시는 바람에 심장이 멎을 뻔했습니다!"

"멀쩡히 살아계시니 됐지."

쎄시아가 손을 살래살래 저었다. 근처에 앉은 에넌이 피식 웃었다.

"저도 놀라긴 했습니다, 누님."

"저도요! 세상에, 전하. 너무너무 멋지세요."

아르시노에가 뺨에 손을 대고 황홀한 얼굴로 말했다. 이 사랑스러운 왕녀는 그만 쎄시아에게 반해버렸다는 듯, 빠르게 말을 이었다.

"어쩜, 전설에 나오는 왕자님 같으셨답니다! 어찌나 늠름하시던지!"

"그래? 나한테 반했어?"

"어머…… 외람되오나 제가 먼저 마음에 둔 분이 아니었다면, 진실로 반하여 그만 이루어질 수 없는 사랑을 키울 뻔했사와요."

이런 종류의 농담을 할 만한 감각은 있는 모양이었다. 아르시노에의 말에 쎄시아가 크게 웃음을 터트렸다.

"어쩌면 이런 생각을 하셨습니까. 제게도 말씀 안 해 주셔서 정말 놀랐습니다."

에넌이 묻자, 쎄시아는 유리 쪽을 보고 눈 한쪽을 찡긋 감아 보였다.

"내가 아니라 유리의 생각이야. 내가 왕인데, 아무거나 입어도 되지 않겠느냐고 하더군. 가장 편한 옷이야말로 남자들이 다 독점하고 있었는데, 내가 그걸 잊고 있었지 뭐야."

"마음에 드십니까, 전하."

유리의 말에 쎄시아가 활짝 웃었다.

"정말 마음에 들어. 너를 골라온 에넌까지 지금이라도 끌어안고 키스해주고 싶군."

"사양합니다."

에넌이 정색했다. 쎄시아도 손을 들어 에넌에게 "응, 진심은 아니야." 하고는 유리에게 손짓했다. 유리가 쎄시아 옆으로 다가가자, 쎄시아는 웃으며 유리에게 말했다.

"에넌은 사양한다는데, 그대는 어떠한가."

"예?"

"그대도 내 키스를 거절할 텐가?"

"……예?!"

예상치도 못한 말에 유리의 얼굴이 삶은 문어처럼 새빨개졌다. 어찌나 놀랐는지, 유리의 대답은 비명처럼 울려 퍼졌다. 쎄시아가 깔깔 웃었고, 에넌이 코로 한숨을 쉬었다.

"유리. 누이가 놀리시는 겁니다. 신경 쓰지 마십시오."

"그, 어, 예. 예……. 그렇지요? 예."

"아닌데."

"폐하. 짓궂으셔요."

아르시노에가 입술을 가리고 웃어서, 유리는 정말로 쎄시아가 자신을 놀렸다는 것을 그제서야 알아차렸다. 휴, 나지막하게 한숨을 쉬는 유리를 정말로 귀엽다는 듯 모두가 쳐다봤다.

"정말이지, 한 번 입어보니 벗고 싶지 않군. 짜증 날 정도야."

"무엇이 말입니까."

에넌의 물음에 쎄시아는 자신이 입은 바짓자락을 펄럭펄럭 흔들어 보이며 말했다.

"남자들만 이런 좋은 거 입고 살았다니. 남자들이 못된 종족이라는 건 알았지만. 이렇게 잔악무도할 줄은 몰랐어. 안 그래?"

"으음……. 그렇습니까. 딱히……. 여자들이 이런 걸 입고 싶어 할 거라는 생각을 해 보진 않았습니다만."

에넌이 쓴웃음을 지었다. 쎄시아는 꼰 다리를 바꾸어 앉으며 눈을 빛냈다.

"파팅게일 받친 드레스 따위와는 비교도 안 될 정도로 편하다고. 바른 자세로 허리 꼿꼿이 세우고 앉지 않아도 되고."

유리는 마음속으로 동조의 박수를 보냈다.

그죠, 폐하. 엄청 편하죠.

파팅게일은 대부분 짐승의 뼈나 나뭇가지, 철로 만들어져 있어 지나치게 무겁고 거추장스럽다. 귀부인들은 삼십 대만 돼도 허리에 통증을 호소하는 경우가 많았는데, 다 파팅게일과 코르셋 때문이었다. 어릴 적부터 바짝 조인 코르셋 때문에 새 모이만큼만 식사를 하고, 그마저도 소화불량에 시달렸다. 하루 종일 걸치고 있는 파팅게일은 앉을 때도 불편했고 서서는 무거웠다. 그러니 다들 지병에 시달렸다.

의자에 방만하게 앉은 쎄시아는, 처음으로 해방감을 맛보고 있었다.

"솔직히 좀 민망하긴 하지만, 막상 사람들 앞에 나서 보니 별로 어렵지도 않은걸. 유리 클로드. 아스완으로 가기 전에 비슷한 물건을 열 벌쯤 더 만들어놓고 가."

"하하, 폐하. 패턴은 이미 있으니 침방의 침모들에게 맡기시죠."

"내 사타구니 사정을 까발린 보람이 있는걸."

쎄시아가 쾌활하게 웃었고, 재상의 얼굴만 시커멓게 변했다. 그 속을 들여다보면, 그냥 밑위 길이를 침모들에게 재게 해주었다는 소리일 뿐인데, 저렇게 말하니 단딜리온 재상의 속이 뒤집히는 것도 당연하다. 유리는 쓴웃음을 지었다.

단딜리온 재상은 영 불편한 모양이었다. 그도 그럴 것이, 단상 위에서 쎄시아는 이제 한쪽 발목을 반대쪽 무릎에 올려놓은 자세를 취하고 있었다. 한마디로 동네 건달 같은 자세다. 그게 제왕의 자세라고 하면야, 뭐 그럴 수도 있겠지만은…….

자세를 취하고 있는 사람이 여인이어서야.

재상은 발렌시아의 위신이 바닥으로 떨어진다는 표정이었다.

"재상. 좋은 날 왜 자꾸 그렇게 표정을 구기고 계시오?"

"……외람된 말씀이오나, 폐하의 표현을 좀 빌려도 되겠습니까."

"빌리시오."

"……여왕의 가랑이를 남들로 하여금 함부로 보게 하는 이 상황이 이 늙은이에게는 아주 불편합니다."

실로 재상치고는 파격적인 언사였다. 주변인들이 대경실색할 정도였으니.

그러나 쎄시아는 파하, 하고 웃어버렸다.

"그렇지만 재상, 재상의 가랑이는 그렇게 드러내놓고요."

실로 만만찮은 조카였다. 재상은 대번에 얼굴이 벌게졌다. 발렌시아풍의 푸르푸앵과 쇼츠를 입고, 멋들어진 부츠까지 신은 재상은 이마를 찡그렸다. 그러니까, 바지를 입은 걸 가지고 가랑이를 드러냈다고 말한다면, 재상도 마찬가지 입장이라는 것이다.

"저는 남자 아닙니까!"

"나는 여자라서 안 됩니까, 재상."

그 순간 쎄시아의 분위기가 일변했다. 미소를 띠고 있는 것은 전과 다름없었으나, 대번에 흉흉해진 모습에 유리는 등줄기에 식은땀이 날 정도였다. 그러나 재상도 지지 않았다.

"장차 부군을 맞고, 아이를 품어야 하는 여인이 조신치 못합니다."

"재상. 내 조신함은 전장에 나설 때부터 이미 말라 비틀어 없어졌습니다."

"그렇다 해도 보여지는 것은 중요합니다. 이래서야 어느 남자가 폐하의 부군이 되겠다 나서겠습니까."

"재상. 삼촌 노릇은 내실에서 충분하오. 여기는 연회장이오."

거기까지. 남들 앞에서 얼마나 군주를 가르치려 들 셈인가.

쎄시아의 말 속에 숨겨진 뜻을 재상 또한 충분히 알아들었다. 재상은 혀를 찼지만, 더 이상 말을 보태려 들지 않았다. 쎄시아가 재상을 곁에 두는 것은, 물러날 때를 아는 사람이어서다.

그리고 쎄시아는 영 마음에는 들지 않았지만, 제 삼촌을 위해 꼰 다리를 풀고 바르게 앉았다. 재상이 아무리 혀를 차고 잔소리를 해도 바지를 드레스로 갈아입지는 않겠지만, 그래도 어린 저를 먹이고 길러준 늙은 이모부의 걱정을 무시하고 싶지도 않았던 쎄시아의 마지막 예의였다.

그때 용기를 낸 것은 아르시노에였다.

"그러나 폐하, 저는 폐하가 존경스럽습니다."

"으흠."

더 말해봐, 하는 얼굴로 쎄시아가 손가락을 튕기자 아르시노에는 발그레한 뺨으로 말을 이었다.

"항상 생각하지만, 폐하께서는 아르시노에가 차마 생각도 못 하는 일들을 해내세요. 저 또한 폐하와는 비교도 안 되지만, 아스완을 통치하는 영주입니다. 그러나 저는 사람들의 시선 앞에서 폐하처럼 당당하고 위엄 있게 굴지 못할 겁니다."

아르시노에는 순수한 동경과 존경을 담은 시선으로 쎄시아를 바라보고 두 손을 모으고 있었다. 그 시선이 유리를 향했을 때, 유리는 저도 모르게 움찔하고 말았다.

"유리 또한 그렇습니다. 그 누가 폐하께 바지를 입혀드릴 생각을 할 수 있었겠어요. 폐하의 금빛 드레스도, 흰 드레스도 모두 아름다웠지만, 오늘처럼 폐하가 늠름해 보인 적은 없었답니다. 대단해요. 이런 재능의 소유자를 가신으로 두고 계신 폐하가, 다시 한 번 부럽고 존경스럽답니다."

"이런, 아르시노에."

쎄시아가 웃음 섞인 목소리로 말했다.

"나의 유리를 아스완으로 데리고 갈 것이면서, 일부러 그러는 것이지?"

"어머나……."

'나의' 유리라는 말에 아르시노에가 수줍게 웃었다.

"혹시 아르시노에가 더 귀하게 모셔야 하는 것일까요?"

"음."

쎄시아는 심술 맞게 웃었다.

"글쎄, 손뼉도 짝이 맞아야 치는 것이지."

대번에 주변의 시선이 이쪽으로 모였다. 유리는 눈을 말똥말똥 뜨고 있다가, 갑자기 제게 몰리는 시선에 당황했다.

"에……. 그……. 열심히 하겠습니다……?"

유리의 말에 일렉사 백작부인이 쎄시아에게 무표정하게 말했다.

"차이셨군요."

"이런."

"폐하, 분발하셔야겠어요."

이게 대체 무슨 분위기야. 유리만 눈이 동그래져서 사방을 둘러봤다. 그야 쎄시아 발렌시아가 능글맞게, 유리가 제 마음에 퍽 들었음을 시사한 것이지만, 정작 남자 쪽 반응이 이렇게 말갛고 백치 같아서야, 어디 거사를 치르겠나.

일렉사 백작부인의 앞에서 쎄시아는 어깨를 으쓱했고, 아르시노에가 까르르 웃었다. 농담기가 다분했으나 완전히 의미 없는 말도 아니었기에 더 그랬다.

"다들 너무 놀리고 계십니다. 그가 어쩔 줄 모르고 있지 않습니까."

그 와중에 툴툴댄 건 에넌 라이언하트였다. 여자 셋이 유리를 두고 이러니저러니 웃고 있지만, 정작 본인은 눈만 깜박이고 있는 모습이 영 불편하기 그지없었다. 그게 유리가 아니었다면 아마 에넌 또한 한바탕 웃고, 여왕에게 장가드는 걸 생각해 보라느니 하는 농담이나 하고 있었을 것이다.

그렇지만, 왜 속이 부글부글 끓을까. 에넌의 속도 모르고 쎄시아는 "순진한 걸로 따지면 내 동생도 만만치는 않지."하며 깔깔 웃었다. 때마침 쎄시아에게 특별 선물을 진상하러 온 영주가 아니었다면, 에넌은 정말 짜증을 냈을지도 몰랐다. 주변에 서 있던 이들이 물러서고, 영주는 듣기 좋은 말을 읊어댔다.

그사이 물러서 있던 유리는 자신을 부르러 온 레스타에게 뭔가 귓속말을 듣고, 뒤로 빠졌다. 레스타는 유리를 향해 몇 마디 더 속삭이고, 유리의 어깨에 손을 얹은 후 자신이 있던 곳으로 데려갔다.

그러다, 에넌과 눈이 마주쳤다.

에넌은 눈을 끔벅거렸다. 별생각 없이 유리의 어깨를 붙들고 있던 그의 손을 보고, 친하구나. 좋겠다…… 하고 생각하던 참이었다. 그러나 칼레의 상단주와 눈이 마주친 순간 에넌은 이마를 조금 찌푸렸다.

그 보라색 눈동자에 가득 들어찬 적의 때문이었다.

뭐지?

그것은 전장에 선 적을 마주하는 종류의 적의는 아니었다. 그것보다는 한발 물러선 종류의 것. 상대방을 죽이고 싶다는 살의보다는, 견제하려는……

아. 에넌은 깨달았다. 자신과 같은 고뇌를 하고 있는 자가 또 있다는 것을.

그리고 그 순간 에넌은 소스라치게 놀라 다시 그 보라색 눈을 쳐다봤다. 사람들 사이로 유리를 데리고 뭔가 설명하고 있는 칼레의 상단주 레스타는, 막 사라지려던 찰나 다시 에넌과 눈이 마주쳤다. 그 눈빛에 에넌은 확신했다.

저자 또한 유리를 사랑한다. 그것도 아주 많이.

그리고 자신을 경계하고 있다. 그것은 에넌이 알고 있는 이유 때문일 것이다. 에넌은 기가 막혔다.

대체 유리 클로드, 당신은 어떤 사람이길래.

보통 때였다면 에넌은 기꺼이 물러섰을 것이다. 에넌의 앞에 있는 장벽은 한두 가지가 아니었다. 쎄시아가 그를 마음에 두고 있다. 물론 그것은 누군가를 연모하는 아름답고 기특한 종류의 마음은 아니지만, 군주에게는 그런 여유조차 사치다. 심지어 그녀가 이성적인 호감을 누군가에게 품었다는 것만으로도 주변에는 쌍수를 들고 환영할 사람들이 널리고 깔렸다.

게다가 그는 남자다. 에넌은 사회적 규범에 얽매이는 사람은 아니었으나, 여태까지 결실이 없는 관계에 관해서는 딱히 크게 생각해보지 않은 보통 사람이었다. 자신이 그런 종류의 사랑을 할 수 있을 거라고도, 혹은 관련이 생길 거라고 상상도 못 했다. 그래서 더 지양하려고도 했다.

그러나, 에넌은 오늘 오후를 떠올렸다. 제 얼굴에 닿던 숨결과 나지막한 목소리. 저를 향해 똑바로 눈을 뜨고 화내던 얼굴만 생각해도 남자의 마음이 일렁였다. 그리고 에넌은 방금 깨달은 것이다. 노골적인 견제야말로 자신에게 장벽을 넘게 하는 도발이라는 것을.

화가 났다. 그 화려한 남자는 유리의 어깨에 손을 걸치고 귀엣말을 속삭이는데, 자신은 손조차 뻗어보지 못하고 있는 것이다. 기껏해야 아스완에 따라가겠다는 생각이나 하고 있었던 게 당황스러웠다. 안달이 났고, 속에서 불이 붙었다.

당장이라도 그 뒤를 따라가서……

따라가서.

어떻게 하지.

……그러니까, 연애 한 번 해 본 적 없는 발렌시아 대국 최고의 신랑감은, 이 순간 자신이 인생 최대의 위기에 직면했다는 것을 깨닫고야 말았다.

곰 앞에서도 피하지 않고 눈 하나 깜짝하지 않았던 남자, 폭군의 목을 베어낸 데다가 발렌시아 대국의 가장 큰 주춧돌이 된 남자의 현주소는, 정작 제가 짝사랑하게 된 상대에게 뭘 어떻게 해야 할지조차 알 수 없어 발을 동동 구르는 것이다.

가서 말을 거나? 손을 잡나? 대뜸 키스를 하나? 안아버리나?

에넌의 비극은 그 자신이 지극히 상식인이라는 데 있었다. 가장 처음의 하나 빼고는 인간으로서 절대로 선택해서는 안 될 답이라는 것을 아주 잘 알고 있었던 것이다.

에넌은 머리를 감싸 쥐고 싶었다. 때마침 아르시노에가 말을 걸지 않았더라면, 그 자리에서 유리가 잘 빗어넘겨준 머리를 헝클었을지도 모른다.

"……각하?"

"아, 아르시노에."

에넌이 무슨 생각을 하는지 알 리 없는 아르시노에가 방긋 웃으며 술잔을 건넸다.

"목이라도 축이셔요."

"그……고맙습니다."

에넌이 얼떨떨하게 술잔을 받아들었다. 작은 술잔 안에는 금빛 발포주가 가득 들어 있었다. 그렇잖아도 목이 타던 참이어서, 에넌은 술잔을 아르시노에와 가볍게 부딪치고는 한입에 쭉 넘겨버렸다.

"어머나……. 진작 드릴 것을 그랬나 봐요."

"그, 뭐."

에넌이 머쓱하게 빈 잔을 옆에 내려놨다. 쎄시아는 영주들과 한담을 나누고 있었고, 아르시노에의 말 상대를 할 사람은 자신뿐이었다. 물론 자신이 아르시노에의 에스코트 상대이니 당연하기도 했다. 그렇지만……. 에넌은 온 신경이 곤두서 견딜 수가 없었다. 노골적으로 자신을 견제하던 그 남자는 대체 유리를 어디로 데리고 간 걸까. 슬쩍 단상 아래 연회장을 둘러봤지만, 유리의 모습은 온데간데없었다. 에넌은 조금 신경질이 났다.

"그나저나, 오늘따라 평소와는 사뭇 다르세요."

"그렇습니까."

"예에. 뭐랄까, 한층 더……. 멋지세요."

"고맙습니다."

평소였다면 조금 더 성의 넘치게 답했을 것이다. 유리가 꾸며주었다든가, 혹은 첫 대연회여서 조금 더 신경 썼다든가. 그러나 에넌의 대답은 지나치게 건조했고, 때문에 아르시노에의 얼굴은 흐려질 수밖에 없었다. 뒤늦게 제 무례함을 알아차린 에넌이 "아." 하고 당황했으나 아르시노에는 잔잔한 미소를 띠고 말했다.

"괜찮아요. 정신없으시죠. 큰 연회라. 저도 예전에 아스완에서 행사를 집전할 때는 항상 정신이 없었답니다. 이 연회의 십 분의 일도 안 되는 규모의 연회인데도, 개최한 지 일주일 후에나 정신이 들었으니 말이에요."

"……미안합니다, 아르시노에."

"괜찮으시다면 조금 바람을 쐬시겠어요? 저도 정원이 궁금하던 참이랍니다."

"……그럴까요."

왕녀는 한결같이 다정하고 친절했다. 이런 것은 꾸며서 되는 것은 절대로 아니었다. 에넌은 그래서 죄스러울 정도로 미안해졌다. 저도 모르게, 차라리 그녀를 사랑했다면 좋았을 것이라고 생각하는 자신이 너무 조야하게 느껴져서다.

─❈─

"유리, 잠깐."

레스타의 말이 아니라도 유리는 그 자리를 막 떠나려던 참이었다. 대영주들이 여왕의 주변에 하나둘씩 늘어나면서, 유리가 있을 자리가 없었기 때문이다. 그사이 레스타가 제게 접근해왔다.

"왜?"

"플럼이 먼저 가겠다는데?"

"왜?"

"······상태를 보면 이유를 알 거야."

그리고 유리는 플럼을 보자마자 이유를 알아차렸다. 음료 같던 딸기술을 홀짝홀짝 마셔대던 플럼은 어느 순간 확 취해버려서, 제 몸을 잘 가누지 못하고 있었기 때문이다. 유리는 한숨을 쉬고 자신이 플럼을 부축하려고 했으나, 레스타가 몇 배는 빨랐다. 레스타는 이미 시종들에게 부탁해 플럼을 집까지 데려다줄 마차까지 수배한 참이었고, 두 사람은 플럼을 데리고 동쪽 성의 입구까지 나갔다.

"벌써 가? 싫은데에."하고 중얼거리는 플럼을 억지로 들쳐메 "이놈의 계집애, 알리슨 오빠한테 꿀밤이나 맞아라."하고 마차에 집어넣고 문을 닫은 유리는 성의 마부에게 웃돈까지 쥐여주며 플럼을 잘 데려달라고 부탁했다. 여왕이 사랑하는 재단사를 호기심 어린 눈으로 보던 마부는 시원스럽게 웃으며 그러마고 답했다.

"플럼이랑 같이 갈 걸 그랬나."

"안 되지."

레스타가 웃었다.

"첫 대연회인데, 있는 힘껏 영업하다 가라고 한 건 너라고."

"그렇지."

아직 연회가 끝나려면 멀었다. 봄의 대연회는 밤늦게까지 계속될 것이다. 여왕과 말 한마디라도 붙여보려는 손님들은 연회가 끝날 때까지 머무를 것이다. 성 입구에서 연회장은 아주 멀었지만, 입구의 가장 볼품없는 정원에서도 연회장의 소리가 아주 잘 들릴 정도로 규모가 컸다.

유리는 푹, 한숨을 내쉬었다.

"사람 많이 만나는 게 이렇게 힘들 줄 몰랐어."

"그러고 보니 너는 피곤할 만도 하지."

"응, 나는 점심 먹자마자 와서 명함 돌리고 여왕님 스타일링까지 했으니까."

"음……. 그러면 조금 쉬다가 들어갈까."

동쪽 성에는 정원이 아주 많았다. 여왕 한 사람만 상주해 살고 있는 곳이니 그럴 것이다. 유리는 어디로 갈까, 하다가 일렉사 백작부인의 집무실 근처를 기억해냈다. 들꽃이 많은 그곳은, 자신이 한때 플럼과 숨어서 점심도 먹고 대화도 나누던 곳이다. 평소에는 귀족 청년들과 시녀들의 밀회 장소지만, 오늘 같은 날은 그쪽도 사람이 적을 것이다. 유리가 앞장섰고, 레스타가 뒤를 따랐다.

"그러고 보니 레스타도 오늘 멋지네."

"그런가. 네 덕을 봤지."

"우리 상단주님인데, 여왕님만큼 신경 써야 하지 않겠어?"

"하하."

레스타가 입은 옷은 예년의 것과는 또 다른 붉은 긴 코트였다. 키가 크고 호리호리한 레스타에게는 긴 재킷이 잘 어울렸다. 예년이선이 굵고 두툼한 몸을 가지고 있다면, 레스타는 남성복 모델 같달까. 유리는 그래서 매번 레스타에게 이런저런 실험적인 옷을 입히는 재미를 즐기고 있었다.

"덕분에 코트에 대한 문의도 많이 받았어. 아타락시아 분점을 빨리 열지 않으면 가만두지 않겠다는 농담 섞인 협박도 받았다구."

"나 참. 제발 가게를 연 다음에도 그렇게들 관심 보여주면 좋겠는데."

유리가 투덜댔다. 아타락시아 분점은 이제 막 토지 다지기에 들어간 참이었다. 분점이라지만 대국의 수도에 여는 만큼, 벨름보다 한층 더 큰 규모로 열 것이다. 공사는 올해 겨울에나 끝나겠지. 그때가 되면 대영주들은 이미 자신의 영지에 간 뒤일 것이다.

그러나 레스타가 웃으며 말했다.

"나의 천재님은 치수만 가지고도 꼭 맞는 옷을 만들 수 있는, 아타락시아의 간판 스타니까."

유리는 대답 없이 어깨만 으쓱했다. 정원은 입구에서 가까웠고, 두 사람은 조용한 정원으로 들어섰다. 과연 유리의 예상대로 정원에는 사람이 없었다.

"여기, 여기에서 플럼이랑 도시락 까먹고 그랬어."

"아하."

유리가 으슥한 곳에 도착해 가리키자 레스타가 미소 지었다.

"고생했네."

"그렇지 뭐."

성 안에서 성추행범으로 몰려서 훌쩍거리며 플럼이랑 세상 다 망해라, 하면서 투덜댔던 것이 엊그제 같은데. 시간이 참 빨랐다. 유리는 그때 베로니카가 싸 준 점심 바구니와 사과술에 감동했던 때를 떠올렸다.

"그래도 발렌시아 오기를 참 잘한 것 같아."

"……그래?"

"응."

유리가 플럼과 앉았던 곳도, 풀들이 가지런하게 자라 퍽 사랑스러운 분위기를 연출하고 있었다. 그때는 그래도 흙이 군데군데 보였는데.

유리는 손으로 풀들을 정리한 다음 그 위에 앉았다. 레스타가 서둘러 제 재킷을 벗으려 했지만, 유리는 손을 내저었다.

"아, 좋다."

그리고 그대로 벌렁 누워버렸다. 허리가 아파서였다.

"하루 종일 서 있었더니 허리가 아파 죽을 것 같아. 아이고오."

"이런. 잠깐 숨 돌릴 틈도 없었던 건가."

"정확히는 있긴 했는데……."

레스타가 유리의 옆에 앉는 동안 유리는 에넌을 떠올렸다. 그때 쉬려다가, 그 부스스한 머리 그대로 연회에 가게 놔둘 수가 없어서……. 벼르기도 했고. 그래서 못 쉬었다는 이야기를, 제 옆의 남자에게 하기는 어쩐지 꺼려졌다.

이 사람이 자신을 좋아하는 걸 알고 있어서? 유리는 슬쩍 옆을 쳐다봤다. 레스타는 유리의 옆에 앉아서 자신의 어깨를 두드리고 있었다.

"뭐야. 레스타도 피곤해?"

"그야. 나도 오늘 오전까지 아타락시아 문 때문에 신경 쓰느라 일하다 왔다고."

"문?"

"그래."

레스타가 웃음을 흘렸다.

"1층과 2층을 통째로 트고, 2층 꼭대기까지 닿는 문을 만들 거다. 그것 때문에 콜린이라는 양반과 며칠째 입씨름 중이야."

익숙한 이름에 유리는 옆으로 돌아누워 팔로 머리를 받쳤다.

"그 지퍼 만든 할배?"

"그래. 그 사람도 너를 기억하고 있더군."

어마어마한 문이다. 레스타는 발렌시아에서 제일 기술이 좋다는 대장간을 찾아갔다. 콜린은 유리의 이름을 기억하고 있었고, 기꺼이 의뢰를 받아들였다. 그러나 의뢰비로는 타협하지 않았다. 게다가 그만한 규모의 문이다. 어찌나 까다롭게 구는지, 레스타는 그를 데리고 아타락시아 분점이 들어설 대지와 공사를 할 사람을 모두 만나게 해주었다.

유리가 레스타의 고생담을 듣고 픽 웃었다.

"그 할아버지 엄청 까다롭긴 해. 그래도 실력은 확실하니까."

"그래. 오히려 안심된달까."

"나 없는 동안 그 할아버지랑 으쌰으쌰 잘 만들어 봐."

"……없는 동안?"

유리는 볼을 긁었다. 아스완에 가겠다고 지원한 것을 레스타에게는 아직 말하지 않았기 때문이다. 그러나 빠른 시일 내에는 말해야 했고, 유리는 지금이야말로 적당한 타이밍이라고 느꼈다. 그래서 몸을 일으켜 세우고, 슬그머니 꺼낸 말에 레스타는 눈썹을 찡그리며 돌아봤다.

"아스완에 가기로 했어."

"……아스완? 거길 대체 왜."

유리는 빠르게 설명했다. 모든 타이밍이 아스완을 가리키고 있노라고. 여름에는 이곳을 떠나 있어야 한다는 말과, 아르시노에를 모델로 쓰고 싶다는 이야기. 그리고 여왕은 적당한 타이밍에 아스완으로 갈 사람을 찾고 있었노라고. 아스완에서는 해면이 나고, 유리는 그 해면이 자신이 아는 물건이라면 꼭 가봐야 하겠다고 힘주어 말했다. 레스타의 얼굴이 흐려졌다.

"유리. 거기는……. 대륙의 남쪽 끝이다. 하루 이틀 거리가 아냐."

"알아. 일을 다 끝내고 다녀오는 데 1년은 걸린다고 들었어. 장난 아니지."

나랏돈으로 여행 간다. 유리가 씩 웃었으나 레스타는 심각한 얼굴로 침묵했다. 이쪽을 말없이 내려다보는 레스타의 시선은 유리를 비켜나 있었고, 유리 또한 레스타의 눈은 마주 보지 못했다. 아마 이 사람을 노골적으로 피하려고 한다는 목적 때문에 죄책감이 들어서일 것이다. 그러나 침묵 끝에 레스타의 입에서 나온 말은 유리를 당황하게 했다.

"……그거, 너 혼자만 가야 되는 건 아니지?"

"어? 레스타……."

"……마침 나도 영원의 강 때문에라도 아스완에 가야 할 일이 있었지. 본래는 사람을 보내려고 했지만……. 네가 아스완에 간다면 나도 함께 가도록 하지."

"그, 레스타. 괜찮아. 나 아마 여왕님 부하들이랑 갈 거고……. 레스타가 걱정할 일은 아무것도 없는데."

"말도 안 되는 소리 하지 마, 유리. 너는 이제 갓 스무 살 된 어린애야."

레스타가 유리의 말을 가로막았다.

"네가 여왕의 성에서 아무리 지금은 사랑받고 있어도, 나는 처음 있었던 일을 잊지 못해. 다시는 너를 그런 곳에 혼자 보내지 않겠다고 그때 네게 말했잖아."

"그치만……."

유리는 입을 다물었다. 제가 아스완으로 가려던 이유 중 하나는 레스타를 피하기 위해서인데, 이러면 일이 더 꼬일 가능성이 컸다. 어떻게든 피하고 싶었다.

그리고 자신을 이렇게나 위해주는 사람을 피하려고 한다는 죄책감은 한층 더 커졌다. 아, 젠장. 유리는 머리를 감싸 쥐고 싶어졌다.

그런 유리를 잠깐 바라보던 레스타는 한숨을 쉬며 제 주머니를 뒤적여 뭔가 꺼냈다. 커다란 레스타의 손안에서도 조금 삐져나오는 납작한 상자였다. 유리의 앞에 그 상자를 들이밀며 레스타가 말했다.

"······이 타이밍에 뭣하지만, 오늘 주려고 했어."

"이게 뭐야."

"선물이야. 그동안 네가 너무 고생하는 걸 봐서."

유리는 레스타가 내미는 상자를 보고 잠시 망설였다. 자신을 좋아하는 남자에게 뭔가 받아서 좋을 일은 아무것도 없는데. 그렇지만······. 망설이는 유리를 보고 레스타가 쓴웃음을 지었다.

"예전의 너는 내 앞에서 뭔가 생각하는 일이 별로 없었던 것 같은데, 성인이 되어서 그럴까. 정말 별거 아니야."

"그······."

유리가 대답하려는 찰나, 레스타가 상자를 열었다. 상자 속에 든 것은 언뜻 보기에는 작은 가죽천처럼 보였다. 유리는 금세 알쏭달쏭한 얼굴이 됐고 레스타는 미소를 지은 채 그것을 꺼내어 유리의 손 위에 올려놨다.

"아."

그건 장갑이었다. 조금 이상하게 생겼지만, 유리는 그게 뭔지 대번에 알아봤다. 매번 패턴을 그릴 때마다 새끼손가락부터 손바닥

바깥, 손목까지 흑연으로 더러워지는 유리를 위한 것이었다. 새끼 손가락과 손바닥을 온통 감싸는 검은 가죽장갑. 아마 주문제작을 했을 것이다. 유리가 아주 예전에, 그러니까 이곳이 아닌 곳에서 패턴을 그릴 때 쓰곤 했던 것과 아주 흡사했다.

"왜. 보석 같은 걸 생각했어?"

레스타가 장난기 어린 말투로 물었다. 유리는 "어……"하고 답하지 못했다.

"플럼하고 똑같군. 자매가 머리만 커서는. 그런 건 좋아하는 남자한테 받으라고."

좋아하는 남자. 유리의 가슴 한쪽이 서늘해졌다. 레스타의 말에는 뼈가 있었다. 너는 나를 좋아하지 않지? 하는 것을 확인 사살하는 말이기도 했다.

유리는 레스타를 올려다봤다. 하나로 묶어 길게 늘어뜨린 검은 머리카락. 흐린 보라색 눈. 가늘고 화려한 미형의 얼굴에는 이쪽을 향한 애정이 가득 담겨 있었다. 내보이지 않으려고 해도, 이미 넘쳐 흘러서 어쩔 수 없이 보여 버리는 그런 종류의 애정이다.

그래서 유리는 결심했다. 받아줄 수 없는 애정을 방치하는 것은, 너무 나쁘다. 안이하게 언젠가는 그가 나를 포기하겠지 같은 식으로 눈앞에 없는 듯 구는 것은 무책임하다. 유리는 이 애정에 찬물을 끼얹기로 했다. 불씨가 빠르게 사그라들기를 바랐다.

유리는 입을 열었다.

"레스타."

"그래."

"미안해."

"……."

"아스완에는 혼자 갈게."

레스타는 잠시 표정을 굳혔으나, 이내 다시 미소 지었다.

"유리. 거기까지 널 혼자 보낼 수가……."

"레스타. 당신이 왜 걱정하는지는 알아. 그렇지만 나는 당신하고 같이 갈 수도 없어."

"유리."

"당신 나 좋아하지."

이번에야말로 미소에 금이 갔다. 그러나 유리는 힘주어 말했다.

"내가 당신을 좋아하는 거랑은 전혀 다른 의미로 나 좋아하지?"

"……우와."

눈앞의 남자가 감탄하듯 한숨을 내뱉고는 눈을 내리깔았다.

"……이런 형태로 차일 줄은 몰랐는데."

"미안해, 레스타."

"……유리."

"나는 레스타를 좋아하지만, 당신에게 입 맞추고 싶지는 않아. 당신 말마따나, 당신과 함께 있다가 어느 순간 갑자기 당신의 손에서 보석 같은 것이 튀어나올까 봐 걱정하고 싶지도 않아."

"……."

"걱정된다면 아스완에는 알리슨 형과 같이 갈게. 당신이 걱정하지 않아도 되는 어른과 같이 갈 테니까……."

"유리. 미안해하지 않아도 돼."

레스타의 시선은 더 이상 유리를 향해 있지 않았다. 언제나 즐거
운 듯이 정면을 바라보며 빛나던 눈은 한 번도 본 적이 없는 색을 하
고, 바닥을 쳐다보고 있었다. 갑작스레 레스타를 덮친 감정의 파도
는 높았지만, 남자는 흔들리지 않았다. 여기서 흔들리면 다 잃어버
린다는 것을 알고 있었기 때문이다.

남자는 상인이었고, 상인의 철칙은 흔들리지 않는 것이다. 아무
리 어려운 난관이 닥쳤다 해도 허둥지둥하면 눈 깜짝할 사이에 빈
털터리가 된다. 잃는 것은 최소한으로. 남자는 셈이 빨랐다. 여기서
제 감정에 흔들려 유리를 다그친다면? 매달려 버린다면?

자신의 천사는 포르르 날아가 버릴 것이다. 단 한 번도 레스타의
곁에 머물렀던 적 없는 것처럼.

레스타는 힘주어 말을 이었다.

"말해 본 적도 없었고, 앞으로도 말하지 않으려고 했지만……. 네
가 그렇게 말하는 데야 어쩔 수 없지, 유리."

제가 사랑하는 여자애의 초록색 눈동자는 자신을 바라보고 있을
까? 레스타는 처음으로 겁이 났다. 언제나 상대를 바라보던 자신감
은 어디로 가고, 고작 스무 살 여자애의 눈을 똑바로 보기가 힘들어
서 바닥을 보고 있는 스스로가 못나기만 한 것 같았다.

"어느 순간부터 너를 좋아했어, 유리. 그렇지만 너를 난처하게 하
고 싶지 않아."

"……"

"네게 준 물건은 그래서였어. 스스럼없이 내 등을 때리던 네가 이제 내가 집어주는 과일 한 쪽 먹는 것조차 불편해하는 걸 봤는데, 어떻게 감히 내가……"

차마 말을 잇지 못하고 레스타는 입을 다물었다.

유리는 그제야 레스타가 준 장갑을 들여다봤다. 흑연이 잔뜩 묻어 작업하다 말고 입을 벌렸던 자신이 생각났다. 그리고 얼굴이 벌게졌던 레스타와, 그것이 불편해 황급히 일어나 손을 씻으러 가야 했던 자신. 그때부터 레스타는 아마 자신을 위해 마음을 차곡차곡 접어 넣으려고 했을 것이다. 좋아하는 여자에게 주는 선물이라기엔 퍽 투박한 선물이지만, 유리는 레스타가 왜 이런 것을 주는지 그제야 알아차렸다.

눈물 나게 미안했다. 그러나 레스타는 "아, 후련하네."하고 허공에 웃음을 흘렸다.

"좋아, 유리. 대신이라긴 뭣하지만 내 대신 일도 좀 해야겠군."

"일……?"

"그럼 아스완에 두 사람이나 가야겠어? 원래는 사람을 보내려 했다고 했잖아. 그런데 마침 네가 간다고 하니, 당연히 네가 내 몫까지 일해야지."

"엑."

정원에 주저앉은 채 눈이 커진 유리에게, 그제야 레스타가 눈을 맞춰왔다. 그 눈은 둥글게 휘어 있었다.

"가능성도 없는 상대 때문에 아스완까지 쫓아가는 손해를 감수하는 건 내 스타일은 아니야."

그렇게 말하면 일을 안 할 수가 없다. 어째 내가 하는 모든 일들이 일복으로 이어지는 것 같은 건 기분 탓인가요. 유리의 입술이 부루퉁하게 나왔다. 그러고 보니 결국 선물이라던 장갑도, 일하면서 쓰는 물건이잖아, 이거. 엄마한테 생일 선물이라면서 고무장갑 주는 거랑 뭐가 달라.

"안 할 거야? 나는 네가 없는 동안 발렌시아에서 아타락시아 분점 때문에 죽도록 고생을 할 텐데?"

"예에, 예에. 알아 뫼셔야죠."

유리가 짐짓 툴툴댔다. 그렇게까지 싫지는 않지만, 분위기를 환기하려는 것에 가까웠다. 레스타가 빙그레 웃었다.

"고마워."

"……."

감사의 말에는 너무 많은 뜻이 담겨 있어서 유리는 저도 모르게 레스타를 빤히 쳐다봤다. 레스타는 그대로 유리를 쳐다보더니, 손을 내밀었다.

"……뭐야?"

"장갑. 끼어 보지도 않는 것 같아서."

"아."

유리는 엉거주춤 받은 장갑을 내밀었다. 유리가 자주 쓰는 오른손에 맞춰서 만들어진 한 짝짜리 장갑은 질 좋은 가죽으로 꼼꼼히 만들어져 있었다. 레스타는 장갑의 단추를 툭툭 열어 유리의 오른손을 당겨 잡았다.

"맞는지는 봐야 할 것 아냐. 이래 봬도 맞춤인데."

"……비싸?"

"뭐 그렇게 비싼 물건은 아냐."

장갑은 꼭 맞았다. 가죽이라서 아마 쓰며 점점 늘어날 것이다. 새끼손가락과 검지, 엄지만 감싸 손바닥까지 내려오는 모양은 유리의 취향에도 잘 맞았다. 유리가 손을 펴보려는데, 레스타는 손을 놔주지 않았다.

"왜?"

"유리."

"어……."

"입 맞춰도 돼?"

네 손등에. 유리는 차마 거기까지는 거절할 수 없었다. 눈치를 보며 고개를 작게 끄덕이자 레스타는 웃음을 터트렸다.

"토끼 같아. 얼마나 긴장했는지, 세상에."

"……뭐야. 다 끝난 줄 알았는데 그런 소리를 하니까 놀라서 그렇지."

유리가 구시렁거리거나 말거나 레스타는 장갑을 낀 유리의 손등을 한번 내려다보고, 바로 입 맞췄다. 부드러운 입술이 제 손등에 닿는 느낌이 그대로 전해져 와서 유리는 화들짝 손을 뺄 뻔했다. 그렇지만 내리간 레스타의 눈썹을 보는 순간 어쩐지 속이 상했다.

정말 좋은 사람이다. 어찌 보면 레스타 같은 사람은 다시 만나지 못할 수도 있다. 레스타는 유리를 가장 많이 이해하는 사람이었고, 비밀을 공유하는 사람이었다. 유리가 여기까지 오게 해 준 사람이었고, 언제나 전폭적으로 유리를 지지했다. 객관적으로 보면 이런 사람은 다시는 만나지 못할지도 모른다.

이상하지. 그런데도 안타까울 뿐, 아깝지는 않다는 게.

유리는 제 손등에 입을 맞추고 난 레스타를 오래도록 쳐다봤다. 레스타는 이번에는 유리의 눈을 피하지 않았고, 둘은 오래도록 서로 쳐다보고 있었다.

방금, 하나의 사랑이 그렇게 끝났다.

유감스러운 것은, 그 정원에 있는 사람은 그 둘뿐만은 아니었다는 것이다. 우연의 여신은 항상 기막힌 타이밍에 일을 벌여놓는다.

에넌은 아르시노에를 막 바래다준 참이었다. 정원을 구경하고 싶다는 아르시노에는 정원으로 나간 순간, 자신들을 관심 있게 바라보는 수많은 연인들의 시선과 마주쳐 버렸다. 그도 그럴 것이, 두 사람은 발렌시아에서 가장 유명한 염문의 주인공들이었고, 하필이면 그 대연회의 밤에 정원에 둘만 따로 나온 모습은 오해를 사기 충분했다.

나라에서 폐하를 제외하면 가장 높으신 분의 눈치를 슬슬 보던 연인들이 잽싸게 몸을 감추려고 하기에, 선수를 친 건 아르시노에였다. "역시 휴게실에서 쉬는 게 좋겠어요." 아르시노에의 배려심은 정말로 긍휼하기 그지없었다. 스스로보다는 자신을 한 번 거절한 에넌이 더 이상의 소문에 시달리는 것을 막기 위함이었다. 에넌 또한 아르시노에의 배려를 알았고, 그래서 그는 약간의 미안함을 담아 아르시노에를 휴게실까지 데려다주고 나선 참이었다.

그렇다고 해서 대연회장으로 들어서기도 좀 싫었다. 그나마 여왕과 아르시노에 근처에 있어서 그렇지, 대연회장으로 돌아간다면 에넌은 잘 모르는 대영주들과 뜻 없는 이야기들을 계속 늘어놔야 할 것이다. 아르시노에는 한동안은 쉴 테니, 그동안 집무실에라도 가 있을까 하고 에넌은 길을 나섰다.

그러다 눈에 띈 것이 일렉사 백작부인의 정원이었다. 에넌은 그 정원 입구 앞에서 걸음을 멈춰섰다. 그 정원에서 유리에게 "제가 라이언하트 공작인지 어떻게 알았습니까?" 따위를 캐물었던 기억이 새록새록 떠올라서였다. 그때 유리가 자신을 한심하게 쳐다보던 표정이 아직도 기억이 났고, 에넌은 혼자 킥킥 웃으며 정원으로 들어섰다. 기분을 환기하기에는 딱 알맞은 장소였다.

하지만 에넌은 그곳에서 기분을 환기하기는커녕 영 뻑적지근한 상황과 마주쳐 버렸다. 다름 아닌 자신이 아까 찾던 두 사람이 다정하게 마주앉은 상황이다. 그것도 예전에 자신이 유리와 앉았던 장소에 아주 정확히 앉은.

에넌은 자신도 모르게 정원의 그림자에 몸을 숨겼다. 두런두런 두 사람이 이야기하는 모습은 에넌 쪽에서는 아주 잘 보였다. 이쪽을 등지고 있어서 두 사람 다 에넌을 눈치채지도 못한 것 같았다. 연회장의 음악 소리는 이곳까지 잔잔하게 들려올 정도로 컸고, 대연회를 맞아 정원 곳곳에 켜진 촛불들은 큰 그림자를 만들어 에넌을 숨겨주었다. 다만 음악 소리에 두 사람이 하는 이야기까지 묻혀 잘 들리지 않는다는 것이 에넌을 답답하게 했다.

뭐라고 하는 거지? 에넌은 귀를 기울였으나 여전히 소리는 들리지 않았다. 그러다 불현듯 에넌은 스스로가 한심해졌다. 이게 뭐지. 그냥 가서 말을 걸면 되는 거 아닌가. 자연스럽게 어쩌다가 여기에 계신 거죠? 하고 묻고. 자신을 견제하듯 쳐다보던 남자에게 씩 웃어주면 되는 거다. 유리에게는 피곤하지 않으냐고 물으며…….

그러나 막 발걸음을 옮기려던 남자는 뜻밖의 광경을 보고 말았다. 두 사람이 손을 마주 잡고 있는 모습이었다. 레스타라는 상인은 유리의 손에 뭔가를 입혀주고 있었다. 그게 무엇인지는 분간하기 어려웠다. 다 큰 남자들끼리 왜 손까지 마주 잡고 저러고 있는 거야? 에넌은 조금 짜증이 났지만, 그다음 벌어진 일에 그 짜증도 잊어버렸다.

검은 머리카락의 미남자가 유리의 손등에 입 맞췄기 때문이다.

누가 봐도 우정의 의미가 담긴 인사는 절대로 아니었다. 저것은……. 아무리 얌전한 비유를 생각해봐도 연정의 의미가 다분했다. 에넌은 머리카락이 온통 곤두서는 기분이 들었다. 유리는 한술 더 떠서, 제 손등에 입 맞추는 남자를 한참이나 바라보고 있었다. 두 사람의 눈이 마주쳤고, 그렇게 오래도록 시선이 오갔다.

그리고 에넌은 돌아버릴 것 같다고 생각했다.

저게 어떤 의미인지 자신은 절대로 구분할 수 없었기 때문이다.

뭘까. 혹시 저 두 사람은 그렇고 그런 관계였던 걸까? 방금 전까지 에넌은 레스타라는 남자가 유리를 일방적으로 사랑하고 있다고 확신했다. 유리는, 글쎄. 그가 아르시노에를 좋아할 수도 있다고 생각해 본 적은 있다. 유리가 그간 아르시노에에게 보인 호의를 생각하면 충분히 가능성 있는 이야기였기 때문이다. 아스완에 가겠다고 대뜸 지원한 거라든가, 아르시노에에게 줄 꽃다발을 위해 깊은 숲속까지 들어간 것. 그러나 에넌은 제 생각이 너무 나간 것뿐이라고 생각했고, 실제로 그 이후의 유리 또한 아르시노에에게는 큰 관심이 없어 보여 잊었더랬다.

그렇다면 혹시, 유리는 저 남자를 사랑하는 걸까?

에넌은 그만 고개를 돌리고 싶다고 생각하면서도, 유리와 레스타에게서 시선을 뗄 수 없었다. 서로를 마주 보는 시선은 곧 입이라도 맞출 것 같았기 때문이다. 가슴이 쿵쿵 뛰었다.

그러나 두 사람은 다시 고개를 떨구었고, 곧 일어났다. 풀물이 들겠네. 응. 조심해, 열심히 만든 옷인데. 웃음소리가 간간히 들렸다. 에넌에게는 퍽 다행히도 두 사람은 에넌 쪽이 아니라 반대 방향으로 향했다. 이어진 정원들을 통해 연회장으로 바로 가려는 것 같았다.

인기척이 사라진 후에야 에넌은 그대로 주르륵 주저앉을 수 있었다.

"뭐지, 정말……."

에넌이 나무에 기대어 주저앉은 바람에 짧은 망토가 주르륵 딸려 뒤통수까지 올라갔다. 자연스레 단정하게 정돈한 머리가 흐트러졌으나 에넌은 그 머리를 단장할 생각도 하지 못하고 제 가슴을 움켜쥐었다. 갈비뼈 옆 어딘가가 지잉, 하고 누가 깊게 누르는 것 같은 느낌이 들었기 때문이다. 그 느낌은 거기서 그치지 않고 제 단전 밑으로 아득하게 떨어져 내렸다.

이상했다. 마음이 너무 아픈데, 기뻤다.

들뜨면서도……. 속이 상했다.

2
아스완으로

대연회가 끝났다. 봄의 대연회를 위시한 축제는 일주일간 계속됐지만, 귀족 여러분들의 일정은 어쨌든 끝난 것이나 다름없어서 덕분에 모두가 한숨 돌렸다.

대연회 이후 이틀간은 연인들의 봄꽃 축제였다. 이 기간에는 연인들이 서로 꽃을 선물한다. 본디 플럼은 봄꽃을 한 아름 사겠다고 벼르고 있었으나 대연회에서 과일술을 잔뜩 마시고 취한 탓에 일어나지도 못했다. 봄바람이 따뜻해 나무로 된 창문을 모두 열어놓은 방에서 플럼이 누워 끙끙거렸다. 주정뱅이들의 아침이 으레 그렇듯, 몸이 뜨겁다며 이불도 모두 차낸 참이었다.

"세상이 왜 멸망하지 않는 걸까……."

"개소리하지 말고 화장실이나 가라."

"화장실은 왜……."

"술 깨는 데는 화장실이 최고야."

단 술 마시고 머리 깨지는 동생 옆에서 음주 후 배변 활동에 관해 장광설을 늘어놓으며 투 썸즈 업, 하는데 레스타가 문을 두들겼다.

"왜?"

"성에서 전갈이 왔는데, 오늘 점심쯤에 재상이 좀 보재."

"재상이?"

유리는 의아해하다가 알았다고 대답했다. 레스타가 픽 웃고는 몸을 돌려 나갔다. 플럼이 돌아누웠다.

"뭐야? 왜 그냥 나가?"

"왜 그냥 나가냐니?"

"아니 본래대로면 같이 갈까 어쩔까 생난리를 쳐야 하는데?"

"……레스타가 그랬냐?"

"언니만 모르지 항상 그랬거든?"

플럼이 소리를 높였다가 아이구구, 하고 머리를 감싸 안았다.

"언니가 어디 갈 거 같으면 불면 날아갈까 건드리면 깨질까. 천사니 천재니 하면서 맨날 어디 가면 같이 가자 걱정된다 하던 양반이 이상하게 깔끔하네?"

"야, 너 눈치 하난 진짜 빠르다……."

"왜, 무슨 일 있었어?"

대번에 플럼의 얼굴이 흥미진진해졌다. 유리는 한숨을 쉬었다.

"찼어."

"드디어! ……아야야야야……."

"넌 흥미로워하든지 아파하든지 하나만 해라."

"그게 되면. 아무튼. 레스타가 먼저 고백했어?"

"아니."

유리는 간략하게 어제저녁의 일을 설명했다. 플럼은 그 흥미진진한 장면에 제가 없었음을 매우 안타까워했으나, 유리는 '네가 없어서 가능했다'고 첨언했다. 그렇지. 내가 있었음 언니가 레스타랑 정원까지 가지도 않았겠지.

"그래도 아깝다."

"뭐가?"

"벨름에서 최고 부자인 형부 생기는 거였는데……."

"지랄한다."

플럼은 중얼중얼하며 그간 레스타가 알게 모르게 챙겨준 용돈이 꽤 쏠쏠했노라 고백했다. 나 모르는 새에 얼마나 받아먹은 거야? 유리는 기함하며 플럼의 머리를 통통 두들겼다. 플럼이 두 배로 괴로워했다.

─⸕⸖⸕─

재상이 유리를 부른 것은 별일 아니었다. 쎄시아는 대연회가 끝난 다음 날에도 여전히 바빴다. 충성의 맹세를 한 대영주들을 따로따로 만나 고충처리반 노릇을 해야 했기 때문이다. 충성의 맹세도 공짜는 아니라는 얘기다. 그래서 재상은 쎄시아에게 아스완 기간사업에 대한 이야기를 일임받았고, 자신이 유리의 직속 상관이 되었음을 알렸다. 유리는 코로 한숨을 쉬었다.

'이 할배 엄청 깐깐한데.'

물론 쎄시아도 깐깐한 상관인 것은 마찬가지였으나, 일 잘하고 부지런하고 잘 웃어주고 칭찬도 많이 해 주는 상관과 일 잘하고 부지런하지만 안 웃어주는 데다 자기를 퍽 싫어하는 상관 중에 어느 쪽이 좋을지는 뻔하다. 쎄시아는 전자였고 재상은 후자였다.

재상이 유리를 싫어하는 것은 쎄시아의 귀에 자꾸 이상한 바람을 넣는다는 이유였다.

"기간은 1년."

"예에."

"클로드 준남작 외에도 부관이 하나 배치될 것이네."

"예? 부관이요?"

저 쫄따구 생겨요? 하는 기쁨의 물음이었으나 재상은 조금 다르게 받아들인 모양이었다. 재상은 이마를 약간 찌푸리고 답했다.

"클로드 준남작은 서류 작업이 미숙하다는 지적이 있었네. 발렌시아에 보내올 보고문을 써줄 사람으로 유능한 사람을 뽑았네."

"아, 그렇군요."

스무 해 내내 평민으로 살았는데 준남작 됐다고 갑자기 서류 작업 잘하면 그것도 좀 이상한 일이다. 재상의 지적은 당연한 일이었고, 유리는 기쁘게 고개를 끄덕였다. 그러나 재상의 다음 말은 청천벽력이었다.

"아이비 스투리싱 양이 부관으로 같이 가게 될 걸세."

"예?"

"아이비 스투리싱. 클로드 준남작과 악연이라는 건 아는데, 어쩔 수 없었네."

자신을 안내했던 서쪽 성의 문관이다. 그리고 유리가 오지랖을 떨었다가 쎄시아에게 밉보이게 했던 그녀. 나중에는 사과하긴 했지만, 유리는 그래도 약간 껄끄러운 것은 어쩔 수 없었다. 이런 경우에는 일부러라도 배치 안 해 주지 않나? 유리가 궁금증을 띤 눈으로 재상을 쳐다봤지만, 재상은 삐뚜름하게 고개를 기울였다.

"제비뽑기로 뽑혔다네."

실화냐.

유리는 표정을 굳혔다. 야, 중요한 일 아니야? 그런 거 그렇게 대충 정해도 돼? 하고 묻고 싶었지만, 재상은 유리의 표정을 어떻게 해석했는지 설명을 이었다.

"아스완까지 어림잡아도 다녀오는 데 1년은 걸릴 텐데, 아무나 보내기는 어렵지. 먼저 지원자를 받았고, 그중에 뽑힌 것이 그녀다."

"예에……."

유리는 잘 이해되지 않았지만, 일단 고개를 끄덕였다. 자신이 가는 것은 미리 알려줬을 텐데, 그녀는 왜 지원했을까. 뭐 이제라도 나하고 잘 지내보고 싶은가 보지. 유리는 그렇게 납득하기로 했다.

"그리고 자네의 감독관 겸해서 라이언하트 공작도 동행하게 될 걸세."

"······예?"

"······문제 있나?"

"어······. 아뇨."

그 남자는 왜? 하고 생각했으나 유리는 뒤이어 재상이 쏟아내는 서류에 정신을 차릴 수 없었다. 준비해야 할 것, 그리고 거기서 해야 할 것, 보고해야 할 것, 아닌 것, 주의해야 할 것 등등. 너무 많은 말이 쏟아지는 통에 유리는 잠시 재상에게 쉴 시간을 달라고 말한 뒤 그것들을 종이에 적어내야 했다. 재상이 이 모지리, 적어야 겨우 기억한단 말이야? 하는 눈으로 쳐다봐서 유리는 조금 억울해졌다. 그 머리 좋은 여왕님은 이런 거 안 적어도 기억하시겠지만, 저는 아니거든요!

그 모든 지시사항을 적었을 때, 유리는 지쳐버렸다. 큰 종이 한 장을 빼곡히 메운 것을 한번 들여다보고 접어 품에 갈무리하는 유리에게 재상은 뒷짐을 지고 문을 턱 끝으로 가리켰다.

"나가보게."

"예······."

"성에서 나가기 전에 라이언하트 공작에게 가서 동행하게 됐음을 보고하고."

그거 내가 보고하는 게 아니라 그 님이 알려줘야 되는 거 아님? 내가 왜? 이런 눈으로 유리가 쳐다봤으나 재상은 이미 제 책상으로 눈을 돌린 뒤였다. 뭐, 임관보고 같은 거 아니겠나······. 빌어먹을 관료제······. 어쨌든 자신은 준남작 나부랭이고 공작님을 모시게 되었으니 가서 님 제가 모시겠습니다 잘 부탁드려요, 같은 소리를 한바탕 해야 한다는 이야기일 것이다.

안타까운 것은 재상의 집무실은 서쪽 성 꼭대기고, 에넌의 집무실은 동쪽 성에 있다는 것이다. 아, 동쪽 성까지 언제 걸어가. 유리는 한숨을 쉬며 발길을 돌렸다.

에넌의 집무실 문을 두들기자 가장 먼저 반겨준 것은 집무실 전의 응접방에 책상을 펴고 앉은 부관 밴딧이었다. 밴딧은 유리를 보자마자 오! 하고 반겼다.

"안녕하세요! 각하를 뵈러 오셨군요?"

"예. 계신가요?"

"안에 계십니다. 아스완에 가신다지요?"

"어떻게 아세요?"

밴딧이 씩 웃었다. 밴딧은 어디에나 있을 법한 개구진 인상의 남자였다. 지푸라기색 금발에 초록색 눈이 친근했다.

"저도 따라가거든요!"

"밴딧……. 그…….."

"경이라고 부르시면 됩니다. 저는 기사 작위를 가지고 있거든요!"

"예에, 밴딧 경도 가세요?"

"예. 그게 공주님이랑 가다 보니 호위 때문에라도…….."

"호위요?"

유리의 눈이 동그래졌다. 공주님? 호위? 무슨 말인지 물어보려는 때, 집무실 안쪽 문이 열렸다. 문을 연 것은 에넌이었다.

"밴딧. 손님이 오셨으면 안으로 모시지 뭐 하는 거야."

"각하. 매일 각하 얼굴만 보는 저도 이해 좀 해 주시겠어요? 오랜만에 손님이 오니 반가워서 그렇습니다."

"언제는 내 얼굴만 보고 싶다더니."

"그야."

밴딧이 말을 이으려고 할 때, 에넌은 귀찮은 듯 손을 획획 내저어 입을 막았다. 아무래도 밴딧은 퍽 수다스러운 축인 것 같았다.

"됐고, 유리. 점심 먹었습니까?"

"아뇨……?"

"그럼 점심 드시러 가시죠."

"앗, 저도요."

밴딧이 손을 들었다. 에넌은 잠시 밴딧을 쳐다보다가 물었다.

"아까 달링 경이 자네 찾던데."

"예? 달링 경 오늘 성에 들어왔습니까?"

"아까 서쪽 성에서 만났어."

"엥. 달링 경 오늘 안 들어온다고 했는데. 알겠습니다. 지금 점심 드시고 오시는 거죠?"

"그래."

"그럼 저도 자리 좀 비우겠습니다."

"그래."

밴딧이 꾸벅 고개를 숙이고 먼저 자리를 비웠다. 에넌은 여전히 무표정한 얼굴로 유리 쪽을 쳐다보며 말했다.

"가실까요."

이거 어쩐지 부관을 자리에서 치워버린 거 같은데 맞나? 유리는 눈을 껌벅이다가 고개를 끄덕였다.

━⟡━

서쪽 성에는 관리들이 따로 식사를 할 수 있는 곳이 있다. 기본적으로 제 집무실이 있는 관리들은 따로 시종들에게 부탁해서 먹기도 하지만, 서쪽 성은 언제나 붐비는 탓에 제시간에 식사를 하려면 식당에서 먹어야 했다. 유리는 에넌이 식당에라도 가려는 줄 알았으나, 뜻밖에도 그의 발걸음이 성 바깥으로 향하는 것을 보고 눈을 동그랗게 떴다.

"어디 가세요?"

"저는 이제 성에서 나갈 참이라, 밖에서 먹으려고 하는데요. 성에 아직 볼일이 있습니까?"

"어, 아뇨."

"됐습니다. 그럼 나가시죠."

에넌은 유리가 어차피 자신에게 배치보고만 하면 끝날 것을 알고 있는 태도였다. 유리는 고개를 갸웃하다가 짐짓 밝게 말을 걸었다.

"맛있는 거 사주시게요?"

"음…… 예."

뭐야? 유리는 에넌 옆에 따라붙었으나 그의 어색한 태도에 조금 당황했다. 보통 자신이 말을 걸면 웃으면서 답해주는데, 오늘은 어쩐지 무표정했다. 제게 대답하는데도 잠시 망설이는 것이……. 무슨 일 있는 걸까.

"각하. 무슨 일 있으세요? 표정이 안 좋으신 거 같은데."

"아닙니다. 가시죠."

뭐야. 진짜 무슨 일 있는 거 같은데? 오늘따라 에넌은 말을 붙이기 어려워, 유리는 조금 뽀로통해져 뒤를 따랐다.

성 바깥의 큰길은 온통 핑크빛 분위기였다. 발렌시아 왕성 정문 도개교를 건너면 그 앞으로 큰길이 이어져 있었는데. 그 길 앞에 쭉 펼쳐진 여관이나 호텔, 식당들이 모두 문을 활짝 열고 있었다. 길에는 노점상들이 가득했고 사람들도 밝은 얼굴로 걸어 다니고 있었다. 봄꽃을 나누는 축제니 당연했다. 그 사이를 유리와 에넌만 말없이 걸었다. 에넌이 굳은 표정으로 말 한 번 못 붙이게 하고 걸으니 유리도 자연스레 입을 다물고 그 뒤만 따르게 됐다.

"저기요, 각하. 죄송한데요."

"……아, 예."

"어디까지 가시는 건지 여쭤봐도 될까요?"

그래서 유리가 용기를 낸 것은 길 끝에서였다. 성 앞의 번화가가 끝나고 인적도 조금 적어진 곳에서, 에넌은 얼떨떨한 표정으로 유리를 돌아보고는 제가 어디까지 왔는지 알아차린 듯했다.

"아, 미안합니다. 잠시 다른 생각을 하느라. 유리가 먹고 싶은 것을 드시죠."

'뭐야. 식당 정해놓고 가는 것도 아니었어?'

유리는 좀 짜증이 났지만, 애매하게 웃었다. 어쨌든 제 상관에게 짜증을 내봐야 손해 볼 것은 자신뿐이었다. 더 걷기도 귀찮아서 유리는 조금 돌아가 있는 길가의 식당에 앉았다. 이쪽 역시 축제를 맞아 문을 환하게 열고, 길가까지 식탁을 펼쳐놓고 손님을 기다리고 있었다. 점심때가 조금 지난 터라, 손님은 많지 않았다.

마주 앉고 나니 에넌은 다시 입을 닫았다. 유리는 고군분투 끝에 갈라진 빵에 고기조림을 넣어 먹는 요리, 그리고 매운 양념을 한 고기 수프와 채소 절임을 시켰다. 종업원에게 주문을 하고 다시 앞을 보니, 에넌은 자신을 뚫어져라 쳐다보고 있다가 유리와 눈이 마주치자마자 고개를 획 돌렸다.

아니 뭐야, 진짜?

"각하. 하실 말씀 있으세요?"

"그…… 아닙니다. 제가 생각할 게 좀 있어서. 미안합니다."

어쨌든 에넌은 빠르게 사과하는 것 하나는 정말 마음에 드는 사람이었다. 유리는 어깨를 한 번 으쓱한 다음 입을 열었다.

"아스완, 가신다면서요?"

"예. 제가 유리의 감시역 겸……. 뭐, 상관입니다."

"저 되게 신경 쓰이는데, 감시역이라는 거 그냥 하는 말인 거죠?"

유리의 말에 에넌이 그제야 가볍게 웃었다.

"예. 뭐……. 말이 그렇다는 겁니다. 그냥 같이 가서 일할 겁니다."

"아아. 폐하가 아스완에 신경을 많이 쓰시나 봐요."

"예?"

"각하까지 보내시는 걸 보면요."

에넌은 유리의 말을 듣더니 애매한 표정으로 고개를 끄덕였다. 역시 그 예쁜 왕녀님 때문에 보내는 걸까? 여왕님은 엄청 둘이 결혼시키고 싶은 것 같은데, 아마 본인은 그 스캔들 좀 거북한 모양이니까……. 하고 생각하다가 유리는 눈알을 굴렸다.

'근데, 진짜 싫으면 거기까지 안 가지 않나?'

아무리 그래도 공작 각하다. 거기까지 가기 싫으면 안 가도 된다. 엄청 일도 많다던데. 그렇지만 이 각하도 그렇게까지 싫지는 않은 모양이다. 게다가 그 예쁘고 사랑스럽고 선한 공주님을 보고 있으면 유리도 어쩐지 그 공주님이랑 결혼하고 싶어질 정도로 매력 넘치는 사람이니까. 유리는 홀로 납득했다.

"아스완은 외부인에 대한 배척이 큰 곳입니다."

"어, 예."

유리가 그러거나 말거나 에넌은 제멋대로 아스완에 대한 설명을 시작했다. 아스완이 어떤 역사를 가지고 있으며, 어떤 풍토인지. 덕분에 유리는 빠른 시간 안에 아스완이 황금의 문명을 꽃피웠지만, 너무 자원을 낭비한 까닭에 지금은 금이 나지 않는다는 것부터, 국력이 바닥 나 가지고 있는 자원에도 투자하기 어렵다는 것을 알게 됐다.

"아스완은 백여 년 전에 갈라져 있던 북아스완과 남아스완이 통합된 왕국입니다. 북아스완과 남아스완은 상당히 다르죠. 아르시노에는 남아스완의 왕녀인 만큼 유하고 선합니다만, 북아스완 사람들은 거친 성격을 가지고 있습니다. 외지인을 배척하는 것도 북아스완이 더하죠."

"그렇군요……."

"우리는 한 달간 쭉 달려서 아스완의 최북단인 알-카움에 도착할 겁니다. 알-카움에서 배를 타고 영원의 강을 따라 아스완으로 가죠."

"어……. 한 달이요?"

유리가 눈을 깜박거렸다. 아스완은 대륙의 최남단인 만큼, 대륙의 북쪽에 있는 발렌시아에서는 적어도 두 달은 넘게 걸린다고 들었는데. 너무 빨랐다. 유리의 말을 알아들은 에넌이 볼을 긁었다.

"저희는 시간이 없습니다. 1년 안에 기술을 전수하고 빠르게 초반 결과를 보고 와야 하죠. 본래는 여왕님의 관리들은 가는 길마다 대영주에게 인사하고 대영주들이 보여주는 호의에 답하며 며칠씩 공관에서 묵어가는 게 기본입니다만 저희는 그러지 않을 겁니다. 숙소는 여관을 이용합니다."

"어……. 저는 상관없긴 한데."

때마침 음식들이 나왔다. 고기조림을 하나 찍어 먹어보고 유리는 즐거운 표정을 지었다. 맛있어! 유리를 보고 에넌도 빙긋 웃더니 말을 이었다.

"아르시노에도 동행하기 때문에 도시에서 제일 괜찮은 여관과 호텔에 묵어갈 것이니 숙소의 질은 걱정 안 하셔도 됩니다."

"어, 공주님이요?"

"예."

에넌이 빵 접시에서 납작하게 구운 빵을 집어 반 갈랐다. 큰 손이 빵을 가르자 먹음직스러운 뜨거운 김이 퍼졌다. 유리는 괜히 제 손에 쥐인 빵을 봤다. 제 손바닥에 든 빵은 분명 에넌의 손에 들어 있는 빵과 크기가 비슷한데, 제 것은 엄청 커 보이는 반면 에넌이 든 것은 굉장히 조그마해 보였다.

'이거 역시 슬슬 남장이 조금 위험한 거 아닌가?'

그렇게 생각하며 고기조림을 빵에 담는데, 에넌이 설명했다.

"본래대로라면 아르시노에는 따로 제가 말한 것처럼 각 영지의 공관에 묵어가며 천천히 아스완으로 향하겠지만, 폐하의 기간사업 때문에라도 저희와 동행하기를 원하더군요. 보안 측면에서도 그쪽이 훨씬 낫습니다."

"그런가요?"

"제 사병들이 함께할 테니까요."

에넌의 사병들은 쎄시아의 전쟁에서 산전수전 다 겪은 이들이었다. 정확히는 에넌이 아벳사의 목을 베기 위해 초반에 일어섰을 때, 에넌의 밑에서 분전하며 초반의 싸움을 승리로 이끈 이들이다. 그렇지만 후반에는 놀았을 텐데?

유리의 의문에 에넌이 답했다.

"발렌시아가 아직 시골 영지일 때, 근처 영지에서 활개 치던 깡패들이거든요."

"깡패요?"

깡패라니! 그 말을 들으면 분개할 제 부하들을 생각하며 에넌이 웃었다. 말이 깡패지, 싸움이 잦았던 북쪽 영지들에서 용병으로 활약했던 이들이다. 젊은 혈기의 에넌을 귀엽게 여기며 함께 싸워주마, 하고 으스대던 이들은 이제 경이라는 수식어와 함께 에넌 밑에서 서류 작업에 혹사당하고 있었다.

"그……렇군요."

물론 그 속사정을 모르는 유리는 눈을 끔벅이다가 고기가 든 빵을 우물거릴 뿐이다. 그 공주님이랑 한 달 넘게 같이 여행하는 거잖아? 역시 마음이 있긴 한가보다……. 하는 생각은 덤이다.

"아스완에서는 아주 바쁠 겁니다. 현지에서 직물 산업이 얼마나 발달해있는지 모르니 시찰하고 보고서 쓰고, 기술자들 지원을 모아 전수하고 하느라 눈코 뜰 새 없겠죠. 그러니 그 전까지는 마음껏 잠자고 식사하도록 하세요."

"예에, 그……. 잠깐만요."

고개를 주억거리던 유리가 갑자기 손을 들었다.

"그럼 혹시 중간에 휴가도 없나요?!"

"……휴가요?"

"그, 쉴 수 있는 날이라든가……."

유리의 말에 에넌이 픽 웃었다.

"아무리 그래도 쉬는 날도 없이 부려먹진 않을 겁니다. 그런데 왜……. 아스완 관광이라도 하시려고요? 아."

에넌은 유리의 옆에 항상 붙어 있는 미남을 떠올렸다. 쎄시아는 그 미남이 아스완과 영원의 강 사용을 계약했다고 말했다. 혹시 상단의 일을 보려는 걸까. 그리고 자연스럽게 에넌은 다시 기분이 나빠졌다.

어제 밤의 일이 떠올라서다. 나무 그림자 안에서 봤던 일들. 유리의 손등에 입을 맞추던 남자와, 교차되던 시선.

솔직히 말하면 그 생각 때문에 밤새 뒤척였다. 연회가 새벽에 끝난 탓도 있지만 머리가 복잡했다. 에넌은 눈앞의 동글동글한 청년을 바라봤다. 한껏 멋 냈던 어제와는 달리 조금 부스스한 얼굴로 고기빵을 베어 물고 있는 남자애……. 언뜻 보면 소년이라고 착각할 정도로 어려 보이는 그를 보며 에넌은 기분 나쁜 상상을 하지 않으려 애썼다. 그러니까, 혹시 그 상단주의 취향이 다분히 어린애를 좋아하는……. 뭐 그런 생각. 굉장히 무례했고, 그래서 에넌은 고개를 한 번 흔들어 생각을 털어냈다. 영문 모르는 유리만 눈을 크게 떴다.

"그러고 보니 상단 쪽도 아스완과 그날 뭔가의 사용 계약을 맺었었죠."

"아, 예."

유리가 황급히 고기를 씹어 삼켰다.

"그것도 있긴 한데, 뭐 제가 그 일 때문에 폐하가 시키신 일을 대충 하는 일은 없을 거고요."

"압니다. 유리는 뭐든 열심히 하죠."

"그렇게 생각해주시면 정말로 감사한데. 여튼, 하고 싶은 게 좀 있어서요."

"뭡니까?"

바다에 가서 죽은 해면을 주워서 탐폰을 만들 겁니다, 라고 말하지는 않았다. 유리도 눈치라는 게 있기 때문이다. 그래서 유리는 씩 웃었다.

"바다가 가고 싶어요."

"바다요?"

"예. 벨름도 항구 도시이긴 하지만, 아스완은 해변이 아주 아름답다고 들었어요. 바닷물이 초록색이라고…….""

"어……. 맞습니다."

"각하는 보셨어요?"

유리가 눈을 반짝였다. 에넌은 의외의 대답에 놀랐다가 그 반응에 미소지었다.

"예. 저는 아스완 정복 때 봤습니다. 해변은 흰색으로 빛나고, 바다는 초록색으로 물들어 있죠. 아름다운 곳입니다."

"아, 예쁘겠다. 저 바다에 꼭 가보고 싶어요."

에넌은 묘한 기분으로 유리를 쳐다봤다. 마치 어린 소녀처럼 뺨을 반들반들하게 물들이고 바다에 가고 싶다고 말하는 스무 살 청년이라니. 물론 바다를 꿈꾸는 청년이 없으리란 법은 없지만, 이 청년의 화법은 참……. 뭐랄까.

'로맨틱하군.'

에넌은 그 또한 입 밖으로 내지 않았다. 어린 청년들에게 소녀 같다느니, 로맨틱하다느니 하는 말은 자칫 오해를 불러일으킬 수도 있기 때문이다. 그래서 에넌은 웃으며 답했다.

"그래요. 놀러 가는 건 아니지만, 바다는 꼭 가도록 하죠."

"어, 각하도 같이요?"

네가 거길 왜 오냐? 하는 말투에 에넌은 조금 당황했다. 크흠, 하고 헛기침하는 에넌을 보고 유리도 자신이 약간 상사에게 눈치 주는 부하의 모양새가 된 것에 당황했다.

야, 근데 내가 틀린 말 한 건 아니잖아? 부하가 쉬는 날 바다에 간다는데 같이 가는 상사라니 이거 완전 진상 아니냐?

그렇지만 뭐 이런 미남이랑 같이 바다에 갈 기회가 어디 있겠어. 그래서 유리는 히히 웃었다.

"그래요. 같이 가요, 각하."

"……괜찮겠습니까?"

"뭐 어때요. 전 거기 친구도 없는데. 아, 왕녀님도 같이 가자고 할까요?"

"……전부터 얘기하고 싶었는데, 유리. 아르시노에는 왕녀라고 부르면 안 됩니다. 아스완 후라고 부르세요."

"아, 맞다. 죄송해요."

"죄송할 건 아닙니다."

이 채소 절임도 맛있네요! 하고 눈을 빛내는 유리에게 에넌은 덧붙였다.

"저도 가는 길에는 에넌이라고 부르면 안 됩니다."

"예? 그러면 각하라고 부르나요?"

"아뇨."

에넌은 고개를 저었다.

"렌이라고 부르시면 됩니다."

렌 헬리오날트. 에넌이 처음 벨름에 갔을 때 유리에게 알려주었던 가명이었다. 에넌의 이름을 재조합한 말이기도 했다. 유리는 고개를 갸웃했다.

"왜요?"

"아르시노에의 행렬은 어쩔 수 없이 소문이 나겠지만, 저까지 붙었다는 이야기가 나면 이래저래 위험할 겁니다."

"아."

대영주와 공작의 행렬이다. 여왕의 행렬과는 다르다. 여왕을 습격하는 것은 통치의 잔 때문에 애초에 불가능하지만, 에넌 라이언하트 공작은 부유하기로 소문이 나 있었다.

그놈의 올랭피아. 에넌은 입맛을 다셨다. 실제로 올랭피아가 현금화돼서 제 손에 쥐어져 있는 것도 아닌데. 어쨌든 여러 가지로 습격에는 대비하겠지만, 그래도 발렌시아의 주요 인사가 둘이나 함께 이동한다는 소문이 나면 어떤 트러블이 날지 몰랐다.

에넌이 당부하자 유리는 씩 웃었다.

"알았어요, 렌."

적응 한 번 참 빠른 청년이었다. 그때 식사하던 둘 앞에 누군가가

다가섰다. "저어……." 두 사람 다 옆을 쳐다봤다. 꽃을 파는 소년이었다. 봄꽃 축제 때문에 꽃을 팔러 나섰는지, 바구니 안에는 작은 꽃다발이 두어 개 있었다.

"나으리들, 혹시 연인이 있으신가요? 봄꽃 축제에 꽃을 사서 선물하시는 건 어떠신가요?"

두 사람 다 서로를 쳐다봤다가, 다시 소년을 쳐다봤다. 연인은 개뿔. 잡상인 사절합니다. 유리가 손을 내저으려는 그때 에넌이 물었다.

"얼마입니까?"

이 남자는 동네 땅꼬마한테도 존댓말하네. 유리가 눈을 끔벅거리는데 소년이 환하게 웃었다.

"원래는 하나에 3싱인데, 두 개 해서 5싱에 드릴게요!"

"좋습니다. 이리 주세요."

에넌이 주머니를 뒤져 동전을 꺼내 주었다. 소년은 신이 나 꽃다발 두 개를 내려놓고 냉큼 떠났다. 꽃은 딴 지 얼마 안 된 듯, 싱그러웠다. 예쁘게도 묶었네. 걔가 만든 건 아닌 거 같은데……. 하고 유리가 갸웃하는데 에넌이 꽃다발 하나를 내밀었다.

"가지세요."

"예? 저요?"

"예. 뭐……. 저는 하나면 되고."

아. 유리가 눈을 껌벅이다가 답했다.

"나머지 하난 여왕님 드리면 되잖아요."

꽃다발이 두 개면 하나는 공주님 거, 하나는 여왕님 거 하면 되는 거 아냐? 지극히 단순한 계산이었으나 에넌은 한쪽 눈을 찡그렸다.

"……무슨 뜻입니까?"

"그……. 하나는 아르시노에 후 드릴 거 아닌가요?"

"……아닌데요."

뭐야. 유리가 멀뚱멀뚱 에넌을 쳐다보자 어쩐지 에넌은 얼굴이 조금 벌게져서, "……싫으면 마십시오."하고 꽃다발 두 개를 다 제 쪽으로 끌어당겼다. 거 되게 무안해하네. 유리는 그 직후 그가 이제 한 달은 같이 지내야 하는 상관이라는 걸 깨달았다. 나 지금 직속 상관 무안 준 거지? 그래서 유리는 급하게 말했다.

"어, 아니에요. 주세요."

"……예. 그리고."

"네."

"아스완 후입니다."

"……예."

겨우 숙취가 깬 플럼이 유리가 가져온 꽃다발을 보고, 여자친구 생겼냐며 놀린 것은 여담이다.

─❋─

떠나는 날은 생각보다 금방 다가왔다. 새벽같이 모인 구성원은 단출했다. 아르시노에의 수행 인원이 상대적으로 너무 많은 탓이었다. 아르시노에는 보기만 해도 무시무시한 육두 마차를 탔다. 말이 여섯 마리나 되니 규모도 아찔했다. 농담 조금 보태서 유리가 그 안에서 굴러다녀도 되겠다 싶은 공간이었다. 그 안에 아르시노에는 자신과 함께 온 가신 하메드, 시녀 한 명과 탔다. 세 명뿐이니, 공간이 한참이나 남았다.

우와, 편하겠다. 그렇게 생각하고 유리는 자신이 탈 사두마차를 봤다. 한숨이 나왔다.

사두마차는 특성상 그리 넓지 않았다. 평으로 따지면 두어 평이 될까 말까 하는 좁은 크기에 의자와 짐들이 들어찼다. 마차 위에도 짐을 잔뜩 실었다. 플럼은 아이비의 하녀 하나와, 에넌의 하녀 하나가 타는 마차에 끼어 탔다. 차라리 저쪽이 마음은 편하겠다. 유리는 한숨을 내쉬었다.

에넌은 정말로 소탈한 상사였다.

'그러니까 공작님인데 왜 굳이 부하 나부랭이들과 함께 마차를 타시는지?'

에넌은 밴딧과 함께 마차를 탔다. 유리와 아이비도 함께다. 에넌, 밴딧, 유리, 아이비.

그러니까 상관과 엄청 껄끄러운 부관, 그리고 상관의 부관 사이에 낀 것이다. 유리는 내심 위장병이 걱정됐다. 물론 모두 좋은 사람들이지만, 기분상 별로……. 플럼은 그저 여행 가는 것이 신나는지, 까악 까악 하고 자신이 탈 마차에서 발을 구르며 좋아했다.

나중에 알게 된 거지만, 공작님이 나와서 말을 타고 선두에 있는 게 다른 부하들에게 몇백 배는 부담스러워서 그렇다고 했다. 아르시노에의 마차를 에워쌀 에넌의 사병들은 모두 말을 탔다. 뭐, 내 앞에서 상관이 말을 달리면 싫을 수도……있나? 유리는 깃털 방석 두어 개를 자신이 탈 마차에 쑤셔 넣으며 생각했다. 마차는 대체로 푹신했지만, 이곳의 마차 바퀴는 엄청나게 딱딱했다. 쇠로 만들어진 바퀴가 돌길에라도 튀면 유리의 엉덩이의 안전은 보장할 수 없었다.

"이것도 같이 넣어주십시오!"

밴딧이 쾌활하게 웃으며 다가와 유리에게 큰 바구니를 내밀었다.

"이게 뭡니까?"

"아, 각하께서 웬일로 간식을 다 챙기셨지 뭡니까. 가는 길에 입이 심심할 거라고."

드디어 각하께서 이 불쌍한 밴딧의 고충을 알아주시는군요! 밴딧이 떠들었다. 유리는 바구니를 덮은 천을 슬쩍 들어 올렸다. 누가와 캐러멜 따위가 가득했다. 유리는 슬그머니 에넌 쪽을 바라보고 웃었다. 에넌은 일행의 가장 앞에서 달릴 기사들과 길을 검토하느라 정신이 없었다. 그러나 메뉴가 뜻하는 바는 명백했다. 제 생각을 해준 것이 분명했다.

쎄시아가 나온 것은 반 시간 정도 뒤였다. 재상과 함께 성 앞까지 나온 쎄시아는 에넌의 어깨를 툭툭 두들기며 격려했다.

"빨리 와."

"되도록이면요."

"애인 생기면 천천히 와도 돼."

"빨리 오겠습니다."

재미없는 놈. 쎄시아가 투덜거리며 유리 쪽을 바라봤다. 날카로운 눈에 봄이 깃들었다.

"유리 클로드."

"예."

"무사히 돌아와. 몸에 흠집 내지 마."

"예⋯⋯에?"

유리는 무심코 대답하려다가 여왕의 말투가 약간 이상하다는 것을 깨달았다. 여왕은 킥킥 웃으며 말했다.

"그대는 소중한 발렌시아의 인재니까 말이야."

"앗, 예!"

약간 감격한 유리가 큰 소리로 대답했다. "씩씩해서 좋군." 쎄시아가 만족스레 웃었다. 에넌은 조금 입을 삐죽였지만.

아르시노에도 나와 쎄시아 앞에서 인사했다. 발렌시아의 가장 위대한 지배자의 가호 덕에 어쩌고 하는 긴 인사 끝에 아르시노에는 글썽글썽 눈물을 보이기까지 했다. "폐하, 내년에 꼭 다시 뵙겠습니다." 하는 말에는 애정이 담뿍 담겨 있어서, 유리는 어쩐지 좋구나⋯⋯. 하는 기분이 됐다. 유형이 다른 미인 둘이 서로를 다독이는 모습은 어쨌든 예쁜 거 좋아하는 유리에게는 아주 흐뭇한 광경이었다.

"조금 후 출발합니다."

선두에 선 기사가 외치자 모두 빠르게 마차나 말에 타기 시작했다. 쎄시아와 재상 등은 조금 물러났다. 유리와 에넌, 아이비와 밴딧이 이어 마차에 탔다. 유리와 에넌이 마주 보고, 에넌 옆의 밴딧과 아이비가 마주 본 모양새였다. 아이비가 빙그레 웃으며 유리에게 인사했다.

"잘 부탁드립니다, 유리 클로드 님."

"어…… 예."

아이비와는 출발 전에 잠깐 얼굴을 본 게 다였다. 서쪽 성의 문관 중에서 이번 아스완행에 지원한 사람은 그리 많지 않았고, 아이비는 그중에서 제비뽑기로 뽑혔다. 아이비는 마차 안에서 빠르게 자신이 가지고 온 서류를 펼쳤다.

"에…… 저희는 오늘 하루 동안 꼬박 달려서 키클리에 도착합니다. 키클리까지는 마차를 타고 약 열두 시간이 걸리는데, 저희는 중간 거점인 프룸에서 점심 식사를 하게 됩니다. 키클리에서 묵을 숙소는 그곳에서 가장 큰 여관으로……."

아무래도 아이비는 퍽 꼼꼼한 타입인 것 같았다. 간단한 지도를 꺼내어서 경로를 짚어주는 동시에, 예상 시간과 경비까지 브리핑했다. 에넌이 밴딧을 보고 눈짓했다.

"원래 자네가 해야 하는 거 아닌가?"

"에, 저도 합니까?"

"빠져가지고."

밴딧이 억울한 표정을 지었다.

"선두에서 메나 경이 아까 얘기했을 거 아닙니까."

"메나 경이랑 자네랑 같아?"

"그……. 죄송합니다."

부지런하고 똑똑한 사람이 옆에 있으면 아무래도 누군가는 피해를 보기 마련이다. 아이비가 조금 민망해했고, 에넌은 피식 웃었다.

"신경 쓰지 말아요, 스투리싱 양. 나와 밴딧은 원래 이런 대화가 일상이라네."

"예에. 저희 각하는 부하에게 아주 박한 분이시거든요."

밴딧이 짐짓 농을 섞어 투덜댔다. 그제야 안심한 아이비가 배시시 웃으며 이어 브리핑했다. 아이비가 말하는 사이 마차가 움직였다. 따각따각, 말들 걷는 소리와 함께 마차바퀴 구르는 소리가 들리자마자 유리가 창밖으로 고개를 내밀었다. 아까 분명 인사했음에도 불구하고 여왕이 이쪽을 보고 미소 짓고 있었다.

"폐하! 다녀오겠습니다!"

궁중 예절에는 없는 인사겠지만, 여왕은 한층 더 활짝 웃었다. 유리는 창밖으로 몸을 내밀어 행렬을 보려고 애썼다. 말이 간략한 행렬이지, 마차를 앞뒤로 둘러싼 사병들만 사십여 명은 되는 큰 일행이었다.

이제는 제법 따뜻해진 바람이 불었다. 기분이 좋았다.

새벽에 출발한 터라 모두들 조금 졸았다. 자다가 깨어 보니 발렌시아에서는 금세 멀어져 있었다. 아침 식사 대신 챙긴 빵을 아이비가 나누어 주었다. 유리는 마차의 흔들림에 혀를 씹지 않으려 악전고투했다. 그러나 밴딧이나 에넌은 상대적으로 이런 종류의 여행에 익숙한 모양이었다. 밴딧은 어느 순간 갑자기 사정없이 엉덩이가 튀어 오르는 마차 안에서도 능숙하게 빵을 베어 물고 물주머니에서 물을 마시며 잡담을 했다.

"근데, 아이비 양은 집안에서 반대 안 하셨습니까?"

유리나 에넌이 상대적으로 편했지만, 잘 아는 만큼 금세 물음은 아이비에게로 갔다. 밴딧이 눈을 껌벅거리며 아이비에게 물었다. 아이비가 아하하, 하고 웃었다.

"여왕 폐하의 일인데, 반대라뇨. 뭐……. 아예 안 하신 건 아니었지만."

자그마치 1년이 걸리는 출장이다. 미혼의 여인이 1년이나 아스완에 다녀온다는 것. 그리고 남성 관리들과 함께한다는 것. 양갓집 규수라면 충분히 반대할 만했다. 아이비는 수줍게 머리카락을 넘기며 말했다.

"좋은 기회 같아서 가고 싶다고 말씀드렸어요. 사실 저희 부모님께서는 제가 일하는 것도 영 못마땅해하시지만……. 1년은 결혼하란 말을 안 들을 수 있을 것 같아서."

아하? 유리와 밴딧이 눈짓했다. 그러니까, 이 집안 또한 나이 찬 딸내미가 일하느니 빨리 시집가서 애를 낳고 좋은 아내가 되는 걸

원하는 종류의 집안이었나보다.

에넌이 말을 툭 던졌다.

"부모님께서 폐하를 퍽 싫어하시겠습니다."

농담 같은 말에 아이비가 입을 가리고 웃었다.

"물론 폐하의 통치에는 별 불만은 없으시지만, 장성한 딸자식의
앞길에 너무 큰 영향을 미치고 계시다는 말씀도 종종 하시죠."

여왕이 시집 안 가니까 덩달아 너도 안 간다는 거니! 하고 등짝을
두어 번은 맞았다는 말이렷다.

에넌이 고개를 갸웃했다.

"그렇지만 이런 종류의 일에는 사실, 남자 관리들이 적합할 텐
데……. 아. 오해는 마십시오. 하도 오래 남자 관리들하고 자꾸 부딪
치니, 상부에서는 남자 관리를 뽑으려고 했을 거라는 말입니다."

"재상께서는 제비뽑기로 뽑았다던데요."

"제비뽑기요?"

에넌의 얼굴이 희한해졌다. 끼어든 것은 아이비였다.

"그게……."

아이비는 애매한 웃음을 흘렸다.

"본래 재상께서도 남자 지원자를 뽑으려 하셨습니다. 사실 그
게……. 유리 님 부관으로는 저보다 높은 급수의 관리가 가야 하는
것이 맞는데."

쯧. 밴딧이 혀를 찼다. 에넌도 뭔가 알아챈 표정이었다. 유리만 고
개를 갸웃했다. 아이비가 말을 보탰다.

134

"아무도 지원자가 없어서……"

"……아."

유리가 입을 벌렸다. 그러니까, 제비뽑기로 뽑은 이유가 남성 관리들은 이 일에 지원을 하지 않아서 그렇다는 것이다. 아이비는 민망한 표정이었다.

"급수가 맞는 관리분들은 아이들이 한창 클 시절이라, 1년이나 자리를 비우는 것이……"

"1년이나 자리를 비우는 만큼 특별비용이 지급되지요. 아이들이 한창 클 시절이면 더더욱 지원해야 이치가 맞습니다."

밴딧이 끼어들었다.

"뭐 간단하죠. 내려갔다 와봤자 공은 각하의 것이 될 것이고, 각하 아래에서 공 부스러기 비슷한 것을 주워드시는 건 유리 님 선에서 그칠 테니까요."

"……주워드신다가 뭔가."

"말이 그렇다는 거죠. 어쨌든 제 이름자 하나 올리지 못할 장기 업무는 싫은 겁니다. 이래서 관료들이란."

밴딧이 어깨를 으쓱했다. 유리는 그제야 모든 걸 이해했다. 아스완에 줄 면실크 기간사업의 기술은 유리의 것이다. 최고 상관자는 에넌 라이언하트다. 그러니 사업이 성공한다면 에넌 혹은 유리 정도의 선에서 치하가 마무리될 것이고, 관료들은 딱히 덕 볼 것이 없다. 이름을 올려 치하받을 수 있는 종류의 일도 아니다.

"구휼 같은 거면 이래저래 열심히 일해서 살림 좀 피어나면 가능성이라도 있겠습니다만, 기간 사업은 아스완에만 주는 것도 아니고요. 크는 애들 평계 대서라도 수도에 붙어 있는 쪽이 훨씬 실속 있겠다 싶었겠지요. 각하야 워낙 높은 분이니 친해져서 줄을 대보기도 일반 관리 입장에서는 영 가능성 없어 보이는 그림이고요."

그러니까 이래저래 공을 세우거나 뜰 수 있는 일이 아니란 소리다. 그러니 남자 관리들은 쏙 빠져버린 것이다. 유리는 기함해버렸다. 면 세우기 적합한 일이 아니니까, 안 하는 거야?

전생에도 이런 일이 몇 번 있기는 했다. 그러니까, 유리가 다니던 직장은 여초 직장이기는 했지만, 항상 결정적인 일이 아니면 나서지 않는 남자들이 분명 있었다. 모든 사람이 그렇다고 말할 수는 없지만, 저런 일이 반복되는 꼴을 몇 번 본 적이…… 있었지……. 유리는 절로 아이비를 동정하게 돼 버렸다. 그때 월경통 때문에 쓰러진 것도, 어쩌면.

유리가 어떤 생각을 하는지는 모르고 아이비가 배시시 웃었다.

"제가 가고 싶기도 했으니 이래저래 잘 된 셈입니다."

"스투리싱 양은 왜……."

"그야, 폐하 이름으로 처음 시행되는 기간 사업이라서……라고 해도 안 믿으시겠죠?"

아이비는 코밑을 훔쳤다.

"부끄러운 말씀이지만, 서쪽 성에서 제가 맡는 일은 서류 정리와 민원 요약 정도입니다. 좀 다른 일을 해 보고 싶었어요. 제가 관리에 지원할 때는 책상 앞에 앉아 있기보다는, 사람들하고 부딪치는 일이 많을 거라고 생각했거든요. 그런데 막상 서쪽 성에 들어와 보니 영 요원하더군요."

"……고급 관리들은 대부분 남자들뿐이니까요."

밴딧이 안타깝고도 장하다는 눈으로 아이비를 쳐다봤다. 아이비는 웃기만 했다. 유리는 어쩐지 속상해져서 결심했다. 아이비 양한테 완전 잘해줘야지.

중간에 들른 도시에서 점심을 먹는 데도 일행이 많아 두 시간쯤 걸렸다. 유리는 내심 바깥에서 이것저것 좀 구경할 수 있을까 했지만 무리였다. 아이비는 생각 외로 엄한 부관이었다. "곧 출발인데 멀리 가시면 안 돼요." 유리는 눈알을 굴리다가 "네……."하고 마차 앞에서 출발을 기다렸다. 그래도 온몸이 뻐근해 체조는 조금 했다.

플럼은 즐거워 보였다. 아이비의 하녀와 에넌의 하녀들은 플럼과 나이가 비슷해 짝짜꿍이 잘 맞았다. 특히 에넌의 하녀는 플럼과 동갑이었는데, 플럼에게 카드놀이를 가르쳐 줘 플럼은 잔뜩 신이 나 있었다. 좋겠다. 유리는 슬쩍 그쪽에 끼어보려고 했지만, 하녀들이 타는 마차인 만큼 짐도 잔뜩 실려 있었다. 게다가 그쪽에 타려고 했더니 밴딧이 장난스러운 얼굴로 말렸다.

"어린 아가씨 셋이 있는 마차에 타서 뭐 하시려고요."

"아니……. 저쪽이 더 재미있어 보이길래……."

밴딧이 눈썹 하나를 장난스럽게 들어 올려 보였다.

"물론 저도 그 쪽에 더 재미있어 보입니다만, 아마 그건 하녀들끼리여서 그럴 겁니다. 거기 유리 님이 가시면 재미없을걸요."

"그럴까요……."

유리는 대번에 밴딧의 말을 이해했다. 또래 평민 여자애 셋이 노는데 세 살이나 많은 청년이, 그것도 귀족 청년이 끼어봐야 별 재미는 없을 것이다. 플럼이 있다고는 해도 나머지 둘에게 유리는 그저 까마득한 상급자다. 게다가……. 유리는 플럼의 말버릇을 떠올리고는 한숨을 쉬었다. '언 오빠' 어쩌고 하는 꼬라지를 보느니 내가 그냥 여기 있고 말지.

에넌은 출발할 때가 다 되어서야 마차 쪽으로 왔다. 점심도 아르시노에와 함께 먹은 그는 조금 힘들어 보였다. 그 왕녀님이랑 지내는 게 부담스러운가, 생각했지만 이유는 조금 달랐다. 유리와 밴딧, 아이비 등은 다른 일행과 길의 여관 식당에서 점심을 먹었지만, 아르시노에는 에넌과 몇몇 기사, 하메드 등과 함께 제법 괜찮은 곳에서 식사를 한 모양이다. 그렇게나 대단한 경호가 붙어 있는데도 근처를 지나던 뜨내기 귀족 청년 하나가 기어이 아르시노에의 미모에 홀려 말을 걸었다.

무력이나 신분으로 위협해서 떼어 내면 참 좋았겠지만, 그랬다가 이 일행의 규모가 온 동네에 소문나는 것은 시간문제다. 이래저래 신분을 말하지 않고 그런 부류를 좋게좋게 떼어내기란 퍽 힘든 일이었고, 그런 것에 익숙하지 않은 에넌은 지친 것이다.

그래서 겨우 마차 바퀴가 굴러가기 시작했을 때, 에넌은 팔짱을 끼고 졸기 시작했다. 저 사람한테도 정신적으로 지치는 것은 있는 모양이지. 유리는 그쪽을 보며 속으로 생각했다.

'곰과 싸우는 주제에 신경줄은 예민한 건가?'

뭐 입 밖으로 내기는 참 애매한 얘기다. 밴딧 또한 마차에 등을 기대고 늘어져 졸기 시작했다. 사정없이 흔들리는 마차에서 두 남자 다 대단한 신경줄이었다. 아이비는 옆에서 큰 바늘 두 개로 뜨개질을 하고 있었으나 계속 튀어 오르는 마차 바퀴 때문에 자꾸 코를 놓치는 것 같았다. 게다가 솜씨가 픽…….

유리는 아이비의 손에서 계속 코가 빠지고 가닥이 삐져나오는 편물을 보고 있다가 "저기…….''하고 말을 걸었다. 눈을 동그랗게 뜬 아이비의 손에서 편물을 받아서 유리는 빠르게 코를 풀어내고 꽈배기를 떴다. 한참 후 유리의 손안에서는 제법 그럴싸한 꽈배기가 만들어졌다. 한 뼘쯤 되는 편물 안에 두어 번 꼬인 꽈배기를 보고 아이비는 어머, 어머 하고 연신 손뼉을 쳤다.

"이런 것도 하실 줄 아세요?"

"저도 사실 이 방법밖에 몰라요."

유리가 헤헤 웃었다. 아이비가 가져온 실은 두께가 있는 목면실이었고, 꽈배기를 뜨니 꽤 귀엽고 섬세해 보였다.

"사실 이런 실은 코바늘로 뜨면 훨씬 예쁠 텐데."

"어머, 맞아요. 그렇지만 저는 물건을 잘 잃어버려서, 코바늘같이 작은 물건은 금방 잃어버릴 것 같았거든요. 어차피 시간 때우기 정도로 가져온 거라."

"어라, 코바늘뜨기할 줄 아세요?"

"그러믄요."

"와, 나중에 기회 되면 저 좀 가르쳐 주세요."

아쉽게도 유리는 코바늘뜨기를 할 줄 몰랐다. 뭐 크로쉐 레이스는 이곳에도 있으니 어디 가서 배우면 되겠거니 하던 게 이래저래 배울 기회가 없었다. 유리의 말에 아이비가 환하게 웃었다.

"그래요! 그러면 저희 키클리에서 자게 될 텐데 거기서 저녁 시간에 제가 코바늘을 구해볼게요!"

"와아! 감사합니다!"

"뭘요. 저도 어차피 심심했는걸요. 마차 안에서는 서류를 볼 수도 없고요."

두 사람이 신나게 떠들고 있는데 잠에서 깨어난 밴딧이 입맛을 쩝쩝 다셨다.

"키클리에서 제일 큰 여관이라면 발로나입니까?"

"어, 네. 아세요?"

"그럼요."

그렇게 답하며 밴딧이 에넌 쪽을 흘겨봤다. 에넌은 여전히 마차에 머리를 기댄 채 졸고 있었다.

"제가 이 양반 만나서 일복 터진 게 발로나지 말입니다."

"어머나."

아이비가 눈을 깜박였다.

"그러고 보니 각하의 주변 가신들은 전부 각하가 어릴 적 만났던 분들이라지요?"

"예에. 그때는 뭐 이런 꼬맹이가 다 있나 싶었습니다만."

꼬맹이란다. 혹시 저 공작보다 연상인 건가? 유리의 의문에 답하듯 밴딧이 말했다.

"각하를 만났을 때 저는 열여덟이었거든요. 각하는 피 끓는 열넷이었고요."

하나 둘 셋 넷. 유리가 손가락을 꼽자 밴딧이 웃었다.

"올해로 서른입니다."

"아, 예……."

저보다 열 살은 많으시네. 그러거나 말거나 밴딧이 말을 이었다.

"저는 그때 발렌시아 경비대 신참이었는데, 저 꼬맹이가 참 신기했다, 이겁니다. 일대 깡패들을 죄다 모아놓고 친구 먹게 만드는 인간이었죠."

"깡패요……?"

그러고 보니. 유리는 에넌의 말을 떠올렸다. 제 주변 부관들을 깡패라고 하던 남자의 표현이 그 혼자만의 것은 아닌 듯싶었다. 밴딧은 조는 에넌의 눈앞에 손을 휘휘 흔들어 보였다. 남자는 깊게 잠든 듯, 밴딧의 손장난에도 꿈쩍하지 않았다. 밴딧이 씩 웃고 말을 이었다.

~❈~

발렌시아의 비행청소년. 그게 십 대 초반의 에넌 라이언하트였다. 본래 발렌시아는 폭군 아빗사의 연방왕국 중 하나였다. 사실 왕국이라고 하기도 뭐한 작은 영지였고, 아빗사는 발렌시아에 거의 신경을 쓰지 않았다. 사실은 아빗사의 왕국은 발렌시아에서 기인했다고도 할 수 있었다. 아빗사의 선대가 발렌시아에서 올랭피아를 수탈했기 때문이다. 그것은 거대한 사기극에 가까웠으나, 발렌시아의 선대는 통치의 잔 때문에라도 울며 겨자 먹기로 올랭피아를 넘길 수밖에 없었다.

아빗사의 대에 와서 발렌시아의 영주, 즉 쎄시아 발렌시아의 아버지였던 올로패놀 발렌시아는 아빗사에게 올랭피아의 반환을 요구했다. 아빗사는 게으른 폭군이었고, 통치의 잔 때문에 군사를 일으키지도 못하는 올로패놀 발렌시아를 보지도 않고 제 성에서 내쫓았다. 올로패놀은 굴욕을 삼키며 성 밖에서 아빗사에게 반환을 요구했다. 성 앞에 서서 홀로 농성하는 것이 올로패놀 발렌시아의 한계였다.

통치의 잔은 그런 것이다. 굴욕감을 느끼면서도 정작 그 잔의 주인 앞에 서면 한없는 무력감에 휩싸이게 하는. 지금은 사라진 마법 시대의 마지막 유물이 하필 그런 자의 것이라는 건 통탄할 일이었다.

그러나 통치의 잔의 주인이 계속해 바뀐 데는 이유가 있었다. 통치의 잔은 주인을 선택했다. 주인을 한 번 선택하면 그 핏줄을 따라 계속해서 후대로 주인을 바꾸었으나, 그 주인이 인간의 도리를 저버리게 되면 주인을 외면했다. 그 기준은 아무도 모른다. 어떤 시대의 주인은 거짓말 한 번으로 통치의 잔에게 버림받았고, 어떤 주인은 천여 명을 살해했어도 여전히 그 잔의 주인이었다.

아이러니하게도 아빗사는 제 욕망에 솔직했기 때문에 통치의 잔이 주는 권력을 계속 누릴 수 있었다. 적어도 거짓말은 하지 않는 자였다. 여자가 안고 싶으면 여자를 안았고, 놀고 싶으면 놀았다. 먹고 싶으면 먹었고, 자고 싶으면 잤다. 그런 그는 올로패놀 발렌시아에게서 올랭피아를 완전히 빼앗으면 통치의 잔에게 버림받을 것이 두려웠다. 그래서 약은꾀를 썼다.

제 하녀가 낳은 갓 돌 된 사생아를 올로패놀에게 보낸 것이다. 열 달을 채 채우지 못한 아이를 낳고 어미는 곧 숨졌다. 아이는 몸이 약해 겨우 숨이 붙어 있다고 해도 과언이 아니었다.

"그 아이가 성년이 되면 올랭피아를 반환하겠다. 그때까지 약속의 증거로 나의 아들을 넘겨주겠네."

아빗사는 아이를 볼모로 보낸 것이다. 유약한 아이가 발렌시아까지 가다가 숨지면 고맙고, 만에 하나라도 살아남은 아이가 나이를 먹어 무사히 성년이 될 것 같으면 그 전에 죽이면 된다. 아빗사는 그렇게 생각했다.

그러나 아빗사는 통치의 잔이 가지고 있던 나머지 속성 하나를 간과했다. 통치의 잔은 그 주인의 직계 혈족에게는 효과가 없었다. 기실 그 잔의 주인이 바뀐 이유 중 대부분이 존속살인에 의한 계승이었다. 그리고 놀랍게도 사생아는 꽤 잘 자랐다. 그를 발렌시아로 데려간 사신이 붙여준 '에넌'이라는 이름을 가지고.

올로패놀 발렌시아는 사생아를 사신에게서 받아들고 분에 못 이겨 시름시름 앓다 죽었다. 딸, 쎄시아 발렌시아 하나만을 남기고. 발렌시아를 맡은 것은 쎄시아 발렌시아의 이모부인 버벤 단딜리온이었다. 버벤 단딜리온은 제 장원을 아들에게 맡기고 한걸음에 달려와 쎄시아 발렌시아를 맡았다.

당시 버벤 단딜리온의 속내를 지레짐작한 이들은 발렌시아 영지가 단딜리온에 편입되겠다 떠들었다. 그러나 중년의 단딜리온은 발렌시아를 집어삼키기는커녕 묵묵히 발렌시아 영지 경영에 힘썼다. 쎄시아 발렌시아의 교육을 도맡은 것은 물론이다.

그 과정에서 에넌 라이언하트는 사람들에게 잊혀졌다. 정확히는 존재감이 없었다는 게 맞았다. 모두가 버벤 단딜리온 밑에서 자란 영명하고 아름다운 아가씨, 쎄시아 발렌시아만을 기억했다. 심지어 그때는 에넌에게 성도 없었다. 사생아이니 아빗사의 성도 물려받지 못했고, 에넌이라는 이름은 그를 발렌시아로 데리고 간 사신이 그 자리에서 대강 지은 것에 불과했다.

그러나 그 모든 것이 쎄시아 발렌시아의 밑거름이 됐다.

올로패놀 발렌시아는 겨울에 죽었다. 여섯 살의 쎄시아는 싸늘하게 식은 발렌시아 성 한켠에서 울 자리를 찾아 돌아다녔다. 쎄시아는 이미 그때부터 너무 똑똑한 어린애였고, 제 아버지가 죽어버린 의미에 대해 정확하게 알고 있었다. 당시 버벤 단딜리온이 달려오기도 전이었고, 발렌시아의 아가씨는 어린 자신은 대체 어떻게 되는 걸까? 하고 생각했다.

아마 발렌시아라는 빈한한 영지를 탐낼 만한 자가 있다면, 기껏

해야 발렌시아의 여섯 살짜리를 혼약이라는 이름으로 데려가는 정도가 아닐까⋯⋯. 머리가 너무 커버린 여섯 살 아가씨는 그런 생각을 하며 성의 복도를 걸었다. 물론 그 생각은 주인을 잃은 하인들이 조심성 없이 그녀의 근처에서 떠들어대던 내용이었다.

유난히 똑똑했던 올로패놀의 외동딸은 발렌시아 성의 복도를 걸으며 자신이 해야 할 일을 가늠했다. 성의 하인들은 여섯 살 어린 꼬마 아가씨가 아버지의 죽음을 받아들이지 못하고 성을 배회한다고만 생각했다. 버벤 단딜리온이 달려오겠다는 전갈을 보낸 직후라, 하인들은 그를 맞기 위한 준비에 눈코 뜰 새 없이 바빴다. 모두들 버벤 단딜리온이 발렌시아를 집어삼키리라 예상하던 때였다. 자연스레 쎄시아 발렌시아는 방치됐다.

그리고 그 얼어붙은 성에서 아가씨는 조금 다른 울음소리를 들었다. 울음소리를 쫓아간 곳에는 아기가 방치돼 있었다. 불도 들어오지 않는 차가운 방 안에서 혼자 얼어가다가, 죽기 직전에 겨우 소리 내 울었던 두 살박이 아기.

그게 에넌이었다.

버벤 단딜리온은 빨간 머리의 남자 아기를 안은 여섯 살 꼬마를 보고 조금 당황했다. 아빗사의 사생아가 아직도 살아 있다는 것은 그의 예상 밖이었기 때문이다. 그러나 버벤 단딜리온 또한 남들의 예상을 벗어나는 사람이었다. 그는 발렌시아 영지를 탐내지도, 쎄시아 발렌시아를 밀어내고 영주 자리에 앉지도 않았다. 대신 쎄시아의 후견인이 되었다. 사람들은 그가 쎄시아 발렌시아의 후견인이 되었다는 사실에 주목하고 그의 의도를 해석하느라 여념이 없었다. 그래서 버벤 단딜리온이 또 다른 아기의 후견인이 되었다는 것은 몰랐다.

쎄시아는 에넌을 제 동생으로 삼았다. 말뿐은 아니었다. 쎄시아의 유모는 졸지에 돌볼 아이가 둘이 되었다는 사실에 투덜대긴 했으나, 두 아이를 차별하지는 않았다. 빨간 머리의 사내아이는 우유를 종종 토했다. 그때마다 쎄시아는 아기가 토한 우유를 닦으며 유모를 도왔다.

아이가 조금 자란 후에는 하인의 아이들과 같이 키웠다. 쎄시아는 아이를 렌이라고 불렀다. 에넌이라는 이름은 발렌시아 성에서 지워졌다. 빨간 머리의 렌은 쎄시아를 유독 잘 따르는 성의 소년이었고, 발렌시아 영지의 대부분이 렌의 부모가 누군지 잘 몰랐다. 그저 자신이 모르는 누군가의 아이겠거니 했다.

열두 살의 렌은 또래 아이들보다 머리가 두 개는 컸다. 열세 살이 됐을 때 렌은 발렌시아의 골목대장, 정도로 통치기에는 좀 큰 영향력을 과시하고 있었다. 발렌시아의 모든 소년들이 렌을 좋아했고 그를 따랐다. 어디서 검술을 배웠는지 검도 곧잘 쓰고 사냥도 잘하던 렌은 제 또래 소년들을 이끌고 사슴 사냥을 하더니, 나중에는 비번인 경비대 청년들과 같이 곰 사냥에 나섰다. 뉘 집 아들인지 대단하다는 이야기도 종종 들었다.

밴딧은 발렌시아 경비대 청년들 중에서는 비교적 게으른 축이었다. 그때만 해도 발렌시아보다 키클리가 훨씬 큰 도시였다. 비번인

날 키클리에 여자 친구의 선물을 사러 나갔던 밴딧은 키클리에서 가장 큰 여관인 발로나 뒷골목에서 렌 헬리오날트를 만났다. 웬 꼬맹이가 깡패들하고 대치하고 있었다.

~❋~

"그래서, 혹시 그 꼬맹이를 구해주신 건가요?"

"아뇨."

흥미로워하던 아이비의 질문에 밴딧이 답했다.

"귀찮겠다. 난 비번이니까 도망가야지, 하고 돌아 나왔죠."

"엑."

아이비와 유리가 밴딧에게 비난의 눈초리를 보냈다. 밴딧은 어깨를 으쓱했다.

"그때 발렌시아 경비대는 박봉이었거든요. 굳이 시간 외 근무를 하고 싶지는 않았습니다."

"예……. 알았으니까 마저 말해봐요."

막 돌아서던 밴딧을 부른 건 꼬맹이였다.

"아저씨 경비대죠! 발렌시아 성문에서 봤어!"

"……누가 아저씨라는 거야!"

밴딧은 막 열여덟 살이 된 참이었다. 자신과 별로 차이도 안 나는 키의 렌이 자신을 아저씨라고 불러 짜증이 났으나 때는 이미 늦어버렸다. 결국 밴딧은 깡패들에게 "거, 내가 발렌시아 경비대인데 그 냥 가라."하고 손을 내저었다.

……비번이라 사복 차림인 밴딧을 보고, 그들이 아 그렇습니까, 죄송합니다, 하고 물러섰을 리가 없다. 그럴 수 있으면 애초에 깡패가 아니다. 결국 밴딧은 렌과 함께 얼떨결에 깡패들과 싸워야 했다. 밴딧은 여럿에게 쥐어터질 것을 각오했으나, 그때의 렌도 참 잘 싸우는 꼬맹이였다.

"뭐야. 발렌시아 경비대 왜 이렇게 허접해?"

……건방지기도 했고.

-)※(-

"……그때 열네 살이었단 말입니다."

세 사람은 화들짝 놀랐다. 어느새 벌게진 얼굴의 에넌 라이언하트가 눈을 뜨고 항의하고 있었다.

"어디서 많이 들은 얘기가 들리기에 눈을 떠 봤더니, 밴딧."

"뭐, 지루한 여행의 안줏거리는 역시 상관의 흑역사 아니겠습니까."

밴딧이 빙글빙글 웃었다. 에넌이 이를 악물었으나, 유리가 밴딧을 재촉했다.

"아, 그래서요?"

"그게……."

밴딧이 괜스레 에넌의 눈치를 보는 척했다. 유리는 에넌 쪽을 필사적으로 쳐다봤다. 에넌은 유리를 보다가, 이내 한숨을 내쉬었다.

"듣다가 영 이상하게 흘러가면 막을 겁니다."

"이상하게 흘러가는 게 뭔데요? 자기 검이 나간 거 가지고 영혼이 나간 것 같다고 했던 얘기? 아니면 열두 살 때 사귄 첫 여친에게 결혼 전제로 사귀어달라고 했다가……."

"밴딧!"

때는 이미 늦어 유리는 배를 잡고 낄낄대고 있었다. 아이비도 웃음이 터졌다.

"열두 살 때 결혼을 전제로요?"

"아닙니다! 와전된 거예요!"

"어떻게 와전됐는데요?"

"그냥, 결혼을 전제로 사귈 것이 아니라면 섣불리 사귀고 싶지 않다고 거절한……."

말하다 말고 에넌의 얼굴이 온통 새빨개졌다. 제 흑역사를 자진 납세한 셈이었다. 열두 살짜리 소년이 진지하게 또래 여자애에게 결혼을 전제로 사귈 게 아니면 사귀지 않겠다며 거절하는 그림이란! 그 광경을 상상해 보고 유리는 품위 없이 코를 킁킁거리며 웃었다.

"으하하하, 으하하, 으하. 그래서요?"

그렇게 때려 부순 깡패들과, 멀쩡하지는 못한 밴딧을 데리고 렌이라는 꼬맹이는 키클리에서 가장 음식 잘한다는 주점으로 갔다. 거기서 술을 사며 화해합시다, 자주 봅시다, 하는 꼬맹이의 덩치 때문에라도 당시에는 열네 살일 거라고 생각도 못 했다. 밴딧은 그가 열일곱 살 정도일 거라고 생각했고, 나중에 그의 나이를 알고 기함했다.

그런 식으로 렌이 열다섯 살 무렵까지 '친구 먹은' 발렌시아 주변 남자들이 한 무더기였다. 개중에는 주변 영지의 용병도 있었다. 발렌시아 주변 영지에서 렌을 모르는 이들이 없었다. 렌이라는 소년은 어느새 발렌시아 청년들의 구심점이 돼 있었다. 하루가 멀다 하고 치고받고 싸우고 다니는데, 희한하게 싸우고 나면 모두 친구가 되는 식이었다.

그래서, '저 렌 헬리오날트라는 애가 대체 뉘 집 아들이야?'라는 의문이 발렌시아 영지민들의 가장 큰 궁금증 중 하나가 되어갈 때였다. 어느 날 술을 마시며 렌에게 "그래서 네 아버지가 대체 누구야? 얼굴 한번 보고 싶다."라고 용병 달링이 말했다. 렌이 씩 웃으며 "보여줄까요?"라고 답했다.

"우리 아버지 얼굴 보려면 무장을 좀 하고 가야 하는데."라는 말에 이게 또 웬 막장 집안이야 싶었던 용병들이 나섰다. 본래 사람들은 막장드라마를 좋아한다. 그때 아름답기로 유명하던 쎄시아 발렌시아를 아빗사가 탐내고 있다는 이야기 때문에 발렌시아 주변은 꽤 흉흉했다. 그래서 무장하라는 건가? 하던 몇 명이 덩달아 붙었다.

"그리고 좀 멀어요."하는 말에는 열다섯 살짜리 남자애를 혼자 먼

길 보낼 순 없지, 하고 몇몇이 또 따라나섰다. 열다섯 살짜리 소년이 제 아버지 보여준다니 따라붙은 남자들은 최종적으로 서른 명이 좀 넘었다. 어린 애를 이렇게 내돌린 인간 얼굴이 궁금하고, 그 아버지가 예상 범위 안의 쓰레기라면 내가 너를 입양하마! 하고 말하려던 중년들도 좀 섞여 있었다.

……그게 바로 아빗사의 목을 베러 출정한 에넌 라이언하트의 선봉대의 정체였다.

─✦─

"예상 범위 밖의 쓰레기일지도 모른다 생각은 했는데, 그게 아빗사일 줄은 몰랐죠."

밴딧이 넉살 좋게 떠들었다. 아이비는 어머머, 하고 입을 가렸다. 에넌이 아빗사의 목을 베자마자 쎄시아 발렌시아가 일어났다. 대부분은 계획된 것이었으나 에넌의 출정은 예상보다 빨랐다. 쎄시아는 나중에 에넌에게 "너 때문에 급하게 군사 모으느라 힘들었어."하고 투덜댔다고 했다.

모두의 예상을 깨고 에넌은 쎄시아에게 통치의 잔을 바쳤다. 자신이 통치의 재목은 아니라는 이유였다. 그리고 그 순간부터 쎄시아의 대륙 정벌이 시작됐다. 발렌시아 대국의 시작이었다.

유리가 가자미눈을 했다. 대륙 전체를 정복한 대국이 시작된 키워드가 '느그 아부지 뭐하시노?'라니 웃을 수도 없다. 여전히 얼굴이 벌건 에년은 손으로 부채질을 하는 중이었고, 밴딧만 말을 이었다.

"뭐, 그때 술자리에 있던 사람들은 그렇게 얼렁뚱땅 각하에게 묶여서 아직도 개처럼 일하고 있죠."

"개처럼이라니."

"달링 경이랑 잇츠비 경 보십쇼. 불쌍하지도 않습니까."

"……내 덕에 처자식 부양 좀 편하게 한다고 잇츠비 경이 말한 게 불과 며칠 전이다."

"아이고, 이 공작 각하 보소. 그럼 상관 앞에서 '너 때문에 머리 아파 죽겠다. 산수 같은 건 집어치우고 싶은데 돈 때문에 참는다.'하고 말합니까?"

"밴딧 엔센. 자네 아무래도 일행 뒤에서 개처럼 걸어서 따라오고 싶은가 보군."

"시정하겠습니다."

밴딧이 손바닥 뒤집듯 태도를 바꾸어 엄숙한 체하며 답했다. 그 마저도 웃음을 의도한 것이라, 유리와 아이비는 배를 잡고 웃었다. 그 뒤로도 밴딧은 렌 헬리오날트가 용병들 앞에서 어려 보이기 싫어 마셔본 적 없는 술을 술고래인 척 퍼마시다가 기절해버린 이야기, 본의 아니게 발렌시아에서 가장 어여쁜 처녀의 마음을 빼앗아 결투 신청을 받았던 이야기 같은 것을 늘어났다. 그만큼 눈에 띄는 미남인 데다가 싸움만큼은 산전수전 다 겪은 용병에게도 지지 않을 정도로 잘했다고 하니 무용담이 많은 것은 당연했다.

결국 그만 좀 하라고 말리던 에넌이 급기야는 밴딧의 목을 팔로 조르는 척할 때가 되어서야 밴딧은 겨우 떠드는 것을 멈췄다.

"유리는 어린 시절 어땠습니까?"

이렇게까지 노골적으로 말을 돌리는데 대답 안 해주면 그것도 딱한 법이다. 유리는 피식 웃고 되물었다.

"저요?"

"예. 유리도 엄청나게 눈에 띄는 소년이었을 것 같은데요. 어릴 때부터 일을 했다고 했지요?"

"아, 예."

유리는 머쓱하게 뒷머리를 긁었다. 유리의 어린 시절은 평범했다. 나무타기를 좋아하는 거 외에는 딱히 눈에 띌 것 없는 동네 여자애였다. 물론 여자애였다는 말을 할 수는 없는 데다가……. 열 살 이후의 삶이 확 달라진 계기에 대해서 말하기도 좀 애매해서 유리는 말을 골랐다. 그러다 유리는 자신이 전생을 자각한 계기 또한 눈앞의 공작이었다는 것을 떠올렸다.

론다에 생리통 때문에 오지 못한 여왕 대신 먼저 진군했던 빨간 머리의 청년. 그때의 에넌 라이언하트는 열여섯이었을 것이다. '부모를 죽인 패륜아'라던 에넌 라이언하트를 구경하기 위해 유리는 론다의 동상으로 기어 올라갔다. 동상에 거의 다 올라갔을 때 엄마의 목소리 때문에 놀라 떨어졌고, 머리를 다쳤다.

그리고……. 다시 깨어났을 때 유리는 평범한 열 살 소녀로는 도저히 돌아갈 수 없었지.

그러고 보면, 이 남자와의 인연은 그때부터였을지도 모른다. 유리는 새삼스럽게 인연의 놀라움에 대해 생각했다. 어찌 보면 다시는 만날 수 없는 사람이었을지도 모르는데 이렇게 다시 만나고, 지금은 한 마차에 타고 있다니. 열 살의 유리에게는 상상도 하지 못할 일이다. 론다에서 벨름으로, 그리고 벨름에서 발렌시아로. 발렌시아에서는 여왕의 재단사로. 단 한 번도 상상해본 적도 없었던 일들이 계속해서 일어나고 있는 것이다.

"유리?"

에넌이 의아하게 유리를 쳐다봤다. 유리는 에넌 쪽을 보고 빙그레 웃었다.

"별다른 건 없었어요. 그냥 평범했는데, 그저 철이 일찍 들었던 것뿐이죠."

"아."

"재미있는 게 기억나서요. 저 어릴 적에, 공작님하고 같은 곳에 있었거든요."

"저와요……?"

에넌이 눈을 끔벅였다. 유리는 에넌에게 시선을 고정한 채로 말문을 열었다.

"제 특별한 순간은 그때부터 시작이었던 것 같아요."

3
예쁘면 인생이 피곤하다

유리의 어린 시절은 실로 평범했기에 할 말이 별로 없었다. 물론 전생을 이야기하라면 3박 4일을 떠들어도 모자라겠지만, 지금은 아니다. 그리고 전생을 이야기할 이유도 없고. 열 살 이전의 유리는 흔한 자기소개서에 나오는 문구와 다를 바가 없다. 저는 20년 전 론다의 단란한 가정에서 외동딸로 태어나……. 물론 외동딸이라는 말을 하면 큰일이 나니까, 외동아들이라고 바꿔 말했다.

열 살이 되면 일해야 하는 론다의 아이들은 그 전까지는 대신 열심히 놀았다. 물론 집안일 정도야 돕지만, 뭐 그래도 유리는 에넌에 비교해도 뒤지지 않을 정도로 론다를 누비고 살았다. 그 작은 도시에서 나무타기 하면 누구에게도 지지 않았다는 말에 모두 웃어댔다.

"아무튼 그때 개선하는 각하를 보고 동상에서 떨어졌죠. 그리고 전 깨달은 거예요. 아! 나도 저렇게 훌륭한 사람이 되어야겠다!"

"……굉장히 전시 행정적 발언인데요, 그거."

밴딧이 턱을 어루만지며 웃었다. 유리는 어깨를 으쓱했다.

"저도 출세하려면 어쩔 수 없거든요."

"저는 그럼 이제 유리를 출세시켜주면 됩니까?"

"상관과 부하가 쌍으로 훌륭한 부패 관리들이 되겠군요."

예년의 답에 아이비가 첨언했다. 이런 농담이 오가는 것도 나쁘지 않군. 유리는 계속해 말을 이었다.

어린 시절 성공하기 위해 한 달간 삯마차를 타고 온갖 도시를 돌아 벨름까지 간 이야기를 하자 밴딧이 감탄했다.

"열세 살 때요?"

"예. 본래 론다에서 벨름까지는 말을 달리면 2주 정도 걸리는데, 제가 가진 돈으로는 말을 빌리기는커녕 삯마차를 겨우 탈 수준이었거든요."

"허어. 그래도 열세 살에……."

통상적으로 대륙 서부에서 열세 살은 충분히 철이 들 만한 나이다. 그래도 많이 어려 보이기에, 누군가 나쁜 마음을 먹었다면 안 좋은 일도 일어날 만했다. 유리가 씩 웃었다.

"그래서 삯마차마다 마부 아저씨와 친해졌어요. 저는 덩치가 작았으니까 마부 아저씨 옆에 앉아서 간식거리도 좀 챙겨 드리고 말벗이 되면 제법 다들 저를 기특해하며 챙겨 주셨거든요."

"열세 살의 처세술이 아닌데요."

"이만한 상인이 되려면 그 정도 기질은 타고나야 하는 걸까요……."

아이비와 밴딧이 감탄했다. 유리는 에넌 쪽을 보며 말했다.

"에이, 열다섯 살에 폭군 목을 베신 분 앞에서 제가 이런 이야기를 들으려니 참."

"저 사람은 좀 이상한 사람이고요."

"밴딧?"

"예에 예에."

작게 웃음이 터졌다. 유리는 레스타를 만난 이야기부터, 자신이 빠르게 아타락시아를 키워낸 이야기를 늘어놨다. 이야기의 대부분은 자랑이었지만 생전 바늘이라고는 들어본 적도 없는 두 남자와, 편물 뜨기도 잘 하지 못하는 여인은 신기하게 유리의 이야기를 들었다.

"칼레의 상단주는 대단한 상술을 가지고 있는 사람이라고 들었어요. 그런 사람이 대번에 알아봤다는 건 유리 또한 대단한 재능을 가지고 있었다는 것이네요."

"하하, 레스타가 아니었다면 뭐 피지도 못했을 재능 아닐까요?"

아이비는 눈을 깜박이며 답했다.

"요즘 제가 처리하는 건 상단들의 규모를 파악하는 일이거든요. 판매하는 물건이나 주 업무에 따라 세금 부과도 다르게 해야 하니까요. 그래서 알게 된 거지만, 레스타라는 사람 정말 대단하더군요."

"그 검은 머리 미남 말이죠? 야아. 그런 얼굴에 돈도 엄청나게 많다죠."

밴딧이 거들었다. 아이비가 말을 이었다.

"나이 열두어 살에 벨름에 나타났는데, 처음 시작한 것은 주문 대행이라고 해요. 벨름은 큰 도시고 장인들의 인구수도 꽤 되지만, 각자 떨어져 있어 연계가 어려웠죠. 그걸 자세히 파악하고 주문을 대신 받아주고, 장인들끼리 기술 연계도 해 주는 식으로 일을 하기 시작했다고 하네요. 자본 없이 사람을 파악하고 연결해주는 일로 크게 성공한 분이니, 아마 누군가의 재능을 알아보는 것도 남들보다는 쉬웠겠지요."

유리는 레스타를 떠올렸다. 레스타에게는 몇 번 들었던 이야기지만, 남에게서 이런 식으로 레스타에 대한 평가를 들으니 새삼스레 대단하긴 했다. 그 사람 뭐 하고 있을까. 유리가 출발할 때도 잘 다녀오라고 배웅은 했지만, 성 앞까지는 나오지 않았다. 그게 레스타 나름의 선일 것이다.

레스타는 그런 종류의 선은 정말 잘 지켰다. 어쩌면 그럴 수 있던 것과 유리의 재능을 알아본 것은 같은 맥락일지도 모른다. 유리는 조금 미안해졌다.

"그래서 뭐, 이것저것 개발하고 만들고 하다 보니 여기까지 왔네요. 하하."

"아하……."

"그런데 외동아들이면 저번에 본 그 형과……. 플럼이라는 아가씨는?"

밴딧이 뭐라고 말을 하려는데 에넌이 끼어들었다. 유리는 아, 하고 답했다.

"알리슨 형은 그때 벨름에서 오갈 데 없는 저를 재워준 사람이에요. 플럼은 알리슨 형이 거뒀던 고아고요. 벨름은 부유한 도시지만, 그만큼 빈민들도 많거든요. 알리슨 형은 그런 사람들을 잘 못 지나쳐요. 저도 그때 밤이슬 맞으며 자야 할 처지였는데, 알리슨 형 덕분에 살았죠."

"그렇군요. 그러면, 부모님은 벨름에 계십니까?"

"아, 론다에 계세요. 지금은 제 덕에 조금 살림이 편해지셔서 의상실을 하나 하고 계세요."

"의상실이라면……."

"저희 옷을 떼다가 파시는 정도죠. 어머니는 바느질에 별 재능이 없으시거든요."

유리가 눈을 찡긋했다. 밴딧이 첨언했다.

"그러고 보니 론다 백이 유리 님에게 관심이 있던 것 같은데."

"론다 백이요?"

뜻밖의 이름에 유리는 조금 놀랐다. 자신이 태어난 론다의 영주를 말하는 것이었다.

"예. 연회가 끝나고 유리 님이 만든 옷을 보며 안타까워하셨습니다."

"왜요……?"

"아, 옷이 별로라 안타깝다는 게 아니라 유리 님이 론다 출신이라는 것을 알고 계시더군요. 론다에도 재능 넘치는 사람이 있지만, 영지가 부유하지 못해 다른 곳에서 재능을 발휘한 것에 대해 미안하다고 하셨습니다. 기회가 되면 꼭 한번 만나고 싶다고 말씀하셨는데……."

"그걸 론다 백이 왜 자네에게 말하나?"

에넌이 끼어들었다. 밴딧이 턱을 치켜들고 으스댔다.

"뭐 높으신 분 옆에 있으니 그런 청탁도 들어오는 것 아니겠습니까. 그런 눈 하지 마시고요. 저는 론다 백의 말씀을 끝까지 경청한 다음, '아 그렇습니까 론다 백으로서도 안타까우시겠군요. 꼭 한 번 성에 계실 때 만나실 수 있기를 바랍니다.'하고 도망쳤다고요."

한마디로 공작 각하의 부관쯤 되니 유리 클로드를 만날 수 있지 않을까 론다 백이 그를 넌지시 떠봤는데, 눈치 없는 척하며 도망쳤다는 소리다. 아이비가 푸스스 웃었다. 그러나 유리는 조금 섬뜩했다. 론다는 아직도 가난한 영지다. 그곳에서 유리를 탐낼 만도 하다.

문제는 유리가 남자로 되어 있다는 것이다. 물론 론다의 부모님은 유리가 남자로 살고 있다는 것을 대강은 알고 있지만, 주변 사람들이 유리가 뭐 하고 있는지 전혀 모른다는 것이다. 그저 먼 도시에 가서 돈을 벌고 있겠거니 하는 정도다. 론다 백이 정말 자신을 만나고 싶어 한 나머지 부모님까지 찾아온다면? 그 집에 외동아들은커녕 외동딸 하나만 있다는 것을 알게 된다면?

예전에는 그런 종류의 의심을 해본 적이 없다. 그러나 유리는 새삼 밴딧의 말로 미루어 자신이 꽤 정치적으로 눈에 띄는 위치에 도달해 있다는 것을 깨달았다. 여왕이 귀애하는 재단사. 그리고 재능을 가지고 있다. 론다 백이 아니라도 참 탐나는 인재일 것이다.

'잘난 게 문젠가.'

유리는 몰래 한숨을 쉬었다. 뭐, 거기까지 생각하는 것은 자신의 기우일 것이다. 만약 그렇다 쳐도……. 어릴 때 여러 가지 사정이 있어서 여자애로 키웠다는 식으로 좀 어떻게든 둘러대라고 하면 되지 않을까?

다음 도시에서 론다에 편지부터 부쳐야겠다고 유리는 마음을 먹었다. 부모님에게 혹시 벨름에 살고 싶은 마음이 있는지도 여쭤봐야겠다. 이상한 데서 이야기가 새 버려서 어느 날 갑자기 목이 베이는 일이 일어나는 것보다, 나이 사십 먹은 부모님이 벨름에서 새 삶을 시작하는 쪽이 훨씬 나을 것이다.

……그리고 키클리에서 방석도 하나 더 사야겠다. 유리는 얼얼한 엉덩이를 어루만지며 슬퍼했다.

이 마차 승차감 정말 최악이다…….

—❈—

승차감보다 더한 문제가 있기는 있었다. 바로 아르시노에의 행렬이 지나치게 눈에 띈다는 것이었다. 대영주의 행렬이니만큼, 게다가 인원수가 인원수인 만큼 어쩔 수 없었다.

대부분 아르시노에쯤 되는 대귀족의 행렬은 도시와 도시 사이에서 엄청난 호위를 받으며 이뤄진다. 아흔아홉 개의 왕국으로 찢어져 있을 시절부터, 한 나라의 왕족쯤 되는 이들은 이동을 하노라면 그 왕국의 왕에게 인사하고, 다음 왕국으로 가기 전까지 호위를 받았다.

그것은 발렌시아에서도 마찬가지였다. 아르시노에는 대연회 두어 달 전부터 채비해 아스완에서 출발했다. 도시에 도착하면 그 도시 영주의 공관에서 묵었고, 다음 도시까지는 이전 도시의 경비 인력에 의해 호위받았다. 그게 자연스러웠고 안전하기도 했다. 도시 주변의 길은 그들이 가장 잘 알고 있었으므로.

그러나 이번에는 좀 달랐다.

발렌시아의 치안은 좋았지만, 큰 왕국들이 영지가 되며 떨어져나온 무장인력들이 제법 있었다. 이것 또한 쎄시아의 골칫거리 중 하나였다. 갈 곳 잃은 군대가 무장 강도들이 된 것이다.

발렌시아는 통일된 대국이었다. 군대는 물론 지속적으로 필요했지만, 수많은 왕국들이 유지하고 있던 만큼은 분명 아니었다. 대영주들은 일정 인력 이상의 사병을 기를 수 없었고, 수많은 직업 군인들이 해고당했다.

물론 대부분은 발렌시아에서 흡수해 정착금을 주고 살길을 찾아주었지만, 여전히 칼을 놓고 싶지 않아 하는 부류들도 분명 있었다. 개중 실력이 나은 이들은 용병이 되거나 했으나, 그마저도 어려운 이들은 산적이 됐다. 길 가는 이들을 습격해 돈을 빼앗는 것부터, 악질인 자들은 목숨도 빼앗았다. 통탄할 일이었다.

영주의 공관에서 묵는 방법을 사용했다면 그런 습격을 받을 필요는 없었을 것이다. 그러나 그 방법은 시간이 너무 많이 걸렸다. 도시에 진입하자마자 영주의 공관에 가서 입성을 보고하고, 보호 인력을 배치받는 데만 사흘은 걸렸다. 그동안 영주들에게 대접받고 머물러야 하는 것은 물론이다. 결국 에넌은 조금 불편하더라도 서두르는 길을 택했다. 불편한 절차 없이 그의 사병들로 아르시노에를 호위해가며 가는 것을 선택한 것이다.

외진 길을 가는 으리으리한 행렬. 사병까지 사십여 명이다. 정예이기 때문에 그렇겠지만, 아르시노에의 육두 마차를 호위하는 인원 치고는 적다. 언뜻 보면 주변 도시의 경비인력들도 아니다. 한마디로 인원수가 좀 되는 도적 떼들에게는 제법 해볼 만해 보인다는 것이다.

……물론 그 구성원들이 절대로 제법 해볼 만한 인간들이 아니라는 게 그들에게는 저주받을 일이지만.

"유리 님, 끝났어요."

아이비가 유리의 어깨를 가볍게 흔들었다. 마차 안에서 쿠션으로 귀를 막고 있던 유리가 슬그머니 눈을 떴다. 사방은 조용했다. 간헐적으로 신음소리와 챙챙, 하는 소리가 들렸지만, 아까보다는 사뭇 나았다.

"끝났나요……?"

"예. 이겼습니다. 괜찮으세요, 밴딧 님?"

아이비가 창백한 얼굴로 말했다. 그제야 유리는 앞을 봤다. 밴딧은 바로 대답하지 않고, 피곤한 얼굴로 마차 문 잠금쇠를 열어 발로 뻥 찼다. 억, 하는 소리가 밖에서 났다. 유리는 마차 밖에 매달려 있던 누군가를 밴딧이 처리했다는 것을 알아차렸다.

발렌시아를 떠난 지 일주일. 오늘로 두 번째 습격이었다.

외진 숲길을 보고 선두의 기사 하나가 에넌이 있는 마차 옆으로 말을 걷게 한 뒤 간결하게 보고했다. 지형상 습격이 예상되니 말을 타시라고. 에넌은 고개를 가볍게 끄덕이고 따로 떨어져 함께 가던 자신의 말에 옮겨 탔다.

그리고 정말로, 습격받았다. 밴딧은 아이비와 유리에게 각자 단검 하나씩을 쥐여 주었다. 그러나 그 단검이 별 도움이 되지 않는다는 건, 이미 한 번 치러진 습격으로 밴딧도 잘 알고 있었다. 유리는 칼을 전혀 다룰 줄 몰랐다. 아이비도 마찬가지다. 그래서 밴딧은 바깥에서 말을 타고 싸우는 대신 마차로 들어오려는 도적들과 맞서 싸웠다. 그렇게 입 잘 터는 남자가 전투가 시작되자마자 눈빛이 바뀌는 것을 보며 유리는 이 습격이 진짜라는 것을 실감했다.

쑥, 더러운 손이 마차 창문으로 들어왔고 밴딧은 그 손에 단검을 꽂았다. 비명이 터진 다음에는 마차를 두들겨 부수려는 소리가 들렸다. 다행히도 마차는 튼튼했다. 여왕이 내어준 것이니 오죽할까. 밴딧은 나가려는 대신 창문에 쳐진 커튼을 걷고 검을 바깥으로 찔렀다. 억, 소리가 났다.

동시에 반대쪽 창문에서도 망치 같은 것을 든 손이 쑥 들어왔다. 마차는 양쪽에 모두 문이 있었고, 그 손은 잠금쇠를 찾아 헤맸으나 유리는 가만히 있지 않았다. 창문 위에는 유사시 완전히 닫아걸 수 있게 된 쇠창문이 걸려 있었고, 유리는 그 쇠창문을 바로 거세게 내리 닫았다.

"죽어!"

"억!"

창문이 무거운 데다 유리가 팔을 잘라버릴 것 같은 기세로 창문을 내리누르니 버텨낼 재간이 없었다. 손이 망치를 들고 허우적거렸으나 그 손에 단검을 찔러 넣은 것은 아이비였다. 급기야 산적의 손은 망치를 떨어트렸다. 밴딧이 싸우고 있던 와중에도 "이런, 아가씨에게 뒤를 맡기다니 이 밴딧의 수치입니다만!"하고 농담을 건넸다.

"이미 맡기셨는데요!"

"저는 원래 수치와 함께 태어났습니다! 눈 감으세요!"

밴딧이 쾌활하게 말하며 창문으로 고개를 들이민 산적에게 검을 내찔렀다. 밴딧의 손속은 깔끔했고, 산적은 터진 눈을 부여잡으며 마차 밖으로 떨어져 나갔다. 유리는 결국 눈을 가리고 말았다.

공격이 집중된 것은 당연하게도 아르시노에의 육두마차 쪽이었다. 유리가 타고 있는 사두마차 쪽은 상대적으로 허름했기 때문에 공격하는 인원수도 적었고, 그 뒤로 큰일 없이 밴딧 혼자서도 충분히 커버해냈다. 에넌의 사병들도 산전수전 다 겪었다는 것은 헛말이 아닌지 금세 산적들은 소탕됐다. 그러나 유리는 산적의 눈알이 밴딧 경의 검에 꿰이는 것을 정면으로 봐 버렸고, 결국 으으 하고는 쿠션들 속에 숨기를 택했다. 잔당을 소탕하는 소리, 그리고 비명은 한참 동안이나 계속됐다.

─❊─

산적들을 주변 영지에 넘기려던 선두의 기사, 메나 경은 태도를 바꿔 그들의 목을 베야 한다고 주장했다. 산적들의 병장기가 심상치 않았기 때문이다. 누가 봐도 제대로 만들어진 검이었다. 굶주린 유민이라고 주장하던 산적들은 결국 자신들이 먼 영지의 군대였다고 실토했다. 에넌은 한숨을 쉬며 그들의 처분을 메나 경에게 맡겼다. 곧 사병들이 남은 산적 몇 명을 데리고 근처의 숲으로 갔다. 아르시노에의 마차는 사병들이 목숨을 걸고 지킨 덕에 상처가 거의 없었다. 아르시노에 또한 마찬가지였다.

"괜찮으세요, 각하?"

"예, 저는 괜찮습니다."

아르시노에는 자신의 마차에서 옷을 갈아입고 상처를 치료하라고 몇 번이나 권했으나 에넌은 고개를 내저었다. 그러고 싶어도 아르시노에의 신하인 하메드가 눈을 부라리고 있었다. 애초에 미혼의 여인이 있는 마차에서 자신이 옷을 갈아입는 것은 염문만 부풀릴 뿐이다. 에넌은 한숨을 쉬며 정중하게 거절하고 피해 상황을 점검했다.

첫 번째 습격은 오합지졸이었기에 피해가 경미했으나 이번 습격은 전문적으로 훈련된 무인들이 다수 섞여 있었던 만큼 부상자가 몇 명 있었다. 그중에 한 명은 다리에 깊은 상처를 입어 말을 타고 달리기 어려웠다. 그 부상자는 플럼이 있는 마차로 옮겨졌다. 에넌은 그로 하여금 근처 도시에서 머무르며 치료를 하게 하라고 명령하고 자신이 있던 마차 쪽으로 향했다.

밴딧은 그래 봬도 상당한 실력자였다. 밴딧이 그 마차에 남은 이상 크게 염려할 것은 없다는 것을 알고 있었지만, 그래도 에넌의 신경은 싸우는 내내 그쪽에 쏠려 있었다. 당연히 유리 때문이다. 에넌의 눈에 사두마차의 문을 열어놓고 마차에 튄 피를 닦는 밴딧의 모습이 보였다. 발걸음이 빨라졌다.

"피해는 없나?"

"있습니다요. 아이구."

에넌의 가슴이 덜컥 내려앉았다. 에넌의 마음은 생각도 않고 밴딧은 마차를 닦으며 구시렁거렸다.

"마차 한쪽이 아주 찌그러져서 문이 제대로 닫히지 않아요. 잠금쇠가 안 걸립니다. 빌어먹을 놈들. 마차도 팔아먹으려면 곱게 다뤄야 할 거 아냐."

에넌은 한숨을 내쉬었다.

"……다친 사람은."

"저요."

"자네 다쳤나?"

"검을 너무 세게 내찌르는 바람에 팔이 저립니다. 각하, 좀 있다주물러 주세요."

밴딧의 너스레에 마차 안에서 킥킥 소리가 들렸다. 에넌은 일부러 밴딧의 이마를 손바닥으로 세게 밀어내고 마차 안을 들여다봤다. 유리와 아이비, 두 사람 다 무사했다.

"괜찮습니까?"

"어, 저희는 괜찮아요. 각하는 괜찮으세요?"

"예. 저는 괜찮습니다."

"그치만, 피."

마차 안의 유리가 동그란 눈으로 에넌을 가리켰다. 에넌은 그제야 제 모습을 내려다봤다. 피가 잔뜩 튀어 있었다. 여행을 나선 만큼 어두운색의 옷을 입었으나 피가 그렇게 묻어난 것은 어떻게 할 도리가 없었다.

"이건 제 피는 아닙니다."

"아, 예……."

"그렇지만 옷은 좀 갈아입으셔야 할 것 같네요."

말을 보탠 밴딧이 어이쌰, 하고 마차 지붕 위로 올라갔다. 지붕 위에는 일행들의 짐이 올려져 있었고, 밴딧은 빠르게 에넌의 짐을 뒤져 셔츠 하나를 꺼냈다.

"이거라도 갈아입으시죠."

"그러지."

눈치 빠르게 아이비가 마차에서 내리려고 하자, 밴딧이 다시 훌쩍 뛰어내렸다. 쿠당탕 소리에 아이비가 기겁했지만, 밴딧은 넉살 좋게 웃으며 마차 앞에 널브러진 시체를 발로 차 저쪽으로 굴려내고 발끝으로 마차 주변의 땅을 다듬었다.

"드레스 자락에 피가 묻습니다."

"고맙습니다……?"

"자네 또 시작인가."

"제가 뭘요!"

에넌은 셔츠를 받아들고는 고개를 저었다.

"아이비 양, 밴딧에게 눈길 한번 주지 마십시오. 동시에 두 명의 여인을 만나던 불세출의 바람둥이입니다."

"아, 정말! 제가 만난 거 아니고 그녀들이 저를……!"

두 사람이 티격태격하는 동안 아이비는 생긋 웃고 마차 아래로 내려섰다. 그러든가 말든가 신경도 안 쓴다는 태도였다. 유리도 킥킥 웃다가 내려가려는데, 에넌이 마차 문을 쾅 닫았다. 문이 안 잠긴다는 말에 닫아본 것이었는데 덜컥, 잠금쇠가 잠겼다. 에넌이 고개를 갸웃했다.

"뭐야, 밴딧. 이거 잘 잠기는데?"

"예? 제가 아까 잠가봤을 때는 안 잠겼는데!"

창문 안으로 고개를 넣은 밴딧이 잠금쇠를 덜컥거려 보다가 헐, 하고 신음했다.

"이거 세게 닫아야 잠기나 본데요? 근데 안 열립니다."

"안 열려? 잘 좀 열어봐."

"아, 각하. 안에서 열어보세요. 저 불편해요."

"제가 해 볼까요?"

"그래 주시면 감사하죠!"

밴딧이 시원스럽게 마차 문에서 떨어져 나갔다. 유리는 잠금쇠 앞에서 걸려버린 것을 빼려고 낑낑거렸다.

"안 됩니까?"

"어, 이거 힘으로 좀 잘 잡아 빼면 될 것 같은데…… 고리가 구겨진 거라서요, 잠시만요."

"나와 보십쇼."

옷을 갈아입으려던 에넌이 옆으로 다가와 고개를 들이밀었다. 유리는 갑작스러운 습격에 흠칫 놀랐다. 그러니까 그 얼굴로 자꾸 들이대지 말라고요! 라고 소리 지르고 싶은 것을 참은 건 덤이다.

입을 가리고 몸을 떠는 유리를 보고 에넌이 의아해했다.

"유리?"

"어, 아뇨. 조금 놀라서."

"아, 미안합니다. 피 냄새가 좀 나지요."

에넌은 어색하게 웃고는 뒤로 떨어졌다. "얼른 옷을 갈아입고 보겠습니다." "어, 그게 아닌데……" 유리가 머뭇거렸다. 자신이 생각해도 너무 화들짝 놀라 에넌을 민망하게 한 것 같았기 때문이다. 그렇지만 그건 피 때문은 아니다. 아무리 해도 익숙해지기 어려운 잘생긴 얼굴. 그런 게 제 얼굴 옆에 쑥 들어오는데 안 놀랄 사람이 대체 어디 있겠는가.

유리가 민망해하는 모습에 에넌은 괜찮다고 손을 내저으며 입었던 재킷을 빠르게 벗었다. 그제야 유리는 에넌이 말하던 피 냄새가 뭔지 알아챘다. 모르기가 쉽지 않을 만큼 지독하게 풍기는 피비린내. 곰을 잡았을 때보다 훨씬 피가 많이 묻어 있으니 더욱 그렇다. 피가 묻은 재킷을 뒤집어 주변에 피가 묻지 않게 하는 손길이 능숙해 보여 유리는 미묘한 기분으로 그를 쳐다봤다. 곰에게 습격받았던 때가 생각나서다.

그때도 피비린내가 이렇게 훅 끼쳤을 텐데, 왜 그때도 그렇고 지금도 그렇고 피 냄새 따위는 알아차릴 수도 없는 걸까.

"아."

셔츠까지 연이어 벗어 내리는 에넌을 보고 유리가 저도 모르게 입을 벌렸다. 매번 제 앞에서 참 잘도 벗는 남자였다. 에넌이 이쪽을 돌아봤다.

"왜요?"

"아. 갑자기⋯⋯. 셔츠 안 돌려드린 거 생각나서요."

"셔츠요?"

"그, 연회 때⋯⋯. 제 옷에 피 묻어서 빌려주신 셔츠요."

"아하."

피는 에넌의 상반신에까지 묻어 있어 에넌은 이마를 조금 찌푸리고는 셔츠 중 피가 묻지 않은 부분으로 그쪽을 벅벅 닦아내며 답했다.

"돌려주지 않으셔도 괜찮습니다."

"엑. 그래도 비싼 거잖아요."

"뭐, 돌려주신다 해도 1년 후에나 받을 텐데요."

에넌이 피식 웃으며 새 셔츠를 뒤집어 입었다. 목 부분의 매듭을 풀고 머리부터 뒤집어쓰니, 목구멍으로 잘생긴 얼굴이 쑥 빠져나온다. 유리는 재미있는 공연이라도 보는 심정으로 그 광경을 지켜봤다. 세기의 미남이라 그런가 옷만 갈아입어도 이렇게나 재미나요. 누워서 자는 것만 구경해도 완전 재밌지 않을까. 셔츠 자락을 바지에 갈무리하던 에넌이 의아한 듯 유리 쪽을 바라봤다.

"유리?"

"아, 아뇨. 예. 예에…… 1년 후에 돌려드릴게요."

"뭐, 그때 가서 얘기하도록 하죠. 아무튼 이 바지는 정말 편하군요."

유리가 눈을 껌벅였다. 에넌이 웃으며 하반신을 가리켰다. 유리가 연회 때 만들어 준 바지와 같은 물건이었다.

"싸울 때 퀼로트 정도야 저도 입었습니다만, 이쪽이 움직이기에는 훨씬 편합니다."

"아."

몸에 딱 달라붙는 바지다. 스타킹과는 좀 다르지만, 아주 편하고 튼튼했다. 입기도 쉬웠다. 보통의 병사들은 넓은 통의 바지를 입고 그 위에 부츠를 신어 통을 조이는 식으로 움직였으나, 바지 자체가 통이 좁으니 훨씬 간편해진 것이다. 에넌은 여행을 앞두고 유리에게 같은 물건을 몇 벌 더 주문했다. 아스완으로 출발하기 전 한 달 동안 그 바지 때문에 눈코 뜰 새 없이 바빴던 것을 떠올리며 유리는 배시시 웃었다.

"도움이 되었다니 정말 다행이에요."

그 패턴도 발렌시아 왕성의 침방으로 넘어갔다. 여왕의 기사단들을 위해서다. 여담이지만 쎄시아는 그 바지를 보고 왕성을 돌아다니는 남자들의 엉덩이가 실로 볼 만하겠다고 웃었다가 일렉사 백작부인에게 품위 없다고 혼이 났더랬다. 에넌도 같은 것을 떠올린 듯, 만면에 미소를 띠었다.

그때 덜컥, 하고 마차의 문고리가 열렸다. "오, 열렸다."하며 밴딧이 고개를 쑥 집어넣고 잠금쇠를 살폈다.

"이거 아무래도 큰 도시에서 수리를 좀 해야 될 거 같은데요. 세게 닫으면 닫히기는 하는데, 열 때 너무 고생하겠어요."

"다음 도시가 큰 곳이니 도착하자마자 수리할 수 있는 대장간을 알아보도록 하지. 환자를 수용할 수 있는 여관도 알아봐. 부상자가 있어."

"옙."

밴딧이 경쾌하게 답하고는 다시 허리를 숙였다. 장난스러운 밴딧의 에스코트에 아이비가 웃음을 띠고 마차에 다시 올랐다.

"출발합니다!"

선두의 메나 경이 한참 후 소리쳤다. 바퀴가 다시 구르기 시작했다. 그러나 아르시노에의 행렬이 너무 눈에 띈다는 문제는 큰 도시에서도 마찬가지였다. 물론 숲에서처럼 산적의 습격이 이어지지는 않았으나, 이쪽은 귀찮기로는 한층 더 악질이었다. 바로 청혼을 비롯한 사랑 고백이다.

칼비라는 도시에서 아르시노에는 사흘을 묵어가자고 청했다. 부상자 때문에라도 그래야 했다. 다행히도 칼비에는 이름 높은 의원이 있었다. 그래 봐야 약초를 찧어 붙이고 상처를 꿰매는 정도지만……. 쓸데없이 약초즙을 먹이고 참으라는 놈들보다는 훨씬 나았다. 칼비에 남아야 하는 부상자는 총 세 명이었다. 그들은 치료 후 발렌시아로 돌아가게 될 것이다. 마차도 수리를 맡겼다. 웃돈을 얹어주니 대장장이들은 맡겨만 달라고 눈을 반짝였다.

문제가 본격적으로 불거진 것은 칼비에 묵은 다음 날 오전이었다. 일행들은 칼비에서 가장 큰 여관에 묵었다. 여관은 여러 동으로 이뤄져 있었고, 아르시노에를 비롯한 에넌, 유리 등은 한 동을 통째로 전세 내 숙박했다. 숙소가 넉넉한 데다가 깔끔하고 상수 시설까지 제대로 되어 있어, 모두들 깨끗이 씻고 푹 쉬었다. 유리는 직급이 있어 독방을 썼고, 플럼이 놀러 와 새벽까지 수다를 떨다 잠든 참이었다.

어차피 하룻밤을 더 묵을 도시니 좀 늦게 일어나도 되겠지, 하며 늘어지게 자려고 했는데 이른 오전부터 뜻밖의 불청객이 찾아왔다.

"칼비의 새런 칼비가 아스완 후에게 만남을 청하오!"

창문 밖에서 들리는 우렁찬 목소리에 유리는 눈을 비비며 밖을 내다봤다. 아이 씨. 아침부터 누구야. 유리의 방은 2층이었고, 내려다본 아래에는 기사 여섯 명 앞에 으리으리하게 차려입은 남자 하나가 팔짱을 끼고 있는 모습이 보였다. 그 옆에는 여관 주인이 영 난

처한 표정으로 두 손을 모으고 서 있었다. 아마 억지로 밀고 들어온 거겠지.

그나저나 새런 칼비? 그게 누구야? 유리는 아래를 내려다봤다. 곧 자신들이 묵고 있던 여관동의 문이 열렸다. 문을 열고 나온 것은 하메드였다. 어렴풋이 들리는 대화로 말미암아 유리는 남자가 칼비 대영주의 후계자이며, 이미 작위를 계승 받아 칼비 후로 불린다는 것을 알아챘다. 근데 칼비 후가 왜? 몇 번의 대화가 오간 끝에, 갑작스레 하메드가 버럭 고함을 질렀다.

"아스완 후께서는 여염집의 처자가 아닙니다! 무례합니다!"

저게 뭔 내용이야? 왜 갑자기 무례하다는 거야? 유리의 의문은 더 커졌다.

"내 영지에 오신 손님을 대접하겠다는 주인의 성의를 무례함으로 해석하는 것은 누구의 하인이오?"

오만하게 팔짱을 낀 상대는 만만찮았다. 칼비 후라는 남자는 한층 건방진 태도로 하메드 앞에 다가섰다. 뭐야, 저게. 대화의 맥락으로 말미암아 여관에 묵지 말고 공관에 묵으라고 저러는 거라는 걸, 유리도 대충 눈치를 챈 참이었다. 여기까지 오신 손님에게 내 집에 묵으라고 권하는 놈의 태도치고는 사뭇 협박적인데? 유리는 입을 쩍 벌리고 하품했다.

"뭐야. 저 새끼 또 왔어?"

"엄마야, 깜짝이야. 너 뭐야? 이 방에서 잤어?"

"어어."

유리의 옆에 불쑥 얼굴을 들이민 것은 플럼이었다. 플럼은 입맛을 쩝쩝 다시며 그쪽을 바라봤다.

"염병. 예쁜 여자 얼굴 한 번 보겠다는 놈이 이렇게 수두룩 빽빽이야."

"뭐야. 너 왜 저러는지 알아?"

"어. 어제 오빠 대장간 갔을 때 저놈 봤어."

자초지종은 간단했다. 아르시노에는 제 아랫사람들을 모두 데리고 칼비에서 가장 좋은 음식점으로 갔다. 평소 높으신 분들만 들른다던 곳에서 아르시노에는 인심을 크게 썼고, 그게 저 칼비 후라는 놈의 눈에 띈 것이다. 언뜻 봐도 아름다운 그녀를 보고 새런 칼비는 아르시노에에게 다분히 구린 저의를 가지고 접근했으나 아르시노에는 능숙하게 그를 쳐냈다.

그리고 다음 날 아침이 되자마자 그는 이곳에 와서 저렇게 집적대는 것이다. 말이 좋아 공관에 머무르는 것이지, 막상 공관에 가면 얼마나 질척댈지도 알 수 없었다. 공관에 머무르게 되면 정말로 대영주의 호의에 기대는 모양새가 되기 때문에 잘라낼 수도 없다.

그리고 새런 칼비라는 놈은 하메드를 밀쳐내며 "자네 같은 자와는 이야기하지 않겠네! 아스완 후를 뵙게 해주게!"하며 큰소리치고 있었다. 얼굴 한 번 보려는 속셈이 분명했다. 아이고, 저질이다. 유리는 눈을 찌푸렸다.

"제가 아스완 후의 전권 대리인이자 후견인입니다."

"아스완 후가 어디 금치산자라던가? 대영주가 왔다면 응당 그에 맞는 대응을 직접 하셔야 할 것 아닌가. 아스완 후도 이제 보니 예를 모르시는군?"

개진상이다 개진상. 유리가 속삭였다. 플럼도 "못 배워먹은 건 저 사람 같은데?"하고 속삭였다. 저건 억지다 정말.

그때, 참으로 적절하게도 구원자가 나타났다.

"내가 알기로 칼비의 대영주는 자네가 아닌 것으로 아는데, 새런 칼비."

"······누구시오?"

이른 아침에도 어딜 다녀왔는지 막 여관으로 돌아오려던 에넌 라이언하트였다. 유리는 미간을 모았다. 새런 칼비라는 남자는 의구심 가득한 눈으로 에넌 쪽을 바라봤다.

"칼비의 대영주 부부는 작위를 내주기는 했지만, 통치권은 아직 자신들에게 있음을 공고히 했지. 작위를 계승한 것은 하나뿐인 아들을 믿는다는 정치적 입지의 표명인 줄 알았는데, 이제 그만 철 좀 들라는 얘기였나 싶은걸."

"······신분을 밝히시오."

"대영주가 나왔으니 그에 맞는 대응을 하려고 나온, 에넌 라이언하트다."

"······올랭피아의 주인을 뵙습니다."

새런 칼비 또한 에넌이 자신의 이름을 대기 전에 정체를 짐작했던 듯, 일그러진 얼굴로 무릎을 굽혔다. 새런의 뒤에 있는 기사들 또한 우르르 무릎을 꿇었다.

에넌은 팔짱을 끼고 비아냥댔다.

"설마하니 칼비의 후계자가 이른 오전부터 대영주의 숙소 앞에서 행패나 부리는 성정을 가졌을 줄이야 누가 생각이나 했겠는가. 내 눈을 의심했소, 칼비 후."

"그것이……."

"원하지 않는 대접을 강요하는 것은 주인의 무례지. 물러가시오. 나와 아스완 후가 떠날 때까지 이 근방에 접근하지도 마시오. 칼비 의 대영주께는 추후 문서를 통해 문제를 제기할 것이오."

"각하."

에넌은 더 이상 남자와 말을 섞지 않고 턱으로 바깥을 가리켰 다. 어떤 말보다 분명한 축객령이었다. 남자는 얼굴을 구기며 돌아 섰다.

그렇게 일이 끝났지만, 완전히 끝난 것은 아니었다. 에넌은 자신 의 신분을 드러내는 것을 이 여정에서 가장 꺼려했다. 결국 하루 더 묵어가려던 여정이 당겨졌다. 대장장이들은 웃돈을 더 받고 그날 오후까지 잠금쇠를 수리해야 했고, 부상자들의 경과를 보지 못한 채로 일행들은 출발했다. 밴딧을 비롯한 에넌의 부관들은 더 바짝 군기가 들어 아르시노에를 호위하며 여정을 이어갔다.

하지만 다음 도시, 그리고 그다음 도시에서 아르시노에는 비슷한 일을 겪었다. 진상이 꼬인다고 해서 공주님이 방에 처박혀서 식사 를 할 수는 없었다.

식사를 하기 위해 바깥으로 나간 공주님의 발걸음마다 진상들이

걸음걸음 따르는 꼴을 보며 플럼은 "아름다운 꽃에 벌이 꼬인다는데……"하고 평했고, 유리는 "저건 벌이 아니라 하루살이 날파리들이다."하고 말을 보탰다. 개중에서도 꼭 한가락 한다는 놈들이 아르시노에에게 접근했다.

물샐 틈 없이 경호를 붙여놓으니 귀한 집의 아가씨인 줄 알고 어지간한 놈들은 떨어져 나갈 줄 알았는데, 오히려 직위 있는 놈들이 들러붙었다. 하메드 선에서 해결되는 일도 있었지만, 몇몇 일은 에넌이 나서야만 해결됐다. 아르시노에는 좋은 사람이었고, 자신에게 접근해오는 이들을 정중히 쳐내려 했지만, 진상들이 괜히 진상은 아니었다.

발 없는 말이 천 리 간다는 말이 괜히 있는 것은 아니었다. 소문은 훨씬 더 크게 번졌다. 네 번째인가 다섯 번째 도시에서 대영주 하나가 미리 아르시노에와 에넌을 마중하러 도시의 도개교 앞에 마중나와 있는 모습을 보고 에넌은 한숨을 쉬었다.

"……안 되겠군요."

"예……. 죄송합니다."

아르시노에가 민망해하며 고개를 숙였다. 에넌은 고개를 저었다.

"아르시노에의 탓이 아닙니다. 괘념치 마십시오."

발렌시아의 여행이라는 건 그런 것이었다. 일행은 많았고, 아무리 서두른다 해도 소문보다 일행의 발걸음이 느렸다. 아르시노에나 에넌쯤 되는 대귀족이 여행 중이라면, 도시와 도시 사이에 파발이 뜨는 건 일도 아니었다. 도시의 영주들은 혼비백산하며 다음 도시에 전갈을 보냈다. 발렌시아의 유일무이한 공작과 아스완 후가 방문하니 빠르게 마중하라는 식이었다.

결국 에넌은 두어 번 같은 소동을 겪고 난 이후, 헤어지기로 결정했다. 아르시노에는 기존의 방법으로 아스완으로 향하고, 에넌과는 갈라지기로 한 것이다. 기동성 면에서는 그쪽이 훨씬 옳았다. 아르시노에 또한 시정잡배들의 불쾌한 접근과는 멀어질 수 있을 것이다. 아르시노에 또한 아스완 후라는 이름의 대영주였으므로 정식으로 방문을 고하고 공관에 머무른다면 한결 보호가 쉬워질 것이다.

"새런 칼비 같은 놈이 또 나오지 않는다는 법은 없지 않습니까?"

밴딧의 의문에 아르시노에는 웃으며 답했다.

"그런 일이 일어날 거였다면 제가 발렌시아로 올 때 이미 일어났을 겁니다."

"대영주의 정식 방문이 된다면 오히려 번잡스럽고 무례한 접근은 차단하기 쉽다는 이야기지."

결정을 내렸으니 분리도 빨랐다. 에넌은 메나 경을 비롯한 사병들을 대부분 아르시노에에게 붙였다. 이쪽에 남은 것은 유리와 아이비, 에넌과 밴딧. 호위기사 한 명과 플럼도 옮겨왔다. 에넌은 제 하인에게 발렌시아로 돌아가라고 명령했고, 아이비도 에넌을 보고 제 하인을 돌려보냈다. 그러나 플럼은 눈을 반짝거리며 '설마 나를 버리지는 않겠지?'라며 유리를 불쌍하게 쳐다봤다. 이 기회에 여행 안 하면 어떻게 여행을 하겠어!

물론 유리 또한 플럼을 보내고 싶지 않았다. 아무리 다른 사람들과 제법 친해졌다지만, 그래도 제 이야기를 온전히 터놓고 말할 수 있는 것은 이 중에 플럼뿐이었다. 에넌은 의외로 시원스럽게 수락했다. "무장인원 셋, 비무장인원 셋. 커버가 가능하니 괜찮습니다." 그렇게 여섯 사람으로 이뤄진 간결한 여행 인원이 꾸려졌다.

"죄송해요, 저 때문에……."

"아닙니다. 괜찮습니다. 그러면 스투리싱 양, 여정이 어떻게 되지요?"

미안해하는 아르시노에를 만류하며 에넌이 아이비에게 여정을 물었다. 아이비는 지도를 펼쳐놓고 남은 여정을 읊었다.

"에, 여섯 명이라는 인원으로 움직이게 되면 아무래도 기동성이 조금 높아지게 됩니다. 제 예상으로는 보름 정도면 영원의 강의 북단인 알-카움에 도착합니다. 그때부터 알-카움에서 배를 타고 내려가려면 되겠군요. 아스완 후께서는 저희보다는 좀 더 늦게 도착하시겠지만, 본래 아스완 후가 타시기로 했던 배가 빠르니 아스완에는 비슷한 시기에 도착할 수 있을 것 같군요. 물론 저희가 훨씬 빠릅니다."

"우리는 알-카움에서 어떻게 가지?"

"여객선에 삯을 내고 타는 것이 나을 것 같습니다. 배를 빌려 탄다고 해도 아스완 사람들은 외지인에 대한 적개심이 있어서……."

그쯤에서 아이비가 아르시노에의 눈치를 봤으나 아르시노에는 웃으며 괜찮다고 손짓했다. 사실을 말한 것이니 어쩌겠는가. 아이비가 말을 이었다.

"배를 완전히 돈 주고 빌리기보다는, 뱃삯을 내고 정기 운항하는 여객선을 타는 것이 몇 배는 간편하고 쾌적합니다. 그쪽이 여행객도 많아 적개심도 덜하고요. 다만 여객선은 기항지마다 멈추니 속도가 좀 느립니다."

"어쩔 수 없지."

"사두마차를 그대로 운용하되 거기에는 저와 각하, 플럼 양이 타게 될 겁니다. 밴딧 경과 빌베이스 경은 마차를 호위하며 말을 타게 되실 거고요."

"아이고. 벌써부터 허리가 끊어질 것 같네요."

밴딧이 죽는소리를 했다. 마차에 편히 앉아가다가 말을 타게 되니 그럴 법도 했다. 에넌이 가볍게 웃었다.

"그럼 마부 대신 자네가 마부석에 앉아 가는 법도 있네만."

"제가 승마를 아주 사랑한다고 말씀드린 적 있습니까?"

웃음이 터졌다.

─※─

아르시노에와 헤어지는 과정은 간결했다. 여섯 사람의 짐을 사두마차에 싣고, 다른 사람들의 짐은 아르시노에 쪽으로 실었다. 짐이 한결 줄어드니 유리는 다리 뻗기가 편했다. 빌베이스라는 호위 기사가 마차의 오른쪽을, 밴딧이 왼쪽을 맡았다. 출발은 에넌 쪽이 먼저 하기로 했다. 마차와 말 두 마리가 기다리는 동안, 에넌은 아르시노에에게 다가가 정중하게 작별을 고했다.

　유리가 있는 곳에서는 그들의 대화가 잘 들리지 않았다. 에넌은 아르시노에에게 뭐라뭐라 말했고, 아침부터 일찍 그들을 배웅하기 위해 나온 아르시노에는 걱정이 가득한 얼굴로 에넌에게 뭔가 건넸다. 손수건이었다. 에넌은 고개를 가볍게 숙였다. 플럼이 창문에 턱을 괴고 말했다.

　"되게 잘 어울리네."

　"그럼 뭐합니까. 손등에 입 한 번 안 맞추는 사이인데."

　플럼의 말에 답한 것은 밴딧이었다.

　"저는 도무지 이해가 안 갑니다. 저놈의 각하가 어릴 때부터 여자 좋아하는 꼴을 한 번 본 적이 없다니까요. 아니, 저런 미녀를 떠나보내는데 모르는 척 손등에 입 한 번 맞추면서 손도 좀 잡아볼 수 있는 거 아닙니까?"

　"……라고 말하는 사람이기 때문에 자네는 미녀의 사랑을 받지 못하는 거 아닐까?"

　옆에 말을 탄 채 서 있던 빌베이스 경이 무심하게 끼어들었다. 밴딧이 짜증을 냈다.

　"아니거든!"

　"강한 부정은 강한 긍정인데."

　"왜 싸워?"

　그새 인사를 끝낸 에넌이 다가왔다. 밴딧이 빌베이스를 보며 툴툴거렸지만, 길게 말하지는 않았다. "출발." 빌베이스 경이 말하며 앞서 나갔다. 마부가 말들의 등을 때렸다. 과연. 유리는 한층 빨라진 마차의 속도를 보며 이 지겨운 마차 여행이 보름밖에 안 남았다는 사실에 감사하기로 했다. 이전에는 호위 기사들과 속도를 맞추느라 천천히 달렸지만, 이제 말 두 마리에 마차 하나니 속도를 늦출 필요가 없다. 마차는 신나게 대로를 달렸다.

유리의 엉덩이도 한층 더 고통스러워진 것은 물론이다.

─※─

점심 식사도 매번 근처 도시에 억지로 들러 먹었지만, 달랑 여섯 명, 마부 포함 일곱 명이 여행하는 데 그럴 이유가 없다. 이 일행의 가장 높은 사람은 에넌이지만, 에넌 본인은 길바닥에서 점심을 먹어도 상관이 없는 사람이었다. 십 분 정도 앞서 달려나간 밴딧이 적당한 장소를 찾아 돌아왔고, 모두 피크닉이라도 하는 기분으로 풀밭에서 점심을 먹었다. 점심을 먹은 후에는 몸을 풀고 다시 달렸다. 슬슬 출출하다 싶을 때 에넌이 "참." 하고 마차 구석에서 바구니 하나를 꺼냈다. 바구니 안에 들어 있는 것은 과일 사탕이었다. 플럼이 꺄, 하고 소리를 질렀다.

"언제 준비하셨어요?"

"제대로 쉴 틈이 없는 아가씨들을 위해 밴딧이 출발 전에 점심과 함께 준비했습니다."

플럼이 마차 창문으로 바로 몸을 빼고 사탕을 흔들며 옆에서 말을 달리고 있던 밴딧에게 소리 질렀다.

"기사님, 잘 먹을게요!"

"천만에요, 돈은 각하께서 내셨습니다!"

밴딧이 웃으며 소리쳤다. 마차 안에 앉아 있던 아이비가 빙그레 미소를 띠고 에넌에게 말했다.

"잘 먹겠습니다, 각하."

"아닙니다."

와, 이거 비싼데. 플럼이 감탄했다. 생과일을 보존하는 데는 손이 많이 간다. 남쪽 지방으로 내려갈수록 그렇다. 과일 위에 녹인 시럽을 몇 번이고 끼얹어 굳힌 과일 사탕은 그래서 비쌌다. 과일이 훨씬 잘 썩기 때문이다. 유리도 포도알 위에 시럽을 끼얹은 것을 집어 입 안에 넣었다. 오도독, 하고 설탕이 씹히는 소리가 났다.

"맛있다."

"그렇습니까. 마음에 들었다면 다행입니다."

플럼이 다른 사탕 하나를 내밀었고, 에넌은 사양하지 않았다.

"밴딧 경과 빌베이스 경은……." 하고 아이비가 바깥을 신경 썼지만, 말을 타고 있을 때 사탕 같은 것을 먹으면 혀를 깨문다는 에넌의 말에 그녀도 곧장 사탕에 집중했다.

"각하, 저희의 디저트에 너무 신경 써 주시는 거 아닌가요? 저는 이 여행길에 이런 걸 먹을 수 있으리라고는 상상도 못 했어요."

"하하. 별로 즐거운 일로 가시는 것도 아닌데, 자그마한 즐거움이라도 있어야죠."

"그렇지만 남자분이 이런 걸 신경 쓰시는 경우는 좀처럼 없잖아요. 이런 건 비싸기도 하고요. 누구신지 모르지만, 각하와 결혼하실 아가씨는 참 좋으시겠어요!"

플럼이 종알거렸다. 에넌은 웃기만 했다.

"저는 돈을 쓸 곳이 별로 없어서요. 이럴 때라도 써 봐야죠."

"우와, 멋있다. 저도 그런 말 하고 싶어요."

야, 너는 내 돈 쓰잖아.

유리가 웃으며 눈으로만 말했고 플럼은 눈을 슬슬 피하며 포도 사탕을 깨물었다. 여행은 경쾌하게 속도감을 더했다. 발렌시아는 조금 서늘한 정도의 날씨였는데, 점점 밑으로 내려갈수록 날씨는 따뜻해지고 있었다. 가벼운 바람이 창문을 통해 불어 들어오는데 문득 유리는 불길한 예감이 들었다.

"저기, 스투리싱 양. 아스완 날씨는 어떤가요?"

"아, 아스완이요. 거기는 남쪽이기는 하지만, 땅이 넓어서 날씨의 분포가 사뭇 다릅니다."

아이비는 자신이 들고 있던 서류 가방을 빠르게 뒤져 아스완에 대한 보고서를 꺼냈다.

"영원의 강은 상당히 여러 지형을 끼고 있습니다. 저희가 도착할 알-카움은 아주 덥고 습합니다. ……유리 님? 표정이 왜 그러세요……?"

"어, 아뇨. 혀를 깨물어서요. 계속 말씀하세요."

망했다. 덥고 습하다고?

유리는 저도 모르게 제 옷을 내려다봤다. 남쪽이라는 말을 들었을 때 깨달았어야 했는데! 긴 셔츠를 입고는 절대로 버티지 못할 것이다. 플럼도 사탕을 먹다 말고 유리 쪽을 쳐다봤다가 빠르게 눈을 피했다. 그러나 사람이 죽으라는 법은 없었다. 아이비가 말을 이었다.

"그렇지만 영원의 강 중부를 지나면 기후가 변합니다. 아스완은 비옥한 북아스완과 메마른 남아스완의 기후 차이가 상당히 커요. 북아스완은 습하고 덥지만, 남아스완은 사막을 끼고 있어서 건조하지요. 덥지만 긴팔과 긴바지를 입는 쪽이 훨씬 좋습니다. 북아스완은 정글을 끼고 있지만, 저희는 영원의 강을 타고 내려갈 것이기 때문에 일주일 정도면 습한 곳은 지나갈 거예요."

다행이다. 일주일 정도라니. 유리는 속으로 가슴을 쓸어내렸다. 그리고 조금 짜증이 났다. 날씨 하나에 이렇게 가슴이 방망이질을 치는데, 언제까지 이렇게 살아야 하나 싶어서다.

이제 와서 짠, 저는 여자였습니다, 하고 공개하게 되면 목이 베일까? 유리는 머리를 굴리기 시작했다. 그 여왕님에게 조금 더 사랑받게 되면 슬쩍 몰래 고백해도 되지 않을까? 그치만 그 여왕님 은근히 거짓말에는 엄한 사람 같던데. 한숨이 절로 나왔다.

사랑받는 재단사가 되었지만, 유리는 갈 길이 멀었다. 이대로 영원히 남자로 살아갈 수는 없다. 그건 레스타와 플럼 모두 동의하고 있는 부분이었다. 최고의 길은 이렇게 2~3년쯤 발렌시아에서 구르다가 슬쩍 몸이 안 좋아서 이만 벨름으로 가야겠습니다, 하고 발을 빼는 것이다. 본래 대연회 직후 바로 발을 빼려고 했지만, 그 노재상도 놔주지 않는 여왕이다. 적당히 기간사업에 협조한 후에 좀 괜찮아지면 발을 빼도 되지 않을까? 하고 머리를 굴린 끝에 나온 게 2~3년이라는 기간이다.

그렇지만 그 기간이 끝나면, 자신은 정말로 발을 뺄 수 있을까? 유리는 제 옆에 앉아 있는 남자를 몰래 훔쳐봤다. 에넌의 옆에 아이비와 플럼을 앉힐 수 없어서, 유리가 에넌 옆에 앉은 참이었다. 에넌은 무슨 생각을 하는지 마차 창문 바깥을 바라보고 있었다. 덕분에 유리가 볼 수 있는 것은 남자의 옆얼굴뿐이었다. 창문으로 들어오는 바람에 드러난 훤칠한 이마와 눈매, 그리고 뺨과 턱. 하나하나 어디다 박제해놓고 싶을 만큼 멋진 얼굴이었다.

유리는 이제 슬슬 제가 이 남자에게 품고 있는 마음을 인정하기로 했다. 이 잘생긴 개뻑다구를 좋아하는 것이다. 인간적으로다가 이런 얼굴이 제 옆에 붙어 있으면 안 좋아하기도 어렵다. 정확하게 제 마음을 자각한 것은 레스타 이후다. 잡지 화보 모델 같은 그 화려한 남자를 놔두고, 유리는 계속해서 이 남자를 떠올렸던 것이다.

사람 마음이라는 게 참 어렵다고 유리는 생각했다. 여태까지 그렇게나 밀어내려고 했는데, 언제 제 뱃속 안에 들어앉아서 심심하면 내장을 두들기게 됐는지 잘 모르겠다.

솔직히 아르시노에에게 작별인사를 할 때도, 플럼의 말에 영 속이 뒤틀린다고 생각하던 참이었다. 있잖아. 사람이 꼭 미남미녀끼리만 어울릴 필요 없지 않나? 그렇게 말하고 싶었지만, 유리는 꾹꾹 제 말을 눌러 담았다. 젠장. 제 앞에서 훌렁훌렁 옷을 벗어대는 이 남자 때문에 이런 생각을 하게 될 줄은 몰랐는데, 그러니까.

내가 정말, 발을 뺄 수 있을까? 이 남자에게서.

제게 윙크를 하던 에넌을 떠올렸다. 아르시노에게 선을 긋는 남자를 생각하면 조금 신이 났고, 자신을 끌어안았던 체온과 두근두근 뛰던 심장은 머리에서 떠나지 않았다. 갑작스레 얼굴을 들이대는 남자의 숨결에 화들짝 놀라곤 했으며 아르시노에게 잘 해주는 그를 생각하면 조금 울적해졌다.

유리는 머릿속으로 치마를 입은 자신을 상상해보기 시작했다. 처음부터 내가 여자로 살았으면……. 이 남자와 잘 될 가능성이 조금은 있었을까? 그렇지만 유리는 대번에 가능성 없다고 결론을 내렸다. 유리는 스스로에게 상당히 관대한 평가를 내리는 사람이었지만, 아무리 생각해도 제 얼굴은 평범 이상도 이하도 아니었다.

그야 좀 귀엽다는 이야기를 가끔 듣기는 하지만, 글쎄. 저 아름다운 왕녀님조차 거들떠도 안 보는 남잔데 나 같은 게 뭐 가당키나 하겠어.

'잠깐. 그런데 벨름에서 그럼 귀부인 속옷은 어떻게 본 거지?'

유리는 벨름에서 남자가 아타락시아의 드로워즈 세트를 봤다고 말했던 것을 떠올렸다. 그때는 그냥 애인을 만들었나보다 했는데, 지금 보니 그런 것도 아닌 것 같았다. 그야 레스타가 그녀에게 말하지 않았던 까닭이지만 유리가 그것을 알 리 없으니 그녀의 생각은 한 번 더 점프해 다른 곳으로 건너뛰었다.

정말 애인이 없나? 희한하네. 내가 이 정도 피지컬이었으면 양다리가 뭐야. 열 다리쯤 걸치며 세기의 난봉꾼으로 군림했을 텐데. 그렇게 생각하며 유리는 시선을 내렸다. 퀼로트를 입은 제 가느다란 허벅지 옆, 남자의 다리가 놓여 있었다.

……두 배쯤 차이 나는군.

유리는 남자의 허벅다리 사이즈와 밑위길이를 생각하고 괜히 혼자 키득거렸다. 전생에는 슬렌더 미남 아니면 죽음을 달라고 외쳤던 자신은 어디로 가고 허벅지 실한 미남을…….

"유리?"

저도 모르게 코로 웃고 있던 유리는 자신을 부르는 남자의 목소리에 화들짝 놀라 옆을 바라봤다. 에넌이 의아한 표정으로 저를 들여다보고 있었다.

"예, 예?"

"아뇨, 이상한 소리를 내기에……. 어디 아픈가 했습니다. 웃고 계셨군요."

"어, 예……."

"다행입니다."

"뭐야, 오빠 웃었어? 왜?"

"……아냐. 뭐가 좀 생각나서……."

플럼이 캐물었으나 유리는 큼, 하고 딴청을 피웠다. 플럼은 의아한 표정이었지만, 더 묻지 않았다. 막 입에 넣은 사탕이 마차가 흔들리는 통에 튀어나와 치마 위로 떼구르르 굴렀기 때문이다.

"엄마야!"

사탕이 더 구르기 전에 잡은 건 좋았는데, 손바닥이 온통 끈적해졌다. 엉겁결에 꽉 잡았더니 손안에서 사탕이 깨져 치마에 과일즙까지 묻은 건 덤이다. 플럼이 제 손을 보더니 울상을 지었다.

"으엑. 오빠 뭐 닦을 거 있어?"

"그런 게 있겠냐……."

여행길이라 짐은 최대한 간략하게 꾸린 참이었다. 유리가 제 소매를 손바닥까지 끌어올려 쥐고 플럼의 손을 끌어당겼다. 어린 플럼을 돌봤던 예전의 버릇이 잠깐 돌아왔기 때문이다.

"대충 내 소매로라도 닦자."

"엑."

"네 치마는 비단이잖아. 이쪽이 낫다고."

유리가 입은 셔츠는 아마였다. 끈적끈적한 설탕이라면 가볍게 물에 빨아버릴 수 있는 아마로 닦는 게 낫다. 그때 에넌이 허겁지겁 뭔가 내밀었다.

"저기, 급한 대로 이거라도……."

손수건이었다.

"어, 괜찮은데……. 그리고 이거……."

"유리의 소매로 닦는 것보다는 이게 나을 것 같습니다."

유리가 뭐라 말하려 했으나 에넌이 재차 손수건을 내밀었다.

"아, 예……."

유리는 엉겁결에 손수건을 받아들고 플럼의 손을 닦았다. 그렇지만 끈적끈적한 기운은 쉽게 가시지 않아, 결국 물주머니를 꺼내 손수건을 적셔 닦아냈다.

"고맙습니다, 공작님."

"천만에요."

에넌이 부드럽게 웃으며 손수건을 받아 마차 한쪽의 짐에 집어넣었다. 저거 아까 공주님이 준 거 아닌가? 유리는 곁눈질했다. 아무래도 맞는 거 같은데.

한숨이 절로 나왔다. 저런 남자를 좋아하는 게 맞는 걸까.

유리는 자신이 치마를 입었으면 어쩌구 상상하던 것을 대번에 머릿속에서 지워냈다. 제가 남자를 잘생긴 개뻑다구 취급했던 것보다 훨씬 가혹한 취급을 받았을 수도 있다.

야, 앓느니 죽는다. 남국! 미소년! 행복한 노후!

유리는 빠르게 마음을 다잡았다.

물론 인생이 그렇게 마음대로 되는 건 아니다.

─✺─

사건은 보름 후에 일어났다.

유리는 죽고 싶은 심정으로 숙소 방에 무릎을 꿇고 앉아 있었다. 유리의 앞에 마주 앉은 것은 다름 아닌 아이비였다.

아이비가 착잡한 표정으로 입을 열었다.

"……왜 진작 몰랐을까요……."

"그야 제가…… 필사적으로 숨겨서……."

유리는 한숨을 쉬었다. 머리카락이 젖어 있는 채였다. 몸은 오래 전에 식었지만, 식은땀은 계속 번져 나왔다. 아이비가 말을 이었다.

"모든 사건은 징조가 있다고 하지만……. 이런 것일 줄은 몰랐어요. 이제야 플럼 양의 이상한 말버릇도 이해가 되는군요."

"이상한 말버릇이라면……."

"항상 유리 님을 오빠라고 부르기 전에 잠깐 머뭇거리는 거요."

플럼 이놈의 계집애. 유리는 이를 악물었다.

"그럼 마차에서 아팠던 것도, 혹시 제가 상상하는 것 때문인가요?"

"……예."

"세상에……."

너무 방심했다. 왜 이렇게 됐을까. 유리는 눈을 꾹 감았다.

유리의 생리 주기는 들쑥날쑥했다. 되도록이면 천천히 해 달라고 빌었으나, 하필이면 알-카움 도착을 일주일 남겨놓은 시점에서 대자연이 유리에게 찾아왔다. 빌어먹을 자궁, 도움이 안 돼요. 여관에서 피가 묻은 속옷을 확인하고 유리는 침착하게 대비에 나섰다.

마차 여행은 실로 하드한 일정이었다. 아침 일찍 일어나서 마차에 앉아 점심까지 달린다. 잠시 내려서 오전에 미리 싸둔 점심거리로 간단하게 식사를 해결하고 다시 저녁까지 달린다. 지루하고 하품 나오지만 고된 일정이다. 화장실이 가고 싶으면 마부에게 부탁한다. 그러면 마부가 인적이 드문 숲길 근처에 마차를 세워준다. 물론 플럼과 아이비는 길에서 일을 보는 것은 꿈도 꾸지 않았다. 남자 행세를 하고 있는 건 이럴 때는 큰 도움이 됐다. 적어도 속옷을 갈아 입는 것은 문제가 없다.

가장 문제는 유리가 둘째 날 가장 월경통이 심하다는 것이다. 마차의 바퀴는 튼튼하게 쇠로 감싸여 있었으나, 대신 길에서 심하게 튀었다. 가뜩이나 허리도 아픈데 마차가 그렇게나 흔들리는 걸 감당할 수 있을까.

약도 없는데 어쩌겠어. 빨리 시간이 지나기만 바라야지. 다음 날 유리는 이럴 때를 대비해 챙겨온 부풀린 바지를 챙겨 입었다. 두툼히 걸친 속옷 때문이다. 제발 아스완에서 나는 해면이 큰 도움이 되기를 간절히 기원한 것은 물론이다. 빌어먹을, 이 고역을 치르면서 갔는데 별 소용이 없으면 정말 억울할 것 같은데.

그리고 마차에 오른 지 한 시간 만에 유리는 배탈이 났다며 바닥에 드러누웠다. 다행히도 마차 바닥은 유리 하나가 웅크려 눕기에는 충분한 공간이 있었다. 플럼이 서둘러 담요를 하나 깔았다. 유리는 머리를 바닥에 박고 끙끙거렸다. 얼굴은 창백해지고, 땀까지 뻘뻘 흘리며 말을 잇지 못하는 유리를 모두가 걱정했다.

"다음 도시에서 의사를 불러야 하는 거 아닙니까?"

에넌이 걱정스럽게 말했다. 유리는 힘없이 손을 내저었다.

"잠깐 참으면 돼요……."

"유리 님, 굉장히 실례가 되는 말씀인 것은 압니다만……. 혹시 용변 관련 트러블이 있으신 것은 아닌가요? 그럼 잠깐 마차를 세우고……."

"아니에요, 스투리싱 양. 그것 때문에 배가 아프면 차라리 감사한 일이겠지만."

유리는 한숨을 내쉬고 말했다.

"가끔 이래요. 아랫배가 끊어질 것같이 아픈데, 하루 정도 이어지다가 다음날 괜찮아져요."

"가끔이요……?"

"예에. 어릴 때부터 그랬어요. 걱정하지 마세요."

틀린 말은 아니다. 거짓말도 아니다. 그저 왜 아픈지 말을 하지 않을 뿐이지. 그렇게 생각하며 유리는 스스로를 달랬다. 사정을 아는 플럼만 발을 동동 굴렀다. 식욕도 없어 다들 점심을 먹는 동안 유리는 마차에 기력 없이 누워 숨만 쉬었다. 에넌이 걱정스럽게 식사를 권했으나 유리는 대답도 하지 않고 죽은 척했다.

결국 다시 출발하며 에넌이 마부에게 조금 천천히 가 달라고 주문했으나, 유리는 극렬히 거부했다. 어차피 아플 거라면 조금이라도 빠르게 도착해 눕고 싶었다. 결국 마부는 평소보다 말들을 괴롭혀 예상 시간보다 훨씬 일찍 다음 도시에 도착했다. 어찌나 달렸는지 해가 아직 중천에 뜬 채였다.

문제는 그 도시에 남은 여관방이 몇 개 없다는 것이었다. 가장 좋은 여관, 방은 딱 세 개. 이런 경우 여자인 플럼과 아이비가 같은 방을 쓰고 밴딧과 에넌이 같은 방을 쓰기로 돼 있었다. 유리는 빌베이스 경과 같은 방을 써야 했다. 빌베이스 경은 예년의 부하이긴 하지만, 직급으로 따지면 유리와 같은 준남작이었기에 불평할 수도 없었다. 여태까지는 계속 독방이었는데 하필 왜 이런 날! 유리는 울고 싶었지만, 별말 없이 방으로 돌아가 침대에 기절하듯 누웠다. 빌베이스 경이 "저녁은 드시고 주무시지요."하고 권했으나 귀에 들어오지도 않았다.

한참을 자고 일어난 유리는 창문으로 뉘엿뉘엿 지는 해를 마주했다. 아까보다는 한결 나은 것 같아 몸을 일으키니, 온몸이 찝찝했다. 으레 월경과 함께 미열이 오곤 했는데 이번에는 유독 심한 것 같았다. 여독 때문이기도 할 것이다. 몸을 씻고 싶은데. 유리는 방을 둘러봤다. 항상 그렇듯 도시에서 가장 좋은 여관을 잡았으나 이 도시는 상수 시설이 그리 발달하지 않은 것 같았다. 화장실에 변의를 해결할 곳만 덜렁 있는 걸 보면.

공동 욕탕은 당연히 못 들어가니 뜨거운 물과 욕조를 방으로 배달시켜야 했다. 문제는 하필 오늘 빌베이스 경과 같이 방을 쓰고 있다는 것이다. 유리는 슬그머니 플럼이 묵는 방을 찾아 나섰다. 아이비 양과 방에서 뒹굴고 있던 플럼이 눈을 동그랗게 떴다.

플럼을 따로 불러내 사정을 털어놓으니 동생은 잠시 고민하다가 말했다.

"그러면 내가 아이비 양을 데리고 잠깐 외출했다가 올게."

"괜찮겠어?"

"으응, 아이비 양이 그러잖아도 아까 이 마을의 와인 분수를 구경

196

하고 싶다고 했거든."

"와인 분수?"

"응. 와인이 특산물인 곳이라 잔 값 1싱만 내면 와인을 무한정 마실 수 있는 곳이 있다나 봐. 적당히 와인을 마시면서 시간을 끌면 오빠가 좀 씻을 수 있지 않을까?"

"……적당히 말고, 내가 욕조를 치울 시간까지 끌어야 돼."

플럼은 자신에게 맡기라며 가슴을 탕탕 쳤다. 유리는 빠르게 내려가 여관의 접수대에서 플럼의 방으로 뜨거운 물과 욕조를 배달 주문했다. 그리고 올라가는 계단에서 마침 나가려던 플럼과 아이비를 마주쳤다. 아이비는 눈을 한 번 크게 뜨고 유리에게 다가왔다.

"유리 님, 이제 좀 괜찮으세요?"

"예. 덕분에……."

"이런. 그래도 얼굴이 창백해요. 저희는 잠시 나가는 길인데……. 뭔가 식사를 할 거리라도 가져다드릴까요? 저녁은 드셨어요?"

"괜찮아요. 생각이 없어요……."

유리가 하하, 힘없이 웃었다.

"그래도 제가 부관인데, 뭐라도 챙겨드리는 게 제 마음이 편해서요. 뭐라도 시켜놓을 테니 혹시 배가 고프실 때 드세요."

"아, 네……."

그것까지 거절하기 뭐해서 유리는 고개를 끄덕였다. 아이비는 정말로 좋은 사람이었고, 영 발걸음을 떼기 어려워하는 것을 플럼이 억지로 끌고 나가다시피 해서 데리고 나갔다.

유리는 두 사람이 나가는 것을 보고 겨우 안도했다. 미리 플럼에게서 받은 열쇠를 들고 방으로 빠르게 돌아가니 곧 하인 두 명이 뜨거운 물이 담긴 나무통을 들고 들어왔다.

"통은 어디에 둘까요?"

"어? 욕실에……."

"아, 실례지만 손님. 이 방의 화장실은 통을 둘 공간이 따로 없어서……. 혹시 방 한쪽에서 씻는 것은 괜찮으실까요?"

어, 그러네. 유리가 화장실 문을 열어보고 놀랐다. 플럼과 아이비가 묵는 방은 유리가 묵는 방보다 더 작은 모양이었다. 결국 하인 둘은 방 한쪽에 통을 놓고 물러갔다. 어쩔 수 없지. 방에 물이 튀면 내가 다 닦아놔야겠다.

유리는 감사의 인사를 한 다음 두 사람이 나가자마자 문을 잠갔다. 몇 번이나 문이 잠겼는지 확인한 후 옷을 벗었다. 속옷은 이미 피범벅이었다. 솔직히 피가 나오는 상태에서 뜨거운 물 안에 들어가는 게 좀 찝찝했지만, 어쩔 수 없었다. 샤워기에서 뜨거운 물이 무한정 나오는 곳이 아니다. 흑, 젠장. 유리는 작게 욕하고는 빠르게 물에 몸을 담갔다. 최대한 빨리 씻고 나가면 되겠지.

뜨거운 물은 생각보다 더 기분이 좋았다. 하루 종일 굳었던 몸이 풀리는 느낌에 유리는 으으, 하고 신음했다. 특히 허리 쪽은 아릿할 정도였다.

아, 뜨거운 물 만세다. 유리는 나중에 자신이 집을 지으면 집에 꼭 최신식 상수시설을 상비하겠다고 결심했다. 샤워기도 만들어야지.

물을 끓일 수 있는 수도시설은 어떻게 해야 할까? 건축업자에게 가면 해줄까? 그런 생각을 하다 보니 잠이 왔다.

아, 안 돼. 물 안에서 자면 안 돼. 유리는 고개를 흔들었다. 끝이 젖은 머리카락이 함께 흔들리며 사방으로 물을 튕겼다. 유리는 마지막으로 물 안에 머리끝까지 넣었다가 벌떡 일어섰다. 동시에 주르륵, 하고 짜증나는 느낌이 들었고 유리는 허겁지겁 물에서 몸을 뺐다. 물이 바닥에 뚝뚝 떨어졌다. 빠르게 근처에 둔 수건으로 몸을 닦아냈다. 젖은 머리카락을 수건으로 툭툭 터는데 꽤 길어진 것이 느껴졌다. 나중에 플럼한테 좀 잘라달라고 해야겠다, 하고 생각했다.

그 와중에 다리 사이에서 또 꿀렁, 하는 느낌이 나서 유리는 길게 한숨을 내쉬고 속옷부터 입었다. 젖은 다리에 속옷이 달라붙었고, 유리는 억지로 속옷을 끌어 올리다가 발을 헛디뎠다.

어, 어어어어.

쿠당탕.

유리는 그대로 바닥에 나뒹굴었다. 젠장. 방금 닦았는데 물 한 번 더 들어갔다 와야 되잖아. 여관은 방 안까지 신발을 신고 다니게 돼 있었고, 자연스레 바닥은 더러웠다. 아이 씨……. 유리가 이마를 찌푸릴 때였다.

철컥.

헉, 뭐야. 유리의 눈이 문 쪽으로 향했다. 철컥, 철컥. 유리의 눈이 커졌다. 명백하게 문의 손잡이가 덜컹거리고 있었다. 누구지? 플럼인가? 아닌데. 나간 지 얼마 안 됐는데. 철컹철컹. 몇 번 빠르게 흔들리던 문손잡이가 멈췄다. 유리는 이러지도 저러지도 못하고 손잡이만 노려보고 있었다.

그냥 안에 누가 있는지 확인하려던 건가? 뭐지?

아마 그 시간은 아주 잠깐이었을 테지만, 유리에게는 억겁처럼 느껴졌다. 유리는 있는 힘을 다해 신경을 곤두세웠다. 바깥에서는 아무 소리가 들리지 않았다. 뭐야. 갔나. 유리가 한숨을 내쉬며 채 끌어올리지 못한 속옷을 끌어 올리려 할 때였다.

찰그락······.

금속성의 소리가 들렸다. 쭈뼛, 온몸의 솜털이 곤두섰다.

그리고 유리가 뭘 어떻게 하기도 전에 철컥, 하고 문손잡이가 열리는 소리가 들렸다.

끼익. 문이 열렸다. 유리는 울고 싶은 심정으로 바깥을 바라봤다.

아이비 스투리싱이 거기 있었다.

--✱--

플럼과 함께 와인 분수 앞에서 술을 한 잔 마시던 아이비는 어쩌면 유리에게 술이 필요할지도 모른다고 생각했다. 자신의 어머니는 고질적인 신경통에 시달렸고, 신경통이 심한 날이면 하루 종일 몸을 말고 침대에 누워 있다가 저녁이 되면 술을 마시고 잠들었다.

'유리 님도 그런 것이 아닐까?'

와인 분수는 마을의 명물이었고, 남녀노소 할 것 없이 와인 분수 앞에서 술을 마시며 떠들고 있었다. 플럼은 금세 마을의 여행자들과 친해져 떠들고 있었다. 아이비가 플럼에게 "잠깐만, 계세요." 하고 말하자 플럼은 놀라 "어디 가시게요?" 하고 물었다.

아이비는 정말 착한 사람이었다. 오빠에게 다녀온다고 말하면, 즐겁게 대화하던 이 아가씨도 같이 나서려고 하겠지. 아이비는 빙그레 웃으며 "잠깐, 먹을 것이라도 사 올게요. 술만 마시면 금세 취하잖아요."라고 말했다. 와인 분수 근처에는 간식거리를 파는 가게들이 제법 있었고, 아이비는 정말로 여관에 다녀오며 간단한 간식을 사 올 생각이었다.

그리고 방문 앞까지 왔을 때, 아이비는 쿠당탕 소리를 들었다. 자신들이 묵는 방 안에서 난 것이 분명했다. 뭐지? 아이비는 놀라 문손잡이를 열려고 했다. 그러나 문은 잠겨 있었다. 당황해 다시 문을 잡아당기던 아이비는 '도둑인가?' 하는 생각에 직면했으나 그럴 리 없다고 다시금 생각했다. 자신들은 문을 잠그고 나갔다. 그렇다면 혹시 방을 정돈하거나 하려던 하인이 아닐까? 안에서 뭔가 안 좋은 일이 생긴 걸까?

아이비는 빠르게 품을 뒤졌다. 여분의 열쇠가 자신에게 있었기 때문이다. 이윽고 열쇠를 찾아낸 아이비는 빠르게 문을 열었다. 그리고 펼쳐진 광경. 아이비는 "누구시……."까지 말하다가 말을 멈췄다. 이해할 수 없는 광경이 아이비의 눈 앞에 펼쳐져 있었다.

가장 먼저 아이비의 눈에 들어온 것은 나체의 여자였다. 어머, 내가 방을 잘못 들어왔나. 하고 사과하려던 그녀는 그 여자의 얼굴이 굉장히 익숙하다는 것을 알아차렸다.

아마 그녀가 옷을 입고 있었다면 아이비는 그렇게까지 혼란하지 않았을 것이다. 아이비가 알고 있는 그 얼굴은 남자였기 때문이다. 그러나 방 안에 넘어져 있는 사람은 분명 여자였다. 아이비는 현기증을 느꼈다. 방 안은 뜨거운 물이 담겨 있는 욕조 때문에 습기가 차 있었다. 혹시 습기 때문에 내가 뭔가 잘못 보고 있는 걸까. 그러나 눈앞에 펼쳐진 광경은 절대로 착각이 아니었다.

아이비는 일단 익숙한 이름을 불러 보기로 했다.

"그……. 유리 님?"

울상이었던 얼굴이 한층 더 구겨졌다. 아이비는 머리가 좋은 사람이었고 자신이 어떤 상황을 목도한 것인지 빠르게 알아차렸다. 그래서 아이비는 가장 먼저 방 안으로 들어서 문을 닫아 잠근 후 말을 건넸다.

"제게 상황을 설명해 주시겠어요?"

그리고 한마디 더 보탰다.

"……일단 옷을 입으셔야 할 것 같군요."

─❊─

유리는 거의 죄인 같은 얼굴로 고개를 숙이고 옷을 입었다. 그 과정에서 아이비는 보통 사람이라면 절대로 남에게 보이고 싶지 않은 것들을 봤다. 맹세코 일부러 보려고 한 것은 아니었으나 여인이라면 익숙한 속옷들이나 연신 다리 사이를 신경 쓰는 유리의 모습 같은 것들은 어쩔 수 없이 눈에 들어오는 종류였다.

아이비는 유리가 옷을 갈아입는 동안 등지고 앉아 그간의 일들을 떠올렸다. 얼굴이 하얗게 질린 채 마차에 누워 있던 유리. 가끔 이렇게 배가 아픈 일이 있다던 유리.

왜 알아차리지 못했을까. 그렇게 생각하니 이해되는 것들이 너무 많았다. 여왕의 앞에서 그날에는 쉬게 해 주는 게 좋지 않겠냐던 말, 그리고 쓰러졌던 자신의 처지를 충분히 이해한다던 말.

여동생 핑계를 대기에는 너무나 구체적으로 알고 있었다. 게다가 제 코르셋에 손을 댄 것은 어떻고. 아이비는 머리를 감싸 쥐고 싶은 기분이 됐다. 유리는 정말로 억울했을 것이다. 눈앞에서 쓰러지는 여자를 봤다면 자신이라도 가장 먼저 코르셋 생각을 할 것이다. 어릴 때부터 코르셋 때문에 질식하거나 힘겨워 쓰러지는 아가씨들은 종종 봐왔다. 남자들이라면 여자의 옷에 손대는 것에 대해 거부감을 느낄지도 모르지만, 그, 아니 그녀는 여자니까…….

당혹감에 앞서 미안함이 차올랐다.

"저기……."

"예."

유리가 머뭇거리며 자신을 부르기에 아이비는 뒤를 돌아봤다. 유리는 차마 자신을 쳐다보지도 못하고, 고개를 숙이고 손을 모으고 앉아 있었다. 옷은 모두 입은 채였으나 아이비는 그녀가 제 속옷을 돌돌 말아 다른 천으로 감추어 손에 꼭 쥐고 있다는 것을 알아차렸다. 남자는 절대로 제 속옷을 감추지 않는다.

사방은 물기 때문에 난장판이었다. 아이비는 한숨을 쉬었다.

"……왜 진작 몰랐을까요……."

"그야 제가……. 필사적으로 숨겨서……."

유리도 길게 한숨을 내쉬었다. 아이비는 불안해하는 그녀가 안타까워 더 말을 보탰다.

"모든 사건은 징조가 있다고 하지만……. 이런 것일 줄은 몰랐어요. 이제야 플럼 양의 이상한 말버릇도 이해가 되는군요."

"이상한 말버릇이라면……."

"항상 유리 님을 오빠라고 부르기 전에 잠깐 머뭇거리는 거요."

플럼은 항상 유리를 부르기 전에 머뭇거리거나 언, 하는 소리를 했다. 이제 그 말도 이해가 됐다. 언니라고 부르는 버릇이 아직도 고쳐지지 않은 거겠지. 실로 부주의한 일이었다. 아이비는 그 많은 단서에도 불구하고 자신이 왜 단 한 번도 유리가 남자임을 의심해보지 않았는지 모를 노릇이라고 생각했다.

물론 답은 나와 있다. 그건 유리가 바지를 입고 있기 때문이다. 여염집의 여자들은 바지를 입지 않는다. 아무리 험한 일을 하는 여자라도, 하다못해 마구간의 오물을 치우는 하녀도 바지를 입지는 않는다. 머리도 마찬가지다. 여자의 머리카락이 짧다면 그 이유는 단하나다. 가난해서 팔아치운 것이다. 그리고 아무리 가난해도 여자들은 머리카락을 팔아치우는 일이 좀처럼 없었다. 어쩔 도리가 없어 머리카락을 팔았다면 머리를 수건으로 가리고 다녔다. 길고 탐스러운 머리카락은 여성미의 기준과도 같은 것이기에.

스무 살이 넘은 남자가 저렇게 어리고 보들보들한 뺨을 가지고 있는 일은 거의 없다. 그러나 그녀는 바지를 입고 머리를 잘랐다. 그리고 모두 당연하게 그녀를 남자라고 생각했다. 아이비는 안쓰러운 마음이 들었고, 그래서 무릎 꿇고 앉은 그녀의 앞에 다가앉았다.

"유리 님."

"……네."

"괜찮으세요?"

그 말에 고개를 숙이고 있던 유리가 흠칫했다. 아이비는 되도록이면 다정하게 굴려고 애쓰며 얼굴을 기울여 눈을 유리와 맞췄다. 동그래진 눈은 당황과 좌절을 머금고 있었고 아이비는 착잡해졌다.

"미안해요. 이런 사정이 있는 줄도 모르고."

"……어……."

"제가 잘은 모르지만……."

이런 말을 해도 되나. 아이비는 망설였지만, 그것은 아주 잠깐이었다. 유리가 두려워하는 것이 무엇인지 충분히 짐작할 수 있었기 때문이다. 아이비는 입을 열었다.

"괜찮아요. 어디 말하지 않을게요."

"……스투리싱 양."

"정말이에요. 왜 이렇게 하셨는지는 저도 알 것 같아요."

아이비는 쎄시아 발렌시아가 여성 문관을 뽑을 때 가장 먼저 지원한 사람 중 하나였다. 사람들은 아이비에게 쓸데없는 짓은 하지 말고 시집이나 가라고 했다. 그 말에 가장 앞장선 것은 아이비의 부모였다. 아이비의 부모님들은 아주 좋은 사람들이었고, 딸이 나라를 위해 일하고 싶어 하는 것에 관해 크게 뭐라고 하지 않았다. 그러나 그들은 끊임없이 아이비에게 좋은 남자를 만나서 아이를 낳고, 그 아이를 키우며 남편을 위해 사는 것도 나라를 위한 일이라고 말하곤 했다. 그럴 때면 아이비는 궁금해졌다. 남자들에게는 왜 좋은 여자를 만나서 아이를 낳고, 그 아이를 키우고 아내와 아이를 위해 헌신하며 살라고 하지 않아요?

물론 남자들도 일을 해 돈을 벌어 아내와 아이를 먹여 살리는 것에 대한 의무를 계속해 주입받는다. 그러나 그들에게 아내를 위해, 혹은 아이를 위해 살라고 하는 사람은 없었다. 아이비는 이미 자신이 혼기를 놓쳐버렸다며 한탄하는 부모님의 푸념을 들으며 매일 밤 생각했다.

내가 남자애로 태어났다면 지금이 적당한 혼기라는 소리를 듣지 않았을까? 내가 남자애였다면 내가 부모님에게 죄를 지은 것 같은 기분은 느끼지 않아도 되지 않을까?

그래서 아이비는 유리가 왜 그랬는지 누구보다 잘 알 것 같았다. 눈물이 날 것 같았고, 속상했다. 여왕이 군림한 것은 불과 10년밖에 되지 않았다. 여성 문관을 뽑은 것은 이제 3년이 됐다. 유리가 벨름에서 장사를 시작한 것은 그보다 더 전이다.

어린 여자애가 벨름의 큰 의상실의 전면에 나서는 것과, 어린 남자애가 나서는 것은 전혀 다르다. 아무리 재능이 있다 해도 사람들은 여자를 폄하한다. 그 여왕조차 결혼하지 않았다며 반편이 취급을 하는 이들이 있었다.

"미안해요. 이 미안함을, 대체 어떻게 갚아 드려야 하죠……."

"어, 그, 예전 얘기라면……. 안 그러셔도 되는……."

유리는 더듬더듬 아이비의 말에 대답하다가 입을 다물었다. 아이비가 제 손을 잡아 와서다. 아이비는 유리의 작은 손을 꼭 잡았다. 그녀의 돌돌 말린 속옷을 보고, 유리가 혼자 감당해야 했을 작은 불편들이 짐작 갔다.

"놀라셨죠, 죄송해요."

유리가 해오는 사과에 아이비는 또 속이 상했다.

"놀라긴 했지만, 죄송하실 일은 아니에요."

"그……. 제가 나이가 어려서, 벨름에서 장사하려다 보니……. 그렇게 됐어요."

처음 한 거짓말이 너무 커져서, 여왕님 앞에서 여자라고 할 기회가 없었어요.

유리는 더듬더듬 말을 이었다. 그 설명이 너무 서툴러서 아이비는 또 가슴 한쪽이 아파왔다. 단 한 번도 누군가에게 이런 종류의 설명을 할 일이 없었다는 것이 뻔히 보이는 말투였기 때문이다. 평소 유려하게 말하던 것과는 확연히 다른 모습으로 유리는 그간의 사정을 설명했다.

어릴 적 벨름으로 떠났던 것부터, 레스타가 자신에게 남장을 권했던 것. 엉겁결에 여왕 앞에 가게 된 것과 단 한 순간도 안심해본 적 없었던 것들. 그때는 억울하게 누명을 썼지만, 그래도 전화위복이 되었다며 아이비를 위로하기까지 했다.

"미안해하지 않으셔도 돼요. 그때 일은 제게 정말 큰 경험이 됐거든요."

유리가 웃었다. 아이비는 단 한 번도 끼어들지 않고 진지하게 유리의 말을 경청했다. 손은 놓지 않은 채였다.

마침내 설명이 끝났을 때, 유리는 길게 숨을 내쉬었다.

"아, 그래도 마음이 편하네요. 들켰을 땐 정말 세상이 끝날 거라고 생각했는데 막상 이런 이야기를 하게 되니 체한 게 조금 가라앉은 기분이에요."

"그러신가요."

"예. 그래서 말인데……."

"네. 아까도 말씀드렸지만, 말하지 않을게요."

유리가 믿어지지 않는다는 얼굴로 아이비를 바라봤다. 아이비는 굳은 얼굴로 고개를 끄덕여 보였다.

"이제 와 유리 님이 여자라고 해도 바뀔 것은 아무것도 없어요. 유리 님이 여자라서 하지 못할 일도 없고요. 저는 발렌시아의 관리로서, 여왕 폐하의 신하로서 아무리 생각해봐도 지금 유리 님이 여자인 것은 절대로 문제 되지 않아요. 일에 차질을 빚지도 않고요."

"스투리싱 양……."

"아이비라고 부르셔도 됩니다."

유리가 한결 부드러워진 얼굴로 아이비를 쳐다봤다. 아이비는 빙그레 웃어 보였다.

"제가 유리 님을 따라와서 정말 다행이라고 생각해요. 문을 연 사람이 제가 아니라 다른 사람이었다면 대체 어땠을지 짐작도 하기 어렵군요."

"그……."

유리가 애써 눈알을 굴렸다. 그때였다. 쾅쾅쾅, 누군가 문을 두들겼다. 아이비는 순간 당황해 문 쪽을 바라봤고, 유리는 습관적으로 제 모습을 점검했다. 옷을 다 입어서 들킬 염려는 없다는 것을 확인하자마자 아이비가 "누구세요?"하고 물었다. 잠깐의 침묵이 지난 후, 문 건너편에서 개미만 한 목소리가 들렸다.

"그……. 스투리싱 양 혹시 안에 계신……."

아이비는 그 목소리를 듣자마자 벌떡 일어나 문을 벌컥 열었다. 그 앞에는 사색이 된 플럼이 아이비를 보고 헤헤, 애써 웃어 보였다.

"아니, 자리를 비우셨기에 금방 오시는 줄 알았더니 안 오셔서 제가 혹시나 하고 와 봤는데……. 오빠!"

마지막 말은 문 안으로 보이는 유리를 보고 한 말이었다. 옷을 다입고 주저앉아 있는 유리를 보고 플럼의 안색이 조금 환해졌지만, 유리는 고개를 절레절레 저었다.

"야, 플럼 너 이리 와 봐."

"어? 그……."

아이비는 유리가 무슨 말을 하려는지 바로 눈치채고, 플럼을 안으로 밀어 넣고 문을 닫았다. 플럼은 방 안을 둘러보고, 욕조를 잠깐 살펴본 다음 헤헤, 하고 조금 비굴하게 웃었지만, 유리는 가자미눈을 뜨고 손짓했다.

"걸렸어."

"뭐? 그럼!"

플럼이 놀라 아이비를 쳐다봤다. 아이비는 엷게 웃었다. 반사적으로 플럼도 히, 하고 웃었으나 유리는 웃기는커녕 벌떡 일어나 성큼성큼 다가왔다.

"너 이놈의 계집애. 자기만 믿으라고 그렇게 큰소리를 탕탕 치더니, 아이비 양이랑 뭐? 제대로 붙들어 놓을 것처럼 말해놓고."

"그……. 아이비 양이 분명히 간식 사 오신다고!"

"간식도 같이 사러 가셨어야죠."

끼어든 것은 아이비였다. 플럼은 억울한 눈으로 아이비를 바라봤다. 아이비는 엄한 표정으로 허리에 손을 짚고 말했다.

"제가 아니었으면 정말 큰일 날 뻔했거든요."

유리는 두말하지 않고 플럼을 끌어당겨 팔로 목을 졸랐다.

너 이놈의 계집애. 맛 좀 봐라.

"아아악, 언니 잘못했어, 잘못했다고!!"하고 플럼이 외쳤고 유리는 마주 외쳤다.

"오빠라고 부르라고!!"

유리가 플럼의 징벌을 멈춘 것은 커다란 욕조에 부딪혀 물을 쏟을 뻔한 후였다.

4
사랑과 우정 사이

"애당초 플럼 양과 유리 님 두 분 다 운이 정말 좋으셨어요. 세상에."

아이비는 정말 성실한 부관이었다. 잔소리도 성실하고 알차게 했던 것이다. 그날 저녁 내내 플럼과 유리 두 사람은 벌 받는 아이들처럼 아이비 앞에서 혼이 나야 했다. 아이비는 오로지 바지 입고 머리만 잘랐는데도 모두가 유리를 남자라고 믿어 의심치 않은 것에 관해 '천운'이라고 짧게 평했다.

더불어 레스타 또한 돈만 아는 남자인 데다가 순진하기 짝이 없다고 말했다.

"여자라고 의식하고 보면 누가 봐도 갓 스무 살 된 처녀라고요."

"예······."

유리가 눈을 슬슬 피했다. 아이비는 잔소리하는 데 그치지 않고,

여관 홀에서 가위를 빌려와 유리의 머리카락을 다듬기 시작했다. 조금이라도 여자로 보일만한 요소들은 모두 제거하겠다는 심산이었다.

유리의 머리카락은 평소에는 귀 위로 조금 내려오는 길이였으나, 아이비는 가혹하게도 유리의 머리카락을 아주 짧게 잘라버렸다. 유리는 부쩍 짧아진 머리카락이 어색해 몇 번이나 머리를 어루만졌다. 시험 삼아 머리카락을 뽑아 보니 손가락 두 마디를 간신히 넘는 길이였다.

플럼은 그런 유리를 향해 "누가 봐도 남자애네!"하고 박수쳤다. 그게 유리를 조금 더 빡치게 했으나 유리는 짜증을 내는 대신 크게 심호흡했다. 조심성 없는 플럼에 비한다면 아이비는 아주 크나큰 조력자였다. 플럼에게 모든 걸 맡겼던 제가 바보같이 느껴질 정도다.

여관의 하인들에게 식은 욕조를 내어가기를 부탁해 방을 비운 다음, 아이비는 유리를 붙들고 진지하게 말했다.

"앞으로 유리 님은 제가 커버하도록 할게요."

"……어떻게요?"

"보시면 알아요. 어쨌든 두 분은 너무 허술해요."

유리는 고개를 갸웃하다가 아야야……. 하고 배를 움켜쥐었다. 들켜서 너무 놀란 나머지 잊고 있었던 생리통이 다시 찾아온 것이다.

빌어먹을 자궁. 아무튼 틈을 안 줘요.

유리가 다시 끙끙대자 아이비는 한숨을 쉬고 제 짐을 뒤져 뭔가를 내밀었다.

"드세요."

"이게 뭐예요……."

"월경통에 좋은 약이에요."

유리는 눈알을 굴렸다. 자신이 대체의학을 경멸한다는 것을 그녀에게 말해도 될까? 이건 자신이 어릴 때 먹었던 쓴 약초즙과 같은 것 아닐까? 그러나 유리의 고민을 의심으로 이해한 듯 아이비는 재차 손을 내밀며 말했다.

"저도 월경통에는 이 약을 먹어요. 먹고 나면 씻은 듯이 통증이 가라앉죠."

"음……. 네……."

아이비의 손 위에 올라와 있는 것은 약초를 빻아 말린 것을 동그랗게 뭉쳐놓은 것이었다. 아이비는 그걸 씹어먹어야 한다고 했지만, 유리는 몇 번의 타협 끝에 물과 함께 그 환을 꿀꺽 통째로 집어삼켰다.

효과는 있었다. 그대로 아이비와 플럼의 방에서 누워 도란도란 그간의 고충을 이야기하다 보니, 유리는 어느 순간 통증이 사라져 있다는 것을 알아차렸다. "헉, 이거 뭐예요?" 유리의 물음에 아이비는 발렌시아에서 의사에게 받은 약이라며 이후에도 아스완에서 나눠주겠다고 말했다. "저도 월경통이 심해 혹시 몰라 넉넉히 가지고 왔으니 걱정하지 마세요!"

아, 든든해. 유리는 아이비에게 들켜 정말 다행이라고 생각했다.

중간에 빌베이스 경이 그 방으로 찾아왔다. 유리가 밖에 나간 줄 알고 기다렸는데, 아무리 기다려도 오지 않아 찾아 나선 것이다. 유리는 조금 더 있다가 가겠다고 손짓했다. 잘 시간을 한참 넘겨서 유리는 제가 배정받은 방으로 슬그머니 가봤다. 빌베이스 경은 이미 잠들어 있었다.

휴. 유리는 이불을 덮고 '다음부터는 방이 모자라면 그냥 다른 여관에 가 보자고 해야지.'하며 잠을 청했다.

⋯⋯✳⋯⋯

아이비는 실로 협조적이었다. 어느 정도냐면 다음 날 마차를 타고 출발하자마자 "유리 님이 아프신 것처럼 저도 어제 새벽에 아프더라고요. 뭔가 잘못 먹은 걸까요?"하고 말을 보탰던 것이다. 여전히 유리가 걱정된 에넌이 마차에 누워 가겠냐고 권하자, "저도 좀 쉬어도 될까요?"하고 마차 바닥에 주저앉았다. 마차 바닥이 좁아 두 사람이 다 눕지 못하자 아이비는 유리와 함께 기대어 앉았다. 두 사람이 마주 보며 킥킥대는 모습을 에넌만 갸우뚱하며 쳐다봤다.

유리가 속옷을 갈아입기 위해 마부에게 잠시 세워달라고 했을 때도 아이비는 "누군가 습격하면 위험하니 제가 망이라도 봐 드릴게요!"하며 기꺼이 자원했다. "아무리 그래도 남자가 용변을 보는데……."하고 에넌이 망설이자 유리는 씩씩하게 "저는 상관없습니다!"하고 손을 들고 외쳤다. "차라리 제가 가겠습니다."하고 에넌이 나서려고 했지만, 이미 유리는 아이비와 함께 마차에서 폴짝 내려서 한걸음에 길옆으로 가고 있었다.

점심을 먹을 때도 마찬가지였다. 마차를 세운 후 자리를 펴고 식사를 하려는데, 아이비는 퍽 헌신적으로 유리의 식사를 돌봤다. 그날의 점심은 채소 마리네이드와 고기 튀김, 빵이었고 아이비는 유리가 요청하지도 않았는데 빠르게 빵을 반으로 갈라 그 안에 고기와 채소 마리네이드를 채워 건넸다. 유리는 신나게 빵을 건네받아 먹어치웠다. 그 모습을 보며 밴딧이 "저건⋯⋯. 아기새한테 먹이를 주는 어미새 같군요."하고 평했다.

"뭔가 좀 달라진 것 같지?"

"예. 스투리싱 양은 성실한 부관이긴 하지만, 자식을 돌보는 엄마 같은 부관은 아니었죠."

"어제 보니 많이 친해진 것 같기는 하던데요."

밴딧과 에넌의 대화에 빌베이스 경이 거들었다. 세 사람은 빠르게 식사를 마친 후, 마부를 도와 마차를 정리하는 중이었다. 알-카움까지의 여정은 아직도 한참 남았고, 중간에 마차를 정비할 틈이 없으니 이럴 때 마차 바퀴를 닦고 기름칠하고, 말들을 돌봐줘야 했다.

"어제 제가 유리 님을 기다리다가 찾아 나섰는데, 여자분들 방에 계시더군요. 저보고 먼저 자라고 하셔서 먼저 갔습니다."

"뭐, 동생과 부관 아닌가."

"그래도 부관은 조금 어려워하기 마련인데, 퍽 편하게 누워 계시더라고요."

"누웠다고?"

밴딧이 눈을 동그랗게 떴다. 빌베이스 경이 고개를 끄덕였다.

"침대에 누워 계셨다. 남녀가 아무리 편해도 그러기는 어려울 텐데."

"허어."

밴딧이 턱을 어루만졌다.

"이거 혹시 우리만 모르는 뭔가가 있는 건 아니겠지."

"모르는 뭔가가 뭔데?"

에넌의 물음에 밴딧이 히죽히죽 웃었다.

"원래 남녀 사이라는 게 모르는 거거든요. 아까 점심 먹을 때 저도 좀 이상하다고 느끼던 참이었습니다. 유리 님이 스투리싱 양을 아이비라고 부르시더군요."

"아."

에넌이 덜컥, 말고삐를 조이다가 멈췄다. 밴딧에게 듣고 보니 그랬다. 어느 정도 이상으로 친한 여성이 아니라면 남자가 여성의 이름을 함부로 부르는 것은 실례였다. 여자 본인이 허락하지 않는다면 더더욱 그렇다. 그러나 유리는 아까 마차에서 앉아 아이비와 도란도란 이야기하면서 내내 아이비를 이름으로 불렀던 것이다.

밴딧이 말을 이었다.

"거참. 눈 맞는 건 한순간이라더니. 모르는 사이에 언제 저렇게 됐

216

을까요?"

"눈 맞······. 말 함부로 하지 말게, 밴딧."

"엑."

"그저 부관과 좀 더 친해진 것일지도 모르잖나."

밴딧이 어깨를 으쓱했다.

"전 절대 아니라고 보는데요. 어느 부관이 저렇게 턱 밑에 먹을 걸 받쳐주고 화장실까지 따라갑니까? 둘이 최소 호감이라는데 제가 10싱을 겁니다."

"······아무 데나 내기 거는 버릇도 좀 버리고."

"아니, 확실하다니까요?"

밴딧이 부아를 냈으나 빌베이스 경이 "네놈은 철 좀 들어라."하고 머리를 쥐어박고 지나갔다. 밴딧은 "아 왜 저한테만!"하고 툴툴거 렸다.

그러나 확실히 이상했다. 이상을 느낀 건 다음 도시에서였다. 점 점 남쪽으로 갈수록 기후는 따뜻해졌고, 모두들 옷을 사야겠다고 의견을 모았다. 그러나 영 그 도시의 의상실이 갖춘 옷들은 질이 안 좋았고, 결국 알-카움에 도착해서 옷을 바꿔 입기로 했다.

"그치만 유리 님의 신발은 영 답답해 보여서······. 제가 하나 샀 어요."

"엑, 아이비 양."

짧은 저녁 식사를 마치고 모여 있던 이들 사이에 아이비가 내놓 은 것은 가벼운 샌들이었다. 유리는 발렌시아에서부터 질 좋은 가죽 부츠를 신고 왔지만, 슬슬 좀 답답하던 참이었다. 아이비가 선물한 납작한 샌들은 가죽끈으로 매어 신게 돼 있었고, 언뜻 봐도 비싼 물건 같아서 모두 눈이 휘둥그레졌다.

"유리 님 생일입니까?"

"아뇨……. 제 생일은 가을인데요."

"아니면 스투리싱 양, 유리 님에게 돈이라도 꾸었습니까?"

"농담도."

밴딧의 의문에 아이비는 웃으며 손을 내저었다. 유리는 퍽 감격한 얼굴로 그 샌들을 받아 바로 신었다.

"우와, 엄청 편해요!"

"다행이에요. 신발 공방에 사이즈가 맞는 물건이 있을까 싶었는데…….'

우연히 사이즈가 맞는 물건이 있어 사 온 것도 아니고, 유리의 사이즈를 찾아 헤맸다는 소리다. 밴딧이 플럼 쪽을 쳐다봤다. 그 눈빛에는 '이 사람들 대체 무슨 사이에요?'라는 뜻이 노골적으로 담겨 있었고, 플럼은 짐짓 그 눈빛을 모른 척했다. 밴딧은 아랫입술만 내밀고 이 상황을 이해할 수 없다는 표정을 지었다.

"뭡니까, 대체."

"그냥, 드리고 싶어서요."

물론 유리와 플럼은 아이비가 왜 이러는지 안다. 아이비는 유리가 아무리 괜찮다고 해도 계속해서 자신이 뺨을 때린 것, 그리고 여왕에게 혼나게 한 것과 필요 없는 노동을 하게 한 것에 대해 미안해하고 있었던 것이다. 대신이라긴 뭐하지만, 그래서 아이비는 유리를 아주 헌신적으로 돌보고 있었다.

그러나 에넌과 밴딧, 빌베이스 세 사람은 이 상황을 사뭇 다르게 받아들였다. 모르는 사람 입장에서는 아이비가 유리에게 호감이 있어 보였던 것이다. 여관으로 돌아온 밴딧은 자신과 같은 방을 쓰는 에넌에게 히죽히죽 웃으며 말했다.

"제가 그랬잖아요. 최소 호감이라고."

"……그냥 드리고 싶었다잖나."

"아니 뭐, 유리 님이 발렌시아 최고의 신랑감 중 하나로 꼽히고 있다는 건 대강 알았는데 말입니다. 스투리싱 양이 저렇게 적극적인 타입일 줄은 몰랐는걸요. 스투리싱 양보다 유리 님이 한참 연하죠?"

"……남동생 같은가 보지."

"저도 누나가 있는데, 알지요. 저희 누나는 저만 보면 눈을 희번득이거든요. 뭐라도 트집 잡으려고요. 남동생 같았으면 한 대 쥐어박았지, 신발을 사 주지는 않습니다."

"자네 남매의 관계 파탄은 자네 입버릇 때문일 것 같은데. 보편적인 관계도 아닐 것 같고. 나와 누이는……."

"아, 세상의 모든 남매가 각하와 폐하 같지는 않거든요! 심지어 두 분은 친남매도 아니고요!"

밴딧이 침대에 누워 떼쓰듯 뒹굴었다. 에넌은 기가 차서 웃어버렸다.

"세상의 모든 남매가 자네와 자네 누이 같지는 않은 거겠지. 그래도 핏줄인데."

"아, 존속살해로 전 대륙에 유명세를 떨친 분이 하실 말은 아닌 데요."

밴딧 정도나 되니 저런 농담이라도 할 수 있는 것이다. 에넌은 킬 킬거리는 밴딧을 향해 대답 대신 제 재킷을 집어 던졌다. 푸악, 먼지 냄새. 밴딧이 너스레를 떨며 에넌의 재킷을 정리했다.

밴딧도 곧 옷을 갈아입는 데 집중하기 시작했고, 그래서 에넌은 가만히 아이비와 유리의 행동을 곱씹을 수 있었다.

확실히 요즘의 아이비와 유리는 뭔가 좀 예전보다는 사뭇 달라졌 다. 두 사람 다 뭔가 둘 사이에 비밀이라도 있는 듯 굴었고, 아이비 는 유리에게 입안의 혀라도 된 듯 굴었다. 상관에게 아첨하는 부관 은 흔한 그림이지만, 아이비 스투리싱은 그런 타입이 아닌 줄 알았 는데.

에넌은 속이 불편하다고 생각했다. 이유는 너무나 명확했고, 에 넌 스스로도 잘 알았다. 한마디로 배알이 꼴리는 것이다. 질투 때문 이다.

'그 사람은 남자 좋아하는 거 아니었나.'

이런 식으로 남의 애정사를 추측하는 것은 아주 무례한 짓이다. 그러나 에넌은 생각을 멈출 수 없어 짜증이 났다. 자신이 좋아하는 청년은 너무 인기가 많았다.

에넌은 기본적으로 자신의 의무를 중시하는 타입이었다. 그래서 유리 옆에 붙어 있기 위해 아스완으로 떠날 때도 유리를 챙기기보다는 아르시노에에게 한 번 더 신경 썼다. 그게 당연한 것이다. 에넌은 어쨌든 자신의 호위 아래 여행하는 아스완 후의 안전에 최선을 다할 의무가 있었다.

습격을 당했을 때도 온 힘을 다해 아르시노에의 마차를 지켰다. 밴딧은 자신이 신뢰하는 부관이었고, 그가 유리가 탄 마차를 충분히 지켜낼 만한 역량이 되리라는 것을 알고 있었다. 전투가 끝난 다음에는 가장 먼저 아르시노에의 안전을 확인했지만, 마음은 유리의 안전에 온통 쏠려 있었다. 에넌은 자신의 감정을 확신한 지 오래였으나 그의 마음과 의무는 별개였다.

그러나 에넌이 의무를 신경 쓰는 사이, 청년과 가까워지는 이들은 너무 많았다. 솔직히 말해 에넌은 유리가 그 레스타라는 자와 어떤 사이인지 추측하기를 포기했다. 다만 그가 남자를 좋아하는 사람이라면 자신에게도 가능성이 있다는 것일까, 같은 생각이나 어렴풋이 하며 마음을 셈하는 정도였다. 덧붙여 아스완으로 함께 떠나면서 조금 더 친해질 수 있지 않을까 하고 기대하기도 했다. 물론 밴딧이 들으면 "코흘리개 수준입니까?"하며 비웃을 것이다.

그래도 에넌은 그것으로 충분하다고 생각했다. 자신이 유리의 안전을 담보하고, 그에게 좋아하는 간식을 사 주고 히히 웃는 모습을 보는 게 좋았다. 가끔 유리가 마차에서 기대어 조는 모습을 보면 머리를 쓰다듬어 주고 싶다고도 생각했다.

아르시노에와 헤어진 뒤, 마차에서 유리는 제 옆에 앉게 됐다. 아이비와 플럼이 함께 앉으니 유리도 자신과 앉는 것이 당연했다. 유치하기 짝이 없었지만, 그게 또 좋았다. 유리는 가끔 졸다가 자신의 어깨에 머리를 박았다. 에넌은 유리의 머리에 바늘이라도 박혀 있는 듯 굴었다. 그 자그마한 머리가 제 어깨에 기대오면 화들짝 놀란 티를 내지 않으려 엄청나게 애썼다. 그리고 저도 모르게 주먹을 꾹 쥐며 좋아했다.

그러나 어느 날부터 뭔가가 바뀌었다. 에넌이 어린애처럼 구는 동안 유리는 아이비와 엄청나게 가까워진 것이다. 마차 바닥에 둘이 나란히 앉아 얼굴을 마주 보며 웃는가 하면 세상에 둘만 있는 듯 소곤거렸다. 중간 도시에 머물 때는 저녁 산책을 둘만 나가는 일도 허다했다.

플럼이 투덜댈 정도니 어지간한 사람들이 보기에도 두 사람이 사뭇 그럴싸한 분위기일 것이다.

왜 저렇게 인기가 많을까…….

에넌은 옷도 갈아입지 않고 누워 멍하니 생각했다. 물론 에넌 자신도 인기가 많다. 그러나 에넌은 그것이 제 것이라기보다는 누이의 후광에 힘입은 것이라고 생각했다. 덧붙여 제 외모 덕이라고도 생각했다.

사람이라는 것은 참으로 간사해서, 자신이 가지고 있는 수많은 이득에 관해 기뻐하기보다는 관해서 끊임없이 의심하게 된다. 에넌은 자신을 좋아한다고 말하는 수많은 아가씨들의 애정에 관해 의심하는 버릇이 있었다. 실제로 몇몇 의심은 상당히 유효했다.

그리고 그런 에넌이 보기에 유리가 누리는 인기는 자신이 가진 것보다 훨씬 그 깊이가 깊고 진득해 보였다. 언뜻 보기에는 평범하고, 잘 눈에 띄지 않는 사람이다. 키도 작아 남자로서는 아가씨들이 별 매력을 느끼기 어려울 법도 했다.

하지만 에넌은 그 평범한 모습 속에 얼마나 대단한 재능과 매력이 들어 있는지 알고 있다. 자신이 알아볼 정도니 다른 사람들은 오죽할까. 내 눈에 예쁘면 남들 눈에도 예쁘다는 것이 헛말은 아닌 셈이다.

제 누이는 그와 결혼할 생각은 아니라면서도 다분히 성적 호감이 가득한 뉘앙스로 그를 언급하고, 귀애했다. 레스타라는 상인은 또 어떻고. 에넌은 아직도 그 나무 아래에서 훔쳐본 장면을 생생하게 머릿속에 그릴 수 있었다. 보라색 눈동자의 미남은 유리의 손등에 깊게 키스했고, 유리 또한 기꺼워했다. 발렌시아의 시녀들 또한 그에게 뭐라도 하나 쥐어 주지 못해 안달이라더니……. 이제는 부관까지 그를 싸고돈다.

"짜증이 난다……."

"예? 왜요?"

밴딧이 놀라 에넌 쪽을 돌아보았으나 에넌은 대답하지 않고 돌아누웠다. 발렌시아의 유일무이한 공작이 끙끙거리는 꼬라지를 보고 밴딧이 고개를 갸웃했다.

"무슨 일 있으십니까?"

"말 걸지 말게……."

뭐야? 밴딧이 눈에 힘을 주었으나 에넌은 계속해서 "짜증나……."하고 중얼거렸다. 제 상관이 저렇게 끙끙거리는 꼴은 퍽 희귀한 일이었고, 밴딧은 부쩍 그 이유가 궁금해져 몇 번이고 되물었으나 대답은 돌아오지 않았다.

아, 그 사람 남자 좋아한다고 말해주고 싶다.

그게 에넌의 솔직한 심정이었다. 질투심에 불타는 모습이 퍽 꼴사납다는 것은 알고 있었으나 에넌은 아이비를 붙잡고 당장이라도 말하고 싶었다.

유리는 남자를 좋아합니다. 그것도 아주 잘생긴 남자요.

그리고 에넌은 그쯤에서 흠칫했다. 잠깐만. 혹시 남자를 좋아하는 게 아닌 건 아닐까?

유리는 자신의 얼굴을 좋아한다. 에넌도 그쯤은 알았다. 유리 클로드는 예쁜 것을 좋아한다. 그건 발렌시아 왕성의 모두가 아는 주지의 사실이었다. 그리고 에넌은 자신의 얼굴이 '예쁜 것'의 카테고리에 그럭저럭 들어맞는 것도 알고 있었다.

에넌은 눈을 부릅뜨고 레스타라는 상인의 얼굴을 되새겼다. 그자의 얼굴은 자신보다 한층 더 '예쁜 것'의 카테고리에 가깝다.

아니, 예쁘다!

에넌은 벌떡 상체를 세웠다.

혹시 남자를 좋아하는 게 아니라, 그냥 그 남자도 예뻐서 좋아하는 거야?

에넌은 대연회에서 자신의 눈썹을 다듬던 유리를 떠올렸다.

부탁하지도 않았는데 굳이 잘생긴 얼굴 그대로 내버려 두면 아깝다던 유리. 예쁜 것을 구경하는 걸 좋아하고, 만드는 건 더 좋아하는 유리. 아름다운 여왕님이 제 옷을 입어주니 보람차다던 유리.

그냥 예쁜 걸 좋아하는 건 별개인데 내가 착각한 건가? 그렇게 생각하니 제법 논리적인 것 같았다. 사실 유리가 남자를 좋아한다고 말한 적은 단 한 번도 없다. 자신과 그 남자는 그냥 예뻐서 자꾸 돌보고 쳐다보고 하는 거고, 아이비 양은…… 어…….

에넌은 잠시 아이비 양이 객관적으로 미인인가에 관해 생각해봤다. 보통보다는 미인인가? 그리고 에넌은 스스로에게 '보통'에 관해 묻기 시작했다. 그야 쎄시아 발렌시아 정도면 엄청나게 미인이라는 건 알겠지만, 그러면 보통의 기준은 뭐지?

결과적으로 에넌은 더 혼란스러워졌다.

"허어……."

아까는 짜증 난다더니 이제는 신음만 토하는 제 상관을 보고 밴딧도 혼란스러워졌다. 대체 왜 저러는 걸까? 당연하게도 에넌은 밴딧에게 제 상태를 설명하지 않았다.

그래서 밴딧은 제 상관에 대해 생각하는 대신, 오늘 저녁 메뉴에 대해 생각하기로 했다. 맛있는 거 먹고 싶다.

─※─

혼란에 빠진 것은 유리도 마찬가지였다.

기본적으로 일행은 모두 저녁에는 맛있는 것을 먹고 싶어 했다.

마부까지 일곱 명은 모두 아침과 점심을 간단하게 때워야 했다. 새벽에 일찍 출발하는 데다가 점심은 대부분 길에서 자리를 펴고 먹었기 때문이다. 그래서 여관에 짐을 풀고 나면 그 도시에서 가장 맛있는 곳이 어디인지 알아보는 게 일종의 정해진 코스였고, 오늘 일행들은 지라스라는 도시에서 코스 요리를 먹게 됐다.

지라스의 특산물은 근처 호수에서 나는 민물 생선이었다. 그 생선은 한 마리가 에넌의 허벅지만 했다. 엄청나게 크다는 소리다. 따끈하게 김이 나는 생선찜 요리가 일곱 명의 앞에 놓였고, 유리는 즐겁게 포크를 들었다.

"드세……."

"드십시오."

그리고 유리는 당황스러운 상황에 직면했다. 생선을 덜어주던 아이비에 앞서, 갑자기 발렌시아의 유일무이한 공작님께서 제 접시에 생선 살점을 큼지막하게 덜어주는 상황이다. 에넌은 실로 전광석화 같은 속도로 생선살을 발라 유리의 접시에 올려놓고 칭찬을 바라는 눈으로 유리를 쳐다봤다.

뭐야 이거. 유리는 이상한 기분이 들었지만, 일단 감사하기로 했다.

"어……. 고맙습니다?"

"별말씀을요."

에넌이 싱글벙글 웃으며 포크를 들어 나머지 살점을 발라 제 접시에도 올려놨다. 밴딧이 희한한 것을 본다는 눈으로 에넌을 바라보다가 "아, 그렇지." 하며 말을 보탰다.

"이 생선, 그러고 보니 전쟁 때 각하가 폐하께 올린 생선이군요?"

"음."

"지라스는 가난한 곳이어서 폐하가 병사들을 주둔시키고 먹일 곳이 없었거든요. 그래서 모두들 근처에서 사냥을 했습니다. 폐하는 고기가 지겹다고 하셨고, 그래서 각하는 낚시에 나서셨답니다."

우와. 플럼이 추임새를 넣었다. 밴딧은 신이 나서 민물고기를 섣불리 먹으려다가는 배탈이 나기 때문에 에넌이 열심히 생선을 구웠다는 이야기와, 생선에서 떨어진 기름이 옷에 배어서 그 옆에서 자던 자신이 사흘 밤낮 동안 생선 냄새를 맡아야 했다는 이야기, 그리고 막상 자신은 이 생선을 처음 먹어본다는 이야기까지 줄줄이 늘어났다.

그리고 그 이야기를 밴딧이 떠드는 동안 유리는 제 접시를 두고 벌어지는 모종의 신경전을 경험했다. 바로 아이비와 에넌이 유리의 접시에서 생선 살점이 없어질세라 계속해서 생선 가시를 발라주는 것이었다.

"저기……. 제가 알아서 먹어도 되는데……."

"무슨 말씀을요. 유리 님, 제가 부관인데요. 모쪼록 편하게 식사하세요."

"이 생선은 제가 몇 번이나 잡아 구워 봐서 가시를 바르는 법을 잘 압니다. 편하게 드세요."

아니오, 완전 불편한데요……. 라고 말할 수는 없었다.

두 사람 다 어쩐지 눈을 부라리며 서로를 쳐다보고 있었기 때문이었다.

뭐야 이거. 유리는 눈을 끔벅이다가 플럼에게 슬쩍 눈으로 물었다.

야, 이 사람들 혹시 내가 모르는 사이에 싸웠냐.

플럼도 눈으로 답했다.

아니, 존나 모르겠는데. 언니가 모르면 누가 알아.

그 광경을 지켜보던 빌베이스 경이 입을 열었다.

"유리 님 배 터질 것 같은데요."

그 말에 모두 유리의 접시 쪽을 쳐다봤다. 하얀 민물생선살이 산더미처럼 쌓여 있었다.

유리는 어색하게 웃으며 "잘 먹을게요. 두 분 감사합니다."하며 생선살을 씹었다. 아, 생선 별로 좋아하지도 않는데.

두 사람의 미묘한 신경전은 디저트가 나올 때까지 계속됐다. 에넌은 제 앞에 놓인 파이를 유리에게 권했고, 아이비는 유리의 잔이 비지 않도록 쉴 새 없이 음료를 채웠다. 이제 슬슬 그 자리의 모두가 두 사람이 은근히 눈치를 주고 있다는 것을 깨달을 정도였다.

그러나 그 신경전은 오래가지 않았다. 밴딧이 의외의 상식인이었기 때문이다.

식사가 끝나고 아이비는 으레 그랬듯이 이후 여정에 대해 브리핑했다.

"저희는 이제 이틀 후에 영원의 강 북단인 알-카움에 도착합니다.

거기서 배를 타야 하는데, 보통 알-카움에서 아스완으로 내려가는 여객선은 일주일에 한 번 운항합니다. 정확히 며칠에 출발하는지는 모르니 최대 일주일 정도는 기다릴 수도 있겠네요."

"……그것도 조사 안 했다고?"

에넌의 말에 모두 그쪽을 쳐다봤다. 팔짱을 끼고 있던 에넌이 말했다.

"일주일에 한 번 운항한다면서. 그걸 알아봐 놓고 언제 출발하는지는 모른다니 이상합니다. 의외로 스투리싱 양은 허술하군요."

"아……."

아이비의 얼굴이 조금 빨개졌다.

"그게, 북아스완은 우기가 있어서 며칠 운항이 미뤄질 때도 있기 때문에 정해진 날짜가 딱히 없습니다. 죄송합니다."

"지금이 북아스완의 우기인가?"

"아뇨."

에넌이 다시 질문하려는데 밴딧이 이마를 잔뜩 찡그리고 에넌의 뒷덜미를 당겼다.

"뭐야?"

"보자 보자 하니까 정말. 그만하십쇼. 뭐 하는 겁니까."

"……난 이후의 여정을 물어보는……."

"아까부터 뭐가 마음에 안 들어서 자꾸 스투리싱 양한테 그러는 겁니까. 티 다 납니다."

그제야 에넌은 제가 상당히 이상하고 옹졸하게 굴고 있다는 것을 깨달았다. 주변에 늘어선 다섯 명이 일제히 자신을 퍽 희한한 듯 쳐다보고 있었기 때문이다.

특히 유리가 그랬다. '왜 저래?'노골적인 눈빛에 에넌은 얼굴을 붉혔다.

"그, 미안합니다. 여행이 오래되니 어쩐지 예민해져서……."

"말 얼버무리지 마시고 제대로 사과하십쇼."

밴딧은 에넌의 등을 짝, 하고 때렸다. 에넌이 움찔하다가, 그대로 고개를 숙였다.

"미안합니다, 스투리싱 양. 제가 이유 없이 심술을 부렸습니다."

이럴 때는 제대로 사과하는 것이 맞다. 에넌은 자신이 왜 그랬는지 너무 잘 알고 있었지만, 그렇다고 해서 '유리하고 친해 보여서 괜히 심술부렸습니다.'하고 말할 수는 없는 노릇이다. 아이비가 어색하게 웃으며 고개를 저었다.

"아닙니다. 맞는 지적을 하셨는걸요."

"무슨 소립니까. 각하가 나쁩니다. 까마득하게 높은 사람일수록 이런 종류의 심술을 부리는 건 안 될 말인데, 아까 식사 때부터 그러셨잖습니까. 스투리싱 양도 그냥 고개를 끄덕이시면 됩니다."

밴딧은 쫑알쫑알 잔소리를 해댔다. 에넌은 묵묵히 잔소리를 들어대며 아이비에게 몇 번이고 사과했다. 정말 자신이 나빴기 때문이다. 결국 아이비가 "아, 정말! 그만 사과하세요! 공작님쯤 되는 분이 자꾸 이러시는 것도 제 심장에 나쁘다구요!"하고 웃으며 손을 내젓고 나서야 사과가 끝났다.

그렇게 도착한 알-카움은 일행들의 예상보다 더 더웠다. 흡사 초여름 날씨였고, 조금 있으면 훨씬 더 더워진다는 이야기에 유리는 경악했다. 북아스완만 지나 더 내려가면 덥지만, 건조한 기후가 된다는 것이 유일한 위안이었다.

지겨운 마차 여행이 끝났고, 마부는 도로 마차를 끌고 발렌시아로 돌아간다고 했다. 아쉽게 이별을 고하고 돌아선 일행에게 아이비는 환하게 웃으며 "이틀 후면 여객선이 출발한다고 합니다!"라고 고했다.

"이틀은 꼼짝없이 여기서 묵어야겠군요."

"다행히 알-카움은 큰 도시니, 여기서 할 일은 워낙 많습니다. 근처의 건물만 구경해도 반나절은 지날걸요."

밴딧이 잘난 척을 하고 나섰다. 북아스완의 중심지인 알-카움의 역사에 관해 하루 종일 설명할 기세였다. 결국 빌베이스 경의 상당한 협박과 방해 끝에, 밴딧은 알-카움이 약 800년의 역사를 가진 도시이며, 북아스완과 남아스완이 나뉘어 있을 시절에는 북아스완의 수도 역할을 했다고 설명하는 데 그쳤다.

"지금도 북아스완의 소영주는 북아스완 인들에게 왕으로 불립니다. 물론 공식적인 호칭은 그렇지 않지만요. 그리고 보니 북아스완 소영주의 아들이 아마 올해 갓 스무 살이라던가요."

"와, 저랑 동갑이네요."

"예에. 그 사람은 아마 북아스완 인들에게 왕자로 불릴 겁니다. 아스완 인들은 자신의 나라에 대한 자부심이 크죠. 가난하다 해도 오래된 왕국이라는 것 때문일 겁니다."

밴딧이 알-카움에서 가장 큰 여관 안에 들어서며 설명했다. 더운 지역인 만큼 여태까지 지나쳐왔던 지역들과 건물 구조도 사뭇 달랐다. 알-카움의 여관은 엄청나게 큰 사각형으로 되어 있었으며, 가운데를 온통 비워놓은 모양이었다. 더위가 건물 안에 모이지 않게 하기 위한 거라고 밴딧은 말했다.

문제는 알-카움은 북아스완에서 가장 큰 도시다 보니 여행자들도 많다는 것이었다. 이 여관에서도 유리는 비슷한 문제에 부딪혔다. 방이 세 개뿐이라는 것이다. "다른 여관을 알아보는 건 어때요?" 유리가 물었으나 여관 종업원은 쾌활하게 웃었다.

"저희 여관에 방이 없으면 다른 곳은 더 없을 겁니다! 저희가 가장 비싸거든요!"

로지컬. 사정을 아는 아이비와 플럼만 사색이 되었으나 남자들은 눈을 끔벅거리다가 "뭐, 그냥 묵죠."하고 말했다. 여기서 더 우기면 수상하기만 하겠지. 유리는 한숨을 쉬며 그러마고 했다.

"유리는 저랑 방을 쓰시죠."

"예...... 예?!"

뜻밖의 제안을 건넨 것은 에넌이었다. 유리는 화들짝 놀라 저도 모르게 소리를 질렀다. 에넌이 웃었다.

"왜요. 빌베이스 경이 아니라 아쉽습니까?"

"그, 아니...... 밴딧 경이랑 쓰시지 않나요?"

"아, 제가 빌베이스 경을 너무 사랑해서."

밴딧이 시원스럽게 웃으며 끼어들었다.

"저희는 십 년 동안 같은 막사를 썼거든요. 오랜만에 새삼 밤새도록 우정이라도 다져 보려고."

"밤새도록 도박이나 하러 가자고 조르려는 거겠지."

빌베이스 경이 퉁명스럽게 답했다. 에넌은 "뭐, 그렇게 됐으니 저랑 같이 방을 쓰시죠."하고 권했다. 딱히 거절할 말이 없어 유리는 고개만 주억거렸다.

사실 밴딧이 빌베이스 경과 방을 쓰게 된 것은 빌베이스 경의 부탁이었다. 빌베이스 경은 어쩐지 유리가 자신을 피하고 있는 것 같다고 말했던 것이다.

밴딧은 무뚝뚝한 빌베이스 경의 성격 탓이라고 몰아갔으며, 에넌은 그것이 기회라고 느꼈다. 유리와 조금이라도 더 가까워질 기회.

속사정을 모르는 유리만 혼자서 '뭐, 플럼과 아이비 양의 방에서 시간을 좀 때우다가 각하가 주무실 때 들어가면 되겠지……'하고 생각했다. 아이비 또한 유리에게 속닥거렸다.

"저희 방에서 카드놀이라도 하다가 가시죠."

"그럴까요? 플럼, 카드 있니?"

"어? 어! 나 챙겨놓은 거 있어!"

플럼이 고개를 끄덕였다.

─※─

그러나 에넌은 실로 만만하지 않은 상대였다. 저녁을 먹은 후, 곧장 숙녀들의 방으로 향하는 유리에게 따라붙어 카드놀이까지 함께 한 것이다. 게다가 카드놀이에 제법 능숙한 면모도 보였다. 플럼이 아이비의 하녀에게 배운 카드놀이는 귀족들의 그것과는 달리 상당히 변칙적인 룰이 가득한 종류였는데, 그마저도 익숙하게 따라갔다. 곧 에넌은 꽤 많은 판돈을 땄다.

"으아아! 각하 이런 게 어딨어요!"

"제가 이번에도 이겼군요."

에넌이 웃고는 판돈을 쓸어 모았다. 판돈은 다름이 아닌 꽃잎이었다. 알-카움은 더운 만큼 꽃도 곳곳에 가득 피어 있었고, 여섯 사람이 묵은 여관에도 방마다 꽃이 꽂혀 있었다. 플럼은 꽃잎을 떼어 판돈으로 쓰자고 제안했고, 그래서 에넌이 앉은 자리 주변은 상당히 운치 있는 모양으로 변모해 있었다. 꽃향기가 물씬 풍겼다.

"저는 죽었어요. 판돈 끝. 밑천 없으니 카드놀이 땡."

"저도 마찬가지예요. 각하, 대단하신걸요?"

아이비와 플럼은 판돈이 바닥난 채였다. 유리도 사정은 비슷했다. 이제 어떻게 하지? 유리가 눈치를 보는데 에넌이 입을 열었다.

"시간이 늦었군요. 슬슬 방으로 돌아가시죠."

"어, 저는 조금 더 있다가……."

유리가 슬슬 엉덩이를 뺐지만, 에넌이 잽싸게 답했다.

"이 시간까지 숙녀들 방에 있는 건 예의가 아닙니다."

아이비가 얼른 나섰다.

"저는 괜찮아요. 유리 님과 대화하는 건 즐거우니까요."

"상냥하시군요, 아이비 양. 친구들에게 좋은 평가를 들으시겠죠."

겉치레라도 그렇게 말해주다니 너 참 착하네, 같은 이야기다. 플럼이 당황해 끼어들었다.

"에, 뭐 오빠는 제 방에서 자는 경우도 가끔 있으니까……."

"오랜만에 푹 쉴 수 있는데, 숙녀분들을 방해하지 않는 게 좋을 것 같군요."

그야말로 철벽방어다. 유리가 이 방에 남을 핑계를 계속해서 제거하는 것이, 무슨 폭탄제거반이라도 된 것 같았다. 에넌과 유리가 보통의 사이였다면 억지라도 써 보겠지만, 혹시라도 들킬까 눈치를 보는 사람 입장에서는 이런 것조차 너무 버팅기면 의심받을까 노심초사하기 마련이다. 본래는 그가 잠이 들면 돌아가려고 했지만, 이래서는 그럴 수도 없게 됐다.

아니, 이 사람 대체 왜 이래. 유리는 눈알을 굴렸으나 불가항력이었다.

에넌은 웃으며 숙녀들의 방문을 열고 기다렸고, 유리는 눈물을 머금고 그 방을 나섰다. "오빠 잘 자." "푹 쉬세요, 두 분." 말과는 달리 걱정이 가득한 두 여자와 눈을 마주치고 유리는 죽고 싶은 심정으로 문을 닫았다. 에넌은 벌써 두어 걸음 앞서 여관 복도를 걸어가고 있었다.

알-카움에서 가장 비싼 여관답게 방은 아주 넓었다. 깨끗하고 아름다운 방 안에는 길게 누울 수 있는 의자가 놓여 있었고, 침대는 에넌이 두 명쯤 자도 될 크기의 것이 두 개가 놓여 있었다. 이 남자와 이틀. 유리는 슬쩍 먼저 들어간 남자를 바라봤다. 남자는 속없이 웃으며 유리 쪽을 바라봤다.

"유리가 편한 쪽을 쓰십시오."

"어······. 뭘요?"

"침대 말입니다."

"아."

나는 상관없는데. 유리가 머뭇거리는 동안 에넌이 의자 쪽으로 다가갔다. 의자 앞에는 대리석으로 만들어진 아름다운 테이블이 있었는데, 그 위에는 과일이 보기 좋게 담겨 있었다. 술도 한 병 올려져 있었다.

"이런. 서비스가 좋군요. 과일 드시겠습니까."

본래라면 유리는 거절했을 것이다. 그러나 테이블 위에 올라와 있는 과일은 유리가 본 적 없는 종류였고, 저도 모르게 호기심에 "네!"하고 답해버렸다. 에넌은 그대로 의자에 다리를 접고 앉아 과일을 들어 올렸다. 과일의 껍질은 두꺼웠고, 그대로 베어 먹으려던 에넌이 이를 몇 번 앙다문 뒤에 결국 두 사람은 설렁줄을 당겨 종업원을 불렀다.

"이거 어떻게 먹는 건가?"라는 질문에 종업원은 웃으며 과일 칼을 가져다주겠다고 말했다. "아, 목욕물도 좀 올려주세요!" 유리가 손을 들었다. 종업원이 조금만 기다리라고 인사하며 나갔다. 에넌이 고개를 갸웃했다.

"대욕탕에 아까 안 가시더니."

"아. 저는 혼자 씻는 걸 좋아해요."

여관에는 대부분 대욕탕이 있었다. 씻을 곳이 마땅히 없으니 갖춰놓은 곳이었고, 에넌과 빌베이스, 밴딧 또한 저녁을 먹기 전에 대욕탕에 다녀왔다. 그러나 유리는 가지 않겠다고 말해 오늘은 그대로 자려나, 하고 에넌이 생각한 참이었다.

"아, 그럼……."

에넌은 조금 당황해 사방을 둘러봤다. 객실은 아주 넓었고, 아마 목욕물을 따로 올려 씻는 공간이리라 짐작되는 곳도 있었다. 대리석 바닥을 따로 대 놓은 데다가 질 좋은 나무로 잘 짠 파티션이 벽에 걸쳐져 있는 공간. 그리고 그건 침대 바로 근처였다. 그러나 유리는 빠르게 에넌의 당황을 잘랐다.

"신경 안 쓰이시게 저 안에서 씻을게요."

"괜찮은데."

"각하도 주무셔야 하니까요."

유리가 가리킨 곳은 용변을 보는 화장실이었다. 에넌은 괜찮다고 말하려다가, 심란한 것보다는 그게 낫다고 생각하며 고개를 끄덕였다. 제 눈앞의 이 청년이 찰박거리며 씻는 광경을 제정신으로 볼 수나 있으려나 의문이었다.

그러니까, 이럴 때마다 내가 남자를 좋아하는 취향이었나 하고 에넌은 매번 되새기게 되는 것이다. 분명 저녁을 먹기 전 밴딧과 빌베이스를 데리고 욕탕에 다녀왔을 때는 이렇게 심란하지 않았다.

별생각도 없었다. 대욕탕에는 셋 말고도 여관에 머무는 남자들이 꽤 많이 씻고 있었고, 에넌은 그 남자들에게 별 관심을 기울이지 않은 채 빠르게 씻고 나왔다.

그런데 그게 이 청년의 이야기가 되면 자신은 기분이 이상해지는 것이다. 저 파티션 뒤에서 물 튀기는 소리를 내며 씻을 생각을 하니까 에넌은 머리까지 아파오는 것 같았다.

에넌이 그러거나 말거나 유리는 소파에서 과일들을 들어 올려 구경하고 있었다. 최근 머리카락을 잘라서 밤톨 같아진 머리통이 더욱 귀여웠다.

귀엽…….

구제불능이군. 에넌은 머리를 감싸 쥐었다. 밴딧이 저런 머리를 하고 왔으면 에넌은 크게 웃는 정도는 아니라도 두어 번 놀리기는 했을 것이다. 머리카락을 잘 감지 못해 이가 끓기 일쑤인 어린 남자애들이나 하는 머리 모양이었기 때문이다.

"어, 각하. 어깨에…….”

"예?"

그래서라긴 뭐하지만, 에넌은 유리가 자신을 불렀을 때, 너무 크게 답하고 말았다. 우렁찬 목소리에 청년은 당황한 눈으로 이쪽을 바라봤다. 에넌은 허둥지둥했다.

"어, 죄송합니다. 제가 다른 생각을 좀 하고 있었어서.”

"아……. 네. 그게.”

유리는 에넌 쪽을 손가락질했다.

238

"그 목 뒤쪽에, 꽃잎이 붙어 있어서요."

"꽃잎이요?"

에넌은 목 뒤를 더듬었다. 유리가 말을 이었다.

"아까 저희 카드놀이 내기돈으로 썼던 꽃잎이요. 그, 조금만 더 왼쪽. 아. 손이 안 닿으시는구나."

유리의 말대로 손을 뻗었으나 꽃잎은 이상한 곳에 붙어 있는지 좀처럼 떨어지지 않았다. 에넌이 일어나려는데 유리가 더 빨랐다. 유리는 과일을 내려놓고 다가와 에넌의 등에 손을 뻗었다. 에넌은 한심하게도 굳어버리고 말았다. 셔츠 위로 유리의 가느다란 손가락이 그대로 느껴져서다.

"아, 떨어졌네요."

유리는 보라색 꽃잎을 들어 에넌에게 보여주며 빙그레 웃었다. 에넌은 실로 멍청한 말투로 답했다.

"그……. 예……."

"각하?"

항상 수더분하게 웃던 미남자가 이상하게 굴자 유리도 어리둥절한 얼굴로 이쪽을 들여다봤다. 유리는 무릎에 손을 짚고 에넌과 시선을 맞추며 물었다.

"괜찮으세요? 어디 불편하신가요?"

"그, 게……. 괜찮은데요."

갑작스레 눈앞에 유리의 얼굴이 들이밀어지자 에넌은 더 당황해버렸다. 햇빛 아래에서 반짝거리는 초록색 눈동자는 여관의 노란 등불 아래에서는 푸른색으로 보였다.

"아닌 것 같은데……."

"괜찮습니다. 제가 생각이 좀 많아서."

재차 에넌이 손을 내젓자 유리는 그런가, 하는 표정이 되어 돌아섰다. 그러나 에넌은 빠르게 다시 말을 덧붙였다.

"아니, 아닙니다. 그……. 유리."

"예?"

유리가 건너편 의자로 가서 앉으려다가 다시 돌아봤다. 에넌이 입을 열었다.

"혹시 아이비 양을 좋아합니까?"

말을 입 밖에 내뱉어놓고 나서 에넌은 곧바로 후회했다. 자신도 생각지 못한 말이었기 때문이다. 그간 유리가 아이비와 계속 붙어 있던 것이 마음에 거슬렸던 것은 사실이지만, 이렇게 본심이 급작스럽게 튀어나올 줄은 몰랐다.

결과적으로 에넌은 아주 당황해버렸다.

"……예?"

유리도 마찬가지였다.

"아, 그게……. 요즘 친해 보여서……."

청년은 황당한 눈으로 에넌을 바라보다가 뒤이은 변명에 픽 웃었다.

"전 또 뭐라고."

"……그, 남녀가 부쩍 가까이 지내는 데다가, 오늘은 방에서 오래

계시려고 하는 것 같아서, 그건 보통은 안 그러니까, 그래서 제가 혹시 방해한 건지, 아니면…….”

에넌은 당황한 나머지 횡설수설 변명을 늘어놨다. 그러나 유리는 피식피식 웃더니 에넌 앞에 서서 팔짱을 꼈다.

“방해라면요?”

그 말에 남자의 마음이 술렁였다.

“……진짭니까?”

유리는 고개를 슬쩍 기울였다. 장난기를 머금은 그 얼굴은 무슨 생각을 하고 있는지 알 수 없어서 에넌은 애가 탔다. 한참 후에 유리는 입을 열었다.

“그건 왜 궁금하세요?”

왜냐니. 모르는 건가. 에넌은 조금 짜증이 났다.

“제가 신경 쓰여서 그렇습니다.”

“뭐가요?”

“그러니까…….”

에넌은 말을 정리하려고 무진 애를 썼다. 이런 말을 살면서 평생에 한 번도 해 본 적이 없었기 때문에 에넌이 대답하는 데에는 많은 시간이 걸렸다.

어떻게 말해야 할까. 당신을 좋아한다고? 그래서 당신과 내내 웃고 떠들고 가깝게 지내는 그녀가 마음에 안 든다고? 당신이 아스완 여행에서 나와 가까이 지내기는커녕 부관과 눈이 맞기라도 했을까 봐 가슴을 졸인다고?

내가, 이렇게 유치하게…….

"아무리 그래도 부관이고 아이비 양은 혼자 아스완까지 온 참인데, 남자 상관과, 그……."

마음과 달리 입 밖으로 나온 것은 핑계였다. 여왕의 관리들이 국가 기간사업을 위한 길에 나서서 열심히 일하기는커녕 남녀 간에 눈이 맞아 불미스러운 일이 일어날까 걱정하노라.

그런 말들은 에넌의 본심보다는 몇 배나 말하기 쉬웠다. 혼기를 놓친 처녀가 아스완까지 관리의 일을 보러 왔다가 남자와 눈이 맞았고……. 그런 일들은 발렌시아로 돌아가면 분명히 염문을 넘어선 추문이 될 것이고…….

그러나 에넌은 거기까지 말할 수는 없었다. 에넌이 아는 유리는, 만약 그런 일이 생긴다면 아이비를 책임지려고 할 만한 사람이기 때문이다. 그래서 에넌은 황급히 다른 변명거리를 찾으려 했다. 재미있는 건, 그 변명거리를 유리가 에넌보다 더 빨리 찾아줬다는 것이다.

"각하, 혹시 아이비 양 좋아하세요?"

"……예?"

에넌이 눈을 껌벅이자 유리가 킬킬거렸다.

"아니, 어쩐지 그러신 것 같아서요. 저랑 아이비 양이 붙어 있는 걸 유난히 싫어하시는 것 같길래. 아까도 그렇고."

"그……."

"뭐야. 대답 못 한다. 설마 진짜세요?"

"……아닙니다!"

"뭐야, 맞는 것 같은데. 에이. 저한테만 말해보세요."

에넌이 막 입을 열려는 때 누군가 문을 두들겼다. 콩콩 소리에 두 사람 다 문 쪽을 바라봤다. 타이밍도 기가 막히게 뜨거운 물이 넘실거리는 나무 욕조를 들고 온 하인들이었다. 하인 두 명은 긴 통 모양의 욕조를 받쳐 들고 있었고, 다른 한 명은 과일칼을 들고 있었다. 대리석 위에 욕조를 놓으려는 것을 유리가 잽싸게 "아, 화장실에 놔주세요!"하고 주문했다. 에넌은 하인이 과일칼을 테이블 위에 놓고 물러가는 광경을 멍하니 보고 있었다.

"각하는 씻으셨어요?"

"아, 예……."

"그럼 저 씻겠습니다!"

"예……."

유리가 갈아입을 옷을 들고 키득거리며 문 안으로 들어갔다. 화장실 문이 굳게 닫히고 나서야 에넌은 뒤늦게 자신이 아이비를 좋아한다는 오해를 풀지 못했다는 걸 깨달았으나, 그렇다고 문을 벌컥 열고 들어가 말할 수는 없었다.

차라리 그쪽이 나을 수도 있다. 에넌은 "허……."하고 그대로 의자에 드러누웠다. 등받이가 긴 의자는 쿠션도 푹신했다. 테이블 위의 과일칼이 눈에 띄었지만, 에넌은 이미 과일에 흥미를 잃은 뒤였다.

자신이 이렇게 꿀 먹은 벙어리처럼 굴게 될 줄은 정말 몰랐다. 에넌은 조금 전 자신이 처했던 상황을 되새김질하고 죽고 싶은 심정이 됐다.

거기서 그냥 말해버리면 되잖아. 좋아하니까, 그냥 당신이 그 여인과 친하게 지내는 게 싫고, 신경 쓰인다고.

그렇지만 에넌은 자신이 그런 말을 했을 때의 상황 또한 신경 쓰지 않을 수 없었다. 거기에는 밴딧이 했던 말도 주효했다. 아이비와 신경전을 벌일 때 밴딧은 에넌에게 상관이 부하에게 트집을 잡거나, 의도하지 않은 알력을 행사하게 되는 상황에 관해 타박했던 것이다.

상관은 별생각이 없어도, 부하는 언제나 상관이 하는 행동에서 모종의 위력을 의식하지 않을 수 없다. 심지어 그 상관이 에넌 라이언하트라면 더욱더 그렇다. 일인지하 만인지상. 스스로가 퍽 수더분하게 굴기는 하지만, 그래도 자신보다 낮은 직위를 가지고 있는 자들에게 에넌은 생각보다 위협적인 존재다.

유리 클로드에게도 그럴 것이다.

에넌은 남자를 좋아하는 이들에 관해 유리와 스쳐 지나가듯 대화한 적이 있다. 그때 유리는 무심하고 여상하게 대하며 에넌의 치수를 재는 데에 집중했다. 그때의 태도로 봐서 유리는 그런 종류의 사람들에 관해서 큰 거부감은 없는 것 같았다. 그러나 그게 본인의 일이 된다면 어떨까. 게다가 자신의 까마득한 상관이 자신을 좋아한다고 고백한다면.

유리는 지금의 에넌보다 몇십 배는 심란해질 것이다. 지위라는 건 모두에게 공평한 상황을 만들지 않는다. 툭하면 스스로를 에넌에 비유해 준남작 나부랭이라고 말하는 청년은, 그 공작이 자신에게 사랑한다고 고백하면 뭐라고 할까?

에넌은 차라리 청년이 기회주의자이길 바랐다. 에넌이 절절하게 마음을 고백하면 그를 좋아하지 않아도 좋은 기회라고 생각하고 들러붙어 자신을 이용하는 종류의 사람이라면 차라리 마음이 편할 것이다.

그러나 그는 절대 기회주의자가 아니었다. 애초에 에넌이 사랑한다 고백했을 때, 그게 기회라고 생각을 확장할 수 있는 사람도 아니다. 자신을 좋아하지 않아도 '공작님이 좋으시다면……'하고 제 마음을 받아줄 수 있는 타입도 절대 아니다. 아마 정말 곤란한 얼굴을 하고 한참 후에 거절하겠지.

에넌은 청년이 자신을 거절한다고 해도 감당해낼 자신이 있었다. 훌륭하게 일을 해낼 자신도 있었다. 에넌은 그럴 수 있는 사람이다. 그러나 청년은 천연덕스럽게 거북한 일을 없던 일인 듯 할 수 있는 이일까? 알 수 없었다. 가끔은 어린애 같고, 어떨 때는 놀랍도록 뛰어난 처세술을 가진 청년은 만약 자신이 사랑을 고백하면 뭐라고 할까?

아무것도 예상할 수 없었다. 에넌은 의자에서 옆으로 돌아누웠다. 그리고 에넌을 두 배로 머리 아프게 하는 소리가 들렸다. 바로 물소리다. 철벅철벅. 화장실의 문은 밑이 비어 공중에 조금 떠 있는 구조로 돼 있었고, 안의 소리는 객실에도 다 들렸다. 청년이 씻는 소리를 들으며 에넌은 그대로 의자 등받이에 머리를 박았다. 아주 죽을 맛이었다.

가끔 쎄시아 발렌시아가 자신을 보고 혹시 무성욕자가 아니냐고 의심한 적이 있다. 에넌은 지금 이 순간 그녀를 불러다 놓고 제 심란한 마음이라도 토로하고 싶었다. 그렇게 제 부관들과 몸을 씻어놓고, 이제는 문 너머에서 남자가 씻는 소리에 당황하고 있는 것이다. 에넌은 정말 이게 대체 무슨 일인지 알 수 없었고, 벌떡 일어나 침대로 가서 아무렇게나 이불 속에 고개를 처박았다. 잠이나 자야겠다. 그게 에넌의 결론이었다.

~※~

유리는 저를 데리고 빠르게 방으로 온 에넌 때문에 조금 당황하기는 했으나, 씻는 데는 별 거부감이 없었다. 유리는 이제 그 미남자에 대해 너무 잘 알고 있었기 때문이다. 아무리 허물이 없다 해도 에넌 라이언하트는 남이 씻는데 화장실 문을 벌컥벌컥 열 사람은 아니다.

그런 면에서는 차라리 빌베이스 경보다는 각하와 방을 쓰는 게 좀 낫나? 하며 유리는 물속에서 손장난을 쳤다. 알-카움의 여관비는 다른 곳의 두 배쯤 비쌌는데, 그래서 그런지 욕조물에서도 좋은 향이 났다.

돈 완전 짱이네.

유리는 뽀글뽀글 물 안에서 숨을 내쉬며 생각했다. 생리가 거의 끝이 났고, 유리는 하루 종일 습한 알-카움의 공기 때문에라도 씻고 싶어 안달이 난 상태였다.

대욕탕에 몰려가는 남자 셋이 어찌나 부럽던지. 그래서 유리가 물 밖에 나온 것은 꽤 오랜 시간이 흐른 후였다. 뜨거운 물 안에 오래 있어서 뺨은 빨간 열매처럼 따끈따끈하게 달아올랐다. 유리는 천으로 몸을 닦고, 새 옷으로 갈아입었다. 여관이라고 해서 바깥보다 대단히 시원하거나 뽀송뽀송한 공기는 아니었으나, 일단 씻었다는 것만으로도 상쾌한 기분이 됐다. 방 안에 에넌만 없었더라도 벌거벗고 펄쩍펄쩍 뛰어 침대로 들어갈 텐데. 그게 조금 아쉬울 뿐이다. 유리는 콧노래를 흥얼거리며 방으로 돌아왔다.

그리고 잠든 에넌 라이언하트의 등을 마주했다.

"어라, 각하?"

에넌은 대답이 없었다. 잠들었나? 유리는 고개를 갸웃하며 에넌이 누운 침대 쪽으로 다가갔다. 남자는 눈을 꾹 감고 쭈그리고 있었다. 이 사람은 침대 위에서 뭐 이렇게 궁상맞은 포즈로 자?

유리는 에넌을 작게 불러보려다 말았다. 잠든 사람 깨워서 뭐 하나 싶었기 때문이다.

그렇다고 침대 곁을 떠나지도 않았다. 침대 위에 상당히 불쌍해 보이는 포즈로 고꾸라져 있는 공작 각하는 이불도 덮고 있지 않았다. 유리는 에넌이 깔고 있는 침구를 살살 끌어내려 어깨까지 덮어주려고 했으나, 그는 너무 덩치가 컸다. 고심 끝에 유리는 에넌이 누운 반대쪽의 이불을 그대로 반으로 접듯 덮어주었다. 침대 폭이 넓으니 가능한 일이었고, 이불은 에넌의 몸을 충분히 덮었다.

마음이 개운해진 유리는 침대 옆을 떠나려다가 문득 그를 내려다 보고 불공평한 기분에 사로잡혔다.

"거 되게 잘생겼네."

자는 것도 잘생겨서다. 유리는 좀 짜증이 나서 에넌의 볼을 잡아당기려다가 마음을 바꿔 에넌이 자는 옆에 조심스럽게 앉았다. 침대는 단단했고, 유리가 앉았다고 해서 크게 기울지는 않았다. 유리는 한참 동안 남자의 자는 얼굴을 내려다봤다. 반듯한 이마, 툭 튀어나온 눈썹뼈 위에 자리 잡은 곧은 눈썹. 연회 때 유리가 다듬어줬던 부분은 어느새 도로 자라나 있었다.

본래도 잘생겼지만, 그때는 정말 눈 돌아갈 것 같은 미남이었는데. 유리는 픽 웃으며 눈썹 가운데 부분에 손을 가져다 대 보았다. 남자가 미약하게 눈썹을 찌푸렸다.

"앗, 죄송." 유리가 중얼거렸으나 남자는 정말로 잠이 든 듯, 대답도 하지 않았다. 유리는 내친김에 남자 얼굴을 조금 더 관찰하기로 했다. 워낙 잘생긴 얼굴이다. 뺨 위에 길게 내려앉은 속눈썹도, 우뚝하고 곧은 코도 보기 좋았다. 단단하게 다문 입은…… 흠.

"어떻게 하냐, 이렇게 잘생겨서."

유리는 코로 한숨을 쉬었다. 틈만 나면 남국의 미소년, 끝없는 부, 행복한 노후를 외치며 남자를 외면하려고 하지만 이런 얼굴을 가지고 있는 남자를 계속 외면하기는 어려운 법이다. 평소에는 괜히 의식돼서 제대로 쳐다보지도 못하는데 이럴 때나 좀 쳐다봐야지. 그렇게 잠든 남자의 얼굴을 한참을 쳐다보다가 유리는 일어났다. 설 렁줄을 당겨 욕실의 목욕물을 치워달라고 하고 싶지만, 남자가 깰 것 같아 미루기로 했다. 유리는 대신 신발을 벗고 제 침대로 부스럭 부스럭 들어갔다.

유리는 금세 잠들어버리는 바람에, 끝내 에넌 라이언하트가 깨어 있었다는 것은 몰랐다. 그가 한층 더 복잡한 마음으로 밤을 지새우 게 된 것 또한, 당연하게도 유리가 알 수는 없었다.

~※~

출발일은 금세 다가왔다. 일행들은 아침 일찍 영원의 강 뱃나루 에 도착했다. 유리는 낡고 커다란 배 정도를 생각했으나, 막상 눈앞 에 놓인 여객선은 정말 컸다. 모두가 놀랄 정도였다. 그냥 큰 상선 정도를 생각했던 유리 앞에 놓인 배는……. 뭐랄까. 여관 같았다.

"뭐야. 이거 안 가라앉는 거 맞지?"

유리 옆에 선 플럼도 입을 벌리고 몇 번이나 물었다. 밴덧이 웃 었다.

"안 가라앉습니다."

"아니, 배 위에 집이 있는데요! 엄청 큰!"

플럼이 잔뜩 흥분해 여객선을 가리켰다. 그도 그럴 것이, 배 위에 는 1개 층의 여객실이 있었던 것이다.

통상적으로 이 세계의 배들은 대부분 유리가 익히 아는 중세의

상선, 그 이상도 이하도 아니었다. 여객실은 대부분 배 밑에 있었고, 갑판 위에 올라와 있는 것은 선장실 정도다. 그러나 이 배는 사뭇 모양새가 달랐다. 어른 다섯 명의 키쯤 되는 높이로 물 위에 올라와 있는 데다가, 갑판 위에도 낮긴 하지만 넓고 큰 여객실이 있었다. 배의 너비는 어른 열 명이 팔을 쭉 벌리고 나란히 선 정도였으며 길이도 당연히 길었다.

이게 가능한 기술인가? 하고 유리가 고개를 갸웃했다. 밴딧이 말을 이었다.

"저건 영원의 강이라 가능한 일입니다. 영원의 강은 아주 넓고 크죠?"

그 말에 일행이 모두 영원의 강을 바라봤다. 한마디로 한강 하류만 한 너비를 가지고 있었다.

"영원의 강은 깊기까지 합니다. 아주 맑지만 그 바닥이 까마득하게 깊어, 배가 뜨기 충분하죠. 바다와 달라 큰 파도가 치지도 않으니 배를 다소 무겁게 만들어도 풍랑에 해를 입지 않습니다. 그렇기 때문에 저런 유람용 여객선도 운항하는 것이죠."

"아하……."

유람용 여객선. 그 말에 들어맞는 배였다. 배는 알록달록한 색으로 칠해져 있었고, 갑판에는 심지어 긴 의자도 몇 개 놓여 있었다. 돛도 아름다운 흰색이었다. 선원들은 바다에 뜨는 상선과 달리 멋진 제복을 입고 갑판을 오가고 있었다. 화려한 옷을 차려입은 아스완 인들이 몇 명 배에 오르고 있었고, 뒤로 펼쳐진 하늘은 푸르렀다.

강은 잔잔하지만, 거세게 흐르고 있었다. 한마디로 보기 좋은 풍경이었다.

"저 여객선은 누가 운항하나요?"

플럼의 말에 답한 것은 밴딧이 아니었다.

"좋은 질문입니다, 아가씨. 저 여객선은 바로 굴랍 카움의 자랑스러운 재산이랍니다."

여섯 명 모두 놀란 눈으로 뒤를 쳐다봤다. 그곳에서는 모두가 생전 처음 보는 남자가 빙그레 웃고 있었다. 가무잡잡한 피부를 가졌고, 아스완의 전통 복장을 걸친 남자였다. 누가 봐도 아스완 인이었지만, 놀라운 것은 그 미소가 상당히 호의적이었다는 것이다.

일행들은 이틀간 알-카움을 구경하며 아스완 인들의 의심과 부정적 감정이 뒤섞인 표정을 겪은 참이었다. 외지인들에게 적대적이라는 이야기를 모두 지나칠 정도로 체감한 뒤여서 남자의 미소는 더욱 이질적이었다.

"누구세요?"

플럼이 물었다. 남자는 시원하게 웃었다. 뒤로 높이 묶어올린 검고 긴 머리카락이 경쾌하게 흔들렸다. 유리는 그쯤 해서 남자가 낮은 신분은 아니라는 것을 알아차렸다. 아르시노에를 이미 한 번 보았던 덕이다.

남자의 피부는 매끄러웠고, 입은 옷의 소매는 넓고 길다. 아스완 전통 복장은 신분이 높을수록 소매가 넓었다. 거추장스러운 일을 하지 않는다는 것을 직접적으로 보여주는 것이다. 애초에 허드렛일을 한다면 머리카락을 저렇게 길게 기를 수도 없을 것이다. 그밖에도 남자가 목과 팔에 걸친 황금의 장신구, 그리고 남자의 뒤에 늘어선 네 명의 하인들이 보여주는 모습이 그러했다.

"제가 바로 저 여객선의 주인이지요."

헉, 하고 밴딧이 숨을 삼켰다. 에넌과 빌베이스 경 또한 눈썹을 찌푸렸다. 아이비도 어머, 하고 입을 가렸다. 모두 이 남자가 누구인지 알고 있는 눈치여서, 유리와 플럼만 알쏭달쏭한 얼굴로 남자가 자기소개를 잇기를 기다렸다.

남자는 발렌시아식으로 허리를 숙여 장난스럽게 인사했다.

"북아스완, 알-카움의 주인인 니겔 굴랍 카움입니다."

"카움 소영주시군요……."

아이비가 황급하게 답했다. 니겔이라고 자신을 소개한 남자는 흰 이를 호의적으로 드러냈다.

"그렇게 저를 부르시는 것을 보니 정말로 그대들은 북쪽에서 온 분들이군요. 물론 외관만 봐도 이곳 분들은 아니라는 것을 알겠습니다."

"여기 영주예요?"

유리가 작게 밴딧에게 물었다. 그러나 유리의 말을 가로막은 것은 니겔이었다. 남자는 입술을 끌어올렸다.

"지금은 그렇습니다. 대화에 끼어들어 미안합니다. 막 새 단장을 끝낸 제 배를 감상하던 차에, 여러분의 대화가 들려 기꺼이 답해드리고 싶은 마음이 들었답니다."

"어……. 감사합니다."

플럼이 눈을 깜박였다. 니겔이 웃었다.

"저의 아름다운 배의 이름은 네페르트 아르시노에입니다."

"……그거."

유리가 흠칫했다. 니겔이 반가운 표정을 지었다.

"아십니까?"

"……모를 수가 없지요."

끼어든 것은 에넌이었다. 에넌은 상당히 불쾌한 표정이었다.

그도 그럴 것이, 네페르트 아르시노에라 함은, 아스완 어로 아름다운 아르시노에라는 뜻이었다. 아르시노에라는 이름 자체가 본래 아스완에서는 아름다운 여인에게 붙이는 이름이었으나, 남자의 표정은 그 이름이 특정한 여인의 것임을 암시하고 있었다. 그리고 이 자리의 모두는 그 특정한 여인을 알고 있었다.

"아스완 후의 이름 아닙니까."

"그렇습니다. 저의 배도 아름다운 그녀에게 바치는 물건이죠."

"……아스완 후는 굴랍-카윰의 여객선을 탈 일은 없을 텐데요?"

밴딧이 팔짱을 끼고 물었다. "왜?" 플럼이 눈치를 보다가 소곤소곤 유리에게 물었다. 유리도 작게 답했다. "바보야. 아스완 후는 개인 배를 가지고 있다고 출발할 때 들었잖아. 여객선을 탈 이유가 뭐가 있어?" 말 그대로였으나 니겔은 싱글싱글 웃었다.

"그건 두고 봐야 하겠죠. 그나저나, 북쪽에서 오신 손님들의 성함을 여쭤도 되겠습니까? 특히……."

니겔의 검은 눈이 아이비와 플럼, 유리 쪽을 훑었다. 남자는 상당한 호남이었고, 시원스러운 눈매가 장난기를 띠고 빛났다.

"아리따운 아가씨들이 어느 집안의 축복인지 정말로 궁금하군요."

"아이비 스투리싱입니다. 아스완에는 여행을 왔답니다."

아이비가 재빨리 답했다. 굳이 신분을 노출할 필요가 없어, 알-카움까지 오며 일행들은 아이비를 여행을 나선 귀족 아가씨로, 나머지 남자들은 그녀를 위시한 경호로 둘러대곤 했다. 플럼과 유리는 아이비의 말 상대 정도로 되어 있었다.

니겔이 반가운 듯 답했다.

"스투리싱 가문의 아가씨로군요. 반갑습니다. 아가씨를 모시게 되어 영광입니다."

"그 말씀은……."

"예에. 저도 오늘 이 배를 탈 예정입니다. 아스완까지 가십니까?"

"예."

"그러면 저희는 목적지까지 함께하게 되겠군요. 참으로 복된 만남입니다."

니겔은 자연스럽게 아이비에게 손을 내밀었고, 아이비 또한 제 손을 내밀어 니겔이 발렌시아식의 입맞춤 인사를 하도록 내버려 두었다. 그러나 니겔은 아이비의 손을 놓기는커녕, 인사를 끝내자마자 물 흐르는 듯한 동작으로 아이비를 에스코트했다. 엉겁결에 니겔의 손을 잡고 배에 오르게 된 아이비가 당황했다.

"여객실까지 모시겠습니다."

"그, 네……. 감사합니다."

"엇, 이런."

밴딧과 빌베이스 경이 빠르게 따라붙었다. 아무리 가짜 신분이라고 해도 아가씨의 경호들이 제 아가씨를 따라가지 않는 것은 이상했다. 플럼도 허둥지둥 아이비 쪽을 쫓았다. 덕분에 유리와 에넌은 어쩐지 꿔다놓은 보릿자루 같은 느낌으로 뒤를 어영부영 따라가게 됐다.

"아는 사람이에요?"

"정확히는 이름만 아는 사람입니다. 실물은 오늘 처음 봅니다."

유리의 말에 에넌이 답했다.

"카움 소영주라면……."

"예. 북아스완의 왕자라고도 불리는 사람입니다. 그때 제가 설명했던 사람이죠. 북아스완의 왕가였던 굴랍 카움 가문은 두 지방이 통합된 이후로 카움 소영주가 되었죠. 북아스완의 경제를 통째로 쥐고 있는 대부호이기도 합니다."

"헐."

유리가 놀라 눈을 부릅떴다. 남자가 대단한 사람 같기는 했으나, 이 정도로 거물일 줄은 몰랐기 때문이다. 갓 스무 살이라던 그 사람인 건가. 그러나 동글동글한 유리와 니켈은 전혀 동갑으로 보이지 않았다.

에넌은 혀를 찼다.

"그리고 아르시노에에게 몇 년째 끈질기게 청혼하고 있는 자이기도 하죠."

"오."

의외의 사실에 유리가 감탄하며 아이비를 데리고 벌써 여객선 갑판 위까지 올라간 남자를 쳐다봤다. 여객선의 갑판이 높아 나루터에서는 길고 높은 계단을 두어 승객들이 여객선에 올라설 수 있게 하고 있었다. 니겔은 아이비에 이어 플럼에게 손을 내밀어 여인들의 승선을 도왔다.

거기까지 보고 유리는 에넌을 흘끗 쳐다봤다. 에넌은 조금 불쾌한 듯했다.

"그런데……"

"예. 말씀하십시오."

"각하는 저 사람을 싫어하세요?"

"예."

대답은 의외로 금방 나왔다. 유리는 눈을 깜박거리며 에넌을 쳐다봤다. 에넌은 이마를 약간 찌푸린 채 여전히 니겔 쪽을 쳐다보고 있었다.

"저자는 레테의 왕이 남아스완을 포위했을 때, 외면했던 자입니다."

"헐. 청혼했다면서요."

"뭐, 굴랍 카움 가문도 레테의 눈치를 봤던 것이죠. 실제로 그때의 아스완은 레테에 넘어가기 직전이기도 했고요. 아마 레테가 아스완을 집어삼킬 거라고 생각했기에 발을 뺐을 겁니다."

그러나 한 여인에게 청혼한 자의 처신으로 보기에는 너무나 비겁한 일이다. 유리는 남자가 니켈이라는 자를 싫어하는 이유를 정확하게 이해했다. 이 남자가 싫어하는 것은 치사한 것, 비겁한 것이다. 그건 에넌이 아르시노에를 좋아하고 말고와는 상관없다.

게다가 쓸데없이 화려한 남자의 태도도 한몫했다. 니켈 굴랍 카움이라는 남자는 키도 크고 호남형이었지만, 그렇다고 해서 단순히 화려하다고 하지는 않는다. 남자의 태도는 쓸데없이 멋들어졌고, 과장돼 있었다. 유리는 저런 종류의 사람들을 대강 안다.

"되게 사기꾼 같네요."

"정확히는 노련한 장사꾼에 가깝죠."

에넌의 말 속에는 뼈가 있었다. 유리는 저도 모르게 찔끔해 에넌을 올려다봤다. 에넌도 말한 직후 유리가 상인이라는 사실을 떠올린 듯, 바로 유리를 내려다보고 말을 보탰다.

"유리 같은 사람과는 전혀 다릅니다. 그, 절대 손해 보는 장사는 하지 않는달까요."

"아, 저 전혀 신경 안 쓰니까 괜찮아요. 저한테 그런 말씀 안 하셔도 돼요."

"그렇습니까."

유리가 히히 웃다가 문득 생각난 듯 말했다.

"근데, 그러면 정말로 각하를 각하라고 부르면 안 되겠네요."

아르시노에에게 청혼한 사람이다. 대륙 전체에 아르시노에와의 염문이 퍼져 있는 에넌 라이언하트를 모를 리가 없다. 에넌 또한 고개를 두어 번 끄덕였다.

"이제는 정말로 렌이라고 부르십시오. 실수로라도 각하라고 부르시면 안 됩니다."

"앗, 예⋯⋯."

"편하게 말을 놓으셔도 괜찮습니다."

"에이, 그건 좀 힘들 것 같고요."

유리가 손을 내저었다. 에넌은 조금 섭섭한 것 같았지만, 굳이 더 말을 보태지 않고 여객선에 오르기 시작했다. 나무로 된 계단은 제법 오래 썼는지 길이 잘 들어 있었지만, 불안하기는 했다. 결국 에넌이 유리를 먼저 올려보내고 뒤에서 보조했다.

막 여객선 갑판 앞까지 다다랐을 때, 유리에게 내밀어지는 검은 손이 있었다. 유리는 동그랗게 뜬 눈으로 갑판에 서서 제게 손을 내민 남자를 쳐다봤다. 니겔 굴랍 카움이었다. 니겔은 멋들어진 태도로 웃으며 말했다.

"기다렸습니다."

"어⋯⋯."

"조심해서 건너오시지요."

뭐야. 손님 서비스인가.

계단과 여객선 갑판 사이에는 여객선의 난간이 있었다. 난간은 유리의 허벅지까지 올라오는 높이였다. 확실히 누구 도움 없이는 내려서기 번거로워 보였고, 유리는 별생각 없이 남자의 손을 잡으려고 했다. 그러나 니겔에 앞서, 훨씬 빠른 사람이 있었다. "어." 유리는 화들짝 놀랐다. 누군가 자신의 무릎과 겨드랑이 사이에 손을 넣어 번쩍 들어 올렸기 때문이었다.

에넌이었다. 에넌은 유리를 가볍게 안아 들고 난간을 성큼 건넜다.

"혁, 에……. 렌!"

순식간에 유리의 머릿속에서 많은 생각이 단계적으로 스쳐 지나갔다. 각하, 라고 부르려다가 이름을 불러야 한다는 생각에 '에넌'이라고 부를 뻔했다. 그 직전에 유리의 목구멍을 틀어막은 것은 정말로 렌이라고 불러달라던 남자의 말이었다.

"미안합니다. 이쪽이 빠를 것 같아서요."

워낙 키가 큰 터라 유리는 버겁다 느꼈던 난간도 에넌에게는 계단 두어 개 정도였다. 순식간에 갑판으로 올라온 에넌은 유리가 깨지기라도 할 것처럼 조심스럽게 내려놨다.

"이런. 아이비 양의 일행들은 아주 사이가 좋군요. 놀랐습니다."

그렇게 무시당했으니 무안할 법도 한데, 니겔은 사람 좋게 웃으며 두 사람에게 다가와 인사했다. 어느새 친해진 건지, 멋대로 그렇게 부르는 것인지는 모르지만, 아이비의 이름을 스스럼없이 부르는 것이 놀라웠다.

유리는 고개를 꾸벅 숙였다.

"에, 감사합니다."

"제가 한 것도 없는데요. 아이비 양은 멋진 경호원을 두었군요. 이름이 에렌입니까?"

"……렌입니다."

"좋은 이름입니다."

조마조마한 것은 유리뿐인 것 같았다. 에넌은 남자를 상당히 고
압적인 태도로 내려다보았고, 남자는 유들유들하게 웃으며 에넌을
칭찬했다.

"그러면 저는 이만 가보겠습니다."

남자는 빠르게 발을 뺐다. 두 사람이 그러라고 말할 틈도 없었다.
참 잽싼 사람이었다. 유리는 혀를 내두르며 사라지는 남자의 뒷모
습을 보다가, 에넌 쪽을 쳐다봤다. 마침 에넌도 자신을 쳐다보고 있
어 바로 시선이 마주쳤다. 남자가 입을 열었다.

"갑작스럽게 몸에 손을 대 미안합니다. 그자가 갑작스레 친하게
굴기에, 조금 불쾌했는데 생각해 보니 유리에게 허락도 받지 않았
군요."

"어, 괜찮아요. 그냥 조금 놀란 것 빼면……."

유리는 눈을 껌벅이다가 순간 에넌이 자신을 들어 올렸던 때를
기억해내고 얼굴을 확 붉혔다. 평소에 건장하다 생각은 했는데 자
신을 그렇게 번쩍번쩍 쉽게도 안아 올릴 줄은 몰랐다.

원래도 유리는 항상 남자를 밑에서 올려다봤다. 남자는 항상 상
냥하게도 저를 마주 봐 주었지만, 방금 전의 각도는 사뭇 달랐다. 유
리는 저도 모르게 엉겁결에 남자의 목에 매달렸었고, 턱 바로 밑에
서 남자를 올려다봤다. 강인한 턱과 어깨, 그리고 유리와는 천지 차

이인 목. 목덜미에서 나던 미묘한, 남자의 냄새. 그 모든 것이 갑작스럽게 유리에게 밀려와 정신을 차릴 수 없었다. 심지어 에넌은 유리의 겨드랑이와 무릎에 손을 끼워 안았다.

그러니까, 완전 공주님 취급…….

공주님…….

"유리?"

"어, 그, 괜찮으니까 갈까요."

거기까지 생각하고 유리는 몸을 홱 돌렸다. 얼굴이 너무 뜨거워져서다. 남자가 남자한테 안겨놓고 얼굴 붉히는 거 너무 이상하잖아. 날씨도 가뜩이나 습하고 더운데, 진정하자 진정. 유리는 빠르게 걸었다. 저쪽 갑판에서 아이비와 일행들이 검표하다가, 유리와 에넌을 보고 손을 흔들었다.

그러나 유리가 그 순간 에넌의 속마음을 들여다봤다면 어땠을까.

유리의 뒤에 남은 에넌 또한 자신이 무슨 짓을 했는지 뒤늦게 알아차리고 당황한 참이었다. 니겔이라는 남자가 유리에게 손을 내미는 것이 마음에 들지 않았다. 그 남자는 유리를 무슨 여인이라도 되는 듯 취급했던 것이다.

대관절 어디의 남자가 그렇게나 정중하게 다른 남자에게 손을 내밀겠는가.

에넌은 심술이 났고, 유리가 손을 올리려는 순간 몸을 숙여 제 손을 유리의 무릎 아래와 겨드랑이 사이에 끼워 넣었다. 어찌나 빠르게 넣었는지, 유리가 당황해 제 목에 양손을 뻗어 매달렸을 정도다.

거기까지 생각하고 에넌은 얼굴이 새빨개진 채 한 손으로 입을 가렸다.

'뭐야, 이게……'

니젤이 싫어한 짓이지만, 자신이 몇 배는 더 무례하다. 그러나 그런 생각들 사이에 끼어든 것은 제가 들어 올렸던 유리의 몸이었다. 또래의 남자애라고는 상상할 수 없을 정도의 가벼움. 평소에 몸집이 작다고 생각하기는 했으나 이 정도일 줄은 몰랐다.

게다가 무릎 뒤는 말랑거렸고, 자신을 꾹 끌어안은 손은 작았다. 깜짝 놀라 안겨 온 그 작은 몸집. 자신을 올려다보며 렌, 이라고 부르던 순간 풍겨온 향기 같은 것들.

빌어먹을.

에넌은 그대로 양손으로 마른세수를 해버렸다. 가슴이 뛰어 돌아버릴 것 같았다. 목구멍 밑에서 뭔가 꽉 막힌 듯, 제 속을 간지럽혔다. 뒤에서 연이어 타던 다른 승객이 비켜달라고 하지 않았더라면 그곳에서 못이라도 박힌 듯 계속해 서 있었을 것이다.

─❋─

여객선은 일행들의 생각보다 훨씬 많은 시설을 구비하고 있었다. 여객선의 특성상 높은 신분의 사람들이 많이 탔기 때문이다. 작은 살롱과 간단하게 일광욕이 가능한 갑판, 그리고 식당 같은 것들은 아이비와 플럼, 유리를 신나게 했다. 밴딧의 경우에는 여객선에 탄 남자들과 살롱 구석에서 카드놀이로 내기를 할 수 있다는 것이 가장 즐거운 듯했고, 빌베이스 경은 느긋하게 갑판의 긴 의자에 누워 일광욕을 즐겼다.

그리고 그 중심에 있는 것은 니겔이라는 남자였다. 선주의 위치라 잘 볼 수 없을 줄 알았으나, 뜻밖에도 니겔은 살롱의 중심에서 매일 즐거운 파티를 손님들에게 선사했다. 여객선의 손님들은 사십여 명이었고, 니겔과 유리 일행이 친해지는 것은 순식간이었다.

북아스완의 왕자라는 이름 때문에 분명 대하기 어려울 거라고 생각했으나, 의외로 일행들을 친근하게 대한 것도 한몫했다. 니겔은 매일 살롱에 앉아 여인들에게 디저트를 권하거나, 때로는 술 한 잔을 권했다. 그가 건네주는 술을 한 잔 마시면서 니겔의 화술에 말려들어가는 이들이 대다수였다.

여객선을 탄 지 3일 만에 에넌은 유리와 플럼, 아이비가 니겔의 옆에 앉아 짝짝 박수를 쳐 가며 그의 이야기에 감탄하는 모습을 보게 됐다. 니겔은 정말 많은 경험을 가지고 있었다. 북아스완의 정글 속에서 거대하고 냄새나는 꽃을 발견한 이야기에 플럼은 꺄악, 하고 소리를 지르며 좋아했다.

"꽃에서 고약한 냄새가 난다고요?"

"정말이랍니다, 사랑스러운 아가씨. 게다가 엄청나게 커서, 귀여운 아가씨 정도는 꽃 안에 들어가면 머리카락 끝도 보이지 않을 정도죠."

"거짓말!"

"정말이에요."

니겔은 어깨를 으쓱하며 플럼의 키보다 더 큰 꽃에 관해 설명했다. 그 안에는 고약한 냄새가 나는 꽃꿀이 있는데, 엄청난 영양가를 가지고 있어서 정글 근처에 사는 아스완 인들이 그 꿀을 채집해 아픈 자에게 먹인다고 설명했다.

"아픈 사람이 냄새나는 꿀을 먹을 수 있을까요?"

"글쎄요. 저는 먹지 못했지만, 고열을 앓는 환자에게 눈 꾹 감고 먹이면 다음 날 아침에는 씻은 듯이 낫는다고 하더군요."

"고열이라면……."

"북아스완의 정글에서 가장 무서운 것은 정글 호랑이도, 큰 뿔을 가진 거대한 소도 아닌 열병이니까요."

그다음에는 열병을 설명하는 식이다. 정글에는 정말 귀하고 재미있는 것들이 많지만 그만큼 위험한 것도 많고, 우기의 정글에 잘못 들어가면 비를 잔뜩 맞고 풍토병에 걸려버린다고 니겔은 설명했다. 결과적으로 아이비와 플럼, 유리와 밴딧까지 니겔에게 푹 빠져버렸다. 니겔이 하는 이야기를 듣고 있으면 시간은 눈코 뜰 새 없이 지나갔다. 게다가 남자는 정말 잘 노는 타입이었다. 여객선 안은 한정된 공간이었지만, 남자는 끊임없이 할 것들을 만들어냈다. 사흘째 밤에, 남자는 유리의 어깨를 두드리며 속삭였다.

"낚시해 본 적 있습니까?"

"낚시요? 아니요."

"그럼 내일 새벽에 혹시 낚시해 볼래요?"

"할 수 있어요?"

유리가 눈을 반짝였다. 남자가 웃었다.

"내일 새벽에 이 배는 영원의 강에서 가장 물살이 느린 구역에 들어가거든요. 그때 낚시가 가능합니다. 저는 그곳에서 낚시를 하면서 아침에 해 뜨는 걸 보는 것을 좋아하죠."

"오, 저도 끼어도 됩니까?"

옆에서 카드를 펼치고 내기 중이던 밴딧이 끼어들었다. 카드놀이 중이던 몇몇 남자들도 함께 끼었다. 니겔은 부드럽게 웃으며 모두가 낚시를 할 수 있도록 준비하겠노라 말했다.

다음날 새벽 남자들과 우르르 나간 밴딧은, 펄떡거리는 물고기를 들고 자고 있던 에넌을 깨웠다. 자신이 가장 큰 물고기를 잡았다며 자랑하기 위해서다. 에넌은 어처구니가 없었다.

"그게 그렇게 재미있나?"

"그럼요! 각하도 해 보시라니까요!"

"그거 때문에 지금 자는 사람을 이 아침부터 깨운 건가?"

"에이, 어차피 일찍 일어나시면서."

밴딧이 물고기를 자신이 담아 온 나무 동이에 도로 집어넣었다. 찰방, 소리가 나며 퍼덕이던 물고기가 물 안으로 들어갔다. 에넌은 이마를 찌푸렸다.

"언제부터 니겔 굴랍 카움과 그렇게 친해졌나?"

"친해지긴요. 그냥 여행하는 재미인 거죠."

에넌은 한숨을 쉬고 여객실 침대에 기댔다. 아이비와 플럼, 밴딧과 빌베이스는 두 명씩 짝을 지어 방을 썼으나, 에넌과 유리는 각각 혼자 방을 썼다. 유리와 함께 방을 쓰며 심란한 밤을 이틀이나 보냈던 에넌의 요청 때문이다. 물론 이유를 말하지는 않았다. 밴딧이 말을 이었다.

"그 사람 참 재미있습니다. 여객업을 오래 해서 그럴까요. 손님 접대하는 법을 아주 잘 알아요."

"그런가."

"보름이나 아스완까지 여행을 해야 하니까요. 좁은 배 안에서 재미를 자꾸 찾다 보면 그렇게 되나 봅니다."

"……나는 그렇게 사교적인 사람들을 대하는 건 영 피곤해. 자네는 잘 맞나 보군."

밴딧이 어깨를 으쓱했다.

"저뿐만 아니라 이 배의 대부분이 그 남자와 잘 맞죠."

"……유리는?"

"아. 유리 님은 아직 갑판에 계실 겁니다. 다들 한 마리씩은 낚았는데, 유리 님만 오늘 입질도 없었거든요. 낚을 때까지 앉아 있겠다고 하시던데요."

"그래?"

에넌은 고개를 갸웃하다가 일어나기로 했다. 어차피 슬슬 아침 식사 시간이었다. 일어나서 바람도 좀 쐬고, 낚시라도 구경해볼까 하는 심산이었다.

니겔이 낚시를 준비해놓은 곳은 여객선 갑판의 후미였다. 여객선의 손님들 중 낚시를 하러 나온 사람은 실제로는 다섯 명뿐이었다. 그중에서도 니겔과 유리, 밴딧을 빼면 다들 사십 대에서 오십 대의 중년들이다.

니겔은 이 계절에는 엘터라는 물고기가 잘 잡힌다고 말했고, 낚싯대에 손수 미끼를 꿰어 손님들에게 건넸다. 니겔의 하인들이 새벽부터 간단한 식사 거리를 날라 모두들 즐겁게 자리에 앉아 낚시질을 시작했다. 여객선은 여느 때보다 천천히 움직였다.

엘터는 은빛 비늘을 가진 물고기였다. 별맛은 없지만, 보기가 퍽 아름다워 낚는 재미가 컸다. 중년의 사내들이 두어 마리씩 엘터를 낚았고, 니겔 또한 유리의 바로 옆에서 세 마리를 낚았다. 밴딧은 팔뚝만 한 엘터를 낚더니 신이 나서 춤을 추었다.

유리만 한 마리도 낚지 못했다. 유리는 입술을 통명스럽게 내밀고 낚싯대를 몇 번이나 강물에 던졌다. 니겔이 하하, 웃으며 옆에서 거들었다.

"아까부터 미끼만 떼먹히는군요."

"그러게요. 제가 호구 같은가."

밴딧은 물고기를 나무통에 담아 렌에게 자랑한다고 엉덩이를 실룩거리며 사라진 뒤였다. 유리는 옆에 앉은 니겔의 나무통을 들여다봤다.

"어휴. 이렇게 많은데 왜 나한테는 낚이지를 않는지."

"뭐, 다 운입니다. 너무 초조해하지 마시죠."

그때였다. 니겔의 말이 끝나자마자 손끝에 느낌이 왔다. 유리는 놀라 나무로 된 낚싯대를 붙잡고 조심스럽게 끌어당겼다. 가볍게 반대편에서 당겨지는 느낌이 왔다.

오, 물고기가 물었다. 물었다. 유리가 눈짓하자 니겔이 옆에서 주먹을 쥐고 응원했다. 그러나 어느 타이밍에 당겨야 할지 몰라 유리가 망설였고, 니겔이 물었다.

"제가 할까요?"

"아뇨, 아니에요. 제가 할래요."

낚싯대 끝의 물고기는 꽤 고집이 센 것 같았다. 유리는 이를 악물고 낚싯대를 당겼다. 조금씩 물고기가 끌려오는 느낌이 났다. 오, 오, 오. 유리가 입술을 모으고 즐거워하는데 니겔이 말했다.

"뭐, 영원의 강의 물고기들은 여자들에게는 안 낚인다는 미신이 있는데 유리에게는 해당 사항이 없는 모양이군요. 외지인이라 그런가."

유리는 그대로 낚싯대를 놓쳐버렸다. 나무로 된 낚싯대가 순식간에 주르륵 미끄러졌다.

근처에 서 있던 니겔의 하인들이 빠르게 움직여 낚싯대를 주웠다. 그러나 유리는 당황해 그쪽을 돌아볼 생각도 나지 않았다. 그저 옆에 앉은 니겔의 얼굴만 쳐다볼 뿐이었다.

그러나 막상 말을 꺼낸 니겔은 태연하게 웃었다.

"음? 왜 그러시죠?"

"어, 어떻게 알았어요?"

"뭘요? 아. 유리가 여자라는 거요?"

유리는 파드득 놀라 주변을 살펴보고, 니겔의 입을 엉겁결에 손으로 막았다. 아주 무례한 일이었지만, 그걸 생각할 틈도 없었다. 니겔은 조금 놀랐다가, 눈을 가늘게 접었다.

그때 니겔의 하인이 다가와 주운 낚싯대를 도로 내밀었다. "아⋯⋯." 유리가 그제야 머쓱하게 낚싯대를 받아들었다. 유리가 떨어져 나가자 니겔이 물었다.

"비밀이었습니까? 저런."

"⋯⋯어떻게 아셨어요?"

"모르는 사람이 더 이상하지 않습니까? 누가 봐도 여자분인데요."

"⋯⋯제가요?"

유리가 자신을 가리키며 비명처럼 물었다. 니겔이 어깨를 으쓱했다.

"머리가 짧고 바지를 입으면 북쪽에서는 다들 남자로 취급해줍니까? 발렌시아의 여왕님이 만든 새 법인가요?"

"그⋯⋯런 건 아닌데⋯⋯."

"뭐, 저도 처음부터 여자분인 걸 알아본 건 아닙니다."

니겔은 팔짱을 끼고 눈을 빛냈다.

"그 렌이라는 사람이 유리를 들어 올릴 때부터 이상하다 싶었죠. 누가 같은 남자를 그렇게 번쩍번쩍 들어 올립니까? 아스완에서 누군가 저에게 그렇게 군다면 저는 그 남자의 목을 베어버릴 겁니다."

"어……."

"뭐 간단한 겁니다. 실마리가 있고, 계속 관찰하면 알 수 있죠. 머리가 짧은 것도."

니겔이 자신의 머리카락 쪽을 검지손가락으로 툭툭 가리켰다.

"북쪽 사람들이야 머리를 길게 기르는 것이 여자의 기준이지만, 아스완인들은 좀 다릅니다. 여기는 덥고 습하니까, 여자들은 머리를 짧게 깎고 중요한 자리에서만 가발을 쓰는 경우가 많죠."

"아……."

유리는 눈을 껌벅였다. 그렇다. 문화가 다르면 여자의 기준도 달라지는 것이다. 알-카움에서 머리가 짧은 여성들을 몇 번 봤지만, 그런 생각은 전혀 하지 못했다. 니겔은 빙그레 웃었다.

"그래서 북쪽 사람들은 이상한 취미가 있다 싶었죠. 아이비라는 아가씨는 하녀를 남장시켜서 어쩔 셈인 걸까? 하고요."

"아……."

"그런데 비밀이라니, 일행들도 모릅니까?"

유리는 고개를 저었다.

"아뇨. 정확히는 아가씨들만 알아요."

"아."

니겔이 턱을 괴고 끄덕였다.

"뭔지 압니다. 그런 이야기는 워낙 흔하죠."

"무슨……."

"알-카움도 종종 어린 여자아이들을 사내애로 키우는 집이 있습니다. 워낙 가난한 나라다 보니 납치가 성행하거든요."

아스완은 오랫동안 가난에 시달렸다. 나라의 통치가 가혹해서가 아니라, 그저 자원이 부족해서다. 게다가 기후도 더워 사람들이 게을렀다. 사람들은 부지런을 떨기보다는 편안하게 돈을 벌고 싶어했고, 인신매매가 기승을 부렸다. 그래서 어린 여자애를 데리고 있는 가정들은 흔히 아이들을 남장시켜 기른다는 것이 니겔의 설명이다. 유리는 당황했다.

"아, 저는 그런 건 아니고……. 그저 사정이 좀 있어서."

"그렇습니까."

니겔이 빙그레 웃었다.

"그러면 비밀을 지켜드리죠. 아, 가슴을 쓸어내리진 마십시오. 아직 제 말은 안 끝났습니다."

안심하려던 유리는 당황했다. 니겔이 미소 지었다.

"궁금한 게 더 있거든요."

"뭔데요……?"

"유리는 그럼 어디의 귀한 아가씨입니까?"

"……예?"

"여왕은 피처럼 붉은 눈과 아름다운 금발을 가지고 있다고 들었습니다. 맞지요? 그러면 여왕은 아니고. 당신은 어디서 온 귀한 아가씨이기에 에넌 라이언하트가 옆에 붙어 있습니까?"

유리는 이번에야말로 딸꾹질을 하고 말았다.

니겔 굴랍 카움이라는 남자는 허술한 듯했지만, 누구보다 날카로운 눈을 가지고 있었던 것이다.

니겔은 미소 띤 채로 말했다.

"또 어떻게 알았는지 궁금합니까?"

"어……. 예."

"그럼 제 뺨에 입 맞추면 말해드리죠."

유리의 눈이 대번에 매서워졌다. 니겔의 흰 이가 미소 덕분에 드러났다.

"싫으면 말고. 대신 제 입이 제법 가볍다는 것은 잊지 않으셔야 합니다."

"……제 입맞춤이 대체 왜 필요합니까?"

"그야."

니겔은 퍽 건방진 태도로 손가락을 흔들었다.

"에넌 라이언하트가 그런 눈으로 쳐다보는 아가씨인데, 제가 좀 심술을 부리고 싶다고 하면 이해할 겁니까?"

유리는 고개를 갸웃하다가 곧 이해했다. 알-카움의 소영주는 레테의 왕이 아스완을 포위했을 때, 아르시노에를 구하지 않고 외면한 자다. 니겔이 설명했다.

"저도 그때는 나름의 사정이 있었지만, 그런 것까지 다른 사람들에게 이해해 달라는 것은 아닙니다. 제가 비겁자로 취급받는 것도 상관없어요. 다만 제 비겁의 반대급부로 거론되는 남자가 그 사람이니 조금 놀리고 싶은 겁니다."

"······제가 당신한테 입 맞추는 게 왜 그 사람을 놀리게 되는 건 가요?"

"어라······."

니겔은 이번에야말로 정말로 재미있다는 듯 유리를 내려다봤다. 강바람에 긴 머리카락이 흩날렸고, 까만 눈에는 장난기가 가득 돌았다.

"저는 어쩐지 자꾸 아까부터 당신에게 '모릅니까?' 같은 말만 하게 되는 것 같은데요. 이걸 말해야 하나······."

"뭔데요, 정말?"

"아니, 이걸 말해주면 제가 손해를 보는 것 같아서요."

남자는 눈앞의 초록색 눈을 가진 여자아이를 보고 키득거렸다. 허드렛일을 하는 하인처럼 머리를 짧게 바짝 깎은 처녀애는 순진하기 짝이 없었다.

기실 니겔이 일행의 정체를 대강 파악하게 된 것은 에넌 라이언 하트 때문이었다. 처음에는 그저 아이비를 보고 북쪽에서 온 손님들이구나 싶었다. 니겔은 굉장히 오랜 시간 동안 북아스완의 왕자라고 불렸으나, 능숙한 상인으로 보이는 것을 더 좋아했다. 그래서 그는 아이비를 위시한 일행들에게 친절하게 대했다.

유리에게 손을 내민 것도 별생각 없었다. 몸집이 작아 보이기에 좀 도와주고 싶었을 뿐이다. 그러나 조그만 남자애를 번쩍 들어 올리는 키 큰 남자를 보자마자 니겔은 설마 싶었다. 불타는 듯한 붉은 머리카락과 벽안. 깜짝 놀랄 만큼 잘생긴 얼굴과 넓은 어깨. 결정적으로 오른쪽에 검을 차고 있었다.

니젤은 북쪽의 검술을 잘 안다. 대부분의 사람들이 오른손잡이였다. 왼손으로 검을 휘두르는 경우는 거의 없다. 대륙이 아무리 넓다지만, 저런 특징이 겹치는 사람이 둘이나 있을 리 없다. 니젤은 빠르게 제 하인들 중 에넌 라이언하트의 얼굴을 아는 사람을 불렀고, 곧 그가 에넌 라이언하트라는 확답을 받았다.

그리고 니젤은 살롱에 나가 손님들을 둘러보며 유리와 에넌을 집중적으로 관찰했다. 아무리 생각해도 두 사람의 모습은 아주 수상했기 때문이다. 에넌 라이언하트가 남색가라는 소리는 들은 적 없다. 물론 그 아르시노에를 계속해서 거절하고 있다는 사실 때문에 니젤은 잠시 에넌 라이언하트가 사실 남색가일 가능성도 점쳐봤으나, 곧 유리가 여자라는 결론을 내렸다. 누가 봐도 그쪽이 훨씬 합리적인 사실이었다.

재미있는 건 에넌 라이언하트가 이 자그마한 여자아이를 열에 들뜬 눈으로 쳐다보고 있다는 것이다. 살롱에는 대부분 플럼이라는 여자아이와 아이비, 밴딧이라는 부관 정도가 나와 있었는데, 유리가 나오면 곧 어디선가 라이언하트 공작이 어슬렁어슬렁 나와 뒤에서 딱 버티고 그를 쳐다봤다.

그 눈빛이 그저 우정일 리 없다. 그게 우정이라면 니젤은 제 머리카락을 몽땅 잘라 영원의 강에 제물로 바치겠다고 장담했다.

이상하지. 하나도 예쁘지 않은데. 제 눈앞의 여자애는 좀 똑똑해 보이고, 동그랗고, 귀엽긴 하지만 그뿐이다. 지극히 평범한 얼굴인

데다가 머리는 원숭이처럼 짧게 깎아 놨다. 니젤은 유리에게 아스완의 여인들도 종종 머리를 짧게 자른다고 말했지만, 아스완의 여인들은 저렇게 바짝 머리를 깎아놓지는 않는다. 게다가 바지를 입고 있어 선머슴 같은 인상만 더했다. 니젤에게 누군가 유리를 안으라고 한다면 니젤은 정중히 거절할 것이다.

혹시 이런 취향이어서 그가 그 아름다운 아르시노에를 거절한 것일까? 가능성은 있었다. 두 사람은 연인인가? 하고 생각해봤지만, 이틀간 두 사람을 관찰하고 니젤은 결론을 내렸다.

저 잘난 공작이 이 선머슴 같은 여자애를 짝사랑하고 있는 것이다!

그것을 알아차린 순간 니젤은 크게 배를 잡고 웃을 뻔했다. 지금도 그랬다. 니젤이 붙들고 속삭이고 있어 유리는 몰랐으나, 눈에 띄는 빨간 머리를 가진 남자가 저 뒤에서 여객선 벽에 기대 이쪽을 바라보고 있었다. 니젤은 그 머리가 선실에서 올라올 때부터, 비스듬히 벽에 기대고 시선을 여기 고정하는 것까지 다 곁눈으로 보고 있었다. 세상에.

저렇게나 티가 나는데, 모른단 말이야?

그래서 니젤은 유리에게 제 뺨에 입을 맞춰 달라고 했다. 그래 봐야 열두어 살의 어린애들이 제 얼굴에 입 맞추는 것과 크게 다르지 않은 감각이다. 그리고 유리의 반응에 심지어 그 공작이 이 여자애를 짝사랑하고 있다는 것을 한층 확신했다.

이걸 말해줄까, 말까. 니젤은 짧게 갈등했다. 그러나 원래 심술은 부릴수록 재미있는 법이다. 저 남자는 실제로 보니 얄밉도록 잘났고, 저런 남자가 자신을 사랑한다는 것을 알면 어떤 여자라도 넘어가 버릴 것이다. 너무 편안하게 짝사랑을 이루는 것은 내가 재미가 없지. 그래서 니겔은 빙그레 웃고 말았다.

"그 남자는 저를 아마 싫어하고 있겠지요? 혹시 저에 대한 이야기를 들은 적 있습니까?"

"어……. 네."

"아마 좋은 이야기는 아니었을 겁니다."

"……예."

그쯤 해서 여자애는 제 눈치를 노골적으로 살폈다. 솔직한 아가씨다.

"자기 일행이 싫어하는 사람과 친해 보이면 싫겠지요?"

"뭐예요, 그게."

엄청 유치하네. 여자애가 피식 웃었다. 니겔은 제 볼을 손가락으로 쿡쿡 찔렀다.

"여기 뽀뽀해 주고 저랑 친하게 지내주면 제가 알려드리죠."

유리의 초록색 눈동자가 떼구르르 한 바퀴 굴렀다. 니겔은 재미난 것을 기다리는 마음으로 유리를 쳐다봤다. 이윽고 유리가 결심한 듯 말했다.

"좋아요. 허리 좀 숙여 주세요."

"물론이죠."

유리는 낚시를 하는 중년 남성들 쪽을 바라봤다. 남자들은 자신들끼리 담배를 피우며 뭔가 이야기하느라 여념이 없었다. 니겔은 빠르게 유리 쪽으로 몸을 숙였고, 유리는 에잇, 하는 소리를 내곤 니겔의 뺨에 입술을 붙였다 금세 뗐다.

"됐죠?"

"예. 좋군요."

"뭐가 좋아요. 진짜 이상한 사람이네."

유리가 코를 찡그렸다. 니겔이 웃으며 볼을 한 번 문지르고는 갑판 저쪽에서 팔짱을 끼고 있다가 황당한 표정이 된 남자 쪽을 바라봤다.

"그럼 이제 어떻게 아셨는지 알려주세요."

"간단합니다. 저렇게 잘생겼잖아요."

저렇게, 라고 말하며 니겔은 에넌 쪽을 턱으로 가리켰다. 그제야 유리가 깜짝 놀라 그쪽을 돌아봤다.

"헐. 언제부터 저기……."

"조금 전부터입니다. 그리고, 잘생긴 것만 가지고 맞춘 건 아닙니다."

"그럼요?"

"나머지는 반대쪽에도 입 맞춰 주시면……."

니겔이 너스레를 떨려는데, 유리는 어이없이 웃으며 "개수작하지 마세요."라고 웃으며 손을 내저었다. "됐으니까, 저 사람한테는 다 말하지 마세요. 아셨죠? 그리고 그쪽이 공작님인 거 알아챘다는 거까지요!"하고 말한 유리는 빠르게 에넌 쪽으로 다가갔다.

에넌에게 유리가 뭐라고 말하는 것 같았으나, 잘 들리지는 않았다.

에넌 또한 유리의 말을 제대로 듣고 있는 것 같지는 않았다. 거센 눈빛으로 이쪽을 노려보고 있었으니까. 니겔은 작은 승리를 거둔 기분으로 에넌과 눈을 마주치고 씩 웃었다.

—※—

아르시노에의 배가 니겔 굴랍 카움의 여객선을 지나친 것은 영원의 강을 따라 내려간 지 열흘이 넘은 때였다. 그때쯤에는 북아스완을 다 지나쳐 덥지만 건조한 남아스완으로 오게 됐고, 유리는 한결 살 것 같다고 생각하고 있었다. 긴 셔츠가 몸에 달라붙지도 않았고, 가만히 앉아 있어도 땀이 줄줄 나지도 않았다.

"와아! 아스완 후의 배로군요!"

니겔이 손을 흔들었다. 영원의 강에서 모든 배들은 아스완 후의 배에게 길을 비켜주게 돼 있었다. 그래서 니겔의 여객선도 멀리서 오는 아스완 후의 배를 보고, 진작부터 물가로 조금 비켜 정박해 있었던 차였다. 빠르게 아스완 후의 배가 지나갔다. 간격이 멀어 잘 보이지는 않았다.

"왜 이렇게 멀리 댄 거예요?"

"저격을 걱정해야 하니까요. 강에서 아스완 후의 배가 지나가는 모든 길의 배들은 멀리 떨어져야 합니다."

니겔이 부드럽게 말했다. 맞다. 유리는 그제야 새삼스럽게 쎄시아가 가진 통치의 잔이 얼마나 대단한지 깨달았다. 넓고 탁 트인 초원에서 아무렇지 않게 거닐 수 있는 제후는 쎄시아 외에는 없을 것이다.

곧 만나겠지? 그런 마음으로 유리는 아르시노에의 배 쪽으로 손을 흔들었다. 니겔도 같이 손을 흔들었다.

"와아아. 나의 아름다운 아르시노에가 멀어지는군요. 훌쩍. 슬퍼요."

"아스완에 가시면 되잖아요?"

"그렇긴 하지요."

니겔은 천연덕스럽게 울던 시늉을 멈추고 답했다.

"그런데 아스완에는 왜 가시는 거예요?"

"아, 그야 뭘 좀 가져다주려고요. 제가 파는 물건인데, 나중에 한 번 보여드리죠."

여객선은 대부분의 큰 항구에는 한 번씩 다 머물렀고, 열흘쯤 되니 승선했던 많은 손님들도 대부분 다 내린 뒤였다. 자연스럽게 배 안에서 니겔과 유리는 자주 떠들게 됐다. 니겔은 아주 즐거운 대화 상대였다. 아스완의 온갖 문화와 풍토를 편안하게 대화 중간중간 끼우는 능력이 있었고, 그 밖에도 유리에게 찰싹 붙어 뭔가 재미있는 것을 하지 않으면 큰일 나는 듯 굴었다.

플럼이 "저 사람 혹시 언니 좋아하는 거 아니야?"하고 소곤댔을 정도다.

"아니야. 니젤은 그리고 내가 여자인 걸 알아."

뭐어? 하고 플럼이 놀랐고, 그 말에 반응한 것은 아이비였다.

"예?! 어떻게 알게 됐대요?!"

유리는 최대한 간결하고 건조하게 아이비에게 자신이 여자인 것을 이미 여객선 탑승 사흘 차에 들켰다고 설명했다. 아스완의 여인들은 머리가 짧아 자신이 머리를 자른 것쯤은 별문제가 되지 않는다는 사실도. 그 말에 아이비가 짧게 탄식했다.

"이런, 내려서 여러 가지 대책을 강구해야겠네요……."

"에, 그런가요."

"생각해 보세요. 지금이야 아스완인들만 눈치챘다지만, 나중에 아스완에 익숙해진 우리의 남자분들이 알아챌 수도 있다구요!"

그제야 유리는 조금 허둥지둥했다. 아이비는 한숨을 내쉬며, 일단 아스완에 내려 대책을 강구해보자고 말했다. 유리는 괜히 죄지은 심정으로 고개를 끄덕였다.

니젤이 자신의 판매 상품을 보여준 것은 그날 저녁이었다. 살롱에 가지고 온 큰 화분을 보고 유리는 고개를 갸웃했다.

"관상수입니까?"

"뭐, 그렇게도 보이지만, 아닙니다."

화분 속에 있는 것은 크고 둥그런 잎을 가진 나무였다. 나무는 아주 사랑스럽고 예쁜 모양이었는데, 그래서 유리는 아스완인들은 집에 이런 걸 키우는 취미가 있나? 하고 생각했다. 그러나 니젤은 손을 내저었다.

"이건 북아스완의 정글에서 나는 나무인데, 북아스완에서는 여러 가지 용도로 쓰고 있지만, 기후 때문에 다른 곳에서는 재배가 어렵습니다. 그렇지만 앞으로 이래저래 판매를 확장해볼 예정이라서요. 남아스완에서도 재배가 가능한지 알아보려고 가지고 가는 겁니다."

"이걸 어디다 쓰는데요? 차를 마시나요? 아니면 베어서 자재로 쓰나요?"

유리의 물음에 니켈이 고개를 저었다.

"둘 다 아닙니다."

"그러면요?"

"수액을 짜서 굳힌 다음, 여러 가지로 쓰죠."

니켈이 제 품에서 뭔가 꺼냈다. 칼이었고, 자동적으로 그 자리에 있던 유리와 에넌, 밴딧 등이 움찔했다. 그러나 니켈은 손잡이 부분을 유리에게 가리켰다. 유리의 눈이 커졌다.

"헐."

"어라. 이걸 알아보시겠어요?"

"예! 이거…… 이거는!"

"저희는 루브라고 부릅니다."

유리는 단검을 받아들고 감격해 버렸다. 니켈이 보여준 단검 손잡이에는 쥔 손이 미끄러지지 않기 위해 꽤 거친 것이 감겨 있었는데, 천이 아니었다. 그것은…….

"생고무네……."

대박. 유리는 그 단검을 들고 파르르 떨었다. 그제야 관상수처럼 보이던 나무의 정체를 알 수 있었다. 고무나무의 일종인 것이다. 그야 나무 수액을 굳히면 좀 딱딱해지는 건 알고 있었지만, 고무가 여기 존재하는 거야? 유리는 감격했다.

"이 나무 얼마예요?!"

"이런."

니겔이 웃었다.

"이건 안 팝니다. 저희도 아직 재배 시험 단계라서요. 필요하시면 중부 아스완으로 가서서 직접 구하셔야 해요."

"어디서 나요?!"

유리는 니겔의 멱살을 잡을 듯 소리 질렀다. 이렇게 열정적인 유리를 오랜만에 보는 모두가 조금 당황할 정도였다. 에넌이 물었다.

"이게 뭔데 그러는 건가요, 유리?"

"이거는……."

유리는 목이 메었다. 이것만, 이것만 있으면…….

"제 엉덩이의 보호자예요……."

북아스완에서 돌아갈 때 마차에서 엉덩이가 아파 슬퍼하지 않아도 된다!

유리는 계속해서 돌아갈 때를 고민 중이었다. 근 한 달간 쇠바퀴로 된 마차에서 아무리 쿠션을 몇 개씩 깔고 앉아도 얼얼하고 나중에는 저리기까지 하던 엉덩이 때문이다. 유리는 장거리 비행이 싫어 전생에도 미국도 한 번 안 가본 청년이었는데, 그렇게 마차 여행을 하니 죽을 맛이었다.

이걸 많이 확보해서, 마차 바퀴에 끼우면 쿠션감이 상당히 좋을 것이다. 유리는 눈물이라도 흘릴 것 같은 표정이 됐다.

"렌……. 저 이거 꼭 구해야 돼요……."

"그……. 뭔진 모르겠지만 알겠습니다."

에넌이 당황한 표정이 됐다. 유리는 급속도로 고무나무에 흥미를 보였다. 니겔은 고개를 갸웃하다가, 유리의 질문에 대답하며 그녀의 흥미가 어떤 분류인지 알아차렸다.

"이동수단에 쓰려는 거군요? 그야 중부 아스완에서도 그 정도로는 쓰고 있습니다만."

"그래요?! 그만큼 물량 확보가 되나요?"

"예. 중부 아스완의 정글에 많습니다. 다만 가공이 좀 어려운 데다가 금방 굳어버려서, 중부에서만 생산할 수 있는 게 단점이죠."

"아하……. 그러면 마차 바퀴도 주문 제작할 수 있나요?"

"그야 어렵진 않겠지만."

보다 못한 아이비가 마차 바퀴를 북아스완까지 지고 갈 수도 없는 데다가, 아스완을 떠날 날이 아직 한참이나 남았다고 말리고 나서야 유리의 질문 공세가 조금 덜해졌다. 니겔은 웃으며 루브라고 부르는 고무가 중부 아스완에서는 제법 폭넓게 사용되며, 대부분은 검 같은 예리한 도구들의 손잡이로 쓰이거나 한다는 설명을 전했다.

"더 좋은 활용 방법이 있을 것 같긴 한데, 아까 물량 확보를 물어봤던 것처럼 우리 카움도 이걸 대량 생산할 수 있을지부터가 관건이라 재배를 해 보려던 겁니다. 북아스완의 정글에 몇몇 농장이 있긴 하지만, 큰 규모는 아니거든요. 정글을 농장으로 만드는 건 힘들기도 하고요."

"그렇군요……."

두 사람의 대화는 어느 순간부터 상인의 그것에 퍽 가까워졌다. 니겔은 유리를 보고 웃으며 "이럴 줄 알았으면 루브 나무를 두어 그루쯤 더 가지고 올 걸 그랬네요."하고 아쉬워했다.

"뭐, 오늘만 날이 아니니까요. 저는 아스완에 1년 가까이 있을 거고요."

"어라, 그렇게 오래?"

"예."

"뭐 때문에……."

"그야 뭐."

유리가 일행 쪽을 슬쩍 봤다가 말했다.

"개인 사업 차."

"무슨 사업입니까. 청춘사업?"

니겔이 농담을 던졌다. 유리는 "청춘사업을 벌일 만큼 아스완에 좋은 사람이 있다면 좋겠습니다."하고 응수했다.

"뭐, 어떤 사업을 하시려는지 모르겠지만, 저희 굴랍 상회에 투자하시는 건 어떻습니까?"

"굴랍 상회요? 투자도 받으시나요?"

"그럼요."

니겔이 멋들어진 태도로 정중히 인사했다. 다분히 연극적이었다.

"저희의 가련한 유색보석 광산이 아직도 주인을 못 찾지 않았겠습니까."

유색보석 광산이라면……. 유리는 머리를 굴렸다. 얼마 전 쎄시아에게 들은 말 중에 섞여 있었던 것 같다. 아스완에는 유색보석이 잔뜩 나는 광산이 있었지만, 나라가 가난해 개발비용이 없어 광산 하나 제대로 파지를 못했다던가.

"어라. 유색보석 광산이 굴랍 상회의 온전한 소유인가요?"

"아닙니다. 정확히는 아스완 후가 4할, 제가 5할. 나머지 1할은 작은 주주들의 것이죠."

유리는 혀를 내둘렀다. 여기에도 주주 제도가 있구나. 그렇지만……. 유리는 눈알을 굴렸다가 니겔을 잠시 옆으로 잡아당겼다. 니겔이 웃는 낯으로 일행들을 피해 조금 떨어진 곳으로 딸려왔다.

"저기, 제가 좀 예의 없어 보이겠지만……. 궁금해서요."

"예."

"이렇게 큰 배를 몇 대씩이나 영원의 강에 운항할 정도의 부자 아닌가요?"

"뭐, 그렇지요."

"그런데 유색보석 광산은 니겔이 투자하면 되는 거 아닌가요?"

니겔이 하하, 하고 웃었다.

"정말로 예의 없는 질문이군요."

"앗……."

"보통 사람들이었다면 화냈을 겁니다. 그렇지만 유리는 외지인이니 특별히 가르쳐드리죠. 저는 돈이 없습니다."

"……예?"

"정확히는 굴랍-카움의 돈들은 카움을 담보로 대출된 돈들을 굴립니다. 이건 카움의 시민들이라면 대강 다 알고 있는 내용이지요."

유리는 눈을 크게 떴다. 그야 이런 상황에 재정 상태에 대해 물으면 정말로 화낼 만도 하다. 유리는 금세 기가 죽어서 사과했다. 니겔은 눈을 가늘게 떴다.

정확히는 니겔의 선선대가 진 빚이다. 알-카움은 본래 유서 깊은 항구도시다. 강을 기반으로 대륙 위쪽으로 진출하려면 반드시 알-카움을 거쳐야 했다. 황금알을 낳는 거위라고 불러도 이상하지 않은 위치인 것이다.

그러나 니겔의 선선대는 치명적인 실수를 했다. 유색보석 광산이 발견된 것은 선선대의 개발 덕분이었지만, 그는 알-카움을 담보로 자신이 사랑하던 여인을 구출해 냈다던가. 사랑하는 상대에 대한 열정이 대단한 것은 굴랍 카움 가문의 내력이었으나, 안타깝게도 그 여인은 선선대가 구해낸 지 얼마 안 되어 시름시름 앓다가 죽어버렸다고 했다. 그리고 굴랍 카움 가문은 지금까지 그때 진 빚을 갚기 위해 계속해서 사업을 벌이고 있는 것이다.

니겔이 탄 여객선은 니겔의 아버지인 북아스완 소영주가 벌인 사업 중 하나다. 문제는 아스완이 가난한 나라라는 것이다. 여객선을 탑승하는 인원이 그리 많지 않았다. 니겔과 유리가 타고 있는 배만 해도 오십 명도 안 되는 귀빈이 탔다. 그야 탑승비용이 비싸기는 하지만.

"뭐, 그래도 덕분에 북아스완 사람들은 저희 가문에 큰 신뢰를 보내주는 편이죠. 지역을 기반으로 사업하고 있으니 외지인들과 협력하기보다는 좋은 일이 있으면 우리에게 먼저 알려주고 투자를 바랍니다. 참 다행이랄까요."

"앗, 그런가요. 다행이네요!"

유리가 배시시 웃었다. 사업을 하러 왔다더니, 이런 종류의 이야기를 하는데도 배시시 웃는다. 보통의 닳고 닳은 사업가라면 니겔에게 손을 비비며 좋은 아이템이 있다면 넘겨 달라, 혹은 협력을 바란다는 이야기라도 할 텐데.

'굉장히 순진한 사람이군.'

니겔은 그렇게 생각했지만 딱히 더 묻지는 않았다. 대신 웃고는 유리의 손을 달라고 해 거기 입을 맞췄다.

"모쪼록 추진하시는 사업이 잘 되시면, 저 니겔 굴랍 카움을 잊지 말아 주시기 바랍니다. 아시겠지요?"

"나 참. 니겔도."

유리가 니겔의 어깨를 가볍게 때렸다. 니겔은 유리의 뒤쪽을 보고 킥킥 웃어버렸다. 붉은 머리의 공작이 무시무시한 눈으로 이쪽을 보고 있었기 때문이다.

정말이지. 소소한 복수가 되기는 했다.

5

단두대와 미남과 휴가

남아스완의 수도는 나라의 이름과 같은 아스완이었다. 아스완은
여태까지 유리가 봐왔던 영원의 강 정박지와는 사뭇 달랐다. 도착
몇 시간 전부터 강 너머로 보이는 흰 건물들이 그러했다. 유리와 일
행들은 모두 도착 전부터 난간에 매달려 아스완의 정경을 바라봤
다. 가난한 나라라더니.

모래바람이 불었지만 모두의 눈에 보이는 아스완은 엄청나게 크
고 번화했다. 강 위에서만 봐도 알 수 있었다. 강 위로는 작은 배부
터 큰 배까지 분주하게 지나다니고 있었고, 나루도 몇 개나 있었다.
강나루 너머로 보이는 것은 넓고 크고 흰 건물들. 마치 신전 같은 낮
고 아름다운 건물들에 유리는 입을 벌렸다.

덥고 건조했지만 지금은 건기이기 때문에 그래도 좀 덜 덥다고
니켈이 설명해 유리는 으, 하고 몸을 움츠렸다. 그래도 다행인 것은

288

아스완 사람들은 걷기에는 흰옷을 길게 두르고 다닌다는 것이다. 낮에는 해가 세서 피부를 보호하기 위함이었고, 아침저녁으로 일교차가 크기 때문이기도 하다.

"이렇게 더워도 저녁에는 꽤 추웠지요?"

"오, 저는 그게 강 위라서 그런 건 줄 알았는데."

유리가 입을 벌리고 니겔의 설명을 들었다. 저녁에는 꽤 춥다. 사막 기후라서 도시에 열을 머무르게 할 만한 것이 별로 없기 때문이라고 옆에 있던 아이비가 덧붙여 설명해줬다.

내릴 채비를 하고 있으니 밴딧이 옆에서 투덜거렸다.

"어쩐지 잊혀진 느낌이 들었는데 말입니다."

"잊혀졌다고요?"

"그야 저도 아이비 양만큼 엄청나게 준비했는데, 저 카움 소영주 덕분에 그럴 필요가 없었다고나 할까요."

니겔이 계속 붙어 자잘한 것까지 알려준 덕분에 별로 할 일이 없었다는 것이다. 유리는 밴딧에게 너무 서운해하지 말라고 말하려다가 어, 하고 눈을 동그랗게 떴다.

"아이비 양이라고요?"

밴딧이 아, 하고 입술을 오므렸다.

요거 요거. 유리는 의뭉스럽게 웃었다. 아무래도 여객선을 타고 아스완까지 내려오는 동안, 밴딧과 아이비 또한 여러 가지로 가까워진 모양이었다. 유리가 밴딧의 옆구리를 손가락으로 쿡 찔렀다. 밴딧도 유리의 옆구리를 쿡 찔렀다. 유리는 밴딧의 옆구리를 팔꿈치로 꾹꾹 찔렀고, 밴딧은 팔꿈치로 유리의 옆구리를 아예 세게 문질렀다.

으하하하하, 그만 해요. 간지럼을 탄 유리가 뒤로 넘어갔다.

"조용히 해 주시는 겁니다?"

"……정말로?"

밴딧이 흐흐 웃었다. 아이비와 잘해볼 생각이 만만인 듯했다. 유리는 피식피식 웃으며 엄지손가락을 세웠다. 옆에서 지켜보니 밴딧은 꽤 괜찮은 사람이었다. 대부분의 남자들이 에넌 옆에 있으면 묻혀버리는 반면, 좋은 성격이 돋보인달까. 적당히 허술한 에넌의 뒷목을 잡아주고, 정신을 들게 해주고, 헛짓거리를 하지 못하게 하는 스타일이면서도 에넌을 제외한 다른 사람들에게는 여유 있게 대한다. 게다가 공작 부관이니 먹고 사는 문제에 관해서는 딱히 크게 걱정도 없을 것이다.

그리고 가장 마음에 드는 부분은 '조용히 해 달라'는 부분이다. 유리는 이런 경우 '도와 달라'고 말하는 남자들을 너무 많이 봤다. 그렇지만 밴딧은 딱히 유리에게 크게 협조를 해달라고 하지도, 노골적으로 분위기를 몰아가지도 않았다. 알아서 할 거니까 그냥 지켜만 봐 달라는 정도의 사인.

이 사람 괜찮은데. 유리는 낮게 휘파람을 불었다.

"조심하십시오."

"어, 예."

다른 생각을 하고 있을 때 갑자기 에넌의 목소리가 들려와 유리는 화들짝 놀랐다. 아스완에 도착한 승객들이 선원들의 도움을 받아 난간을 넘어 내려가고 있었다. 알-카움에서처럼 높은 계단을 항구에서 여객선 옆에 대고, 승객들이 그 계단을 밟고 내려가 항구에 내려서는 방식이었다. 유리는 또다시 에넌이 자신을 안아 올렸던 생각을 하고 조금 두근거리는 마음으로 에넌을 바라봤다.

언제나와 같이 부드러운 얼굴을 한 미남은 유리를 바라보며 말했다.

"안 내려가십니까?"

"어……. 예. 내려가야죠."

유리는 눈을 끔벅이다가 제 앞에 있던 난간을 넘어갔다. 계단 앞에 서 있던 선원이 유리의 손을 잡아주었다. 에넌도 유리를 뒤따라 난간을 훌쩍 넘었다. 그는 유리와 키가 다르니 선원이 붙잡아줄 필요는 없었다. 유리는 슬쩍 에넌을 뒤돌아봤다가 코를 한 번 찡그리고는 계단을 빠르게 내려갔다.

뭐야, 기대한 거 아냐. 기대한 거 아니라구!

……그런데 왜 이렇게 섭섭하지. 유리는 좀 짜증이 났다. 알-카움에서처럼 안아 들 것을 기대한 건 아니다.

그렇지만……. 정말이지. 유리는 이제야 에넌에게 목을 맨다던 몇몇 아가씨들의 이야기를 알 수 있을 것 같았다. 어쨌든 이 남자는 너무 나빴다. 아무렇지 않게 평범한 순간에 친절을 베풀고, 그 친절은 가끔 아슬아슬하게 선을 넘는다. 그 친절에 마음을 뺏겨버린 사람은 계속해서 어떤 순간들마다 기대를 해 버리는 것이다.

그렇지만 저 남자에게 그런 것들은 일상이라는 사실을 알게 되는 순간들이 있다. 나 말고 모두에게 친절한 남자. 내가 설렜던 그 순간이 나만의 것이 아니라는 것을 알게 되는 건 생각보다 꽤 속상한 일이다.

유리는 괜히 시무룩해졌다. 물론 그것은 아르시노에를 보기 전까지다.

"앗, 저기……."

미리 내려와 있던 플럼이 항구 한쪽을 가리켰다. 놀랍게도 그곳에는 아르시노에가 한 무리의 신하들과 함께 모두를 마중하러 내려와 있었다. 유리가 눈을 크게 떴다. 눈이 튀어나올 정도의 미녀가 아름답게 웃으며 자신을 보고 서 있었다.

왕녀님, 하고 말하려는 순간 미녀가 부드럽게 무릎을 굽혀 발렌시아식의 인사를 했다. 그것은 아르시노에를 따라 온 가신들도 마찬가지였다. 삽시간에 수십 명이 이쪽을 향해 무릎을 굽혀 인사했다. 어, 저한테 왜 이러세요……라고 말하려는 때, 아르시노에가 입을 열었다.

"아스완 후가 올랭피아의 주인을 맞습니다. 아스완에 오신 것을 환영합니다, 에넌 라이언하트 공작님."

"예. 일어나셔도 됩니다."

아. 유리는 옆을 쳐다봤다. 거기에는 얼마 전까지 사람 좋게 웃고 있던 남자가 유리에게는 전혀 낯선, 지배자의 얼굴을 하고 손짓으로 모두를 일어나라 하고 있었다. 주변은 어수선했지만 아르시노에

의 등장으로 사람들이 모두 한참 물러나 있었다. 당연하게도 시선은 모두 남자를 향해 있었다. 그것은 마치, 이곳의 주인공은 에넌 라이언하트라고 모두가 말하고 있는 것 같은 광경이었다.

아, 그렇구나. 유리는 불현듯 남자와 급속도로 멀어지는 듯한 거리감을 느꼈다. 생각해 보면 까마득하게 높은 사람이다. 이 여정의 책임자도, 주인공도 사실은 에넌 라이언하트다. 자신이 아니다. 아마 아르시노에와 자신만이 왔다면 이렇게 환영받을 일도 없었겠지. 애당초 아르시노에와 헤어져 올 일이 있었을까? 아닐 것이다.

"오시는 길은 편안하셨습니까. 아르시노에가 폐를 끼쳐, 부득이하게 험한 여정을 감당하시게 한 것이 아닌가 저어됩니다."

"좋았습니다. 저야말로 아르시노에를 팽개친 모양새가 되어 그대의 안전을 걱정하던 참이었습니다. 평안하신 모습을 보니 좋군요."

"저는 수많은 대영주들의 배려로 아스완까지 무사히 돌아올 수 있었답니다. 아스완을 구원한 영웅의 귀환을 모두 손꼽아 기다리고 있으니 제 궁으로 가시지요. 두 번째 방문하시는 아스완이 부디 마음에 드신다면 좋겠습니다."

두 사람의 대화는 유려하고 거침없었다. 뒤에서 울려 퍼진 쾌활한 목소리가 아니었다면 끊임없이 이어졌을 것이다.

"평안하셨습니까, 각하!"

"……니겔?"

아르시노에가 눈을 크게 떴다. 니겔 굴랍 카움이 쾌활하게 성큼성큼 걸어 아르시노에의 앞에 무릎을 꿇었다. 길게 묶어 올린 머리카락이 파르락 흔들렸다.

"니겔 굴랍 카움, 카움 소영주가 아스완 후를 뵙습니다."

"어머나. 니겔이 여기에는 왜……. 혹시."

"예. 개인적인 용무로 아스완에 왔다가, 라이언하트 공작을 모시는 영광을 누렸습니다."

에넌이 눈을 꿈틀거렸다. 니겔이 천연덕스럽게 자신을 라이언하트라고 부르는 것이 퍽 놀라운 모양이었다. 그 사람, 댁이 저 배에탈 때부터 공작인 거 알고 있었대요. 이 남자야.

유리는 혼자서만 속으로 이죽거렸다.

"그렇군요. 고마워요, 니겔. 덕분에 아스완의 귀빈이 무사히 도달하였군요. 그대의 공을 사 치하라도 하고 싶으나, 지금은 이래저래분주하군요. 다음 기회에……."

"예, 조만간 제가 아스완 궁에 들를 테니 저와 식사라도 해 주시겠습니까?"

아르시노에가 멈칫했다가 미소 지었다.

"그렇게 하시지요."

"영광입니다."

니겔은 일어나 에넌에게도 가볍게 묵례했다.

"모실 수 있어 영광이었습니다."

"예."

에넌은 짧게 답했다. 니겔은 물이라도 흐르는 듯한 몸짓으로 뒤로 물러났다. 일사불란한 몸짓으로 니겔의 하인과 선원들 또한 뒤에서 경례했다. 아르시노에는 곤란한 미소를 지으며 니겔의 인사를 받았다. 유리의 옆에 있던 밴딧만 혀를 찼다.

"이런."

"왜요?"

"누가 봐도 우리 각하가 상관인데, 묵례만 하고 끝났잖습니까. 사람들 다 보는데 저래서야."

"……문제가 큰가요?"

"그렇죠. 여기는 항구인데. 지금 온 아스완 사람들이 다 보고 있지 않습니까."

그러고 보니 그랬다. 아이비도 턱을 어루만졌다.

"자신이 함께 온 사람이 공작이라고 한다면 당황할 만도 한데, 임기응변이 뛰어난 사람이군요. 보통은 허둥대느라 모두에게 무릎이라도 꿇을 텐데, 아스완 후에게는 무릎을 꿇고 각하에게는 묵례라니. 정치적 퍼포먼스도 뛰어난 사람이에요. 확실히 평범한 사람은 아니군요."

아뇨, 댁들도 평범한 사람은 아닌데요. 유리는 아연한 눈으로 밴딧과 아이비를 쳐다봤다.

짧은 순간인데 다들 모두 그런 관찰을 하고……. 혹시 나만 바보가 아닐까……? 유리가 머리를 긁적이는데, 빌베이스 경이 옆에서 나직하게 중얼거렸다.

"저만 바보가 아닐까요……."

유리는 갑자기 왈칵 눈물이 쏟아질 것 같은 기분으로 빌베이스 경의 손목을 당겨 잡았다. 빌베이스 경도 다 안다는 눈으로 유리 쪽을 바라봤다. 정치 쩌리들의 마음…….

플럼이 와서 "두 분 뭐 하세요? 이거나 들어주세요."하고 재촉하지 않았다면 둘은 그렇게 퍽 오랫동안 손을 잡고 있었을 것이다.

유리는 머리를 긁으며 에넌의 뒤쪽에 아이비와 함께 섰다. 모두의 짐은 빠르게 아스완의 하인들이 받아 챙겼다. 짐이라도 들면서 좀 멀어져 보려고 했는데 이래서야.

결국 유리는 에넌과 아르시노에의 뒤에서 하메드와 함께 걸으며 둘의 대화를 계속 듣고 있었다. 하메드라는 영감은 저번에도 분명히 만났는데, 유리에게 인사를 건네기는커녕 꼿꼿하게 아르시노에의 뒤에 서서 걷고 있었다. 그 모양새가 흡사 닭 같아 유리는 입술을 한번 부루퉁하게 내밀고 주변을 둘러봤다.

보아하니 에넌은 아스완에서도 굉장히 환영받는 모양이었다. 뭐랄까, 국민사윗감? 아스완의 전 국민이 아르시노에를 구해주었던 에넌에 관해 그 정도의 인상을 가지고 있었다. 무리도 아니다. 실제로 주변의 하인이고 가신이고 에넌 쪽을 존경의 눈으로 쳐다보고 있었다.

길에 엎드린 아스완인들 중에서는 조금이라도 그의 모습을 눈에 더 담아보려 애쓰는 이들도 대다수였다. 에넌이 아르시노에가 준비한 가마를 보고 머뭇대다가, "그냥 걸어가면 안 되겠습니까."하고 곤란해하자 감탄사도 터져 나왔다. 아스완식의, 하인 여덟 명이 등에 지고 걸어가는 화려한 가마는 에넌에게는 상당히 부담스러운 물건이겠지만, 아스완 인들에게는 그것이 퍽 수더분해 보였던 모양이다.

전 국민의 사윗감……. 모든 가신의 친정어머니화……. 아니 장모화……. 유리는 아스완 궁에 들어갔다가 씨암탉이 밥상에 나오는 건 아닐까 하고 생각하며 속으로만 툴툴댔다.

~⁕~

밴딧이 아침부터 유리 클로드의 방문을 알렸다.

"각하. 유리 님이신데요?"

"그래? 니세르에서 어제 막 왔을 텐데……. 들어오라고 해."

"예."

에넌 라이언하트는 보던 서류를 덮었다. 발렌시아와 달리 아스완에서는 넓은 잎의 섬유질을 엮어 만든 종이를 썼다. 종이는 발렌시아에서 쓰던 것보다 거칠었으나, 에넌은 그 감촉을 좋아했다. 때문에 에넌은 유리 클로드가 문을 열고 들어왔을 때도 계속 그 종이를 만지작거리고 있었다.

"각하. 제가, 참……. 보기 좋네요."

"예?"

뭔가 용건이 있을 거라고 생각했는데. 보통 본론부터 말하곤 하는 청년은 일주일 만에 에넌을 보자마자 갑자기 저런 소리나 삑삑해댔다. 에넌이 고개를 기울였다. 청년은 잠깐 머뭇거리다가 입을 열었다.

"……헐벗으신 게…….."

에넌은 그대로 자신이 만지고 있던 종이를 구기고 말았다.

유리와 에넌이 아스완에 온 지도 두 달을 넘긴 참이었다. 성대한 환영도 첫날뿐이다. 그다음 날부터 곧장 두 사람은 아스완 변두리의 사택에서 일에 시달렸다. 밴딧과 아이비도 마찬가지다. 빌베이스 경은 에넌의 호위로 왔기 때문에 줄곧 에넌의 집무실 앞에 서서 땀을 줄줄 흘렸다.

날이 더웠다. 아스완 주변은 모조리 사막이기 때문에 나무가 별로 없었고, 낮에는 미친 듯이 더웠다. 그나마 건기여서 습하지 않다는 것이 다행이었다. 하루종일 사택에 있는 유리는 그래도 아마로 지은 긴팔을 입고 다녔다.

그렇지만 유난히 더위를 타는 에넌은 유리를 부러워하며 아스완 귀족들이 입곤 하는 아마로 된 긴 옷을 입었다. 뒤는 한 갈래이고, 앞은 두 갈래로 갈라지는 통옷이다. 허리를 끈으로 조여 밑은 얇은 바지를 입게 돼 있었다. 재미있는 건 이 옷이 가슴 안쪽과 팔을 전부 드러내는 바람에, 본의 아니게 아스완의 시민들은 에넌 라이언하트의 가슴팍을 구경하게 됐다.

유리가 헐벗었다며 놀린 것도 그 맥락이다.

"아니, 공작님 뵈러 들어오자마자 외간 남자 가슴팍이 딱! 보이는데."

"……그만하십시오."

유리는 에넌의 가슴팍을 그리는 시늉까지 하며 너스레를 떨었다. 옆 책상에 앉아 있던 밴딧이 유리의 말에 킬킬거렸다. 에넌은 한숨을 쉬며 아스완의 시종들이 내어 준 시원한 물을 마셨다. 우물에서 길어온 찬 물이라도 없었다면 진작에 에넌은 이곳을 탈출했을 것이다.

"어제 니세르 호수에서 밤늦게 돌아온 참 아니었습니까?"

"아, 예 그렇죠."

"그런데 이렇게 일찍……. 무슨 일입니까."

유리가 마시던 물컵을 내려놓고 짐짓 비장한 표정을 지었다.

"각하."

"예."

"저 휴가 좀 주세요."

"휴가요."

"예."

에넌은 유리가 왜 이런 말을 꺼냈는지 알 것 같았다.

처음 기간사업 시작을 서두른 것은 유리였다. 유리는 아스완에 도착한 뒤, 사흘 정도는 여독을 풀고 쉬라는 아르시노에의 배려에도 불구하고 다음 날 바로 일을 시작하겠다고 나섰다. 아스완에서 할 일이 많다는 것이다.

결국 하메드를 위시한 이들은 아스완 변두리의 사택으로 그들을 안내했다. 그곳에는 유리가 미리 요청했던 것들이 전부 와 있었다. 작은 물레부터 큰 물레, 실을 짤 직기와 거대한 찜기 같은 것들이다.

아스완의 숙련된 기술자들 중에서도 가장 재주가 뛰어난 자들이 유리에게서 면실크 배합 비율을 배웠다.

직물이라는 게 그렇다. 씨실과 날실을 어떻게 엮는지, 두 코 빼면 거칠어지고, 한 코만 빼면 부드럽다. 면실을 얼마나 섞고, 어떤 결로 짜는지, 마무리는 어떻게 하는지. 그런 것들을 유리는 한 달 동안 꼬박 가르쳤다.

배합만 가르친다면 유리가 그렇게 길게 있을 이유가 없었다. 유리는 니세르 호숫가에서 재배되는 아마들을 살펴봤다. 이왕 오는 김에 좋은 아마천도 만들 수 있다면 좋지 않겠느냐는 취지다.

잠은 사택에서 모두가 먹고 잤다. 넓고 긴 형태로 된 사택에서는 아스완으로 오는 동안 동행했던 여섯 명과, 에넌을 따라온 사병들이 머물렀다. 낮에는 사택 앞의 작업장에서 방직을 감독하고, 밤에는 사택에서 잔다.

한마디로 자는 곳과 일하는 곳이 같았다. 한때 유리가 최악으로 쳤던, 아타락시아의 작업 환경이었다. 자는 곳과 일하는 곳이 한 건물이니 알아서 야근하게 되던 그곳. 자연스럽게 모두들 밀린 일이 있으면 저녁에도 서류를 검토했다. 밤늦게까지 직공들에게 기술을 가르친 것도 물론이다.

차라리 아타락시아는 쾌적하기라도 했다. 벨름의 연중 서늘한 기온 덕분에 냉방도 난방도 할 필요가 없었다. 그러나 아스완은 달랐다. 계속 모래먼지가 불어왔다. 더위도 마찬가지다. 아르시노에가 특별히 붙여 준 시녀들이 옆에서 연신 부채질을 해 주었으나, 에넌

300

은 부담된다며 그녀들을 물렸다.

제일 윗사람이 시녀들을 물리는데 아랫사람들이 버틸 방도가 없다. 결국 모두 반쯤 울먹이며 시녀들을 물렸다. 그 뒤는 땀과 더위와의 싸움이었다. 그래도 아스완에서 일할 때는 건물 안에서 일할 수 있었으나, 니세르 호수는 달랐다.

쉬는 날 없이 가리지 않고 일하던 유리가 이런 소리를 하는 것도 당연했다. 에넌은 조금 미안해졌다.

"그래요. 그러면 며칠 쉬도록 하죠. 계속 쉬지 못했던 것으로 아는데……"

"예."

"며칠이나 쉴 겁니까?"

"저 이레만 주세요."

유리의 말에 에넌이 턱을 쓰다듬으며 고민했다. 유리는 저도 모르게 긴장했다. 안 된다고 할 것 같아서 좀 많이 썼기 때문이다. 5일 정도만 쉬라고 해도 감지덕지겠다. 현대인이었지만 또한 사축이었던 유리의 페르소나가 유리에게 그토록 슬픈 자세를 취하게 만들었다. 에넌이 입을 열었다.

"내일부터, 두 이레를 쉬고 오시죠."

"……예?"

"그렇잖아도 다들 너무 강행군이라 걱정하던 차였습니다. 저만해도 지쳤고요. 하는 김에 두 이레를 모두 통째로 쉬도록 하죠."

"허……."

"먼 곳까지 와서 관광 한 번 해 볼 틈 없이 고생한 거 압니다. 미안합니다. 제가 미처 돌볼 틈이 없었다고 하면 핑계지요. 저야 한 번 와봤던 곳이지만, 와본 적 없는 사람들은 아쉽기도 하겠고요. 이 기회에 푹 쉬세요."

"각하."

유리가 반짝반짝 빛나는 눈으로 에넌을 올려다봤다. 에넌은 책상 한쪽의 구겨진 종이를 손가락으로 눌러 펴며 빙그레 웃었다.

"예."

"사랑해요."

에넌의 손안에 있던 종이가 눌러 편 보람도 없이 이번에는 으스러졌다.

-·≫※≪·-

에넌의 지시는 빨랐다. 방직공들도, 계속해 경호를 서던 기사들도 모두 2주의 휴가에 환호했다. 내일부터 2주 쉰대! 이러니저러니 해도 쉬는 날도 없이 계속되던 일들에 모두 엄청나게 지쳐 있던 차였다. 다들 분주하게 아스완에서 무엇을 해야 할까 하고 놀 거리를 찾아 나섰다. 휴가 이야기를 듣자마자 술 약속부터 잡는 이들을 비롯해 아예 여행을 다녀오겠다며 짐을 꾸리는 이들도 있었다.

그리고 유리는 짐을 꾸리는 이들 중 하나였다. 유리는 저녁이 되자마자 둘둘 만 짐을 메고 문밖으로 나왔다. 플럼이 간단한 복장을

302

하고 유리를 기다리고 있던 참이었다.

"진짜 벌써 가?"

"그래. 빨리 다녀와서 써봐야 하니까."

아스완 남쪽의 해변으로 가기 위함이었다. 당연히 유리가 목표했던 해면 때문이다. 본래는 푹 자고 내일 저녁에나 가려고 했지만, 유리는 제가 두 달째 운 좋게 생리를 하지 않았다는 것을 깨달았다.

생리불순자가 두 달 동안이나 생리를 하지 않았다는 것은, 일종의 언제 터질지 모르는 폭탄을 배에 안고 산다는 뜻이다. 그렇게 생각하니 마음이 급해졌고, 유리는 결국 찌뿌둥한 몸을 이끌고 짐을 챙겨 나서기에 이르렀다.

"벌써 어디 갑니까?"

유리와 플럼에게 말을 건 것은 에넌이었다. 아스완의 저녁은 일교차가 컸다. 에넌은 유리가 헐벗었다고 놀린 복장 위에 가벼운 아마 숄을 두른 참이었다. 유리가 히죽 웃었다. 언제 봐도 잘생겼는데 거기에 헐벗기까지 하니 보기에 참 좋았다.

"바다에 가요."

"바다요?"

"네!"

플럼이 끼어들었다.

"아스완의 남쪽 바다는 물이 초록색이래요! 가서 오늘 밤에 푹 자고, 내일은 수영을 할 거예요!"

"이런, 재미있겠군요. 두 사람만 갑니까?"

"네. 아이비 양은 영 피곤해서 이 기회에 푹 쉬고 싶다고 해서요."

유리가 눈을 깜박이며 답했다. 에넌은 고개를 저었다. 그 뜻이 아니었기 때문이다.

"호위는요?"

"어……. 저희 휴가인데 호위가 필요한가요?"

"무슨 당연한 소리를."

에넌이 이마를 좁혔다.

"아스완은 외국인에 대해 배척이 큰 곳입니다. 지금까지야 우리가 아스완에서 사업을 벌이러 온 사람들이고, 방직공들은 기술을 배우러 온 사람들이기 때문에 큰일이 없었지만, 외부는 좀 다릅니다. 무슨 일이 일어날지 몰라요. 머물 곳은 정해놓고 가는 겁니까?"

"어……. 아뇨."

"……이런. 지금이라도 사병 하나 정도는 붙여야……."

각하가 너무 오버하는 것 같은데. 유리와 플럼이 얼굴을 마주 보고 곤란한 표정을 지었다. 그도 그럴 것이, 두 사람은 발렌시아에서 온 일행들이 없는 틈을 타서 신나게 놀기 위해 만반의 준비를 다 했기 때문이다. 수영도 하려고 했는데!

"아, 맞다. 플럼 양. 아스완에서 여자는 수영 못 합니다."

"……예?!"

갑작스레 생각났다는 듯 에넌이 내뱉은 말에 플럼이 비명을 질렀다. 유리의 눈도 커졌다. 여자가 수영을 못 한다니 이게 무슨 개뼉다구 같은 말이야? 에넌은 고개를 저었다.

"정확히는 바다 수영이 금지돼 있습니다. 정해진 곳에서만 수영을 할 수 있죠."

"대체 왜요?"

"뭐……. 저로서는 이해하기 좀 어려운 이유입니다만, 여자가 물 안에 들어가면 아무래도……. 멍청한 놈들이 늘어난다는 이유입니다."

대번에 이해한 두 사람이 탄식을 내뱉었다. 벨름은 연중 서늘해서, 바깥에서 호수나 하천에 들어가면 춥다. 그래서 대부분의 여인들은 대욕탕에서 목욕하는 데에서 물놀이를 그쳤다.

그러나 아스완은 달랐다. 날이 더운 이곳에서 물놀이는 거의 필수적인 유희였다. 그러나 여인들은 정해진 곳에서만 수영을 할 수 있었다. 바다나 강에서 수영을 하면, 몸이 젖어 죄를 저지르는 남자들이 늘어날 수도 있다는 이유에서다. 유리가 기가 차 욕을 했다.

"멍청한 놈들, 죄다 잘라버려야 해."

"저도 동감입니다만, 이곳의 정서는 조금 다릅니다. 물론 발렌시아로 이미 통합된 나라이니, 정 우기면 들어갈 수 있지만……. 여자가, 그것도 외국인 여자가 바닷물에 들어가는 순간 모두들 안 좋은 시선으로 보겠죠."

보안 차원에서 안 됩니다. 에넌이 엄격하게 말했다. 힝. 플럼이 울상이 됐다.

"바다 수영만 기대하고 있었는데!"

"뭐, 발만 담그는 정도는 괜찮을 것 같긴 합니다만, 역시 호위는 있어야겠군요. 어디 보자……."

에넌이 주변을 둘러봤다. 근처에서 세 사람의 말을 들은 사병들이 슬그머니 시선을 피했다. 간만의 휴가를 놓치고 싶지 않은 마음일 것이다. 유리 또한 그 마음을 충분히 느낄 수 있었고, 그래서 손을 뻗어 에넌을 만류했다.

"저, 각하. 진짜 괜찮아요. 저도 있고……. 금방 다녀올 테니까."

"이런. 유리. 검을 쓸 수 있습니까?"

"……아뇨."

"그럼 안 됩니다. 보자……."

에넌이 턱을 긁다가 아, 하고 말했다.

"그러면 이렇게 하죠. 제가 같이 가는 건 어떻습니까?"

"……예?"

어떠냐, 고 제안했지만 그 말을 거절할 수 있을 리가 없다. 에넌을 거절하면 다른 사병을 데리고 가야 하는 처지였기 때문이다. 결국 유리는 울며 겨자 먹기로 에넌과 같이 가겠다고 고개를 끄덕였다.

"각하께서 번거로우실 텐데……."

그게 에넌이 가장 바란 일이라는 건 꿈에도 몰랐다.

─❋─

아스완은 대륙의 최남단에 있었고, 바다까지는 아스완에서 마차로 한 시간도 안 걸렸다. 아스완식의 마차는 지붕이 천으로 되어 있어서 세 사람은 펄럭이는 천 사이로 밤바다를 느긋이 감상하며 아스완 남쪽 해변에 도착했다.

에넌은 미리 하메드에게서 아르시노에가 종종 찾는다는 해변의 별궁을 귀띔받았다. 유리는 평범한 해변 거리의 숙소에 묵어도 상관없다고 우겼지만, 에넌은 보안 때문에라도 별궁에 묵는 것이 좋다며 두 사람을 데리고 아르시노에의 별궁으로 향했다. 별궁은 해변 옆의 낮은 절벽 위에 세워져 있었다. 침대 위에 누워 눈을 감으면 바닷소리에 잠길 수 있는 아름다운 궁이었다.

궁에 오자마자 하인들이 목욕을 권했지만, 지친 유리는 씻지도 못하고 바닷소리를 들으며 푹 잤다. 오랜만의 휴가였다.

다음 날 아침에 일어나자마자 보게 된 바다는 정말로 예뻤다. "우와아아아아!" 아침 일찍 일어난 플럼이 자신이 묵고 있던 옆 방 창문으로 바다를 보고 소리를 질렀다. 그렇게 큰 소리로 감탄할 만큼 아름다웠다.

유리는 플럼의 소리를 듣고 부스스 일어나 창문으로 향했다. 나무로 된 창문을 여니 눈앞에 아름다운 초록색 바다가 펼쳐졌다.

에메랄드라고 해야 할까? 글쎄. 그 보석 하나로 이 아름다운 광경을 설명할 수 있을까. 아르시노에의 궁이 있는 낮은 절벽 아래로 끝없이 흰 모래사장이 펼쳐져 있었고, 그 위로 연두색, 혹은 민트색 파도가 쉴 새 없이 밀려들어 왔다 사라졌다.

푸른 하늘과 바다의 지평선을 구분하기 힘들 정도로 맑은 색이 비슷했다. 아르시노에의 별궁에서만 볼 수 있는 풍경이었다. 유리는 그 모든 광경을 창문에 팔을 걸친 채 보며 한마디로 요약했다.

"돈 진짜 좋구나……."

유리가 끊임없이 가질 것이라고 되뇌는 것도 남국의 아름다운 바다와 미남이었다. 크. 이런 풍경에 옆에서 여리여리한 금발 미남 하나가 드시라며 초콜릿 하나 입에 넣어주면 기분 째질 텐데. 물론 입술로.

이히히히히히히히. 저도 모르게 신음 비슷하게 웃어버린 유리가 광대를 문질렀다. 입이 너무 찢어져서 광대가 아플 정도여서다.

똑똑.

누군가 문을 두들겼다.

"예, 들어오세요."

유리가 답했다. 문을 열고 들어온 것은 에넌이었다. 아침 식사를 든 시종들도 함께였다.

"일어나셨습니까. 이왕 휴가지에 온 거, 식사라도 같이하자고 왔습니다만……."

에넌이 말하다 머뭇거렸다.

"말하고 보니 휴가지에서까지 상사랑 아침을 먹고 싶을 것 같진 않군요. 미안합니다."

유리는 피식 웃어버렸다. 아. 사실 제가 원한 건 금발미남인데, 적발의 쌔끈빠끈한 미남도 나쁘진 않네요.

"괜찮아요. 앉으세요."

"고맙습니다."

308

에넌이 부른 것은 유리뿐만은 아닌 듯, 플럼도 뒤이어 들어왔다. 시종들은 능숙하게 유리의 방 창문을 열었다. 절벽 위라 그런지 창문으로 시원한 바람이 계속해 들어왔다. 굳이 부채질을 하지 않아도 서늘한 공기가 계속됐다. 여기가 여름 별궁이라는 이유를 알 것 같았다.

창문을 열고 난 시종들이 방에 접이식 식탁을 펴고 그 위에 흰 아마를 깔았다. 연이어 차려지는 것은 가벼운 열대 과일들과 찢어서 소스를 묻혀 먹는 빵, 그리고 고기볶음 같은 것들이다. 꿀과 뜨거운 차까지 옆에 대령하고 나니 유리가 으아아아, 하고 행복한 비명을 올렸다.

"대박이다. 돈 진짜 좋구나."

"돈이라기보다는 권력 아니야?"

"둘 다! 크, 하나만 더 있으면 되는데."

유리가 그렇게 말하고 덥석 빵을 베어 물었다. 갓 구워 따끈한 빵의 풍미가 일품이었다. 소금만 넣고 구웠는데 왜 이렇게 맛이 있을까? 모를 일이었다. 에넌이 물었다.

"돈, 권력. 나머지 하나는 뭡니까?"

당연히 금발 미남이다. 그렇지만 여기서 미남이라고 얘기할 수는 없잖아. 유리는 눈알을 한 바퀴 굴리고 답했다.

"금발미녀……?"

유리는 에넌이 호탕하게 웃기라도 할 줄 알았다. 그러나 정작 호탕하게 웃은 건 플럼이었다. 파하하하, 소리를 내고 웃은 플럼은 "그러면 난 금발미남!"하고 답했다. 과연 내 동생. 의자매라지만 나에게 교육 잘 받았구나. 유리가 엄지손가락을 올렸다. 그러나 막상 에넌 쪽은 미간을 좁히고 있었다. 그쪽을 돌아본 유리가 의아한 표정이 됐다.

"각하?"

"……금발미녀 좋아합니까?"

"어……. 싫어하는 남자도 있나요?"

유리가 고개를 갸웃거리다가 면피성 대답을 했다. 물론 유리에게 나 면피성 대답이고, 남들이 들으면 오해의 소지가 다분하다. 그리 고 그건 유리가 의도한 것이다. 에넌은 착잡한 표정으로 턱을 긁더 니 말을 이었다.

"저는 별로 안 좋아합니다."

"아, 예……."

여기 공작 각하의 고귀하고 별난 취향 물어본 사람? 하고 사방을 둘러보는 액션이라도 취하고 싶은 심정이었다. 그러거나 말거나 에 넌은 유리를 진지하게 쳐다보며 말했다.

"누님 때문에요."

아하. 유리는 코로 웃고 말았다.

"그야 그 폐하도 금발미녀라고 하면 금발미녀이긴 한데요, 뭐랄 까. 금발 미녀라기보다는……."

"보다는?"

유리의 말에 에넌이 다음 답이 정말 궁금하다는 듯 푸른 눈을 살짝 접었다. 유리는 어쩐지 그 눈이 아스완의 바다보다 훨씬 예쁘다고 생각했다. 자연스레 웃음이 나왔고, 유리가 배시시 웃었다.

"금발의 사자?"

"하하. 본래대로라면 무엄하다고 일갈하고 유리에게 죄를 물어야 합니다만."

"합니다만?"

에넌이 찡긋 한쪽 눈을 감아 보였다.

"그 표현이 너무나 적확한 나머지 저조차 폐하를 놀리는 무뢰배가 되고 싶은 기분이군요."

"아하하."

유리와 플럼이 가볍게 웃었다. 그렇지. 그 폐하는 정말 사자 같지. 소리 지를 때의 박력이라든가, 눈빛 하나만으로 사람을 제압하는 카리스마라든가. 게으르게 뒹굴 때는 세상에서 가장 허술해 보이면서, 사람이 방심하고 있으면 어느새 다가와 뒷덜미를 콱 물어버린다.

"아, 여왕님 뭐 하실까요."

꿀을 바른 빵을 과일과 함께 씹어 삼키며 바다에 시선을 둔 채 말했다. 에넌이 되물었다.

"뭐 지금쯤 열심히 일하고 계시겠죠. 발렌시아도 한창 더워질 때로군요."

"신기하게 보고 싶네요……."

그 말에 에넌이 흠칫했다. 유리는 아랑곳하지 않고 말했다.

"폐하 처음 뵈었을 때는 너무너무 무서워서 도망가고 싶었는데, 사람이 참 간사하죠. 저한테 잘 해주시고 귀여워 해주시니까 폐하가 너무 보고 싶어요."

사실이다. 유리는 그 여왕이 불현듯 보고 싶어졌다. 아마 그건 너무 무섭고 똑 부러지고 미인인 친구를 저도 모르게 동경하는 감정과 비슷할 것이다. 난 저 애랑은 안 맞아, 하지만 계속 보고 싶어, 같은. 눈이 마주치기라도 하면, 그 날카로운 얼굴도 방긋 웃으며 이쪽을 향한다. 유리는 저도 모르게 배시시 웃어버렸다.

"미인이셔서 그럴까요? 어쩜 그렇게 볼 때마다 예쁘신지……."

"유리."

"예?"

어쩐지 착잡한 목소리에 유리는 눈을 깜박이며 에넌 쪽을 바라봤다. 에넌이 포크를 든 채 짐짓 심각하게 물었다.

"예전에는 아니라고 했지만, 혹시 내 누이를 좋아합니까?"

"에이, 각하도."

유리가 손을 내저었다. 그러나 에넌은 표정을 바꾸지 않고 말했다.

"중요한 일이라 묻는 겁니다. 폐하에게 이성적 호감이 있습니까?"

아, 이거 뭐야. 유리가 눈으로 플럼에게 물었다. 플럼은 어깨를 으쓱했다. 무슨 분위기야, 이거? 유리는 방금 전보다 조금 더 빠르게 눈을 깜박이며 에넌 쪽을 불쌍한 척 쳐다봤으나 에넌은 눈도 깜짝하지 않았다.

"……제가 무슨 대답을 해도 무엄하다고 끌고 가지 않으실 건가요?"

"예."

"없습니다."

"알겠습니다. 미안합니다."

에넌의 대답은 빨랐다. 더 이상 묻지도, 부연을 요구하지도 않았다. 그러나 유리는 부연설명이 필요했다.

"아니, 그런데 저번에도 그렇고……. 제가 폐하에게 이성적 호감이 있으면 안 되……겠죠."

되물으려다가 유리는 빠르게 말을 마무리 지었다. 그 바람에 에넌이 실소하고는 답했다.

"뭐, 그렇지도 않습니다만."

"……예?"

"뭐. 폐하께서는 유리에게 상당히 관심이 있으신 것 같기도 하고요."

"거짓말."

유리가 놀라 눈을 부릅떴다. 에넌이 웃었다.

"거짓말입니다."

아, 뭐야. 유리가 먹던 열대과일을 팽개치는 시늉을 했다. 플럼도 피식피식 웃었다. 그래서 그게 에넌의 실패한 농담이라는 건 에넌만 알았다.

アルシノエ의 별궁 근처 해변은 아르시노에가 없을 때는 일반에 개방했다. 그래서 별궁 바로 앞의 해변까지도 망중한을 즐기는 아스완인들이 꽤 많았다. 남자들은 물 안에 벌거벗고 들어가 수영을 했고, 여인들은 긴 양산을 세워 놓고 바닷가를 거닐거나 앉아서 물을 구경하거나 했다. 물론 구경만 해도 충분히 아름다운 광경이긴 하지만, 퍽 불편해 보이는 광경이기도 하다.

에이, 생각하지 말자. 인권 개념도 없는 이곳에서 저런 거 계속 자꾸 생각하다간 머리 아프다. 유리는 그렇게 생각하면서도 괜히 근처를 기웃거렸다. 너무 불공평해 보여서다. 플럼이 칭얼거렸다.

"씨, 좋겠다."

그렇지만 플럼도 막상 해변에 내려와서는 수영할 엄두를 내지 못했다. 주변의 시선이 무시무시하게 꽂혀서다. 외지인에 대한 경계심이 심하다는 말대로, 아스완 이들은 세 명의 외국인을 뚫어져라 쳐다봤다. 그나마 에넌과 눈이 마주친 이들은 고개를 슬그머니 돌렸지만, 유리나 플럼 쪽은 유난하게도 쳐다봤다.

결국 플럼은 발만 담그는 정도로 만족하기로 했다. 해변 안쪽에서 까르륵거리며 물장난을 하다가, 이내 쭈그려 앉아 모래사장 위를 뚫어져라 내려다보며 "오빠! 작은 해파리가 있어!"하고 소리를 지르는 것이 영락없는 열 살 어린애 같았다. 벨름에서 바다는 지겹도록 봐왔지만, 벨름의 푸르다 못해 검은 바다와는 사뭇 다르기 때

314

문이리라.

유리는 조금 달랐다. 아스완의 아마로 된 긴 바지를 둘둘 말아 걷고, 소매도 걷었다. 품이 넉넉해 편하게 입었던 상의는 바지 안으로 넣었다. 일종의 전투복이었다. 그리고 옆구리에는 바구니를 끼웠다.

"뭡니까? 간식 아니었어요?"

빈 바구니 안을 들여다보던 에넌이 당황했다. 간식이라도 담아온 줄 알았던 모양이었다. 유리는 손가락을 흔들며 웃어 보였다.

"아닙니다. 여기서 플럼을 보고 계세요. 저는 잠깐 저쪽 바위 근처로 가 볼게요."

"바위요?"

유리가 가리킨 것은 해변 끝쪽, 아르시노에의 별궁이 자리한 절벽 바로 아래였다. 에넌이 서 있는 곳에서 그리 멀지도 않았기에 그는 그러라고 고개를 끄덕였다. 유리는 곧바로 몸을 돌려 맨발로 모래사장을 걸어갔다. 푹푹 빠지는 모래사장을 지나 절벽 밑에 도달한 유리는, 주변을 뭔가 뒤지는 듯하더니 이내 뭔가를 주웠다.

'뭐지?'

에넌은 궁금해졌으나, 그렇다고 물장난을 치고 있는 플럼을 놔두고 그쪽으로 갈 수는 없는 노릇이었다. 플럼은 한술 더 떠 모래사장에서 구멍을 파고 잠자고 있던 게들을 끄집어내려고 하고 있었다. 아무래도 물장난 장소를 옮길 생각은 없어 보였다.

이윽고 유리는 그 주변에서 뭔가를 주우며 파도를 따라 천천히 걸어 이쪽으로 왔다. 걷는 중간중간 계속 뭔가 노랗고 허연 것을 줍고 있었음은 물론이다. 모양은 일정치 않았다. 더러워 보이기도 했으나 유리는 개의치 않고 그것을 바닷물에 담갔다가 쭉 짜기도 했다. 유리가 손에 힘을 줄 때마다 물이 쭉 짜여서 바닥으로 뚝뚝 떨어졌다.

에넌은 결국 너무 궁금해서, 플럼을 지켜보며 슬금슬금 유리 쪽으로 향했다. 마침내 유리가 제 옆에 도달했고, 에넌은 바로 물었다.

"그게 뭡니까?"

"아, 이거요?"

유리가 바구니 안을 내보였다.

"해면이에요."

애초부터 유리가 바다에 휴가를 온 목적은 이것뿐이었다. 물론 좀 쉬고 싶은 마음도 있었지만, 유리에게 해면은 휴가보다 더 중요했다.

이제 갓 스무 살이 되었으니 적어도 향후 30년간은 생리를 할 것이다. 30년간의 삶의 질이 달려 있는데, 무턱대고 게으름을 피울 수는 없다. 유리는 2주 동안 해면을 가지고 탐폰을 만들어볼 생각이었다.

그러나 에넌에게 해면은 생소한 모양이었다. 에넌이 휘둥그레진 눈으로 바구니 안을 들여다봤다.

"해면이 뭔데요? 먹을 수 있는 겁니까?"

"아, 아뇨."

유리가 웃으며 손을 내저었다.

"물을 잘 흡수할 수 있는 해초 같은 건데, 아르시노에 님께서 이걸 미용에 사용하신다더군요. 잘 써먹어 볼 수 있을까 싶어 주는 겁니다."

좋은 핑계였다. 실제로 유리는 몇몇 아스완 인들이 해면을 사용하는 것을 아스완으로 오는 길, 니겔의 배에서 봤다. 니겔 또한 해면으로 얼굴을 닦는다고 했다. 그래서 피부들이 그렇게 깨끗한 거겠지.

에넌이 신기한 듯 바구니 안의 해면을 쿡쿡 찔러봤다. 덩치가 산만 한 미남자가 무서운 듯 손가락 끝으로 거친 해면을 찔러보고 지레 겁먹어 움찔하는 모습은 퍽 귀여웠다. 유리는 피식 웃고는 제가 한쪽 손에 들고 있던 해면으로 '에비'하고 에넌 앞에 들이댔다. 에넌이 화들짝 놀랐다가 자신의 반응에 스스로 웃어버렸다.

"이런. 처음 보는 데다가 해괴하게 생겨서 놀랐습니다."

"좋더라고요. 각하도 한번 써보시겠어요?"

"좋은 건가요?"

"예. 이게……."

유리는 바닷가로 다가가 물에 해면을 적셨다. 유리의 손에서 볼품없이 쪼그라들어 있던 해면이 순식간에 물을 빨아 먹고 통통하게 차올랐다. 말랐을 때는 거칠었던 해면이 부드러워지는 것은 덤이다. 그리고 쭉, 짠 다음 유리가 에넌의 팔을 끌어당겼다. 그리고 그 위에 문지르자 에넌이 흠칫했다.

"부드럽군요."

"그렇지요? 피부결을 정돈해준다고 해요."

유리의 바구니 속의 해면은 꽤 많았다. 이 정도면 제법 들어가서 이것저것 만들어볼 수 있겠다고 생각하며 유리가 젖은 해면을 바구니 안에 털어 넣었을 때였다. 에넌의 발 근처, 찰랑찰랑하게 밀려왔다가 다시 사라지는 파도 사이로 작은 돌에 붙은 채 굴러온 해면이 눈에 들어왔다. 저거까지만 주울까, 하고 손을 뻗었을 때였다.

"앗."

해면 옆의 돌에는 뜻밖에도 깨진 조개도 몇 개 같이 붙어 있었던 모양이었다. 유리는 해면을 뜯어내려다가 손가락을 베였다. 화들짝 놀라 손가락을 붙잡는데, 에넌도 놀라 무릎을 꿇었다.

"다쳤습니까?"

"어, 아뇨……."

손가락 끝에서 핏방울 몇 개가 배어 나왔다. 크게 다치지는 않은 모양이었지만, 어떤 예방주사도 없는 이곳에서 파상풍을 걱정하며 유리는 바로 손가락을 입에 물었다. 시선 높이가 낮아진 에넌이 걱정스러운 눈으로 유리를 쳐다봤다.

"이런."

"괜찮아요. 끝에만 조금 베였는데요."

유리가 히히 웃으며 둘째손가락을 에넌 앞에 내보였다. 그러나 에넌은 유리의 손을 붙들고 고개를 내저었다.

"그러고 보니 그때 묻는 걸 잊었습니다. 손은 괜찮습니까."

"언제요?"

"그……. 숲에서 말입니다. 손을 다쳤었던 걸로 기억하는데……."

"아."

유리는 그제야 에넌이 무슨 말을 하는지 이해했다. 발렌시아의 숲에서 곰을 만났을 때의 이야기였다. 그때 꽃다발을 만들려고 하다가 접칼에 손을 베었고, 그 뒤에는 곰을 만나 넘어지는 바람에 손등이 몽땅 쓸렸었다. 에넌은 언제 제 손까지 볼 여유가 있었던 걸까. 유리는 어이가 없어졌다.

"저도 그때 곰이랑 싸운 공작님한테 괜찮으시냐고 안 물어봤던 것 같은데, 그렇게 물으시면 제가 되게 나쁜 사람 같네요……?"

"아, 그런 의미는……."

"농담입니다."

에넌이 입을 다물었다. 유리는 어깨를 으쓱했다.

"공작님 식 농담 한번 해봤어요. 저 괜찮아요."

그제야 에넌의 표정이 풀어졌다. 약간 난처한 듯한 미소를 짓던 미남에게 유리가 말을 이었다.

"괜찮아요. 이렇게 다치는 거야, 워낙 매일 있는 일이고."

"다치지 마십시오."

"예?"

"유리."

유리가 눈을 껌벅였다. 흰 모래사장에서 아스완의 옷을 입은 미남은 한쪽 무릎을 꿇은 채 푸른 눈으로 이쪽을 진지하게 응시하고 있었다.

파도가 간질간질, 발끝을 간지럽혔다. 모래알들이 발가락 사이로 굴러들어왔다가 파도에 실려 도로 나가고 있었다.

유리는 뭔가 목구멍을 콱 틀어막은 기분이 됐다. 어, 뭐지? 이 분위기…… 어…….

"아무리 티끌만 한 상처라도, 유리가 다치면 제가 속상합니다."

유리가 눈을 더 빠르게 깜박였다. 머릿속이 하얘져서다. 아무리 그래도 그 말이 함의하는 뜻을 모를 리가 없다. 설마, 설마, 아니겠지. 유리는 뭐라고 대답해야 할지 주저주저하며 입을 열었다.

그때였다.

철썩.

"으앗."

큰 파도가 쳤다. 분위기가 이상해서 제대로 볼 수 없던 사이에 벌어진 일이었다. 뒤늦게 알아챈 유리가 한 걸음 물러섰지만, 파도가 빨랐다. 아니, 정확히는 에넌이 빨랐다. 에넌이 빠르게 유리를 잡아당겨 대신 바닷물을 맞았던 것이다.

파도가 두 사람을 덮쳤다가 물러가는 것은 순식간이었다.

쏴아아……. 언제 그랬냐는 듯 바닷물의 색이 옅게 빠지며 모래알들을 저편으로 끌고 내려갔다. 유리는 꾹 감았던 눈을 떴고, 동시에 얼떨떨해졌다. 자신은 바구니를 든 채, 에넌에게 쓰러지듯 안겨 있었기 때문이다.

"……괜찮습니까?"

유리는 기절하고 싶은 기분이 됐다. 제 눈앞에 펼쳐진 광경이 너무 위험했기 때문이다. 머릿속에 폭죽이 튀는 것 같았다. 남자는 잔뜩 젖어 있었다. 물론 그건 유리도 마찬가지였다. 남자의 어깨가 아무리 넓다 해도 그 큰 파도를 모두 막을 수는 없었으니까.

그러나 유리는 제가 젖은 것 따위는 신경 쓰이지도 않았다. 푸른 하늘 아래 물에 젖어 빛나는 빨간 머리카락, 그리고 그 아래에 보이는 영준한 얼굴. 하늘보다 더 깊은 파란 눈과 자신을 걱정스레 쳐다보는 시선. 그 모든 게 제 바로 앞에 있었다. 찌르는 듯한 햇빛에 가슴이 쿡쿡 쑤셨다. 아무 말도 할 수 없었다.

"유리?"

"어……. 그……. 예……."

소금물이 남자의 머리를 타고 뚝뚝 흘렀다. 남자가 유리를 끌어안지 않은 팔로 얼굴을 한 번 훔쳤다. 그 바람에 물이 제게 조금 튀었는데도 유리는 꼼짝도 못 하고 그 광경만 바라봤다. 남자의 빨간 머리카락에서 흐른 물이 이마를 타고, 콧날까지 흘러 그 끝에서 물이 뚝, 하고 떨어졌다.

유리는 제 마음도 뚝, 하고 어디론가 추락하는 것 같다고 생각했다. 위험했다. 그만 쳐다봐야지, 하고 생각하는데 눈을 뗄 수가 없었다. 남자가 이상하다는 듯이 유리를 쳐다봤다.

어, 괜찮다고 말해야지. 그러니까…….

"각하……."

각하, 저는 괜찮아요. 그러니까 손 놔 주셔도 돼요.

이 한마디 하기가 왜 그렇게 어려운지. 유리는 입을 달싹이며 남자의 눈을 계속 쳐다봤다. 남자의 얼굴이 미묘하게 변했다. 둘 사이에 흐르는 공기가 사뭇 이상하다는 것을 유리는 느꼈지만, 그래도 시선을 뗄 수가 없었다.

에넌이 입을 열었다.

"예. 말씀하십시오."

"그러니까……."

뭐라고 해야 되지? 머릿속이 하얗기만 했다. 괜찮아요, 다치지도 않았고, 각하가 오히려 저보다 더 많이 젖은 것 같은데. 그리고, 그리고……. 그러나 유리는 더 이상 생각을 이어갈 수 없었다. 에넌의 얼굴이 조금 더 가까워졌기 때문이다.

에넌은 명백하게, 유리도 알 수 있는 사인을 보내고 있었다. 유리의 가슴이 뛰었다.

두근, 두근, 두근. 이거 설마. 혹시 내가 아는 그거야? 정말? 자신을 지그시 들여다보는 눈은 유리가 멍청이가 아니라면 알아차릴 수밖에 없는 감정을 담고 있었다. 그건, 그러니까.

생각 잘 해라, 유리 클로드. 아니 김유리, 아니 유리 클로드! 야! 머릿속에서 사이렌이 울렸다.

정신 차려! 너 남자라고! 적어도 이 사람한테는 남자로 되어 있거든? 유리의 뇌가 이성을 잡아챘다. 적당히 해라, 어? 이거 아니거든, 잘못하면 너 죽을 수도 있다고! 야!

남자가 눈을 가늘게 떴다. 입술이 눈앞에 보였다. 여태까지 이 남자를 잘생겼다고 생각하긴 했지만, 이렇게 그 얼굴의 신체 일부만

의식해본 일은 처음이었다. 바닷물 때문에 입술은 젖어 있었다. 유리는 그 입술을 보다가 눈을 감았다.

에라, 모르겠다. 이왕 이세계에 환생한 거 미남 입술이나 한번 훔치고 죽는 것도 나쁘지 않다. 단두대에서 호탕한 인생이었다고 외치고 죽지 뭐.

"오빠!"

눈이 번쩍 뜨였다. 유리는 삽시간에 에넌을 밀어내고 뒤를 돌아봤다. 철퍼덕, 하고 누가 넘어지는 소리가 났지만 아랑곳하지 않았다. 플럼이 저 앞에서 걸어오며 자신을 찾고 있었다. 주변을 둘러보는 것이, 이쪽을 아직 보지는 못한 것 같았다. 유리는 황급히 손을 흔들었다.

"어어어어!"

"~왔어!"

뭐라는 거야. 바람에 섞여 잘 들리지 않았다. 유리는 플럼이 뛰어오는 동안 뒤를 돌아봤다. 그리고 당황했다. 파도에 넘어진 에넌이 곤란한 표정으로 자신이 입은 아마 옷자락을 짜고 있었기 때문이다.

"그, 각하, 그……. 죄송해요."

"……아."

유리의 사과에 남자가 새삼스럽다는 듯이 유리 쪽을 바라봤다. 그리고 잠깐 침묵한 후, 애매한 표정으로 웃었다.

"괜찮습니다. 그나저나 다치지 않았습니까?"

"예, 예!!"

"다행입니다."

에넌은 그렇게 답하고 허리를 숙였다. 그제야 유리는 사방에 자신이 주웠던 해면들이 흩어져 있다는 걸 깨달았다. 바구니도 엎어져 있는 것을, 에넌이 주워 바닷물에 모래를 털어냈다.

"으앗, 죄송해요 각하. 제가 할게요! 놔두세요!"

"그러시겠습니까."

에넌은 유리에게 바구니를 건네주곤, 그 옆에 있던 해면 몇 개를 주워 바구니에 넣었다. 유리는 얼굴이 새빨개진 채 허둥지둥 주변의 해면을 집어 털지도 않고 바구니에 집어 던지듯 넣었다. 해면들도 파도에 젖어 둥둥 떠 있거나 해서, 결국 유리도 바지자락을 모조리 물에 적시고 말았다.

유리가 무릎 깊이의 바닷물 위에 둥둥 떠 있던 마지막 해면을 집어 돌아 나왔을 때, 모래사장 위에는 낯익은 사람이 플럼, 에넌과 함께 서 있었다. 아이비였다.

"어라, 아이비. 여기는 웬일이에요?"

유리, 플럼과 마찬가지로 아스완의 전통 복장을 입은 아이비가 웃으며 손을 모으고 말했다.

"저도 오늘 점심까지 푹 잤으니, 뭘 할까 하다가 놀러 와 봤지요. 저 빼고 재미있게 노시면 곤란하니 말이에요."

"아……."

"그리고 정말 재밌어 보이는군요?"

아이비가 짓궂게 유리를 보며 웃었다. 유리는 그제야 물에 흠뻑 젖은 제 모습을 보고 "아." 하고 변명하려 했다. 그러나 플럼이 더 빨랐다.

"아! 치사해! 오빠만 수영하고!"

"야, 수영한 거 아니거든……?"

"그게 수영이지 뭐!"

"너도 무릎까진 들어올 수 있잖아!"

급작스레 티격태격하기 시작한 두 사람을 보고 아이비가 입을 가리고 웃었다.

"보기 좋네요."

아이비는 곧 유리의 바구니를 들여다보고 해면에 대해 궁금해했다. 설명을 마친 유리가 뒤늦게 고개를 들었을 때, 물에 젖어 있던 남자는 그들의 곁에 없었다. 유리는 황급히 주변을 둘러봤다. 붉은 머리의 미남자는 저 멀리서 홀로 별궁으로 걸어가고 있었다.

그렇게 유리는 호탕하게 단두대에서 목을 베일 기회를 놓쳐버렸다.

—✧—

아스완으로 올 때 유리는 해면을 위해 챙겨온 것들이 많았다. 만약에 탐폰을 만들면 이렇게 만들어야지! 하고 고민한 것들이다. 유리는 평생 옷이나 만들었지 그런 생활용품을 만들어 본 적은 없었고, 시행착오를 겪을 수밖에 없다는 것을 아주 잘 알고 있었다.

유리가 제일 먼저 한 일은 해면을 압축하는 방법에 대한 고민이었다. 그야 뭐 쭉쭉 눌러서 압축하면 될 일이다. 실로 둘둘 감아 대강 비슷한 형태를 만들어 봤지만, 문제는 삽입이었다. 그러니까······.

"······이걸 어디에 넣는다고?"

플럼이 얼굴에 혐오감을 가득 띄우고 되물었다. 유리가 눈알을 굴렸다.

"그······. 거시기······."

"미쳤나 봐!"

플럼이 빽, 비명을 질렀다. 유리는 아이비 쪽을 쳐다봤다. 아이비도 얼굴에 유리를 이해할 수 없다는 표정을 가득 띠고 있다가, 간신히 유리와 눈이 마주치고 나서 표정을 바꿨다. 그러나 유리는 이미 아이비의 그 표정을 봤다.

역시 안 되나.

유리가 탐폰을 만들어 보며 가장 고민한 것은 아무래도 실험이었다. 자연에서 주워 온 재료이기 때문에 알레르기 같은 것은 염려하지 않아도 되겠지만, 감염이 문제다. 그래서 깨끗이 빨았다. 무슨 놈의 해면을 그렇게까지 빨아내느냐 할 정도로 빨았다. 소독을 할 수는 없었으니 그냥 미친 듯이 빠는 수밖에 없었다. 이미 실로 감은 해면체에 물을 부었더니 흡수를 해서 통통하게 부어오르는 것까지는 확인했고, 이제 실제로 써봤더니 괜찮은지 테스트해보는 것만 남았다.

그리고 유리는 생리불순이다.

곧 생리가 터지겠지, 하고 마냥 기다릴 수는 없었다. 유리는 아르시노에의 별궁에 온 지 사흘째 되던 날 조심스럽게 플럼과 아이비를 불렀다. 두 사람에게 말을 꺼내는 데에도 한참이나 걸렸다. 두 사람 다 제발 본론을 꺼내라고 답답해할 정도로 빙빙 말을 돌리다가, 끝끝내 겨우 말하고 나니 반응이 저렇다.

그렇다. 문제는 삽입이었다.

발렌시아의 정조관념이야 말할 것도 없었다. 남자들은 문란한 것을 자랑으로 여겼으나 여자들은 그렇지 못했다. 아스완만 해도 여자들은 수영도 마음대로 못 한다. 발렌시아 여자들에게 허리 아래에 관한 이야기는 금기나 다름없었다.

'아마 내가 계속 남자인 줄 알았다면 아이비 양이 여기서 내 뺨을 때렸겠지……'

여자라는 것이 밝혀져서 그나마 다행이었다. 물론 아이비가 자신이 여자라는 것을 몰랐다면 더더욱 이런 얘기는 꺼내지도 못했겠지만. 플럼이 으, 하고 몸을 움츠렸다.

"뭐야, 싫어. 안 할래. 생긴 것도 엄청 징그러운데 저걸 어디다 넣는다고? 만지기도 싫어!"

"그래, 넌 그럴 것 같았다……."

"무슨 뜻이야?"

유리가 한숨을 쉬었다. 해면 자체가 워낙 생긴 것이 징그러우니 플럼이 기함할 만도 했다.

"야, 그래도 써볼 만은 하지 않겠니……. 이거 끼워봐서 괜찮으면 생리할 때 두꺼운 속바지 입고 뒤뚱거리지 않아도 된다고."

"아, 싫어!"

"여기 엄청 덥잖아. 사타구니에 땀 차는……."

"안 한다니까!"

유리는 설득을 포기했다. 애초에 자신이 먼저 써 봐야 하는데, 흡수율을 알 수가 없으니 문제였다. 결국 유리는 나중에 제 자궁이 발작하는 날 그 물건을 써 보기로 결심하고 책상 위에 늘어놨던 해면들을 치웠다. 아이비 쪽은 바라보지도 않은 채였다. 그때, 아이비가 손을 뻗어 해면 하나를 쥐었다.

"!"

"헉, 아이비 언니. 하려고요?"

플럼이 놀라 아이비 쪽을 쳐다봤다. 아이비는 여전히 흐린 표정으로 제가 쥔 해면을 내려다보며 말했다.

"이 비슷한 걸 본 적 있어요."

"어디서요?"

"아스완에 와서요."

유리가 눈을 동그랗게 떴다. 아스완에 이미 탐폰 비슷한 게 있다고? 아이비가 말을 이었다.

"정확히는 아마포예요. 방직공들과 이야기하며 아마 상점에 갔는데, 따로 여인들에게만 판매하는 부드러운 아마포가 있더군요. 나이 먹은 부인들이 돌돌 말아서 그날 사용한다고 했어요. 아마 유리 님이 만든 것과 사용법이 다르지 않겠죠."

"대박."

유리가 입을 벌렸다. 그러고 보니 아스완 여인들은 전통의상으로 몸 선을 그대로 타고 흘러내리는 옷을 입었다. 물론 안에는 몸매를 잡아주는 코르셋 비슷한 물건을 입고 있기는 마찬가지였으나, 그런 옷도 생리할 때는 입기 불편하기 마련이다.

"그때도 저는 좀, 몸속에 뭔가 넣는 것에 대해 거부감을 느꼈지만……. 한편으로는 괜찮겠다고 생각했어요. 일단 해볼게요."

"아이비."

유리가 감동에 젖어 아이비를 바라봤다. 아이비가 피식 웃으며 그제야 유리와 눈을 맞췄다.

"저는 월경통 때문에 유리 님과 만났는걸요. 월경통 때문에 유리 님께 빚도 졌는데, 이 정도야……. 오히려 유리 님 설명을 들으니 제가 불편한 것도 어찌어찌 해결해 볼 수도 있겠다 싶네요. 생각해 보면, 그때도 월경 때문에 화장실에 가려고 하다가 쓰러진 거잖아요."

"그래도, 거기에 뭘 넣는 건 매춘부들이나 하는 짓이라고……."

플럼이 구시렁거렸다. 아이비가 어깨를 으쓱했다.

"아스완에서는 아니잖아요. 우리는 아스완에 있고요."

"싫으면 너는 하지 마라."

유리가 대번에 아이비의 손을 잡고 플럼에게 혀를 내밀었다. 플럼은 여전히 눈치를 보며 머뭇거렸다. 유리는 강요할 생각은 없었고, 그런 플럼을 탓할 생각도 없었다. 애초에 두 사람 중 한 사람이라도 제 부탁을 들어줄 거라는 생각을 하지도 못했다. 그저 기쁠 뿐이다. 아이비가 난처하게 웃으며 유리에게서 해면체 세 개를 받았다.

"아직 저는 그 기간이 아니지만, 월경 기간이 되면 써보고 꼭 말씀드릴게요."

"네! 부탁해요!"

봐도 봐도 신기하긴 하네요⋯⋯. 아이비가 머뭇거리며 얇은 종이에 그 해면체를 돌돌 말아 쌌다. 유리는 뒤로 늘어져 한숨을 쉬었다.

"제가 기간이 일정하면 참 좋을 텐데."

"뭐, 솔직히 유리 님의 부관으로서도 제발 기간이 일정하셔서 제가 마음 준비를 할 수 있다면 좋을 텐데, 하는 생각은 해요."

아이비가 눈앞에 있는 차를 한 번에 들이켰다. 여태껏 유리가 늘어놓던 말에 너무 놀라 차가 다 식어버린지라 큰 어려움은 없었다. 플럼도 머뭇거리며 차가 담긴 컵을 들어 올렸다.

세 사람이 있는 곳은 유리가 머물고 있는 방이었다. 본래 아르시노에가 머물 때는 그녀의 시녀들이 쓰는 방. 아르시노에는 기꺼이 그들에게 자신의 방을 쓰라고 했지만, 그렇다고 아스완 영주의 방을 객들이 쓸 수는 없는 노릇이었다.

유리는 해면체를 챙겨 넣으면서 이 별궁에서 두 번째로 호화로운 방을 쓰고 있는 남자를 생각해냈다. 남자 또한 시녀들이 쓰는 방을 원했으나, 별궁의 하인들은 대경실색하며 자신들이 경을 친다 애원해 남자에게는 큰 방을 쓰도록 만들었다. 그 남자는 그런 사람이다. 자신이 원하는 것이 딱히 없다. 욕심을 부리려고 하지도 않는다. 남들이 원해야 움직이는 사람.

그러면 그날은 어땠을까. 유리는 저도 모르게 으, 하는 신음을 냈다. 그날의 제 꼴이 생각나서다. 저도 모르게 눈을 감았던 유리를 보고 에넌은 대체 무슨 생각을 했을까.

그날 저녁 별궁으로 돌아오자마자 씻고 누운 유리는 이불을 밤새도록 찼다. 휴가인데도 한숨도 자지 못한 탓에 지금까지 눈 밑이 시커멨다. 뭐지. 대체 뭐지.

유리는 바보가 아니다. 상인으로 살아온 세월도 꽤 됐다. 벨름에서 사람들을 대하며 익힌 눈썰미는 기가 막히다. 남들이 자신에게 가진 호의를 기가 막히게 알아본다. 그야 레스타처럼 있는 대로 티를 내면 모를 수가 없겠지만.

그래서 남자의 그 모습은 유리에게 엄청난 충격이었다. 유리는 여태까지 단 한 번도, 이 남자가 자신에게 그런 종류의 호감을 품을 수 있으리라고 생각해 본 적이 없다. 항상 모두에게 다정한 에넌 라이언하트는 남들에게 주는 것과 똑같은 종류의 호의만을 유리에게 할애하고 있다고, 그렇게만 생각했던 것이다.

하지만 자신을 바라보던 푸른 눈동자와 다가오던 얼굴은 착각하려야 착각할 수 없는 종류였다. 유리는 혹시, 하는 생각에 잠겼다 남자는 혹시, 내게 호감을 품고 있는 건가?

그러나 대체 어떤 유리에게 호감을 품고 있는 것인가?

유리는 에넌 라이언하트에게는 남자다. 남자여야 했다. 머리까지 짧게 박박 밀어 놓은 다음에야 여자로 생각하려야 생각할 수도 없다. 아스완 인들이야 유리에게 별 편견이 없다지만, 유리는 두 달간 방직공들 사이를 아스완의 의복을 입고 누볐다. 그 방직공들은 유리를 당연하게도 나으리라고 불렀다. 아이비는 부인, 혹은 아가씨라고 불렀다. 유리를 여자로 생각했다면 유리에게도 아가씨라고 불렀을 것이다.

역시 니겔이 너무 눈썰미가 좋은 것뿐이었던 것이다.

게다가 유리가 아는 한 그 남자는 너무나 순진했다. 만약에 유리가 여자라는 걸 알게 된다면, 그는 기겁하고 말 것이다. 유리가 봐온 에넌 라이언하트는, 여자를 함부로 끌어안거나 얼굴을 가져다 대는 남자가 아니었다. 아르시노에만 해도 그의 손을 당겨 잡았지만, 그는 오히려 어색해하며 손을 빼지 않았던가.

그렇다면 결론은 하나다.

에넌 라이언하트는 자신을 좋아한다…….

유리는 힘이 빠졌다. 유리는 자신의 감정을 자각한 지 꽤 됐다. 잘 생긴 개뼉다구부터 온갖 멸칭을 붙여가면서 그를 외면했지만, 자신이 그를 좋아하게 되었다는 것은 너무나 명백했다.

언제부터였는지도 모르겠다. 그가 제게 젤로를 양보한 날부터? 아니면 자신에게 윙크한 날부터? 제 눈앞에서 아무렇지도 않게 훌훌 벗었을 때일까? 혹은 곰에게서 자신을 구해줬을 때? 축제의 마지막 날, 길가의 소년에게서 산 꽃다발을 제게 무심한 듯 건넸던 순간?

알 게 뭐야. 그런 걸 구분하는 것은 의미가 없다. 이미 좋아하게 돼 버렸는데 시작점을 되짚어본들 마음을 돌이킬 수도 없다.

에넌 라이언하트가 유리를 좋아한다는 것은 유리로서는 쌍수를 들고 환영할 일이었다. 그러나, 지금의 유리에게는 사양하고 싶은 일이다. 유리는 남자이기 때문이다. 이 시점에서 유리가 진지하게 따져 들고 볼 부분이 있었다. 에넌 라이언하트는 남자인 유리를 좋아하는가?

발렌시아에서 누군가 우스갯소리 삼아 에넌 라이언하트가 남자를 좋아하는 게 아니냐고 하는 소리를 들은 적이 있다. 그토록 아름다운 아르시노에가 지고지순한 연정을 고백했음에도 지지부진한 태도를 보이고, 발렌시아의 수많은 아가씨들이 이름이라도 한 번 불려보는 것이 소원이라는 것에 난처한 웃음을 지으며 꽁무니를 빼기 바쁜 태도를 보이는 탓이다. 그때는 유리 또한 웃어넘겼다.

그러나 그가 남자를 좋아하는 거라면?

착각은 절대로 아니었다. 에넌은 유리를 좋아한다. 마냥 기뻐할 수는 없다. 유리는 에넌에게 남자로 인식되고 있기 때문이다.

유리가 기쁘게 그와 입 맞추고, 그리고……. 유리가 남자가 아니라는 게 밝혀지는 순간, 그의 눈초리가 싸늘하게 식어버린다면?

유리는 이마를 짚었다. 머리가 너무 아팠다. 제 애정 전선이 이렇게나 꼬여버릴 줄은 몰랐다. 어릴 적, 공주님과 왕자님은 서로를 사랑했답니다, 하는 이야기를 들으며 누군가가 자신을 좋아하는 것이 당연하다고 생각했던 시절이 있었다.

그러나 그건 사실 아주 어려운 일이라는 걸 이제 유리는 안다. 공주님이 아니라 의상실의 청년. 그리고 왕자님이 아닌 공작님. 청년과 공작님은 서로를 사랑했답니다. 그리고 오래오래 행복하게 살았어요? 어딘가에는 있을 수 있는 이야기인지도 모르지만 제 인생에는 불가능하다. 장르가 다르다고.

발렌시아는 언뜻 보면 마치 동화 속 세계 같지만, 유리에게는 동화가 아니라 생존게임이다. 혹은 경영게임. 의상실 타이쿤. 뭐 그런 것들. 동화 속 공주님의 생리 이야기는 언급되지도 않지만, 유리는 생리 하나 때문에 대륙을 가로질러야 한다. 그런 처지에 공작님과 얼레리꼴레리라니. 꿈도 적당히 꿔야 한다.

"언니, 뭐 해."

"……어? 아."

앉아 있던 플럼이 조심스럽게 자신을 불러서, 유리는 겨우 정신을 차렸다. 눈앞에는 다 식은 찻잔만 놓여 있었다.

"뭐 좀 생각하느라. 무슨 이야기 하고 있었지?"

유리는 차를 목구멍으로 넘기며 생각도 넘겼다. 생각하기 싫은 일들은 뒤로 미뤄놓는 게 나았다.

─────✳─────

니겔 굴랍 카움이 찾아온 것은 휴가가 거의 끝나가던 때였다. 별

334

궁에는 햇볕을 가리는 그늘이 워낙 많았고, 그중 한 그늘에 누워 낮잠을 자고 있던 유리는 방심한 상태에서 니겔을 맞았다. 뭐냐하면,

"어훙!"

"뭐……. 으악!"

사자탈을 뒤집어쓴 니겔이 자고 있던 유리 위에 얼굴을 들이대고 있다가, 깬 유리를 놀라게 한 것이다. 문제는 유리가 너무 놀라 반사적으로 주먹을 날렸다는 것이다. 사자탈째로 얻어맞은 니겔이 툴툴대며 가면을 벗었다.

"아이고, 두 번 놀래켰다가는 죽겠네."

"뭐야. 니겔이에요?"

"예. 접니다."

시원시원하게 이를 드러내고 웃는 남자는 유리가 누워 있는 정원 옆에 무릎을 구부리고 서 있었다. 유리는 이마를 찌푸리고 투덜거렸다.

"깜짝이야. 사람을 뭐 그런 식으로 깨워요?"

"아하하. 선물입니다. 아스완의 사자예요."

"허."

아스완의 정글에서 사는 사자를 잡아 가죽을 벗기고, 머리는 탈로 만들었다는 것이다. 유리는 그 이야기를 듣고 기겁하며 사자탈을 정원에 집어 던졌다. 니겔이 퍽 섭섭한 얼굴을 했다.

"이런. 저거 되게 비싼 건데."

"아, 저딴 걸 왜 돈 주고 사요?!"

"저딴 거라뇨. 섭섭합니다."

보통의 영주였다면 유리가 선물을 집어 던지는 것이 무례하다고 투덜댔을 것이다. 그러나 니겔은 그런 트집을 잡는 사람이 아니었다. 뭣보다 그럴 만한 사람이면 유리에게 먼저 장난을 치지도 않았을 것이다. 유리는 피식 웃으며 니겔의 팔을 툭 쳤다. 니겔의 하인으로 보이는 이가 허겁지겁 사자탈을 주워왔으나 유리는 손을 내저었고, 니겔도 하인에게 탈을 궁 안에 가져다 놓으라 명했다. 정원에는 둘만 남았다.

"여긴 왜 왔어요? 그보다, 여기 들어올 수 있나?"

"예. 아르시노에가 여기에 유리가 있다고 하더군요."

니겔이 싱글벙글 웃었다. 오랜만에 보는 사람이었지만, 바로 어제 헤어진 것 같은 친근함을 주는 사람이었다. 니겔은 엄연히는 아르시노에보다 아랫사람이었으나, 아스완 사람들에게는 아르시노에와 비슷한 위치로 떠받들리는 것 같았다는 기억을 유리는 떠올렸다. 그러니 별궁에도 들어올 수 있는 건가? 니겔이 말을 이었다.

"유리가 발렌시아의 거부라고 하더군요. 그런 줄도 몰랐잖습니까."

"거부······. 그 정도는 아닌데."

유리는 머리를 긁었다. 레스타의 상단인 칼레는 워낙 큰 규모이긴 하나, 유리는 엄연히 단순 고용인에 지분 참여자 정도의 신분이다. 거부라고 불리기엔 무리가 있었다. 니겔이 웃었다.

"예. 하고 있는 모양새가 그래 보이긴 합니다."

"욕이야 칭찬이야."

"칭찬으로 들으시죠. 소탈해 보인다는 건 아스완에서는 칭찬입니다."

"욕이 맞는 것 같군요."

유리가 흥흥 하고 코로 웃었다.

"아무튼, 그렇게 대단한 인물인 줄 알았으면 인사라도 제대로 해놓을 걸 그랬다! 하고 후회하니 아르시노에가 그대가 여기 있다고 가르쳐 주더군요."

"뭐야. 저는 진짜 별거 아닌 사람인데요."

"아르시노에는 그렇게 말하지 않던데요."

니겔의 검은 눈이 장난스럽게 빛났다. 유리는 아르시노에의 안부를 물었다. 니겔은 아르시노에가 요즘 아스완의 우기를 앞두고 우기 대비에 바쁘다며, 유리를 만나러 오지 못해 안타까워하고 있다고 가르쳐줬다. 나를 만나지 못하긴 무슨. 공작 각하 만나고 싶어서 바쁜 거겠지. 유리가 조그맣게 한숨을 쉬었다. 니겔은 그것을 놓치지 않았다.

"무슨 일 있습니까?"

"아뇨, 그게 아니라……. 휴가도 이제 끝이라서, 아스완에 돌아가면 또 일을 해야겠구나 싶어서요."

다행히도 니겔은 더 캐묻지는 않았다. 유리는 일어나 니겔을 안으로 안내했다.

"아무튼, 놀러 왔다는 소리죠?"

"뭐 그렇습니다. 저도 아스완까지 내려오는 일은 드물어서, 온 김에 여기저기 눈도장을 찍고 있거든요."

"아하……."

유리의 방에 시종이 차가운 우유를 내왔다. 별궁의 우물물은 아주 차가웠고, 대부분의 음식들이 그 우물에 한 번씩은 들어갔다 나왔다. 니젤이 우유컵을 들어 마시며 유리의 방 안을 둘러봤다.

"이건 다 뭡니까?"

"아."

유리가 턱을 긁었다. 탐폰을 만들고 남은 해면체들이었다. 워낙 많이 주워 와서, 나중에 또 만들어야지, 해 놓고 바구니 위에 올려놨던 것이다.

"아스완 후께서 저걸로 미용을 하신다기에, 상품으로 써 볼까 하고 주워놓은 거예요."

"이것도?"

실로 감아놓은 해면체를 말하는 것이었다. 아……. 저건 설명하기 귀찮은데. 유리는 눈알을 굴리다 대강 대답했다.

"그냥, 모양을 좀 다듬어볼까 하다가……."

개연성 없는 설명이었으나 니젤은 더 캐묻지 않았다. 대신 다른 것을 물었다.

"발렌시아에서는 이런 것에 관심이 많습니까?"

"어……. 아마요? 아르시노에가 그걸 보여줬을 때, 아가씨들이나 부인들도 반은 궁금해했고, 반은 징그러워했으니까……. 호불호가 갈리기는 하지만 관심 있는 사람들이 없다고는 할 수 없죠."

"호오."

"아, 잠깐만. 설마."

니겔이 음흉하게 웃었다.

"왕국이 통합된 덕을 저도 좀 봐야 하지 않겠습니까. 이걸 발렌시아에 수출하면 좋은 돈벌이가 될까요?"

"아, 안돼요."

유리가 다급하게 말했다.

"제가 할 거예요!"

"뭐, 유리도 하고 저도 하면 되지 않습니까. 누가 해면을 독점한 것도 아닌데."

니겔은 해면을 손안에서 동글동글 굴리며 대꾸했다.

"와, 진짜 졸렬하다……."

"원래 상인들이라는 게 그렇습니다. 유리도 그렇지 않습니까."

"아, 그럼 제가 좀 써보고 얘기해요. 예?"

유리가 다급하게 매달렸다. 탐폰 개발을 시작하자마자 경쟁자가 붙어버리면 곤란하다. 게다가 유리는 소량만 쓸지도 모르는데, 이 남자가 아스완의 해면을 죄 독점해버리면 어떻게 한단 말인가. 니겔이 고개를 갸웃했다.

"이걸 쓴다고요? 뭐 그야, 직접 써보는 만큼 확실한 건 없지만……. 이게 효과가 확실한 물건도 아니고."

"아, 그런 게 있어요."

"그래요, 그럼 제가 좀 기다리도록 하죠."

해면을 도로 바구니에 던져 넣은 니켈이 의자에 앉았다. 아스완의 길고 여유 있는 의상을 입은 것은 니켈도 마찬가지라, 그의 가슴팍도 유리에게 다 보였다.

여기나 저기나 남자들이 다 헐벗고 다니네. 유리는 머리를 긁었다. 그런데 희한하지. 뭐 그 남자처럼 막 보기 좋다 그런 생각은 안 드니 말이야.

"그러고 보니 고무나무는 가지고 오셨어요?"

"고무…… 아. 루브 말입니까."

니켈이 의자에 방만하게 기대 웃었다.

"깜박했네요."

"아, 왜 왔어요? 약 올리려고?"

짐짓 심술 난 척하며 짜증을 내자 니켈이 웃었다.

"유리는 아스완의 물건들에 관심이 많군요. 상인의 태도입니까?"

"그렇죠. 니켈 말마따나 원래 상인이라는 게 그렇지 않아요? 새로운 것을 보면 이걸 어떻게 팔아먹을 수 있을까 골몰하는 거죠, 뭐."

"그렇군요. 그럼 유색보석 광산에는 흥미 없습니까?"

화제전환은 갑작스러웠고, 유리는 잠시 눈을 동그랗게 떴다가 히죽 웃었다.

"뭐야. 그게 본론이었어요?"

"아니라고는 부인 못 하겠습니다. 그때 헤어질 때도, 저는 유리가 그저 라이언하트 공작을 모시고 온 관료인 줄만 알았거든요."

340

니겔은 아스완에 와서 아르시노에와 식사하며, 유리가 어떤 사람인지 알게 되었다고 털어놨다. 듣자 하니 아르시노에는 니겔에게 유리가 마치 하늘에서 내려온 옷의 신인 양 자랑을 늘어놨다고 했다. 누가 보면 본인이 유리인 줄 알 정도로. 여왕의 아름다운 아마 드레스, 그리고 남들을 깜짝 놀라게 한 바지.

아스완의 여인들도 바지를 입기는 하지만, 그것은 철저하게 남자들을 의식한 나머지 잔뜩 비쳐 보이는, 입으나 마나 한 것 아니면 로브 아래에 받쳐 입는 것 정도다. 그렇게 대놓고 날씬하게 몸매를 온통 드러낸 바지는 처음 보았으며, 그 옷은 여왕의 위엄과 존재감을 한껏 과시하게 만들었다고 아르시노에는 설명했다.

유리는 그 말을 듣고 조금 쑥스러워졌다. 어쨌든 제 칭찬을 남에게서 듣는 건 참으로 즐겁고 벅찬 일인 것이다. 그래서 유리는 으쓱으쓱 어깨가 솟으려는 것을 간신히 참으며 "뭐……. 제가 조금 하기는 하죠." 같은 대답을 했다.

"자기 자랑은 좀 진작 하셨어야죠. 안 그랬으면 제가 아스완까지 오는 동안 유리에게 우리의 유색보석 광산 사업성에 관해 며칠에 걸쳐 자세히 설명해드렸을 텐데!"

"……자랑 안 해서 정말 다행이라고 생각합니다."

"이런. 정말입니다."

니겔이 흐흐 웃었다.

"말이 나왔으니 말이지만, 이미 굴랍 카움의 자금 이야기는 들으셨지 않습니까. 그거 되게 무례한 질문이었다고 제가 얘기했지요?

제가 그때 괜찮다 했으니 유리도 저를 한번 도와줘 보시는 건 어떻습니까."

정말로 빈말은 아닌 모양이었다. 니겔은 품에서 빠르게 금으로 된 갑 하나를 꺼냈다. 그 갑을 책상 위에서 밀어 올리니 안에서 반짝이는 보석들 몇 개가 목화솜에 싸여 도르르 굴러 나왔다. 유리는 눈이 휘둥그레져 책상 위를 쳐다봤다. 유리의 엄지손가락만 한 루비, 그리고 사파이어. 청금석도 있었다.

"우와, 예쁘다."

"예쁘고 크지요? 이런 것들이 나는 광산입니다. 돈이 없어서 광산 두어 개만 개발한 후 나머지 광맥은 건드리지도 못하고 있죠."

"보석을 팔면 되잖아요?"

"유리. 보석은 사치재입니다. 지금 같은 때에는 보석이 잘 팔리지 않죠."

유리는 대번에 니겔의 말을 이해했다. 발렌시아 1년. 사치재들을 쓸어모으던 것은 아흔아홉 개의 왕국에 있는 귀족들이었을 것이다. 그러나 쎄시아는 여태까지 밥버러지처럼 살던 귀족들의 밥줄을 모조리 끊어놓으며 국가 재정을 끌어모으고 있다. 대부분의 사람들은 눈치를 보고 있었다.

물론 자금력에 여유가 있는 이들이야 여전히 꾸준하게 사치재를 구매하고 있지만, 그래도 보석같이 비싼 걸 앞다퉈 사지는 않는다. 니겔의 말도 타당했다.

"그렇지만, 지금 팔지도 못하는 보석을 제가 왜 투자하겠어요?"

"유리는 보석을 팔 수 있는 사람 아닙니까."

니겔이 사각으로 세공된 루비를 손으로 굴렸다. 그 손가락의 움직임이 하도 유려해서 유리도 저절로 시선을 빼앗겼을 정도다.

"제가 보석을 어떻게 팔아요?"

"검은 벨벳의 이야기를 들었습니다. 여왕의 초상화 이야기도요."

까무잡잡한 피부의 미남은 쾌활한 미소를 지었다.

"저 라이언하트 공작에게 검은 벨벳으로 된 재킷을 입혔다지요. 그것도 본 적이 없는 아름다운 모양으로요. 이런 말 뭐하지만, 실로 훌륭한 남자인지라 아마 그 자리에 있었던 모든 귀족들이 그 모습을 잊을 수 없었겠죠. 그러니 개장하지도 않은 아타락시아에 다들 기를 쓰고 쫓아와 검은 벨벳을 사 갔겠지요. 놀랍게도……."

그의 손끝에서 놀던 루비가 또록, 하고 멈췄다.

"아타락시아가 가지고 있던 검은 벨벳의 재고가 엄청나, 칼레는 큰 이익을 보았다지요. 그뿐입니까. 여왕이 연회에서 입었던 황금빛의 드레스는, 그걸 입은 여왕의 모습이 그려진 디자인화와 함께 발렌시아를 넘어 이제 대륙 전역에서 입소문이 퍼졌습니다. 벌써부터 수많은 의상실들이 그 드레스를 어떻게 만들어야 하나 골머리를 앓고 있다더군요. 그 디자인화 한 장에 1싱을 받고 팔았는데, 없어서 못 팔았다니 알만하지요."

아. 그 정도가 됐군. 유리는 기분이 대번에 좋아졌다. 에년에게 검은 벨벳 재킷을 입히며 준비했던 재고가 혹시 팔리지 않을까 봐 그렇게 걱정을 했는데, 유리가 떠난 뒤 많이 팔린 모양이었다. 디자인

화가 팔린 거야 유리도 익히 알고 있던 사실이지만, 남의 입에서 자신이 이룬 일들이 회자되는 것을 듣는 건 꽤 신나는 일이다.

"보통 사람이라면 불가능합니다. 아무리 난다 긴다 하는 상인들도 유행을 예측하기란 어렵죠. 결국 대부분의 상인들은 유행을 만들고 싶어 하지만, 대부분 실패에 그칩니다. 그러려면 돈이 있어야 하고, 권력도 있어야 하지만 무엇보다 재능이 필요하거든요."

유리는 니겔이 진심으로 제게 투자해달라고 찾아왔다는 것을 그제야 알아차렸다. 니겔은 정말로 진지하게 유리에게 부탁하고 있었다.

"당신은 그 세 가지를 다 갖추고 있습니다. 당신이라면 유행을 만들 수 있을 겁니다. 아마 보석도 마찬가지겠지요. 당신이 보석으로 뭔가 만든다면 귀부인들에게 불타나게 팔릴 겁니다. 여왕이 신었던 신발에 붙은 다이아몬드 때문에, 지금 대영주의 부인들은 다이아몬드가 달린 신발을 신고 싶어 병이 났다죠."

뭐야. 정말? 유리가 눈을 동그랗게 떴다. "처음 듣는 말입니까?" 니겔이 눈썹을 들어 올렸다. 유리는 고개를 세차게 끄덕였다.

"더 말해 봐요."

"더……라고 하면."

니겔도 이제는 유리가 제 칭찬을 듣는 걸 퍽 좋아한다는 걸 깨달은 것 같았다. 청년은 긴 머리카락을 비비 꼬며 유리가 좋아할 만한 이야기를 생각하려 애썼다.

"덕분에 아스완의 아마 또한 엄청나게 팔리고 있습니다. 하메드 장관이 죽으려고 하더군요. 아스완의 아마 생산량은 정해져 있는데, 위쪽에서 더 내놓으라고 야단이에요. 아스완 산 아마로 여왕의 외출복을 만들었다죠. 게다가 귀부인들 앞에서 아스완이 진상한 아마라고 못을 박아놨으니, 모두들 아스완 산 아마만 찾습니다. 사실 아마는 남부에서 나는 것들은 모두 비슷한 품질인데 말이죠. ……그렇게 즐거우십니까?"

마지막 말은 유리에게 한 말이다. 유리는 자신이 너무 입 찢어지게 좋아하고 있음을 알고 뒤늦게 표정 관리에 들어갔으나, 이미 니겔은 유리가 퍽 귀엽다는 표정이었다.

"뭐, 저 좋아한다는데 싫어할 사람은 없지 않겠어요?"

"물론입니다. 그런 의미에서 유리, 저희 루비 광산에 투자하시죠."

"안 돼요. 돈 없어요."

방금 전까지 개였다면 꼬리라도 흔들 것 같은 표정이었던 유리는, 니겔의 말을 일언지하에 거절했다. 이럴 줄은 몰랐는데. 니겔이 난처한 표정을 지었다. 자고로 상인이 제일 물건 팔기 어려운 고객이야말로 '돈 없다'고 잘라 말하는 사람이다. 돈이 모자라요, 혹은 나중에 또 올게요, 같은 사람들은 살살 꼬시면 넘어올 확률이 높다. 하지만 대놓고 잘라 말한다는 건 문제가 다르다. 유리 또한 상인이니 무엇보다 그런 고객에게 말 붙이기가 가장 어렵다는 걸 아주 잘 알고 있었다.

"……칼레의 부상단주 아닙니까?"

"그건 좀 잘못된 소문 같네요. 일단 저는 칼레의 부상단주가 아니에요. 제가 칼레에서 가지고 있는 권한은 아타락시아에 대한 것뿐입니다. 그나마도 반의 지분을 레스타가 가지고 있죠."

레스타. 칼레의 상단주 이름이다. 니겔은 제 정보가 잘못됐나, 하고 생각했다. 자신이 들은 소문들을 짚어보면 충분히 가능성 있다. 소문에 의하면 유리는 레스타의 남첩이라는 이야기도 있었다. 물론 남첩이라는 이야기에 유리를 직접 본 니겔은 코웃음을 쳤지만. 아무튼 칼레의 상단주가 제 남첩에게 부상단주 자리를 넘겼다는 소문은 완전히 헛것이로군. 니겔은 작전을 바꿨다.

"그렇다고는 해도, 그 아타락시아도 지금 엄청나게 돈을 쓸어 모으고 있지 않습니까?"

유리는 손을 내저었다.

"안 돼요. 영원의 강 수로 교섭도 제 앞에 놓여 있는데 아스완에서 또 다른 일을 벌일 수는 없어요. 여유도 없고요."

"영원의 강이요? 아하……. 그리고 보니 아르시노에에게 들었습니다. 발렌시아의 상단에게 영원의 강 수로 이용을 허가하기로 했다고. 그 금액이 상당했는데……. 그게 유리의 상단 것이었습니까."

"네. 아직 허가 안 났고요."

그러니 바쁘다, 이놈아. 그러나 니겔은 만만한 상대가 아니었다.

"그 허가 안 난 이유가 뭔지 아십니까."

"뭔데요."

"영원의 강 시작점이 어딘지 생각해보시죠."

아. 유리가 입을 벌렸다. 영원의 강을 이용하는 시작점은 알-카

움. 니켈 굴랍 카움의 영지다. 그리고 그걸 깨닫자마자 유리가 고함을 질렀다.

"우와, 치사해!"

"하하. 외지인에게 상시 정박을 허가하면 안 된다는 노친네들의 잔소리가 참 지겨웠는데, 이럴 때는 그들에게 입이라도 맞추고 싶군요. 그게 유리 거였습니까."

"아, 너무해! 아르시노에한테 이를 거야!"

"맘대로 하십시오."

"아르시노에 좋아하는 거 아니었어요?"

"그야 그렇지만."

니켈이 검은 눈을 장난스럽게 빛냈다.

"제 아내가 될지, 안 될지도 모를 여인의 마음을 사는 것보다는 저는 제 영지가 중요한 사람입니다. 이제 슬슬 긴 대출의 늪에서 벗어나고 싶거든요. 영지민들도 좀 잘 살게 만들어주고 싶고요."

상인들은 자식이 죽어도 관 옆에서 손익계산을 한다더니. 유리가 입을 벌렸다. 니켈이 싱글싱글 웃었다.

"칼레까지도 바라지 않습니다. 아타락시아 이름으로 어음을 쓰시죠. 대신이라기는 뭐하지만 알-카움의 상시 정박 허가를 내겠습니다."

"안 쓰면요?"

"뭐, 영지에 투자하지 않는 상단에게 아무리 대영주의 명이라도 정박 허가를 내주기는 어렵다는 정도로 좀 오래 버텨볼 순 있겠죠."

오래라면……. 유리의 눈빛에 니겔이 씩 웃었다.

"한 20년 정도?"

"우와, 알박기가 따로 없네……."

"……무슨 말씀인진 모르겠으나, 그 땅은 원래 몇 천 년 동안 저희 땅이었고 앞으로도 우리 땅입니다."

팔짱을 낀 남자는 매우 흡족스러워 했다.

"광산에 투자해달라고 사흘 밤낮을 매달릴 각오를 했는데, 그럴 필요도 없어졌군요. 감사하고 사랑합니다, 유리."

"아! 아직 한다고 안 했거든요!"

유리가 발을 굴렀다. 니겔의 눈빛이 진지해졌다.

"생각해 보십시오. 나쁘지 않습니다. 영원의 강 정박의 대가로 가난한 북아스완에 투자하는 겁니다. 아스완과 상생하는 상단이라는 평을 듣는 건, 저 하기 나름입니다."

"그런 거 안 해도 아스완 후께서……."

"제 별명을 아신다면 한 번쯤 고려해보실 만한 제안이라고 생각합니다, 유리."

북아스완의 왕자. 유리는 입을 다물었다. 아스완에 내려오기 전에도 밴딧이 설명한 바 있었다. 북아스완에서는 영향력이 엄청나고. 확실히 수월하기는 할 것이다. 게다가 아스완의 유색보석 광산은 그 레테의 왕이 탐낼 만큼 매장량도 대단하다고 들었다.

"장기적으로 보십시오. 보석은 지금 잠깐은 주춤하지만, 계속해서 사랑받는 품목입니다. 개당 단가도 높지요."

니켈의 말도 맞다. 뭣보다······. 그의 말마따나 유리는 보석을 유행시킬 수도 있었다. 당장 뭘 만들어야 할지는 모르겠지만, 아타락시아의 이름만 붙이면 불티나게 옷이 팔려나가는 것은 이미 벨름에서도 경험해 본 바다. 지금처럼 영향력이 커진 때라면, 가능하지 않을까?

게다가 칼레의 지분이 아니라 아타락시아의 어음이다. 레스타는 유리를 내려보낼 때, 칼레의 1년 순수익에서 1할까지만 쓰는 수준으로 협상해오라고 당부했다. 그보다 금액이 커진다면 자신에게 서신을 보내라고.

그러나 아타락시아에서 유리가 가진 지분은 레스타가 말한 금액보다 현저히 적다. 게다가 제 선에서 책임지면 된다.

그러면 해볼 만하지 않을까?

하지만 갑작스러운 결정은 독이 된다. 유리는 결국 결정을 보류하기로 했다.

"······잠깐 생각할 시간을 주세요."

"얼마든지요."

니켈이 빙그레 웃고는 과장된 몸짓으로 유리에게 인사했다.

"자, 그러면 맛있는 거라도 먹으러 갈까요."

"맛있는 거요?"

"예. 아스완에서 가장 맛있는 디저트를 만드는 집에서 디저트를 사 왔지요."

아니 그런 게 있으면 먼저 내놓고 말을 꺼내야 할 거 아냐. 유리는

툴툴댔지만, 곧 그가 꺼내놓은 견과류 디저트에 넋을 놨다. 꿀과 견
과류를 섞어 굳히고 그 위에 새콤한 레몬 말린 것을 뿌린 디저트는
뒤늦게 온 플럼, 아이비도 감탄할 정도로 맛있었다.

~❈~

"……투자요?"

휴가에서 돌아오자마자 아르시노에가 두 사람을 불러 식사를 청
했다. 아스완의 본궁, 꽃이 가득 핀 연못 옆에서 식탁을 펼쳐놓고 식
사하던 아르시노에와 에넌 앞에서 유리는 유색 보석 광산에 대한
이야기를 꺼냈다.

레스타와는 편지를 주고받으려면 두 달은 걸린다. 그러나 유리는
굳이 레스타에게 허락을 구할 필요가 없을 거라는 생각이 들었다.
어쨌든 레스타가 써도 된다고 말해준 범위 안의 금액이 아닌가.

그렇지만 유색 보석 광산에 대해 투자 가치를 알아볼 필요는 있
을 거라는 생각이 들었다. 아르시노에는 "어머." 하고 눈을 빛냈다.

"그 광산이라면 저도 반 정도의 지분을 가지고 있답니다. 정확히
는 아스완에 귀속돼 있는 것이지만요."

"앗, 그렇습니까?"

"예에. 그렇지만 개발이 될 경우이고, 거의 잊힌 재산이나 다름없
는 광산이죠."

아르시노에는 하메드를 불러 유색보석 광산에 대해 물었다. 노인

은 영 내키지 않는 표정이었다. 그도 그럴 것이, 레테의 왕이 한 번 탐내 아스완에 비극을 불러왔던 재산이다. 매장량은 향후 50년간은 아스완을 먹여 살릴 정도는 될 것으로 예상하고 있다는 말에 유리는 오, 하고 입술을 오므렸다.

"그럼 역시 투자하는 게 맞을까요?"

"음, 유리가 결정할 일이니 그게 맞다 틀리다 하는 식으로 제가 왈가왈부할 수는 없겠네요. 하지만 유리가 그렇게 해 준다면 제가 많이 기쁠 거라는 사실은 말씀드릴 수 있어요."

아, 역시 미인은 좋다. 유리는 환하게 웃으며 손뼉을 마주치는 아르시노에를 보며 생각했다. 보기만 해도 기분이 좋아지는 미모라는 게 세상엔 정말 있는 것이다.

"좋았어, 까짓거, 투자해 보도록 하죠."

"어머나! 정말요?"

"……괜찮겠습니까?"

뜻밖에도 끼어든 것은 에넌이었다. 에넌은 차가운 수프를 뜨다 말고 유리에게 말했다.

"보통 투자라는 건 직접 가보고 결정하는 겁니다. 그렇게 빨리 결정하는 건……. 투자하기로 한 어음이 얼마나 됩니까?"

"아……. 5억 싱 정도요……?"

뜻밖의 금액에 에넌이 눈을 부릅떴다. 레스타의 상단 칼레의 1년 매출은 단순히 매출만 따져도 3백억 싱 정도다. 그렇게 보면 광산에 투자하는 금액으로는 적을 수도 있으나, 내부 사정을 모르는 에넌의 입장에서는 미친 것 아닌가, 하는 생각이 들 만한 규모였다. 유리는 머리를 긁었다.

"어차피 칼레 지분이 아니라 아타락시아 지분이니까, 제 몫만 따져서 그 정도예요. 어차피 나중에 어음을 지불할 때는 레스타가 상점 이름으로 할 거고, 쓸 수 있는 금액 안에서 해결된 거니까 나쁘지 않다 싶어서요."

"하지만 그렇게 단번에 결정하기에는 금액이 너무 큽니다. 적어도 한 번은 가 봐야……."

"각하. 저한테 가볼 만한 시간을 내주시고 그런 얘기를 해 주세요……."

에넌의 말문이 막혔다. 확실히 그렇다. 니겔은 유리의 휴가가 다 끝나갈 때 왔다. 당분간 북아스완까지 갈 수 있는 시간은 없을 것이다. 게다가 엄연히 말하면 유리는 발렌시아의 기간 사업 때문에 온 사람이다. 개인적으로 광산 때문에 볼일을 보겠다고 오랜 기간 자리를 비울 수도 없다. 유리가 포크를 흔들며 분위기를 환기시켰다.

"뭐, 괜찮아요. 아스완 후께서 지분을 가지고 계신 광산인데 설마 망하겠어요?"

"하지만……."

"그리고 니겔에게 루브 나무의 재배 사업권도 일부 받을 생각입니다. 저로서는 손해 볼 건 크게 없어요."

루브 나무. 고무나무다. 유리는 무슨 일이 있어도 발렌시아로 돌아갈 때, 생고무라도 붙은 바퀴를 타고 가리라고 결심했다. 정석이야 고무 안에 공기를 불어 넣은 것이지만, 그것까지 바라지도 않는다. 그 고무나무를 니젤은 아스완 전역에서 길러볼 생각이라고 말했고, 유리는 그 사업의 지분을 일부 따볼 생각이었다. 이왕 투자하는 거 똑똑하게 해야 하지 않겠어?

그러나 에넌은 조금 생각이 다른 것 같았다. 유리에게 뭐라고 참견하고 싶지만, 도저히 핑계가 떠오르지 않는 표정이었다. 어색한 분위기를 대강 파악한 아르시노에가 눈을 깜박이며 에넌과 유리를 번갈아 쳐다봤다.

이마를 찌푸린 에넌이 입을 열었다.

6
각자의 애정전선

"그래도 저는 영 걱정이 되는군요."

"어휴, 걱정하지 마세요. 아. 설마 저만 아스완에 와서 대박날까봐 그러시는 건 아니죠?"

유리가 실실 웃었다. 사실은 '화기애매'한 분위기를 좀 어떻게 해보려는 심산도 있었다. 휴가지에서 그날 이후 에넌은 유리와 딱히 크게 접촉하지 않은 채였던 것이다. 그날 그렇게 바닷가에서 헤어진 후 제대로 얼굴을 맞대는 건 처음이었다.

"그렇군요……."

에넌이 턱을 괴고 잠시 고민하는 표정이었다. 유리는 그 얼굴을 쳐다보면서 참 얄궂다고 느꼈다. 분명히 남자도 제가 그날 눈 감은 것을 봤을 텐데, 오늘 아르시노에의 궁에 들어올 때까지도 에넌은 제게 긴말 한마디 붙이지 않았다. 안부 인사를 주고받으며 어색함

을 느끼거나 하지는 않았으나, 유리는 계속 혼자 어색해서 속으로
만 뒹굴었다.

"좋습니다. 저도 투자하도록 하죠."

"그러니까, 예?!"

걱정 안 하셔도 된다니까요, 하고 손을 내저으려던 유리가 뒤늦
게 펄쩍 뛰었다. 아르시노에도 눈을 부릅뜬 것이, 의외의 말에 크게
당황한 듯했다. 에넌은 유리를 보고 힘주어 말했다.

"올랭피아를 보증 담보로 써 보도록 하죠."

"공작님!"

"……이건 최소한의 안전장치입니다. 유리 말마따나 대박이 나면
저도 좋은 것이고, 유리의 투자가 실패한다고 해도 제 영지는 5억
싱을 충분히 변제할 능력이 있으니까요."

에넌의 말은 사실이었다. 올랭피아는 발렌시아에서 가장 큰 곡창
지대다. 대륙의 중부, 가장 풍요로운 평야를 차지하고 있는 그 영지
가 대륙의 북단을 모조리 먹여 살린다 해도 과언이 아니었다. 5억
싱 정도는 1년이면 변제 가능했다.

……지금쯤 올랭피아에서 죽도록 구르고 있을 에넌의 가신들이
이 사실을 알면 뒷목을 잡겠지만. 물론 뒷목을 잡고 싶은 표정은 유
리 또한 마찬가지였다. 유리가 말을 더듬었다.

"그, 렇지만 대체 왜……."

"글쎄요."

에넌은 무표정하게 수프 그릇을 수저로 저으며 말했다. 이미 그

시선은 유리에게서 거둬져, 수프에 박혀 있었다.

"제 누이를 대륙의 지배자로 자리매김 시켜준 상인의 안목을 믿고 싶어졌달까요."

아니다. 에넌은 평소에는 말 한마디 못 하면서, 이럴 때는 기름을 바른 듯 유려하게 휘둘러지는 제 혀가 참으로 놀라웠다. 상인의 안목? 그런 거창한 이유일 리 없다. 에넌은 그저, 저 얼굴이 울상을 짓는 게 보기 싫을 뿐이다.

그날.

저를 눈을 부릅뜬 채 보던 얼굴이 당황스러웠다. 해변에서 갑자기 크게 덮쳐오는 파도에 놀라 엉겁결에 유리를 감싸 안은 것부터 그랬다. 에넌은 맨 처음 유리를 끌어안은 제게 놀랐고, 그다음 눈을 뜨고 더 놀랐다. 너무 놀라 동그래진 눈. 바닷물이 튀어 물이 맺힌 얼굴. 흥분 때문인지 가쁘게 내쉬어지는 숨. 그 모든 것들이 에넌을 당황하게 만들었다.

시선을 뗄 수 없었음은 물론이다. 에넌은 도저히 자신을 통제할 수 없음을 깨달았다. 내리쬐는 햇빛 때문일까, 아니면 물보라의 여신이 뿌려놓은 잔상 때문일까. 평범한 듯 귀엽다고 느꼈던 얼굴이 그때만은 참을 수 없이 유혹적으로 보였다.

어찌 됐든 좋았다. 저 사람에게 닿고 싶었다. 미친 듯이. 그렇지만, 그도 그럴까. 에넌은 주먹으로 얻어맞아도 어쩔 수 없다고 생각하며 그를 똑바로 바라봤다. 그 시선이 담고 있는 의미는 간결했으나 짙었다.

그러나 자신과 눈이 마주쳤던 초록색 눈이 감겼을 때, 에넌은 제 머릿속에서 뭔가 날아가 버린 듯한 기분을 느꼈다. 설마하니 거기서 유리가 그렇게 눈을 감아버릴 줄은 몰랐기 때문이다. 이건 혹시, 그런 것이 아닐까. 가슴이 너무 뛴 나머지 심장이 입으로 튀어나올 것 같았다. 손이 덜덜 떨렸다. 에넌은 그가 부디 제 떨림을 눈치채지 못하길 바라며, 그러나 한편으로는 눈치채주길 바라며 얼굴을 가져다 댔다.

거기서 플럼이 소리 지르지 않았다면, 무슨 일이 일어났을까.

에넌은 그때 생각만 하면 죽고 싶었다. 대체 무슨 일을 저지른 것인지.

마음 정리 따위는 되지 않았다. 에넌은 그날, 제 마음이 일방통행인 것만은 아닐 것이란 희망을 얻어버렸기 때문이다. 그러나 마음처럼 쉬이 유리에게 접근하기는 어려웠다. 에넌은 여전히 방황하고 있었고, 유리 또한 에넌에게 섣불리 다가오지 않았다.

때마침 유리가 들고 온 광산 투자는 좋은 핑계였다. 에넌은 그저 유리에게 말이라도 한 번 더 붙일 핑계를 만들고 싶었다. 올랭피아? 도박 자금으로라도 삼으렴. 쎄시아가 한 말이었다. 이럴 때 그 말이 생각날 줄은 몰랐지만. 에넌은 한숨을 쉬었다.

'누님 말대로 돼 버렸군요⋯⋯.'

그야말로 도박 자금이 됐다. 유리를 놓고 에넌 혼자 벌이는 게임이다. 판돈은 올랭피아. 게임에서 이긴다면 얻는 건? 글쎄. 유리의 호감?

"······좋아요."

에넌의 마음도 모르고 유리는 건너편에서 주먹을 불끈 쥐었다.

"올랭피아 영지 두 개 갖게 해 드리죠! 수익률 대박을 노리는 겁니다!"

"······그렇지만, 그건 니겔 굴랍 카움이라는 자 또한 이익을 얻는 거겠죠."

"그렇겠죠?"

에넌이 이마를 구겼다. 니겔 굴랍 카움. 아스완으로 올 때부터 사건건 마음에 걸리는 자였다. 아르시노에에게 청혼한 그자는 겉으로 보기에는 꽤 쾌남 같았으나 자신을 보면 어쩐지 눈을 빛내는 것이, 영 뭔가 찝찝했던 것이다. 물론 아르시노에가 자신을 사랑하기 때문에 단순히 적의를 불태우는 것일 수도 있다. 하지만······. 에넌은 고개를 저었다.

"뭐, 결국은 아스완으로 환원되는 이익 아니겠습니까. 아스완이 부유해진다면 발렌시아에도 장기적으로는 이익이 될 테고요."

"각하······."

아르시노에가 감격한 표정을 지었다. 이 아름다운 왕녀, 에넌이 하는 아주 사소한 말에도 감동받고는 했다. 그녀에게도 여전히 죄를 짓고 있음을 에넌은 이럴 때마다 실감했다. 분명 미련을 주지 않겠다고 생각했지만 자신이 가장 나쁜 사람 같았다.

"좋아요! 그러면 빨리 식사를 하고 열심히 일을 하러 가 볼까요!"

가라앉은 분위기를 사뭇 띄우기 위해 유리는 포크를 휘둘렀다.

아르시노에가 웃으며 젤로를 준비했노라 말했다. 곧 나온 젤로는 유리가 가장 좋아하는 과일 젤로.

"아스완의 방직공들이 요즘 활기차졌답니다. 유리에게 고마워 준비했어요."

"세상에! 감사합니다!"

유리의 환호성이 연못에 울려 퍼졌다. 아르시노에가 미소 지으며 유리 쪽을 바라보다가, 이내 심각한 표정의 에넌에게 시선을 돌렸다. 그리고 아르시노에는 뭔가 알아차렸다.

내내 바닥에 고개만 박고 있던 에넌이, 젤로에 유리가 정신이 팔린 사이 그쪽을 응시하고 있다는 것. 그리고 그 눈빛은 아르시노에가 일찍이 본 적 없는 것이었다.

'설마······.'

불안한 예감이 아르시노에를 휘감았다. 그러나 그녀는 이내 눈을 내리깔았다. 어떤 확신도 그녀에게 도움이 되지는 않을 것이다. 특히 에넌의 일이라면.

~⁂~

쏴아아아······.

비가 내렸다. 남아스완이 우기에 접어들면서 이렇게 오후쯤에는 짧게 매일 비가 왔다. 습한 것은 쥐약이었으나, 그래도 비가 온 다음 더위가 한풀 꺾이는 것은 좋았다. 유리는 바깥을 쳐다봤다. 방직공들이 부지런하게도 일하고 있었다.

기술을 가르치는 건 대강 끝이 났다. 유리는 퍽 의욕적으로 일했다. 니젤이 올랭피아가 담보된 투자계약서를 들고, 입이 찢어져라 웃으며 다녀간 뒤였다. 발렌시아에 투자계약을 완료한 데다가 정박 허가만 기다리면 된다는 서신을 보낸 다음에 유리는 그 전보다 방직 기술자들의 교육에 훨씬 더 힘을 쏟았다. 그 덕분일까. 교육 결과는 좋았다. 슬슬 면실크 생산도 탄력이 붙어, 괜찮은 시제품들이 매일 나오고 있었다. 품질만 이제 균일하게 유지된다면 대강의 큰일은 끝나는 것이다.

덕분에 삽시간에 유리는 여유가 생겼다. 계약서를 찍기 전까지 미친 듯이 일해야 했던 것과는 사뭇 다른 분위기였다. 이럴 줄 알았으면 계약서는 좀 늦게 쓸 걸 그랬나! 그러나 이미 서명한 계약서다. 덕분에 오후쯤에는 사택에 앉아 바깥을 쳐다보며 차가운 우유나 마시는 것이 일과가 됐다. 야근도 크게 할 필요가 없다. 대신 품질관리를 해야 하는 밴딧과 아이비만 죽어났다.

죽어나긴 뭘. 밴딧은 좋아 죽겠지. 유리가 혼자 피식 웃음을 흘렸다.

두 사람은 부쩍 요즘 함께 붙어 있었다. 같이 하는 일이 많아서 그런지, 퍽 가까워진 것 같았다. 알아서 하겠다더니 밴딧은 착실하게 아이비에게 성실함을 어필하고 있는 듯했다. 아이비가 얼마 전 지나가는 소리로 "밴딧 경은 좀 가벼운 사람인 줄 알았는데 그렇지도 않더라고요."라고 한 말이 기억났다.

뭐 좋은 게 좋은 거지. 유리는 다리를 흔들며 콧노래를 흥얼거렸다. 플럼은 요즘 아스완 요리를 배우는 데 재미가 붙었다. 낮 시간에 유리가 일할 때 상대적으로 한가한 시간을 이용해 아스완의 시장에 다니더니, 조금씩 그곳 사람들과 안면을 튼 것 같았다.

"유리 님 계십니까?"

유리의 고개가 휙 돌아갔다. 비를 뚫고 전령이 자신을 찾아온 것이었다. 뭐지? 전령은 빠르게 서신만 하나 전달하고는 또다시 비 사이로 뛰어갔다. 유리는 편지를 열었다. 편지를 보낸 사람은 니겔이었다. 직접 쓴 듯한 글씨는 유려하고 거침없었다.

"뭐야?"

편지의 내용은 간결했다. 아스완 남부의 고무나무 재배는 아무래도 요원하니, 중부 아스완에 시간이 나면 잠깐 놀러 오라는 이야기였다. 그쪽은 고무나무 재배가 아주 활발하다고도 적혀 있었다. 유리는 대번에 흥미가 생겼다. 지금이야 생고무 수액을 굳혀서 쓰는 정도지만, 가공법을 연구해보는 것도 재미있을지 모른다.

자신이 있던 현대에서야 화학고무를 사용했지만, 여기서는 어쩔 수 없이 생고무를 이용해야 할 것이다. 그렇지만 생고무라고 해서 못 쓸 물건은 아니다. 오히려 화학고무보다 훨씬 단단하고, 쓰기에 따라서는 유용하다. 하다못해 고무줄 바지라도 만들 수 있겠지 뭐. 그렇게 생각하며 유리가 피식피식 웃었다.

"뭘 그렇게 열심히 봅니까?"

"꺅!"

편지에 하도 집중해서일까. 갑작스레 뒤에서 들려온 목소리에 유리는 기겁하고 편지를 떨어트리고 말았다. 새된 비명이 새어 나와서, 유리는 가장 먼저 입부터 가렸다. 그 사이 뒤에 섰던 인영이 편지를 주워들었다.

에넌이었다.

아니, 근데 이 남자는 요새 왜 이렇게 사람을 깜짝깜짝 놀래켜. 혹시 방금 목소리로 뭐 이상한 거 느낀 건 아니겠지. 저도 모르게 본래의 조금 높은 목소리로 비명을 질렀기에, 유리는 슬금슬금 에넌의 눈치를 봤다. 그러나 에넌은 별 이상한 것을 느끼지 못한 듯 편지를 유리에게 건넸다.

"뒤에서 불렀는데 영 듣지 못하기에. 미안합니다."

"어, 아녜요. 괜찮아요!"

"무슨 내용이기에……."

"아."

유리는 간략하게 편지의 내용을 설명했다. 요즘 한가하니 일주일 정도 잠시 시간을 내어 다녀올 수 있다면 좋겠다는 이야기도. 아스완 남쪽 바다로 휴가를 다녀왔을 때와는 사뭇 다른 형편이라 그 정도 시간은 있었다.

"그렇군요. 뭐, 얼마 전이랑은 좀 다르니 그 정도 기간은 괜찮지요. 이제는 슬슬 품질관리에 들어가기도 했고……."

"그렇지요? 안내역으로 니겔이 직접 앞장서겠대요. 그러니 호위가 붙을 필요도 없고요!"

"그 남자가요?"

"네!"

"그럼 저도 가겠습니다."

"왜!"

유리가 하늘이 무너지는 표정을 지었다. 에넌은 팔짱을 끼었다.

"제가 같이 가는 게 싫습니까?"

"그건 아닌데……."

"그럼 됐군요. 저도 엄연한 투자자니 가겠습니다. 제 쪽이 유리보다 훨씬 큰 투자자인데, 그 정도는 체크해야겠지요."

와. 완전 억진데 어떻게 떼놓을 방법이 없네. 혹시 캐릭터 바뀌었다는 말 많이 듣지 않나요? 유리가 속으로만 그렇게 생각하며 입만 뻐끔댔다. 그렇게 또, 상관과 함께하는 다이내믹 중부행이 결정됐다. 위장병이 생기는 건 아닐까.

에넌이 이렇게 따라붙는 이유는 대강 짐작이 갔다. 아마 그날의 일 때문일 것이다. 사랑에 빠진 남자들은 자신의 마음이 일방통행이 아닌 것을 눈치채는 순간 돌진해버린다. 그날 자신이 정말로 실수했다고 유리는 후회하고 있었다.

그러나 이미 벌어진 일을 되돌리기는 어렵다. 결국 두 사람은 함께 중부로 출발했다.

─✳─

우기라고는 하지만 비는 저녁에만 잠깐잠깐 왔기에, 니겔이 오라고 한 곳까지 가는 건 어렵지 않았다. 강을 거슬러 올라가는 것보다 낙타 비슷한 짐승이 끄는 마차에 타는 것이 빨랐다. 어딜 가나 짐승들은 비슷하게 자라는 모양이었다.

아스완의 사막 기후에서도 잘 살 수 있도록 등에 혹을 키우고 있는 짐승의 이름은 구렉트였다. 모래 위에서도 말보다 더 빨리 달리는 짐승 덕분에 두 사람은 이틀 만에 아스완 중부의 이브림에 도착했다.

사막이 끊기는 곳에 메마른 초원이, 그리고 초원을 조금 지나면 숲이 있었고 그 끝부터 정글 지대가 시작됐다. 신기한 지형이었다.

"여신을 사랑해 파렴치한 짓을 저지른 남자가 있었다고 하죠. 그 남자가 가는 곳마다 여신이 저주를 내려 사막이 되도록 했다고 합니다. 그 남자는 결국 자신의 고향으로 영원히 돌아가지 못했다고 하던가요. 그 고향이 이브림이라고 합니다."

"뭐야. 되게 구린 전설이네요."

"그런가요."

니겔은 두 사람을 직접 마중 나왔다. 점심 식사를 하며 이브림 지역의 지형에 내려오는 전설을 그가 들려줬으나, 유리는 툴툴댔다.

"여신한테는 파렴치한 짓을 해 놓고, 제 고향은 사막이 되는 게 두려웠나 보죠?"

"남자들은 가끔 어리석은 짓을 저지르니까요."

니겔이 턱을 괴고 웃었다.

"사막을 떠돌던 남자의 등은 굽고, 다리는 굵어지기 시작했죠. 여신에게 죄를 사해달라고 비느라 계속 숙이고 다니던 목도 길어졌습니다. 그렇게 남자는 구렉트가 되었다고 하네요. 그나마 사막을 지나는 여행자들에게 도움이 되니 얼마나 다행입니까."

"애초에 그 남자가 아니었으면 사막이 안 생겼을 거 아니에요?"

"이런, 빈틈이 없군요. 유리에게는 이길 수가 없어요."

유리는 눈을 찌푸렸다. 그럼 나 이기려고 그 말 꺼낸 거야? 물론 그럴 리는 없다. 니겔은 웃으며 서류를 내놓았다.

"뭐예요, 이게."

"루브 재배지로 가기 전에 봐 두시면 좋을 서류입니다. 사실 루브야 참고사항 아니겠습니까. 유리가 발행한 어음 덕에 루비 광산을 가동할 수 있었답니다."

니겔은 생각보다 제대로 일하는 사람이었다. 서류는 아스완어와 공용어, 두 가지로 적혀 있었다. 유리는 공용어 쪽 서류를 차근차근 읽었다. 인력 고용 현황과 사업 계획 같은 것들이 복잡하게 얽혀 있었다. 점점 서류에 코를 박을 정도로 읽고 있는 유리를 놔두고, 니겔이 조용히 앉아 있던 에넌에게 말을 걸었다.

"각하의 투자에 무한한 감사를 드립니다. 보증인의 이름을 보고 눈을 의심했습니다."

"유리의 일 처리를 믿고 있을 뿐입니다. 저도 슬슬 수익사업 하나쯤은 벌여볼까 하던 중이라."

두 남자는 결코 편한 관계가 아니었다. 적어도 니겔에게는 그렇다고 에넌은 알고 있었다. 눈앞의 아스완 남자는 아르시노에에게 청혼한 자였고, 자신은 그녀와 대륙 스케일의 염문을 뿌린 사람이다. 분명 배에서도 니겔은 제게 가끔 건방진 시선을 보냈다. 크게 말을 섞어보지는 않았으나, 에넌은 언제나 자신이 이런 종류의 남자들과는 영 잘 지낼 수 없다는 것을 알고 있었기에 굳이 접근하지도 않았다.

그러나 이브림에서 만난 니겔은 놀랄 정도로 정중했다. 제가 보증인으로 사인한 어음이 효과를 발휘한 것일까. 레테의 왕이 아스완을 침략했을 때 침묵을 지켰다던 남자는, 돈 앞에서는 이렇게나 태도를 손바닥 뒤집듯 바꾸었다. 에넌은 그래서 이 남자가 더욱 마음에 들지 않았다.

니겔은 에넌의 마음을 아는지 모르는지 웃으며 말을 이었다.

"각하의 이름과 담보 토지 덕분일까요. 어음을 돈으로 바꾸는 데도 상당한 시일이 걸릴 것을 각오했는데, 은행에서는 무려 이틀 후에 돈을 내어주더군요. 그 많은 돈을요."

"……도움이 되었다면 다행입니다. 부디 수익을 내는 데 힘써주기 바랍니다."

"물론이지요. 아, 혹시 몰라 각하의 머리카락과 같은 빛의 루비를 준비했습니다. 거액의 투자자에 대한 성의입니다."

"됐습니다. 저는 장신구를 하지 않습니다."

"두었다가 사랑하는 여인에게 선물하셔도 될 만큼 좋은 물건입니다."

에넌이 매몰차게 구는 데 비해, 남자는 지나치도록 붙임성 있게 굴었다. 유리가 슬그머니 서류에서 고개를 들어 눈치를 볼 정도였다. 니겔은 빠르게 상자 두 개를 내놓았다.

"두 분을 위해 제가 준비한 것입니다."

상자는 질 좋은 흑단을 벨벳으로 감싸고 반짝이는 은으로 마무리한 것이었다. 상자만 해도 엄청나게 비쌀 것이다. 에넌이 이마를 찡그렸다. 이런 걸 준비할 시간에 팔아서 수익을 더 내는 것이 나을 것이다. 그러나 유리는 잽싸게 제 몫의 상자를 잡아당겨 열었다. 우와. 유리의 입에서 탄성이 나왔다.

"엄청 예뻐요!"

"마음에 드신다니 기쁩니다."

유리의 상자에 들어 있는 것은 질 좋은 블루 사파이어를 동그랗게 캐보션 모양으로 깎은 것이었다. 매끄러운 보석의 표면을 만져보지도 못하고 유리는 우와, 우와, 하고 설레했다.

"세팅을 할까 하다가, 마음에 드시는 곳에 쓰시라고 일부러 세팅하지 않았습니다. 물론 세팅을 원하신다면 지금이라도 제가 데리고 있는 세공사에게 맡길 수 있죠."

"아니에요. 이것만으로도 너무 감사한걸요. 게다가 이만한 크기의 사파이어는……"

유리는 캐보션을 들어 올렸다. 세로길이가 손가락 두 마디만 한 사파이어는 빛에 비춰보는 것만으로도 아름답게 빛났다.

"나중에 동생 시집갈 때 줘도 손색이 없겠어요. 정말 감사합니다."

"저야말로요. 투자하신 광산에서 가장 좋은 물건을 드린 것이랍니다."

이렇게 되면 제 것도 안 열어볼 수 없다. 에넌은 헛웃음을 웃었다. 유리가 눈을 반짝이며 제 앞의 상자가 너무너무 궁금하다는 듯 쳐다보고 있었기 때문이다. 결국 에넌은 큼, 하고 헛기침을 하며 상자를 열었다. 상자 안에는 피처럼 붉은 루비가 들어 있었다. 이쪽은 육각형 모양이었다.

"헉, 이것도 엄청 예뻐요."

"조금 과감하고 독특하게 세공해 보았습니다. 이제 사각형 모양은 너무 고전적이라고 여겨지는 경향이 있긴 하죠."

"그런가요? 저는 뭘 봐도 예쁜데."

루비를 보고 니껠과 유리가 말을 나누었다. 에넌은 루비를 잠시 들여다보고, 한숨을 쉬며 닫았다. 훌륭한 물건이라는 것은 알겠지만, 에넌은 이런 것들을 통 어떻게 다루어야 할지 몰랐다. 니껠의 말마따나 누군가에게 선물이라도 주면 좋겠다고 생각할 뿐이다.

"그러고 보니 유리는 벨름 출신이라고 하셨지요."

"네."

"거기는 온갖 장인이 다 있다고 들었습니다. 혹시 보석을 세공하는 사람도 있을까요?"

"물론이죠. 아, 보석 세공도 직접 사업하시게요?"

"생각 중입니다. 원석을 들고 있으니, 가치도 저희 쪽에서 부풀릴 수 있다면 좋겠죠. 최대한 남의 손을 거치지 않는 것이 좋을 테니까요."

길고 긴 사업 이야기는 점심 내내 이어졌다. 대부분 유리와 니겔만 떠들었고, 세 사람이 이브림의 정글로 출발했을 때는 어느새 그림자가 조금 길어진 뒤였다.

"오늘은 저희의 루브 농장만 조금 보시지요."

"루브 농장 말고 더 볼 게 있나요?"

"그야 이왕 여기까지 오셨으니, 정글 구경 정도는 하셔야죠."

에넌이 난색을 표했다.

"정글이 그렇게 쉽게 구경하고 말고 할 것이 아닐 텐데."

에넌은 10년 전쟁 당시 정글을 헤맨 적이 있다. 물론 쎄시아와 함께였고, 부대를 이끌고서. 그러나 그때의 기억이 과히 좋지는 않았다. 정글은 덥고 습한 데다가 온갖 위험이 도사리고 있다. 니겔이 씩웃었다.

"제가 이곳에 루브 농장을 만들면서 손님들께 보여드리기 위해 작은 길을 만들었답니다. 정글 숲 사이로 나무판자 길을 만들어, 간단히 산책처럼 다녀오실 수 있는 코스지요. 너무 깊이 들어가지는 않으니 걱정하지 마십시오."

실제로 루브 농장 옆으로 난 산책로는 누가 봐도 잘 닦여 있었다. 나무들도 크게 우거지지 않았다. 정글의 험한 길 위에 나무판자들을 늘어놓아 만든 작은 산책로는 아름답기까지 했다.

"산책로를 따라 한 바퀴 돌면 다시 농장으로 돌아오게 되어 있지요."

니겔이 루브 농장을 돌며 말했다. 루브 농장은 정글 안쪽에 만들어져 있었는데, 그도 그럴 것이 루브나무들은 반드시 같이 자라야 하는 덩굴이 있다고 했다. 그 덩굴들은 옮겨 심는 족족 말라 죽어서, 어쩔 수 없이 그 덩굴 근처에 루브 나무를 가지꽂이하는 식으로 묘목을 늘리고 있었다.

농장 한쪽에서는 아스완인 몇 명이 나무에 붙어 수액을 채취하고 있었다. 생고무 수액이다! 신이 난 유리가 그 옆으로 다가가자 아스완 인들이 흠칫했다가, 곧 니겔을 보고 허리를 숙였다. 유리는 수액을 만져보고, 굳히는 모습을 보며 눈을 반짝였다. 에넌은 계속해서 유리의 뒤에서 그 모습을 보면서 희한하다고 생각하며 턱을 긁었다.

'저게 그렇게 재미있는 건가.'

그래 봐야 말랑거리는 나무 수액일 뿐인데. 유리는 저것을 마차 바퀴에 붙이고 싶다고 말했지만, 에넌은 그게 왜 좋은 것인지 짐작도 잘 가지 않았다. 그럴 법도 하다. 자신은 장사 같은 것은 정말로 관심도 없고, 소질도 없는 사람이다. 그저 그가 신이 나서 졸랑거리며 농장을 누비는 것이 보기 좋을 뿐이었다.

"각하, 이것 보세요!"

유리가 틀에 눌러 납작해진 루브를 잔뜩 늘려 보이며 에넌에게 자랑했다. 에넌은 빙그레 웃었다.

"신기한 물건이군요."

"예! 이걸 이렇게 자르면!"

370

유리는 옆에 있던 거친 가위를 빌려 루브를 얇고 가늘게 잘랐다. 긴 끈 같은 모양이 된 그것을 보고 에넌이 고개를 갸웃하는데, 유리는 그것을 다시 묶어 동그랗게 만들었다. 그리고 잠시 주변을 둘러보다가 니겔에게 손짓했다.

"니겔, 이리 좀 와 봐요."

"예에."

"앉아 봐요."

"왜……. 아하?"

유리는 니겔을 억지로 근처의 허름한 의자에 앉히고, 그가 길게 묶어올린 머리를 풀었다. 삽시간에 새카만 머리가 길게 흐트러졌다. 유리는 야무지게 그 머리를 다시 모아 묶었다. 제 손에 들린 동그란 끈으로.

"이거 봐요, 머리를 묶을 수 있지요?"

"이런."

니겔이 제 머리의 밴드를 만져보고 감탄했다.

"이걸 이렇게 쓸 생각은 못 해봤는데, 이럴 수도 있군요."

"질겨서 될지 안 될지 몰라 실험해본 건데 되네요."

그제야 유리가 니겔을 불러온 이유를 알 수 있었다. 셋 중 머리가 긴 사람이 니겔뿐이었던 것이다. 니겔은 의자에 앉은 채로 이죽거렸다.

"그런데 그거 아십니까, 유리."

"뭘요?"

"아스완에서 남자의 정수리에 손댈 수 있는 것은 그 부모와 아내뿐입니다."

생각지도 못한 말에 유리가 놀라 입을 벌렸다가, 즉각 사과했다.

"헉, 죄송해요. 몰랐어요. 무례했다면 사과드릴게요."

"뭘요. 유리가 제 아내가 되면 해결되는 것인데요."

"예에? 뭐라는 거예요. 저 남자거든요!"

니겔의 농담에 유리가 버럭 짜증을 냈다. 니겔이야 유리가 여자인 것을 알고 있으니 그랬다 쳐도, 에넌이 있는 앞에서는 곤란했다. 유리는 니겔에게 눈을 부라렸다.

미치셨어요? 내가 비밀로 해달라고 그랬어, 안 그랬어. 니겔은 빙글빙글 웃기만 했다.

"……해가 슬슬 지는군요. 오늘은 이만 들어갈까요."

그러나 정작 에넌은 두 사람의 대화에 별 관심이 없는 듯했다. 유리는 슬쩍 그쪽 눈치를 보다가, 걸어가는 에넌의 뒤에서 니겔의 옆구리를 콱 찔렀다.

아이구구, 니겔이 장난기 다분한 미소로 웃었다.

─※─

"근데 어째 좀, 너무, 많이, 노는 것, 같은데……."

유리가 중얼거렸다. 옆에 기대앉아 있던 에넌이 답했다.

"놀러, 온, 거, 아닙니까?"

"아닛, 데, 아! 진짜! 엄청 흔들리네!"

"코끼리라는 게 원래 그렇습니다."

바로 옆 코끼리에 타고 있던 니겔이 웃으며 답했다.

"당신, 은, 안 흔들리잖, 아요!"

"저는 익숙하니까요."

유리는 입을 닫았다. 그래 좋겠다. 에넌은 피식 웃으며 앉은 채 밑을 내려다봤다. 오전부터 니겔이 몰고 온 코끼리 등에는 큰 가마가 실려 있었고, 유리의 호기심 덕에 두 사람은 한 시간째 코끼리 위에서 흔들리고 있었다.

"휴가 달라고 한 거 아닙니까? 놀고, 싶다면서요."

"각하, 제가 아무럼 정말 제 사업만 챙기러, 왔겠어요?"

그래도 좀 타고 있으니 코끼리가 움직이는 리듬을 알 것 같았다. 두 사람은 혀를 깨물 것 같은 위기에서 벗어나 겨우 말 같은 말을 할 수 있게 됐다.

"폐하가 기간사업만 하고 오란다고 사업만 하고 올라가면 어떻겠어요?"

"……칭찬해 주시겠지요?"

"그거야 각하 얘기고요. 저는 계속 폐하의 어여쁘고 귀여운 유리이고 싶거든요!"

유리가 좋알댔다. 말인즉슨, 가난한 사막 왕국인 줄만 알고 왔던 아스완은 제 생각보다 제법 써먹을 만한 게 많다는 것이었다. 유리는 아직도 아르시노에가 쎄시아를 부러워했던 것을 기억하고 있었다. 유리 같은 인재가 아스완에도 있었다면 이렇게까지 가난하지 않았을 것이라고. 거기에 더해 니껠이 한 말도 충격이었다. 알-카움의 자금력은 대출에서 나오는 것이라고.

하루라도 빨리 빚을 해소해야 아스완도 쎄시아의 걱정거리에서 벗어나리라. 그러려면 기간사업만 가지고는 모자랐다. 유리가 니세르 호수를 들락거린 것도 비슷한 맥락이었다. 아스완의 아마는 품질은 좋았지만, 그 질을 균등하게 유지하기가 어려웠다. 그 품질을 높일 수 있다면 지금보다 아마 판매량이 월등히 높아지리라.

고무-루브라고 부르는 것 또한 마찬가지였다. 지금은 어딘가에 깔아서 쓰거나, 미끄럼 방지용으로만 쓰는 그것을 유리는 어떻게든 활용해볼 생각이었다. 물론 마차 바퀴에 감는 게 가장 먼저다. 그 마차를 타고 돌아가서 발렌시아에서 이러이러한 것들이 있다고 쫑알거리면 쎄시아가 자신을 퍽 예뻐해 주지 않을까! 상도 주지 않을까!

……라는 게 유리의 본심이었다.

"……대단한 충성심이라고 해야 할지…….."

"뭐, 이왕 온 거 완벽하게 일하고 싶거든요."

에넌은 가마에 기대어 유리를 바라봤다. 코끼리 위의 가마는 두 사람이 타고도 공간이 좀 남았지만, 그래도 퍽 가깝게 앉아야 하는 것은 틀림없었다. 유리는 계속해 쫑알거렸다.

"제가 그랬잖아요. 저는 사람들이 편한 옷을 가볍게 입었으면 좋겠다고요. 여왕 폐하가 입으신 아마 드레스도 사실은 장식을 없애면 평민들도 충분히 입을 수 있는 것이에요. 물을 빼지 않은 노란 아마는 그리 비싸지도 않고요. 물론 평민들 입장에서는 막 살 수 있는 옷감은 아니지만요."

"그렇군요."

"그리고 루브도 섬유에 넣을 수 있는 방법을 찾아볼 거예요. 지금 방식으로는 대량생산도 어렵고, 가늘게 끈처럼 만들면 좋겠지만 그 럴 수도 없어요. 기술이 부족해요. 아, 화학고무……."

유리가 그 뒤에도 뭐라 뭐라 혼자 중얼거렸으나, 에넌은 유리의 말을 알아듣기 어려웠다. 그러나 유리는 대부분 이럴 때 제 생각을 정리하기 위해 중얼거리는 것에 가깝다는 걸 에넌은 알고 있었다. 그래서 에넌은 유리를 그저 물끄러미 바라봤다. 생각에 잠긴 유리 는 주변의 기적에 놀랍도록 둔해져 있어서, 에넌이 뚫어져라 바라 봐도 잘 알아채지 못했다.

─✦─

"도착했습니다!"

한참 후에 코끼리 세 마리가 도착한 곳은 강가였다. 유리가 코끼 리에서 내리다 말고 탄성을 질렀다. 두두두두두. 거센 물살이 정글 을 두들기며 지나가고 있었다. 니겔이 싱긋 웃었다.

"중부 아스완의 숲을 모두 가로지르는 이탄 강입니다. 영원의 강 의 한 줄기이기도 하죠."

"엄청나네요."

"지금은 우기라 물이 조금 불어 있습니다. 뭐, 저희는 여기서 조금 떨어진 방갈로로 묵을 거니 상관없지요."

니켈이 두 사람을 데리고 온 곳은 정글 지대에서도 다미에타라고 불리는 곳이었다. 다미에타는 정글 지대에서 이례적으로 서늘한 기온을 유지하고 있었다.

"이브림의 사막 이야기를 제가 했지요? 여신은 다미에타에서 남자를 저주하며 잠들었다고 합니다. 여신의 저주가 숲에 깃들어 지금도 서늘한 기운이 땅에서 올라온다고 하죠. 보세요. 시원하지요?"

"정말! 이야기를 듣고 보니 그러네요?"

유리가 강가에서 펄쩍펄쩍 뛰었다. 에넌도 놀라움을 금치 못했다. 언제부터 기온이 이렇게 서늘했던 것인지. 알아차리지 못한 게 신기할 정도였다.

"그래서 다미에타는 근처 귀족들이 휴가를 위해 자주 옵니다. 서늘한 기온 때문에 북쪽의 수종들이 밀림 사이에 섞여 있죠. 높은 침엽수와 정글 이끼들이 섞여 있는 광경이 꽤 생경해서, 저녁을 드시고 산책이라도 하시면 좋을 겁니다. 다만 아직 우기라서 부슬비가 조금씩 올 테니, 너무 멀리 나가지는 마시고요."

니켈이 눈을 찡긋했다. 그 말을 들은 건지 만 건지, 유리는 강가에 손을 담가보려다가 하인들의 만류에 뒤로 물러나고 있었다. 물살이 거세서였다.

"이탄 강의 물살에 휩쓸리면 단번에 영원의 강까지 떠밀려가고 맙니다. 조심하세요."

"네-"

그렇게 말하고 돌아선 니겔의 뒷모습을 보고 에넌은 눈썹을 들어 올렸다. 높이 묶어올린 머리는 며칠 전 유리가 가늘게 잘라낸 고무끈으로 묶여 있었다. 언제나 아마 끈으로 질끈 매 놓더니, 퍽 편한 모양이었다.

"저거 좋아 보이지요?"

어느새 곁에 온 유리가 에넌에게 말을 붙였다. 에넌은 어떻게 답할까 고민하다가, 퉁명스레 말했다.

"……머리가 길지 않아 잘 모르겠습니다."

"뭐 그야, 각하도 저도 머리가 짧으니까요. 그렇지만 저것도 잘 만들면 아마 이곳저곳에 쓸 수 있을 거예요."

"당신은 정말 쉴 새 없이 일 생각뿐이군요."

니겔 쪽을 따라 걸으며 에넌이 답했다. 유리는 어깨를 으쓱했다.

"늘그막의 행복을 위해 젊고 기력 있을 때 열심히 일해두는 거죠."

"행복이요?"

"예. 미리미리 벌어놔야 나이 먹어서 좀 편하게 놀고먹을 수 있지 않겠어요?"

에넌이 푸스스 웃었다.

"나이 먹어서 뭐 하고 놀 겁니까?"

"글쎄요, 이런 데 매일 오나?"

유리가 어느새 나무들 사이로 드러난 방갈로를 가리켰다. 오두막 수준이라던 니겔의 말은 과한 겸손이었던 듯, 방갈로들은 으리으리했다. 근처의 귀족들이 머문다는 것이 과장은 아닌 듯 보였다.

"이런 데 매일 오는 것이 행복입니까?"

"뭐, 꼭 그것뿐만은 아니고요. 맛있는 거 먹고 술 먹고 잠자고 미남……."

"?"

유리가 말하다 말고 입을 다물었다. 말실수를 할 뻔했기 때문이지만, 에넌은 유리의 말을 미처 듣지 못한 듯 고개를 기울여 유리 쪽을 한 번 쳐다봤을 뿐이다. 유리는 빠르게 말을 이었다.

"……미녀와 행복하게 사는 게 제 노후 계획입니다."

"미녀요."

에넌이 피식 웃었다. 그 웃음이 어쩐지 가소롭다는 것으로 들려서 유리는 조금 발끈하고 말았다.

"왜요! 제가 미녀랑 살고 싶을 수도 있지!"

"아니, 생각보다 꽤 금방 이룰 법한 이야기여서요. 저는 하도 바쁘게 뛰어다니기에, 혹시 대륙 정복이라도 계획하고 있나 싶었거든요."

턱을 어루만지며 자신을 내려다보는 시선에는 장난기가 엄청나게 배어 있었다. 유리는 약간 민망해져서 코를 훔쳤다.

"……미녀 만나기가 얼마나 어려운지 아세요?"

"음. 그야 그럴 수도 있지만, 벌써 두 명이나 알고 있지 않습니까."

"누구요? 아, 뭐야. 아스완 후랑 폐하요? 어디 감히 넘보지도 못할 사람들을 자꾸 내세우세요."

유리가 어이없이 웃으며 손을 내저었다.

"게다가 아스완 후가 누구 좋아하는지 뻔히 아시면서, 각하 되게 못됐네요."

"……그런 뜻은 아니었고, 미녀를 조우하기가 생각보다 그리 어렵지 않다는 뜻이었습니다."

생각 밖의 말에 에넌이 당황했다. 그러나 유리는 눈을 가늘게 뜨고 피식피식 웃기만 했고, 결국 에넌은 이마를 짚고 사과했다.

"내가 잘못 말했습니다. 미안합니다."

"뭐, 저한테 사과하실 일은 아니구."

유리가 어깨를 으쓱했다.

"어쨌든 폐하도 그렇고요. 저랑 같이 남쪽 나라에서 늘그막에 누워서 숨만 쉬는 걸 낙으로 삼을 분들은 아니잖아요."

"숨만 쉬……."

"네. 숨만 쉴 거예요. 숨쉬기 운동만 할 거예요."

유리가 힘을 주어 말했다.

"죽을 때까지 숨만 쉬는 것 외에 손도 까딱 안 해도 될 정도로 돈을 벌어서 남쪽에서 미녀와 함께 사는 게 제 노후 계획입니다."

"……좀 어려울 수도 있긴 하겠네요. 잠깐. 학교를 만든다면서요?"

"아, 그것도 하긴 할 거고요."

모르긴 몰라도 유리의 수명은 백 살쯤은 너끈히 넘어야 할 텐데, 하고 에넌은 생각했다. 그 사이 하인들이 방갈로에 짐을 들여놓고 두 사람을 정중히 안내했다. 방갈로들 사이사이에는 아름다운 물길이 트여 있었다. 이탄 강에서 끌어온 것이 분명했다. 새 우는 소리와 아름답게 피어 있는 꽃들은 황홀한 풍경을 이루고 있었다.

방 안쪽도 호화로워, 유리는 니겔에게 투자하기를 정말 잘했다며 만세를 부르짖었다.

-»✻«-

어차피 이틀 후면 다시 남쪽으로 돌아가야 하는데, 남은 날짜라도 편하게 계시지요, 하며 니겔은 일찍 식사를 하고 물러갔다. 유리는 제게 주어진 방갈로 가운데에 누워서 니겔의 수작에 피식 웃었다.

루브 공장은 핑계였을 것이다. 사실은 일종의 접대인 셈이었다. 얼렁뚱땅 협박성 투자를 시켰지만, 그래도 니겔에게 유리는 소중한 투자자였다. 유리만 투자했다면 이렇게까지 하지는 않았을지 모르나, 아마 어음에 사인된 에넌 라이언하트의 이름은 꽤 엄청난 효과를 발휘했을 것이다. 은행도 엄청나게 빨리 처리했다지 않은가.

'그러고 보니, 그 사람 뭐 하지?'

유리는 침대에서 몸을 일으켰다. 공기가 서늘해 움직이기가 꽤 쾌적했다. 에넌이 쉬고 있는 곳은 바로 옆 방갈로였다.

'점심도 먹은 참에 가서 노가리나 깔까.'

잠깐 든 생각이었으나, 유리는 고개를 흔들었다. 방갈로 안은 오로지 휴식만을 위한 공간이었다. 침대 외에는 생활을 위한 어떤 것도 없다는 소리다. 이래저래 붙어 오기는 했으나, 유리는 해변에서의 그날 이후 에넌과 단둘이 남는 것은 극도로 꺼리고 있었다. 침대가 있는 방에서 그 남자와 둘이 있다가는 무슨 일이 날지 모른다.

물론 둘이 남는 것을 꺼리는 것은 유리뿐만은 아니었다. 유리는 에넌 또한 자신에게 굳이 다가오려 하지 않음을 알고 있었다. 옆에 있으면 친하게 웃고 떠들기는 하지만 그뿐이다. 놀랍도록 다정하던 에넌 라이언하트는 그날 이후 생경할 정도로 예의 바르게 굴었다.

'혹시, 그때 실수했다는 생각을 하고 있는 건가?'

그럴 수도 있다. 그때 두 사람 사이에 흐르던 분위기는 결코 착각이 아니었다. 멍청이가 아닌 바에야 모를 수가 없다. 유리는 머리가 복잡해졌다. 마냥 방 안에 있기는 싫은데. 결국 근처 산책이나 하기로 했다.

방 안에 놓여 있던 과일 하나를 집어 주머니에 넣었다. 근처를 걸으며 간식으로 먹기 위해서다. 방갈로 앞에 서 있던 아스완인 하인이 따라붙었으나 유리는 손을 내저어 괜찮다는 의사를 표시했다.

"잠깐 이 근방만 한 바퀴 돌아보려는 거니까 걱정 안 하셔도 돼요."

유리의 말에 하인은 고개를 숙여 보이고 다시 제자리로 돌아갔다. 그러잖아도 외국인이 껄끄러웠는데, 알아서 물러나니 신이 난다는 표정이었다. 유리는 피식 웃음이 나오려는 걸 참으며 방갈로 뒤쪽으로 걸음을 옮겼다.

아까 예쁜 정원이 있다는 이야기를 들은 참이었다.

에넌은 어쩐지 자신이 보모가 된 것 같다고 생각하는 중이었다. 니겔을 만나러 간다는 말에 굳이 따라온 것까지는 좋았으나, 어째 어색한 기분 때문에 정도 이상으로 유리에게 예의를 차려버리는 중이었다.

딱히 무슨 저의가 있지는 않았다. 그저 유리를 따라오고 싶을 뿐이었다. 에넌은 계속해서 뒤척거리다가 벌떡 일어났다. 몸이라도 움직이면 기분이 나아질까 싶어서였다. 그때 누군가 문을 두들겼다.

"각하, 계십니까?"

"예."

에넌이 답하자 문이 열렸다. 하인이 공손히 고개를 조아렸다.

"저녁 식사는 방에서 하시겠습니까?"

"카움 소영주는? 아."

니겔은 아까 두 사람에게 오늘은 편히 쉬라며 물러간 참이었다. 에넌은 잘 됐다 싶었다. 오늘이야말로 유리와 진지하게 이야기를 해 볼 타이밍이다 싶었던 것이다.

"일행과 같이하겠네. 혹시 일행은 어쩌겠다던가?"

"아. 클로드 님께서는 산책을 하러 가서서……. 부득이하게 아직 여쭙지 못했습니다."

"그래?"

에넌은 고개를 기울였다. 저녁 식사까지는 아직 시간이 남아 있었다.

"어디로 갔는지 혹시 아는가?"

"잠시⋯⋯."

하인이 잠깐 자리를 비웠다 돌아와, 유리는 한 시간쯤 전에 방갈로 뒤쪽으로 갔노라고 말했다.

"방갈로 뒤쪽에 뭐가 있기에 한 시간이나 걸려?"

"정원과 작은 산책로가 있습니다. 얼추 돌아오실 시간이 된 듯합니다."

"그렇군. 호위도 함께 갔는가?"

"아니오. 하인을 물리고 혼자 가셨다고 합니다."

하인의 말에 에넌이 눈을 찌푸렸다.

"혼자 갔다고?"

"예."

"⋯⋯그 길은 위험한가?"

하인이 눈을 두어 번 느리게 깜박이고 답했다.

"아뇨, 그리 위험하지 않습니다. 길이 잘 나 있어 천천히 산책하시기 좋은 길입니다."

"⋯⋯알았네."

에넌이 일어나 풀어둔 검을 찼다. 하인은 조금 당황한 듯이 에넌의 눈치를 보았으나, 에넌은 그쪽을 그리 돌보고 싶은 마음은 들지 않았다. 이상하게도 안 좋은 기분이 들었던 것이다. 아스완에서는 매번 호위를 붙이라고 그렇게 말을 했거늘.

호위를 붙이라는 것은 에넌이 유리의 주위를 맴돌 핑계이긴 했지만, 완전히 빈말은 아니었다. 실제로 아스완 사람들은 외국인에게 그리 친절하지 않았고, 정글은 위험했다. 아무리 산책로로 쓰기 위해 다듬어 놨다고는 하지만, 혼자서 룰루랄라 놀러 갈 만한 공간은 아니다.

에넌은 방갈로에서 나와 유리가 머물렀던 쪽을 바라봤다. 바깥에는 부슬비가 내리고 있었다. 아스완 인이 유리의 방갈로 앞에 방만한 자세로 서 있다가, 에넌을 보고는 자세를 고쳤다. 젠장. 니겔이 붙여둔 하인들은 니겔이 있을 때는 빠릿빠릿했지만, 니겔이 사라지니 금세 이런 식이었다. 아마 유리가 물러가라니까 잘됐다 싶었겠지. 에넌은 그쪽으로 눈을 한 번 부라리고는 유리가 들어갔을 법한 길로 들어섰다. 어쩐지 마음이 급했다.

─◈─

유리는 에넌의 예상을 벗어나지 않는 사람이었다. 한마디로 조난 당했다는 뜻이다.

물론 일부러 작정하고 정글 안으로 들어가려고 했던 건 아니었다. 산책로는 잘 정비돼 있었고, 유리는 곳곳에 피어 있는 화려하고 아름다운 꽃들을 보며 천천히 걷는 중이었다. 기분 좋게 서늘한 기온은 간만에 유리가 의욕적으로 걷게 만들었다. 어쨌든 아스완의 더위를 유리가 참아온 세월은 너무 오래됐던 것이다.

아마가 아니었다면 유리는 다 내팽개치고 벨름으로 돌아갔을지도 몰랐다. 아스완의 무더위 아래에서 긴 팔을 입고 있는 것은 너무나 고역이었다. 짧은 소매로 셔츠를 만들어볼까 고민하지 않은 건 아니지만, 유리의 팔은 또래 소년들보다도 훨씬 말랑말랑했다. 그렇게 팔을 드러내면 단번에 여자라는 것이 들킬 것이다. 상반신을 거의 다 드러내듯이 하고 다니는 에넌의 옆에 있다면 더더욱 그렇다.

아무튼 그래서 유리는 간만에 느끼는 자유를 만끽하고 있었다. 갑자기 튀어나온 원숭이만 아니었다면 괜찮았을 것이다.

한참을 걸으니 배가 고팠고, 유리는 간식으로 챙겨온 과일을 꺼내 들었다. 한 입 베어 물며 걸어가는데, 이상한 시선이 느껴졌다.

"끽."

고개를 돌린 곳, 바위 위에는 작은 아기원숭이가 한 마리 있었다. 우와! 원숭이다! 유리는 눈을 크게 떴고, 그다음에는 미소를 지었다. 원숭이는 아주 자그마했고, 금빛 털을 가지고 있었다.

"우와. 너 어디서 왔니?"

원숭이는 대답 없이 유리를 쳐다봤다. 정확히는 유리의 손에 들린 과일에 시선을 고정하고 있었다. 유리도 제 손을 봤다가 피식 웃었다.

"이게 먹고 싶어?"

과일을 흔드니 원숭이가 또다시 끽, 하고 울었다. 마치 유리의 말을 알아듣는 것 같은 몸짓이었다. 아마 유리 말고도 수많은 아스완의 귀족들이 여기서 산책했을 것이고, 먹이를 제법 줬겠지. 그러니 사람이 다니는 길까지 원숭이가 내려왔을 것이다. 유리는 고민하다가 과일을 작게 쪼갰다.

툭, 하고 던져주었지만 원숭이가 있는 곳까지는 닿지 않았다. 원숭이는 섣불리 바위 아래로 내려오지 않고 유리를 경계했다. 결국 유리는 떨어진 과일을 주워 바위 가에 살며시 올려줬다. 원숭이는 작게 울더니 유리의 눈치를 봤다. 유리는 몇 발자국 물러섰고, 원숭이는 후다닥 과일 조각을 집어 입에 욱여넣었다.

"귀엽네."

그리고 유리는 몇 걸음 더 걸었다. 너무 늦지 않게 돌아가야 했기 때문이다. 그렇지만 유리의 걸음을 붙든 것은 원숭이였다. 작은 아기원숭이는 바위를 건너뛰어 나무를 타고 유리를 먼발치에서 쫓아오기 시작했기 때문이다.

"꺅."

더 달라는 건가. 유리는 잠깐 망설이다가 과일을 또 쪼개 던졌다. 이번에는 원숭이가 잽싸게 유리가 던진 과일을 낚아챘다.

"오-"

유리는 놀라 저도 모르게 박수를 쳤다. 원숭이는 황급히 과일을 먹어치웠다. 굶었을 것 같지는 않은데. 유리가 걸어가는 걸음마다 원숭이가 쫓아왔고, 유리는 결국 과일의 반 정도를 모두 원숭이에게 던져주고 말았다.

"꺅꺅."

그 사이 몇 마리의 원숭이가 더 몰려와 이쪽을 향해 소리 질렀다. 이런. 이럴 줄 알았으면 좀 더 가지고 올걸. 유리는 고개를 갸웃하다가 과일을 이번에는 여러 조각 쪼개 그쪽으로 한꺼번에 던졌다. 꺄아악! 꺅! 원숭이들이 난리가 났다.

"야, 너네 좀 무섭다……."

유리는 저도 모르게 원숭이들에게 그렇게 말했다. 처음 나타난 아기 원숭이는 유리의 주먹 두어 개만 한 크기여서 귀여웠지만, 뒤늦게 나타난 원숭이들은 제법 덩치가 컸기 때문이다. 더 나타나기 전에 그냥 빨리 사라져야지. 유리가 발걸음을 재촉했다.

그러나 원숭이들은 재빠르게 유리를 쫓아왔다. 아까보다 훨씬 더 늘어난 것 같았다. 이상하다. 왜 저렇게 많지? 유리는 뒤를 돌아봤다가 당황했다. 열 마리는 되는 것 같은 원숭이들이 저를 쫓아오고 있었기 때문이다. 저도 모르게 유리는 위를 쳐다봤다.

"아."

그제야 유리는 그 원숭이들이 늘어난 이유를 알아챘다. 머리 위의 까마득한 나무 위에서, 수십 마리의 원숭이가 모두 자신을 쳐다보고 있었던 것이다. 깨액! 깨액! 원숭이들이 소리를 질렀다. 유리가 멈칫하는 사이 뒤에서 쫓아오던 원숭이 몇 마리 중 과감한 것들이 유리의 발치까지 쫓아온 차였다.

"으앗, 야, 가져!"

저도 모르게 겁에 질린 유리는 반쯤 남은 과일을 통째로 뒤로 던졌다. 까아악! 꺅! 원숭이 서너 마리 정도가 그 과일을 쫓아갔다.

그러나 문제는 나머지였다. 수십 마리의 원숭이들이 여전히 유리를 지켜보고 있었던 것이다. 게다가 열댓 마리 정도는 슬슬 유리 쪽으로 내려오기 시작했다. 유리는 뒤로 물러서다가, 조금씩 걸음을 빨리했다. 그러나 원숭이 쪽이 빨랐다.

"꺅."

한 마리가 유리 쪽으로 슬금슬금 다가와 바지를 잡아당겼다. 유리는 저도 모르게 비명을 지르고, 그 원숭이를 떨쳐내고는 뛰었다. 그러나 원숭이들은 일제히 이를 드러내더니 괴성을 질렀다.

아아아악, 하고 유리는 온 힘을 다해 달렸다. 길을 따라서 빠르게 뛰었으나 원숭이들의 속도를 이길 수는 없었다. 곧 한 마리가 유리의 등에 매달렸고, 유리는 진절머리를 치며 그 원숭이를 붙들고 팽개쳤다. 원숭이가 찢어지는 소리를 냈다.

여기 안전한 곳이라며! 뭐 이래? 너무 겁을 먹어 눈물도 안 나왔다. 유리는 정신없이 뛰었다. 얼마나 미친 듯이 뛰었는지 길가에 나 있던 가지에 팔이 걸려 북, 하고 소매가 찢길 정도였다. 그러나 유리는 아랑곳하지 않고 뛰었다.

어느새 부슬비가 내리고 있었다. 빗줄기가 거세지는 않았으나, 유리의 어깨가 젖기에는 충분했다. 비가 오니 원숭이들이 물러가지는 않을까? 아니었다. 아까처럼 많지는 않았으나, 열 마리는 조금 넘는 숫자가 나뭇가지며 길을 따라 자신을 쫓아오고 있었다. 저것들 언제까지 쫓아오는 거야!

서늘한 기온이라지만 그렇게 뛰니 금세 땀이 났고 숨도 찼다. 다리도 아팠다. 뛰다 보니 발에서 샌들 한쪽도 벗겨졌다. 유리는 정신없이 사방을 둘러봤다. 어느새 길에서 벗어나 있었다.

"빌어먹을……."

얼른 돌아가야 하는데. 그래도 길에서 많이 벗어난 것은 아닌 것 같았다. 뒤로 돌아가야 하나. 문제는 원숭이들이었다. 유리는 뛰며 주변을 살펴보다가, 쫄쫄 흐르고 있는 작은 물줄기를 발견했다. 물줄기는 너무 작지도, 크지도 않았다. 언제나 항상 흐르고 있는 크기 같았다. 저거다! 유리는 아침에 본 이탄 강을 떠올렸다. 아마 저 물을 따라가면 이탄 강이 나올 것이다.

이탄 강줄기를 따라가다 보면 아까 왔던 길도 찾을 수 있을 거라는 계산이 머릿속에 자리 잡았다. 유리는 잘 됐다 싶어 물줄기 쪽으로 향했다. 훌쩍 물줄기를 뛰어넘어 보니 물은 확실히 아래쪽으로 흐르고 있었다. 유리는 숨을 고르며 뒤를 쳐다봤다.

"어라……."

이상하게도 원숭이들은 더 이상 유리를 따라오지 않고 저 뒤편에 멈춰서 이쪽을 바라보고 있었다. 뭐지? 따라오길 포기했나? 아. 유리는 물줄기를 바라봤다.

애들 물을 무서워하나 보구나!

유리의 얼굴에 웃음이 배어 나왔다. 마음껏 원숭이들을 약 올리고 싶었으나 숨이 차서 불가능했다. 그리고 섣불리 약 올리다가, 화가 난 원숭이들이 물을 건너오면 그것도 큰일이다. 그래서 유리는 얌전히 숨을 고르며 원숭이들 쪽을 쳐다봤다. 원숭이들은 꺅꺅거리다가, 이내 몸을 돌려 뒤로 사라졌다. 마지막 원숭이 한 마리까지 완전히 시야에서 사라지고 나서야 유리는 긴장의 끈을 놨다.

"아, 살았다……."

유리는 그 자리에 푹 주저앉았다. 땀이 비 오듯 흘렀다. 과일 한 번 잘못 던져줬다가 정말 큰일 날 뻔했네. 이래서 동물원에서 동물에게 먹이를 함부로 주지 말라는 건가. 유리는 혀를 찼다.

처음에는 부슬비였던 빗줄기는 한층 더 굵어져 있었다.

"씨."

몸도 잔뜩 젖어 있었다. 유리는 한숨을 내쉬었다가, 볼을 탁탁 두들겼다. 괜찮다. 강줄기를 따라가다 보면 길이 나올 것이다. 방갈로는 강의 상류에 있었고, 자신이 코끼리를 타고 올라왔던 길은 강의 하류 쪽이었다. 그리 먼 길을 온 것도 아니니 한두 시간 정도만 가면 길이 나올 것이다.

땅이 질척거렸다. 유리는 제 발을 들여다봤다. 아이비가 아스완으로 오는 길에 사 주었던 가죽 샌들이 한쪽만 남아 달랑거렸다. 더운 곳이라서 별생각 없이 신었던 샌들이었는데, 이럴 줄 알았다면 가죽신을 신을걸. 유리는 절뚝거리며 두어 걸음 걷다가 신경질이 나서 나머지 샌들 한쪽도 벗었다가, 도로 신었다. 정글의 바닥은 축축했고 돌과 흙, 죽은 나무들로 가득했다. 잘못해서 여기서 다치기라도 하면 큰일 난다. 열병에 걸리거나 파상풍에 걸리면 꼼짝없이 죽어야 한다. 유리는 부랴부랴 근처에서 큰 극락조잎을 찢어 샌들을 신지 않은 쪽 발을 감쌌다. 끈이 없어 제 아마 셔츠 앞섶을 조이던 가죽끈을 빼내어 감으니, 그래도 제법 걸을 만했다.

"빨리 돌아가자……."

온몸이 너덜너덜했다. 푹 쉬라던 니켈의 말은 요원해졌다.

유리는 한참 후에야 뭔가 잘못됐다는 걸 알았다. 물줄기를 따라 절뚝거리며 걷다 보니 옆에서 흐르던 물이 점점 크고 넓어지고 있었다. 그게 처음에는 이탄 강에 가까워져서 점점 물줄기가 커진 것인 줄 알고 유리는 기뻐했다.

그러나 곧 제가 걷던 곳까지 넘치는 물을 보고 유리는 그게 아니라는 것을 알아챘다. 물줄기가 범람하고 있었던 것이다.

빗줄기는 어느새 굉장히 굵어져 있었다. 우기라고는 하지만 부슬비만 조금 내리고 그치던 그간의 저녁 날씨와는 달리, 비는 끊임없이 쏟아졌다. 유리는 뒤로 물러서며 겁을 먹었다. 그 원숭이들은 물이 무서워 다가오지 않았던 것이 아니었다. 물줄기가 범람할 것을 미리 알았던 것이리라.

유리는 물줄기 앞에서 한참 망설였다. 지금이라도 다시 건너서 왔던 길을 되돌아갈까? 그러나 물은 유리를 기다리지 않았다. 물줄기는 순식간에 불어났다. 다시 건너가기도 무서울 정도로 거센 흙탕물이 정글을 가로질렀다.

"망했다……."

유리는 탄식을 내뱉고 뒤로 물러섰다. 그 와중에 진흙 위에서 한번 미끄러질 뻔했다 겨우 일어났다. 콸콸콸콸콸. 오전에 봤던 이탄 강과 맞먹는 물줄기들.

고립돼버렸다.

유리는 겁을 먹은 채 사방을 살폈다. 그래도 물줄기는 크게 더 불어나지는 않았다. 유리가 있던 곳은 그래도 제법 흙더미가 쌓여 있는 곳인 듯했다. 자세히 보니 물줄기가 어느 정도 선 이상까지만 흐르고 있었다. 평소 물줄기가 범람하면 딱 저기까지만 흐르는 것이겠지.

그제야 조금 안심했지만, 상황이 나쁜 것은 마찬가지였다. 비가 그치지 않아 얼굴 위로 끊임없이 물이 흐르고 있었고, 몸도 차가웠다. 열심히 걷느라 만신창이가 된 발은 계속 아픔을 호소했다. 하늘은 어두워진 지 오래였다. 쉴 곳도 별로 없었다. 나무들은 그늘을 만들기보다는 위로 솟아 있었고, 그 흔한 바위틈새 하나 없었다. 뭣보다 유리가 그 자리에서 움직이고 싶지 않았다. 너무 지쳤기 때문이다.

유리는 가까스로 그나마 그늘 비슷한 것이 있는 나무 쪽으로 갔다. 덩굴들이 썩은 나무 위에 엉키고 쌓여 천막 비슷한 공간을 만들어놓은 곳이었다. 작은 동물들이 그 밑에 있다가 유리의 기척에 포르르 달아났다. 유리는 그 밑에 주저앉았다. 철퍽 소리가 엉덩이 밑에서 났다. 처참하구만. 게다가 나무 덩굴로 만들어진 지붕이라 물이 계속 흘렀다. 그래도 앉으니 좀 나았다. 그때까지 잔뜩 긴장하고 있었던 탓인지 허리가 너무 아팠다.

"아이고……."

신음하며 유리는 허리를 두들겼다. 이렇게 앉고 보니 발렌시아의 숲에서 길을 잃었던 때가 기억났다. 아니 왜 같은 실수를 두 번 하고 앉아 있담. 어이가 없었다. 그렇지만 이번에는 길만 열심히 따라갔는걸. 원숭이 같은 게 거기서 나타날 줄 알았겠어?

확 짜증이 났다. 똑같은 짓을 두 번이나 저지른 자신이 싫어서다. 춥고, 몸이 힘든 것보다 그게 더 싫었다. 산책에 너무 늦으면 다들 자신을 찾아 나설 것이다. 아마 하루가 가기 전에는 발견되지 않을까? 많이 늦어봐야 이틀 정도일 것이다. 각하는 날 뭐라고 생각할까. 숲에만 들어가면 길을 잃는 멍청이라고 생각할까.

흑.

눈물이 갑자기 나려고 했다. 슬프거나 무서워서가 아니라, 짜증이 나서다. 자신이 처한 상황 자체가 싫었다. 정글에서 헤매고 몸이 힘든 상황이 아니다. 좋아하는 남자 앞에서 두 번이나 멍청한 실수를 한 자신. 자신을 좋아하고 있을지도 모르는 남자가, 이 일로 자신을 싫어하게 될지도 모른다는 상상. 그리고 그것 때문에 전전긍긍하고 있는 스스로가 싫어서다.

아, 유리 클로드. 진짜 구질구질하다.

유리는 손등으로 눈물을 찍어냈다. 손가락에 흙이 잔뜩 묻어서다. 아마 셔츠도 전부 젖었고, 엉덩이부터는 흙투성이다. 발은 또 어떻고. 유리는 코를 훌쩍이며 제 발을 주물렀다. 걸어오며 여기저기 스친 상처가 그제야 아렸다.

……리…….

남자가 보고 싶었다. 유리는 발을 주무르며 빨간 머리의 남자 생각을 했다. 빌어먹을. 바로 옆에 있을 때는 그렇게 어색해서 도망치고 싶더니, 이런 곳에 떨어져서는 그의 생각을 한다.

에넌 라이언하트.

힝. 눈물은 찍어내도 계속 나왔다. 유리는 이를 악물고 울지 않으려고 애썼다. 이런 데서 울면, 나중에 체력이 고갈돼서 탈진할 것이다. 울어도 누군가 자신을 구한 다음에 울어야 했다.

……유리…….

에넌의 다정한 목소리가 듣고 싶었다. 그렇군요. 그랬습니까. 미안합니다. 뭐 합니까. 어디 있습니까? 어디 갑니까. 유리. 유리, 유리. 남자는 항상 톤이 일정하고 낮은 목소리로 제게 말을 건넸다. 그 목소리를 들을 때면 언제나 아무렇지 않은 척했지만, 사실은 가슴이 막 부풀어 올랐다. 견디기 어려워서 발가락을 꼼지락거린 적도 있다.

유리……!

유리는 귀를 긁었다. 참나. 얼마나 보고 싶은지 환청이 다 들리네. 그야 이런 순간에 짠, 하고 나타나면 정말로 왕자님 같을 테지. 가시덤불을 건너 공주님을 구하러 온 왕자님. 하지만 그건 꿈일 뿐이다. 유리는 공주님도 아니고, 그러니까.

"유리!"

유리의 눈이 화등잔만 해졌다. 다음 순간 유리는 벌떡 일어섰다.

"저 여기 있어요!"

환청이 아니었다. 급하게 일어서느라 덩굴 지붕에 머리를 부딪쳤지만, 유리는 아픈 줄도 모르고 그늘을 달려나갔다. 엄청나게 불어난 물줄기 저편에, 꿈에서도 착각할 수 없는 빨간 머리의 남자가 서 있었다.

"어디 있습니까!"

"여기요! 각하, 여기!"

아까보다는 잦아든 빗줄기 사이로 유리는 목이 터져라 소리를 질렀다. 남자의 시선이 이쪽을 향했고, 푸른 눈이 커졌다. 남자의 행색은 말이 아니었다. 아스완의 노출도 높은 의상 때문에 드러난 곳이 온통 생채기였다. 온몸이 물에 젖어 머리카락도 얼굴에 철썩 달라붙은 채였지만, 남자는 아랑곳하지 않고 물줄기 건너편으로 곧장 뛰어왔다.

"왜 거기에 있습니까?!"

이거 어디서 많이 들었는데. 맞다. 발렌시아의 숲. 곰을 만났을 때도 남자는 대체 왜 여기에 있느냐며 제 앞을 가로막았다. 유리는 금세 시무룩해졌다.

"죄송해요……."

"예?!"

빗소리 때문에 잘 들리지 않는 것 같았다. 유리는 눈을 질끈 감고 소리 질렀다.

"죄송해요! 산책을 하다가 원숭이 떼에 쫓겨서, 그래서……."

그러나 에넌은 유리의 말은 들리지 않는 듯 보였다. 그는 빠르게 주변을 둘러보다가, 근처의 나무에서 덩굴을 떼어내기 시작했던 것이다. 유리가 기겁했다. 설마 여기로 건너오려고?

"위험해요, 각하!"

에넌은 유리의 말에 대답하지 않았다. 물줄기 건너편에서 가장 단단한 덩굴을 떼어내 몇 번 당겨보던 그는 물줄기 너비를 가늠하기 시작했다. 유리는 저도 모르게 발을 동동 굴렀다. 이탄 강의 물줄기에 휩쓸리면 뼈도 추리지 못한다는 말을 들었다. 너무 위험했다.

"각하, 저는 괜찮아요! 건너오지 마세요!"

"제가 안 괜찮습니다!"

남자는 덩굴을 당겨 그것 끝이 나무에서 떨어지지 않을 정도로 단단하다는 것을 확인한 후, 빠르게 물줄기 안으로 발을 넣었다. 덩굴을 한 손으로 붙잡고 신중하게 들어갔음에도, 남자의 허리까지 물이 찼을 때 그는 휘청하고 쓸려나갈 뻔했다.

악, 하고 유리가 저도 모르게 비명을 질렀다.

급작스레 불어난 물이라 바닥에 지지대 하나 없었다. 바위도 없었다. 오로지 굵은 나무 덩굴 하나만 믿고 건너야 했다. 행동이 자연스레 굼뜰 수밖에 없었다. 1분 1초가 지옥 같은 상황에서, 유리는 남자가 신중하게 물줄기를 건너는 것을 계속 지켜봐야 했다. 에넌은 이마를 찌푸리고 물살을 버티면서도 한 발씩 다가왔다. 그러다 어느 순간, 남자가 휘청했다.

"악!"

지켜보던 유리가 비명을 질렀다. 에넌이 물살 안에 그대로 고꾸라진 것이다. 빨간 머리가 순식간에 밑으로 휩쓸렸고, 유리는 너무 놀라 잠시 굳었다가 빠르게 그쪽으로 뛰었다.

어디, 어디로 간 거야! 어떻게 해!

그때였다. 유리에게서 한참 아래쪽에서 손 하나가 튀어나왔다. 위쪽 나무에서 팽팽하게 당겨진 덩굴을 붙잡은 채였다. 곧 붉은 머리가 흙탕물 안에서 튀어나왔다. 푸하, 하고 남자가 머리를 흔들었다.

"각하! 각하 괜찮으세요?!"

남자는 대답하지 않고 움직였다. 방금 전보다 사뭇 빠른 움직임이었다. 덩굴이 점점 팽팽하게 당겨지고 있었고, 저 위에서 나뭇가지가 잔뜩 휘어 있는 것이 유리의 눈에도 보였다. 우두둑, 소리가 점점 커지는 것을 들으며 유리는 물가에서 안절부절못했으나 남자는 그 와중에도 유리 쪽으로 손을 내저었다. 휩쓸릴지 모르니 비켜서라는 것이었다.

끝내 남자가 이쪽 둑에 손을 올렸을 때, 유리는 허겁지겁 그쪽으로 다가가 손을 잡아 올렸다. 남자는 숨을 몰아쉬면서도 빠르게 둑으로 올라왔고, 올라오자마자 제 손을 잡은 유리를 끌어당겨 눈앞으로 데려왔다.

"괜찮습니까."

"그건 제가 할 말이잖아요!"

유리의 눈에는 이미 눈물이 가득했다. 남자는 머리에서 흙탕물을 뚝뚝 흘리면서도 옅게 웃었다.

"기력이 있어 보여 다행입니다. 찾았습니다."

남자의 말투는 방금 그 거센 물살을 헤쳐온 사람이라고는 상상할 수 없을 정도로 평온해서 유리는 어이가 없어졌다. 지금 내가 꿈을 꾸나? 아닌데. 그래서 유리는 제가 하려던 말을 모조리 잊어버렸고, 한참 후에야 겨우 남자에게 안 하느니만 못한 말을 건넬 수 있었다.

"……비가 그친 다음에 오셨어도 되는데요."

"그러다 더 큰 일이 날 것 같았습니다."

"그……. 일단 저쪽으로 가요."

유리는 눈을 피하며 남자의 손을 끌었다. 그러나 남자는 움직이지 않았다. 정확히는 유리를 붙잡고 그대로 서 있었다.

"유리."

"……예?"

"그때는 미안했습니다."

"……뭐가요?"

"그."

남자는 말을 하려다 옆에 퉤, 하고 침을 뱉었다. 흙탕물에 잠겼다 나와 입안에 흙이 씹히는 탓이었다. 간신히 입가를 손등으로 닦아낸 남자가 머리를 쓸어 올리며 이쪽을 보고 말했다.

"그때, 발렌시아의 숲에서. 당신을 발견하자마자 소리 질렀던 것, 미안합니다."

"그……건 그때 사과하셨잖아요."

심지어 그땐 그런 건 신경도 안 쓰였는데. 유리가 우물거렸다. 남자는 흙투성이가 된 채로 옅게 웃었다.

"내내 마음에 걸렸습니다. 걱정된다고 해서 소리를 질러도 되는 게 아닌데. 그때 당신이 얼마나 놀랐을까, 하고 생각했었거든요. 그래서 오늘 당신을 찾아 헤매면서 생각했습니다."

"……."

"춥고, 무섭겠구나. 힘들겠구나. 소리 지르지 말아야지."

"각하……."

"보자마자 안아주어야겠다고."

유리는 말문이 막혔다. 에넌이 푸른 눈을 접으며 이쪽을 내려다봤다.

"유리."

"……."

"제가 안아드려도 되겠습니까."

유리는 대답하지 못했다. 머릿속에 맴도는 말은 너무 많은데, 대체 어떻게 대답해야 할지 모르겠어서였다. 유리가 대답을 망설이자, 에넌이 입을 열었다.

"저는 겁이 많은 사람입니다. 그래서, 거절당하지 않았다고 해서 승낙이라고 생각할 수는 없습니다."

"……."

"여인에게 이런 말을 하는 것은 처음이라……. 더 조심스럽습니다. 저는 여자 대하는 법을 정말로 모르니까요. 그래서 일일이 허락을 구할 수밖에 없어요."

유리의 눈이 커졌다. 에넌은 그런 유리를 보고 부드럽게 웃었다.

"꼴이 이래서 미안합니다. 그래도……. 안아봐도 되겠습니까."

거절할 수 있을 리가 없다. 처음부터 그럴 수 없는 사람이었다. 유리는 이를 앙다문 채 고개를 끄덕였다. 채 유리의 동작이 끝나기도 전에, 에넌이 유리를 끌어당겼다. 흙탕물 범벅이었지만 에넌의 팔 안은 생각보다 더 단단했고, 눈물 나게 따뜻했다.

유리는 울고 말았다.

-※-

"……언제 아셨어요?"

유리는 에넌과 함께 혼자 있었던 덩굴 그늘 아래로 온 참이었다. 에넌은 잠시 물이 새는 덩굴을 보더니 근처로 도로 나가서 거대한 극락조잎 몇 개를 뜯어 위에 덮었다. 빈말로라도 아늑하다고 하기는 힘들었지만, 제법 있을 만은 했다.

어느새 비는 다시 부슬비로 변해 있었다. 그러나 딱히 상황이 좋아지지는 않았다. 에넌이 제 옷을 짜며 답했다.

"아스완에 와서입니다."

"……어떻게요?"

"음."

그가 유리의 성별을 알게 된 것은 비교적 최근이었다. 다름 아닌 이브림에서였다.

루브 농장에서 저녁을 먹고 유리는 일찍 잠들었다. 에넌은 그날 잠이 오지 않아 루브 농장 앞의 산책길이라도 걸으려고 나선 참이었다. 그곳에서, 니켈을 만났다.

어둠 속에서 등불을 들고 걷고 있던 가무잡잡한 피부의 남자는 모르는 사람이 보면 밤의 신이라도 되는 것 같은 느낌이었다. 머리카락부터 눈, 피부까지 모두 검으니 그럴 만도 했다. 에넌 또한 움찔했다가, 조금 후에 그가 니켈이라는 걸 알고 조심스럽게 인사했다. 니켈도 마주 인사했다.

두 사람은 이내 함께 걷기 시작했다. 모르는 사이도 아니고, 그렇다고 해서 그 자리에서 각자 갈 길 간다면 더욱 이상한 사이였다. 먼저 입을 연 것은 니켈이었다.

"잠이 안 오시나 봅니다."

"워낙 좋은 대접을 받으니 몸이 편해서 그런 듯합니다."

"편하면 푹 쉬시는 게 좋을 텐데요."

"저는 불편한 것이 좋아서요."

에넌은 날이 서 있었다. 니켈은 사사건건 거슬렸다. 물론 그 또한 에넌이 그럴 것이다. 이 남자가 제게 친하게 구는 것이 불편했다.

"……제가 투자자라서 억지로 친하게 구시는 거면, 이러지 않으셔도 됩니다."

"이런."

니겔이 놀랍다는 듯 눈을 동그랗게 떴다.

"꼭 그런 만은 아닙니다. 물론 필요에 의해 각하를 대접하고 있지만, 저는 본디 사람을 좋아합니다."

"……저는 불편합니다."

에넌은 뒷짐을 지고 니겔 쪽을 바라봤다. 니겔의 검은 눈은 노골적인 축객령에도 불구하고 웃음기를 띠고 있었다.

"제가 신뢰하는 청년을 위해 어음에 제 이름으로 공신력을 더한 것일 뿐, 카움 소영주의 사업에서 뭔가를 얻고자 함이 아닙니다. 속된 말로 손해를 봐도 상관없습니다."

"이런. 그런 소리를 하시면 나름대로 온 힘을 다해 사업을 하던 제자부심이 위축되는데요……."

"……미안합니다."

에넌이 다시 걸음을 옮겼다. 니겔도 빠르게 따라왔다. 에넌은 물 흐르듯 자연스럽게 자신을 대하는 남자가 신기하고, 또 당황스러웠다. 본래 이 정도까지 하면 어지간한 사람은 떨어져 나가기 마련이다. 에넌도 이렇게까지 붙임성 없는 성격은 아니다. 그저 니겔이 좀 싫을 뿐이다.

'뭘요. 유리가 제 아내가 되면 해결되는 것인데요.'

니겔이 낮에 했던 말은, 그게 장난이라는 걸 알고 있음에도 불구하고 속이 뒤집어졌다. 유리는 버럭 소리를 질렀지만, 그 끝에는 당황과 웃음이 묻어났다. 싫지 않은 걸까. 니겔 또한 쾌활한 호남이다. 예쁘다……는 말보다는 잘 빠졌다, 정도의 감상이 어울리는 인상이다. 유리가 웃고 떠드는 이들을 볼 때마다 왜 이렇게 쎄시아의 말이 자꾸 생각나는지 모를 일이었다.

개는 예쁜 거 좋아해.

제 앞에서 눈을 감았던 유리가 생각났다. 충동에 휩쓸려 이마를 맞대려는 순간, 감겨버렸던 초록색 눈동자.

그건 자신에 대해, 적어도 에넌이 가지고 있는 마음까지는 아니더라도 어느 정도는 제게 호감이 있다는 뜻인 줄 알았는데. 혹시 얼굴만 예쁘다면, 아무래도 상관이 없는 걸까? 파도가 휩쓸고 지나간 것처럼, 그렇게 잠시 휩쓸렸던 걸까. 제 얼굴이 상당히 미형이라는 것은 지금의 에넌에게는 차라리 비극이었다. 우스운 일이었다.

"……그런데, 신뢰하는 청년이 맞습니까?"

갑자기 치고 들어온 것은 니켈의 말이었다. 무슨 개소리냐는 듯 에넌이 그를 내려다보자, 니켈이 웃었다.

"유리 클로드."

"……."

"그를 신뢰하는 게 맞느냐고 여쭙는 겁니다."

"……신뢰하지 않으면 여기까지 그와 함께 올 일도 없었을 것입니다. 혹시 그와 나 사이를 이간질하려는 거라면……."

"이런, 각하."

니켈이 유들유들하게 웃으며 반쯤 허리를 굽혔다.

"이간질이 아닙니다. 각하께 도움을 드리려는 겁니다."

"무슨 도움?"

"이상하죠. 각하가 그를 보실 때면 신뢰하는 친구나 부하를 쳐다보는 눈빛이 아니라……."

에넌은 저도 모르게 침을 삼켰다. 니겔의 눈이 꼭 저를 꿰뚫어 보는 것 같아서였다.

"……사랑하는 사람을 쳐다보는 것 같단 말입니다."

아. 에넌은 저도 모르게 눈을 질끈 감았다. 들켰구나, 라는 것보다는 더 참담한 마음이었다. 이렇게 모두가 알 정도로 내가 티를 냈구나. 공사 구분도 못 하고 계속, 그렇게.

사실 에넌은 유리를 좋아하는 마음에 대해서 자각한 뒤부터 될 수 있으면 티를 내지 않으려고 애썼다.

이유는 알 수 없었다. 제 마음이 거부당할 것 같아서? 그가 남자라서? 아니면……. 제 아비 같은 짓을 하게 될까 봐? 모두 맞는 말이었다.

아빗사는 제 하녀를 위력으로 취했다. 자신은 하녀의 몸에서 태어난 사생아였다. 누구도 원치 않던 아이였을 것이다.

에넌이 그에게 좋아한다고 말하면 어떨까. 그는 거부할까? 차라리 남자라서 불편합니다, 하고 대놓고 거절해준다면 고마울 것이다. 그러나……. 에넌은 유리를 안다. 속마음을 감추고 유려한 말로 제 주변을 둘러서 도망가는 모습도 보았다. 그건 누군가를 속이기 위해서가 아니라, 본인이 살아야 할 때, 어쩔 수 없을 때 나오던 말이었다. 유리는 사실은 솔직한 사람이고, 솔직하게 자신의 속마음을 얘기할 때 가장 사랑스럽다. 가끔 쫑알거리며 잔소리를 하거나,

우스운 소리를 할 때는 귀엽기 그지없었다.

문제는 에넌이 유리보다 한참은 높은 사람이라는 것이었다. 준남작 나부랭이와 공작 각하라고 두 사람을 비교하길 즐겨하는 유리다. 그 말의 기저에는 유리가 맨 처음 성에 와서 당한 일이 담겨 있다는 것을 에넌은 아주 잘 알고 있었다. 평민들이 많은 벨룸에서 마음 편히 지내다가 그가 처음 느낀 신분제의 벽. 하물며 에넌은 그에게 하늘만큼 높은 위치였다.

만약 유리가, 자신의 마음보다 에넌의 지위를 이겨내지 못해 어쩔 수 없이 자신을 받아들인다면 어떨까. 공작 각하의 마음을 거절했다가 불이익을 받을까 봐 사실은 그러고 싶지 않음에도 불구하고, 에넌의 마음을 받아준다면?

그것이야말로 에넌이 가장 경계하는 것이었다. 그래서 에넌은 쭉, 아스완으로 올 때까지도 마음을 드러내지 않으려 애썼다. 도적 떼의 습격에서도 유리보다는 아르시노에를 신경 썼고, 아스완에 와서도 일에 파묻혀 지냈다.

그 파도만 아니었다면 계속 그렇게 지낼 수 있었을 것이다.

유리가 제 앞에서 눈을 감았을 때, 에넌의 마음에는 희망이 생겨버리고 만 것이다. 혹시 이건 그도 나에게 마음이 있다는 것이 아닐까. 물론 그렇다고 바로 직진할 수 있는 성격은 아니다.

그럼에도 불구하고 에넌은 들떠버렸다. 유리가 이브림으로 오겠다고 했을 때, 굳이 일부러 따라온 것도 그 이유다. 틈만 나면 유리를 몰래 훔쳐봤다. 이브림으로 오는 길, 아스완으로 온 후 부쩍 머리

가 길어져 푸슬푸슬한 곱슬머리 사이로 보이는 초록색 눈과 시선이
마주칠 때마다 제 마음이 들킨 것 같아 황급히 고개를 돌리곤 했다.

그렇게 초조히 굴면서도 남이 모르길 바랐다니. 어이가 없었다.
에넌은 입술을 비틀며 자조적으로 웃었다.

"상인들은 본래 다 그렇게 눈이 날카롭습니까."

"……제가 유독 날카로운 건 아닙니다."

"그렇군요."

에넌은 얼굴을 들어 니겔을 봤다. 니겔은 등불을 든 채 미소 지은
얼굴로 자신을 보고 있었다.

"그래요. 나는 그를 좋아합니다."

"……."

"그래서 당신이 그와 친하게 굴 때마다 치졸하게도 질투심을 느
낍니다. 니겔 굴랍 카움. 당신이 군이 나와 그를 도와줄 필요는 없습
니다. 나를 돕기 위해서 그의 어깨에 손을 올리는 당신을 볼 때마다
내 손가락 끝이 떨릴 테니까요."

"이런. 라이언하트 공작 각하께서는 어떤 일에도 평정심을 잃지
않는 분이라고 들었는데……. 이렇게 솔직한 분이실 줄은 몰랐습
니다."

니겔이 정말로 놀랍다는 듯 웃었다. 에넌은 시선을 아래로 내리
깔았다. 등불에 비친 초록색 잎사귀들이 흔들리고 있었다. 그 잎사
귀 끝에 시선을 고정하고 에넌은 토해내듯 말했다.

"말하지 않고는 견디기 어렵습니다."

니껠은 눈앞의 청년에게 처음으로 동정심을 느꼈다. 제가 청혼한 여자의 사랑을 한 몸에 받고 있는 남자. 대륙 전역에 그 이름을 떨치고, 용맹함은 이루 말할 수 없을 정도라던 자. 심지어 어디서 봐도 눈에 띌 정도로 미남자인 데다 올랭피아의 주인이기까지 하다.

그러나 그렇게 완벽한 남자는 지금 제 앞에서 더없이 약해져 있었다.

니껠은 어쩐지 통쾌해졌다.

물론 그는 에넌에게 아무런 복수심 같은 것을 품은 적이 없다. 니껠은 아르시노에를 사랑했으나, 그 마음은 제 영지의 손해 앞에서는 얼마든지 버릴 수 있는 종류의 것이다. 그렇다고 해도, 세간의 인식에서 니껠 굴랍 카움과 에넌 라이언하트의 관계는 패자와 승자였다. 약간의 심술을 부린 것은 그래서다. 단 한 번도 만난 적 없는 남자에게 니껠은 매번 패배했다는 평가를 받았다.

그런데, 그 남자가 제 앞에서 얼굴을 떨어트리며 절절 끓는 마음을 겨우 토해내고 있는 것이다.

니껠은 진즉 이 남자와 유리의 관계를 대강 파악했다. 유리는 솔직하지만 감추고 싶은 것이 많은 사람이고, 남자는 뭔가를 욕망해 본 적이 없는 사람이다. 두 사람이 서로를 좋아하게 되었다 해도, 관계를 시작하기도 전에 삐걱거리는 것이 당연하다.

다른 남자가 유리를 좋아했다고 한다면, 니껠은 아마 도와줄 마음이 들지 않았을 것이다. 유리는 어쨌든 세간에 남자로 행세하고 있고, 남자를 좋아하는 취향이라서 유리를 좋아한다면 니껠의 도움은 영 필요 없는 종류의 것이었다.

그러나 이 남자는 유리가 남자라서 좋아하는 것이 아니다. 니켈은 확신했다. 오히려 유리를 남자로 알고 있기 때문에 이렇게까지 고민하고 있는 것이리라.

니켈은 빠르게 계산했다. 얽히고설킨 관계를 풀어주면, 이 투자자가 자신에게 보낼 신뢰. 그리고 그가 가진 재력. 에넌 라이언하트 같은 사람은 한 번 신뢰를 쌓게 되면 죽을 때까지 그 마음을 무너트리지 않는다. 그리고 니켈은 이 거래가 절대로 손해 볼 일 없는 것이라고 확신했다.

"제가 도와드리겠다고 말했던 건, 기껏해야 두 분을 친하게 만들어 드린다든가 하는 유치한 종류는 아닙니다. 그런 건 나이 열 살 때 이미 졸업했죠."

"......"

"그저 각하가 모르고 계신 것 하나를 말씀드리려는 것뿐입니다."

니켈은 등불을 들었다. 정글의 밤은 눅진눅진하다. 습한 공기가 두 사람을 스치고 지나갔다. 빨리 이야기하고 들어가야겠다고 니켈은 생각했다. 제가 입을 연 순간 이 남자의 오늘 밤은 아주 길어질 것이므로.

"유리 클로드는 여자입니다."

아래쪽만 쳐다보고 있던 남자가 눈을 부릅뜨고 이쪽으로 고개를 돌렸다. 니켈은 빙그레 웃곤 남자에게 자신이 쥐고 있던 등불을 건넸다. 상황파악을 하지 못한 남자가 엉겁결에 그 등불을 받아들었다.

"제가 이런 이야기를 해 드리는 이유는, 각하가 제발 제 애정전선에서 물러나시길 바라서입니다."

"……"

"저는 북부 여자에게 별 관심이 없으니 안심하시기 바랍니다."

자신이 해야 할 말은 이 정도면 되었다. 니겔은 등불을 뒤로하고 총총 걸어 제 숙소로 돌아갔다.

뒤에 남은 에넌만 얼이 빠져 그 자리에 그대로 한참을 서 있었다.

~✄~

유리 혼자서는 제법 앉아 있을 만하던 그늘은 둘이 앉으니 조금 좁았다. 유리는 제 뒤에 있던 큰 돌을 들어냈다가, 그 안에 우글우글한 벌레들을 보고 흐익, 하는 소리를 냈다. 에넌이 그쪽을 넘겨보고는 나뭇잎을 집어다가 탈탈 바깥에 털어내 주었다. 유리는 조금 머쓱해져서 엉덩이를 뒤로 집어넣었다. 그러나 에넌은 유리를 가로막고, 제 옷을 벗어 거기다 깔아주었다.

"저 어차피 옷 다 젖어서 괜찮은데."

"저도 괜찮습니다."

그렇잖아도 지저분해졌던 흰 아마는 흙바닥에 깔아놓으니 더 못 볼 꼴이 됐다. 유리는 거기 앉아 무릎을 모으고 제 옆에 앉은 남자를 훔쳐봤다. 남자는 바깥을 살펴보며 말을 이었다.

"그날 밤에는 한숨도 못 잤습니다."

"……"

"그동안 이해가 되지 않던 것들이 죄다 이해가 되더군요. 놀라운 경험이었습니다. 조금 꽤씸한 마음도 들었고요."

"……죄송해요."

유리가 우물거렸다.

"제가 아타락시아에 도착했을 때는 너무 어렸어요. 누가 열세 살 여자아이를 가게의 디자이너로 써 주겠어요."

"이해합니다."

에넌이 유리 쪽을 돌아봤다. 언제나 유리에게는 다정하기 그지없는 표정이었으나, 지금의 그는 꿀을 녹여 바른 듯 달콤한 미소를 짓고 있었다. 그 얼굴을 본 순간, 유리는 심장이 목구멍으로 튀어나올 것 같다고 생각했다.

'미쳤나 봐.'

비를 맞아 볼품없는 몰골인데도 불구하고 남자의 얼굴이 반짝반짝 빛나 보이는 건, 제가 남자를 좋아하기 때문인 걸까 아니면 그냥 원래 이 남자가 잘생겨서일까. 둘 다겠지. 유리는 저도 모르게 얼굴이 새빨개져서 고개를 떨궜다.

"일부러 속이려고 한 건……. 아니라고 할 수는 없네요. 저는 그냥……."

"예. 압니다. 제 누이를 보았고, 일렉사 백작부인과 아르시노에를 보았기 때문에 알고 있습니다. 아이비 양의 분투를 알고 있지요."

"……."

　대륙을 통일했음에도 불구하고 쎄시아는 왕이 아닌 여왕이다. 굳이 성별을 수식어로 붙여야 한다는 것에 관해 에넌은 상당히 회의적이었다. 결혼을 하지 않아 아직도 반편이 취급받는 그녀. 모두 당연한 듯이 그녀가 결혼을 하면 왕권을 넘기고 뒤로 물러날 것이라고 믿는다. 사타구니 사이에 뭔가 하나 더 달고 있다는 이유만으로 당연하게 남이 이룬 업적을 넘겨받을 수 있다니. 불공평하지 않은가.

　일렉사 백작부인은 몰락한 가문을 일으킨 여인이다. 살아 있을 때도 없느니만 못한 남편이었으나, 일렉사 백작이 죽고 나서야 그녀는 비로소 두각을 드러냈다. 가문을 일으키고, 쎄시아의 옆에서 시녀장 노릇을 하며 발렌시아의 살림을 책임지고 있지만, 모두들 일렉사 백작부인을 시녀장이라는 이름하에 하인 정도로 취급한다. 그녀가 하루 종일 하고 있는 일들을 보면 남자 관리가 더 일을 잘한다는 이야기는 아무도 하지 못할 것이다.

　아르시노에는 아스완의 대영주다. 그녀는 사랑스럽고 선하다. 제 영지의 백성들을 위하는 마음은 더할 나위 없이 곱고, 끊임없이 노력하고 있다. 그러나 장관인 하메드는 언제나 그녀의 옆에 붙어 잔소리를 하고, 가끔은 그녀 대신 나서서 국정을 처리한다. 외부 영지들과의 협상에서도 대부분 하메드가 나섰다. 젊은 여자보다 늙은 남자가 훨씬 공신력 있다고들 믿고 있기 때문이다.

　아르시노에는 아무것도 모르는 척하며 그 뒤에서 미소 짓고 있지만, 그 속은 어떨지 아무도 모르는 노릇이다. 그녀가 어떤 일을 하든, 어떻게 마음을 쓰든, 아스완의 기간 사업을 대연회에서 유치해 온 그녀는 아스완 후가 아니라 아름다운 아르시노에로 통한다.

아이비는 어떤가. 여왕 아래서 유능한 관리가 되겠다는 마음으로 왕궁에 왔지만, 실상은 잡무처리에 가까운 일을 매일 하고 있다. 화장실도 가지 못해 쓰러지고, 힘든 일은 모두 그녀에게 미루어진다. 아스완으로 오는 것에 자원할 정도로 열정적이지만, 정작 그녀에게 돌아가는 영광은 없다.

나이와 지위, 처지와 빈부까지 모두 다른 여인들이지만 결국은 모두 같은 어려움을 가지고 있다는 것이 아이러니한 일이었다. 유리가 대면했던 어려움도 다르지 않을 것이다.

에넌은 유리를 이해할 수 있음에 슬퍼졌고, 유리가 죄스러워서 미안했다.

"당신을 비난하려고 한 건 아닙니다. 그냥……. 마음이 많이 복잡했습니다."

"……."

"재미있는 건……."

에넌은 말을 골랐다. 처음으로 제 마음을 고백하는 것은 아주 지난하고 어려운 일이었다.

"당신이 여자라고 해서 새삼 더 기쁘다거나 하지는 않더군요."

"……무슨 뜻이에요?"

"저는 걱정이 많은 사람입니다, 유리. 좋은 일 앞에서도 항상 최악의 경우를 생각하죠."

에넌이 몸을 돌려 앉았다. 유리에게 윗옷을 벗어준 덕분에 그는 상반신을 온통 드러낸 상태였고, 유리는 얼굴을 붉힌 채 무릎에 얼굴을 묻었다가, 다시 그쪽을 쳐다봤다. 에넌이 자신을 계속해서 뚫어져라 쳐다보고 있어서였다.

"솔직히 말하면 당신이 남자든 여자든 상관없습니다. 당신이 남자였다 해도 덜 좋아하진 않았을 겁니다. 여자라서 더 좋아진 것도 아닙니다. 다만 제가 당신을……. 사랑하는 것이, 좀 더 수월할 수는 있겠지요."

사랑하는 것이, 라고 남자는 힘주어 말했다. 그러나 그는 제 마음을 고백하기 위해 그런 말을 하는 것이 아니었다. 이런 상황에서 고백하는 것은 무의미했다.

"이런 방법으로 말하고 싶지는 않았습니다. 당신도 제 마음은 익히 아시겠지요. 유리. 그러나 저는 제가 당신에게 제대로 제 마음을 고백했을 때, 당신이 감당해야 할 것들이 걱정됩니다."

"……."

"겁이 많아요, 저는."

에넌은 뭔가를 욕망해본 적이 거의 없다. 그가 원했던 것은 제 아비의 수급 정도다. 그 외에는 언제나 한 발짝 물러나 있었다. 그의 삶은 사생아로 태어나 그가 원하지 않았던 것들을 감당해야 하는 세월로 가득 차 있었다.

어느 순간, 에넌은 자신이 어떤 일에서든 최악의 경우를 상정하는 버릇이 들었다는 걸 알아차렸다. 그러나 그건 나쁘지 않은 버릇이라고 생각했다. 에넌의 위치는 그새 항상 조심해야 하는 곳까지 올라와 버렸으므로.

하지만, 사랑하는 여자 앞에서 마음을 전하기보다 제가 그녀에게 해가 될 수 있음을 걱정하는 건 잔인한 일이었다. 이 순간에도 에넌은 유리를 걱정하고 있었다.

유리는 열세 살에 벨름으로 건너왔다. 혈혈단신의 어린 소녀는 제가 하고 싶은 일 때문에 위험한 길을 나섰고, 벨름에 도착해서 제가 하고 싶은 일을 거머쥐었다. 디자이너가 되기 위해 남자가 되라는 주문에 태연히 응할 수 있었던 것은, 자신의 일을 좋아해서라는 것에 에넌은 추호의 의심도 없었다. 유리는 꿈을 위해서라면 어떤 일도 감당하고 이겨내려는 사람이다.

그러나 에넌 라이언하트는 제 누이를 위시한 그 많은 여인들이 모두 남자 앞에서는 한발 물러서는 것을 보았다.

공교롭게도 – 정말로 공교롭게도라는 말밖에는 할 말이 없었다 – 에넌 라이언하트는 대륙에 하나밖에 없는 공작이다. 자신이 유리에게 사랑을 고백하고 교제를 청하는 순간부터 그녀는 그 지위에 짓눌릴 것이다.

쎄시아 발렌시아는 에넌에게 연인을 만나 결혼하고, 아이를 낳으면 왕위를 물려주겠다고 입버릇처럼 말했다. 농담이었지만 그것을 농담으로 받아들이지 않는 사람들이 분명 있다. 남자 행세를 했지만 사실은 여자였습니다! 라는 건 에넌의 지위 앞에서는 그리 문제도 되지 않는다. 에넌의 비호 앞에서 그녀의 남장을 공격할 수 있는 사람은 없을 것이다.

그러나 그 이후에는 어떠한가.

아르시노에와 자신의 스캔들이 대륙의 안줏거리라는 것을 에넌은 아주 잘 알고 있다. 유리 클로드에게는 수많은 기대가 걸릴 것이다. 적어도 유리가 원하는 종류의 기대는 절대로 아니다.

에넌은 아직도 유리가 하던 말을 기억하고 있었다. 제 큰 꿈은 기성복을 만드는 거예요. 싼값에 좋은 옷을 사람들이 입을 수 있게 하고 싶어요. 돈을 엄청나게 벌어서……

남국이니 미녀이니 하는 말은 그래도 우스갯소리에 가까웠다. 물론 그것도 그녀의 꿈이겠지만, 아마 그녀는 먼저 말한 일들을 다 해치운 후에야 후련하게 남국에서 쉴 수 있을 것이다. 에넌은 유리보다 더 유리의 성격을 잘 파악하고 있었다. 그 모든 것을 내버려 두고 돈 많이 벌었다고 편히 쉴 만한 사람은 아니다. 그랬다면 화려한 발렌시아의 삶을 내버려 두고 아스완에 오지는 않았겠지.

에넌이 사랑을 고백하고, 만약에 그녀도 에넌을 사랑한다면, 그다음은?

공작부인.

에넌에게는 황홀하게까지 느껴지는 단어지만, 유리의 꿈은 그 단어에 으스러질지도 모른다. 자신이 아니라도 주변의 사람들이 끊임없이 강요할 것이다. 쎄시아 발렌시아만 봐도 명확하지 않은가.

그래서 에넌은 자신의 마음을 접기로 했다. 언젠가는 사라질지도 모를 제 연정에 그녀가 하고 싶은 일을 그만두는 것은 보고 싶지 않았다.

그게 잠들지 못했던 그 밤 동안 에넌이 내린 결론이었다.

아마 오늘 같은 사건이 없었더라면 에넌은 영원히 그녀에게 다가가지도 않았을 것이다. 하지만 비가 왔고, 그녀는 홀로 정글로 들어갔다. 어떻게 가만히 있을 수 있을까.

에넌은 뛰어들어간 산책로를 한참이나 달려간 끝에, 과일을 뜯어먹고 껍질을 내팽개친 원숭이들 몇 마리를 봤다. 정글에서 딸 수 있는 과일들은 그렇게 크고 반질반질한 껍질을 가지고 있지 않다. 에넌의 방갈로에도 놓인 과일이라 에넌은 그게 유리가 내버린 것임을 알아차렸다.

근처에 있는 걸까.

곧 에넌은 수풀을 헤치고 들어간 흔적을 찾아냈다. 왜 위험한 길을 들어갔을까. 비가 왔지만 황급히 지나간 흔적은 아주 잘 보였다. 발자국은 깊이 패여 있었고, 그나마도 온전히 찍히지 않았다. 이런 정글에서 달릴 이유는 하나뿐이다. 뭔가에 쫓긴 것이다.

에넌은 이를 악물고 흔적을 쫓았다. 뭐에 쫓겼는지는 명확하지 않다. 니겔은 이곳에 아스완을 비롯한 주변 영지의 귀족들이 자주 쉬러 온다고 했다. 그런 곳이니 크게 위험한 짐승은 없을 것이다.

유리를 쫓은 짐승의 발자국도 군데군데 보였다. 정확히 뭔지는 잘 알 수 없었다. 발자국은 너무 많았고, 명확하지 않았기 때문이다. 에넌은 정글에 익숙하지도 않았다. 숲이라면 어떤 동물인지 맞출 수 있었다. 그나마 다행인 것은 짐승이 그리 커 보이지 않는다는 것이다.

그러나 유리는 몸을 지킬 능력이 없다. 그건 에넌이 더 잘 알았다. 사람은 생각보다 잘 다친다. 작은 사슴이라고 해도 작정하고 사람을 들이받으면 갈비뼈가 부러진다. 게다가 발자국은 다수였다.

"유리!"

에넌은 다급하게 유리의 이름을 불렀다. 방갈로로 가서 하인들을 불러올까 싶었지만, 그러면 시간이 너무 지체된다. 빗줄기는 점점 굵어졌고 에넌의 몸도 식고 있었다. 유리가 어떤 상황일지는 아무도 모른다.

"유리!"

몇 번이나 그녀의 이름을 불렀는지 모른다. 그렇게 헤매며 에넌은 이제 도저히 제가 그녀에 대한 마음을 감출 수 없다는 것을 알아차렸다. 오늘 이후, 유리를 발견하든 발견하지 못하든 에넌은 더 이상 이전의 자신으로 돌아갈 수 없을 것이다. 그녀가 제 마음을 받아주는 것은 부차적인 문제다.

스물여섯 해를 살아오면서 단 한 번도 겪어본 적 없는 감정이 그를 뒤흔들었다. 절절 끓는 마음은 애타는 목소리로 변해 그녀를 찾았다. 에넌은 목이 터져라 유리를 불러 찾았다. 빗줄기에 제 목소리가 섞여 제대로 들리지도 않았지만, 계속해서 소리 질렀다.

만약 무슨 일이라도 생기면 자신은 견딜 수 없을 것이다.

그리고 비 때문에 불어난 물줄기 앞에 섰을 때, 에넌은 그토록 찾던 목소리를 들었다.

"저 여기 있어요!"

맹세코 에넌은 그 순간을 평생 잊지 못할 것이다.

─※─

유리는 에넌이 말하는 뜻을 알아차렸다.

인생은 디졸브다. 한순간에 꺼지는 블랙아웃이 아니다.

공주님과 왕자님은 서로의 마음을 확인했습니다. 그리고 두 사람은 결혼해 오래오래 행복하게 살았답니다.

이 말은 유리에게 통하지 않는다. 유리의 인생은 앞으로도 계속될 것이기 때문이다. 이곳은 책 속 세계도, 동화의 나라도 아니다. 에넌과 유리가 사랑을 확인하고, 연인이 되는 것으로 인생이 마무리된다면 얼마나 아름다울까. 그러나 유리는 이후로도 하고 싶은 일이 많았다.

에넌이 쓰게 웃었다.

"이런 이야기를 해서 미안합니다."

"각하……."

"비가 슬슬 그치는군요. 곧 나갈 수 있을 겁니다. 비가 그치면 함께 걷도록 하죠."

그는 화제를 돌리고 싶은 것 같았다. 제 마음을 절절하게 이야기했음에도 불구하고 결정적인 이야기는 단 한마디도 하지 않는다.

그건 그야말로 그가 유리를 사랑하기 때문이다. 제가 하는 말의 결과에 대해, 아무도 온전히 책임질 수 없다. 에넌조차도. 에넌은 선택하기를 포기하고 기회를 날리기로 결심한 것이다.

말을 마친 에넌의 눈동자가 유리의 발에 닿았고, 곧 커졌다. 샌들을 한쪽만 신어 극락조잎으로 감쌌던 발은, 유리가 뛰어다니는 통에 너덜너덜했다. 유리는 그제야 당황해 발을 감추었으나 에넌이 더 빨랐다.

"이런. 다쳤군요."

에넌은 유리 앞에 무릎을 꿇고 앉아 다친 쪽 발을 안타깝다는 듯이 감쌌다. 에넌의 커다란 손안에서 유리의 발은 마치 어린애의 것 같았다. 유리의 얼굴이 빨갛게 달아올랐지만, 에넌은 아랑곳하지 않고 손가락으로 그녀의 발을 문질러 지저분하게 묻은 흙과 나뭇잎들을 털어냈다.

"피가 나는데……."

"괘, 괜찮아요."

발등은 언제 다쳤는지 핏방울이 방울방울 맺혀 있었다. 에넌은 그 발을 안타깝다는 듯 쳐다보다가 입을 맞췄다.

악. 유리만 속으로 비명을 질렀다. 따뜻하고 두툼한 입술이 제 발등에 닿는 감각에 기절할 것만 같았다.

"이렇게나 작은데, 왜 저만 몰랐을까요……."

손안에 발을 놓고 보니 남자의 발이라고는 생각할 수도 없이 작았다. 에넌은 애틋한 눈으로 발을 쳐다봤다.

제가 사랑하는 여자는, 대체 얼마나 거추장스럽고 힘든 나날을 보냈을까.

굳이 여왕이나 일렉사 백작부인, 아이비나 아르시노에의 이름을 주워섬기지 않아도 남자보다 더 씩씩한 여자들은 발렌시아에 많다. 여자도 아니다, 남자 같다는 이야기를 들으며 싸워나가는 여인들. 바지를 입고 안 입는 차이뿐인데, 그녀들의 갈 길만 유난히 가시밭 길이다. 심지어 이제는 그런 차이도 없다. 유리 덕분이다.

에넌은 유리의 발을 보며 생각에 잠겼다. 그러나 유리는 에넌이 계속 제 발을 쥐고 있게 놔두지 않았다. 그녀는 발을 잽싸게 빼고 자세를 고쳐 앉았다. 유리 앞에 무릎 꿇었던 에넌은 얼떨떨했으나, 그녀가 뭔가 말하고 싶어 하는 것을 깨달았다.

"각하."

"예."

"이제 제가 말해도 되나요?"

"말씀하십시오."

"조금 무례한 말인데, 괜찮은가요?"

"……당신이 어떤 말을 해도 괜찮습니다."

에넌이 미소 지었다. 그러나 유리의 다음 말에 곧 그 미소도 사라졌다.

"좋아요. 각하, 지금 되게 건방지세요."

"……예?"

"건방지시다고요. 각하는 저를 어떻게 보시는지 몰라도 저는 굉장히 기분 별로예요."

에넌은 유리의 장래가 염려되어 좋아한다 말하지 않겠다고 했
다. 에넌이 걱정하는 것을 유리가 모를 리 없었고, 금세 어떤 뜻인지
알아들었다. 그러나 알아듣는 것과 받아들이는 건 별개다. 유리는
양반다리를 하고 앉아 무릎에 제 주먹을 올려놓고 흡, 하고 심호흡
했다.

"고작 각하랑 연애하는 걸로 제가 기죽을 거라고 생각하세요? 기
분 나빠요."

"⋯⋯아."

"저는 남자로 살면서도 그래야 한다는 것 때문에 기죽은 적 없어
요. 그냥 그건 제가 선택한 방법이에요. 모든 건 제가 골랐고 저는
후회하지 않아요. 착각하지 마세요. 남자로 사는 건 짜증은 났지만,
그게 더 편하니까 그쪽으로 걸어온 거라고요."

유리는 에넌에게 빠르게 쏘아붙였다.

"마음대로 동정하지 마세요."

"⋯⋯미안합니다."

에넌의 말은 분명 맞았다.

그러나 유리는 에넌의 생각에 거부감을 느꼈다. 남자로 살아와야
했던 여자에 대한 연민을 느끼는 것도 이해한다. 그러나 일어나지
도 않은 상황을 미리 예상해서 아무것도 하지 않는 그를 보고 유리
가 느낀 감정은, 짜증이었다.

상대에게 부담을 지우지 않겠다는 것도 정도가 있다. 유리는 언

제나 욕심내며 살았다. 제가 가진 적 없는 것들을 가지려고 열심히 노력했다. 운이 좋아 전생을 기억했고, 남들보다 매끄럽게 지금의 위치에 올라왔다. 당연히 힘들었다. 어렵지 않았을 리 없다. 그러나 그렇다고 해서 그게 즐겁지 않은 건 아니었다.

"저는 제가 각하랑 연애를 하든, 백한 명의 남자랑 동시에 연애를 하든 제 마음대로 살 거예요. 제가 하고 싶은 건 앞으로도 다 하고 살 거고, 남들이 제게 뭐라고 하든 아랑곳하지 않을 거예요. 제가 감당할 수 없는 어려움도 있겠죠. 그런데 어려워서, 그래서 뭐 어쩌라고요."

"……."

"각하. 각하는 이해하실 수 없겠지만, 저는 제가 아주 귀한 기회를 잡았다는 걸 알고 있는 사람이에요. 태어나지 않았다면 모르겠지만, 태어난 바에야 저는 제가 누릴 수 있는 건 다 누리고 살 거라고요. 각하가 말씀하시는 그런 일들에 제가 괴로워할 수는 있겠죠. 그런데, 그래서요?"

에넌은 할 말을 잊었다. 제 눈앞의 여자는 에넌이 단 한 번도 생각해본 적 없는 이야기를 하고 있었다.

남자인 척 살아오기 힘들었고 그게 내 인생이야. 그래서 뭐 어쩌라고?

그런 말을, 유리는 눈 한 번 깜박하지 않고 청산유수처럼 하고 있었다. 에넌을 위로하거나 두둔하려는 것이 아니다. 원래 그런 사람이었던 거다.

"공작부인이요? 뭐 어쩌라고요. 제가 각하랑 연애하다가 더 이상 하기 싫으면 안 하는 거고, 결혼하고 싶으면 할 거예요. 막말로 제가 각하한테 시집가면, 저는 옷을 못 만드나요? 사업 못 해요? 시집가면 죽는 것도 아닌데 왜 못 해요?"

사회적 의무, 인식, 사람들의 손가락질. 그런 것 때문에 제가 하고 싶은 걸 못 하는 일은 없을 거라고 유리는 말했다. 에넌은 결국 기가 막혀 웃고 말았다.

자신이 좋아하는 여자의 성격은 에넌이 알고 있는 것보다 훨씬 대단해서다.

"웃지 마세요. 제 말 다 안 끝났어요."

"……예."

"각하."

"예."

"제가 좋아해요."

유리의 말에 에넌의 눈이 커졌다.

"아이 씨, 이런 몰골로 이런 말을 하게 될 줄 몰랐는데."

유리는 치덕치덕한 머리카락을 쓸어넘기며 투덜대면서도 얼굴을 빨갛게 붉혔다. 그 앞에서 에넌은 돌이 된 것처럼 멈춰 있었다. 에넌이야말로 유리가 이렇게 대놓고 말할 줄 몰랐기 때문이다. 이윽고 유리는 다시 에넌을 보고 입을 열었다.

"제가 여자인 거 들키지 않았으면 아마 저도 말 안 했겠죠. 그렇지만 이왕 이렇게 된 거 말씀드릴게요. 저 각하 많이 좋아해요."

"……유리."

"그러니까 저도 여쭤볼게요."

"……."

"저 좋아하세요?"

에넌은 눈을 질끈 감았다. 세상에서 가장 어려운 말을 이렇게 쉽게 만들어 버리는 여자가, 자신이 사랑하는 여자라는 것이 실감나서다. 이윽고 다시 눈을 떴을 때, 에넌의 앞에 앉은 유리가 눈에 들어왔다. 다리를 남자처럼 하고 앉은 채, 무릎 위에는 양쪽 주먹을 올려놓고, 비장한 얼굴로 자신을 좋아하냐고 묻고 있었다. 머리는 남자처럼 짧고 그나마도 비에 젖고 흙이 묻어 엉망이었다. 얼굴도 더러웠고 생채기투성이였다. 실로 용감했다.

그리고 자신은 그 용감한 여자를.

"사랑합니다."

봄 새싹처럼 맑은 초록빛을 띤 눈이 환하게 휘어진다. 마치 그럴 줄 알았다는 듯이. 주먹을 쥐었던 손이 제 쪽으로 다가와, 에넌은 저도 모르게 끌려가는 것처럼 그 손을 잡았다. 유리는 에넌의 손을 잡자마자 제 쪽으로 잡아당겼고, 에넌은 엉겁결에 유리의 바로 앞까지 도달했다. 여전히 에넌의 손을 깍지 껴 잡은 유리가, 에넌의 코앞에서 말했다.

"그다음도 제가 말해야 해요?"

"……아뇨."

가장 먼저 이마가 맞닿았다. 그 감촉이 놀랍도록 부드러워 에넌은 몇 번이나 그녀의 이마에 제 이마를 문질렀다. 유리와 맞잡지 않은 쪽의 손으로 유리의 허리를 감싸 안자, 유리가 움찔했다. 작은 새 같다고 에넌은 생각했다. 가장 먼저 이마에 입을 맞추었다. 여인은 어느새 눈을 감고 있었고, 그 사랑스러운 눈꺼풀에도 입 맞췄다. 그 다음은 빨갛게 달아오른 사과 같은 뺨. 보드랍고 따뜻한 뺨에 입을 맞추자 유리가 파르륵 떨었다.

작은 콧등에 제 코를 문질렀다. 황홀한 감촉에 에넌이 나직하게 한숨을 쉬었다. 에넌의 숨이 뺨에 닿자, 그동안 숨을 쉬는 것조차 잊고 있었던 유리도 긴 숨을 내쉬었다. 더운 숨이 제 입술에 와 닿는 순간 에넌은 더 이상 참을 수가 없어져 유리에게 입 맞췄다.

긴 입맞춤이었다.

머릿속에서 수천 개의 폭죽이 터지는 듯한 기분을 느끼며 에넌은 유리를 밀어붙였다. 깊고 농밀한 입맞춤이 계속해서 이어졌다. 어느새 유리의 두 팔은 에넌의 목을 끌어안고 있었고, 에넌도 유리의 뒷목을 붙잡았다. 입술과 입술이 계속해서 맞부딪쳤다. 에넌의 아랫입술과 윗입술이 유리의 아랫입술을 물었다 놨다. 유리의 볼을 부드럽게 움켜쥐자 유리가 작게 숨을 내쉬었다. 숨결마저 아까워서 다시 에넌은 유리의 입술을 집어삼켰다.

유리는 저도 모르게 에넌의 등을 붙잡고 매달렸다. 벌거벗은 남자의 상반신은 지나치게 자극적이었다. 그런 주제에 말하는 것은 작은 들짐승보다 더 겁을 집어먹은 투라 화가 났지만 괜찮았다. 그녀는 자신이 가지고 싶은 것은 다 가질 것이다. 에넌 라이언하트도 가질 것이다.

유리는 언제나 자신에게만은 확신이 있었다. 나는 잘할 거야.

이윽고 입맞춤이 끝났을 때, 유리는 저도 모르게 바닥에 누워 있
는 것을 알아차렸다. 에넌은 유리 위에서 몸을 세운 후, 제 밑에 누
운 여인을 보고 얼굴이 시뻘게졌다. 유리는 픽 웃고 에넌의 손을 끌
어당겨 손바닥에 입 맞췄다. 다분히 섹슈얼한 뉘앙스를 품고 있는
그 몸짓에 에넌이 이를 악물었다.

"……지금 무슨 짓을 하고 있는지 알고 있습니까."

네. 완전! 그렇게 답하고 싶었지만, 유리는 웃기만 했다. 에넌이
다시 고개를 숙여 그녀의 이마에 제 이마를 가져다 댔다.

"미치겠군……."

그러나 에넌은 별다른 액션을 취하지 않고 금세 유리에게서 떨어
졌다. 유리가 눈을 동그랗게 뜨자, 에넌은 고개를 저었다.

"안 됩니다."

"……저는 괜찮은데."

"안 됩니다."

아, 말귀 되게 못 알아듣네. 내가 방금 나 하고 싶은 건 다 할 거라
고 했어 안 했어.

유리는 그렇게 짜증을 내려고 했지만, 에넌의 다음 말에는 웃음
을 터트릴 수밖에 없었다.

"지금도 심장이 터질 것 같은데, 그랬다가는 제가 죽을 겁니다."

그렇게 말한 에넌은 웃고 있는 유리의 손을 제 심장 부근에 가져

다 댔다. 두근, 두근, 두근…… 엄청나게 빨리 뛰고 있는 심장 소리에 유리는 다시 한번 웃고 말았다.

"……비가 그쳤군요."

어느새 비가 그쳐 있었다. 에넌은 유리의 등과 무릎 안쪽에 손을 넣었다. 두 번째라 그가 어떻게 할지 알고 있었던 유리는 잽싸게 에넌의 목을 끌어안았다.

저벅저벅, 정글을 되짚어 돌아가며 둘은 계속해 속삭였다.

각하,

……에넌이라고 부르십시오.

에엑.

다른 말씀은 잘하시더니.

……에넌.

예.

저는 앞으로도 잘할 거예요.

알고 있습니다.

그러니까 걱정하지 마세요.

그러겠습니다.

갓 맺어진 연인의 밀어가 숲속으로 흩어졌다. 듣는 이는 아무도 없었다.

7
이 남자의 연애 방식

"유리. 저랑 정식으로 교제해 주십시오."

아스완으로 돌아오는 길에 에넌이 한 말이었다. 유리는 마차 안에서 눈을 부릅떴다.

우리 사귀는 거 아니었어?!

그러나 이 남자의 연애에 대한 감각이라는 건 놀라울 정도로 고지식하다는 걸 이미 유리는 익히 알고 있었다. 이브림에서 남은 하루 동안 만지면 깨질까 불면 날아갈까 유리를 다루던 남자는, 그때 입 맞춘 후로 유리의 몸에 손도 안 댔던 것이다.

물론 유리 또한 그날 그렇게 헤맨 후에 영 몸이 좋지 않아 계속 자다 일어나다를 반복했다. 니켈은 제 하인들에게 자초지종을 듣고 노해 유리를 따라가지 않은 하인의 목을 베겠다고 했다. 그러나 그건 유리가 용서해줄 것을 알고 일부러 벌이는 퍼포먼스에 가까웠고, 유리는 거의 옆구리를 떠밀리는 심정으로 됐다고 손을 내저었다.

애초에 혼자 가겠다고 한 것도 본인이 맞으니 그냥 내버려 둘 수도 없다. 대신 유리는 니껠에게 산더미 같은 선물을 받고 아스완으로 복귀하는 마차를 탔다. 깨끗한 옷은 물론이다. 다친 발 때문에 푹신한 신발도 선물 받았다. 오래 신고 있으면 발바닥에 땀이 난다는 게 문제지만.

에넌의 사병은 영 공작님 옆에 타고 있기가 불편한지 출발부터 마부 옆에 앉아서 갔고, 그래서 마차에는 둘뿐이었다. 유리 쪽의 좌석은 아예 처음부터 푹신한 쿠션과 담요 같은 것으로 메워놓은 참이었다. 그리고 반쯤 누워 빈둥거리며 가던 유리에게, 반대쪽에 앉은 에넌은 비장하게 저런 말을 한 것이다.

그리고 유리는 조금 심술이 돋는 것을 느꼈다.

"……싫은데요?"

"……알겠습니다."

"그렇게 바로 수긍하지 말란 말이에요…….."

유리는 한숨을 쉬고 에넌을 옆으로 끌어당겼다. 남자가 머뭇거리다가 유리의 옆에 앉았다. 유리는 엎드려서 에넌을 올려다봤다.

"아, 잘생겼다."

"고맙습니다…….."

"제가 각하랑 사귀면 뭐 해주실 거예요?"

뜻밖의 질문에 에넌이 이마를 조금 찌푸렸다가, 옅게 웃었다.

"제가 해드릴 수 있는 거라면 뭐든지요."

빙고. 유리는 웃으며 옆에 놓아둔 사탕통에서 사탕 한 알을 꺼내 에넌의 입에 가져다 댔다. 에넌이 눈알을 굴리다가 그 사탕을 받아먹었다. 유리의 손가락 끝에 에넌의 침이 약간 묻었지만, 유리는 개의치 않고 바지에 문질러 닦은 후 말을 이었다.

"그럼 저 면책권 주세요."

에넌이 입안에서 사탕을 굴리다 멈칫했다.

"면책권이요?"

"후작님 이상부터는 면책권 있다면서요. 세금 문제랑 사람 목숨이 달린 문제 빼고."

"예."

"저 남자 아닌 거 언젠가는 폐하한테 말해야 될 거 아네요."

"……그렇지요."

에넌에게야 이왕 들킨 거니 에라 모르겠다, 하고 저지른 일이지만 다른 사람들은 문제가 조금 다르다. 유리가 가장 무서워하는 것은 바로 그 붉은 눈의 폐하였다. 아직도 유리는 그때 쎄시아에게 혼이 났던 일이 생생했다. 잘못한 자에게는 가차 없는 폐하. 거짓말을 하면 목을 자른다지.

한때는 에넌과 입 맞출 뻔하면서 호탕하게 '나 미남이랑 키스했다!!'하고 단두대의 이슬이 될 각오도 했지만, 역시 사람이라는 건 제 목숨은 아까운 법이다. 게다가 미남에게 사귀자는 말까지 들었는데 단두대의 이슬로 사라질 순 없잖아!

그런 유리의 생각을 읽었는지, 에넌이 빙긋 웃었다. 유리는 그만 황홀해졌다. 아, 진짜 잘생겼다. 대박이다. 소설 같은 데 보면 저런 얼굴이 뭐 어떻게 잘생겼는지 미사여구도 엄청나게 달아놓던데, 제게 그런 재주가 없는 것이 안타까울 따름이었다.

저 얼굴을 눈앞에 두면, 우와 진짜 잘생겼다. 짱이다. 대박 잘생김. 슈퍼 잘생김. 이런 말밖에 안 나왔다. 젠장!

"저는 명목상으로는 백작까지는 임명 권한이 있습니다만, 후작은 아닙니다."

"에이, 작위 달라는 거 아녜요. 면책권만요. 딱 1회면 되는데. 여왕님이 용서하시면 남들도 다 용서해야 하잖아요."

유리가 사탕을 입에 넣으며 쫑알거렸다. 에넌은 손을 뻗어 유리의 귓가에 흐트러진 머리를 정돈해주었다.

"작위 말고도 방법이 있긴 합니다."

"뭔데요?"

"저랑 결혼하시면 됩니다."

그대로 동작을 멈춘 유리가 입을 벌리고 에넌을 쳐다보았다. 그 눈빛에는 감탄을 넘어선 경악 같은 것이 배어 있었다.

우와. 숙맥인 줄만 알았더니 이런 소리를 다 할 줄 아시네.

이윽고 피식피식 웃기 시작한 유리가 말했다.

"그거 청혼이에요?"

에넌은 눈에 힘을 주었다.

"안 됩니까?"

아, 너무 직진이시네. 당황스럽게. 유리는 급기야 피식 웃고 몸을 일으켰다. 대번에 에넌과 눈높이가 맞았다.

"사귀기도 전에 청혼하는 건 너무 빠르지 않아요?"

"그러니까 저를 만나 주십시오."

유리의 표정이 웃음으로 무너지고 말았다. 남자도 빙그레 웃었다.

"싫어요."

"……왜입니까?"

"아까는 바로 납득하시더니?"

"납득하지 말라고 했잖습니까."

말도 참 잘 들어요. 어이구. 유리는 깔깔 웃으며 에넌을 끌어당겼다. 갑작스럽게 끌려간 에넌은 유리가 제 볼에 가볍게 입을 맞추자 굳고 말았다. 볼에 쪽, 코에 쪽, 입술에도 하려는데 에넌이 잔뜩 벌게진 얼굴로, 손을 내밀어 유리의 얼굴과 제 얼굴 사이를 가로막았다.

"왜요?"

유리가 고개를 갸웃했다.

"당신은 정말……."

"음?"

"……아닙니다."

에넌은 제 무릎을 끌어당겨 세운 후 거기에 얼굴을 묻었다. 뭐야? 왜? 에넌을 관찰하던 유리가 설마, 하고 입을 가렸다.

"혹시 부끄럼 타요?"

"……그게 아니라."

"그런 거치고는 귀까지 빨개져 있는데……. 얼굴에서 피 나요."

얼레리꼴레리. 유리가 에넌을 놀렸으나 에넌은 한참이나 그러고 있다가 얼굴빛이 가라앉았을 때쯤 몸을 돌려 유리 쪽으로 앉았다.

"유리."

"네."

"벨름의 정조관념은 어떠합니까."

뜻밖의 질문에 유리는 순식간에 모든 걸 이해했다. 아, 하고 입을 벌린 채 에넌을 바라보자, 그는 애써 유리의 시선을 창피한 듯 피했다.

"제가 답답하시지요."

"……아니오!"

유리는 손을 내저었다. 그렇다. 이곳의 정조관념은 유리가 생각하는 것보다 엄격하다. 애정의 표현은 손등에 입을 맞추는 것. 결혼을 약속한 남녀라고 할지라도 남들 앞에서 손을 잡는 것조차 눈치를 봐야 한다. 유리의 감각과는 사뭇 다르다.

지금까지는 일을 하느라 굳이 연애할 시간이 없었으나, 유리의 감각은 현대인의 그것이다. 이제는 어렴풋하다 못해 까마득한 기억이지만, 남자친구와 손잡고 입 맞추고, 더한 것도 했던 세월이 유리의 몸에 그대로 배어 있는 것이다. 그를 갑작스레 끌어당기고 입 맞추는 일이 에넌에게는 굉장히 놀랍고 당황스러운 일임에는 틀림

없다.

"그러네요. 제가 발렌시아의 연애 관념을 생각하지 못했어요. 저랑은 좀 달라서……."

유리가 볼을 긁었다.

"조심할게요, 각하. 미안해요."

"……꼭 조심할 필요는……있겠지요."

에넌이 가볍게 한숨을 쉬었다.

"아직 당신은 남자로 되어 있으니까."

그것도 그렇다. 유리는 어쨌든 많은 사람에게 남자로 되어 있다. 이제 와서 에넌에게 들켰다고 해서, 짠! 사실은 여자였습니다! 같은 소리를 하며 모두의 앞에 여자로 나설 수는 없는 노릇이다. 그러니 자연스레 남들 앞에서 손을 잡거나 할 수도 없다.

"궁금한 게 있습니다."

"뭔데요?"

"언제까지 남자 노릇을 할 생각이었습니까?"

"음……. 앞으로 2년 정도?"

유리는 손가락을 꼽으며 답했다.

"주변 남자들은 키도 더 크고 수염도 날 테니까. 더 이상 숨기기는 어려웠을 거예요. 게다가 발렌시아에 그렇게 오래 있을 계획도 아니었고요. 아타락시아 분점을 만든다 해도 관리인을 두면 되는 것이지, 저는 벨름으로 돌아가려고 했어요."

"벨름에서도 당신은 남자 아니었습니까."

"네. 벨름에서도 남자지만, 거기에서 또 다른 곳으로 가려고 했죠. 아타락시아도 전부 궤도에 올랐으니까요."

어차피 한 곳에서 오래 장사를 할 수는 없다. 그렇다면 완전히 새로운 의상실을, 사람들이 제 얼굴을 모르는 곳에서 차리는 건 어떨까. 그게 유리의 계획이었다.

"저야 이제 돈은 좀 많이 모았거든요. 부모님하고도 너무 오래 떨어져 있었으니, 적당히 날씨 좋은 곳에서 의상실을 하나 차리려고 했어요. 물론 학교도 세우면 참 좋겠지만, 아카데미아같이 큰 건 무리고, 작은 재봉학교 같은 곳을 차려서 사람들을 가르치면 좋겠다 싶었죠. 그렇게 살다가……."

"살다가?"

"남쪽 나라로 가서 작은 집을 짓고 미남 끼고 매일 수영하고 술 마시고 살려고……했죠."

유리가 눈알을 굴리며 답했다. 에넌은 눈을 가늘게 뜨고 유리를 내려보다가 입을 열었다.

"한 가지는 이루셨네요."

"뭘요?"

"미남이요."

그러니까, 에넌은 어쨌든 저 자신이 미남이라는 것 하나는 확실히 알고 있었다. 유리가 입을 벌렸다.

"우와……. 뻔뻔해……."

"아닙니까?"

"맞긴 하지만……. 제 스케일은 그거 아니거든요. 남쪽 나라에서 작은 집 짓고 공작님을 끼고 사는 게 말이 돼요?"

"왜 안 됩니까?"

"우와, 억지……."

이제 화제는 급작스럽게 유리의 노후계획으로 변경됐다.

"아니, 그러니까 작은 어촌 마을에 사는 대륙의 유일무이한 공작님 같은 게 말이 되냐고요. 소소한 저의 꿈 스케일을 갑자기 엄청난 스케일로 만들지 말아 주시겠어요?"

"미남이라는 말에는 구체적인 조건은 없지 않습니까?"

"앗, 짜증 나! 본인 입으로 미남이라고 하니까 되게 짜증 나요!"

"어쩌겠습니까. 받아들이십시오."

유리가 입을 부우 내밀다가 갑자기 생각난 듯 입을 열었다.

"왜 받아들여요? 사귀는 것도 아닌데."

"……그."

그제야 에넌이 당황했다. 유리는 흐흐흥 웃으며 손가락을 세워 흔들어 보였다.

"저 아직 각하랑 사귄다고 말 안 했는데요."

이 남자는 이상한 데서는 뻔뻔하면서, 이런 곳에서는 순진하기 짝이 없어서 유리의 말에 뻘뻘 땀만 흘리고 있었다. 암묵적으로 우리 사귀고 있는 거 아니었어? 하고 물어봤으면 아마 유리는 '아 그런가 보다' 하고 넘어갔을 텐데. 자기 무덤을 자기가 파다니. 고지식한 탓이다. 유리는 흐흥 하고 웃었다.

"그렇지만 제가 백작으로 임명하면 어떨까요?"

"……예?"

"아까 말했지 않습니까. 저는 임명권이 있다고. 제 밑의 직속 가신으로 올랭피아 영지에서 적당히 영지 주고 백작으로 임명하면 유리는 매년 정기적으로 저에게 근황 보고를 해야 합니다."

"안 할 건데요?"

"거부권은 없습니다."

"대박."

"그리고 저는 유리가 공짜로 준다는 걸 마다하지 않는 사람이라는 걸 잘 압니다."

"……그건 맞아요."

유리가 샐쭉하니 눈을 흘겼다. 에넌이 옅게 웃었다.

"물론 저는 나쁜 공작님 소리를 듣고 싶지 않기 때문에 그런 일은 하지 않을 거지만요."

"뭐야. 준다고 해 놓고 빼앗는 게 어디 있어요."

"아직 주지도 않았습니다."

그렇게 말하며 에넌이 유리의 손을 청했다. 유리는 짐짓 우아한 귀족 소녀마냥 손을 내밀었고, 그가 손등에 키스했다.

"그리고, 유리."

"네?"

"에넌이라고 부르십시오. 남들 앞에서야 어쩔 수 없겠지만."

반짝이는 한낮의 바다 같은 눈이 자신을 응시했다. 유리는 정말 어쩔 도리 없이, 이 남자가 좋다고 생각했다. 처음에는 얼굴이 좋다고 생각했는데, 어쩌다 이렇게 된 걸까.

"참. 이것도 받아 주십시오."

"예? 뭔데요?"

에넌이 짐 속에서 상자 하나를 꺼냈다. 화려하고 아름다운 상자였고, 유리는 그 상자가 뭔지 대번에 알아봤다.

니겔이 이브림에서 두 사람에게 건넸던 상자였다. 유리에게는 사파이어 캐보션을, 에넌에게는 육각형 루비를.

"사랑하는 여인에게 주라는 말을 들었을 때 당신 생각을 했습니다. 그때 당신이 예쁘다고 감탄하는 걸 듣고 더욱더 주고 싶었죠. 이렇게 줄 수 있게 돼서 다행입니다."

"엑……. 괜찮아요?"

"예."

에넌이 벌쭉 웃었다.

"가지고 가서, 무엇에든 쓰십시오. 본래는 제가 뭐라도 세공해 드려야겠지만, 저는 그런 것에는 조예가 없으니 유리가 마음껏 세공하면 좋겠군요."

"물리기 없기예요."

"그럼요."

유리가 신이 나 상자에서 루비를 꺼냈다. 영롱한 루비는 피처럼 붉은색이었다. 에넌의 머리색과도 거의 비슷했다.

"이거 너무 예쁘다! 엄청 비싸 보여요!"

"좋아하시니 저도 좋습니다."

그때 마차가 쿵, 하고 흔들렸다. 유리는 루비를 떨어트릴 뻔하고는 잽싸게 상자에 루비를 집어넣어 짐에 챙겨 넣었다.

"그렇지만 이렇게 비싼 걸 받아놓고 저도 입을 닦을 수는 없는데……."

"괜찮습니다."

그렇다고 사파이어를 줄 수도 없다. 애매하잖아. 니켈에게 받은 선물을 둘이 교환하는 건 모양새가 너무 웃겼다. 유리가 "뭐 좋은 거 없나."하고 제 짐을 뒤지려는데, 에넌이 턱을 긁으며 조심스럽게 말을 건넸다.

"그러면, 혹시 지금 하고 계신 목걸이는 어떻습니까."

"목걸이요?"

유리가 눈을 깜박이다가 제 앞섶을 더듬고 아, 하고 알아차렸다. 봄의 대축제 때 플럼의 팔찌를 사고 같이 받은 유리알 목걸이였다. 이런 게 제 목에 걸려 있는 것도 까먹을 정도였다. 일부러 하고 다닌 것도 아니고, 어쩌다 보니 계속해서 목에 걸려 있는 걸 굳이 떼놓기도 뭐해서 차고 다닌 물건인데.

"이거 완전 싸구련데."

"가격이 중요한 건 아닙니다."

그냥 애인 물건 하나쯤 갖고 있고 싶은 심린가. 유리는 고개를 끄덕이며 목에서 가죽줄을 풀어냈다. 자신의 손바닥에 놓인 초록색 유리알을 에넌은 소중한 듯 꾹 쥐었다.

"가끔 볼 때마다, 유리의 눈동자 색과 같다고 생각했습니다."

"아……. 그거 준 남자가 그런 소리를 하며 줬죠."

아무 생각 없이 한 말에, 순간 목걸이를 쥔 손가락이 하얗게 변했다. 손에 힘이 들어간 것이다.

"남자가 준 물건입니까……?"

그 말에 유리는 코로 웃고 말았다. 이걸 말해줘 말아. 그러나 이 남자를 너무 놀리는 것도 못 할 노릇이라 유리는 금세 축제에서 만난 상인이 준 것이라고 해명했다. 그제야 에넌은 안심한 듯 목걸이를 주섬주섬 주머니에 챙겨 넣는 것이어서, 유리는 결국 에넌을 끌어당겨 그 목걸이를 직접 걸어주고 말았다.

⁓✳︎⁓

유리는 돌아오자마자 아이비부터 제 방으로 불렀다. 근 일주일 만에 만나는 아이비와 플럼에게 제 근황 보고를 하는 게 급선무였으나, 아이비만 부른 이유는 따로 있었다.

어쨌든 자신이 여자인 것을 에넌에게 들켰다는 이야기를 하기는 해야 했다. 그러나 플럼에게 유리는 그 이야기를 하지 않기로 했다. 그렇잖아도 플럼이 말조심을 하지 않아 가뜩이나 걱정되는 게 많던 참이다. 만약 플럼이 이 일을 알게 된다면, 아마 조심성 없는 그녀는 더더욱 방만해질 것이다.

비밀은 아는 사람이 적을수록 좋다. 유리는 아이비에게만 사실을 알리기로 결정하고 나서도 이게 잘한 건지 아닌지 잘 모르겠다고 생각하며 아이비를 기다렸다.

똑똑, 문을 두어 번 두드리고 들어온 아이비가 환하게 웃었다.

"유리 님. 오랜만이에요."

유리와 에넌이 점심 무렵을 지나 아스완에 도착한 터라, 아이비는 하루 일과를 끝내고 온 참이었다.

"이브림은 즐거우셨어요?"

"네. 그게……."

"어머나, 빰에 이게 뭐예요? 세상에, 팔에도!"

유리가 말을 이으려는데, 아이비가 호들갑을 떨었다. 유리는 빰과 팔다리 등에 생채기를 입은 것을 그제야 기억해냈다. 그날 헤맬 때 입은 상처들이었다. 그날 유리를 따라오지 않은 하인 대신 사죄의 의미로 니겔이 자신을 편안하게 챙겨주었으나, 상처는 쉬이 아물지 않았다. 아마 나무 등에 긁혀 찢어진 상처이기 때문에 그럴 것이다.

"그럴 일이 좀 있었어요. 정글에서 길을 잃어 헤매다가……."

"길을 잃었다고요?!"

"예. 뭐 다행히 각하께서 데리러 와 주셔서."

어머나, 다행이에요. 아이비가 안타까운 얼굴로 유리를 쳐다봤다.

"얼굴이 이게 뭐예요……. 상처가 남을까 봐 걱정이네요."

"괜찮아요. 그보다 말할 게 있는데."

아이비가 유리의 빰을 어루만지다 말고 눈을 깜박였다. 유리가 어깨를 움츠렸다.

"저기, 저 혼내면 안 돼요……."

"무슨 일인데 그러세요? ……설마."

아이비가 빠르게 미간을 좁혔다. 유리는 시선을 떨궜다.

"아니죠?"

"……들켰어요."

"맙소사."

언제나 상냥하던 아이비는 이마를 짚고 한숨을 내쉬었다.

"그렇게 조심하라고 말씀드렸는데……. 각하께 들킨 거예요?"

"네……."

"각하는 뭐라셔요?"

불안한 눈동자를 보며 유리는 슬슬 시선을 피했다. 그러니까 이제부터가 완전 고비인데. 좋아한다고 말을 해야 해, 말아야 해. 에넌은 말해도 상관없다고 했지만, 유리는 생각이 조금 달랐다. 출장지에서 높은 상관 둘이 연애를 한다. 처음에야 놀랍고 축하해주고 싶은 마음도 들겠지만, 갈수록 꼴 보기 싫어지는 일들이 생길 것이다.

직장이라는 게 현대와 이곳을 막론하고 그렇다. 뭐라도 핑계가 생기면 그 탓을 하려는 사람들은 늘어난다. 쟤네 왜 저렇게 게을러? 연애해서 그래. 쟤들 왜 저렇게 열심히 일해? 연애해서 그래. 쟤 왜 어제 지각했어? 글쎄, 그게…….

유리는 아이비를 좋아했다. 그러나 아이비도 유리를 자신만큼 좋아할지는 의문이다. 그리고 아무리 좋아한다고 해도 금세 마음이 돌아서는 것도 사람이다. 아이비는 빠릿빠릿하게 구는 것을 선호하는 이였고, 제 상관이 여자인 것을 들킨 것도 모자라, 칠렐레 팔렐레에넌을 만난다는 것을 알게 되면 대번에 잔소리를 할 것이다.

"……모른 척해 주시겠대요."

그래서 유리는 말을 줄였다. 아이비의 얼굴이 눈에 띄게 환해졌다.

"다행이다!"

그리고는 바로 턱을 괴고 생각에 잠겼다.

"하긴. 각하는 합리적인 분이니까요. 이제 와서 유리가 여자라고 한들 사업을 중지할 수 있는 것도 아니고, 사업을 중지할 이유도 안 되죠. 여자라서 손해를 보는 게 아니니까."

"그것도 그렇고……."

"괜히 이제 와서 그걸로 시비해봐야 유리 님을 중심으로 돌아가는 사업이기도 하고요. 지금 시점에서 그걸 문제 삼아서 유리 님을 수도로 돌려보내면 모두 손해만 볼 거예요."

음, 음. 아이비가 고개를 끄덕였다. 가까스로 납득해 준 듯했다. 유리가 한숨을 내쉬었다. 그러나 아이비의 질문은 끝나지 않았다.

"그런데, 폐하는요?"

"……예?"

"어쨌든 저희가 할당받은 기간은 복귀까지 모두 합쳐서 8개월이에요. 석 달 뒤에는 돌아가야 한다고요. 석 달 뒤에 돌아가면 각하는 어떻게 하신대요?"

"……아."

"'아.' 같은 소리 하지 마세요."

아이비의 눈이 엄해졌다.

"각하 혼자 모른 척해 주실 리가 없잖아요. 그 폐하의 의동생인데. 아마 보고를 하시게 될 텐데, 뒷감당은 어떻게 하시려고요?"

"……어떻게든?"

"유리."

이래서야 뭐 어떻게 변명할 길이 없네. 유리는 뒷목을 긁었다.

"일단 그 이야기는 안 해 봤어요. 복귀할 때 각하는 올랭피아에 들르신다고 하기도 했고……."

"올랭피아요? 아."

에넌은 돌아오는 길에는 유리와 헤어져야 한다고 미리 귀띔했다. 올랭피아 때문이다. 에넌이 전쟁 전리품으로 하사받은 영지. 유리의 어음 대신 담보된 곳이기도 하다. 에넌은 쎄시아에게 영지를 받았지만, 단 한 번도 올랭피아에 가 본 적이 없다고 했다. 올랭피아는 대륙 중부에 있는지라, 발렌시아에서도 꽤 긴 시일이 걸려 갈 수 있었기 때문이다.

"그럼 각하는 적어도 두세 달은 더 걸려서 돌아오시겠네요……."

"예."

"그래도 큰일은 큰일이에요. 뭔가 대책을 좀 마련해야 되겠는데……. 그 사이에 어디론가 또 핑계를 대고 사라질 수도 없고요. 각하 발을 묶어놓을 수도 없군요."

아이비가 팔짱을 끼고 본격적으로 걱정을 시작해서, 유리는 필사적으로 말을 돌릴 거리를 찾았다. 언젠가 이야기를 하기는 해야 하는데, 그게.

지금 이야기를 하지 않는 것이 과연 도움이 되는 선택일까? 유리는 땀을 뻘뻘 흘렸다. 그러다가 아, 참. 하고 눈을 반짝 크게 떴다.

"그러고 보니, 해면은 써 봤어요?"

"아…… 아니오."

원래대로라면 유리가 이브림에 다녀올 동안 아이비가 월경을 치를 예정이었다. 그러나 아이비는 며칠 정도 좀 늦는 것 같다고 말했다.

"그런데 정말 저는 그걸 제가 직접 집어넣을 수 있을까요? 저 사실은 아직도 마음의 준비가 안 되었거든요……."

아이비는 금세 화제를 바꾸어 수다를 떨기 시작했고, 곧 해면 이야기에서 바다 이야기, 그리고 이브림의 정글 이야기로 물 흐르듯 화제가 변했다. 유리는 이브림에서 원숭이들에게 쫓긴 이야기를 하며 간신히 숨을 돌릴 수 있었다.

─※─

그리고 다음 날 아침 유리는 허리가 묵직한 것을 알아챘다. 기다리던 손님이 온 것이다. 심지어 아이비보다 훨씬 먼저였다.

본래대로라면 아, 대자연. 인생에 도움이 안 된다며 온 세상을 저주할 타이밍이었으나 유리는 즐겁기까지 한 심정으로 화장실로 뛰어들어갔다. 물론 막상 그걸 사용하는 데는 크나큰 용기가 필요했다. 월경통은 아이비가 준 환으로 해결한 채, 첫날을 보냈다.

그리고 유리는 그럭저럭 해면이 괜찮은 월경용품 대체재라는 것을 확신했다. 이틀을 지내본 결과 제가 기대했던 것보다 훨씬 괜찮은 결과를 냈던 것이다. 물론 완벽하지는 않지만, 그래도 이 정도면 감지덕지였다.

"에넌, 저 해냈어요!"

얼굴까지 하얘져 누워 있을 유리를 걱정해 대추야자절임을 사 들고 온 에넌에게 유리가 제일 먼저 한 말은 그것이었다. 에넌은 어리둥절한 채로, 그러나 웃으며 유리의 입에 대추야자절임을 잘라 넣어주며 침착하게 유리의 말을 들었다. 그리고 다 듣고는 유리만큼 얼굴이 하얘져 버렸다.

"당신은 정말……."

"왜요?"

"아닙니다……."

그러니까, 결혼 전의 처녀가 사타구니에 뭘 집어넣네 마네 하는 이야기를 노골적으로 하는 것을 듣기에는 에넌은 지나치게 면역이 없었던 탓이다. 그러나 생각해보면 모르는 이야기도 아니다. 더욱이 고개를 갸웃거리며 "제가 에넌이 몰랐던 이야기를 했나요?"하고 모른 체하는 유리 덕분에 더욱 혼란스러웠다.

원래 이런 이야기를 하는 것이 자연스러운 건가? 그러고 보면 제 누이도 자신의 앞에서 천연덕스럽게 배가 아프다고 드러눕거나, 월경통 때문에 원정 가기 싫다며 자신을 떠밀었다. 자신이 너무 크게 반응하는 건가? 그래서 에넌은 연인 앞에서 자신을 다잡았다.

그렇게 유리는 또 한 명의 남자를 훌륭하게 세뇌시켰다.

"이것 때문에 그렇게 해면을 주워댄 겁니까……."

"예."

"이제 보니 거짓말도 천연덕스럽게 잘하시는군요."

"그건 제가 남자라고 말할 때부터 정해진 거니까 새삼스럽게 묻기 없기."

유리가 눈을 찡긋했다.

"그러고 보니 며칠 후에 아르시노에를 만나기로 했죠?"

"예."

그렇게 답하는 에넌의 얼굴이 어두웠다. 유리는 침대에 누운 채 에넌을 바라봤다. 아르시노에를 여러 번 거절했다는 이야기는 이미 에넌에게 익히 들은 차였다. 이제 사랑하는 연인이 생긴 남자에게, 아르시노에를 만나러 가는 것이 그리 반가운 일일 리 없다.

"강요를 하는 것도 아니라면서요. 마음 편하게 가서 일 이야기 하다 오면 되죠."

"그렇지만 마음은 여전히 불편합니다."

하메드 장관은 에넌이 오면 노골적으로 자리를 피했다. 아르시노에와 둘이 함께 있게 하기 위해서다. 아스완 궁에서 아르시노에를 뺀 모두가 일부러, 혹은 노골적으로 그런 배려를 했다. 그러나 당사자가 원하지 않으니 그걸 배려라고 부르기는 어려웠다.

"유리."

"네?"

"아르시노에에게는……. 사랑하는 사람이 생겼다고 말하려고 합니다."

유리가 눈을 찌푸렸다.

"그……. 괜찮겠어요? 저는 진짜 괜찮은데."

"제가 괜찮지 않습니다."

에넌이 빙그레 웃었다.

"이제 그놈의 스캔들도 끝낼 때가 되었죠."

그러나 그 스캔들은 전혀 예상하지 못한 방향으로 끝이 났다.

~⋇~

에넌 라이언하트가 부관 밴딧을 동반하고 아스완 궁을 찾은 날, 궁은 여느 때와 달리 부산스러웠다. 아스완 궁은 그 우아한 모습만큼이나 모든 사람들이 조용히 움직이는 곳이다. 평소에 에넌이 방문을 고하면, 시종들은 고개를 끄덕인 후 대답 없이 에넌의 방문을 알리러 저편으로 사라지는 식이다.

그러나 그날은 확실히 달랐다. 놀랍게도 궁의 초입부터 시종들이 이곳저곳에서 자신들끼리 흥분한 듯 뭔가를 떠들고 있었던 것이다. 밴딧이 놀랄 정도였다.

"뭐죠? 저는 이런 광경은 처음 봅니다."

"글쎄. 무슨 일이 있는 건가."

궁 안으로 들어가니 에넌을 알아본 시종들이 정중히 고개를 숙였으나, 그들도 에넌을 등지고 나면 뭐라뭐라 떠들기 바빴다. 게다가 에넌을 본 사람들은 모두 눈을 한 번씩은 홉뜨는 것이, 아무래도 에넌도 영 관련이 없는 일은 아닌 듯했다. 결국 참을성 없는 밴딧이 나섰다. 지나가는 시종을 한 명 붙들고 물어본 것이다.

"이보게. 무슨 일 있나?"

그간 에넌과 밴딧이 아스완 궁에 자주 방문해 안면 정도는 있는 자였다. 시종은 놀란 눈으로 두 사람을 보더니, "소인은 아무것도 모릅니다……."라고 말을 흐렸다. 그러나 그건 모르는 자의 대답은 결코 아니었다.

"궁이 왜 이렇게 술렁술렁한가?"

"……그것이……."

급기야 밴딧은 제 주머니에서 10싱 동전 몇 개를 꺼내 시종에게 쥐여주고서야 자초지종을 들을 수 있었다. 당황스러운 일이었다. 니겔 굴랍 카웜이 아르시노에에게 다시 한번 청혼서를 보냈다는 것이다. 그것도 엄청난 선물들과 함께.

니겔이 보낸 선물은 마차로만 열 대는 되는 분량이라고 했다. 엄청난 보석들과 산해진미, 그리고 아름다운 비단과 옷. 아르시노에가 에넌 라이언하트를 연모하고 있다는 사실이 전 대륙에 퍼져 있다는 사실은 모르는 듯이, 니겔은 열렬한 사모의 편지를 보냈다고 했다.

밴딧은 "어허. 그 남자도 포기를 모르는군요. 한량 같기만 하더니."하고 감탄했으나, 에넌은 그가 왜 그랬는지 알 수 있었다.

그러니까, 니켈이 에넌에게 유리가 여자임을 알려준 것은, 단순히 에넌 좋으라고 한 일뿐만은 아니었던 것이다.

그날 에넌이 유리를 안아 들고 방갈로로 복귀했을 때 니켈은 아무것도 묻지 않았다. 그러나 눈치가 그렇게 빠른 니켈이다. 에넌과 유리 사이에 모종의 일이 있었음은 충분히 짐작했을 것이다. 에넌의 마음이 유리에게 가 닿았으니, 남은 아르시노에의 거취는 어떻게 될까. 자신이 충분히 다시 청혼해봄 직하지 않은가, 하고 계산했을 것이다.

기회주의자 같으니라고.

에넌은 그 수작이 참으로 귀엽기도 하고, 한편으로는 기가 막혀 웃었다. 시간을 따져보니 에넌과 유리가 아스완으로 출발했던 때와 비슷했다. 어쩐지 니켈이 마중을 멀리 나오지 않더라니. 이런 걸 준비하느라 그랬나.

그러나 아르시노에의 반응 또한 예상 밖이었다.

아르시노에는 그 마차에 담긴 선물을 모조리 돌려보냈다. 보통 청혼을 거절한다 한들, 상대의 선물까지는 돌려보내지 않는 것이 아스완식이었다. 청혼이라는 것은 자신의 재력을 과시하며 동시에 상대에게 예를 다하는 것이기 때문이다. 그러나 아르시노에는 마차에 달린 먼지 한 톨까지 싸그리 그대로 돌려보내라고 명령했다고,

시종은 말했다.

"평상시에는 그런 선물은 받아두고 예산에 보태셨습니다. 그렇지만 이렇게나 강경하게 거절하신 것은 뜻밖이라……."

"그래서 아까부터 시종들이 각하를 쳐다보는 것이군요."

밴딧이 턱을 어루만지며 말했다. 구혼자의 선물조차 받지 않고 돌려보내는 경우는 거의 없다. 있다면 결혼을 약속한 사람이 있거나, 도저히 결혼을 하지 못할 사유가 있어 구혼 자체를 받지 않겠다는 의사 표현이다.

아름다운 아르시노에가 결혼을 하지 못할 사유라는 것은 없다. 그렇다면 전자가 아닌가. 그리고 그녀가 결혼을 약속했을 사람이라면 최근 아스완에 머무르고 있는 에넌 라이언하트 공작이 아닌가, 하는 추측을 다들 하고 있는 것이다.

에넌은 머리를 짚었다. 쓸데없는 오해는 금물인데.

하필 이런 시점이다. 오늘 남자는 아르시노에에게 자신이 사랑하는 사람이 있다는 것을 말하려고 했던 참이다. 그러나 상황이 이래서야 그것도 어렵게 생겼다. 뭣보다 에넌 또한 아르시노에가 왜 그 선물을 돌려보냈는지는 모르는 것이다. 하다못해 아르시노에가 정말로 에넌을 연모해, 다른 구혼자들의 선물은 받지 않겠다는 의미로 돌려보낸 거라면?

착한 아르시노에는 화를 내지는 않을 것이다. 그러나 슬퍼하겠지. 물론 그녀가 슬퍼할 거라는 것 정도는 충분히 예상한 바였다. 그렇지만 이런 상황일 필요는 없잖아. 에넌은 한숨을 쉬고 궁 안으로 다시 걸음을 옮겼다. 밴딧도 조금 곤란한 표정으로 빠르게 에넌을 쫓았다.

그리고 그동안에도, 궁 곳곳의 시종들의 시선은 에넌의 빨간 머리에 꽂혔다. 등이 따가울 정도였다.

~※~

그러나 놀랍게도 막상 아르시노에 본인은 아무 동요도 없는 듯했다. 정확히는 여느 때와 같은 환한 미소로 에넌을 맞았다.

"강녕하셨나요. 이브림에는 잘 다녀오셨어요? 오늘은 밴딧 경과 함께시군요."

"안녕하십니까!"

밴딧이 쾌활하게 인사했다. 아르시노에는 에넌의 부관이라는 이유로 밴딧 또한 퍽 허물없이 대했다. 과거 밴딧이 에넌의 명으로 아르시노에를 수행한 적도 몇 번 있었기에, 둘은 꽤 친한 사이였다.

"유리 님이 오실 줄 알았는데."

"어라, 저라서 섭섭하십니까?"

"그럴 리가요."

밴딧의 너스레에 아르시노에가 까르르 웃었다. 에넌은 착잡한 심정으로 인사하고 아르시노에의 건너편에 앉았다. 세 사람이 앉은 곳은 아스완 궁에서 가장 아름다운 회랑이었다. 바람이 잘 통하고 정원이 잘 가꾸어져 있어 이미 몇 번은 식사한 곳이었다.

"이브림은 어떠셨나요? 유색 보석 광산 투자는 잘되셨나요? 그렇잖아도 궁금했답니다."

"잘 해결되었습니다. 니켈 굴랍 카움은 유능한 사람이더군요."

곧 내어온 음식을 에넌은 빠르게 씹었다. 뭔지도 모르고 집어넣은 음식이 마치 모래를 씹는 것 같았다.

"그는 북아스완의 경제를 책임지는 사람이니까요. 아마 각하에게 만족할 만한 결과를 가져다주리라 생각합니다. 물론 저도 그 광산들의 지분을 가지고 있으니 각하 덕을 보는 셈이네요. 고맙습니다."

아르시노에가 부드럽게 웃었다. 에넌은 뭐라고 말하려고 했지만, 통 말을 꺼내기 어려웠다. 대체적으로 그는 이리저리 꼬인 상황에 약했다. 밴딧이 에넌의 눈치를 보다가 허둥지둥 입을 열었다.

"아, 전하께서는 그런 것도 신경 쓰십니까?"

"그럼요."

아르시노에는 고개를 살짝 끄덕였다.

"저는 아스완의 대영주잖아요. 가난한 나라라, 부끄럽지만 수익이 나는 일이라면 뭐든 손대고 있답니다. 추진력이 부족한 게 큰 흠이지만……. 이번처럼 도와주시니 감사드릴 따름이에요. 이런 게 복이라는 것이겠죠."

흠잡을 데 없는 대답이었다. 그리고 잠시 침묵이 흘렀다.

아르시노에는 눈치가 없는 사람은 아니었다. 그래서 그녀는 유난히 말이 없는 에넌을 보고 짐작했다.

'궁 안에 퍼진 소문을 이미 들으셨구나.'

자신이 에넌을 사모하는 것을 그가 영 불편해하는 것은 알고 있다. 대연회에서 거절당하기까지 했다. 에넌으로서는 이래저래 껄끄러운 화제일 터이다. 그러나 무시하기에 그는 너무나 선하다. 그래서 아르시노에가 그를 사모하는 것이지만.

그렇지만 아르시노에가 이번에 니겔의 청혼서를 돌려보낸 것은 딱히 에넌 때문만은 아니었다. 다른 이유가 있었던 것이다.

아르시노에는 그것을 설명해야 하나? 하고 잠시 고민했다. 그러나 고민은 길지 않았다. 불쌍하게도 밴딧이 침묵을 견디지 못하고 이리저리 눈알을 굴리고 있었기 때문이다. 아르시노에는 그런 곤경에 처한 사람을 그냥 두고 보는 타입은 아니었다.

그녀가 가엾은 밴딧을 침묵의 늪에서 구해주려고 입을 열려고 할 때였다. 에넌의 옷깃에서 무언가가 눈에 띄었다.

그건 초록색 유리알 목걸이였다. 아스완의 옷을 입고 있기에 에넌의 목에 걸린 그것은 더욱 눈에 잘 들어왔다.

이상하다. 장신구 같은 것을 즐겨 하시는 분은 아닌데……

그리고 그 목걸이는 어디서 본 것만 같았다. 아르시노에는 잠시 머리를 굴렸고, 곧 그 목걸이를 어디서 봤는지 기억해냈다.

'아.'

아르시노에는 속으로 신음했다. 그건 유리 클로드의 것이었다.

더운 낮에도 긴 아마로 된 셔츠를 입고 있어서 신기해하던 아르시노에가, 덥지 않느냐고 유리에게 물어본 적이 있다. 유리는 헤헤 웃으며 셔츠 앞섶을 들썩여가며 아스완의 아마 덕에 시원하다고 으스댔다. 그때 셔츠 안에서 우연히 초록색 유리알이 반짝이는 것을 본 적이 있다. 어디에서나 볼 수 있는 흔한 재질이었지만, 수공예로 만드는 것이니만큼 형태가 같은 것이 나올 수는 없었다.

'설마.'

아스완의 왕녀는 엄청나게 친밀하던 두 사람을 생각했다. 유리 클로드는 유색 보석 광산에 투자했다. 에넌은 그 금액을 물어보고, 영 마뜩찮다는 듯 불편해하더니 결국 자신의 영지를 담보삼아 보증인이 되었더랬다. 그때는 에넌 님은 굉장히 자상하시구나……. 하고 생각했을 뿐이다. 더불어 아스완에도 도움이 되는 것이니 도와주시려는 걸까, 하고 짐작했다. 그러나 그게 그저, 유리를 돕기 위해서였다면.

그리고 아르시노에는 그가 아스완에 온 이유도 알아챘다. 애당초 유리 클로드만 오기로 했던 아스완행에 에넌이 합류했을 때, 아르시노에는 뛸 듯이 기뻐했다. 설마하니 자신이 그와 아스완에 오게 될 줄은 몰랐던 것이다. 마차 창문으로 에넌이 탄 마차 쪽을 바라보며 가슴 설레했고, 점심을 먹을 때도 함께 앉아 있는 것만으로 벅차했다. 중간에 안전을 이유로 헤어졌을 때는 자신이 폐를 끼쳤구나 싶어 속상했다. 그래서 되도록 빨리 아스완에서 만날 수 있도록, 길을 서두른 것인데.

사실은 그것이, 그저 좋아하는 사람과 함께하기 위해서였다면.

아르시노에는 작은 것에 일일이 의미를 부여하는 사람은 아니었다. 그러나 감이 좋았고, 눈치도 빨랐다. 장신구를 하지 않는 남자가 구태여 허름한 가죽줄로 된 유리알을 목에 차고 있다는 것의 의미를 모를 리가 없었다.

아르시노에는 아직도 에넌 라이언하트가 입성했을 때 쥐고 있던 검을 소중하게 간직하고 있기 때문이다. 그것은 그저 흔하디흔한 철검이다. 에넌 또한 그 검에 커다란 의미를 부여하지는 않았을 것이다. 그렇기에 아르시노에에게 그리도 쉽게 내어주었겠지. 그러나 그것은 아르시노에에게 가장 소중한 보물이었다. 저 유리알도 그럴 것이다.

초록색 눈을 가진 평범한 청년이 눈앞에 그려졌다. 웃음이 많고, 자신을 보면 재잘대며 떠드는 소년 같은 남자. 얼마나 밝고 햇살 같은지 아르시노에 또한 그를 보면 기분이 좋아졌다. 칭찬을 좋아하지만 언제나 노력하기도 하는 청년이었다. 모든 사람이 그를 귀여워하지 못해 안달이 났다. 어느 정도냐면, 지금의 아르시노에도 도저히 그를 미워할 수 없을 정도로.

아르시노에는 이를 악물었다. 침착할 수가 없었다.

안 되는데. 두 사람에게 전해줄 소식도 있는데. 정말로 중요하고, 필요한 소식⋯⋯.

그렇지만 지금의 아르시노에에게 그런 경황은 없었다.

아르시노에는 갑자기 벌떡 일어났다. 횡설수설하던 밴덧도, 시선을 피하던 에넌도 놀라 그쪽을 바라봤다가, 그렁그렁한 검은 눈을 보고 할 말을 잃었다. 근처에 도열해 서 있던 시녀들도 화들짝 놀랐다.

"죄송합니다, 다음에 전갈을 보내겠습니다."

"아르시노에."

"잠깐 잊었던 급한 일이 생각이 나서……."

차마 말을 끝내지도 못하고 그녀는 뒤돌아서 회랑 쪽으로 뛰었다. 언제나 사뿐사뿐 걷던 자신들의 주인이 뛰는 모습에 시녀들이 놀랐다가, 이내 몇 명이 뛰어 그녀를 따랐다.

"거 참. 왜 저러시죠?"

밴딧이 얼떨떨한 표정으로 아르시노에가 사라진 쪽을 쳐다봤다. 에넌도 마찬가지였다. 무슨 일이라도 있는 걸까.

귀한 분들을 모셔 놓고 제 주인이 갑자기 사라지니, 남은 시녀들은 어찌 말도 붙이지 못하고 남은 두 사람의 눈치만 보고 있었다. 이대로 돌아갈 수도 있지만……. 에넌은 자리에서 일어섰다.

"아스완 후에게 무슨 일이 있는가."

"그것이……."

"카움 소영주의 일이라면 알고 있다. 그러나 그 일 때문은 아닌 것 같은데."

에넌의 물음에 시녀들이 우물쭈물했다. 에넌은 그중 유독 아르시노에의 옆에 언제나 붙어 있던 시녀 하나를 지목해 물었다.

"별일이 없다면 아스완 후가 지금 어디로 갔는지 알 수 있는가."

"그것이……."

"나는 지금 손님으로서 묻는 것이 아니네."

아르시노에의 친구로서 묻는 것이었다. 친구가 갑자기 얼굴색이 변해 눈물이 그렁그렁한 표정으로 뛰쳐나갔다면 응당 가서 이유를 묻고 달래주는 것이 우정이다. 그녀에게 연심을 돌려줄 수는 없지만, 그렇다고 해서 친구로서의 걱정도 하지 않을 만큼 매정한 사람은 아니었다.

그러나 시녀는 에넌의 말을 뭘로 해석한 것인지, 약간의 홍조를 띠더니 고개를 끄덕였다.

"그러시다면……. 아마 각하께서는 내실로 드셨을 것입니다."

아스완 여인의 내실은 아무나 들어가는 곳이 아니다. 에넌은 잠시 고민하다가 말했다.

"그러면 그 앞으로 안내해줄 수 있겠나. 가서 그녀가 나오지 않는다면 어쩔 수 없지만."

"예에."

엉거주춤 밴딧도 일어서 에넌을 따랐다. 시녀가 고개를 숙이고 종종걸음으로 두 사람을 안내했다. 아스완의 궁은 개방적인 구조로 되어 있었고, 걷는 곳마다 시종들이 자신들을 한 번씩 쳐다봤다. 에넌은 역시 니겔 굴랍 카움 때문인가, 하고 생각했다.

여인이 행동하는 이유를 모두 연심 때문이라고 갖다 붙이는 것은 에넌이 별로 좋아하는 일은 아니다. 그러나 이런 상황에서 그녀가 그렇게 행동할 만한 일이라곤……. 그것 때문이라고 보는 것이 맞겠지. 그때 저 앞에서 다른 시종에게 아르시노에의 행방을 묻던 시녀가 다시 에넌에게로 돌아와 고했다.

"각하께서는 내실이 아니라 전당으로 향하셨다 합니다."

"전당으로?"

궁 안의 전당은 아르시노에가 다른 소영주들을 만나 대영주로서의 일을 보는 곳이었다. 시녀가 설명했다.

"그게 걸음을 옮기시다가, 하메드 장관을 만나셔서……."

"그렇군. 그쪽으로 가도록 하지."

내실보다는 그쪽이 훨씬 그녀를 만나 이야기하기가 나을 것이다. 시녀는 다시 고개를 조아리고 둘을 안내했다.

아스완 궁이 다 그렇듯 전당 또한 개방적인 구조로 돼 있었다. 밴딧과 에넌은 소영주들이 아르시노에를 만나기 전 대기하는 응접실 비슷한 곳에 앉았다. 밴딧은 평소에 전당 응접실의 긴 의자에 방만하게 앉는 것을 즐겨했지만, 지금 같은 분위기에서는 그럴 수도 없었다.

"안에 하메드 장관이 계십니다. 두 분이 대화 중이신 것 같으니……."

그때 큰 소리가 들렸다.

"……니까!"

장관의 목소리였다. 에넌과 밴딧의 얼굴이 굳었다. 아스완 사람들은 크게 말하는 것을 그리 좋아하지 않는다. 고성이 오가고 있다는 건 좋지 않은 신호였다. 시녀가 눈알을 굴리다가 말을 이었다.

"……대화가 끝나면 제가 들어가 오셨다 알리겠습니다."

"……그래."

시녀가 물러갔다. 밴딧이 이마를 찡그렸다.

"무슨 일일까요, 대체. 오늘 전체적으로 너무 어수선하군요."

"……음."

에넌은 일단은 아르시노에를 기다리기로 했다. 다음에 와도 되겠지만, 그렇다고 해서 그냥 가기도 어려웠다. 이런 일을 목도한 다음에는 더욱 그렇다. 그 사이 두 사람의 목소리가 가까워졌다. 전당과 응접실을 나누는 것은 아치형의 개방된 문과, 그 문에 쳐져 있는 아마 커튼뿐이다. 아마 아르시노에는 방 안에서 걸어 다니며 장관과 이야기하고 있는 것 같았다.

"각하. 이 늙은이는 도저히 안심이 되지 않습니다."

"하메드. 저는 성인입니다."

"그리고 결혼하지 않은 여인이시지요!"

……젠장. 에넌이 마른세수를 했다. 이런 이야기라면 자신은 여기 없는 것이 나았다. 그러나 두 사람의 말은 계속 이어졌다.

"그 패륜아를 언제까지 기다리실 작정입니까. 카움 소영주는 훌륭한 청년입니다!"

패륜아……. 밴딧이 식은땀 나는 표정으로 눈알을 데굴데굴 굴렸다. 하메드 장관은 그 패륜아가 커튼 뒤에서 이야기를 듣고 있으리라고는 아마 상상도 못 할 것이다.

"하메드. 저는 지금 그 이야기는 하고 싶지 않아요. 제가 청혼서를 물렸으니 이미 끝난 이야기입니다."

"아스완의 국민들에게는 믿음직한 국왕, 아니 대영주가 필요합니다! 언제까지 부군 자리를 비워두실 겁니까."

"장관. 저는 대영주가 아닙니까?"

"……각하. 그런 것이 아니오라."

하메드 장관의 당황한 음색이 느껴졌다. 아르시노에는 틈을 주지 않았다.

"저야말로 발렌시아의 유일무이한 왕이 대영주로 임명한 아스완 후, 아르시노에입니다. 이 아르시노에가 지금 아스완의 대영주가 아니라고 말하고 싶은 겁니까?"

"각하, 저는 아스완의 국민들을 안심시켜달라고 말씀드리고 싶은 겁니다."

"안심이요."

아르시노에의 음색에는 보기 드문 분노가 섞여 있었다. 언제나 온화하게 웃고, 나지막하게 말하는 그녀였기에 더욱 놀라웠다.

"저는 불안한 사람입니까? 모자라고, 부족한 사람입니까?"

"그것이 아니오라, 자고로 여인은 좋은 부군을 만나 자식을 낳고 가문을 번성시키는 것이 의무입니다. 아스완의 국민들은……."

"영지민입니다. 아스완은 더 이상 국가가 아닙니다. 말조심하시오, 장관."

장관이 잠시 말을 잃었다.

에넌은 하메드 장관을 잘 알지는 못하지만, 그는 국가로서의 아스완에 평생을 봉사해온 사람이다. 그가 아스완에 가지고 있는 애정이나 자부심이 어느 정도인지는 잘 알았다. 아마 아직도 그는 발렌시아에 영지로 편입된 아스완을 받아들이지 못하고 있으리라. 또한 아르시노에가 저렇게 말하는 것에 대해 반감도 들 것이다.

"……예. 아스완의 영지민들은 그 누구보다 각하를 아낄 것입니다. 아시지 않습니까. 각하의 아름다움과 영민함은 아스완의 자부심입니다. 그렇기 때문에 누구보다 여린 분께서 몇 년째 부군 없이 대영주로서 전면에 나서는 것에 대해 모두가 안타까워하고 있는 것입니다."

"……"

"지금 아스완의 상황을 아시지 않습니까. 어떤 외지인도 아스완에 투자하려고 하지 않습니다. 교류는 막혀 있고, 모두들 언제쯤 각하께서 결혼해 새로운 후계자를 낳을지 고대하고 있죠. 각하께서 라이언하트 공작을 연모하는 것을 왜 아스완인들이 용납했는지 아십니까?"

"……"

"그와 결혼하셨다면 이 아스완에도 외부인들이 들어올 수 있었겠지요. 그러나 라이언하트 공작이 각하에게 마음이 있습니까? 몇 달째 그가 아스완에 머물면서 각하와 단둘이 시간을 보낸 적이 있기라도 합니까? 언제까지 독수공방하실 겁니까?"

"제 가치는 결혼뿐입니까?"

"저에게는 아닙니다. 그러나 아스완 영지민들에게는, 그렇습니다."

완벽하게 쎄시아와 같은 경우이지만, 다른 경우이기도 하다. 쎄시아는 제힘으로 대륙을 통일했으나 아르시노에는 엉겁결에 대영주가 되어버렸다. 왕과 왕자가 모두 죽어버렸기 때문이다. 게다가 거기에 자신이 얽혀 있다.

에넌은 속이 쓰렸다. 밴딧이 눈치를 보다가 입 모양으로 말했다.

'저기, 저희 가는 게 좋지 않을까요……?'

그것도 그렇다. 여기에서 계속 본의 아니게 남의 이야기를 엿듣는 것도 못 할 짓이다.

에넌이 고개를 끄덕이고 일어나려는 때였다.

"……알겠습니다. 결혼하겠습니다."

"……."

"그러나 그게 니겔 굴랍 카움은 아닙니다. 구혼자를 받으세요. 그게 어디서 온 자든, 어떤 사람이든 상관없습니다."

"각하."

"벽지 산골, 어촌의 어부라도 상관없습니다. 누구든 내게 구혼하라고 하세요. 나는 그 모든 구혼자를 물리지 않고 살필 것입니다."

"……."

에넌은 나직하게 한숨을 쉬고 밴딧에게 눈짓했다. 밴딧이 살금살금 앞서 걸어 나갔다. 에넌도 그 뒤를 빠르게 따랐다. 두 남자의 등 뒤로 아르시노에의 분연한 말이 흩어졌다.

"내 가치가 결혼뿐이라면 나 또한 신랑감을 살피고 잴 것입니다. 결혼해 좋은 종자를 낳아야 하는 것이 내 의무이니 좋은 씨를 찾아야겠죠."

"거 참."

밴딧이 아스완 궁을 나서며 혀를 찼다.

"왕녀님의 삶도 녹록지 않군요. 그렇게나 시달리고 계실 줄은 몰랐습니다."

"알고 있지만 모두가 간과했던 것이지."

궁 밖까지 뻗어 있는 하얀 대리석 길을 걸으며 에넌은 씁쓸하게 말했다. 끝까지 결혼하지 않겠다고 말할 수 없는 것. 그게 여인의 삶이었다. 끝내 그 쎄시아마저, 아이만 있으면 어쨌든 상관없는 거잖아? 하고 말하고야 말았던 것을 생각하면 더 그렇다.

물론 모두 그렇다. 에넌 또한 끊임없이 결혼해 좋은 사람을 만나 아이를 낳으라는 이야기에 시달리는 건 마찬가지다. 그러나 그렇다고 해서 아내에게 공작위를 양보하고 뒤로 물러서라는 소리를 하는 사람은 없다.

하메드 장관은 아르시노에를 오랫동안 봐온 사람이다. 그런 그마저 모진 소리를 한다. 아르시노에의 상처받은 목소리가 계속해서 에넌의 머리를 맴돌았다.

결혼하겠습니다. 그것은 결심이 아니라 포기였다. 오랫동안 고집해온 것을 놔버린 목소리. 무엇이 그녀에게 그런 포기를 하게 만들었을까.

그녀의 마음에 보답해주지 못하는 것이 안타까웠고, 미안했다.

그렇지만 응답하지 않을 마음을 계속해 붙잡아둔 것도 아르시노에다.

에넌은 유리를 떠올렸다.

저는 제가 하고 싶은 건 다 할 거예요.

에넌의 마음속에 작은 불이 붙었다. 적어도 그녀에게는 아무도 그런 소리를 하지 못하게 하겠다고 생각했다. 결혼? 아이? 그런 것만이 그녀의 가치는 아니다.

"저런 이야기를 들으니 저는 어떻게 해야 하나 싶기도 하고요."

"자네가 왜?"

밴딧이 머리를 긁으며 말했다.

"아시잖습니까. 아이비 양이요."

"아."

에넌은 아이비 스투리싱을 떠올렸다. 나이가 찼는데도 아스완까지 굳이 지원해서 온 여인. 밴딧은 요즘 부쩍 그녀에게 공을 들이고 있었다. 열심히 하는 사람을 좋아한다나. 아스완으로 오는 동안, 유리와 묘한 무드가 돈다며 내기할 때는 언제고. 유리가 없는 동안 오해도 벗겨지고 나아가 좋은 감정까지 싹튼 듯했다.

"요즘 분위기가 좋은 것 같았는데. 뭐가 문제지?"

"그야 저는 당연히 그녀에게 교제를 신청한다면 결혼을 전제로 할 생각이었거든요."

"그런데?"

"저런 아가씨들을 보면, 글쎄요. 그녀가 제 교제신청을 그리 달가

워하지 않을 것 같은 생각이 듭니다."

"그런가."

"얼마 전에 아이비 양과 저녁 식사를 했습니다. 그러니까, 각하가 이브림에 가셨을 때요."

놀랍다는 듯 밴딧을 쳐다보니 그가 씩 웃었다.

"평생 폐하의 곁에서 국가에 봉사하는 것이 꿈이라더군요."

"……결혼해서도 일은 할 수 있지 않나."

"그렇지만 말입니다. 남자의 바람이라는 것도 있는 거거든요."

"별."

"아니, 각하는 그런 거 없습니까? 누구나 있는 거지 않습니까. 돌아가면 나를 맞아주는 아름다운 아내와 사랑스러운 아이들이요."

"자네 꿈이 있으면 아내의 꿈도 있는 거겠지."

밴딧이 불만스러운 얼굴로 입을 닫았다. 에넌이 말을 이었다.

"그게 맞는 사람을 만나게. 어딘가에는 안락한 집에서 아이를 키우면서 사랑하는 남편의 퇴근을 기다리는 삶을 원하는 사람도 있겠지."

"각하는요?"

"뭐?"

"아니, 각하는 이상형 같은 거 없습니까?"

이상형이라. 에넌은 잠깐 생각하다 픽 웃었다.

"하고 싶은 거 다 하는 여자."

"……뭡니까 그게?"

466

"누가 내 아내가 될지는 모르지만……. 만약 그런 사람이 생긴다면 내 아내는 하고 싶은 일은 다 했으면 좋겠군."

밴딧이 잠시 생각하다가 별안간 조금 안타까운 표정이 됐다. 에넌은 제 부관이 어쩐지 저를 동정하는 표정으로 보고 있는 것이 신경 쓰였지만, 더 말을 붙이지 않으니 됐다고 생각했다.

~❊~

발렌시아의 여름은 붉은 장미가 피는 것부터 시작한다. 흐드러지게 피어난 장미를 보고 발렌시아 사람들은 이제 점점 더워지겠구나, 하고 생각하는 것이다. 눈이 시릴 듯 파란 하늘 아래 흐드러진 여름꽃들. 그리고 물을 뿜는 분수. 그게 발렌시아의 여름이었다.

"더워!!"

쎄시아가 버럭 소리를 질렀다. 일렉사 백작부인이 쯧, 하고 혀를 찼다.

"아직 이른 오전입니다."

"그게 가장 환장할 노릇이오!"

쎄시아는 차가운 책상 위에 엎드려 있었다. 그나마 책상 표면이 서늘했기 때문이다. 그러나 그것도 곧 쎄시아의 체온 때문에 데워지기 일쑤였다. 쎄시아는 본래 체온이 다른 사람보다 조금 높았고, 더위를 많이 탔다. 그때 시녀들이 바삐 들어와 얼음을 담은 항아리를 쎄시아의 근처에 두었다. 그리고 그 뒤에 서서 부채질을 시작했

다. 찬바람이 조금씩 그녀에게 닿기 시작했고, 쎄시아는 "한결 낫
군⋯⋯."하고 중얼거렸다.

"괜찮으십니까."

"여전히 일어나서 펜대를 잡을 생각은 들지 않지만, 괜찮소."

"그래도 폐하께서는 저희보다 사정이 좀 낫지 않습니까."

"그야 그렇긴 하지."

일렉사 백작부인이 쎄시아를 내려다봤다. 쎄시아도 일렉사 백작
부인을 올려다봤다.

"그렇지만 부인도 예전보단 많이 나아졌지 않소?"

"예에."

부인이 엷게 웃었다. 시녀들도 마찬가지였다. 쎄시아의 말이 뜻
하는 바를 알아들었기 때문이었다. 모두 아마로 된 흰 드레스를 입
고 있었다.

유리 클로드가 봄의 대연회에서 쎄시아에게 입혔던 옷 중 가장
유행의 급물살을 탄 것은 흰 아마 드레스였다. 황금으로 된 깃털 드
레스는 일반인들은 감히 엄두도 낼 수 없었다. 제작비용이 상상을
초월했기 때문이다. 비슷하게나마 흉내 낸 이들이 있긴 했으나, 가
슴과 엉덩이 등 몸매를 그대로 드러낸 옷을 바깥에 입고 나다닐 용
기 있는 부인들은 몇 없었다. 젊은 아가씨들 몇몇이 티파티에 입고
나왔다가 그 댁의 아버지들에게 엄한 소리를 들었다는 이야기도 들
렸다.

사정이 그러하니 바지 또한 같았다. 모두들 여왕이 입은 바지에

관해 엄청나게 수군댔으나 실제로 바지를 입은 여인은 아무도 없었다.

그리하여, 아스완 산 아마의 수요가 폭등한 것은 당연한 일이었다. 여름이 되자 여인들은 너나 할 것 없이 흰 드레스를 입었다. 쎄시아가 입은 것과 비슷한 디자인이지만, 가슴을 조금 더 판 디자인이다. 소매도 짧고, 아마가 시원해 모두들 유리 클로드를 칭송하며 그 드레스를 입었다. 가슴 밑에서 모였다가 아름답게 물결치는 주름 덕분에 코르셋이 느슨해진 것은 물론이다. 몇몇 아가씨들은 몰래 '오늘은 코르셋을 입지 않았어요!'하며 대단한 비밀이라도 되는 듯, 드레스 아래의 사정을 공유하며 즐거워하기도 했다.

일렉사 백작부인 또한 마찬가지였다. 물론 젊은 아가씨들이 입는 것보다는 훨씬 얌전한 디자인이기는 했지만, 더위에는 장사 없었다. 부인 또한 소매를 길게 늘어뜨린 아마 드레스를 입고 있었다. 시녀장이 앞서서 입으니, 작금의 궁정에는 파팅게일을 걸친 여인을 찾아보기 드물었다.

그렇다면 쎄시아는 어떠한가.

그녀의 사정은 한층 더 나았다. 유리 클로드가 자신이 없는 발렌시아의 여름에 남겨질 여왕을 염려해, 출발 전까지 엄청나게 일하고 간 덕이다. 유리는 열 벌의 실내복을 여왕을 위해 남겨두었다. 그중 세 벌은 여왕이 좋아하는 주름 드레스다. 그렇잖아도 얇은 실크로 만들어진 드레스인데, 유리는 그 드레스의 가슴을 깊게 파내고 소매를 잘라내 버렸다.

일렉사 백작부인은 처음 그 드레스를 입은 쎄시아를 보고 대경실
색했다. 속살이 그대로 다 드러나 보인다는 이유였다. 겨드랑이와
가슴 옆까지. 그러나 그 드레스는 어디까지나 실내복이었다. 여왕
은 집무실과 자신의 정원을 오갈 때만 그 드레스를 입기로 일렉사
백작부인과 약속했다.

네 벌은 여왕이 입었던 아마 드레스다. 다만 단이 좀 짧고, 그 재
질이 실크라는 게 다를 뿐이다. 유리 클로드는 "여름에는 헐벗는 게
최고입니다만, 폐하께서 그럴 수는 없으니 최대한 아무것도 안 입
은 것 같은 느낌의 옷을 만들려고 해 보았습니다."라며 희고 얇은 실
크로 만든 드레스를 선보였다.

실크는 그 안에 손바닥을 넣으면 안이 다 비쳐 보이는 재질이었
으나, 결정적인 부분들에는 모두 안감을 덧대었다. 팔다리가 모두
드러나 보였지만, 드러나지 않은 것 같은, 희한한 옷이었다. 그리고
엄청나게 야했다. 일렉사 백작부인은 거의 쓰러질 것 같은 표정을
지었으나 쎄시아는 "이것도 방 안에서만 입을 건데, 뭐 어때."하며
유리에게 상을 주었다.

그리고 나머지 세 벌. 이게 독특했다. 여왕은 바지를 열 벌은 만들
고 가라고 주문했지만, 시일이 모자라 정말로 열 벌이나 만들 수는
없었다. 유리는 얇은 실크와 아마, 그리고 모슬린으로 된 바지를 만
들었다. 상의는 아마 드레스를 자른 것 같은 느낌이었다. 상하의가
동떨어져 있는 모습에 모두 당황했으나, 쎄시아는 이 세 벌을 가장
마음에 들어 했다. 정확히는 여섯 벌이다. 상의 세 벌, 하의 세 벌. 어

떻게 조합해 입어도 좋았다.

오늘의 쎄시아는 모슬린 바지와 실크 상의를 입고 있었다. 모슬린이라니! 부유한 여왕이 입을 재질은 절대 아니었으나, 쎄시아는 유리의 센스만은 정말로 칭찬해주고 싶었다. 저렴하지만 편하고 시원한 재질이었다. 게다가 지배자가 꼭 사치를 부릴 필요는 없지 않은가. 적어도 제 방 안에서만큼은.

"남자들만 안타깝게 됐지요."

"왜?"

"그야……"

일렉사 백작부인이 곁에 있던 마틸다에게 눈짓해 차례를 넘겼다. 마틸다가 피식 웃으며 답했다.

"남자들이란 미련하기 그지없어서, 몇몇 멋 내기 좋아하는 종자들은 이 여름에 검은 벨벳을 입고 다닌답니다."

"……이 더위에?"

"예에."

쎄시아는 허, 하고 헛웃음을 터트리고 말았다.

유리 클로드의 영향력은 정말로 대단하기는 했다. 봄의 대연회에 에넌이 입고 나온 검은 벨벳 재킷은 순식간에 수도에 유행했다. 에넌 라이언하트가 입은 옷을 주문하기 위해 수많은 젊은 귀족 도련님들이 아직 완공하지도 않은 아타락시아에 가서 주인을 찾았다. 그러나 아타락시아의 완공일은 여름의 한가운데. 결국 상단 칼레의 주인 레스타는 그들에게 검은 벨벳을 파는 데에 그쳤다. 그 검은 벨벳을 들고 다른 의상실에 간 귀족들이 그 재킷을 만들어내라고 을러메어 수도의 많은 의상실이 때아닌 호황을 누렸다.

문제는 그 옷이 완성되는 데 한참 걸린다는 것이다. 유리가 옷을 만드는 속도와 견줄 수가 없었다. 모두들 줄을 서서 치수를 재고, 다시 가봉을 하러 가서 하루 종일 서 있다가 오고, 몇 번이나 수정을 하고 옷을 완성시키는 데는 아무리 빨리 만들어도 한 달 가까이 걸렸다. 그런 옷이 몇십 벌이나 주문됐으니 오래 걸리는 것은 당연하다.

에넌이 입은 옷은 엄청난 자수와 레이스가 달렸으니 더했다. 결국 몇몇 귀족들은 여름이 다 돼서야 옷을 받아볼 수 있었다. 그러면 겨울에 입으면 될 텐데. 몇몇 미련한 이들이 오기로 모임에 벨벳을 입고 나섰다가 날이 더워 땀범벅이 되었다는 이야기다.

"용기가 가상하군."

이 더위에 그런 옷을 입고 바깥에 나갔다가는 죽을 수도 있다. 귀족이기 때문에 아마 햇볕 아래에 서 있지는 않겠지만. 정말로 용감한 일이 아닐 수 없다. 쎄시아가 피식피식 웃으며 서류를 들었다.

"뭐, 유리 클로드의 능력이 워낙 출중해서 그렇기도 합니다."

"이를테면?"

"그가 워낙 순식간에 수도의 유행 판도를 바꾸어놨으니, 겨울에는 또 다른 유행이 번지지 않을까 다들 노심초사하고 있는 게지요."

옷을 기껏 만들어놨더니, 새 유행을 만들면 어떻게 하나 하는 것이다.

"아무리 그래도 계절 따라 유행이 그리 쉽게 바뀌지는 않을 텐데."

"그렇지만 영향력이 워낙 막강하기도 하고요."

여왕이 흡족하게 웃었다. 자신이 귀애하는 재단사의 능력을 칭찬하는 것은, 그런 인물을 발탁한 여왕의 능력을 칭송하는 것이기도 했다. 쎄시아는 대번에 기분이 좋아졌다.

"그러고 보니 아스완의 보고서가 올라올 때가 되었는데."

"예에. 그렇잖아도 재상이 오늘 결재를 올렸답니다."

일렉사 백작부인이 한쪽에 올려놓았던 서류들을 쎄시아 앞에 대령했다. 쎄시아는 다른 서류들을 제치고 그쪽부터 훑었다. 교육은 순조로웠고, 품질관리도 차근차근 되어가고 있었다. 시험 생산품을 올렸으니 참조하라는 말도 있었다. 때마침 시녀가 서류와 함께 온 면실크를 펼쳤다. 쎄시아는 그 표면을 만져보고 만족했다.

"기준을 만족하는 품질은 전체의 약 칠 할 정도로군."

"예에."

유리는 자원해 간 만큼 정말로 열심히 일하고 있었다. 품질 관리 외에도 니세르 호수 일대에서 아마를 아예 계획적으로 생산하기 위해 오가고 있다는 이야기 같은 것들을 읽으며 쎄시아는 빙긋 웃었다.

아스완 외에도 면실크 사업을 하고 있는 영지들이 있었다. 그들도 열심히 노력하고 있었으나, 유리가 종횡무진으로 움직이며 벌이고 있는 일들에 비하면 크게 눈에 띄지는 않았다. 역시 실무 담당자가 직접 가는 게 최고인가.

그 외에도 제 동생이 간략하게 적어놓은 의견서에는 유리에 대한 칭찬이 한가득 적혀 있었다. 웬일이지. 쎄시아는 에넌이 빈말을 하지 않는다는 것을 알고 있었다. 그렇지만······.

"이런 거 말고 연애 현황이나 이야기하란 말이야. 내 동생은 참으로 멋대가리 없어서. 의견서를 올리면서도 개인적인 편지 한 장이 없군."

"그분은 그런 분이니까요."

쎄시아가 확인한 후 날인을 찍자마자 마틸다가 서류를 수거해 밀랍 인장을 찍었다.

"벌써 다섯 달인가."

"예."

"곧 돌아올 때가 되었군."

"아마 그럴 겁니다."

백작부인이 쎄시아의 얼굴을 힐끗 본 후 미소 지었다.

"보고 싶으십니까."

"그렇지 않다면 거짓말일 것이오."

"각하는 올랭피아에 들렀다 오실 테니, 유리 클로드만 먼저 오겠군요."

"그렇지."

"유리 클로드도 수도의 사뭇 달라진 분위기에 빠르게 적응해야 할 텐데 말입니다."

언뜻 들으면 유리의 높아진 위치를 언급하는 것으로 들렸다. 그

474

러나 일렉사 백작부인의 말은 다른 뜻을 품고 있었다. 쎄시아가 고개를 갸웃했다.

"달라졌다고? 무엇이 말이오?"

"아. 모르셨습니까."

일렉사 백작부인은 수도 주변에 새로 생긴 의상실들의 서비스를 언급했다. 발렌시아부터, 발렌시아 주변 영지까지 대부분의 의상실들이 거의 같은 서비스를 시작하고 있었다. 바로 유리 클로드가 해 왔던, 치수를 받아 먼 곳에서 제작해주는 서비스다.

"그게 가능하다고?"

"그야 유리 클로드의 옷처럼 몸에 착 달라붙는 곳은 찾기 어렵다고 합니다만, 숙련된 장인들이라면 어렵지는 않겠지요."

유리는 아타락시아에서 자체 제작한 줄자를 무료 배포했다. 그 줄자로 치수를 재어 인편에 주문 예약금을 전달하면, 치수를 바탕으로 아타락시아에서 최신 유행의 옷을 만들어 보내 주는 서비스다. 좋아하는 색상이나 재질도 지정 가능했다.

"게다가 요즘 의상실들은 한술 더 떠서, 디자인화를 같이 배포해 보낸다고 합니다."

"디자인화라면……."

"어떤 옷인지 미리 그린 다음, 그 옆에 소재를 붙여서 어떤 느낌인지 알 수 있게 하는 거지요."

"……출혈이 상당할 텐데."

직물이라는 건 기본적으로 사람이 일일이 짜는 데다가, 생산량도 정해져 있어서 꽤 비싸다. 그런 것들을 잘게 잘라서 그림에 붙여 보낸다고? 그것도 무료로?

쎄시아의 의문에 부인이 답했다.

"그 정도로 하지 않으면 유리 클로드를 이기기 어렵다는 것 아니겠습니까."

"그렇군……."

"발렌시아에서 새로 떠오르는 곳 중에는, 폐하의 침모였던 이가 경영하는 곳도 있다고 하더군요."

"내 침모?"

"결혼을 위해 일을 그만뒀던 이들 중 하나가 의상실을 열었다고 합니다. 그 유리 클로드에게 기술을 배웠다며 선전하고 있어 호황이라고 하네요."

~※~

"베로니카가?"

플럼이 소식을 가져온 것은 한 달 후였다. 우기가 거의 끝나가는 마당이라 이제 습한 기운도 덜한 참이었다. 유리는 일이 끝난 후 늘어져 있다가, 플럼이 듣고 온 소문에 눈을 동그랗게 떴다.

유리가 발렌시아를 떠나기 직전 베로니카는 침모 일을 그만두었다. 결혼을 위해서였다. 붙임성 있고 상냥한 베로니카 덕에 그래도 성에서 버틸 수 있었기에, 유리 또한 작은 결혼 선물을 인편에 보내고 잊고 있었다.

그런데 그 베로니카는 결혼 직후 발렌시아에서 의상실을 열었다고 한다. 그리고 상점의 셀링 포인트는 '유리 클로드에게 기술을 전수받은'이라는 타이틀이라고 했다.

플럼은 잔뜩 흥분해 있었다. 플럼은 요리를 배우면서 아스완의 귀한 아가씨들과 상당히 친해졌는데, 그녀들의 화제 중에는 발렌시아의 의상실이 빠지지 않았다. 유리가 아스완에 와 있는 것과도 일맥상통했다. 물론 아스완의 아가씨들이 유리에게 의상을 주문하지는 않겠지만, 바지를 입은 여왕 폐하의 소문은 그새 아스완까지 퍼져 있었던 것이다.

여왕 폐하에게 바지를 입힌 재단사가 아스완에 와 있다. 그리고 발렌시아에서는 그 재단사에게 기술을 전수받은 사람이 새 의상실을 열어, 엄청나게 호황을 누리고 있다고 하더라, 가 소문의 요지였다. 그러나 플럼은 그 말을 듣고 펄쩍 뛰었다.

"우리 오빠가 기술을 전수해준 사람이 없는데?!"

유리의 기술은 평면패턴이었다. 사실 평면패턴은 간단한 수식만 알면 누구든 그릴 수 있는 것이었다. 유리가 알고 있는 평면패턴 수식은 수많은 사람들의 치수 평균을 내서 만든 것. 애초에 이곳에서 나오기는 힘든 기술이다. 그래서 유리는 그 수식을 딱히 다른 사람에게 굳이 알려주지 않았다. 독점 기술이라는 건 그 자체로 돈이 되는 것이다.

언젠가 학교를 만들어서 남들에게 가르칠 생각은 있었으나, 아직은 아니었다. 플럼도 그 사실을 아주 잘 알고 있었다.

그래서 플럼은 소문을 수집했다. 그리고 알게 된 것은, 그 상점의 주인이 바로 베로니카라는 것이다. 황실의 침방 출신이고, 그 침방에서 일하며 유리에게 기술을 전수받았다고 선전한다 했다. 실제로 거짓말은 아니기는 하다.

"그렇지만 완벽한 진실도 아니지……."

유리가 그 침방에 가르쳐 준 기술들이 분명 있었다. 그러나 그것으로 손님을 끄는 것은 또 다른 문제다. 유리는 이마를 찡그렸다. 자신이 알려준 것은 염색 기술과 재봉 기술 몇 가지, 그리고 마스터 패턴. 여왕님의 치수로 만든 기본 패턴이다. 그 패턴 위에 장식을 덧대거나 재단 방식을 바꾸는 것만으로 여러 가지 옷을 만들 수 있어 침모들이 아주 좋아했다. 옷을 만드는 시간이 확 줄어든 탓이다. 굳이 바쁜 여왕님을 불러다 가봉을 볼 횟수가 줄어든 덕도 있다.

상점의 주인이 베로니카라는 것을 알고 나니 왜 그 소문이 여기까지 퍼지는지도 이해할 수 있었다.

보통 사람이 만약 유리에게 기술을 전수받았다고 선전한다면 대번에 레스타가 그 소문을 차단했을 것이다. 아타락시아 분점이 발렌시아에서 공사 중인데 그런 식의 소문이 퍼지는 것은 장사에 하등 도움이 될 것이 없었다. 유리가 폐하의 사랑을 받고 있다는 것은 공공연한 사실이기에 어느 정도의 압박만 가한다면 대부분은 입을 다물 것이다.

그러나 상대가 여왕의 침방 출신이라면 레스타도 함부로 건드리기는 어렵다. 상대는 귀족은 아니었으나, 여왕의 가장 내밀한 일을 담당하던 사람이다. 그녀의 영향력이 어떤지 잘 모르니, 함부로 손 댈 수도 없다. 게다가 유리에게 기술을 전수받았다는 말도 아예 거 짓말이 아니니 영 애매한 것이다.

"그렇지만 너무하잖아! 이런 식으로 오빠 이름을 팔다니. 아무리 그래도 말은 해 줘야 하는 거 아니야?"

"그것도 맞아."

베로니카는 유리와 비슷한 방식으로, 하지만 조금 더 나아간 장 사를 하고 있다고 했다. 의상실에서 만든 줄자와 함께 그림을 배포 한다는 것이다. 샘플 천까지 붙어 있어 놀라울 정도로 호황이라고 한다. 물론 줄자를 배포하는 방식은 이제 슬슬 대부분의 의상실들 이 하고 있어서 놀라울 것도 없었다. 다만 다른 의상실과 베로니카 가 다른 것은, 가봉이 없다는 점이다.

"완전히 완성된 물건을 보내준다는 거야! 가봉 한 번 없이! 그게 가능한 일이야? 오빠 말고는 할 수 없는 일이라고. 부풀려진 게 뻔 하잖아."

"아냐. 가능성은 있어."

유리가 턱을 어루만졌다. 자신이 폐하의 침방에 준 마스터 패턴. 그것을 연구했다면 하지 못할 일은 아니지. 패턴의 수식까지 파악 했는지는 모를 일이다. 그 수식은 기본적인 수학으로 되어 있지만, 보통 사람들은 그 패턴이 수학 공식으로 그려진 것이라는 걸 파악 하기 어렵다.

"일단 거기 가 보는 게 급선무겠네."

"하지만 오빠는 아스완에 있어야 하잖아?"

유리에게 남은 시간은 한 달 정도. 그렇지만 유리는 고개를 내저었다. 기본적인 품질관리까지는 거의 다 끝났다. 조금 날짜를 당긴다면 가지 못할 것도 없다.

"각하에게 부탁해보지 뭐."

보통 상점이라면 괜찮다. 사실 제 기술이 파악되었다고 해도 상관없다. 원래 기술의 발전은 그렇게 시작되는 것이다. 유리가 침방에 제 기술을 알려준 것들도 그 때문이었다. 혼자서 독점한 기술은 끊겨버리기 마련이다. 그리고 홀로 기술을 독점한다면 발전할 수도 없다. 되도록 많은 사람이 알게 되면, 개중에 연구하는 사람이 나오기도 한다. 그렇게 인류는 발전해왔다.

그러나 그게 단순히 협잡이라면 문제가 크다. 베로니카는 사기를 칠 사람으로는 보이지 않았지만, 그렇다고 해서 유리가 그 짧은 시간 동안 베로니카를 완전히 파악한 것도 아니다. 만약 베로니카가 별 기술 없이 유리의 이름만을 사칭했다면, 베로니카는 곧 망할 것이다. 거기까지는 유리가 알 바 아니지만, 문제는 아타락시아다. 베로니카가 유리의 이름을 내세운 채 망하면 아타락시아의 명성이 사그라드는 것도 문제다.

"아. 조금만 더 하면 되는데."

유리는 혀를 찼다. 남은 기간이 아까워서다. 플럼이 눈을 동그랗게 떴다.

"뭘? 기간 사업?"

"아냐. 기간 사업은 이미 궤도에 들어섰기 때문에 이제 내가 없어도 괜찮을 거야."

"그럼?"

"고무……."

유리가 최근 관심을 두고 있는 것은 니켈의 고무나무 재배 사업이었다. 사실 유색 보석 광산이 훨씬 더 큰 건이지만, 보석은 결국 사치재다. 사람들에게 꼭 필요한 물건은 아니다. 그리고 광산은 이제 막 개발되기 시작해 생산량이 확보되기까지는 시간이 걸리겠지만 결국은 특별한 기술이 필요 없는 단순 노동 사업에 가깝다. 광부들을 고용해 광맥을 발굴하고, 거기에서 캔 원석을 가공해 판매한다. 거기에 개입되는 특별한 기술이나 로열티는 없다.

그러나 고무는 다르다. 유리는 최근 니켈이 옵션으로 내세운 고무나무에 몰입하고 있었다. 왜냐하면…….

"……이것도 결국 허리 아래의 이야기란 말이지."

유리가 자조적인 미소를 지었다. 간단했다. 피임.

사실 유리가 고무에 처음 눈독을 들인 이유는 전적으로 옷과 마차 바퀴 때문이었다. 지퍼처럼 옷에 쓰기 위해서다. 고무줄 바지! 고무줄 바지를 만들고야 말겠다! 같은 기분으로 고무나무에 집중했고, 실제로 니켈의 경우 고무로 만든 머리끈을 꽤 좋아해서 생산계획을 잡고 있었다. 화학고무같이 얇고 섬세한 것을 생산할 수는 없겠지만, 그래도 생고무로 할 수 있는 일들은 너무나 많았다.

그러나 유리는 이제 다른 목적이 생겼다. 그것도 고무줄 바지 따위보다 훨씬 절실한.

이곳의 피임은 극단적으로 원시적인 방식에 의존했다. 기간을 따지고 날짜를 셈하거나, 아니면 얇은 가죽을 쓰기도 한다. 혹은 돼지 오줌보를 쓰는 영지도 있었다. 마지막 수단을 접하고 유리는 그날 하루 종일 내적 비명을 지르기도 했더랬다.

여태까지는 연애하고 있지 않았으니 남의 허리 아래 사정이나, 출산 계획 같은 것은 그리 크게 신경 쓰지 않았으나 이제는 문제가 좀 다르다.

유리의 인생계획에 그 미남이 개입되기 시작했기 때문이다.

그 남자와 마음을 확인한 지 한 달여가 다 돼갔다. 그동안 유리는 정말로 개꿀을 빨았다. 여태까지의 제가 옷을 만들며 맛본 꿀과는 좀 다르다. 남자는 저녁 식사를 대부분 유리와 같이했고, 식사를 마친 후에는 유리와 근처로 산책을 나갔다. 아주 바쁜 날이라고 하더라도 그는 자기 전의 유리를 꼭 찾아와 이마에 입을 맞추고 잘 자라고 말해주는 나날들을 이어나갔다.

그것은 처음에는 전적으로 에넌의 의지에 기인했으나, 이제는 좀 달랐다. 발정 난 망아지처럼 굴던 유리는 머릿속으로 상상의 나래를 펼치다가 자신이 잊고 있던 문제를 발견했던 것이다. 출산이다.

유리는 이제 스무 살이었다. 전생에 몇 살이든 그건 상관이 없다. 누군가 유리의 상태를 안다면 너 정신연령 오십 살 아니야? 라고 물어볼 수도 있겠지만, 원래 인간은 다 죽을 때까지 열일곱 살이라고 엄마가 그랬다. 아무튼. 갓 스무 살 된 유리의 인생 계획에는 결혼도, 출산도 없었다.

아이러니는 거기서 시작됐다. 스무 살 처녀애 유리는 갓 생긴 애인과 입 맞추고 끌어안고 긴긴밤을 보낼 의사는 만만했으나—아이비가 알면 기함을 할 이야기라 어디다 차마 이야기하지는 못했다—그 결과를 감당할 생각은 추호도 없었던 것이다.

에넌 라이언하트가 신사적인 데다가 다분히 초식동물적 스탠스를 유지하고 있으니 참으로 다행이었다. 유리는 그날부터 필사적으로 고무나무 재배, 정확히는 생고무 가공 사업에 눈독을 들였다.

그렇지만 발렌시아로 떠나면 그것도 영 요원해질 것이다. 유리는 내적 눈물을 흘렸다. 이럴 수가. 신이시여 제게 왜 이렇게 잔인하세요.

화학고무처럼 얇은 것까지 바라지도 않는다. 유리는 코를 훔쳤다. 독수공방 가나요. 님이 있는데도 밤은 혼자 자는 삶을 영위하나요.

"허리 아래?"

플럼이 고개를 갸웃했다. 유리는 "그런 게 있어."하고 플럼을 쫓아보내려 했다. 어쨌든 발렌시아로 가기로 한 이상, 빠르게 에넌을 만나야 했다.

"그러고 보니까 공주님이 구혼자를 찾는다던데."

"아. 맞아."

플럼이 말하는 '공주님'은 아르시노에를 칭하는 것이었다. 플럼이 유리에게 캐물었다.

"뭐야? 공작님이 같이 오셔서 나는 그 공주님하고 드디어 공작님이 진도를 나가나 했는데. 오히려 사이가 벌어진 거야? 오빠 혹시 알고 있는 거 있어?"

"……내가 어떻게 알아, 그걸."

"아이 오빠, 공작님하고 친하잖아. 알고 있는 거 있으면 좀 알려주라. 응? 요리 같이 배우는 아가씨들이 너무너무 궁금해한단 말이야."

아스완인들은 외국인을 배척한다더니, 플럼과 굉장히 쉽게 친해졌다는 아가씨들의 목적이 드러나는 순간이었다. 유리는 피식 웃었다.

"야. 발렌시아로 가면 어차피 안 볼 사람들인데 잊어."

"아니, 그래두!"

그렇잖아도 아르시노에가 구혼자를 찾는다는 소문을 유리도 들은 참이었다. 유리는 대강의 짐작이 갔다. 자신은 분명 상관없다고 했지만, 그 곧은 남자가 기어이 아르시노에에게 자신의 이야기를 한 것이 아닐까. 꼭 자신의 이야기를 한 것이 아니라도, 애인이 생겼다는 이야기 정도는 했을 것이다.

그렇게 생각하니 유리는 마음이 쓸쓸해졌다. 그녀가 에넌을 좋아한 것은 몇 년이나 된 일이었고, 유리는 그녀가 자신의 연인을 쳐다보는 눈길을 익히 알고 있었다. 그렇게 순수한 마음으로 누군가를 줄곧 쳐다봤는데도 보답받지 못한다는 건 너무 슬픈 일이다.

하지만 유리는 그녀에게 미안해하고 싶은 마음은 없었다. 그녀에게 미안해하는 건 너무 오만한 일이다. 자신이 사랑을 찾은 것이 미안할 일인가? 아닐 것이다.

유리는 빠르게 플럼을 제 방 밖으로 내보냈다. 발렌시아로 떠날 준비를 서두르기 위해서다.

~~※~~

"그렇잖아도 아르시노에가 같은 이야기를 하더군요."

유리의 말에 에넌이 눈을 크게 뜨며 답했다. 에넌은 아스완 궁에 다녀온 참이었다. 에넌은 늦은 시간에도 불구하고 제 방문을 두들긴 유리를 흔쾌히 들였다. 에넌은 아마 유리가 새벽에 문을 두들겼대도 거리낌 없이 들어오라고 했을 것이다.

"아스완 후께서도요?"

"예. 오늘 일이 좀 있어 아스완 궁에 들렀습니다. 아르시노에와는 아주 짧게 만났는데, 저번에 그 말을 하려다가 말았다더군요. 발렌시아에서 유리에게 기술을 전수받은 이가 의상실로 대흥하고 있다는 이야기였습니다."

"아하……."

"듣자 하니 유리만큼의 속도가 나오진 않지만, 유리의 이름을 사용하고 있으니 손님이 몰리는 것은 당연하다고 하더군요. 식사했습니까?"

에넌의 물음에 유리는 고개를 끄덕였다.

"아까 모두와 함께했어요."

"잘하셨습니다."

밥 먹었다는데 잘했댄다. 남자가 유리의 말끝마다 잘했습니다, 좋군요, 같은 이야기를 하는 건 이미 익숙했지만, 그래도 들을 때마다 기분이 좋았다.

"가볍게 운동 삼아 산책이라도 나갈까요."

"어⋯⋯. 아뇨. 오늘은 할 얘기도 있고."

유리는 에넌의 방 한쪽에 있는 테이블 앞에 앉았다. 사택이라고는 해도 아스완까지 온 손님들을 아르시노에가 신경 쓰지 않았을 리 없다. 방 안은 호화로웠고, 테이블도 질 좋은 나무로 만들어져 있었다. 그 위에 유리는 서류들을 늘어놨다.

"저 발렌시아로 조금 일찍 출발할 수 있을까요?"

"⋯⋯음."

"생각보다 품질관리도 잘 되고 있고, 교육은 이제 제가 남아서 할 일은 아닌 것 같아서요."

"역시 신경 쓰이는 겁니까."

"네. 물론 이건 제 개인적인 일일 뿐이니, 각하께서 검토해보시고 불가능하다면 불허하셔도 됩니다."

유리는 일부러 각하라고 칭했다. 둘만 있을 때 에넌은 항상 이름을 불러달라고 했지만, 이건 공무다. 에넌도 그것을 눈치챈 듯, 테이블에 앉아 서류를 들여다봤다. 니세르 호수의 아마 생산부터, 최근 아스완에서 만들어지는 면실크의 품질 관리까지 전부 적힌 서류였다.

이걸 하루 만에 만들어오다니.

"검토해 보겠습니다. 내일까지 대답해드리죠."

"예. 그럼······."

"어디 갑니까."

유리는 곧바로 일어나려고 했다. 내일까지라는 말에 일부러 자리를 비워주려고 했던 것이다. 그러나 남자는 고개를 저으며 유리를 붙잡았다.

"이대로 가서 자려고요?"

"어, 각하도 쉬셔야죠."

"에넌."

남자는 짐짓 엄한 척 말하며 웃어 보였다.

"잠깐만 저랑 있다가 가시지요. 유리와 있는 것도 저는 쉬는 일이니까요."

"그······럴까요."

에넌이 창문에 늘어진 커튼을 걷었다. 유리는 힐끗 문 쪽에 시선을 주었다. 에넌은 대부분의 경우 문을 열어두었으나, 오늘은 문이 닫혀 있는 것이 유독 신경 쓰였다. 아마 다른 사람의 시선을 의식하는 것은 아닐 텐데. 어쨌든 외부에 유리는 남자로 되어 있으니, 남자 둘이 방에서 문 닫고 이야기한다고 흠이 잡히는 건 아니었다. 창문에서 조금 더위가 가신 밤바람이 불어왔다.

"아르시노에가 섭섭해하겠군요."

"그럴까요? 그러고 보니 아스완 후께서는 요즘 바쁘시다던데."

"예."

에넌이 의자에 기댄 채 창밖을 바라보며 말했다.

"갑자기 구혼자들을 줄 세운다더군요. 얼마 전 니겔 굴랍 카움의 청혼을 물리치더니……."

"니겔이 청혼했다고요?"

"예. 그런데 청혼서는 곧장 되돌려 보냈다고 합니다. 왜 되돌려 보냈나 했는데, 아스완 전역에서 청혼자들을 모은다더군요."

"우와……."

아스완은 한창 아르시노에의 결혼으로 떠들썩해 있었다. 그 아르시노에가 드디어 결혼을 위해 구혼자들을 모집하는 것이었다. 놀라운 일이지만, 한편으로는 이해가 가기도 했다.

"예전 왕국들은 왕자의 결혼을 위해 왕자비 간택령을 내리기도 했으니까요. 아스완 후도 그런 것이겠죠. 못 내릴 일은 아닙니다."

"멋있다……."

"멋있습니까?"

"그야."

유리가 앉아 테이블을 손가락으로 두들기며 웃었다.

"……에넌을 포기한 것이겠죠?"

"아마도 그렇겠죠. 제게 따로 그런 말은 하지 않았습니다만……."

"어쨌든 자신의 새로운 사랑은 자신이 찾겠다는 것 아닌가요. 물론 그 공주님의 순한 인상을 생각하면 아주 놀라운 일이지만요."

"그렇습니까."

"저도 늙어서 그런 거 해 보고 싶었다고요. 이렇게 딱, 어촌 마을에 집 짓고. 짜식들아. 누나랑 놀 미남 찾는다. 하고 방도 붙이고 광고도 하고! 온 동네 청년들 모아놓고 장기자랑 시키고!"

"……."

"……는 농담입니다. 헤헤."

아, 이 남자 기준에 너무 천박한 농담 했나. 유리는 자신을 물끄러미 쳐다보는 에넌의 시선에 식은땀이 흐르는 것을 느꼈다. 그러나 에넌은 피식 웃었다.

"어차피 제가 다 이길 텐데요."

"……아, 되게 짜증나네요……."

"짜증납니까?"

"언제나 항상요."

"어떻게 해야 풀어줄 수 있을까요."

에넌이 싱글싱글 웃으며 테이블에서 일어나 유리에게 다가왔다. 유리는 피, 하고 툴툴거렸다.

"유리."

"예."

"발렌시아로 떠나게 되면, 저랑 한동안 헤어져 있어야 하는 건 알고 있습니까?"

"……아."

에넌은 애당초 아스완으로 올 때 올랭피아를 돌아보고 늦게 발렌시아에 복귀하기로 약속된 참이다. 아마 복귀 시기는 빨라도 겨울. 유리가 아스완에서 조금 더 일찍 출발하면 아마 헤어져 있는 기간은 조금 더 길어질 것이다.

"……어쩌겠어요. 빨리 오시기만 기다려야죠."

"이런. 그렇게 말하면 제가 올랭피아에 편안히 갈 수 없지 않습니까."

"그러라고 하는 말인데요."

에넌 라이언하트의 새 연인은 이렇게나 귀엽고 사랑스러운 말을 아무 때나 한다. 에넌은 가끔 유리가 이렇게 말할 때마다 가슴 한쪽이 기분 좋게 욱신거렸다. 생각 같아서는 당장이라도 끌어안고 싶었지만, 그러면 안 되겠지. 그래서 에넌은 유리 앞에 한쪽 무릎을 꿇고 앉았다. 의자에 앉은 유리를 올려다보며 에넌이 웃었다.

"제가 죄가 큽니다."

"무슨 죄요?"

"이렇게 사랑하는 연인을 두고 가는 죄요."

유리의 얼굴이 빨개졌다. 에넌은 그에 그치지 않고 유리의 왼손을 잡아당겨 제 볼에 대었다. 보들보들한 손바닥이 기분 좋았다. 연이어 그녀의 손바닥 가운데에 입 맞추자, 유리가 간지러운 듯 손가락을 꼼지락거렸다.

"에넌."

"예."

에넌이 고개를 들자, 유리가 일어나 그의 목을 끌어안았다. 에넌은 가슴 벅찬 기분이 되어 제 작은 연인을 마주 안아 눈을 맞췄다. 유리는 몸집이 작아 에넌이 안아 올리면 번쩍번쩍 잘도 들어 올려졌다. 유리 또한 에넌이 그녀를 훌쩍 안아 올리는 걸 유난히 좋아해서 그가 자신을 안으면 까르륵 웃으며 안겨 왔다.

에넌이 조심스럽게 유리의 이마에 입을 맞췄다.

"올랭피아에는…… 솔직히 말하면 가고 싶지 않지만, 한 번은 가야 합니다. 여태까지 한 번도 가지 않았거든요. 제 가신들만 가서 고생을 하고 있죠."

"그렇군요."

"되도록이면 빨리 돌아오겠습니다. 그때까지 건강해야 합니다."

"그럼요."

붉은 머리의 미남자는 못내 아쉬운 듯 유리의 볼에도 입 맞췄다. 유리는 목에 감았던 손을 끌어당겨 그의 볼을 어루만졌다. 이마가 맞닿은 채 눈이 마주쳤고, 누가 먼저라고 할 것도 없이 입술이 맞닿았다.

처음은 항상 이 남자가 그렇듯이 조심스러웠다. 새가 마치 부리를 쪼듯이 물린 입술은 몇 번 가볍게 유리의 입술에 닿았다 떨어졌다. 유리는 항상 에넌의 팔 안에 안겨 있노라면 자신이 가장 안전한 곳에 있는 기분이 들었다. 그만큼 저를 안은 두 팔은 든든하고 따뜻했다.

유리의 손가락이 에넌의 붉은 머리카락 사이로 파고들었다. 에넌이 간지러운 듯 어깨를 움츠렸다가, 다시 얼굴을 기울여 유리에게 입 맞췄다.

분명히 연애는 처음이라고 했는데, 능숙하게 유리의 입안을 가르고 들어오는 혀.

유리는 역시 나중에 다시 따져 물어야겠어, 하고 생각하며 그 입맞춤에 응했다.

어느새 유리는 에넌의 침대 위에 올라앉아 있었다. 에넌은 유리를 침대 등받이 앞에 앉힌 채 계속해서 파고들었다. 에넌의 팔은 유리의 머리 위 벽을 붙들고 있었지만, 체중이 실리며 입맞춤이 점점 거칠어지는 것은 어쩔 수 없었다. 뒷걸음질 칠 수도 없었다. 침대 헤드가 제 등을 단단하게 받치고 있었기 때문이다.

에넌은 젖은 입술을 옮겨 유리의 귓등에, 목덜미에 연이어 키스하고, 다시 턱선을 살짝 깨물었다가 밀어붙이듯 입술을 벌렸다.

에넌의 숨이 조금 가쁘다는 것은 진작 눈치챈 참이었다. 유리 옆에 쌓여 있던 베개가 무너졌지만, 둘 중 아무도 신경 쓰지 않았다. 유리의 허리는 점점 밑으로 빠졌고, 에넌은 유리의 가는 허리를 손으로 더듬어 받쳤다.

"……기분 좋아……."

유리가 흐느끼듯 속삭였다. 유리의 귀 뒤에 입술을 문지르던 에넌이 움찔했고, 두 사람의 눈이 마주쳤다.

"……유리."

에넌의 눈이 조금 흐려져 있었다.

그 안에서 소용돌이치는 갈등을 유리가 모를 리 없었다. 유리는 정말로 충동에 몸을 맡기고 싶었으나 그럴 수는 없었다. 어느 순간 그녀 또한 이 남자를 강렬하게 원할 때가 있었으나 지금은 아니었다. 가장 완벽한 순간을 위해 기다려야 할 때가 있는 법이다. 유리에게 지금은 그런 순간이 아니었다.

그녀는 가장 부드러운 방식을 선택했다. 유리는 그를 밀어내는 대신 손을 뻗어 등을 끌어안았다. 팔을 벽에 뻗어 몸을 지탱하고 있던 에넌은 유리의 손길에 힘없이 유리 위로 무너져내렸다. 그녀는 제 연인의 등을 토닥토닥 두드렸다.

"미안해요."

"아닙니다. 내가……"

"에넌."

"예."

"사랑해요."

"저도 그렇습니다."

맨 처음 그를 끌어당겼을 때를 생각해보면 아이러니하지만, 지금은 에넌의 태도가 그렇게 고마울 수가 없었다. 에넌은 언제나 자신을 안아주고 가끔은 입 맞춰 주었지만, 그 이상으로는 손대지 않았다.

두 사람 모두 같은 생각일 것이다. 책임질 수 없는 행위를 하고 싶지 않은 것이다.

몸을 섞고 애정을 확인하는 것은 쉽다. 그러나 그 뒤에 혹시라도 더 큰 일이 일어난다면? 유리는 이 남자가 절대로 무책임하게 굴지 않으리라는 것을 안다. 그렇지만 유리는 오히려 본인이 무책임하게 굴지 않으리란 자신이 없었다.

극단적으로 말해 유리는 만약에 아이가 생긴다 해도 남자와 결혼할 생각은 없었다. 그게 지금의 유리다.

누군가를 사랑하는 데 결혼할 생각은 없다니. 그렇게 말한다면 이 남자는 틀림없이 상처받을 것이라고 유리는 생각했다. 이 세계의 사람들이 결혼에 의미부여를 하는 것을 유리는 너무 많이 보았다.

남자를 사랑하지만, 상처는 주고 싶지 않았다. 그래서 유리는 솔직한 마음을 드러내는 대신, 에넌에게 고맙다고 말하는 것으로 대답을 대신했다. 자신의 욕심 위에 처녀의 수줍음을 둘러버린 것이다.

에넌은 유리를 떼어낸 뒤, 침대 위에 앉히고 아주 소중한 것을 대하듯이 얼굴을 어루만졌다. 가끔 유리는 에넌이 자신을 이렇게 대하는 것이 참 민망하고 부끄러웠다.

그 아르시노에처럼 아름답지도 않고, 가녀리지도 않다.

그렇지만 그렇기 때문에 그가 자신을 사랑하는 것일지도 모른다고 생각하는 것이 유리의 자신감이었다. 유리는 빙그레 웃고 속삭였다.

"발렌시아에서 기다릴게요."

"예."

"한눈파시면 안 돼요."

"제가 어떻게 그럴 수 있겠습니까."

"예쁜 아가씨가 맛있는 거 사 준다고 해도 따라가면 안 돼요."

"……그런 종류의 당부는 제가 해야 될 거 같습니다만."

"제가 뭘요."

"눈 튀어나올 만큼 잘생긴 남자가 나타나서 맛있는 거 사 준다고 해도 따라가면 안 됩니다."

"안 그럴 건데요?"

"믿을 수 없습니다."

"왜요!"

"……따지고 보면 우리도 제가 맛있는 거 사 줘서 이렇게 된 거 아닙니까."

어라. 생각해보니 그렇네. 유리가 두 사람의 첫 만남을 곱씹다가 와르르 웃어버렸다. 젤로를 사주던 미남자에게 홀려 이렇게까지 된 것을 새삼 깨달았기 때문이다.

따라갈지도 모르니까 빨리 오세요.

……이런. 믿을 수 없는 연인이군요.

아스완의 밤 사이로 웃음이 흩어졌다.

8
유리 클로드가 돌아왔다

유리는 부쩍 요즘 제 앞날을 생각하고 있었다. 더 큰 돈을 벌어 잔뜩 놀고먹고 싶다는 생각도, 이 세계의 사람들이 좀 더 좋은 옷을 입었으면 하는 생각도 전부 다 자신의 바람이다. 그러나 그 마음은 상충하는 것이다. 전자의 욕망을 충족하려면 놀아야 하고, 후자의 욕망을 충족하려면 개처럼 일해야 하기 때문이다.

하루는 정승처럼 일하고 하루는 개처럼 놀면 안 되나? 모든 사람이 그럴 수 있다면 영혼이라도 팔겠다고 할 것이다. 유리는 피식피식 웃으며 제 눈앞의 거대한 건물을 올려다봤다. 건물은 온통 안쪽이 투명한 유리로 되어 있었다. 그 유리의 품질이 얼마나 좋은지 파리가 미끄러질 정도다. 그 안쪽은 심플하다. 흰 벽과 금색 동상들. 그리고 1층에는 세련되게 진열된 상품들.

아타락시아의 발렌시아 분점이었다.

발렌시아 상업 거리 한복판에 지어진 아타락시아 분점은 늦은 오후 사람들로 들끓고 있었다. 1층은 대부분의 의상실이 그렇듯 이미 만들어진 잡화를 전시하며 판매하고 있었다. 아름다운 진홍색의 유니폼을 입은 직원들이 오가고 있었다. 벨름의 본점과 똑같다. 자신이 없는 동안에도 무사히 오픈해 장사하고 있었던 모양이다. 아타락시아의 간판 위에는 휘황찬란한 글씨로 왕성 납품점이라고 쓰여 있었다.

그밖에도 눈에 띄는 것은 1층 한쪽 벽면에 크게 내걸린 아르시노에의 초상이다. 아스완에 도착하자마자 가장 유명한 초상화가를 불러다가 그려 보낸 그림이다. 아르시노에가 발렌시아식의 아름다운 아마 드레스를 입은 그림은 그 자체로 너무나 아름다웠다. 상점 전체가 유리로 되어 있는 덕분에 바깥에서도 아주 잘 보였다.

유리는 흡족한 표정으로 안으로 향했다. 도어 보이가 정중히 문을 열어주었다.

오랜 여행길에 먼지투성이였지만 옷을 갈아입을 짬도 없이 아타락시아로 향한 이유는 단 하나였다. 레스타를 만나기 위해서였다. 상단 칼레 또한 아타락시아를 통해 발렌시아에 진출한 지 한참 됐다. 여왕이 귀애하는 재단사님 덕분에 세금 혜택까지 받으니 두려울 것이 없었다.

2층은 유리가 원하던 대로 미리 만들어둔 옷을 팔고 있었다. 기성 사이즈에 맞춘 남자 셔츠와 재킷, 그리고 유리의 역작이었던 검은 벨벳 재킷도 한쪽에 전시돼 있었다. 쎄시아가 입었던 아마 드레스도 마찬가지다. 저 아마 드레스가 여름 내내 발렌시아의 여인들을 더위에서 구해 놓았다는 소문은 이미 들었다. 곳곳에 여왕을 모사한 디자인화가 액자에 자리해 걸려 있었다. 예년의 그림 또한 마찬가지다.

유리는 피식피식 웃으며 3층으로 향하는 계단을 올랐다.

3층 계단 끝에는 또 다른 도어 보이가 자리하고 있었다. 금발에 귀엽게 생긴 도어 보이는 유리를 보자마자 명랑하게 물었다.

"안녕하세요! 예약 손님이신가요?"

"아닌데요."

"앗……."

도어 보이의 얼굴이 흐려졌다.

"실례지만 3층부터는 사전에 예약하신 손님만 출입하실 수 있답니다. 혹시 의상을 맞추러 오신 거라면, 1층 한쪽의 접수대에서 의상 상담을 위한 예약을 해 주시면 저희가 시간을 맞추어……."

"이런, 저는 오늘밖에 시간이 없는데. 어떻게 안 될까요?"

유리가 장난스럽게 물었다. 도어 보이는 정말로 난처한 시선으로 유리를 쳐다봤다. 자신을 아래위로 빠르게 훑는 모습에 어떻게 응대할까, 기대가 됐다.

옷이 허름하다고 쫓아낼까? 아니면 곤란하다고 딱 잘라 거절할까?

"손님, 정 그러시다면 무엇을 위해 오셨는지 제가 여쭤보아도 될까요?"

"왜요?"

"음, 손님께서 입으실 남성복을 원하신다면 기성복으로도 대체가 가능한지 여쭈어보려고요. 2층을 보셨다면 아시겠지만, 저희는 이미 만들어진 옷도 판매하고 있답니다. 그렇지 않다면, 제가 안에 들어가서 혹시 시간이 남는 디자이너님이 계신지 한번 물어보고 오겠습니다."

홀륭하다. 유리는 박수를 치려고 했지만, 그보다 빠르게 끼어드는 목소리가 있었다.

"그럴 필요 없어."

"앗."

목소리는 4층으로 올라가는 계단 위에서 들려온 것이었다. 유리는 그 목소리의 주인이 누구인지 아주 잘 알고 있었고, 그래서 배시시 웃으며 위를 올려다봤다. 도어 보이가 황급히 고개를 숙였다.

"상단주님."

"올라와. 누굴 놀리는 거야? 요즘 도어 보이 구하기가 하늘의 별 따기인데, 우리의 소중한 도어 보이를 놀리지 말아 줄래?"

"그 정도야?"

유리가 웃으며 대답했다. 계단 위의 화려한 남자는 눈썹을 들어 올렸다.

"네 명의 도어 보이를 교체한 끝에 구한 소중한 인재라고. 그렇지, 노리?"

"어, 앗, 예."

도어 보이는 당황한 듯 유리와 남자를 번갈아 바라봤다. 남자, 레스타가 피식 웃었다.

"앞으로 이 얼굴 정도는 외워 둬, 노리. 유리 클로드다."

"……헉."

노리라고 불린 남자아이가 눈을 크게 뜨더니 차렷 자세를 하고 꾸벅 인사했다.

"안녕하세요!"

"안녕하세요."

유리가 빙그레 웃으며 손을 뻗었다.

"접객 태도는 훌륭했어요. 멋있다. 이건 보너스."

"앗, 예. 감사합니다."

뭔지도 모르고 유리의 손에서 물건을 건네받은 도어 보이가 눈을 크게 떴다. 100싱짜리 동전이었다.

"감사합니다!"

노리가 고개를 숙이는 것을 뒤로 하고 계단을 올랐다. 레스타는 이미 앞서 꼭대기 층으로 올라가고 있었다.

"언제부터 그런 취미가 생긴 거야? 어째 늦는다 해서 내려가 봤더니."

"취미는. 가게 구경하다 보니 물어본 거지. 도어 보이 교육 잘돼 있네."

아타락시아의 꼭대기 층은 어김없이 사무실이었다. 이 일 중독자. 유리가 눈을 흘기자 레스타는 손을 들어 올리며 "네가 올 때까지 썼을 뿐이라고. 네 방이야."라고 말하며 웃었다.

"저는 이제부터 저녁이 있는 삶을 살고 싶은데요!"

"누구 마음대로."

레스타의 보라색 눈이 장난스럽게 반짝였다.

"염색했네?"

"응. 염색 공방도 아타락시아 옆에 열었거든."

"아하."

레스타의 머리카락은 본디 검은색이었으나, 지금은 또다시 화려한 보라색이 되어 있었다. 자연적으로는 절대 나올 수 없는 색에 유리가 저도 모르게 손을 뻗었지만, 레스타는 유리의 손등을 찰싹 쳐냈다.

"어디 외간 남자 몸에 손을 대."

"와. 변했어."

유리가 키득거렸다.

"도어 보이를 네 명이나 바꿨다고?"

"그래. 도어 보이뿐만 아냐. 디자이너도 벌써 다섯 명째 바꾸었어."

유리가 책상에 걸터앉았다. 책상 앞에 앉아 있던 레스타가 위험하게 웃었다.

"아타락시아 분점을 열면서 벨름에서 몇 명 데리고 오긴 했지만, 역시 여기는 머니까 다들 오기 싫어했거든. 발렌시아에서 열었더니 이 모양이다."

"스카우트당한 거야?"

"반반. 도어 보이들은 죄다 다른 상점에서 들여보낸 놈들. 디자이너들은 두 명은 스카우트, 세 명은 다른 상점에서 온 놈들."

"이런. 나 인기 많네."

"네가 없는 걸 알고는 다들 우르르 그만둬버렸지만. 제법 끈질긴 사람도 있어서 애먹었단 말이야."

아타락시아의 인기가 치솟으니 기술을 염탐하는 이들도 워낙 많아진 모양이었다. 가게를 열기도 전에 원단을 팔아 크게 이름을 알리고 시작한 곳이니 그럴 만도 하다. 자신이 없는 발렌시아에서 레스타가 했을 고생이 눈에 훤했지만, 그는 유리에게 굳이 생색내지 않았다.

"내 이름 팔고 다니는 곳이 있다면서?"

"그래. 이미 알고 있는지는 모르겠지만……."

"베로니카지."

"그새 알고 있었군. 나의 천재님."

천사님에서 천재님으로 호칭이 바뀌었다. 이 남자도 분명 노력하고 있는 것이리라. 유리는 애써 모른 척하며 입을 열었다.

"듣자 하니 우리처럼 치수를 받아서 옷을 만들어준다지?"

"그래. 우리처럼 아예 가봉 없이. 너에게 묻고 싶었지. 혹시……."

"아냐. 나는 내 핵심 기술은 가르쳐준 적 없어. 익히면 쉽기는 하지만 마스터 패턴을 본다고 할 수 있는 게 아냐. 그건 수학인걸."

큰 네모를 그리고, 그다음 일정 비율로 나누고, 그 비율 위에 오차범위 내의 평균적인 치수로 어깨를 그리고 곡선을 그리고. 그게 평면패턴이다. 모르는 사람은 절대로 그렇게 그려낼 수 없다. 레스타 또한 유리가 패턴을 그리는 모습을 여러 번 보았지만, 그건 과정을 지켜본다고 해서 해낼 수 있는 기술이 아니라는 걸 알고 있었다.

"그러면……."

"오면서 생각해봤는데, 아마 여왕님의 마스터 패턴을 베낀 게 아닐까."

"……패턴을 훔쳤다고?"

"응."

유리는 한 달 동안 발렌시아로 오며 베로니카가 유리의 방식을 따라 할 수 있었던 이유를 생각해 봤다. 베로니카의 새 상점에 대한 소문을 모아 참고했음은 물론이다.

베로니카는 여성복만을 주문받았다. 남성복은 손도 대지 않았다. 그야 여왕님 밑에서 드레스만 만들어 봤으니 그랬겠지만, 이곳의 재단 기법은 입체 패턴이다. 사람 모양의 토르소를 세워 놓고 그 위에 천을 둘러 만드는 것이다. 그렇게 만들면 기본적으로 여자 옷을 만드는 법과 남자 옷을 만드는 법은 크게 다르지 않다.

여왕 폐하의 침방에서 재단을 하는 침모들은 모두 남녀 옷을 가리지 않고 잘 만들었다. 베로니카는 염색방의 침모였다. 재단과는 거리가 조금 있다.

답은 하나뿐이었다. 유리가 여왕의 침방에 넘겨준 마스터 패턴을 베낀 것이다.

마스터 패턴은 말 그대로 모든 옷에 응용할 수 있는 기본 패턴이었다. 유리가 여왕님의 치수대로 기본 패턴을 뜬 다음, 그것을 단단한 종이에 옮겨 자른다. 넉넉한 옷을 만들 때는 그 기본 패턴을 베낀 다음에 둘레를 조금 더하는 식으로 새로운 패턴을 뜬다. 몸에 달라붙는 옷을 만들 때는 그 반대다. 둘레를 조금 빼고 시접을 내는 것이다.

발렌시아 왕성의 침모들은 너나 할 것 없이 그 마스터 패턴으로 옷을 만드는 방법을 배웠다. 그래야 쎄시아의 옷을 조금이라도 더 빨리 만들기 때문이다. 그 패턴을 새로 그리는 방법은 모르지만, 패턴을 두고 사이즈를 불리거나 줄이는 것 정도는 충분히 가능했다.

"베로니카의 상점에서 옷을 주문한 사람들의 평판은 어때? 호평이긴 하겠지만, 아마 우리 것과는 차이가 있을 거라고 생각하는데."

유리의 말에 레스타가 고개를 끄덕였다.

"네 말대로야. 베로니카의 상점에서 주문한 옷은 조금씩 치수가 어긋나 있거나, 조금 크고 작아서 한 번씩 수선을 거쳐야 한다고들 해. 물론 몸에 꼭 맞는 이들도 있긴 하지만."

"그렇겠지."

"그렇지만 그녀의 상점이 지금 호황을 누리는 이유는 발렌시아에서는 네가 만든 옷을 입어본 사람들이 없어서야. 실제로 벨름에서 온 우리 손님은 그녀의 상점이 조금 더 저렴하다는 이유로 그곳에서 드레스를 주문했다가, 허리가 짧아서 실망했다고 해."

"여왕님은 날씬하고 다리가 기니까. 기본적으로 보통 사람들하고 체형이 조금 달라. 허리선도 보통 사람들보다 훨씬 위에 있고, 팔도 가늘어."

"네 말을 들으니 이해가 가는군. 그러면 여왕님께 말씀드리는 게 낫지 않아?"

기본적으로 발렌시아 왕성에 있는 모든 것은 여왕의 재산이다. 게다가 여왕의 몸 치수대로 그린 패턴이라니. 아마 여왕이 알게 되면 처벌을 면할 수 없을 것이다.

그러나 레스타의 말에 유리는 고개를 내저었다.

"나에게 생각이 있어."

초록색 눈이 반짝이며 빛났다. 레스타는 단 한 번도 제 천사의 생각을 무시한 적이 없다. 제 일에 관해서만은 항상 번뜩이는 재치를 발휘하는 사람이었기 때문이다. 그래서 레스타는 손을 들고 물러났다.

"좋아. 기대해보지."

"그 전에 맛있는 것 좀 사 줘. 배고파 죽겠어. 빨리 도착하려고 점심도 안 먹고 마차를 내달렸단 말이야."

유리는 짐짓 배에 손을 대고 옆으로 뒹굴어 책상에 쓰러졌다. 그 능청스러운 몸짓에 레스타가 실소했다.

유리 클로드가 돌아왔다. 여왕에게 바지를 입혔다던 그 디자이너의 귀환 소식에 사교계가 들썩였다.

듣자 하니 여왕이 맡긴 사업을 아주 성공적으로 완수했다던데. 아스완 아마 사업이 그자 하나 때문에 들썩였다지. 아타락시아에 빨리 주문을 하러 가야겠군요!

사교계가 들썩였다. 귀부인들이 앞다투어 아타락시아에 치수를 보냈다. 그러나 발 빠른 자들 때문에 아타락시아의 주문 상황은 이미 포화 상태였다. 이미 아타락시아에 주문을 넣은 이들은 승리의 환호를 터트렸지만, 유리가 가장 먼저 한 것은 발렌시아성에 가는 것이었다.

"폐하를 뵙습니다!"

"유리."

쎄시아 발렌시아는 여전히 아름답기 그지없었다. 붉은 눈을 가진 여왕이 세상에 더없이 환하게 웃으며 팔을 활짝 벌렸다. 유리는 조금 놀랐지만, 이내 미소 지으며 조심스럽게 쎄시아 발렌시아를 안았다.

여왕은 자신의 생각보다 저를 더 보고 싶어 한 모양이었다. 쎄시아가 유리의 등을 두어 번 두들기고 유리를 놓아주었다. 유리는 뒤로 물러서서 한쪽 무릎을 꿇고 인사를 하려 했으나 쎄시아는 손을 내저었다.

"됐어. 필요 없는 인사는 관둬."

"예. 평안하셨습니까."

"나는 매일 똑같지. 그래도 악마의 불판을 그대 덕분에 편안하게 지냈다네."

가장 덥다는 '악마의 불판' 기간마저 쎄시아는 유리가 지어두고 간 옷 덕에 한층 수월하게 보낸 모양이었다. 유리는 씩 웃었다.

"여름의 폐하도 눈부시게 아름다우셨을 텐데 제가 자리를 비워 그 자태를 뵙지 못해 안타깝습니다."

"말도 잘하지. 아름다운 아르시노에 덕분이냐. 내 동생은 그런 말을 잘하지 못하는 아이이니, 분명 아르시노에의 미모를 보고 배운 표현이겠지."

아뇨, 되게 잘하던데요. 유리는 잠시 그녀의 의동생을 떠올리고 웃음이 터질 뻔했다.

유리, 눈이 봄 새싹 같습니다. 사랑스러워요. 뺨이 잘 익은 열매 같군요, 같은 이야기들과 함께 퍼부어지는 손등의 키스 같은 것들을 쎄시아가 알면 얼마나 놀랄까? 그러나 안타깝게도 쎄시아는 아직 모른다. 그리고 그녀에게도 아직은 이야기할 시기가 아니다.

"유리?"

"아, 예. 폐하. 그러면 보고를 올릴까요?"

"아니. 문서는 이미 받아보았다. 문서와 같은 내용이라면 군이 말할 필요 없어. 잘해 주었더군."

"아닙니다. 다 폐하 덕이죠."

"앉아."

"옙."

쎄시아는 자신의 투왈렛 룸 앞에 있는 테라스에 앉은 참이었다. 아직 더위가 가시지 않은 늦여름, 쎄시아는 보란 듯이 유리가 만든 주름 드레스를 입고 위에 숄을 두르고 있었다. 목에는 아무 보석도 걸치고 있지 않았지만, 길게 늘어뜨린 곱슬머리 하나로 엄청나게 화려한 인상을 풍기고 있었다.

유리는 쎄시아의 맞은편에 잽싸게 앉았다. 곧 마틸다가 부드럽게 눈인사하며 차를 따라주었다.

"피부가 조금 탔군."

"예. 아무래도 햇볕 아래에 오래 있다 보니."

"아스완의 햇볕은 강하지. 그래도 그 볕을 받고 있으면 건강해지는 기분이야. 그곳은 어땠어?"

유리는 가는 길에 니켈을 만난 이야기부터, 도착해서 두 달 내내 고생한 이야기, 그리고 휴가를 다녀온 이야기를 늘어놓았다.

"정글에도 가 보았고, 재미있는 사업을 발견해 투자했답니다. 혹시 루브라고 아시는지요?"

"루브? 그게 무어지?"

"그러실 것 같아서 보여드리려고 가져왔어요."

짠! 유리는 옆에 끼고 있던 상자를 열었다. 상자 안에서 나온 볼품없는 가느다란 것에 쎄시아가 고개를 갸웃했다. 유리가 웃으며 고무끈을 늘렸다.

"이게 어떻다는 거지?"

"이건 루브 나무 수액을 받아 굳힌 다음, 얇게 늘려 썰어낸 끈이에요. 탄성이 있어서 도로 돌아간답니다."

근처에 있던 시종 중 머리가 길어 하나로 묶은 자를 유리가 청했다. 그의 머리카락을 고무끈으로 묶는 것을 보고 쎄시아가 "호오. 이게 그 보고서에 쓴 물건이군."하고 말했다.

"보고서요? 저는 이것은 폐하께 올리지 않았는데……."

"나의 동생은 그대보다 퍽 자세하게 아스완에서의 이야기를 늘어놓았지. 그대는 그곳에 가서 내가 시킨 일만 한 게 아니라, 실속도 챙겼다면서?"

쎄시아가 붉은 입술을 끌어올리며 웃고 차를 한 모금 넘겼다. 유리는 멋쩍게 머리를 긁었다.

"그게……. 제가 루브 나무 재배 사업에 투자하기는 했지만, 폐하에게는 놀라게 해 드리려고 말하지 않았는데. 공작님께 당했습니다."

"그런가? 나는 그대가 나 몰래 다른 주머니라도 찬 줄 알았더니."

쎄시아가 눈웃음을 쳤다. 유리는 속으로 에넌을 원망했다.

아, 이런 걸 썼으면 말해주지! 괜한 오해를 샀잖아요! 여왕이 묻기 전에 먼저 공개했기 망정이지, 하마터면 오해를 살 뻔했다.

"아스완은 그대 덕분에 퍽 여러 가지를 시도하고 있는 모양이더군. 덕분에 아르시노에가 깊은 감사를 표했다네."

"앗, 그런가요?"

"그래. 내게 따로 편지를 보내 그대를 치하해 달라고 부탁했을 정
도라네."

유리의 얼굴이 감동으로 물들었다. 아르시노에는 유리의 공을 잊
지 않은 것이다. 지배자들이란 아랫사람의 공을 당연히 여길 줄 알
았는데. 유리는 제 상관들을 퍽 잘 만난 것 같다고 생각했다.

"그렇지만 내 동생은 거기 가서도 영 숙맥같이 군 모양이야. 아르
시노에가 결국 구혼자들을 만나기 시작했다니."

"아······."

"그대가 떠나올 때 막 시작한 모양이던데. 신분고하에 상관없이
그녀와 결혼하고 싶은 자라면 누구든 만난다고 하더군. 유리. 그대
가 봤을 때 쓸 만한 자가 있던가?"

"어······. 저는 마지막에 급하게 출발해서 아스완 후를 만나지 못
했습니다. 덕분에 구혼자들도 거의 구경하지 못했어요."

"그래. 아스완의 가신들 앞에서 공개적으로 불러다 놓고 엄격하
게 구혼자를 심사하고 있다더군. 매일매일 아스완 궁 앞에서 벌어
지는 구혼자 심사가 그렇게 재미있는 구경거리가 되었다던데."

"그런가요?"

쎄시아가 턱을 어루만졌다.

"소문에 의하면 모두들 쟁쟁한 남자들의 경쟁의 장이 될 거라고
생각했는데, 의외로 볼품없는 남자들이 얼마나 바닥까지 떨어지는
지 구경하는 곳이 되어버린 모양이야."

"그 다정한 아르시노에 님이 얼마나 구혼자들에게는 날카롭게

질문하는지, 아르시노에 님의 질문을 세 개 이상 넘긴 놈들이 없다지요."

옆에 서 있던 일렉사 백작부인이 거들었다. 쎼시아가 웃음을 터트렸다.

"멍청한 놈들! 신분고하와 지위, 나이를 막론하고 상관없다는 말이 어디 어중이떠중이도 상관없다는 말인 줄 알았다는 것인지. 아르시노에가 아무 남자나 제 내실에 들일 거라고 감히 기대했다니. 그 멍청함에 소름이 돋을 정도야."

그러니까……. 오디션 같은 건가……. 유리가 의외의 소식에 눈을 깜박이는데, 쎼시아가 다시 차를 한 모금 마시고 말했다.

"결국 내 동생도 어쩌면 아르시노에의 기백에 맥을 못 추고 물러선 거라는 소문도 있더군. 남자도 아니라는 소문이 여기까지 들려서 어찌나 재미있던지. 뭐, 어찌 보면 아예 틀린 말은 아냐."

"가혹하십니다."

일렉사 백작부인이 웃어버렸다.

"……그건 아닌데요!"

앗. 유리는 저도 모르게 입을 가렸다. 남자도 아니라니, 그거 아니거든요, 하고 발끈하는 바람에 그만 입 밖으로 생각이 나와버린 것이다.

쎼시아가 눈을 동그랗게 뜨고 호오, 하고 감탄사를 내뱉었다.

"뭐야. 유리. 아는 게 있는 건가?"

"아, 아니 그건 아니고……."

"남자들끼리는 그런 종류의 이야기도 스스럼없이 공유한다더니, 혹시······."

"어, 그······."

"수상해."

유리는 땀만 뻘뻘 흘렸다. 그 모습을 보던 일렉사 백작부인이 미소 지으며 말했다.

"아마 각하께서 유리와 비밀 이야기라도 하신 모양이지요. 상관의 프라이버시를 함부로 이야기할 수 없을 테니, 그런 이야기는 각하의 복귀 뒤로 미뤄두시는 게 좋을 것 같습니다."

"음. 수상한데······."

쎄시아는 영 성에 차지 않는 눈으로 유리를 흘겼지만, 더 추궁하지는 않았다. 이 이상 추궁하는 것은 일렉사 백작부인의 말마따나 유리에게 너무나 곤란한 일일 테니까.

"아무튼 그대가 없는 수도에도 여러 가지 일이 많았어. 뭐 사실 대부분의 이야기는 해 봐야 그대에게는 재미없는 일이고."

"예에."

"혹시 내 침모였던 자가 의상실을 열어 그대의 이름으로 선전하고 있는 일은 아는가?"

유리가 놀란 눈으로 쎄시아를 바라봤다.

"폐하의 귀까지 들어갔습니까?"

"그럼."

쎄시아가 으쓱댔다.

"내가 귀애하는 자의 일인데 어찌 마음 쓰지 않을 수 있겠어?"

"황공합니다."

정중한 말과는 달리 유리는 손을 맞잡고 감동에 젖은 얼굴을 했다. 보통은 무릎을 꿇을 텐데 말이야. 쎄시아는 이 재단사의 저런 면을 귀여워했다. 가끔 열여섯 소녀같이 군다니까. 물론 자신이 의외로 핵심을 꿰뚫고 있다는 것은 모른 채, 쎄시아는 물었다.

"내가 남은 침모들에게 물으니 그대의 기술을 배운 적이 없다더군. 그렇지만 본인이 없으니 확인할 수도 없고, 그럴 수도 있겠거니 싶어 그냥 두었지. 어떤가?"

"그게……."

유리가 헤헤 웃었다. 조금 난처하게까지 느껴지는 그 미소에 쎄시아는 대번에 사태를 파악했다.

"이런. 예상대로군."

"제가 뭘 구체적으로 말씀드리기는 어렵습니다. 제 불찰이지요."

"어떻게 할 건가?"

쎄시아가 턱을 괴고 물었다.

"……."

"마음 같아서는 내가 혼쭐을 내고 싶지만, 유리. 상인들 사이의 일까지 내가 일일이 참견할 수는 없다."

그녀의 말이 맞다. 일개 상인들끼리의 다툼에 왕이 직접 나서는 것은 있을 수 없는 일이다. 적어도 쎄시아 발렌시아는 절대로 그런 일에 제 손을 빌려줄 만한 이가 아니다. 공사 구분은 명확히.

베로니카 또한 소중한 쎄시아 발렌시아의 국민이며, 돈 벌어 세금 내는 자다. 그녀가 불법적인 일을 저지르지 않았다면 쎄시아는 굳이 손댈 이유가 없다.

그러나 쎄시아의 말 속에는 그런 것 외에도 여러 가지 뜻이 들어 있었다. 나는 그간 네가 하는 수많은 일을 보았지. 예쁜 옷을 만드는 것 외에도 또 다른 재능이 있지 않을까? 하는 흥미다.

이 일을 슬기롭게 해결해 보인다면 참 좋겠는데.

유리 또한 쎄시아의 기대를 알아차렸다. 물론 이 자리에서 그녀에게 '사실 베로니카가 여왕님의 마스터 패턴을 몰래 베껴서 나간 것 같아요!'라고 일러바칠 수도 있다. 여왕의 사유재산을 훔친 것이 입증되면 베로니카는 중죄를 받겠지.

그러나 확언은 금물이다. 아직 유리는 베로니카가 정말 여왕의 치수를 훔쳤는지 아닌지도 알지 못한다. 만약 베로니카가 여왕의 패턴을 베낀 것이 아니라면? 정말로 유리의 기술을 눈 옆에서 보고 배운 거라면? 그건 어떻게 할 수 없다. 오히려 유리가 망신을 당할 수도 있다.

레스타와도 같은 이야기를 했다. 어차피 오리지널이 아니라면 유리를 따라올 수는 없다. 마치 여왕이 입은 옷들을 남들이 수없이 따라 했지만, 그 옷들이 맞춤옷처럼 아름답지 않았던 것처럼. 베로니카의 의상실에서 옷을 만든 사람들이 대만족하지는 않았던 것처럼.

유리는 섣불리 쎄시아에게 말하기 전에 자신이 해결할 생각이었다. 이것 또한 하나의 심판대일 수 있다. 유리가 사랑받는 재단사라고 해서 이런 일에 쎄시아의 힘을 빌린다면, 쎄시아는 대번에 유리에게 흥미를 잃어버릴 것이다.

그녀가 유리를 어여삐 여기는 이유는 유리가 재능 있고 자신감 있는 데다가, 주제넘은 짓을 하지 않기 때문이다.

그래서 유리는 씩 웃었다.

"걱정해주셔서 감사합니다. 이 일은 제가 해결해 보도록 하겠습니다. 그 전에 폐하. 제가 여쭙고 싶은 것이 있습니다. 허락을 구한다고도 할 수 있겠네요."

"무엇인가?"

쎄시아가 방만하게 의자에 기대어 이쪽을 바라봤다.

~✳~

베로니카는 불면에 시달리고 있었다. 이유는 간단하다. 그 유리 클로드가 수도에 돌아왔다는 이야기를 들은 탓이다.

고향에 있는 제 아버지의 소개로 만난 지 한 달 만에 결혼하게 된 남자는 상인이었다. 남자는 성실하고 제법 재산도 모아놓은 터라, 자신과 결혼해 아이를 키우는 데 집중해달라고 부탁했다. 베로니카는 그 부탁을 기쁘게 받아들였다. 현모양처가 되는 것은 자신의 어릴 적부터의 꿈이었기 때문이다.

물론 왕성에서 침방 침모로 승격된 지 얼마 안 된 터라 망설여지기는 했다. 너무 아까운 자리였으니까.

그러나 동료 침모들은 기꺼이 베로니카를 응원해주었다. 결국 베로니카는 왕성의 침모를 그만둔 후 기쁘게 남자와 결혼했고, 발렌시아 인근에 행복한 신접살림을 차렸다. 그렇게 베로니카의 새로운 인생이 시작되는 듯싶었다.

하지만 인생이라는 게 그리 쉽게 풀리지만은 않는 법이다. 남편이 투자했던 배가 바다에 가라앉은 것이다. 그것도 세 척이 전부 다. 그 이야기를 들은 베로니카는 기절할 뻔했으나 곧 마음을 다잡았다. 베로니카는 다시 왕성 침모로 일하겠다고 드러누운 남편에게 말했다.

그러나 전 재산을 날리고 시름시름 앓고 있던 남편은 뜻밖에도 다른 생각을 하고 있었다.

"당신, 저 선물 보내준 사람이 그 유리 클로드라고 했지?"

남편이 가리킨 곳에는 유리가 베로니카에게 결혼 선물로 보낸 실크 열 필이 쌓여 있었다. 너무 좋은 천이라 베로니카가 꼭 좋은 옷을 지어 입겠다고 따로 두었으나, 순식간에 가난해진 탓에 그날 오후 베로니카가 왕성에 가는 길에 팔아보려고 놔둔 것이었다. 베로니카는 그 실크들을 보고 눈물이 왈칵 나오려고 했으나, 애써 참으며 고개를 끄덕였다.

"그러면……. 왕성 침모로 가는 것보다 차라리……."

남편이 베로니카에게 한 말은 당황스러운 것이었다.

당신 그와 친했다며. 저렇게 비싼 선물을 받을 정도로. 그 사람은 침방의 침모들에게 놀라운 기술도 가르쳐줬다지? 그러면 우리 이렇게 하자. 의상실을 차리는 거야. 유리 클로드에게 기술을 배운 디자이너라고 광고하고!

베로니카는 고개를 내저었으나 남편의 성화에 어쩔 도리가 없었다. 사흘 밤낮을 거부했으나 돌아온 것은 남편의 매질이었다. 성실하고 좋은 사람이라고 생각했으나 남편은 여유가 바닥나자마자 이성을 잃고 돌변했다.

'너하고 나하고 둘 다 잘되자고 이러는 거잖아? 내 말 모르겠어?!'

나흘째 되던 날 베로니카는 훌쩍훌쩍 울며 알겠다고 대답했다. 그러나 십 년 동안 짜던 레이스 실력 가지고는 큰돈을 벌 수 없었다. 유리 클로드의 기술은 레이스를 짜는 것이나 염색을 하는 것보다 훨씬 앞서 있었다. 그에게 기술을 배웠다고 하려면 적어도…….

그녀는 결국 안부를 묻는다는 핑계로 왕성으로 들어갔다. 자신을 보고 호들갑을 떨며 과자를 내오는 침모 친구들과 수다를 떨고, 그립다는 말과 함께 침방을 둘러봤다. 그러다가 제 친구들이 바빠 잠시 자리를 비운 틈에 여왕님의 마스터 패턴을 베꼈다. 몇 년을 지낸 침방이다. 패턴이 걸려 있는 곳을 모를 리가 없다. 그리고 패턴을 찾아낸 후에는 종이 위에 대고 그리기만 하면 됐으니까. 쉬웠다.

베로니카는 꼬박 한 달 동안 그 패턴을 가지고 큰 옷을 만들었다가, 작은 옷을 만들었다. 조금 용기가 붙은 후에는 이웃집 아주머니의 치수를 받아 옷을 만들어 주었다. 그녀는 자작가의 유모로 일하고 있었고, 자신이 일하는 자작가의 아가씨에게 베로니카의 이야기를 했다.

자작가는 베로니카에게 투자했다. 의상실 간판을 내거는 것 정도는 일도 아니었다. 상업 거리의 작은 가게 한 칸으로 시작한 의상실은 몇 달 만에 그 거리의 큰 건물 한 채를 통째로 차지했다.

유리 클로드에게 기술을 배운 왕성 침방 출신의 디자이너.

가뜩이나 아타락시아가 아직도 오픈하지 않아 애를 태우던 이들이 모두 베로니카에게 몰렸다.

남편은 돈을 세며 히히덕거렸다. 몇몇 안목 있는 아가씨들은 베로니카가 만들어낸 아마 드레스를 보고 고개를 갸웃거렸으나, 이미 아마 드레스는 유행의 물결이었다. 조금이라도 차별화를 꾀하고 싶은 이들이 모두 베로니카의 가게로 몰렸다. 베로니카는 아마 드레스를 몇십 벌은 팔아치웠다. 유리가 만든 여왕님의 드레스를 직접 봤고, 그 위에 씌운 은박 레이스는 베로니카가 짠 것이었다.

쎄시아 발렌시아가 호수 연회 첫날 입었던 드레스, 라는 이름하에 또다시 아마 드레스를 엄청난 가격에 몇 벌이고 팔아치웠다. 베로니카는 더 이상 뭐가 뭔지 알 수 없었다. 여왕님의 이름, 그리고 유리의 이름……. 그 두 가지를 팔아 베로니카는 남편이 결혼 전에 가지고 왔던 재산보다 더한 거액을 만지고 있었다.

유리 클로드가 아스완으로 떠난 것은 이미 알고 있었다. 그 공작과 아스완 후를 수행해 남쪽으로 가서 언제 돌아올지 모른다던가. 베로니카는 제발 그가 늦게 돌아오길 빌며 계속해서 일했다. 잠도 자지 못했다. 몇 달 후에야 겨우 그의 생각을 잊을 수 있었으나, 며칠 전 그가 수도에 돌아왔다는 소문이 퍼진 것이다.

베로니카는 또다시 불면에 시달렸다.

의상실에 밀린 주문은 베로니카 밑의 침모들에게 모두 미뤄 버리고 그녀는 아침부터 의상실 근처의 한 식당에 앉아 있었다. 몇몇 사람이 베로니카를 알아보고 인사하려고 했으나 무시당했다. 다들 고개를 갸웃하거나 그녀를 몇 번 더 불렀지만, 베로니카는 대답하지 않았다.

'어떻게 하지?'

그녀는 그 생각에만 시달리고 있었다. 유리 클로드는 제 옷을 보자마자 금세 눈치챌 것이다. 여왕님의 치수를 훔쳤다는 것을. 그가 여왕님에게 말하면 끝이다.

아아……. 겁에 질린 베로니카는 어제 불면에 뒤척이다가, 결국 새벽에 일어났다. 제 남편에게 가서, 사실대로 말하고 여왕에게 용서를 빌자고. 하다못해 유리 클로드에게 용서를 빌자고 말하려고 했다. 번 돈을 모두 돌려준다면 그는 용서해줄지도 모른다.

베로니카와 남편은 언제부턴가 다른 방을 썼다. 베로니카는 오히려 그편이 나았다. 남편이 저를 때리던 기억이 선명해서다. 그리고 어제 새벽 베로니카는 뭔가 잘못됐다는 것을 남편이 자고 있던 방문을 열자마자 알아챘다.

남편은 어디에도 없었다.

베로니카는 불길한 예감에 집 안을 뒤졌다. 아무것도 없었다. 의상실 주문으로 번 돈, 쌓여 있던 비싼 원단들, 심지어 있으나마나 했던 그녀의 결혼 패물까지. 배에 투자했다가 몽땅 말아먹은 후 남편은 번 돈을 은행에 맡기지 않았다. 불안해서라고 했다.

누군가 제 돈을 가지고 도망갈까 봐 불안해서 은행에 돈을 맡기지 않는다던 남편은, 그 돈을 몽땅 가지고 도망쳐버린 것이다. 남편 또한 유리 클로드가 돌아왔다는 소식을 들었을 테지.

베로니카는 눈물도 나오지 않았다. 꿈이라고 생각하고 싶었다. 일 년 전만 해도 자신은 그저 명랑하고 쾌활한 왕성의 어린 막내 침모였다. 그러나 지금은?

상업 거리 구석에서 바들바들 떠는 여자일 뿐이다.

베로니카는 입을 틀어막았다. 눈물이 나올 것 같아서였다. 어쩌다 이렇게 됐을까. 남편이 사라졌는데 해방감 같은 것도 들지 않았다. 그저 어디론가로 사라져서 죽어버리고 싶었다. 이제 어떻게 하지?

새벽에 문을 열고 들어간 의상실은 아무도 없었다. 다행인지 불행인지 남편은 의상실에는 들르지 않은 모양이었다. 문제는 자작가였다. 자작가는 정기적으로 투자금에 대한 수익을 요구했고, 여태까지는 그 수익을 지급하는 데 아무런 문제가 없었다. 그러나 바로 다음 주가 자작가에 수익을 보내야 하는 날이었다.

공교롭게도 베로니카는 돈이 한 푼도 없었다. 있던 돈은 남편이 모두 들고 도망쳤다. 게다가 의상실 침모들의 월급날도 머지않았다. 어떻게 하지? 베로니카는 제가 부리는 침모들의 살림을 아주 잘 알았다. 다들 여유 없이 사는 사람들이었다. 하루라도 월급이 밀린다면, 막내인 제이니는 매달 외상으로 식료품을 사는 상점에서 싫은 소리를 들을 것이다. 가장 나이가 많은 침모인 노인 겔다는 당장 먹고 사는 것도 힘들어지겠지.

베로니카는 필사적으로 머리를 쥐어짜냈다. 아침에 식당에서 시킨 커피 한 잔은 한 모금도 마시지 않은 채였다. 그 커피 한 잔 값 낼 푼돈만이 베로니카의 전 재산이었다.

의상실을 처분하는 것은 말도 안 된다. 그렇게 큰 가게가 단숨에 팔릴 리 없다. 또 다른 투자가를 모시는 건? ……투자를 유치하는 건 모두 남편이 했다. 베로니카는 어디에 가서 새 투자가를 구해야 하는지 모른다. 지금 의상실에 있는 원단이라도 가져다 팔까? …… 그럼 남은 주문은?

베로니카는 절망에 빠졌다. 빠르게 현금을 끌어 모을 방법 따위는 생각나지 않았다. 누군가가 대량 주문이라도 해 준다면 좋을 텐데.

베로니카는 머리를 굴렸다. 차라리 미리 주문을 받을까?

저렴한 염가에 의상 주문을 받는 것이다. 베로니카의 의상실은 지금 발렌시아의 상업 거리에서 아타락시아 다음으로 비싼 가게였다. 가격을 파격적으로 깎으면 주문도 밀려들 것이다. 그렇게 수십 건의 주문을 받은 후, 그 돈으로 어떻게든 자작가에 투자금을 메우면…….

……내가 왜 투자금을 메워야 하지?

베로니카는 생각에 휩싸였다. 무책임하게 도망간 남편도 있는데, 내가 대체 왜 그 투자금을 메워야 하지? 애초부터 하기 싫다는 나를 붙들고 억지로 자작가를 끌어들여 투자를 시키고, 이름을 내세운 건 남편이 아니냐 말이야. 내가 그 투자금을 메울 필요가 있어?

도망치면 되잖아?

베로니카는 희열에 휩싸였다.

도망치자.

파격적인 가격에 주문을 받고, 사흘 동안만 주문을 받은 후 그 돈을 몽땅 들고 도망치자. 어떻게든 될 것이다. 여자 혼자 도망을 친다 해도 허름한 옷에 얼굴에 진흙을 묻히면 발렌시아로 돈을 벌러 왔다가 일자리를 찾지 못하고 고향으로 돌아가는, 흔한 여인으로 보일 것이다.

그렇게 고향으로 돌아가서, 아버지를 데리고 또다시 다른 곳으로 도망치자. 아무도 자신을 모르는……. 베로니카는 남쪽으로 갔다는 유리를 생각했다. 아스완은 안 되겠지만, 동부 같은 곳으로 가면 자신을 찾기 힘들 것이다. 그쪽은 사람도 많지 않고……. 돈이 있으면 어떻게든 될 것이다. 호위를 고용해서……. 아냐, 호위 같은 걸 섣불리 고용했다가는 돈만 뺏기고 시체가 될 수도 있어.

눈물이 흐르려고 해서 베로니카는 이를 악물었다. 지금부터 제가 하려는 짓은 베로니카가 살면서 꿈도 꿔 보지 못한 일이었다. 자신은 그저, 그저…….

"……기요."

누군가 베로니카를 알아봤는지, 말을 걸었다. 베로니카는 그를 무시했다. 아침부터 베로니카에게 인사를 하려는 이들은 많았지만,

그들을 일일이 상대해줄 정도의 여유가 없었다. 몇 번 무시하면 가겠지. 베로니카는 이마를 감싸 쥔 채 제 참담함을 곱씹으려고 했다.

"저기, 베로니카 씨. 아니에요?"

그러나 상대는 만만치 않게 끈질겼다. 대부분 두어 번 무시하면 물러갔으나, 이자는 베로니카에게 인사하지 않으면 지나가지 않으려는 듯 굴었다. 베로니카는 고개를 들지 않았다. 누구든 간에 제발 그냥 가 주라. 나 지금 누구 상대할 힘도 없어…….

하지만 상대는 급기야 베로니카의 맞은편에 앉았다. "저기요, 여기 과일 주스 아무거나 하나 가져다주세요!" 게다가 주문까지 하는 것이었다. 베로니카는 화가 치밀었다. 아니, 누구에게라도 퍼붓고 싶은지도 몰랐다. 이 정도로 무시하면 그냥 가야 할 거 아냐? 대체 어느 무례한 인간이야?

그 무례한 인간의 얼굴을 확인하기 위해 얼굴을 든 순간, 베로니카는 할 말을 잃었다.

"앗, 이제야 얼굴을 들었네. 안녕, 오랜만이에요. 나 알죠?"

유리 클로드.

베로니카가 지금 이 순간 가장 피하고 싶은 얼굴이었다.

베로니카는 벌떡 일어났으나 유리가 더 빨랐다. 유리는 바로 팔을 뻗어 베로니카의 손목을 잡아챘던 것이다.

"에헤이. 오랜만에 봤는데, 어디 가요."

"아……."

그뿐만 아니었다. 어느새 베로니카의 옆에는 남자 하나가 서 있었다. 어디서 많이 본 얼굴. 베로니카는 그의 이름을 기억해내려 했으나, 눈앞에 유리 클로드가 있는데 그럴 수는 없었다.

"잘, 잘못했어요!"

유리가 눈을 크게 떴다. 베로니카는 입을 막았다. 저도 모르게 나온 말이었다. 새벽부터 깨어 있었던 데다가, 코너에 몰려 있었던 탓이었으나 그런 것까지 판단하기에 베로니카는 지금 여유가 없었다. 베로니카의 눈이 축축해졌다.

"흑……."

유리는 눈을 크게 뜨고 옆에 선 남자, 레스타를 바라봤다. 레스타도 이런 상황은 예상하지 못한 듯, 당황한 표정이 역력했으나 일단은 여자를 붙잡아두는 게 급선무였다. 하지만 베로니카는 금세 전의를 상실한 듯했다. 급기야 여자는 그대로 주저앉아 식탁에 얼굴을 묻었다. 흐윽, 흐ㅇㅇㅇ윽.

"저기, 베로니카."

유리는 여자를 달랠 셈으로 조심스럽게 그녀의 이름을 불렀다. 그러나 한 번 터진 눈물은 쉽게 멈추지 않았다.

내가 이렇지 뭐. 좋은 생각이 났다고 생각했다. 그러나 신은 그녀가 뻔뻔하게 하늘 아래에서 고개를 쳐들고 살아가게 두고 싶지 않았던 모양이다. 사기를 치고 돈을 모아 도망가버릴 생각을 하자마자, 유리 클로드가 제 눈앞에 나타나다니.

기가 막히기보다, 베로니카는 벌을 받는 거라고 생각했다. 한때나마 희열에 빠졌지만, 유리 클로드를 마주하고 나니 제정신이 들었다. 스스로가 환멸스러웠고, 그런 생각을 한 것조차 죄스러워서 견딜 수가 없었다. 남의 돈을 가지고 도망친다고? 어떻게 그런 생각을 할 수가 있어, 베로니카. 너 이런 아이 아니었잖아.

"저 이런, 이런 사람 아닌데…… 흑."

"……베로니카."

"잘못했어요. 이런 사람 아닌데, 제가, 제가 너무 힘들어서."

유리는 나직하게 한숨을 쉬었다.

원래대로라면 유리는 베로니카를 찾아가서, 기술에 대해 물을 생각이었다. 이렇게 큰 가게를 차린 비결을 살살 비아냥거리면서 묻고, 그녀가 말실수를 하길 기다려볼 생각이었다. 그러나 유리의 기억에 그녀는 야무지고 성실한 이였고, 말실수를 유리의 입맛대로 해줄 거라는 기대는 크지 않았다. 가게를 둘러보고, 정 안 되면 침모들 중 하나를 돈으로 매수하려고 했다.

그렇지만 이런 일이 일어날 줄은 몰랐다. 유리는 레스타에게 눈으로 물었다.

'이제 어떻게 해?'

레스타가 답했다.

'나도 몰라.'

'당신이 모르면 어떻게 알아!'

유리가 필사적으로 눈짓했고, 레스타는 마른세수를 한 번 한 후 엎드려 울고 있는 베로니카의 등을 조심스럽게 쓸었다.

"저, 베로니카 씨?"

"죄송, 죄송해요……."

"알겠으니까, 일단 여기서 벗어나서 이야기합시다. 저희는 베로니카 씨를 추궁하러 온 건, 맞지만……."

식당은 길에 있었고, 지나가던 사람들은 호기심 어린 눈으로 세 사람을 보고 있었다. 이대로 눈에 너무 띄는 건 사절이었다. 어쨌든 유리와 베로니카는 이 상업 거리에서 가장 주목받는 이들 중 하나였기 때문이다. 레스타가 갈등하다가 입을 열었다.

"베로니카 씨."

"흑, 그런 생각 한 거는, 제가 실행에 옮길 생각은 아니었고……."

"베로니카 씨!"

레스타의 큰 소리에 그제야 베로니카가 정신 차리고 고개를 들었다. 레스타는 한숨을 쉬며 입을 열었다.

"저희는 베로니카 씨와 협상을 하러 온 겁니다."

"……."

눈물 젖은 얼굴로 베로니카는 레스타를 바라봤다. 협상이라는 말이 이해가 되지 않는 모양이었다. 유리는 팔짱을 끼고 말을 이었다.

"베로니카. 지금 시간 괜찮아요?"

안 괜찮을 리가 없었다.

─※─

결국 베로니카를 데리고 온 곳은 아타락시아 꼭대기였다. 그 외에는 딱히 갈 곳이 없었다. 베로니카의 가게에 가려고 했지만, 베로니카는 고개를 격렬하게 흔들며 거부했다. 이쯤 되니 유리도 레스타도 짐작할 수 있었다. 베로니카의 가게는 전적으로 그녀의 의사는 아니었을 거란 사실을.

아타락시아의 사무실에서 베로니카는 더듬더듬 잘못부터 빌었다.

"유, 유리. 죄송해요. 제가 일부러 그런 건 아니었어요."

유리는 그녀의 태도에 잘잘못을 가리기 전에 참담함을 느꼈다. 유리가 기억하는 베로니카의 마지막 모습은 명랑하고 야무진 또래의 처녀였기 때문이다. 베로니카는 기가 죽어 있는 유리의 등을 때리면서 햇볕이라도 쬐라고 말해준 침모였다. 바구니를 안기며 식사를 챙기고, 자상하지만 쾌활한 모습.

그러나 지금의 베로니카에게서 그런 모습은 찾아보려야 찾아볼 수 없었다. 발렌시아의 여자들은 결혼을 하면 머리부터 틀어 올린다. 그것만으로도 성숙한 분위기가 풍기기 때문이다. 그러나 베로니카는 머리를 틀어 올려서 변했다기에는 너무나 달라져 있었다.

이건 흡사…….

유리는 제 머릿속에 스쳐 지나간 단어 때문에 움찔했다. 상상하고 싶지 않았기 때문이다.

그래서 유리는 한숨을 쉬었다. 유리는 오늘 베로니카를 찾아오기 전, 그녀의 이름을 내건 가게를 찾아가 본 적이 있었다. 그 가게는 아름답다고 말하기는 좀 어려웠다. 화려하지만……. 조잡하달까. 좋은 옷을 만드는 사람의 센스라고 하기에는 조금 꺼려졌다. 가게는 그 주인의 성정을 그대로 보여준다. 그래서 유리는 적어도 베로니카가 아주 뻔뻔하게 턱이라도 쳐들며 제게 안하무인으로 굴 줄 알았다.

하지만 지금의 모습을 보고 유리는 제가 머릿속으로 했던 시뮬레이션을 모두 지워버렸다. 대신 다정하게 그녀의 손을 잡았다.

"베로니카. 아까도 레스타가 말했지만, 저희는 베로니카에게 사과를 받으러 온 게 아니에요. 물론 사과를 받는다면 좋을 거라고 생각했지만, 베로니카의 이런 모습을 원한 건 아닙니다. 제발 진정하세요."

"……."

"무슨 일이 있었던 건지 물어봐도 되나요?"

베로니카는 유리의 얼굴을 보며 한참이나 입을 닫고 있었다. 할 말이 너무 많아서 그런 걸까, 아니면 없어서 그런 걸까. 유리는 조심스럽게 말을 이었다.

"베로니카. 저는 아직도 봄이 되기 전, 당신이 내게 건네준 바구니를 기억해요."

"……."

"거기에는 사과주 한 병과 빵, 고기 같은 것들이 들어 있었죠. 기억나요?"

베로니카는 입을 닫은 채 고개를 끄덕였다.

"그때만 해도 시녀들도 침모들도 저에게 크게 마음을 열지 않았던 때였어요. 여왕님의 미움을 받고 있는데도 제게 싹싹하게 대해 준 당신을 기억해요. 그렇지만 지금의 당신은 그때와 너무 달라져서 제가 섣불리 뭐라고 말을 꺼내기가 어렵습니다."

유리의 말을 잠자코 듣고 있던 베로니카의 눈에 또다시 눈물이 괴었다. 유리는 침착하게 손수건을 그녀에게 건넸다.

"베로니카. 당신이 어떻게 가게를 경영했는지 들었어요. 아스완까지 소문이 퍼져서 그걸 확인하러 왔죠. 앗, 울지 말아요. 당신에게 겁을 주기 위해 하는 말이 아니니까요."

"……"

"제 이름을 사용했고, 당신의 가게에 손님들이 늘었죠. 당신은 저와 같은 방식으로 주문을 받았어요. 그런 방식으로 주문을 받는 가게는 이제 굉장히 많이 늘었지만, 아타락시아를 빼고는 다들 가봉 과정을 거치게 돼 있어요. 그렇지만 당신의 가게는 아타락시아와 똑같이, 가봉을 거치지 않죠. 그래서 의문이 들었어요. 베로니카. 나는 손님의 치수에 맞춰 패턴을 뜨는 법을 당신에게 가르쳐준 적이 없거든요."

그녀가 고개를 주억거렸다. 울지 않기 위해 억지로 다문 입이 안타까웠다.

"……여왕 폐하의 패턴을 베꼈나요?"

"……일부러 그런 건 아니었어요!"

끝내 베로니카의 비명 같은 울음이 터져 나왔다. 베로니카는 그때부터 횡설수설하며 제 이야기를 털어놓았다. 결혼한 이야기, 그리고 남편의 사업이 망했다는 이야기와 강요당했던 일들. 매를 맞다가 결국 침방에서 쎄시아의 치수를 훔친 것까지.

이야기를 듣던 유리와 레스타의 얼굴이 굳었다.

보통 남자라면 왜 그걸 맞고 있느냐고 할 수도 있다. 그러나 여자들은 다르다. 적어도 이곳의 여인들은 남편과 결혼했다면 평생 그에게 매여 살아야 했다. 이혼 같은 것은 꿈을 꿀 수도 없다. 귀족들도 이혼하는 것은 두려워했다. 그 일렉사 백작부인도 끝내 남편과 이혼하지 못하고 그가 죽을 때까지 도박빚을 자꾸 불려오던 남편의 그늘 아래에 있지 않았던가.

베로니카의 남편이 도망쳤다는 이야기를 듣자마자 유리는 결국 "쓰레기……."라고 말하고 말았다. 그저 베로니카가 제 이름을 빌려 떵떵거리고 살 거라고만 생각했다. 이런 내막이 있을 줄은 상상도 못 했다. 그 쾌활한 여인이 고작 1년도 되지 않아 이렇게 초췌한 얼굴이 되어버린 것도, 다.

"레스타."

"그래. 이건 관청에 고발해야겠군. 투자 사기다."

"아, 안 돼요!"

울던 베로니카가 쓰러지듯 레스타의 발치에 몸을 내던졌다.

"빚은 어떻게든 갚을게요, 제가, 제가 갚으면 돼요!"

"……베로니카. 당신은 지금 빈털터리예요. 의상실이 남아 있기는 하지만, 팔리지도 않을 거예요. 며칠 후에 당장 투자 이익금을 보내야 하는데, 그만한 규모의 의상실을 당장 누가 사 준단 말이에요?"

"의상실을 팔지 않아도 돼요."

베로니카가 헐떡거리며 말했다.

"싸게, 싸게 깎아서 주문을 먼저 받고……. 그 돈을 가져다주면 돼요. 그렇게 시간을 번 후에 의상실을 팔아서 돈을 갚으면."

"……기술 전수를 해준 제자가 그렇게 신뢰를 잃으면 제 이름값도 볼만하겠군요."

유리가 싸늘하게 말했다. 베로니카의 눈에 절망이 차올랐다.

유리의 말이 맞았다. 베로니카의 계획은 결정적으로 유리의 이름값까지 피해를 입힐 것이다. 주문을 받아 놓고 그 돈으로 돌려막기를 했대. 어머나……. 유리 클로드도 어지간히 사람 보는 눈이 없나 보군요.

돈은 갚을 수 있을지 몰라도, 깎인 공신력은 되돌릴 수 없는 방법이었다.

"그럼 저는 어떻게……."

"베로니카."

유리가 베로니카의 앞에 한쪽 무릎을 꿇고 앉았다.

"아까 이야기했죠. 나는 베로니카와 협상을 하러 왔다고."

"……."

"설마하니 이런 상태일 줄은 몰랐지만……. 차라리 이쪽이 나을지도 모르겠어요."

베로니카는 유리의 말을 이해할 수 없었다.

차라리 이게 낫다고? 대체 무슨 소리야?

유리는 베로니카가 입을 여는 것을 막고 제 말을 이어나갔다.

"제 말을 들어주세요. 저는 베로니카에게 한 가지 부탁을 하려고 해요."

"……."

"베로니카가 있다면 제가 원하는 것을 이룰 기회를 저도 잡을 수 있을지 모르거든요."

베로니카가 이해를 할 수 없다는 표정을 지었다. 레스타는 쯧쯧 혀를 찼다.

"저는 베로니카에게 화가 났지만, 당신이 잘못했다고는 생각하지 않아요. 기술이라는 건 원래 그런 거예요. 제가 왜 침방의 침모들에게 기술을 알려줬다고 생각해요?"

"그건……폐하의 환심을 사려고……."

"아니에요."

유리는 고개를 저었다.

"당신에게는 말한 적 없군요. 기술이라는 건 사람과 사람 사이에 퍼져나가며 발전하는 거랍니다. 혼자 독점한 기술은 발전 없이 잊혀질 뿐이에요. 저는 좋은 기술을 가지고 있고, 그게 사람들에게 도움이 된다면 다행이라고 생각해서 당신들에게 밀랍 염색과 마스터 패턴을 건넸어요."

"……."

"그걸로 이득을 보는 사람도 당연히 생기는 거죠. 저는 당신이 제 기술을 파악해내서 정정당당하게 돈을 벌었을 가능성을 생각했어요. 아마 그랬다면 그건 어쩌면 제 기쁨이 됐을 거예요. 하지만 당신은 그 남자에게 이용만 당했을 뿐이군요."

"……죄송해요."

베로니카가 고개를 떨궜다. 유리는 그녀가 안타까워 손을 더욱 꾹 잡았다.

"죄송하면, 이제 제 부탁을 들어주세요."

"제가 비록 이런 처지지만, 들어드릴 수 있는 거라면……."

"좋아요."

유리가 미소 지었다.

"일단은 그 빚은 얼마나 되죠?"

"……당장 보내야 할 이익금이 오백만 싱 정도……. 그리고 지금 재료 대금으로 지불해야 할 돈이, 그러니까……. 정확한 건 장부를 봐야 하지만 삼십만 싱은 될 거예요."

생각보다 엄청난 금액은 아니었다. 그러나 막 생긴 지 몇 달 되지 않은 가게가 다룰 금액도 아니었다. 유리는 레스타를 쳐다봤다. 레스타는 영 마뜩잖은 표정으로 고개를 끄덕였다.

"그 돈 제가 드릴게요."

"……예?"

베로니카가 식겁해 고개를 쳐들었다. 믿을 수 없다는 눈빛이었다. 유리는 차분하게 말을 이었다.

"베로니카. 제가 돈을 빌려드릴 테니 그 돈을 나에게 갚을 수 있겠어요?"

"……하지만……."

"그 돈을 내고, 지금 쌓여 있는 주문을 일단 소화해요. 그리고 천천히 의상실 처분을 한 후에 그 돈을 나에게 갚으면 돼요."

"대체 왜……."

"다만 이자는 확실히 받을 겁니다. 그리고 저는 그걸 돈으로 받지 않을 거예요."

베로니카의 눈이 혼란해졌다. 그러나 이것은 유리가 애초부터 생각했던 것이었다.

유리는 자신이 이 세계에서 압도적인 기술을 가지고 있다는 것을 알고 있었다. 레스타의 상점에서 일하며 7년. 유리는 그동안 일종의 교만함마저 가지고 일했다. 아무도 자신을 따라올 수 없었다. 당연하다. 유리의 기술은 이곳의 것이 아니니까.

그러나 유리는 쎄시아를 만났고, 그녀를 겪었다. 그리고 아스완을 거쳐 왔고, 에넌을 만나게 되고 생각했다.

자신은 이곳의 사람이다. 아무리 자신의 기억 속에 전생의 김유리가 있다 해도 지금 이 순간 발렌시아에서 살아가고 있는 것은 유리 클로드, 갓 스무 살 된 여왕 쎄시아의 재단사이자 에넌 라이언하트의 연인이다.

여태까지 자신은 너무나 오만하게 살았다. 사람들을 내려다보면서, 너희들은 이런 거 모르지? 나는 아는데. 갖고 싶으면 돈을 내. 나는 그 돈으로 혼자 잘 먹고 잘살 거야, 라는 태도를 남들이 모를 리 없다. 다만 그것이 용납됐던 것은 유리가 상인이기 때문이다.

하지만 유리는 슬슬 이곳에 자신이 왜 태어났는지를 고민하게 됐다. 유리는 쎄시아 발렌시아를 만났다. 눈부신 아름다움과 영민함을 타고났으면서도 그녀는 굳이 제 앞에 펼쳐진, 귀족 아가씨로서의 길을 걷지 않고 대륙 정복이라는 가시밭길을 걸었다. 쎄시아 발렌시아가 그 미모와, 발렌시아라는 작은 영지를 지참금으로 쥐었다면 적당히 부유한 왕국의 왕비로라도 시집가서 편안하게 살 수도 있었을 것이다.

그렇지만 그녀가 선택한 길은 어떠한가. 결혼이 하기 싫어서, 라는 우스갯소리를 핑계로 대며 쎄시아는 십 년 전쟁에 나섰다. 물론 에넌 라이언하트라는 사람이 있었기에 가능했지만, 행운 또한 그녀의 재산이었다. 그녀는 통치의 잔을 손에 넣었다. 마지막 마법 시대의 유물. 사기에 가까운 그것을 쥔 후에 안주할 수도 있다. 아빗사가 그러했다. 그 게으른 자는 통치의 잔을 쥐고 유흥에 물들었다. 그래도 아무도 그에게 반항할 수 없었다.

반면 쎄시아는 통치의 잔을 쥐고서도 매일 밤잠을 이루지 못하고 서류 앞에 매달려 있다. 유리에게 잔혹하게 굴어, 면실크 기간 사업으로 가난한 자들이 조금이라도 배부르길 바란다. 자신의 여성 관료들이 생리대를 갈 시간도 없이 일하는 것을 보고, 제 잠을 버려내며 관료를 채용한다. 재능 있는 자를 기용하는 데에 서슴지 않고, 아침부터 밤까지 대륙에 산재한 수많은 멍청이들이 죽어버리길 바란다고 입버릇처럼 말하면서도 그 멍청이들을 위해 일한다.

그게 유능한 자가 해야 할 일이라고 쎄시아는 믿었다. 유리는 무신론자였지만 어쩌면 신이 있다면, 신이 자신을 이곳에 태어나게 한 이유는 그런 것이 아닐까? 미력한 재주나마 사람들을 위해 쓰라고 제게 두 번째 생을 안겨준 것이 아닐까.

에넌이라는 남자는 제게 분에 넘친다고 생각한다. 자신을 귀애하고 사랑하는 남자가 제게 입 맞춰올 때면 유리는 부쩍 고민했다. 과연 자신이 에넌 라이언하트에게 어울리는지.

그와 함께 발렌시아 왕성을 걸어가다가 벽에 비친 제 모습을 보고 웃은 적이 있다. 너무 멋진 그 남자 옆에서 자신은 참으로 평범하고 보잘것없어 보였다. 물론 유리는 제 재능에 자신이 있다. 그렇지만 사랑하는 사람 앞에서 자신 없어지는 것은 누구나 비슷할 것이고 유리도 예외는 아니었다.

하지만 유리의 장점은 높은 자존감이다. 이 남자가 나한테 분에 넘치는 거 같으면, 그거보다 잘난 사람이 되면 되잖아. 유리는 그렇게 결론을 내렸다. 그 아르시노에가 포기한 남자다. 그럼 적어도 아르시노에보다 훨씬 멋지고, 선하고, 모든 사람들이 우러러볼 만한 사람이 되면 되잖아. 그리고 이것은 유리가 더 좋은 사람이 되기 위한 발걸음이다. 이곳에서 어울려 살기 위한 발걸음이기도 했다. 제 독점 기술 같은 건 의미 없었다.

"베로니카가 저를 따라 했고 이용했다고 하지만, 저는 베로니카에게서도 좋은 것을 배웠어요. 샘플 천을 아낌없이 사용해서 디자인화에 붙여 보냈다죠. 그건 그림만으로는 상상력이 부족한 사람들에게 큰 도움이 됐겠죠. 빠른 시간 안에 베로니카가 성장한 것도 그 덕분일 거예요. 손님을 배려하는 상인은 좋은 평가를 받죠."

"……유리 님."

"아까 얘기했죠? 좋은 기술, 좋은 생각. 그런 것들이 뒤섞이고 서로 주고받으며 모두 한 걸음씩 앞으로 나아가는 거예요. 베로니카."

베로니카의 눈에서는 아까와는 다른 눈물이 뚝뚝 떨어지고 있었다. 유리는 엄지손가락으로 베로니카의 눈물을 닦아 주었지만 소용없었다.

"제 기술을 가르쳐드릴게요. 패턴을 뜨는 방법을."

"하지만……."

"이것도 물론 빚이에요. 꼭 갚아야 할 빚."

유리는 쎄시아를 만난 자리에서 물었다. 제가 언젠가 만들겠다고 했던 학교를 세운다면, 얼마의 혜택을 줄 수 있느냐고. 쎄시아는 유리에게 그 학교의 규모를 물었다. 유리는 씩 웃었다.

'아카데미아 규모로 생각합니다.'

'……이런. 유리, 그 정도의 규모를 독자적으로 세운다면 돈이 상당히 많이 들어갈 텐데.'

'그러니 세제 혜택을 여쭙는 겁니다. 물론 혜택을 주신 보람이 넘치도록 열심히 좋은 인재를 양성해 보이겠습니다.'

그곳에서 좋은 옷을 만드는 것을 가르칠 것이다. 그건 지금 당장 벌일 수 있는 일은 아니다. 학교를 세울 돈도 벌어야 하고, 뭣보다 유리 혼자서는 사람들을 가르칠 수 없었다. 유리만큼 누군가를 가르칠 수 있는 사람을 먼저 길러내야 한다.

유리는 베로니카를 가르칠 셈이었다.

"저는 학교를 세울 거예요. 그때 베로니카가 그 학교를 책임져 주세요."

물론 그렇게 긍휼한 목적만 있는 것은 아니다. 유리의 속셈도 있다. 유리는 되도록 적게 일하고 노후에 놀고 싶다는 마음은 변하지 않았던 것이다. 두 번째 생이 주어졌고, 성실하게 좋은 것들을 전파하기 위해 태어났다고 해도 그게 꼭 개처럼 일하는 선택지만 있는 건 아니다.

유리는 정승같이 일할 것이다. 베로니카를 열심히 가르쳐서 그녀에게 후대 양성을 맡기고, 나는 남쪽 나라에서 굿이나 보고 떡이나 먹어야지. 그렇게 생각하고 유리는 히죽 웃었다.

옆에 선 레스타가 눈치를 주지 않았으면 엉엉 울고 있는 베로니카 앞에서 계속 히죽히죽 웃고 있었을 것이다.

"부디……. 부디 그렇게 해 주세요. 이 은혜는 반드시 갚겠어요. 제 평생을 바쳐서라도."

"좋아요. 그럼 협상은 끝난 것으로 알고. 유리."

"음."

"관청으로 가자."

베로니카가 눈을 크게 떴다. 유리도 레스타를 쳐다보고 놀란 표정을 지었다. 분명 관청은 가지 말아 달라고 했는데. 남편을 잡아 온다면 그의 사기 사건에서 베로니카도 혐의를 벗을 수 없다. 오히려 적극적으로 협조했다고 공범으로 몰릴 수도 있다. 그러나 레스타는 고개를 저었다.

"이혼을 같이 진행할 겁니다."

"……이혼이요……?"

"상인으로 살다 보면 별별 경험을 다 겪게 마련이죠. 이런 경우 통상적으로 남편이 부인과의 가족관계를 먼저 끊은 것으로 보고 이혼 절차를 함께 진행하는 법이 있습니다. 물론 남편과의 관계가 오래전에 파탄 났음을 증명하는 일은 아주 오래 걸릴 겁니다. 쉽지 않겠죠."

베로니카의 눈동자가 떨렸다. 레스타는 여상하게 말했다.

"발렌시아는 이혼이 어려울뿐더러, 대부분 이런 경우 여자에게 잘못을 돌리는 경우가 많으니까요. 그렇지만, 당신은 정말 그 남자의 빚을 대신 갚아줄 겁니까?"

"……."

"당신이 고발도 하지 않는다면 그는 어딘가에서 그 돈을 들고 평생 잘 먹고 잘살 텐데요."

레스타의 이야기를 듣던 베로니카의 표정이 서서히 변했다. 유리는 그것이 분노라는 것을 알아차렸다. 아까까지 겁에 질려 애원하던 그녀는 이제 화를 내고 있었다. 좋아. 화를 낼 정도의 에너지가 남아 있다면 다행이지.

"……도와주세요."

"기꺼이."

베로니카의 말에 레스타가 허리를 숙였다. 유리는 휴, 하고 한숨을 내쉬었다. 어쨌든 한 가지는 일단락된 셈이었다. 베로니카가 주섬주섬 일어났다. 그 동작이 너무 위태로워 보여서 유리는 어이쿠, 하고 베로니카를 부축했다.

"유리 님."

"예."

"감사합니다……."

베로니카가 눈물 가득한 얼굴을 한 채 가까스로 미소 지어 보였다. 유리도 옅게 웃었다.

"지금 와서 말하는 거지만, 베로니카."

"네에."

"당신이 그때 주신 사과주 덕분에 저는 지금 꽤 행복하답니다."

이번에야말로 베로니카는 엉엉 울어버렸다. 유리는 코로 한숨을 내쉬며 천장을 쳐다봤다.

사과주를 따면서도 미안하다고 말하지는 않겠습니다, 하던 붉은 머리의 남자가 보고 싶었다.

─※─

베로니카의 고발을 처리하는 데에는 하루 종일 걸렸다. 그래서 유리가 레스타와 아타락시아 꼭대기로 돌아왔을 때는 이미 한밤중이 되어 있었다. 이렇게 오래 걸릴 줄 몰랐기 때문에, 두 사람 다 녹

초가 되어 있었다.

"죽는 줄 알았다……."

"누가 아니래."

그렇게 말하면서도 가장 열심히 일한 것은 레스타였다. 레스타는 베로니카 대신 빠르게 그녀의 의상실 장부를 모두 수거해 가게의 빚과 투자 현황, 그리고 그녀가 변제해야 할 금액 등을 찾아냈다. 그리고 그 와중에 남편이 이중장부를 만든 것과, 그가 베로니카를 따돌리고 홀로 가게의 투자금을 착복한 것도 찾아냈다. 놀라운 활약이었다. 아, 역시 사람은 수학을 잘해야 해. 유리가 그렇게 생각하며 입을 열었다.

"고마워."

"뭘. 내가 가진 가게의 이름값이 떨어지는 건 나로서도 사절이니까."

레스타가 긴 의자에 늘어지듯 누워 눈을 감은 채 중얼거렸다.

"레스타, 나 오늘 여기서 잘래……."

"그러든가 말든가. 잠깐. 자기 전에 어음 얘기는 하고 자."

"무슨 어음……."

"네가 영원의 강 수로 정박권과 바꾼 어음 말이야."

"아, 그거……."

유리는 가물가물한 눈을 간신히 뜨며 대답했다.

"그거 아타락시아의 네 이름으로 쓰인 거라. 정박권은 단순 허가라서 상관이 없지만, 유색 보석 광산은 네 지분에 묶여 나중에 광산이 문제가 되면 네 지분에서 금액이 빠질 텐데."

"어……."

"그거 지금 생각난 김에 빨리 바꾸자. 칼레 이름으로 된 어음 권리 계약서를 어디 놔뒀는데."

"아냐, 괜찮아."

유리는 손을 내저었다. 레스타가 의아한 듯 눈을 게슴츠레하게 떴다.

"뭐 봐. 그거 투자가치가 좀 있는 거 같아서……. 루브 나무 재배도 묶여 있고……."

"……네 이름으로 수익사업을 벌여보겠다는 거야?"

유리가 히죽 웃어 보였다.

"나도 언제까지 아타락시아만 쥐고 있을 순 없잖아."

"돈 더 벌어서 뭐 하게?"

"뭐 하긴. 학교도 세우고……. 아함."

레스타는 고개를 끄덕였다. "그렇다면 뭐." 어차피 레스타로서는 손해 볼 게 없었다. 영원의 강 정박권 허가를 받았고, 그 대가로 지급된 투자금은 유리의 지분에서 나갔다. 게다가 슬슬 그녀가 독립을 꾀하고 있다는 것을 레스타도 눈치챈 참이었다.

물론 섭섭한 마음이 없는 건 아니었다. 하지만…….

레스타는 눈을 감았다. 너무 피곤했고, 더 깊이 생각하기도 어려웠다. 그렇게 두 사람은 만신창이가 된 채 곯아떨어졌다.

~~❈~~

"그런 일이 있었군. 그래서 학교 얘기를 한 건가."

쎄시아가 과일 조각을 입에 넣으며 물었다. 유리가 고개를 끄덕였다.

"예. 어쨌든 저 혼자 사람들을 가르칠 수는 없으니 저만큼은 하는 전문 인력을 확보해야 합니다. 사실 제가 일하는 방식을 가장 잘 아는 것은 폐하의 침모들인데, 감히 제가 어찌 폐하의 침방에서 인력을 빼가겠나이까."

"이런. 요즘 점점 더 말솜씨가 유려해지는데."

"칭찬으로 듣겠습니다."

쎄시아는 오랜만에 오찬 시간을 비운 참이었다. 일렉사 백작부인과 재상, 그리고 몇몇 쎄시아의 측근도 함께한 자리였다.

여름이 다 가고 곧 수확제였다. 봄의 대축제와 달리 수확제는 단 3일만 열리는 데다, 영주들도 굳이 불러올리지 않는다. 수확의 계절에 영주들은 가을걷이와 세금 때문에 바쁘기 때문이다. 벨름처럼 1년 내내 계절이 비슷한 곳은 몰라도, 겨울을 대비해야 하는 많은 영지들은 가을에 바쁘다.

그래서 쎄시아도 수확제에는 작은 연회 하나만 개최하고 끝내겠다 말한 참이었다. 사실 연회도 개최하고 싶어 하지 않았으나, 재상이 수염을 잡아 뜯으며 반대했다. 연회 정도는 해 줘야 그래도 사람들도 꾸역꾸역 놀러 나오기 때문이다.

"그리고 저도 장사를 좀 하고요."

유리가 두 손을 맞잡으며 웃어 보였다.

"축제나 연회 드레스야말로 여성복의 꽃 아니겠습니까."

"제일 비싸게 팔아먹을 수도 있고 말이지."

"다 아시면서."

쎄시아와 유리가 얼굴을 마주 보고 씩 웃었다. 차갑게 식힌 문어 테린이 모두의 앞에 놓였다. 문어다! 하고 유리는 보자마자 입에 쏙 집어넣었으나 쎄시아는 으, 하고 이마를 찌푸렸다.

"문어라는 건 볼 때마다 영 적응 안 된단 말이야."

"정글에서는 벌레도 드셨다면서요."

"벌레는 달고 새콤했다니까. 이거는 별맛도 없는데."

"싫으면 저 주십시오. 제가 다 먹겠습니다."

유리가 손을 들자 쎄시아는 기꺼이 접시를 시녀에게 부탁해 유리에게 보냈다. 시녀가 가져다준 여왕의 접시에 유리가 손을 대려는데, 쎄시아가 웃었다.

"그거 알아, 유리?"

"예?"

"저 동쪽 지방에서는 여인이 사랑하는 남자에게 먹던 음식을 나누어 준다더군."

"엑. 왜 그런대요. 사랑하면 새 음식 주지."

유리가 혀를 내밀었다. 오찬 자리에 함께 앉아 있던 재상과, 한쪽에 서 있던 일렉사 백작부인만 쎄시아의 말에 담긴 뜻을 이해하고 시선을 마주했다.

"그래? 새 접시로 내 오라고 할까?"

"어, 문어요? 괜찮아요. 손도 안 대셨는데요."

유리는 그렇게 답하고 문어테린을 입에 쏙 집어넣었다. 차갑고 말랑말랑한 문어테린은 꼭 젤리를 먹는 것 같았다. 음, 초장만 있으면 딱인데. 우물거리는 유리를 보고 쎄시아가 기분 좋게 웃었다.

"그대는 참 눈치가 없어서 좋아."

"네? 천만에요! 저처럼 눈치가 빠른 사람도 없다고 자부하는걸요. 자고로 귀부인들의 옷을 만드는 재단사가 되려면 눈치 탑재는 기본입니다!"

"그렇군."

이쯤 되면 모르는 사람이 바보다.

일렉사 백작부인과 재상이 필사적으로 시선을 교환했다. 몇몇 측근들도 마찬가지다. 시녀들조차 어머……. 하고 입을 가리고 두 사람을 보고 있는데, 평온한 것은 유리뿐이었다.

─❊─

"폐하."

"음."

"말씀 좀 나누시지요."

식사가 끝나자마자 쎄시아는 일정이 많아 일어났다. 오찬이 끝난 후 수확제에 입을 옷을 유리와 이야기하려고 했으나, 급작스레 들어온 보고 때문에 그날은 그대로 그렇게 유리를 물렸다.

서류를 보고, 회의를 하고, 간신히 잠시 차 한 잔 하고 쉬자고 드러누운 쎄시아에게 말을 걸어온 것은 재상이었다.

"재상. 나 힘들어······."

"저도 힘듭니다. 이제 삼십 대가 되신 폐하가 힘들겠습니까? 아니면 칠십이 넘어 다리에 근육이 다 빠졌는데도 하루 종일 서서 일하는 제가 힘들겠습니까?"

"둘 다······."

쎄시아가 긴 의자에서 돌아누웠으나 재상은 착착 걸어 반대편으로 가서 쎄시아의 눈앞에 앉았다. 나 참. 쎄시아가 눈을 반짝 떴다.

"왜."

"단도직입적으로 묻겠습니다. 설마 유리 클로드를 마음에 두고 계신 겁니까."

"적당하잖아."

"어디가요!"

재상은 기가 찼다.

"신분이 너무 낮습니다! 폐하의 부군으로 평민 출신 준남작이라뇨!"

"작위는 내가 주는 건데 뭐 어때."

"특별히 공훈을 세운 것도 없습니다!"

"왜 없어. 내가 애 낳으면 발렌시아에 후계자를 만든 공훈이 생기는 거지."

재상은 아직 결혼하지도 않은 멀쩡한 제 조카가 뻔뻔하게 후계자 하는 소리를 들으며 지금이야말로 뒷목을 잡아야 하는 타이밍인가, 하고 생각했다. 그러나 재상이 타이밍 계산을 하는 틈에 쎄시아는 주절주절 말을 늘어놨다.

"보니까 보통 다른 나라들은 비들이 애 낳으면 작위 주고 그러던데. 나도 그러면 되잖아."

"……낳는 게 폐하 아닙니까!"

"그러니까. 씨 제공자에 대한 포상이랄까……."

"폐하!"

처녀 입에서 나오는 말치고는 참으로 노골적이고 조야했다. 재상은 파르르 떨었다.

"발렌시아 국민들 앞에 폐하와 함께 서야 하는 남자입니다. 제발 성의 있게 좀."

"재상. 나 성의 있어."

"어디가요!"

쎄시아는 부스스 일어나 앉은 다음 근처의 시녀들을 물렸다. 시녀들이 공손하게 물러갔다.

'얌전하게들 눈을 내리깔고 있지만, 이 이야기들을 들었으니 어디 가서 무슨 소리를 떠들지 기대되는군.'

시녀들을 보고 그렇게 생각한 후 쎄시아는 입을 열었다.

"방금 말했듯이 유리 클로드는 적당합니다."

"그러니까 대체 어디가······."

"일단 내 말 좀 들으시오."

"······."

재상이 입을 다물었다.

"재상도 내가 결혼하지 않는 이유를 대강은 알고 있으리라 믿소."

"······."

"다행히도 재상이 내 옆에 굳건히 버티고 있으니 다행이지만, 지금의 내각대신들은 모두 꼰대 천지라 내가 옆에 남자 비슷한 거라도 붙이는 순간 그 남자에게 붙겠지."

단딜리온 재상 또한 쎄시아가 말하는 바를 알고 있었다. 본인 또한 쎄시아에게 결혼하라고 을러메지만, 그것은 정말로 사랑하는 조카가 좋은 가정을 꾸리고 아이를 낳아 대대손손 왕위를 물려주길 바라는 마음에 가깝다.

그러나 지금의 대신들은 다르다. 발렌시아에서 대영주들의 추천으로 뽑힌 대신들은 저마다 자신의 영지의 이익을 등에 업고 있다. 호시탐탐 이권을 노리는 건 물론이다. 쎄시아의 옆에 남자가 서는 순간, 그쪽에 붙어 어떤 정치공작을 하게 될지 모를 노릇이다.

단순히 왕과 대립하는 것뿐이라면 괜찮다. 그러나, 쎄시아를 두고 왕위까지 노릴 수도 있다. 어설프게 쎄시아와 신분이 맞다는 이유로 높은 자를 붙였다가는 왕권 이양이 농담이 아니게 될 것이다.

그런 생각을 할 때마다 재상은 비탄을 느꼈다. 만약 쎄시아가 남자였다면 그런 일은 없을 것이다. 대륙을 통일한 왕이다. 남자가 대륙을 통일했다면, 모두 그를 우러러보고 따를 것이다. 대대손손 그의 이름이 불리겠지.

쎄시아는 어떠한가. 대륙을 통일하고 발렌시아로 돌아와 권좌에 앉자마자 결혼하라는 소리에 시달리고 있다. 다들 통치의 잔 때문에 무력하게 고개를 숙이지만, 그들 속에 들어앉은 생각은 바꿀 수 없다. 통치의 잔도 만능은 아니기 때문이다.

'여자가 무슨 통치를 한단 말인가.'

쎄시아를 보는 많은 대신들은 같은 생각을 하고 있었다. 쎄시아는 젊고 아름답고 현명하다. 유능하며 영민하고, 정치 감각도 남다르다. 그러나 그 재능들이 여자의 것이 되는 순간 쎄시아의 등에 매달리는 호칭은 마녀가 되고 악녀가 된다.

쎄시아는 정말 잘하고 있었다. 그러나 모든 이들을 만족시키는 것은 어렵다. 만족하지 못한 사람들은 대번에 그녀를 헐뜯었다. 조금도 기다리지 않았다.

"나는 어떤 남자에게도 내 권리를 넘길 생각이 없소. 왕좌부터 시작해 그 모든 것은 나의 것이오. 사타구니에 달린 종기 하나 덕분에 내가 십 년 동안 노력해 거머쥔 모든 것을 누린다면 그거야말로 불공평한 일이오."

"……사랑하는 사람을 만나 자신이 가진 것을 나누는 것은 기쁨입니다. 그렇게 생각하시는 것은 옳지 않습니다."

"재상."

쎄시아가 허탈하게 웃었다.

"나의 이모님은 참으로 복된 분이오. 재상 같은 분을 만났으니. 평생 사랑받다 행복 속에 평안히 눈을 감으셨지. 그러나 재상 같은 남자가 열에 한 명도 되지 않는다는 것은 재상 본인이 가장 잘 알지 않소."

"……."

단딜리온 재상은 젊은 시절 쎄시아 발렌시아의 이모 되는 에멘샤를 만났다. 한눈에 반해 청혼했고, 에멘샤는 기꺼이 단딜리온의 이름을 받았다. 그 흔한 외도 한 번 하지 않고 단딜리온 재상은 평생 그녀 하나만을 사랑했다. 그 깐깐한 단딜리온 영주가 성 안의 내실에 들어가면 무릎이 꺾인다는 이야기가 단딜리온 영지민들 사이에 농담처럼 돌았다. 제 아내 앞에서는 무릎이 없는 듯 낮은 사람처럼 굴었기 때문이다.

에멘샤는 자식들과 손자들이 보는 앞에서 편안하게 눈을 감았다. 재상은 그녀가 자신보다 먼저 눈을 감아 정말로 다행이라고 말하곤 했다. 혹여 자신이 먼저 세상을 떠난다면, 자신 없는 세상을 홀로 살아갈 그녀를 걱정해서였다.

그러나 단딜리온 재상은 쎄시아가 어떤 말을 하는지 아주 잘 알고 있었다. 쎄시아의 말마따나 자신처럼 사는 남자는 없었다. 단 한 번도 보지 못했다. 단딜리온 재상은 밖에서는 팔불출이라는 소리를 들었다. 덜떨어진 남자라는 이야기도 들었다. 남자의 외도는 당연한 것이었고 여자는 남자의 재산처럼 취급됐다.

"유리 클로드는 욕심이 많아. 그러나 그 욕심은 자신이 가질 수 없는 것에는 발휘되지 않지. 선하고, 사랑스럽지. 배려심도 있어. 나는 그가 베로니카의 일을 해결한 것에 놀랐다오. 솔직히 말해 그가 베로니카를 고발하거나, 그게 어렵다면 상인의 논리로 베로니카를 몰락시키리라 믿었거든."

"……."

"그러나 그는 가장 온건한 방식으로 그녀를 품어 안는군. 자신의 이름을 팔아 돈을 번 베로니카에게 제 기술을 가르치는 것도 모자라, 그걸 다른 사람들과 나눈다는 건 범인이 할 수 있는 일은 아니지 않소."

재상은 입을 열었다.

"아니오. 그렇지 않습니다. 일은 그렇게 하는 것이 아닙니다."

"……."

"그는 너무 무릅니다. 그건 통치자의 방식이 아니죠. 죄는 엄단해야 하며 보상은 신속해야 합니다. ……그가 한 일은, 평범한 사람이기 때문에 그렇게 할 수 있는 것이겠지요."

왕의 방식도, 귀족의 방식도 아니다. 오히려 평민들이 친구를 감싸 안는 것에 가깝다.

그러나…….

재상은 고개를 내저었다.

"그래요. 평민 출신인 그에게 달라붙으려는 이들도 대부분은 체면 때문에라도 그렇게는 못 할 겁니다. 그가 어리석다면 그를 올려쳐 주며 제 입맛대로 조종해 보려는 자도 있을 수는 있겠으나……

그는 아마 그렇게 이용당할 만한 자로 보이지는 않는군요."

"……내 말을 이해해 주시는군."

쎄시아가 빙그레 웃었다. 재상은 엄격한 얼굴로 제 조카를 노려봤다.

"아직 인정하는 건 아닙니다. 뭣보다 그 청년은 너무 어립니다. 아직 스무 살이라 하지 않습니까."

"남자들은 스무 살 어린 소녀들과도 결혼하는데 무슨 상관이지? 그런 말도 있지 않나. 어린 게 착한 거라고."

"……대체 어떤 개망나니들이 폐하께 그런 소리를 해댄 겁니까. 이러니 폐하의 남성관이 엉망인 거 아닙니까."

여왕은 어깨를 으쓱했다. 십 년 동안 군인들과 전장에서 구르며 익힌 입담이 어디 가진 않을 것이다. 재상은 한숨을 쉬었다.

바야흐로 유리 클로드가 암묵적인 여왕 폐하의 신랑 후보로 떠오르는 순간이었다.

─❊─

어쨌든 아스완에 다녀온 유리의 일상은 그럭저럭 평범했다. 베로니카의 일이 있었지만, 그녀의 일을 관청에 넘긴 이상 이제 남은 일은 관리들이 해결해 줄 것이었다.

금방이라도 벨름에 돌아가고 싶었으나 레스타는 유리에게 당분간은 아타락시아 분점에 있어 주기를 원했다. 분점을 오픈했는데 유리 클로드는 정작 없으니 초반 장사가 주춤했던 탓도 있다. 그래서 유리는 아침저녁으로 주문 상담 일을 하게 됐다. 여왕 폐하의 수확제 드레스도 아직 얘기 못 해봤는데. 한숨을 쉬며 유리는 딸랑, 하고 설렁줄을 당겼다.

벌써 세 팀째 드레스를 주문받은 차였다. 이 고객만 만나고 점심 먹으러 가야지, 했는데 들어온 얼굴에 유리는 눈을 크게 떴다. 일렉사 백작부인의 비서, 마틸다였다.

"마틸다! 웬일이에요!"

"웬일은요. 저도 아타락시아 옷을 입어보고 싶어 왔답니다. 인사해야지, 켈리."

켈리? 유리는 시선을 아래로 내렸다. 웃는 마틸다의 드레스 자락 뒤, 자그마한 손이 있었다. 유리가 슬쩍 옆을 돌아보니, 수줍게 마틸다의 드레스를 붙들고 얼굴을 가린 채 유리를 쳐다보는 얼굴이 있었다. 갈색 고수머리를 깜찍하게 묶어 늘어뜨린 소녀였다.

"안녕하세요……."

"……켈리?"

마틸다가 켈리를 보고 흠, 흠, 하고 헛기침을 했다. 그제야 켈리는 쭈뼛쭈뼛 나와서 고개를 살짝 숙이고 치마를 들어 무릎을 굽혔다.

"아만틴의 차녀 켈리 아만틴이 마틸다 이모님의 친우 분께 인사드려요……."

귀족가의 아가씨인 모양이었다. 그 인사를 하는 모양새가 퍽 삐걱삐걱했지만, 유리는 웃음을 참으며 무릎을 굽혀 켈리와 시선을 맞추고 인사했다.

"아, 켈리 아만틴 양이군요? 안녕하세요? 저는 유리 클로드입니다."

유리가 장난스럽게 쳐다보자 켈리의 얼굴이 새빨개졌다. 켈리는 올리브색 눈동자를 가진 귀여운 여자아이였다. 마틸다를 올려다보자 그녀가 미소 지으며 말했다.

"올해로 아홉 살이에요."

"아하. 장성한 숙녀분이시네요!"

도어 보이가 눈치 빠르게 음료를 서빙했다. 마틸다와 켈리가 유리 앞에 앉았다.

"수확제의 드레스?"

"네. 좀 늦었으려나요?"

"아뇨. 제 일정은 괜찮아요. 보시다시피 아스완에서 온 지 얼마 안 돼서. 오늘까지 주문하고 가신 분이 세 분이니 마틸다의 것까지는 만들 수 있겠네요."

"근데 저만 만드는 건 아니에요."

"그러면요?"

마틸다가 사과 주스를 마시고 있던 켈리를 내려다봤다. 켈리는 자신의 이야기를 하는 것을 알아차렸는지 눈을 동그랗게 뜨고 이쪽을 올려다봤다.

"아홉 살 아가씨인데, 수확제에 참가한다고요?"

"예. 아시겠지만, 수확제 무도회는 어린아이들이 주인공이랍

554

니다."

"아뇨, 몰랐는데요⋯⋯."

유리가 턱을 긁었다. 마틸다가 이런, 하고 웃었다.

"지금이라도 아셔야겠어요. 수확의 기쁨과 풍요, 번영을 비는 만큼 발렌시아에서는 가을마다 수확제에서 어린아이들을 주인공으로 세운답니다. 열 살 이상의 아이들이라면 누구든지 연회에 참석할 수 있지요."

"아하⋯⋯. 그런데 아홉 살이라고."

"수확제 날이 공교롭게도 켈리의 열 번째 생일이거든요."

말인즉슨 생일 선물로 유리의 드레스를 입혀 수확제 연회에 데리고 가고 싶다는 뜻이다.

"그리고 켈리는 그날 폐하 앞에서 노래를 부를 예정이랍니다."

"오."

유리가 눈을 동그랗게 떴다. 마틸다는 켈리가 아만틴 가의 자랑이라고 설명하며 수확제의 첫 노래를 도맡았다고 말했다.

"그럼 아주 예쁘게 만들어주어야겠네요!"

"그럼요."

"어디 보자. 켈리 님. 혹시 제가 몸의 치수를 재어도 괜찮겠어요?"

장난스럽게 묻는 유리를 켈리가 물끄러미 바라보다가 고개를 끄덕였다. 자신에게 존댓말을 해 주는 청년이 나쁘지 않아 보이는 모양이었다.

"좋아요. 그러면 켈리 님, 저 앞에 있는 치수 단에 한번 서 볼까요?"

켈리는 천천히 걸어 치수단 위에 섰다. 유리의 상담실 가운데, 대리석으로 만든 치수단이 있었다. 그 위에 선 건 여태까지는 대부분 열일곱, 열여덟 이상의 장성한 아가씨들이었지만, 이렇게 자그마한 여자아이가 올라가니 마치 인형 같아 웃음이 났다.

유리는 실크 리본으로 된 줄자를 걸치고 켈리 앞에 몸을 숙였다.

"켈리 님. 제가 아가씨의 몸에 손을 좀 대어도 괜찮을까요?"

"네."

"좋아요. 그럼 몸을 좀 잴게요."

유리가 줄자를 들고 켈리의 앞에 서서 "팔을 들어주세요." 하고 주문했다. 팔을 들고 팔길이를 재고, 어깨너비를 잰다. 가슴둘레를 잴 때는 아무리 유리라도 가장 조심스럽게 손을 놀린다. 자칫해서 몸에 손이라도 닿으면 대부분의 아가씨들이 당황하기 때문이다.

조심스럽게 켈리의 가슴둘레를 재던 유리는 조금 놀라고 말았다. 어린 여자아이였는데, 둘레를 재던 유리의 손에 스친 것은 딱딱한 코르셋이었기 때문이다.

"……켈리 님, 벌써부터 코르셋을 입으세요?"

켈리가 고개를 끄덕였다. 유리가 놀라 마틸다를 쳐다봤다.

"보통 열두 살은 돼야 코르셋을 입지 않나요?"

"무슨 소리를. 요즘은 여덟 살부터 입는 경우도 허다하답니다."

"안 돼요. 아직 자라는 중이잖아요."

마틸다가 놀란 눈으로 유리를 쳐다봤다가 옅게 웃었다.

"맞아요, 유리 님은 폐하가 코르셋을 싫어하셔서 코르셋을 뺀 옷을 만들어 주시지요?"

"……."

"그렇지만 어쩔 수 없는걸요. 폐하야 이미 어릴 적부터 코르셋을 입으셔서 몸의 선이 아름답게 잡혔지만, 켈리는 이제 커 나가는 중이에요. 유리 말마따나 몸이 자라는 중이니 빨리 예쁘게 잡아야죠."

허. 유리가 당황한 기색에 마틸다는 영문을 모르겠다는 표정이었다.

"아니 아무리 그래도 아직 몸이 다 자라지도 않았는데……!"

말을 하다 유리는 깨달았다.

아. 이 사람들은 몸이 다 자라지 않았기 때문에 어릴 때부터 몸을 틀에 넣고 가두는 거구나.

아찔한 기분이 유리를 사로잡았다. 그렇다. 아직도 여인들은 아름다운 옷을 입기 위해 몸을 코르셋에 쑤셔 넣는다. 쎄시아 발렌시아는 서른 살이 넘었다. 그녀의 몸 치수를 잴 때마다 느끼는 거지만, 허리는 비정상적일 정도로 가늘고 가슴은 풍만하다. 코르셋을 벗어도 그 몸매는 변하지 않는다. 이미 몸이 거기에 익숙해져 있기 때문이다.

유리는 쎄시아에게 코르셋이 필요 없는 드레스를 입혔다. 그건 그녀가 더 이상 코르셋을 입지 않기를 바랐기 때문이다. 그러나 사람들은 쎄시아가 코르셋을 벗은 걸 보고 따라 벗는 것이 아니라, 그녀가 코르셋 덕분에 몸의 틀이 완벽하게 잡혔으니 벗을 수 있는 거

라고 인식한 것이다. 마틸다의 말이 그것을 뒷받침했다. 당황스러
웠다.

자신이 너무 순진했던 것일 수도 있다. 유리는 쎄시아가 코르셋
을 벗는 데 익숙해지면, 사람들이 모두 코르셋을 차츰 벗을 거라고
생각했다. 그러나 오랜 시간 거기 익숙해진 사람들은 오히려 쎄시
아만이 특별한 거라고 생각한다.

이게 말이 되나.

작은 분노가 유리를 사로잡았다. 유리는 눈앞의 켈리를 보았다.
아주 자그마하고 사랑스러운 몸집이었다. 이렇게 어릴 때부터 코르
셋을 입으면 몸의 내장이 제대로 자리를 잡지 못한다. 나중에는 만
성 빈혈과 소화불량에 시달릴 것이 뻔하다. 그것뿐인가. 허리의 뼈
도 자라지 못해 종내에는 제대로 서 있을 수도 없는 어른이 되기 일
쑤다.

"유리?"

"……아닙니다."

그러나 유리는 켈리의 코르셋을 벗겨낼 수 없다. 켈리는 이제 겨
우 아홉 살이다. 그녀의 부모들은 앞으로도 계속 켈리가 아름다
운 아가씨로 자라기 위해 코르셋을 입어야 한다고 말할 것이다. 이
건…….사람들의 인식 자체를 바꿔야 한다.

자신이 만든 아마 드레스가 유행이 된 것을 보고 유리는 내심 그
많은 사람들이 다 코르셋을 벗기 시작할 거라 생각했다. 파팅게일
이 없었으니까. 그러나 그건 그때뿐이다. 아마 드레스가 유행이기

때문에 잠시 벗었지만, 그래도 코르셋은 여전히 입어야 하는 것이다. 심지어 아마 드레스 안에 코르셋을 고수한 여인들도 있다고 했었다.

그게 이런 거구나. 유리는 한숨을 쉬었다.

"마틸다."

"예."

"켈리 양은 그날 폐하 앞에서 노래를 부르게 된다고 했지요?"

"예."

"보통 수확제에서는 어떤 노래를 어떻게 부르나요?"

"아. 알려드릴까요?"

마틸다가 고개를 기울였다.

"통상적으로 이 수확제는 발렌시아와 주변 영지들이 고수해왔던 방식이라 엄청나게 화려하지는 않아요. 어린이들은 대부분 풍요를 기원하는 노래를 부르지요. 이 주변은 대부분 산을 끼고 있는 영지들이라 사냥의 큰 수확을 바라는 노래인 경우도 있고요."

"그렇군요. 켈리 양은 혼자 부르나요?"

"아뇨, 켈리 말고도 두 사람이 더 있답니다."

"좋아요. 그럼 그 두 친구를 다 불러도 좋을까요?"

"두 명을 다요……?"

"네."

유리가 고개를 끄덕였다.

"세 분 모두 제가 옷을 만들어드릴게요. 폐하 앞에서 제각각 다른 예복을 입고 있는 것보다는, 모두 옷을 맞춰 입는 것이 좋지 않겠어요?"

"어머나, 하지만……."

마틸다가 망설였다. 틀림없이 유리가 자신을 배려한 나머지 지나치게 일한다고 생각하는 것이리라. 유리가 빙그레 미소 지었다.

"폐하가 보시는 수확제잖아요. 저도 조금 더 신경 써서 폐하가 즐거워하시는 모습을 볼 수 있다면 좋겠어서 드리는 말씀이에요."

"그렇다면, 제가 물어보고 말씀드려도 괜찮을까요?"

"물론이죠."

마틸다가 웃었다. 유리는 빠르게 켈리의 몸 치수를 마저 재고, 마틸다를 치수단 위로 올렸다. 마틸다 또한 예쁜 드레스를 만들어 주겠다고 약속하고, 그녀들을 돌려보내는 데에는 얼마 걸리지 않았다.

─�֎─

유리가 저택으로 돌아갔을 때는 해가 뉘엿뉘엿 저물고 있을 때였다. 삯 마차에서 내리자 정원에서 풀을 뽑고 있던 플럼이 "오빠!"하고 벌떡 일어났다.

"어, 넌 거기서 뭐 하냐."

"나? 가드닝하지."

"가드닝……?"

유리는 의심스러운 눈으로 플럼을 바라봤다. 아무리 봐도 흙장난 하는 어린이 꼴인데. 그러나 흙투성이의 플럼은 자랑스럽게 허리에 손을 짚고 유리에게 으스댔다.

"요즘 수도의 귀부인들은 다들 가드닝을 취미로 하는 게 유행이래."

"그건 수도의 귀부인들이고……."

네가 가드닝이랑 대체 무슨 상관이냐고 돌려 말한 것이다. 플럼은 처음에는 알아듣지 못하고 눈을 굴리다가, 아이참! 하고 소리를 질렀다.

"귀부인이 되려면 일찍부터 미리미리 소양을 갖추어야지!"

"그래애. 그래서 다들 열 살부터 코르셋도 입고 그렇지……."

유리는 귀를 후비며 집 안으로 들어갔다. 집사가 정중히 유리의 외투를 받아들었다. 유리가 없는 사이 고용했다던 집사는 제법 일을 잘하는 타입이라 집 안이 항상 깨끗했다.

"유리 님. 편지가 와 있습니다."

"편지? 어디서?"

"그게……. 렌 헬리오날트 님이라고 되어 있습니다."

유리가 눈을 동그랗게 뜨고는 집사의 손에서 편지를 받아들었다. 여느 사람들이 주고받는 서신과 다르지 않다. 편지 겉봉에는 '유리 클로드에게, 렌 헬리오날트'라고 쓰여 있다. 그야 에넌 라이언하트라는 이름으로 보내는 순간 밀봉되고 밀랍이 박히고 뭐 그렇겠지.

유리는 집사가 저녁은 드셨냐고 묻는 것도 아랑곳하지 않고 빠르게 제 방으로 뛰어 올라갔다. 쾅, 하고 문을 닫은 다음 제 손에 쥔 편지를 다시 들여다본다.

렌 헬리오날트.

유리는 급작스레 잊고 있던 연인의 별칭에 기분이 한껏 좋아졌다. 서신은 올랭피아에서 보낸 듯했다. 보아하니 인편으로 보낸 듯한데, 언제 이런 걸 다 쓴 걸까. '편지 하겠습니다'라고 해서 그런 거 안 해도 된다고 했었는데. 유리는 기분 좋은 미소를 띠며 편지를 열었다. 편지는 간결했다.

9
혹시 애인 있습니까?

유리.

렌입니다.

당신이 아스완을 비우고 난 다음 저도 올랭피아로 곧 출발했습니다. 올랭피아에 도착한 후에는 한동안 정신이 없어서 이제야 책상 앞에 앉았군요.

이런 종류의 서신은 처음 써 봐서 어색하지만 기분이 좋습니다.

뭘 써야 할지 한참이나 망설였습니다. 올랭피아에서 어떻게 지냈는지를 설명하려고 했지만, 사실 제가 여기 와서 성을 단장하고 영지를 둘러본 이야기를 써 봐야 별 재미없겠지요.

기분이 이상합니다. 당신을 만난 이후로 이렇게 오래 떨어져 있어 본 적이 없군요. 언제나 가까이 있었던 것 같은데.

수확제 전까지는 돌아가겠습니다. 달링 경은 겨울까지 있어 달라고 하지만 제가 있어도 크게 영지에 도움이 될 것 같지는 않군요.

참, 니겔이 올랭피아에 따로 사업 보고서를 보낸 모양이던데 유리 쪽에는 도착했는지 모르겠습니다. 저도 곧 확인해 볼 예정입니다.

보고 싶습니다.

유리는 침대에 누워 한참이나 그 편지를 들여다봤다. 그 남자답 게 간결한 글씨체와 내용이었다. 어떻게 이렇게까지 군더더기 없는 내용일 수 있지. 기분이 이상했다. 나는 정말 할 얘기가 많은데, 이 남자는 별로 없나?

그렇지만 그게 아니라는 걸 유리는 안다. 유리는 피식피식 웃으 며 편지를 반복해 읽었다. 필요한 내용은 다 들어 있다. 어디 있는 지, 뭘 했는지, 지금 어떤 기분인지. 언제 다시 볼 수 있는지. 마지막 의 보고 싶습니다, 까지.

으아아아, 유리는 침대 위를 마구마구 뒹굴었다. 편지를 꼭 안고 서, 행복감을 맛봤다. 떨어져 있어 본 지 불과 한 달 정도밖에 되지 않은 것 같은데 너무 보고 싶었다.

다정한 눈으로 저를 들여다보는 그 푸른 눈. 수확제까지 돌아오 겠다고 했으니 정말 금세일 것이다. 유리는 잠시 고민하다가 벌떡 일어났다. 수확제에서 제가 할 일이 너무나 많았지만, 유리는 에넌 을 이런 상태로 만날 수는 없었다. 그렇잖아도 오늘 돌아오면서 잠 깐 거울에 비친 스스로를 보고 무덤을 파헤치고 나온 좀비랑 다른 게 뭐냐고 생각한 차다.

유리는 창문 아래로 우렁차게 소리 질렀다.

"야! 플럼!"

"왜!"

"미용사 불러!"

"왜!"

"귀부인 된다며! 관리 안 받아?"

"헉, 오빠 사랑해!"

플럼이 헐레벌떡 저택 안으로 들어오는 소리가 들렸다. 미용사를 불러서 관리를 받아야지. 예쁘고 사랑스럽게 꾸며진 못하더라도 피부 관리 정도는 받아야 하지 않겠어? 그렇잖아도 아스완에 다녀와서 얼굴 탔다는 소리나 듣는데. 유리는 갑자기 헛 둘 헛 둘 스트레칭하며 생각했다. 살도 빼자.

—✦✧✦—

유리는 저번에 쎄시아가 바빠 채 마치지 못한 드레스의 이야기를 하러 발렌시아 성으로 다시 들어왔다. 늦은 오후였고, 유리는 쎄시아를 위해 구상한 디자인화를 잔뜩 끌어안고 들어온 참이었다.

"어이쿠, 유리 클로드 님 아니십니까!"

"어, 안녕하세요."

유리의 얼굴은 이제 발렌시아 성 안에 익히 알려져서, 여왕을 만나기 위해 서쪽 성을 거칠 필요 없이 바로 동쪽 성으로 입장해도 시종들이 유리를 안내했다.

그런데 오늘은 조금 달랐다. 동쪽 성 앞에 몇몇 사람들이 서성이다가, 유리를 보자마자 급히 뛰어와 인사하는 게 아닌가. 그 사람들은 전부 유리와 안면이 한 번씩은 있는 귀족들이었고, 유리는 별생각 없이 배꼽인사를 했다.

"아니, 뭘 우리 사이에 이렇게까지."

수염을 기른 남자 하나가 유리를 서둘러 일으켜 세우며 말했다. 남자는 확실히 낯이 익었지만, 그 이름이 잘 기억이 나지 않아 유리는 의아하게 남자를 쳐다봤다.

이 사람 이름이 뭐더라. 이름도 기억 안 나는데 우리 사이……?

다행히 남자는 웃으며 "짐이 많은 것 같은데, 이 알바네즈가 들어드리지요!"하며 유리가 안은 디자인화에 손을 댔다.

"어허. 오랜만입니다, 유리 님. 준남작 비터입니다. 기억나시죠?"

그때 알바네즈라는 자의 손을 가로막은 것은 또 다른 남자였다. 그 남자 쪽은 예전에 연회에서 한 번 인사한 적이 있어 기억하고 있었다. 유리와 같은 준남작 직위이기도 했다.

"예에. 그런데 무슨 일로……."

"아, 그저 지나가다가 유리 님이 보이기에 인사라도 하려고. 제가 들어드리겠습니다."

"이 사람이. 내가 먼저 들어드리기로 하지 않았나."

"허 참, 유리 님이 나를 기억하신다잖아."

거기까지. 유리는 영문 모를 이 공방을 두고 볼 생각이 없었다. 그래서 끼어들어 말했다.

"저기, 두 분. 괜찮습니다."

"……."

"……."

"저는 제 디자인화는 제가 들고 다닙니다. 걱정하지 마시고 갈 길 가세요."

웃고 인사하니 두 남자는 흠, 흠 하고 헛기침하더니 계면쩍은 표정을 지었다.

"아니, 뭐 날씨가 좋아서 안부라도 묻고자……. 잘 지내십니까?"

"저는 항상 비슷합니다."

"그렇군요. 오늘은 어쩐 일로……?"

"폐하를 뵈러 왔습니다."

번갈아 묻는 두 사람의 질문에 유리가 예의 바르게 대답하자, 두 남자의 얼굴이 화색이 됐다.

"그렇군요! 폐하께 안부 전해 주십시오."

"언제나 이 알바네즈가 폐하를 생각하며 충성하고 있다고 꼭 좀 말씀 부탁합니다."

"어…… 예……."

자네 뭐 하나, 유리 님 가시는 데 방해되게. 얼른 비키지 않고! 알바네즈 쪽이 비터에게 잔소리를 하자 비터가 냉큼 비켰다.

뭐지, 별일 다 있네. 유리는 두 사람을 뒤로하고 걸어가며 생각했다. 확실히 요즘 여왕님이 예쁘게 여기는 사람이라고 소문이 나니,

가뭄에 콩 나듯 청탁 같은 것이 들어오기도 했다. 주문을 빙자한 청탁이지만 유리는 그런 종류의 부탁은 철저히 거절했다. 자신이 무슨 경을 칠지 모른다는 이유다.

그렇지만 이렇게 싱겁게 끝난 일은 또 별로 없는데. 유리는 고개를 갸웃거리며 걸었다. 그때 맞은편에서 시녀 두 명이 걸어와 유리는 고개를 숙였다. 시녀들은 눈을 동그랗게 뜨더니 고개를 마주 숙여 인사하고 걸어갔다.

"저 봐, 맞지?"

"맞아. 저 사람이야."

"어머……. 그렇게 안 생겼는데…….."

……저 사람? 유리는 슬쩍 뒤를 돌아보았다. 이쪽을 보고 있던 시녀들이 이크, 하고 어깨를 움츠리고 걸음을 재촉했다. 뭐지? 날 두고 한 소린가? 맞지?

여왕이 하도 예뻐한 데다가 제 이름을 빌려 장사하는 집들까지 나오니 화제가 몰리는 건 어쩔 수 없는 모양이었다. 유리는 콧김을 흥, 하고 뿜고는 씩씩하게 걸었다.

그렇게 안 생기다니? 내가 뭐가 그렇게 안 생겼는데?

어제저녁에 미용사를 불러다 플럼과 둘이 나란히 누워 얼굴 관리도 받았는데! 유리는 괜히 볼을 쓰다듬어보며 씩씩거렸다. 나같이 생기면 여왕님한테 예쁨 못 받나?

이상한 것은 유리가 그날 여왕님의 응접실까지 가는 내내 모두가 유리를 한 번씩 힐끗거렸다는 것이다. 얼굴을 조금이라도 아는 시종을 다가와 과하게 친한 척을 하고, 모르는 사람들은 뒤에서 수군 거리니 유리는 영문을 알 수가 없었다.

쎄시아의 응접실에는 언제나 그렇듯, 여왕이 방만하게 누워 있었다. 여왕은 틈만 나면 드러누웠다. 하루에 서너 시간도 겨우 자고 있으니 그렇겠지만, 요즘 피곤이 극에 달했다는 이유다. 유리가 인사하자 쎄시아는 반가운 표정으로 바로 앉았으나, 피곤한 기색이 역력했다.

"폐하, 누워 계십시오."

"아냐. 가져온 성의가 있지."

"그럼 최대한 빨리 설명해 드리겠습니다."

쎄시아는 수확제이니만큼 풍요의 이미지를 요구했다. 봄의 대연회에서는 영주들을 다 모아놓고 선 자리니만큼 위엄과 새로운 이미지가 필요했으나, 수확제는 조금 더 편한 자리이니 마음껏 디자인해보라는 것이 그녀의 요구였다. 유리가 한참 동안 펼쳐놓은 디자인을 보던 쎄시아가 몇 장을 골라내고, 일렉사 백작부인의 조언을 거쳐 수정했다.

그 작업들은 크게 오래 걸리지 않았다. 유리가 이미 쎄시아의 옷을 만들어봤기 때문이다. 유리는 그녀가 어떤 것을 중요시하는지 이미 알고 있었다. 빠르게 이야기가 끝난 후, 다음 주에 다시 오겠다며 디자인화를 정리하는 유리에게 쎄시아가 물었다.

"요즘은 어때?"

"요즘이요? 그야 뭐…… 같습니다. 폐하 말고도 다른 여인들의 수확제 드레스도 주문받고 있고. 아! 수확제에서 노래를 부르는 소년소녀들의 옷도 제가 만들기로 했습니다."

"그래? 어린애들 옷도 만드나?"

"물론이죠. 그런데……."

유리의 표정이 어두워졌다. 쎄시아가 다음 말을 재촉하자, 유리가 말을 이었다.

"나이가 이제 아홉 살밖에 되지 않은 소녀들도 코르셋을 입더군요."

"그야 몸매가 아직 미성숙할 때 코르셋을 입어야 몸을 보기 좋게 가꿀 수 있으니까?"

"하지만 채 자라지 못한 몸에 그런 것을 채우면……. 갑갑하잖아요."

"그렇지. 가끔 기절하기도 하고."

"……."

유리가 물끄러미 쎄시아를 바라봤다. 쎄시아의 붉은 눈은 웃음기를 띠고 있었다.

"그대가 무슨 말을 하려는지 알겠어. 나도 또한 그 코르셋이 지긋지긋한 사람이니까. 그래서 그대 덕에 코르셋을 벗게 된 사람이고."

"……예."

"나도 이상하다고 생각해. 어릴 때부터 항상 그랬지. 아름다워 보이기 위해서 가끔 기절한다니, 병약한 것은 아름다운 것인가? 아닌 것 같거든."

"……."

"하지만 대다수의 남자들은 그런 것을 아름답다고 생각하지. 좋은 곳에 시집을 가고 아이를 낳는다는 말에는 그런 뜻도 들어 있는 거야. 남자들에 맞춰 아름답게 꾸민다는 것. 어릴 때부터 코르셋을 입고 가끔 기절하고, 속이 안 좋아 아무것도 먹지 못하는 것은 다 좋은 곳에 시집을 가기 위해서라니."

쎄시아가 낮게 웃었다.

"그래서 나는 그대에게 거는 기대가 커. 유리."

"예?"

"그대와 같은 상인들은 보통 그런 사람들을 위해 옷을 만들지. 그렇지만 그대의 옷을 입기 위해 사람들이 그대에게 맞추지 않는가."

"그건 폐하께서……."

"그래. 그러니 나를 이용하렴."

유리가 눈을 깜박였다. 쎄시아는 디자인화를 흔들었다.

"사람들은 그대를 동경하고 나를 동경하지. 그러면 그대와 내가 사람들이 따라오게 만들면 되지 않겠는가."

"……."

"너무 급하게 생각할 필요 없어. 한 계절이나마 발렌시아의 여인들은 코르셋이 필요 없는 드레스를 맛보았지. 나는 여름 내내 발렌시아의 풀밭에서 코르셋 없이 편안하게 뛰어다니는 귀족 아가씨들을 몇 명이나 보았거든. 유리. 변화는 천천히 오는 거야."

"……예."

쎄시아의 말은 틀린 것 하나 없었다. 유리는 눈을 내리깔았다. 자신이 너무 급하게 생각한 것일 수 있다. 당장 쎄시아가 코르셋을 벗었다고 해서 그 많은 이들이 모두 속옷을 벗어 던지리라 생각하는 것은 어불성설이다.

대신 쎄시아는 자신을 이용하라고 했다. 그 말은 유리가 코르셋이 없는 옷을 만드는 것에 얼마든지 어울려주겠다는 말이다.

"감사합니다, 폐하."

"으음."

여왕이 기분 좋게 고개를 끄덕였다. 백작부인도 뒤에서 빙그레 미소 지었다. 유리는 기쁜 마음으로 디자인화를 챙겨 넣었다. 시녀가 따뜻한 차를 다시 따랐다. 그가 처음 왔을 때 따랐던 차는 이미 식어 있었기 때문이다.

"……아."

"왜?"

유리가 시녀에게 뭐라고 말을 걸려다가 말자, 쎄시아가 눈을 크게 떴다. 유리는 애매하게 웃었다.

"그게……. 좀 궁금한 게 있어서요."

"뭐가?"

"아닙니다. 뭐, 제 착각이겠죠."

시녀들이 자꾸 제 얘기를 하는 거 같은데, 기분 탓이겠죠, 라고 여기서 물으면 조금 그렇지 않을까. 자의식과잉 같아 보일 것 같기도 하고. 그래서 유리는 애매하게 말을 흐렸다.

싱겁긴. 쎄시아가 웃으며 차를 한 모금 넘겼다.

"그런데 유리."

"예."

"혹시 애인 있나?"

쿵. 유리의 심장이 내려앉았다.

애인.

남자친구. 그러나 여왕이 보기엔 여자친구.

A.K.A 에넌 라이언하트……지만, 그걸 얘기할 수는 없다. 유리는 최대한 놀란 티를 내지 않으려고 들고 있던 찻잔을 내려놨다. 찻잔이 달각일 것 같아서다.

"에헤이, 폐하. 갑자기 애인은 왜……."

"궁금해져서. 그대처럼 재능 있는 남자라면 수많은 아가씨들이 좋아할 것 같은데, 생각해 보니 그대가 연애를 한다는 이야기를 못 들어봤지, 뭐야."

설마 아는 거 아니겠지? 유리는 쎄시아를 쳐다봤다.

흰 얼굴 위에 자리한 피처럼 붉은 눈은 환하게 웃고 있었다. 그 남자라면 정직하게 얘기할 수도 있겠지만……. 그러나 자신이 아는 에넌은 제 동의 하나 없이 자신의 이야기를 남에게 할 사람은 아니다. 에넌 혼자만의 이야기라면 했을지도 모르지만, 유리와 에넌, 두 사람의 이야기니까.

그래서 유리는 최대한 평정을 유지하려고 애쓰며 이를 드러내고 웃었다.

"아하하, 하도 바빠서……."

"이런. 아스완에서도?"

"예. 부끄럽지만 제가 재주가 없어서."

"안타깝군."

전혀 안타까우신 얼굴이 아닌데요!

유리는 쎄시아를 보며 생각했다. 그녀는 씩 웃더니 일렉사 백작 부인 쪽을 쳐다봤기 때문이다. 부인은 엄숙한 얼굴로 입을 열었다.

"남자로서는 최고의 덕목들을 두루 갖췄는데 말입니다."

"무슨 덕목을 말하는 것이오?"

"어린 나이와 많은 돈과 앞으로도 벌어올 재능과 얼굴이죠."

"……감사합니다……?"

유리는 영문도 모른 채 일단 감사 인사를 하다가 외쳤다.

"앗, 마지막은 아닌 것 같은데요!"

"귀엽잖아."

쎄시아가 어깨를 으쓱했다. 부인도 말을 덧붙였다.

"원래 여자는 온갖 것에 정을 붙이는 인자한 종족입니다."

아, 예. 저는 정 붙이면 귀여운 얼굴이라 이겁니까……. 유리가 싸늘하게 식었다. 그러거나 말거나 쎄시아가 일어섰다.

"슬슬 갈 때가 되었군. 부인, 그럼 유리를 부탁합니다."

"예."

예? 나를 왜 부탁해요? 유리가 부인을 쳐다보는데, 그녀가 엄숙한 얼굴로 자신의 집무실에 유리를 청했다. 유리는 부인에게 고개

574

를 끄덕이면서도 불안감에 휩싸였다. 쎄시아가 흥얼거리며 응접실을 나가는 뒷모습이 어쩐지 좀 불길하게 느껴졌다.

~※~

집무실에 앉자마자 부인은 뜬금없는 한마디를 던졌다.

"결혼 생각 있습니까."

"예?!"

유리가 펄쩍 뛰었다.

일렉사 백작부인의 집무실은 두 번째였다. 예전에 플럼과 함께 와서 성의 지리를 물었던 그때는 마치 부인의 집무실이 악마의 성같이 무섭게 보였다. 열쇠를 꺼내주던 모습까지도 선명하게 기억난다. 그때 마틸다를 불러서 성을 안내받았던가.

그러나 그녀와 조금은 친해지고 나니 지금은 사뭇 달라 보였다. 부인이 앉아 있는 뒤에는 붉은 비로드 커튼이 자리해 있었고, 전체적으로 따뜻한 색의 가구들이 집무실을 차지하고 있었다. 유리는 부인의 집무실을 몰래 살펴보고, 일렉사 백작부인이 생각보다 훨씬 더 좋은 센스를 가지고 있음을 알아차렸다.

그나저나 결혼이라니?!

유리는 침착하게 답했다.

"없는데요……? 그걸 부인께서 왜……?"

"관심 있어서 그렇습니다."

"……부인이 제게요?"

"그럴 리가요."

부인이 무심하게 자신의 앞에 놓인 서류를 정리한 후 종이 하나를 새로 끄집어냈다.

"제가 당신에게 관심 있다고 말했으면 퍽 재미있긴 했겠군요."

"부인……."

유리는 쎄시아와 재상, 일렉사 백작부인 세 사람 모두 무서워하지만, 그중에서도 백작부인이 가장 대하기 어려웠다. 무섭다거나 하는 차원이 아니라, 가끔 유리가 예상하지 못한 방향으로 화제가 튀기 때문이다.

저렇게 무서운 노부인 얼굴로 저런 농담을 하면 어떻게 대답하란 말이야!

당황한 유리의 심정을 헤아린 듯 다행히도 부인이 살짝 미소 지었다.

"별거 아닙니다. 그냥 제가 중매 한번 해 보려고 하는 겁니다."

"그……. 저는 결혼 생각이 딱히 없는데요."

"누가 봐도 미인이고, 부유합니다."

"저도 부유하긴 한데요……."

"당신을 꽤 많이 좋아합니다."

"……그건 참으로 감사한 일이네요……."

유리가 눈치를 봤다. 그러니까 어딘가의 아가씨가 나를 좋아해서, 일렉사 백작부인께 중매를 서 달라고 하는 건가? 아니, 참 감사하고 고마운 일인데……. 저 여자거든요……. 라고 할 수는 없다. 유리는 결국 눈치를 보다가 입을 열었다.

"그, 부인……. 제가 지금은 결혼 생각이 딱히 크지 않습니다."

"잘됐군요. 그분도 그렇습니다."

유리가 콧구멍을 키웠다.

"방금 전엔 중매라고 하셨잖아요……?"

"그야 잘되면 그러고 싶다는 거지, 꼭 결혼을 염두에 둔 것은 아닙니다."

"아……."

아……는 무슨. 안 돼. 안 된다고. 마음 같아서는 그게 누구든 거세게 거절하고 싶었다. 그러나 유리는 일렉사 백작부인에게 그렇게 거절해도 되는지 확신이 서지 않았고, 그래서 눈알만 굴렸다. 부인이 말을 이었다.

"바빠서 문제라고 아까 말씀하셨는데, 그분도 바쁩니다. 자리를 만들어서 한 번이라도 만나 보시면 어떨까요. 정기적으로 만나자고 귀찮게 한다거나 하는 일은 없을 겁니다."

아. 혹시 이래서 아까 폐하가 애인 있느냐고 물어보신 건가. 그럼 혹시 폐하도 아는 분인가.

유리는 조심스럽게 눈치를 보다가 물었다.

"……어떤 분이시기에……."

부인이 잠시 멈칫했다가 답했다.

"아, 이 이야기를 안 했군요. 그대보다 열 살쯤 많습니다."

"죄송합니다."

열 살, 이라는 이야기가 나오자마자 유리는 생글생글 웃으며 단번에 거절했다. 부인이 눈썹을 들어 올렸다.

"나이가 문제인가요?"

"예."

"이런. 아쉽군요."

정확히는 나이가 문제라기보다는, 거절할 사유가 생겼으니 바로 트집 잡은 것에 불과하다. 어떻게든 거절할 이유를 찾고 있던 찰나에 부인이 내어놓은 열 살 차이라는 말은 거절하기 정말 좋은 이유였다. 물론 유리 또한 나이를 신경 쓰기는 한다. 레스타만 생각해봐도 그렇다. 그렇지만 그런 것까지 구구절절 말할 필요는 없지. 부인은 잠시 유리를 쳐다보다가 고개를 끄덕였다.

"알겠습니다. 나가보세요."

"엣."

"뭐 할 말 있나요?"

"이게 끝인가요?"

"……본인이 싫다는데 더 이상 할 말은 없지 않겠습니까."

유리는 그렇게 일렉사 백작부인의 방을 나왔다. 참. 저 할머니도 폐하만큼 뒤끝 없는 사람이야. 거절하자마자 묻지도 따지지도 않고 알겠다니. 쎄시아는 참 합리적인 사람이었고, 주변 가신들도 그런 사람들로 가득 채운 모양이었다.

'자기랑 맞는 부하 구하기가 제일 어려운데, 참 복도 많은 분

이지.'

그렇게 생각하며 유리는 성의 복도를 걷다가, 정원을 발견했다.

일렉사 백작부인의 집무실 근처 정원. 유리에게는 참 여러 가지 일이 있었던 곳이다. 사과주를 까먹다가 에년을 보기도 했고, 레스타도……

유리는 회랑으로 다가가 정원을 내다보며 생각에 잠겼다.

보고 싶다.

며칠 전 편지를 받은 후 유리의 머릿속은 그로 가득 찼다. 수도로 와서 워낙 많은 일들에 시달려서 그럴까. 그를 이렇게나 깜박하고 있었다는 게 놀라울 정도다. 붉은 머리카락을 가진, 어깨가 산처럼 넓은 공작님. 바다처럼 푸른 눈을 가졌고, 자신을 보면 다정하게 웃어주는 남자가 보고 싶었다.

시간의 흐름도 모를 만큼 매일매일 가는 곳마다 그의 생각을 하고 있었다. 유리는 편지를 생각하고 피식 웃었다. 멋도 없다 참. 연애편지라면 보통 미사여구 줄줄, 사랑한다 뭐 한다 이런 말들을 엄청나게 써놓을 텐데, 보고 싶습니다, 딱 한 줄 써놓은 편지라니.

그러나 유리는 어제 침대에 누워 남자의 편지를 어루만지다가 발견한 것이 있다. 거칠거칠한 종이는 질이 좋지 않았다. 글씨를 쓰면 꾹꾹 자국이 났는데, 신기하게도 남자가 쓴 많은 말들 중 유독 자국이 깊고 잉크가 많이 번진 말이 있었다.

보고 싶습니다.

그 말 한마디를 얼마나 천천히, 길게 눌러썼을까.

예전에는 에넌을 생각하면 그의 잘생긴 얼굴이 생각났지만, 지금의 유리는 가장 먼저 그의 긴 속눈썹이 생각났다. 그와 입 맞출 때마다 파르르 떨리는 긴 속눈썹이 굉장히 가까이 보여서다. 진하게 잘 다듬어진 붉은 눈썹과 매끈한 이마, 자신을 볼 때마다 약간 찡그려지는 코끝.

유리는 그가 그렇게 표정을 찡그리는 것이 자신을 볼 때마다 웃음을 감추지 못해서라는 것을 이제 잘 알고 있다. 제가 팔짝팔짝 뛰어다니는 것을 보면서 귀여워서, 그렇지만 티를 내지 못하니까 간신히 웃음을 참기 위해 찡그려지는 것이다.

입을 맞출 때면 남자의 선 굵은 턱이 보였다. 그가 가끔 충동을 참지 못해서 제 목덜미에, 귀 뒤에 숨을 내쉴 때면 턱이 유리의 눈에 들어왔다. 그 끝의 귓불은 유리를 볼 때마다 끝까지 새빨개져서…….

지금쯤 뭐 하고 있을까. 유리는 정원 옆 회랑을 따라 걸으며 생각했다. 절로 발걸음이 시무룩해졌다.

올랭피아 영지는 발렌시아의 몇 배는 되는 큰 영지라고 했다. 아빗사에게 수탈당하면서도 엄청난 수확량을 자랑해, 풍요를 잃지 않았던 곳. 그곳의 영지민들은 아빗사 이후 처음으로 맞는 영주인 에넌을 위해 몇 년이나 기다렸지만, 에넌은 바빠서 한 번도 가보지 못했다던가. 에넌의 부관은 본래 두 명이다. 달링 경과 밴딧 경. 그러나 그중 달링 경은 거의 올랭피아 전담이나 다름없이 1년의 반 이상을 올랭피아에 가 있다니, 가히 그 영지의 규모를 짐작할 만했다.

그렇게 넓은 영지에 가 있으니 아마 많이 늦겠지. 유리는 마음을 다잡았다. 수확제까지는 오겠다고 했잖아.

그리고 할 일도 있다. 유리는 니겔의 보고서를 떠올렸다. 에넌의 편지를 받고 찾아보니 며칠 전에 도착한 니겔의 사업보고서가 제 책상 한쪽에 있었다. 보고서는 광산보다는 루브 재배 사업 보고서 쪽이 훨씬 길고 많았다. 유리가 관심 있는 곳이 광산보다는 고무 쪽 이니 니겔이 더 신경 쓴 것이리라 짐작됐다.

니겔은 유리가 요구한 것처럼 얇은 고무를 만들기는 어렵지만, 연구할 가치는 있다고 적어 보냈다. 무엇보다 그것을 피임용으로 쓰겠다는 말에 니겔이 눈을 부릅떴던 것이다. 실행이 가능할지는 모르겠지만, 그게 가능하다면 정말 놀라운 일일 거라고 니겔은 말했다.

그래. 에넌은 조금 더 늦게 와도 된다. 유리는 한숨을 내쉬고 제 아랫입술을 어루만졌다. 헤어지기 전에 나눴던 입맞춤을 기억해내 서다. 언제까지 참을 수 있을지 몰랐다. 사랑하는 연인이 눈앞에 있 다면 가까이 가서 마주하고, 끌어안고, 입 맞추고 싶어지는 게 당연 하다. 그 이상을 원하는 것도.

그러나 유리는 그 결과를 감당해낼 자신이 도저히 없었다. 마음 이 선명해질수록 더했다.

'결혼 생각 있습니까?'

일렉사 백작부인의 말이 떠올랐다. 결혼 생각이 없어도, 만나다 보면 생각하게 되는 게 당연하니 그런 표현을 썼노라고도.

에넌은 자신에게 단 한 번도 결혼이라는 이야기를 꺼내지 않았다. 다만 자신과 연애를 하게 됨으로써 남들이 유리에게 결혼을 종용하게 되는 상황이 두렵다고 말했다. 물론 그 전에 걱정해야 될 문제가 산더미처럼 쌓여 있겠지만, 가장 근본적인 문제는 그것이다.

모르겠다.

에넌에게는 하고 싶은 건 다 할 거라고 그렇게 자신 있게 말했지만, 세상일이 다 그렇게 마음대로 되는 건 아니다. 이율배반적이다.

자신은 정말 하고 싶은 걸 다 할 수 있을까? 내가 여자라고 말도 하지 못하는데?

이런 생각들이 떠오를 때마다 에넌이 더 보고 싶어지고, 그러면서도 그가 늦게 오기를 바랐다. 그냥 아무 생각 없이 끌어안고, 그가 안아주는 품 안에서 어리광부리면서 짜증 내고 싶었다.

아, 아스완에 조금 더 오래 있을걸.

유리의 눈에 정원의 나무가 들어왔다. 나뭇잎 끝이 어느새 살짝 노랗게 변해 있었다.

정말로 발렌시아에 가을이 오고 있었다.

〈3권에서 계속〉

여왕 쎄시아의 반바지 2

초판 1쇄 인쇄 2020년 3월 19일 초판 1쇄 발행 2020년 3월 26일

지은이 재겸
펴낸이 연준혁

웹소설본부이사 이진영
책임편집 오가진

펴낸곳 ㈜위즈덤하우스 미디어그룹 출판등록 2000년 5월 23일 제13-1071호
주소 (410-380) 경기도 고양시 일산동구 정발산로 43-20 센트럴프라자 6층
전화 031)936-4000 팩스 031)903-3893 홈페이지 www.wisdomhouse.co.kr

값 15,000원 ISBN 979-11-90630-74-0 04810
           ISBN 979-11-90630-72-6 세트